BROTHERSONG

LA CANCIÓN DE LOS HERMANOS

- **Título original:** *Brothersong*
- **Dirección editorial:** Marcela Aguilar
- **Edición:** Melisa Corbetto con Stefany Pereyra Bravo
- **Coordinación de arte:** Valeria Brudny
- **Coordinación gráfica:** Leticia Lepera
- **Armado de interior:** Cecilia Aranda sobre maqueta de Julián Balangero

un sello de
V&R Editoras

© 2020 TJ Klune
© 2022 V&R Editoras
www.vreditoras.com

ARGENTINA:
Florida 833, piso 2, of. 203
(C1005AAQ) Buenos Aires
Tel.: (54-11) 5352-9444
e-mail: editorial@vreditoras.com

MÉXICO:
Dakota 274, colonia Nápoles - C. P. 03810
Alcaldía Benito Juárez, Ciudad de México
Tel.: 55 5220-6620 · 800-543-4995
e-mail: editoras@vreditoras.com.mx

ISBN: 978-987-747-813-6

Impreso en Chile por Salesianos Impresores S.A. · Printed in Chile

Junio de 2022

Klune, TJ
Brothersong : La canción de los hermanos / TJ Klune. - 1a ed. 1a reimp. - Ciudad Autónoma de Buenos Aires : V&R, 2022.
690 p. ; 21 x 15 cm.
Traducción de: María Victoria Echandi.

ISBN 978-987-747-813-6

1. Narrativa Estadounidense. 2. Literatura Juvenil. 3. Narrativa Fantástica . I Echandi, María Victoria, trad. II. Título.
CDD 813.9283

Green Creek • LIBRO CUATRO

BROTHERSONG

LA CANCIÓN DE LOS HERMANOS

TJ KLUNE

Traducción: María Victoria Echandi

A mi ManadaManadaManada

escucho tu corazón
un sonido estruendoso
hermano y amigo
aúlla tu canción y guíame a casa
juntos hasta el final

DESAPARECIDO

—Un lobo —dijo mi padre una vez— es tan fuerte como su lazo. Sin él, sin algo que le recuerde su humanidad, se perderá.

Lo miré con los ojos bien abiertos. Pensé que nadie podría ser tan grande como mi padre. Él era lo único que podía ver.

—¿En serio?

Mi padre asintió y tomó mi mano. Estábamos caminando en el bosque. Kelly quiso venir con nosotros, pero papá dijo que no podía.

Kelly lloró y solo se detuvo cuando le aseguré que jugaríamos a las escondidas cuando regresara.

—¿Lo prometes?

—Lo prometo.

Tenía ocho años y Kelly tenía seis. Nuestras promesas eran importantes.

La mano de mi padre atrapó la mía y me pregunté si sería como él cuando creciera. Sabía que no sería un Alfa. Ese sería Joe, aunque no comprendía cómo mi hermano de dos años podría convertirse en el Alfa de *nada*. Cuando mis padres nos explicaron que Joe sería algo que yo nunca podría ser, sentí celos, pero se desvanecieron cuando Kelly dijo que estaba bien porque eso significaba que él y yo siempre seríamos iguales.

Nunca me preocupé por ello después de ese día.

—Pronto —dijo mi padre—, estarás listo para tu primera transformación. Sentirás miedo y confusión, pero mientras tengas tu lazo, todo estará bien. Podrás correr con tu madre, conmigo y con el resto de nuestra manada.

—Ya hago eso —le recordé.

—Es verdad, ¿no? —rio—. Pero serás más rápido. No sé si podré seguirte el ritmo.

—Pero… —estaba impactado—. Eres el *Alfa*. De *todos*.

—Lo soy —concordó—, pero eso no es lo importante. —Se detuvo debajo de un gran roble—. Lo importante es el corazón que late en tu pecho. Y tienes un gran corazón, Carter. Late con tanta fuerza que creo que podrías ser el lobo más rápido que haya existido.

—Guau —exhalé. Mi papá soltó mi mano antes de sentarse en el suelo y apoyar su espalda en el árbol. Cruzó las piernas y me hizo un gesto para que lo imitara. Lo hice a toda velocidad porque no quería que cambiara de opinión sobre lo rápido que sería. Mis rodillas chocaron con las de él mientras copiaba su pose.

—El lazo es algo valioso para el lobo —sonrió mientras hablaba—, algo que custodia con ferocidad. Puede ser un pensamiento o una idea. El sentimiento de la manada o de su hogar. —Su sonrisa se apagó levemente—. O de en dónde debería estar el hogar. Tómanos de ejemplo; estamos aquí en Maine, pero no sé si este es nuestro hogar. Estamos aquí porque nos lo pidieron, por mis responsabilidades. Pero cuando pienso en casa, pienso en un pequeño pueblo en el oeste y lo extraño de sobremanera.

—Podemos regresar —le dije a mi papá—. Eres el jefe. Podemos ir a donde queramos.

Sacudió la cabeza.

—Tengo responsabilidades. Y agradezco tenerlas. Ser el Alfa no se trata de hacer lo que quiero, sino de equilibrar las necesidades de muchos. Tu abuelo me enseñó eso. Ser Alfa significa poner a los demás por encima de ti mismo.

—Y ese será Joe —dije con dudas. Cuando lo vi por última vez estaba sentado en una silla alta en la cocina y mamá lo estaba regañando por haberse metido cereales en la nariz.

—Algún día —rio—, pero no por un largo tiempo. Hoy se trata de ti. Eres tan importante como tu hermano, al igual que Kelly. Aunque Joe será el Alfa, recurrirá a ti en búsqueda de dirección. Un Alfa necesita a alguien, como ustedes dos, en quien pueda confiar, a quien pueda acudir cuando esté inseguro. Y tendrás que ser fuerte para él. Por eso estamos aquí. Hoy no necesitas saber qué es tu lazo, pero te pediré que empieces a pensar en ello y qué podría ser para ti...

—¿Puede ser una persona?

Papá hizo una pausa.

—¿Por qué preguntas?

—¿Puede ser?

—Puede ser. —Me miró por un largo rato—. Pero que tu lazo sea una persona puede ser… complicado.

—¿Por qué?

—Porque la gente cambia. No permanecemos siempre iguales. Aprendemos y crecemos y las nuevas experiencias nos moldean en algo más. A veces, la gente no está… bien. No son quienes deberían ser o la imagen que nosotros tenemos de ellos. Pueden cambiar de maneras que no esperamos y, si bien queremos recordar los buenos tiempos, ellos solo pueden concentrarse en los malos. Y su mundo se ensombrece.

Había una expresión en su rostro que nunca había visto y me hizo sentir incómodo. Pero desapareció antes de que pudiera preguntar al respecto.

—¿El lazo es secreto?

—Puede serlo —asintió—. Tener un lazo es… un tesoro. Algo que no se parece a nada más en el mundo. Algunos hasta dicen que es más importante que tener una compañera.

—Eso no me interesa. —Hice una mueca—. Las chicas son raras. No quiero una compañera, eso es estúpido.

Soltó una risita.

—Te recordaré tus palabras cuando llegue el día. Y no puedo esperar por ver la expresión en tu rostro.

—¿Qué es tu lazo? Puedes contármelo. No le diré nada a nadie.

—¿Lo prometes? —Inclinó su cabeza contra el árbol.

—Sí —asentí con ganas.

Cuando mi padre sonreía de verdad, podías verlo en sus ojos. Era como si una luz emanara de su interior.

—Son todos ustedes. Mi manada.

—Ah.

—Suenas decepcionado.

—No lo estoy. —Encogí los hombros—. Es solo que… siempre hablas de la manada y manada y manada. —Arrugué el rostro—. Supongo que tiene sentido.

—Me alegra que pienses eso.

—¿Para mamá es igual?

—Sí. O por lo menos solía serlo. Los lazos pueden cambiar con el tiempo. Al igual que las personas, cambian. Si bien en algún momento pudo haber sido la idea de la manada, puede convertirse en algo más puntual. Más individualizado. En su caso, son sus hijos. Kelly, Joe y tú. Comenzó contigo y luego se expandió por Kelly y Joe. Ella haría cualquier cosa por ustedes.

Un fuego ardió en mi pecho, seguro y cálido.

—El mío no cambiará.

Mi padre me miró con cautela.

—¿Por qué?

—Porque no lo permitiré.

—Hablas como si ya supiera qué es.

—Porque lo sé.

Se inclinó hacia adelante y tomó mis manos.

—¿Me lo dirías?

Levanté la mirada hacia él, era demasiado joven para comprender la profundidad de mi amor por él. Lo único que sabía era que mi padre estaba allí y me preguntaba algo que se sentía importante. Algo solo entre nosotros. Un secreto.

—No puedes decirle a nadie.

Retorció los labios.

—¿Ni siquiera a mamá?

—Bueno, supongo que a ella sí. —Fruncí el ceño—. ¡Pero a nadie más!

—Lo juro —afirmó y, como era el Alfa, sabía que lo decía en serio.

—Kelly —dije—. Es Kelly.

Mi papá cerró los ojos y su garganta hizo ruido cuando tragó saliva.

—¿Por qué?

—Porque me necesita.

—Eso no…

—Y lo necesito a él.

Abrió los ojos y creí ver un destello rojo.

—Explícamelo.

—Él no es como Joe. Joe será el Alfa y será grande y fuerte como tú y todos lo escucharán porque sabrá qué hacer. Tú le enseñarás. Pero Kelly siempre será un Beta como yo. Somos iguales.

—Me di cuenta.

Necesitaba que lo entendiera.

—Cuando tengo pesadillas, no se burla de mí y me dice que todo estará bien. Cuando se lastimó la rodilla y tardó mucho en curarse, limpié su herida y le dije que estaba bien llorar, a pesar de que somos chicos. Los chicos también pueden llorar.

—Es verdad —susurró mi padre.

—Y pienso en él todo el tiempo —le expliqué—. Cuando estoy triste o enojado, pienso en él y me siento mejor. Eso es lo que hacen los lazos, ¿no? Te hacen feliz. Kelly me hace feliz.

—Es tu hermano.

—Es más que eso.

—¿Cómo?

Estaba frustrado. No sabía cómo poner en palabras mis pensamientos. Buscaba palabras que le demostraran cuán profundo era.

—Es… él es todo –dije al fin.

Por un momento, pensé que había dicho algo equivocado. Mi padre se quedó mirándome de manera extraña y me estremecí. Pero en vez de rebatirme, me acercó a él y me sentí como un cachorro otra vez mientras giraba y me acomodaba entre sus piernas, contra su pecho. Me envolvió en sus brazos y apoyó su mentón sobre mi cabeza. Inhalé y sentí una voz en mi cabeza que nunca había sido más que un susurro.

ManadaManadaManada.

—Me sorprendes –dijo mi padre–. Todos los días me sorprendes. Soy tan afortunado de que alguien como tú sea mío. Nunca olvides eso. Si dices que tu lazo es Kelly, que así sea. Serás un buen lobo, Carter. Y no puedo esperar para ver el hombre en el que te convertirás. No importa en dónde esté, no importa lo que haya sucedido, siempre recordaré el regalo que me has dado. Gracias por compartir tu secreto. Lo mantendré a salvo.

—Pero no irás a ningún lado, ¿verdad?

Rio otra vez y, aunque no pude verlo, sabía que su sonrisa llegaba a sus ojos.

—No. No iré a ningún lugar. No por un largo tiempo.

Nos quedamos allí, debajo de un árbol en una reserva en las afueras de Caswell, Maine, por lo que parecieron horas.

Solo nosotros dos.

Y cuando finalmente volvimos a casa, Kelly nos estaba esperando en el porche mientras masticaba su labio inferior. Se iluminó cuando me vio y casi se tropieza mientras bajaba las escaleras. Logró mantenerse erguido y me tacleó sobre el césped en tanto nuestro padre observaba. Mi hermano alzó las manos sobre su cabeza y aulló triunfante, un sonido quebradizo que no se parecía para nada a los demás lobos.

–Guau. ¡Eres tan fuerte! –le sonreí.

Tocó mi nariz.

–Te fuiste una *eternidad*. Me aburrí. ¿Por qué tardaste tanto?

–Ahora estoy aquí –le dije–. Y no te dejaré otra vez.

–¿Lo prometes?

–Sí, lo prometo.

Mientras abrazaba a mi lazo con fuerza, me contaba emocionado que Joe se había metido *dos* cereales en la nariz y que mamá se había enojado con el tío Mark cuando se rio, me dije a mí mismo que siempre cumpliría esa promesa.

–Por el amor de Dios –estallé–. ¿Tienes que seguirme a todos lados? Amigo, en serio. Aléjate.

El lobo me fulminó con la mirada.

Incliné mi cabeza y escuché.

Todos estaban en casa. Podía oír a mamá y a Jessie riéndose de algo en la cocina.

Volví a mirar al bosque. El lobo resopló. Empecé a correr y él me siguió.

Me reí cuando mordisqueó mis talones, urgiéndome a seguir y, en mi cabeza, pretendí que podía oír su voz de lobo decir *más rápido, más rápido debes correr más rápido para que pueda perseguirte y atraparte para poder comerte.*

Nos adentramos en el bosque, pasamos por el claro y llegamos a los límites de nuestro territorio. El lobo nunca corrió delante de mí, se mantenía siempre a mi lado, su lengua caía por un costado de su boca.

Corrimos kilómetros, el aroma de la primavera era tan verde que podía saborearlo.

Finalmente, me detuve, mi pecho subía y bajaba agitado y me ardían los músculos por el esfuerzo.

Colapsé en el suelo con las manos y piernas extendidas mientras el lobo formaba círculos a mi alrededor con la cabeza erguida. Esnifaba el aire y crispaba las orejas. Cuando decidió que no había ninguna amenaza, se recostó a mi lado, apoyó la cabeza en mi pecho y acurrucó su cola sobre mis piernas. Resopló molesto sobre mi rostro.

Puse los ojos en blanco.

—Hay que mantener las apariencias. Tengo que proteger mi reputación. ¿Sabes cuánto me molestarían si alguien se enterara? —Le di un golpecito en la frente. El lobo gruñó y mostró los dientes—. Sí, sí. Y, a decir verdad, no estaba mintiendo. Me sigues a todos lados. Un hombre tiene que poder cagar en paz sin que un perro gigante rasguñe la puerta del baño. No me encontrarás mirándote fijo cuando estás en cuclillas en el patio trasero.

Cerró los ojos.

—No me ignores.

Volví a darle un golpecito.

Abrió un ojo. Para no ser humano, ciertamente podía transmitir su exasperación.

—Como sea, hombre. Yo solo digo la verdad.

Estornudó sobre mí.

—Maldito cretino —mascullé y limpié mi rostro—. Solo espera, ya me vengaré. Croquetas para perro. Me aseguraré de que solo recibas comida balanceada de ahora en adelante.

Nubes espesas pasaron sobre nuestras cabezas. Me reí cuando una libélula aterrizó entre sus orejas e hizo que se aplanaran. Las alas translúcidas se agitaron antes de que saliera volando.

Era un gran peso sobre mí.

En un momento, creí que me aplastaba. Ahora sentía que era como un ancla que me mantenía en mi lugar. Debería molestarme más de lo que hacía.

El lobo gruñó, una pregunta sin palabras, su aliento se sentía caliente en mi pecho a través de mi camiseta.

—Lo mismo de siempre. Quién, cómo, por qué. Ya sabes cómo es.

¿Quién eres?

¿Cómo terminaste así?

¿Por qué no puedes volver a transformarte?

Preguntas que le había hecho una y otra vez.

Gruñó y sus labios subieron por sus dientes.

—Lo sé, amigo. No importa, ¿lo sabes? Lo descifrarás cuando estés listo. Solo que… ¿tal vez podría ser más temprano que tarde? Quiero decir, sería malo que tú… deja de gruñirme, ¡imbécil! Ay, vete a la mierda, amigo. No uses ese tono conmigo.

Movió la cabeza y tocó mi brazo con su hocico.

Lo ignoré.

Presionó con más fuerza e insistencia.

—Eres un malcriado. —Suspiré—. Ese es el problema. Crees que estás muy cómodo. Y es verdad. Tal vez demasiado.

Pero hice lo que quería y apoyé mi mano sobre su cabeza y rasqué detrás de sus orejas. Cerró los ojos otra vez mientras se acomodaba.

Estábamos a la deriva, solo nosotros dos. El mundo a nuestro alrededor se desdibujaba, era como un sueño. Las horas pasaban, a veces nos quedábamos dormidos y otras veces solo… estábamos.

—Puedes hacerlo, ¿lo sabes? –dije.

—Si quieres hacerlo –dije.

—No sé qué te sucedió –dije.

—No sé de dónde vienes o qué tuviste que enfrentar –dije.

—Pero estás a salvo aquí –dije.

—Estás a salvo con nosotros. Conmigo. Podemos ayudarte. Ox… es un buen Alfa. Joe también. Podrían ser tuyos, si quisieras.

—Y, entonces, tal vez podría oír tu voz. Quiero decir, no es que sea homosexual, pero creo que sería… lindo.

El lobo estaba temblando. Lo miré, creí que algo estaba mal, pero no era eso.

El maldito se estaba *riendo* de mí.

—Imbécil.

Lo aparté de mí de un empujón.

Se recostó sobre su espalda, con las patas al aire, su cuerpo se sacudía mientras se rascaba con la tierra. Luego se dejó caer sobre un costado y abrió la boca con un bostezo feroz.

—¿Sería tan malo? –susurró–. ¿Volver a transformarte? No puedes quedarte en esta forma para siempre. No puedes perderte en tu lobo. Olvidarás cómo regresar a casa.

El lobo miró en otra dirección.

Ya había presionado suficiente por hoy, siempre podía intentar de vuelta mañana. Teníamos tiempo. Me senté y estiré los brazos sobre mi cabeza.

Su cola golpeaba el suelo.

—Está bien, ¿en dónde nos quedamos la última vez? Ah, cierto. Entonces, Ox y Joe decidieron que era momento de convertirse en compañeros. Y, en realidad, intento no pensar en eso porque es mi hermano pequeño, ¿lo sabes? Y si *pienso* en eso, quiero golpear a Ox en el rostro porque *es mi hermanito*. Pero qué demonios sé yo, ¿no? Entonces, Ox y Joe… bueno. Ya sabes. Se acostaron. Y eso fue raro y ay, tan asqueroso porque pude *sentirlo*. Ay, cállate, no me refiero a eso. Quiero decir que pude *sentir* cuando su lazo de compañeros se creó. Todos pudimos. Fue como una… una luz que ardió dentro de todos nosotros. Mamá dijo que nunca había oído que una manada tuviera dos Alfas antes, pero tenía sentido que fuera así para nosotros por lo locos que estamos. Ox es… bueno. Es Ox, ¿no? El Jesús Hombre Lobo. Y luego Joe y él salieron de la casa y *nunca* quiero oler eso en mi hermano pequeño otra vez. Era como si se hubiera *revolcado* en su leche y Kelly y yo teníamos ganas de vomitar porque qué *mierda*. Lo torturamos por eso. Ese… ese fue un buen día.

Le eché un vistazo.

Me observaba con ojos violetas.

—Y así fue como terminó. Por lo menos la primera parte. Todavía faltan Mark y Gordo…

La cola del lobo aleteó peligrosamente y su cuerpo se tensó.

—¿Por qué te pones así cada vez que nombro a Gordo? —Mi mano se quedó quieta—. Sé que eres un Omega y todo eso y que probablemente tienes magia maldita de Livingstone dentro de ti, pero no es su culpa. Realmente tienes que superar lo que sea que esté mal contigo. Gordo es buena gente. Quiero decir, sí, es un imbécil, pero también lo eres tú. Tienen más en común de lo que piensas. A veces hasta tienen las mismas expresiones.

Me miró de mala manera.

Me reí y me dejé caer contra el césped con las manos detrás de mi cabeza.

—Bien. Compórtate así. No tenemos que hablar de eso hoy. Siempre tenemos mañana.

Nos quedamos allí, solo nosotros dos, hasta que el cielo comenzó a teñirse de rojo y naranja.

Cuando me senté detrás del escritorio de mi difunto padre por última vez, en una mañana fría de invierno, me pregunté qué pensaría de mí.

Una vez me dijo que las decisiones difíciles debían tomarse con la cabeza fría. Era la única manera de asegurarse de que fueran las correctas.

La casa estaba callada. Todos habían salido.

Mi padre era un hombre orgulloso, fuerte. Hubo un tiempo en el que creía que nunca podría equivocarse, que su poder era absoluto y todo conocedor.

Pero no era así.

Para ser alguien como él, un lobo Alfa de una larga descendencia de lobos, era terriblemente humano por los errores que había cometido, la gente que había herido y los enemigos en los que había confiado.

Ox.

Joe.

Gordo.

Mark.

Richard Collins.

Osmond.

Michelle Hughes.

Robert Livingstone.

Se equivocó sobre todos ellos. Las cosas que había hecho.

Y, sin embargo… todavía era mi padre.

Lo amaba.

Si hacía un gran esfuerzo, si realmente lo intentaba, casi podía olerlo incrustado en los huesos de esta casa, en la tierra de este territorio que había enfrentado tanta muerte.

Lo amaba.

Pero también lo odiaba.

Pensé que eso significaba ser hijo: creer en alguien con tanta fuerza que no ves sus fallas hasta el día en que son visibles. Thomas Bennett no era infalible. No era perfecto. Ahora podía verlo.

Hace algunos días, estaba al límite.

Debajo de mí había un vacío.

Vacilé. Pero pensé que había estado en caída libre por un largo tiempo, solo no me había dado cuenta.

El último paso sucedió con más facilidad de la que esperaba. Ya me había preparado. Vacié mis cuentas bancarias. Armé mis valijas. Me preparé para hacer lo que creí que tenía que hacer.

Lo que me trajo aquí. Ahora.

Este momento en el que supe que nada sería lo mismo.

Miré al monitor de la computadora sobre el escritorio.

Encontré una versión de mí mismo devolviéndome la mirada, no me reconocí. *Este* Carter tenía ojos muertos enmarcados con círculos violetas. *Este* Carter había perdido peso y sus pómulos eran más pronunciados. *Este* Carter estaba pálido. *Este* Carter sabía lo que era perder algo valioso y, sin embargo, estaba a punto de empeorar las cosas. *Este* Carter había recibido un golpe tras otro y, ¿para qué?

Este Carter era un extraño.

Y, sin embargo, seguía siendo yo.

Mi mano tembló mientras la acomodaba sobre el ratón, sabía que si no lo hacía ahora, no lo haría nunca.

"Ese es el punto", susurró mi padre. "Eres un lobo, pero sigues siendo humano. Das todo lo que tienes y, sin embargo, sigues sangrando. ¿Por qué lo empeorarías? ¿Por qué te harías esto? ¿A tu manada? ¿A él?".

Él.

Porque todo regresaba a él.

Pensé que siempre sería así.

Por eso mismo cuando toqué el ícono en la pantalla para empezar a grabar, su nombre fue lo primero en salir de mis labios.

—Kelly, yo…

Y, ah, las cosas que podría decir. La mera *magnitud* de todo lo que él era para mí. Cuando era niño, mi madre me dijo que nunca olvidaría a mi primer amor. Que incluso cuando todo parezca oscurecerse, cuando todo esté perdido, siempre habría una pequeña luz palpitante de un recuerdo bien guardado dentro de mí.

Ella hablaba de una chica sin rostro.

O chico.

No sabía que ya había conocido a mi primer amor.

Tenía la garganta seca. Estaba tan cansado.

—Te amo más que nada en este mundo. Por favor, recuerda eso. Sé que esto dolerá, y lo lamento. Pero tengo que hacerlo.

Desvié la mirada, no podía observar hablar a este hombre quebrado más de lo que fuera necesario.

—Verás, había una vez un niño. Y era lo mejor que me había pasado en la vida. Me dio el coraje para defender mis creencias, para pelear por aquellos a quienes quiero. Me enseñó la fuerza del amor y la hermandad. Me hizo mejor persona.

Intenté sonreír para hacerle saber que estaba bien. Se extendió en mi rostro, ajena y rígida, antes de quebrarse y desaparecer.

—Tú, Kelly —dije con voz ronca—. Siempre tú. Tú eres lo mejor que me ha pasado en la vida.

Miré por la ventana, había escarcha sobre el vidrio. La nieve empezaba a caer.

—Eres mi primer recuerdo. Mamá te tenía en brazos, y yo te quería para mí, quería ocultarte para que nadie te lastimara. —Era borroso, los límites de mi recuerdo se desdibujaron como si solo hubiera sido un sueño. Mamá tenía ropa deportiva y el rostro libre de maquillaje, su piel lucía suave y brillante. Hablaba en voz baja, pero no oía sus palabras; era un murmullo delicado que desaparecía ante la imagen de quién sostenía.

Una pequeña mano se estiró, abrió y cerró los dedos.

Y allí, en los recovecos de mi mente, la escuché decir tres palabras que cambiaron todo lo que era.

Dijo: "Mira, te conoce". No comprendí entonces el terremoto que causó dentro de mí.

Toqué con un dedo su mejilla regordeta y me maravillé por la manera en que su piel se ahuecaba.

Me miró y parpadeó con ojos brillantes y azules, azules, azules.

Emitió un sonido. Un pequeño chillido.

Y renací.

—Eres mi primer amor —dije en esta habitación vacía, perdido en el recuerdo de cómo su mano encerraba con cuidado mi dedo—. Lo supe cuando sonreías cada vez que me veías, y era como mirar al sol.

Tragué saliva y desvié la mirada de la ventana.

—Eres mi corazón —le dije sabiendo que era posible que nunca me perdonara—. Eres mi alma. Amo a mamá, me enseñó a ser amable. Amo a papá, me enseñó a ser un buen lobo. Amo a Joe, me enseñó que la fortaleza viene de adentro.

Mi inhalación se congestionó en mi pecho, pero insistí. Tenía que escuchar esto de mí, tenía que saber el por qué.

—Pero tú eres mi mejor maestro. Porque contigo entendí la vida. Qué significaba amar a alguien ciegamente y sin reservas. Tener un propósito. Tener esperanza. He sido hermano mayor la mayor parte de mi vida, y es lo mejor que podía ocurrirme. Sin ti, no sería nada.

Me dolía respirar.

—Sé que te enfadarás, pero espero que entiendas, al menos un poquito. —Volví a mirar la pantalla—. Porque tengo un agujero en el pecho. Un vacío. Y sé por qué.

Vete. Contigo. Yo. Iré. Contigo. No. No. Los. Toques.

—Tengo que encontrarlo, Kelly. Tengo que encontrarlo porque creo que, sin él, siempre habrá una parte de mí que se sienta incompleta. Debería haberte escuchado más cuando Robbie no estaba. Debería haber luchado más. No lo entendía entonces. Ahora sí, y lo siento. Lo siento mucho. Quizá no quiera saber nada de mí. Quizá él…

No. Atrás. *No quiero. Esto. No quiero. Manada. No quiero. Hermano. No quiero. Tú. Niño. Eres. Un* niño. *No soy. Como tú. No soy.* Manada.

—Tengo que intentarlo —supliqué en esta habitación vacía—. Y sé que Ox y Joe y todos los demás lo están buscando, los buscan a los dos, pero no es suficiente. Kelly, él nos salvó. Ahora lo entiendo. Nos salvó a todos. Y tengo que hacer lo mismo por él. Tengo que hacerlo.

Mi sangre se aceleró hacia mis orejas. Mi visión se tornaba borrosa. Había un gran peso sobre mi pecho y no podía respirar.

—Te hice una promesa una vez. Te dije que siempre volvería por ti. Lo dije en serio entonces y lo digo en serio ahora. *Siempre* regresaré por ti.

Esté donde esté, haga lo que haga, estaré pensando en ti e imaginando el día en el que volveré a verte. No sé cuándo será, pero después de que me patees el trasero, me grites y me insultes, por favor dame un abrazo como si nunca fueras a soltarme porque no quiero que lo hagas jamás.

Intenté decir algo más, continuar, pero el peso era aplastante así que bajé la cabeza y hundí mis garras en el escritorio.

—Mierda. No puedo respirar. No puedo…

Mis hombros temblaron y me dejé llevar. Mis ojos ardían mientras ahogaba un sollozo. Tenía que terminar mientras pudiera. Sentía que ya era demasiado tarde. Para mí. Para él.

Para todos nosotros.

—Recuerda algo por mí, ¿sí? Cuando la luna esté llena y brillante y estés cantando con toda la fuerza de tus pulmones, yo miraré la misma luna, y estaré cantando para ti. *Para* ti. Siempre por ti.

Me limpié los ojos. La pantalla estaba borrosa y el extraño que me devolvía la mirada lucía atormentado y perdido.

—Te amo, hermanito, más de lo que puedo poner en palabras. Tienes que ser valiente por mí. Obliga a Joe a ser sincero. Molesta a Ox todo lo que puedas. Enséñale a Rico a ser un lobo. Muéstrale a Chris y a Tanner las profundidades de tu corazón. Abraza a mamá y a Mark. Dile a Gordo que se relaje. Haz que Jessie le patee el culo a cualquiera que se pase de la línea. Y ama a Robbie como si fuera lo último que fueras a hacer en la vida.

Y, ay, Dios, había tantas cosas que tenía que decir, tantas cosas que nunca le había dicho, tanto que tenía que oír de mí. Que el único motivo por el que era una buena persona era por él. Que nuestro padre estaría orgulloso de en quién se había convertido. Que cuando me había perdido en el Omega y lo sentía llamándome y amenazaba con hundirme en un océano violeta, me aferré con todas mis fuerzas a mi lazo raído y me negué a soltarlo, a que me lo arrebataran.

Estoy vivo gracias a ti, quería decir.

Pero no lo hice.

—*Regresaré* por ti, y nada nos dañará de nuevo, jamás —dije.

»Nos vemos, ¿sí?

Y eso fue todo.

Eso fue todo.

Una vida entera reducida en unos pocos minutos en los que les suplicaba a mi manada que comprendiera la terrible decisión que estaba a punto de tomar.

Detuve la grabación.

Pensé en borrarla.

Solo… borrarla y olvidarme de todo esto.

Sería tan sencillo.

La borraría y luego me pondría de pie, abandonaría la oficina. Me sentaría en los escalones del porche hasta que alguien regresara a casa y le contaría lo que había hecho y lo que estaba a punto de hacer. Tal vez sería mamá. Sonreiría al verme, pero su sonrisa se desvanecería cuando notara la expresión en mi rostro. Se apresuraría hacia mí y le contaría todo. Que creí que me estaba volviendo loco, que no supe qué era Gavin hasta que fue demasiado tarde. Que debería haber luchado más por él, que debería haberle dicho que no podía marcharse con Robert Livingstone, que no podía irse con su padre, que no podía *dejarme*. No ahora que comprendía. Ahora comprendía lo que debería haber sabido hace mucho tiempo.

O tal vez sería Kelly. Tal vez sabría que algo no estaba bien.

El polvo se agitaría debajo de las llantas de su vehículo, la barra de luces en el techo estaría brillando y la sirena sonaría con fuerza. Abriría la puerta con violencia y la expresión en su rostro sería una mezcla de preocupación y enojo.

—¿Qué estás haciendo? —preguntaría.

—No lo sé —respondería—. Estoy perdido, Kelly. No sé qué está sucediendo, no sé qué está sucediendo, por favor, por favor, por favor sálvame. Por favor átame para que no pueda abandonarte. Por favor, no me dejes hacer esto. No dejes que me marche. Grítame. Golpéame. Destrúyeme. Te amo, te amo, te amo.

En cambio, guardé el video.

Me puse de pie. Era ahora o nunca.

Antes de abandonar la oficina, miré hacia atrás una vez.

Por un momento, creí ver a mi padre detrás de su escritorio con la mano extendida hacia mí.

Parpadeé. No había nada allí. Un truco de la luz.

Cerré la puerta por última vez.

Y, sin embargo…

Vacilé en el porche, el bolso de tela a mis pies.

Me dije a mí mismo que era porque estaba absorbiéndolo. Este lugar. Nuestro territorio. Los últimos vestigios de casa antes de lo que fuera que me esperara allí afuera.

Pero era un mentiroso.

Miré por la calle de tierra, la nieve caía en ráfagas y se pegaba a los árboles. Nadie vino.

Y seguí esperando.

Un minuto se hicieron dos y luego tres y luego siete. Cuando pasaron diez minutos, supe que era ahora o nunca. Había esperado suficiente.

Tomé mi bolso, bajé los escalones y caminé hasta mi camioneta.

Me subí y cerré la puerta detrás de mí.

Miré hacia la casa.

Imaginé que Kelly estaba conmigo en el asiento del pasajero.

—Aférrate a mí —dijo.

—Tan fuerte como puedas —dijo.

—Sé que duele —dijo.

—Sé cómo se siente —dijo.

Mis manos sujetaron el volante con más fuerza.

—Sé que lo sabes.

Suspiré y me estiré hacia mi bolso. Abrí un pequeño bolsillo lateral y tomé una fotografía. Toqué las sonrisas congeladas de mis hermanos antes de acomodarla en el tablero detrás del volante.

Y luego me marché.

Apenas me alejé lo suficiente, me detuve.

Junté lo que quedaba de mi fuerza.

Encontré las ataduras dentro de mí, brillantes, vivas y fuertes.

¿Puedo hacer esto?

Descubrí que podía.

Cortarlos fue más sencillo de lo que esperaba. Por lo menos al principio. Cuando terminé, abrí la puerta de la camioneta y vomité en el suelo con el rostro cubierto de sudor.

Sentí arcadas mientras las ataduras se desvanecían.

Mi boca tenía sabor amargo. Escupí en el suelo.

—Kelly —murmuré—. Kelly, Kelly, Kelly.

Era suficiente.

El lazo.

Era suficiente.

Me recompuse y miré por el espejo retrovisor. El extraño me devolvió la mirada. Mis ojos brillaron.

Naranja.

Todavía naranja.

Cerré la puerta. Inhalé y miré a la carretera delante de mí.

No había otro coche a la vista. Regresé al camino.

Unos pocos minutos después, pasé por un cartel que me indicaba que estaba abandonando Green Creek, Oregón y que ¡regresara pronto!

Lo haría.

Era una promesa.

ASÍ / TE TENGO

Fue así:
Nací.
No lo recordaba.
Era uno.
No lo recordaba.
Fuimos dos.
No lo recordaba.
Y luego lo recordé.
Porque mi madre estaba allí, sentada en una silla. Estaba cansada.

pero sonreía. Su cabello estaba peinado hacia atrás en un rodete relajado y su piel lucía suave.

—Carter —dijo—, ¿te gustaría conocer a tu hermano?

Él había estado en su estómago y ahora estaba aquí.

Mi padre estaba en el marco de la puerta, observándonos.

No recuerdo nada más. Cómo entré en la habitación, en dónde había estado antes, qué estaba haciendo. No importaba. Esto era importante.

Muy importante.

—Ten cuidado —dijo mi padre.

Había una cosa rosa y arrugada en los brazos de mi madre. Tenía nariz, boca y ojos entrecerrados. Bostezó.

—¿Mío? —pregunté.

—Sí —dijo mi madre—. Tuyo. Nuestro.

—Mío —repetí e intenté tomar la cosa rosa de los brazos de mi madre. Quería llevármela, esconderla para que nadie más tocara lo que era mío.

—No, Carter, no —dijo mi padre—. Eres demasiado pequeño, podrías lastimarlo.

—No lastimar —dije—. No lastimar.

—Sí —replicó mi mamá—. Muy bien. No lastimar. No lo lastimamos. No lastimamos a Kelly.

—Kelly —dije por primera vez.

—Tu hermano.

—Kelly, Kelly, Kelly.

Me miró. Se estiró hacia mí.

—Mío —susurré.

Fue así:

Gritos.

Gordo gritaba.

Papá gritaba.

Mamá gritaba.

Kelly estaba en su cuna y agitaba los brazos.

—Kelly —dije y empujé una silla hasta la cuna. Fue difícil. Era pequeño, me subí a la silla mientras Kelly empezaba a llorar. Trepé por las barras de la cuna. Mi padre dijo que era un buen escalador.

Fui cuidadoso.

No lastimaría a mi hermano.

Entré en la cuna y descendí hasta él. Me acosté a su lado y cubrí sus orejas con mis manos porque yo era un lobo, al igual que él, y oíamos cosas que los demás no podían. Había mucho ruido.

Gordo estaba gritando.

Mi padre suplicaba.

—Kelly —dije y me golpeó en la mano. Fue un accidente. No dolió.

Recordé lo que hacía mi madre cuando mi hermano estaba así.

—Ya está, ya está —dije y acaricié su mejilla—. Ya está, ya está.

Dejó de llorar. Me miró con ojos húmedos.

Le di un beso en la nariz.

Sonrió.

Fue así:

Cajas.

Muchas cajas.

Todo estaba empacado.

–Nos marcharemos –dijo mi padre.

–¿Por qué? –pregunté.

–Porque tenemos que hacerlo.

–¿Por qué? –repliqué.

–Porque es lo que debemos hacer.

–¿Por qué?

–No tengo elección.

–¿Por qué?

Ese fue el día que aprendí que hasta mi padre podía llorar.

Fue así:

  –¿Gordo?

Me miró. No lucía como antes. No habló. No sonrió. Le saqué la lengua porque siempre lo hacía reír.

No funcionó.

–No puedes olvidarme –dijo.

–¿Olvidarte? –pregunté.

–No puedes –replicó.

No comprendí.

Fue así:

  Estaba mirando por la ventana.

  El tío Mark y Gordo estaban en el porche.

—Por favor —dijo Mark.

—Púdrete —replicó Gordo.

—No quiero esto.

—Sin embargo, aquí estás.

—Regresaré por ti.

—No te creo.

Ese fue el día que aprendí que podía saborear lo que olía.

Era como si todo el bosque estuviera en llamas.

Fue así:

Hubo saltos y huecos. Agujeros en mi memoria, los límites raídos y borrosos. Tenía dos años, tres y luego seis, seis, seis y Kelly dijo:

—¡Carter!

Estábamos sentados en el césped delante de una casa. Había un lago detrás de nosotros. Mamá dijo que no podíamos ir al lago sin ella porque podíamos ahogarnos. Estaba sentada en el porche con la mano sobre su estómago. Mamá y papá me dijeron que allí había otro bebé. No sabía por qué. Ya nos tenían a Kelly y a mí.

Mark no estaba, se escondía en el bosque. Siempre estaba en el bosque. Papá dijo que estaba melancólico. Mamá dijo que ellos habían hecho que Mark que sintiera así y papá nunca volvió a repetirlo después de eso.

No sabía qué significaba "melancólico", pero no sonaba bien.

—Carter —repitió Kelly y lo miré.

Tenía unos pantalones cortos, era verano. Su rostro estaba pegajoso, su cabello despeinado y me estaba sonriendo. Había un pozo en la tierra en frente de él en dónde había estado cavando. Le dije que era el pozo más grande que había visto.

—¿El más grande? —Miró su trabajo y luego a mí otra vez.

—Sí. Eres un buen excavador.

—Buen excavador —concordó.

Vinieron otros niños. Lobos. Cachorros.

—Carter, ven a jugar con nosotros —dijo uno.

—Está bien —respondí—. ¿Kelly también puede venir?

—No —dijo el chico—. Es un bebé y los bebés son estúpidos.

Kelly lloró y derribé al niño por haber hecho llorar a mi hermano. Mamá me separó de él, su nariz estaba sangrando.

—Carter —dijo mamá—. ¿Qué *rayos* crees que estás haciendo?

—Kelly no es estúpido —le gruñí al niño mientras se ponía de pie. Intenté perseguirlo, pero mamá me retuvo.

—¡Te acusaré! —gritó el niño antes de salir corriendo y los demás lobeznos lo siguieron.

Mamá me hizo girar, su rostro estaba cerca del mío, fruncía el ceño.

—No le pegamos a los demás.

—Dijo que Kelly era estúpido.

—Eso no importa, no le pegamos a los demás. No es amable.

Estaba equivocada. No lo dije en voz alta, pero lo pensé. Lo pensé con intensidad. Estaba equivocada porque si alguien llamaba "estúpido" a Kelly, definitivamente lo golpearía. Lo haría con toda la fuerza que pudiera. Lo golpearía hasta que ya no pudieran decir esas palabras.

—Ah —dije.

—Sí. *Ah*. Tienes que pensar antes de actuar. No puedes usar tus puños para resolver todos tus problemas. —Luego sonrió, su mano se posó en su estómago mientras se erguía—. Alguien se despertó. Uf.

El bebé en su estómago.

No me importaba ese bebé.

Todavía no era real.

—Carter —esnifó Kelly y fui hacia él.

Lo alcé, era muy fuerte.

Él apoyó su cabeza en mi hombro y, como no quería volver a meterme en problemas, prometí en mi cabeza que nadie volvería a llamarlo "estúpido".

—¿Cavas conmigo? —preguntó—. ¿Pozo más grande?

—Está bien —accedí y eso fue lo que hicimos. Era mejor que jugar con los otros.

Fue así:

Papá dijo que nuestro hermano llegaría pronto. Que teníamos que portarnos bien y no hacer ruido para que mamá pudiera concentrarse.

—Necesitará toda su energía —dijo arrodillado delante de Kelly y de mí. Mi hermano se estiró y tocó su rostro, papá abrió la boca y amagó con morder los dedos de Kelly y lo hizo reír—. Mamá está siendo muy valiente. ¿Pueden ser valientes ustedes también?

—Valiente —concordó Kelly.

—Quédense aquí con el tío Mark. Cuando termine, vendré a buscarlos para que lo conozcan.

Y luego se marchó.

—Tardará un largo tiempo —dijo Mark.

—Largo tiempo —replicó Kelly porque repetía lo que decían los demás todo el tiempo. Era molesto salvo cuando lo hacía conmigo.

—Pero mamá estará bien —dijo.

—Bien —repitió Kelly.

Mark sonrió, pero lucía como un fantasma.

Tardó un largo tiempo.

Nos cansamos de esperar y cuando Mark nos preparó para dormir, me olvidé de todo. Mark dijo que Kelly y yo podíamos dormir en la misma cama y Kelly tenía pasta dental en la comisura de su boca.

Nos acostamos enfrentados con la cabeza en la misma almohada.

Mark besó mi mejilla y luego la de Kelly.

—Buenas noches, cachorritos —dijo.

Kelly bostezó. Mark dejó la puerta abierta y la luz del pasillo encendida. El cielo afuera estaba oscuro.

—¿Carter? —dijo Kelly.

—¿Qué?

—¿Tenemos que tener un hermanito?

No lo sabía, así que le dije:

—Creo que sí.

—Ah, ¿puedo sostenerlo?

—Tal vez. Quizás tengas que esperar.

—¿Por qué?

—Porque los bebés son frágiles —dije recordando las palabras de mi padre—. Son pequeños y frágiles.

—¿Qué es "frágil"?

—Significa asqueroso. —No tenía idea.

Arrugó la nariz.

—Como pedos.

Me reí. Yo le había enseñado esa palabra y mamá y papá no estuvieron muy felices conmigo.

—Sí, es un pedo.

—Pedo, pedo, pedo —dijo Kelly y luego cerró los ojos—. No sé si me gustan los hermanos pequeños.

—Yo sí —le dije—. Me gustan mucho los hermanos pequeños. —Pero ya estaba dormido.

Mantuve los ojos abiertos todo el tiempo que pude porque papá estaba con mamá y Kelly necesitaba que lo protegiera. No era un Alfa, pero podía pretender serlo.

—Tengo ojos rojos —susurré en la oscuridad—. Y soy grande y fuerte.

No recuerdo haberme quedado dormido.

Fue así:

—Su nombre es Joe —anunció mamá.

—Joseph Bennett —dijo mi padre—. Su hermanito.

—Joe —Kelly susurró asombrado. Yo no estaba muy feliz al respecto.

Luego lo vi.

Y supe lo que era. Lo que sería.

—Alfa —dije.

Mi mamá se sorprendió.

—¿Qué dijiste, Carter? —Mi padre dio un paso adelante.

—Alfa —repetí y mi voz estaba cargada con tanto asombro que creí que flotaría en el aire.

—¿Cómo lo sabes? —preguntó papá.

Encogí los hombros. Mamá y papá se miraron un largo rato.

—Sí —dijo mi padre al fin—. Sí, Joe será un Alfa. ¿Puedo contarles un secreto sobre los Alfas?

Kelly y yo giramos hacia él. Esto era importante. Ahora sabía lo que significaba esa palabra. Los Alfas tenían muchos secretos y cuando compartían uno, era importante.

Papá se arrodilló delante de nosotros. Tomó nuestras manos y dijo:

—Un Alfa es un líder. Pero no puede liderar solo. Los necesitará a ustedes, a los dos, para que lo ayuden. No es nada sin sus hermanos. Ustedes serán su manada y lo harán fuerte. Son tan importantes como él. Llegará un momento en el que el color de sus ojos será muy importante, pero ustedes son igual de importantes. No puedes formar rojo sin naranja. ¿Lo entienden?

Ambos asentimos, aunque no teníamos idea de qué estaba hablando.

Joe lloró.

Fuimos a él.

Kelly tocó su mejilla.

Besé su mano.

—No hay nadie como él —susurró nuestra madre—. Pero tampoco hay alguien como ustedes. Son especiales a su manera. Creo en ustedes. —Bajó la mirada hacia Joe con una sonrisa cansada en su rostro—. Creo en todos ustedes.

Fue así:

Joe creció.

Encontré mi lazo.

Me transformé.

El dolor fue exquisito y yo…

soy lobo

oler

oler todo

correr rápido correr rápido correr correr correr

cazar quiero cazar y

padre lobo

madre lobo

joe ríe está riendo dice eres tan lindo carter eres tan lindo

no soy lindo

soy increíble

kelly dice

guau

kelly dice

mírate

kelly dice

eres tan grande

kelly dice deja de lamerme carter deja de lamerme deja de

no me detengo

nunca me detengo y

Llegó el día que papá se llevó a Kelly.

—No tienes que preocuparte —me dijo mamá. Sonaba como si estuviera intentando no reírse. La fulminé con la mirada, pero besó mi frente y despeinó mi cabello.

—¿Por qué Carter está preocupado? —preguntó Joe cuando mamá volvió a entrar y me dejó en el porche—. Kelly está con papá.

—Porque hoy es un día importante —explicó mamá mientras yo caminaba de un lado a otro.

Se marcharon por horas. Para cuando regresaron, estaba a punto de arrancarme la piel del cuerpo.

Kelly estaba sonriendo.

—¿Lo hiciste? —Corrí hacia él y lo sujeté por los hombros—. ¿Lo descifraste?

—Sí —puso los ojos en blanco—, pero es un secreto.

—¡Yo te dije la mía! —Lo miré de mala manera y se rio.

Papá nos estaba observando. Parecía que diría algo, pero sacudió la cabeza.

—¿Quién tiene hambre?

Pero antes de que pudiéramos entrar en la casa, apareció un hombre. No me cayó bien. Hizo que sintiera un cosquilleo en la piel.

—Osmond —dijo papá.

El recién llegado nos miró sin darnos importancia antes de volver a mirar a papá.

—Tenemos que hablar.

—¿No puede esperar a mañana? Estamos a punto de cenar.

—Tiene que ser ahora.

—Está bien. —Papá suspiró y nos miró—. Entren, estaré con ustedes en breve.

Los observé marcharse.

—¡Vamos! —dijo Kelly desde el porche.

Esa noche alguien golpeó mi puerta. Se abrió levemente y apareció la cabeza de Kelly.

—Deja de tocarte.

—Púdrete —susurré lo suficientemente alto para que pudiera oírme, pero no tanto como para que escuchen mamá y papá.

Se escabulló y entró en mi habitación, luego cerró la puerta detrás de él. Se acercó a mi cama y me hizo un gesto para que le hiciera un lugar.

—Tienes tu propia cama —le gruñí.

—Sí, sí, mueve tu gordo trasero.

Lo golpeé en el rostro con una almohada.

Se rio antes de acostarse a mi lado y estirar los brazos y piernas. Oí su espalda crujir antes de que se relajara y apoyara su pierna sobre la mía.

Esperé.

—Eres tú —dijo.

—¿Qué cosa? —Apenas podía respirar.

—Ya sabes qué.

Lo sabía y quería aullar y hacer temblar la casa.

—¿Estás seguro?

—Sí, amigo. Estoy seguro.

—Ah. —Y luego—. ¿Por qué?

Giró la cabeza para mirarme, sus ojos resplandecían en la oscuridad.

—¿Por qué soy tu lazo? —preguntó.

—Porque eres mi hermano.

—Joe también es tu hermano.

—Tú llegaste primero.

Exhaló.

—Lo he sabido por un largo tiempo.

—Pero nunca dijiste nada.

—Pensé que era obvio. —Encogió los hombros.

Me hizo sentir nervioso. Nada tan monumental me había hecho sentir tan pequeño.

—Los lazos cambian.

—No cambiará.

—No lo sabes.

—Lo sé. No importa qué suceda. Si tengo un compañero…

—Ugh.

–Cállate, sabes a qué me refiero.

–Eso es bastante gay, amigo.

–No digas eso. –Me golpeó en el pecho–. No es amable.

–Es verdad. Lo lamento. Yo… –no tenía palabras.

–¿Está bien? –preguntó en voz baja. Sonaba inseguro y yo no podía soportarlo.

–Sí, está bien.

Nos quedamos callados por un rato, solo inhalábamos y exhalábamos.

–Hermanos de lazo –dijo–. Eso es lo que somos. Un par de hermanos atados.

Y era como si fuéramos pequeños otra vez, solo nosotros dos, y nos estábamos riendo, riendo, riendo, intentando no hacer ruido, pero fallamos miserablemente. Papá se detuvo del otro lado de la puerta y cubrimos la boca del otro con nuestras manos. Su aliento era caliente contra mi palma y era *asqueroso*, pero no me alejé.

Papá se marchó.

Finalmente, logramos controlarnos.

Me estaba quedando dormido cuando Kelly dijo:

–Siempre serás tú.

Fue así:

–¡Joe! –grité en el bosque. Estaba oscuro, llovía y los rayos brillaban sobre nosotros–. ¡Joe!

No podía encontrarlo.

–¿Carter? –preguntó Kelly, estaba empapado y abatido, tomó mi mano con tanta fuerza que creí que mis huesos se harían polvo–. Tenemos que regresar.

–No –le respondí de mala manera y sentí culpa cuando arrugó su rostro–. No podemos. Tenemos que encontrarlo.

Tenía quince años y un monstruo se había llevado a nuestro hermanito.

–¡Joe! –lo llamé otra vez.

Nada.

–¡Joe! –gritó Kelly–. ¿En dónde estás, Joe?

Quería transformarme para poder olerlo, pero mamá y papá dijeron que no podía transformarme sin que ellos estuvieran presentes. Tenía a mi lazo y él me tenía a mí, pero todavía no era seguro. Había todo tipo de cosas en el bosque.

Pero Joe había desaparecido y nadie sabía en dónde estaba. Solo habían pasado tres días, pero le había fallado. Mamá y papá dijeron que debía protegerlo y fallé.

Nos adentramos todavía más en el bosque.

Papá nos encontró.

–¿Qué están *haciendo*? –rugió. Sus ojos estaban rojos.

Nos acobardamos. Empujé a Kelly detrás de mí mientras gimoteaba.

Nuestro padre cayó sobre sus rodillas y extendió sus brazos.

Corrimos hacia él.

–Lo lamento –dijo y nos abrazó con fuerza–. Lo lamento tanto. No podía encontrarlos y estábamos asustados. No quise hablar tan fuerte. No quise asustarlos. ¿Qué están haciendo aquí? Deberían estar en la cama.

–Tenemos que encontrar a Joe –dijo Kelly.

–Oh –replicó mi padre–. Oh, oh, oh.

Fue la segunda vez que vi llorar a mi padre.

Fue así:

Joe regresó.

Pero no era el mismo.

Lucía como Joe. Tenía todos los dedos de las manos y de los pies. Tenía todos sus dientes. Su nariz seguía allí y sus rodillas todavía eran huesudas.

Pero no había nada detrás de sus ojos.

Estaban oscuros como si una luz se hubiera apagado.

Lo llevaba a todos lados.

Lo cargaba en la casa. En el bosque. Alrededor del lago.

—Déjame cargarlo, Carter —dijo papá.

Retrocedió cuando le gruñí con ojos brillantes y los colmillos a la vista.

—No —ladré—. No, no, no. —Mi padre retrocedió lentamente y me llevé a mi hermano.

—Ey, Joe, mira a los pájaros —dije.

—Ey, Joe, mira ese insecto —dije.

—Ey, Joe, ¿tienes hambre? —dije.

—Ey, Joe, ¿quieres oír un chiste? —dije.

—Ey, Joe, por favor, ¿podrías decir mi nombre? —dije.

Pero Joe nunca habló.

—Lo vaciaron —me dijo Kelly mientras Joe yacía entre nosotros con los ojos cerrados y respiraba profundamente.

—Cállate —siseé y sentí una pizca de remordimiento cuando hizo una mueca—. No es... puede *oírte*.

—Lo lamento —murmuró Kelly, pero antes de que pudiera darme la espalda, tomé su mano sobre la de Joe y la apoyé sobre el pecho de nuestro hermano sobre su corazón. Hice presión. Podía sentir el latido a través de la mano de Kelly. Era lento y estable.

—¿Qué hacemos? —susurró Kelly.

—No lo sé —respondí en voz baja—. Pero nos quedaremos juntos. Nosotros tres. Sin importar lo que suceda.

Kelly asintió.

Se quedó dormido antes que yo, su mano seguía sobre el pecho de Joe.

Estaba a punto de seguir sus pasos cuando los latidos de Joe comenzaron a acelerarse y temblar. Emitió un sonido de dolor que sonó quebrado. Presioné la mano de Kelly con más fuerza contra su pecho y le hablé al oído.

—Estás aquí —dije—. Estamos contigo. Estás a salvo. Estás en casa. No dejaremos que nada te vuelva a suceder. Somos tus hermanos mayores. Te protegeremos. Siempre estaremos aquí para ti. Te amo, te amo, te amo.

El corazón de Joe se tranquilizó.

Las líneas en su frente desaparecieron.

Su boca se relajó.

Suspiró y giró su rostro hacia mí.

Lo observé por un largo rato.

Fue así:

Cajas.

Todas esas cajas.

De pie entre ellas, oí voces que provenían del primer piso.

Y luego descubrí los pecados de mi padre.

—¿Estás seguro? —Mark le preguntó a papá.

—Sí.

—¿Has...? ¿Llamaste a Gordo?

—No. —Papá suspiró.

—No le gustará que regresemos.

—No es su territorio —le gruñó papá y luego—. Mierda, lo lamento. No debería haber...

—Es demasiado tarde para lo que deberías o no deberías haber hecho —dijo Mark y sonó más enfadado de lo que lo había escuchado en mi vida—. ¿Realmente crees que nos recibirá con los brazos abiertos? ¿Que no tendrás que enfrentarlo? Green Creek es pequeño, Thomas. Te lo encontrarás más rápido de lo que crees.

—¿Qué quieres que haga? —preguntó papá y el sudor cayó por mi nuca—. Dime. Por favor. Solo dime qué hacer. Qué es lo correcto. ¿Qué debería haber hecho? ¿Qué debo hacer ahora? ¿Debería haber podido evitar que los cazadores destruyeran nuestra manada? ¿O tal vez debería haber evitado que Robert Livingstone asesinara a todas esas personas? Lo lamento, Mark. Lamento todo lo que he hecho. Todos los errores que cometí. Por favor, dime cómo solucionarlo. Dime qué debo hacer para que mi *hijo* no se despierte con sus propios gritos porque un hombre en el que en algún momento confié lo desgarró en pedacitos antes de que pudiera encontrarlo. Tú deberías haber sido mi segundo, no Richard. Nunca debería haber escuchado a papá cuando dijo que...

—Púdrete —replicó Mark con frialdad—. Nunca me importó eso y lo sabes. Estamos rotos, Thomas. Estamos rotos y no sé cómo arreglarnos.

Te seguí incluso cuando cada parte de mí me gritaba que te marcharas sin mí. Dejé mi corazón atrás porque dijiste que era por el bien mayor. ¿Y para *qué*? ¿Qué hemos logrado? ¿Qué tipo de Alfa eres que no puedes...?

—*Suficiente.*

Sacudió las paredes.

No podía moverme.

No podía respirar.

Pero Mark no había terminado.

—¿Qué estás haciendo? ¿Siquiera lo sabes? Estás fuera de control, Thomas. La gente está hablando. Creen que nunca regresarás.

—Regresaremos.

—Sí, bueno, tal vez regreses solo.

—Está bien. Entonces lo haré *solo*. Michelle es más que capaz, le irá bien hasta que pueda volver a descifrar las cosas —suspiró—. Tengo que priorizar a mis hijos. Tengo que priorizar a *Joe*.

Mark rio con amargura.

—Ah, si tan solo papá pudiera oírte ahora. ¿Qué era lo que siempre decía? Para un Alfa, las necesidades de muchos pesan más que las de unos pocos. Manada y manada y *manada*.

—¿Crees que no lo sé?

—¿Y qué hay de Richard? No terminó.

—También lo sé.

—¿Lo sabes? ¿Qué sucederá si vuelve a aparecer?

—Le arrancaré la cabeza de los hombros —rugió mi padre y su voz se llenó de Alfa—. Deja que venga. Será lo último que haga.

—No podemos seguir haciendo esto —dijo Mark y le estaba *suplicando* a mi padre—. No podemos seguir así. Nos estamos destruyendo y no sé cómo detenerlo. Te amo, pero también te odio por todo lo que has hecho.

Mi padre no respondió.

Se quedaron callados. Podía imaginarlos del otro lado de la pared, enfrentados, de brazos cruzados y evadiendo los ojos del otro. Dos estatuas de piedra inmóviles.

Me sorprendió cuando mi padre habló primero.

—La familia de la casa azul.

—¿Qué tiene?

—El chico.

—Ox —dijo Mark.

—Sí, dijiste que... lo conociste. Y a su madre.

—En la cafetería. Era su cumpleaños. Era... no sé. Había algo diferente en él, no sé cómo explicarlo. Fue como haber sido impactado por un rayo. Nunca sentí una cosa así antes.

—Magia, tal vez, ¿un brujo?

—No, nunca oí hablar de brujos Matheson.

—Tendremos que ser cuidadosos. Tenerlos tan cerca... podría ser peligroso.

—Entonces no deberías haber vendido la casa.

Oí que mi padre se movía.

—No. No me toques —le dijo Mark.

—Cuando eras pequeño —dijo papá—, solía cargarte en mis hombros. ¿Lo recuerdas?

—No.

—Mentira. Solías hundir tus manos en mi cabello y jalabas de él hasta que me dolía, pero nunca te detuve.

—Aléjate, aléjate, aléjate...

—Nunca quise que esto sucediera —susurró mi padre con voz ahogada—. Nada de esto. No estaba listo para todo lo que implicaría. Ser Alfa es...

–Difícil –terminó Mark a regañadientes.

–Sí. Lo es. Y no soy uno muy bueno. Deberías haber sido tú.

–Detente. –Mark sonaba como si se estuviera ahogando–. Por favor, detente.

–Sé que me odias –siguió papá–. Y tienes derecho a hacerlo. Pero hice lo que creí mejor para todos nosotros. Pensé que Gordo…

–No. No puedes decir su nombre.

–Creí que estaría mejor sin nosotros. Que podría vivir una vida libre de…

–¡Lo *abandonaste*! –gritó Mark–. ¡No le diste elección! Aléjate de mí, bastardo. Cómo te atreves. Sé lo que hiciste. Sé que pensaste que Livingstone le había hecho algo, sé que creías que estaba en sus tatuajes así que no te *atrevas* a intentar presentarlo de esta manera.

–¿Cómo lo…? ¿Lizzie te dijo algo?

–No importa –replicó Mark–. Esto no se trata de ella ni de nadie más. Esto es sobre *ti*. Todo esto es tu culpa. Siempre dices que somos una manada, pero creo que no tienes una maldita idea de qué significa. Púdrete. Púdrete Alfa de todos. –Inhaló entrecortadamente y luego añadió–: Tal vez llegó el momento de que el reinado de los Bennett se termine.

–No puedes hablar en serio…

–Hablo en serio. Creo cada palabra. Deja que Michelle se quede al mando. Deja que Osmond sea su perro faldero. Dices que quieres priorizar a Joe, Kelly y Carter, entonces así es cómo lo logras. Joe está roto, Thomas. Está *roto*. Y créeme, sé cómo se siente. No levantaste un maldito dedo para ayudarme. No hagas lo mismo con él.

Mark se marchó de la oficina furioso. Sus pasos eran fuertes mientras bajaba las escaleras. Ni siquiera me vio cuando atravesó la puerta principal y la cerró con fuerza detrás de él.

Sobre mí, mi padre estaba quieto.

Y lo único que sentí emanar de él fue azul.

Fue así:

Mamá estaba sentada en su estudio.

Papá estaba poniendo libros en los estantes.

Mark estaba arriba, encerrado en su habitación.

Kelly y yo estábamos en el porche, sus pies sobre mi regazo. Él leía, cerré los ojos y asimilé los aromas y los sonidos del bosque viejo que nos rodeaba. En el camino delante de nosotros había tres coches. Dos camionetas. Un SUV. Dos camiones de mudanzas. Se suponía que debíamos entrar las cosas, pero había tiempo para eso más tarde.

Y luego sentí una voz que no había oído en mucho tiempo.

—¿Tienes tu habitación propia? —preguntó.

Mi pecho se detuvo.

Kelly se sentó con los ojos humedecidos.

—¿Ese es…?

—Cállate. Escucha.

Una voz más profunda dijo:

—Sí, ahora somos mi madre y yo.

—Lo siento —dijo Joe y su voz era áspera y seria.

—¿Por qué?

—Por lo que sea que te haya hecho sentir triste.

—Tengo sueños. A veces se siente como si estuviera despierto. Y luego no.

Mamá y papá salieron al porche a toda velocidad justo cuando Joe dijo:

—Estás despierto ahora. Ox, Ox, Ox. ¿Lo ves?

—¿Ver qué?

—*Vivimos muy cerca el uno del otro.*

Mi padre hundió su rostro en sus manos. En nuestro interior, estallaron entre sí tres palabras.

ManadaManadaManada.

Las sombras se estiraron a medida que la tarde se desvanecía. Mark apareció en el porche demandando saber si ese era Joe, si ese era Joe, si ese era…

Aparecieron bordeando la casa azul.

Allí, en la espalda de un chico alto, estaba Joe con los ojos encendidos.

Mi padre dejó caer sus manos e inhaló temblorosamente.

Nunca despegamos los ojos de Joe. De este extraño que nos observaba con grandes ojos oscuros.

Se detuvieron delante de nosotros.

—¿Mark? —dijo el chico y mi tío sonrío.

—Ox. Qué agradable verte otra vez. Veo que has hecho un nuevo amigo.

Joe se bajó de la espalda de Ox, se paró a su lado, tomó su mano y lo arrastró hacia nosotros. Algo estaba cambiando y no sabía qué era. Era gigante y me sentía abrumado. Fue como el día que Kelly nació. El día que Joe regresó a nosotros.

Y Joe.

Joe, Joe, Joe.

—¡Mamá! *Mamá*, ¡tienes que *olfatearlo*! Es como… *como*… ¡Ni siquiera lo sé! Estaba caminando en el bosque para ver los límites de nuestro territorio así podría ser como papá y luego estaba como… *guau*. Luego estaba allí de pie y no me vio al principio porque estoy volviéndome *muy* bueno para las cacerías. Estaba como *rawr* y *grr* pero entonces *olfateé* y era *él* y todo fue ¡*kaboom*! ¡Aún no lo sé! ¡Aún no lo sé! Tienes que *olfatearlo* y luego decirme por qué es todo bastones de caramelo y piñas, y épico y *asombroso*.

Todos nos quedamos sorprendidos en silencio.

No sabíamos en ese entonces en lo que se convertiría.

De haberlo sabido, hubiera hecho todo lo que pudiera para alejarlo. Para decirle que los Bennett estábamos malditos, que debería mantenerse tan alejado de nosotros como pudiera. Era un incomprendido. Su papá le dijo que recibiría mierda toda su vida. Su madre, una mujer que fue siempre subestimada, tal vez hubiera sobrevivido la visita de Richard Collins.

¿En qué se hubiera convertido este chico sin los lobos?

Pensé mucho en eso.

Una vez, mucho después de que mi padre regresara a la luna, solo estábamos Kelly y yo. Éramos demasiado grandes para dormir en la misma cama, pero allí estábamos de todos modos.

Estaba acostado de frente a mí, sus rodillas tocaban las mías.

—Es inevitable, ¿no? Todo —dijo.

Quería decirle que no. Quería decirle que no existía tal cosa como el destino, que elegíamos nuestro propio camino, que un nombre no era nada más que un nombre.

Él sabía lo que estaba pensando. Sabía lo que estaba en mi cabeza y en mi corazón.

—Una rosa con cualquier otro nombre… —dijo.

Cerré los ojos y soñé con lobos corriendo debajo de la luz de la luna llena.

Fue así:

Tenía siete años y Kelly dijo:

—Quiero ser grande como tú.

Tenía tres años y mi padre me sostuvo en sus brazos y me abrazó con fuerza.

Tenía diez años y elegí a mi lazo.

Tenía doce años y Joe estaba sentado en mis hombros con un disfraz de lobo que mi madre había hecho para él porque quería ser un lobo como yo. Estábamos caminando por el bosque, Kelly tomaba mi mano, Joe jalaba de mi cabello y decía:

—Más rápido, Carter, *más rápido.*

Tenía cuatro años y Kelly dio sus primeros pasos, estirándose hacia mí, siempre se estiraba.

Tenía once años y la luna me llamaba, estaba cantando, cantando, cantando y mi madre dijo:

—Aquí, mi niño, deja que te cubra, siente su llamado. No te lastimará. No permitiré que te lleve.

Tenía dieciséis y casi asesino a unos chicos que se atrevieron a poner sus manos sobre Ox en el baño de la escuela.

Tenía trece y Kelly se transformó en lobo por primera vez y corrimos juntos tan rápido como pudimos, la tierra debajo de nuestras patas, el viento en nuestro pelaje.

Tenía veintitrés cuando un monstruo vino al pueblo y rasgó un agujero en nuestras cabezas y corazones. Mi padre murió antes de que pudiera llegar a él. Lo último que me dijo fue: "Protege a tus hermanos con todas tus fuerzas".

Tenía veintisiete, salí de un bar lleno de humanos con las garras y los colmillos a la vista, había un *lobo* enorme, más grande de lo que había visto en mi vida. Y vino a mí, vino a mí y en el momento antes en que impactaramos, en el instante previo a que su cuerpo chocase contra el mío, olí algo que nunca había experimentado.

Y ardí.

ESPERÁNDOTE /
DI MI NOMBRE

F staba oscuro.

Tenía frío y estaba tieso. Sentía una contractura en mi cuello y me palpitaba la cabeza. Gruñí y froté mi rostro con mi mano intentando despejar mi cabeza. Abrí la puerta de la camioneta de un empujón y bajé a los tropezones. Mis rodillas estaban débiles y casi me caigo. Sujeté la puerta.

Delante de mí había una granja. A la distancia, en una colina, se erguía una casa. La luz del porche estaba encendida, pero las ventanas estaban oscuras. Me alejé de mi camioneta, mis botas crujían sobre la gravilla. Bajé la cremallera de mis pantalones para poder vaciar mi vejiga. Suspiré mientras alzaba la mirada hacia el cielo, las estrellas eran como esquirlas de hielo.

Cuando terminé, regresé a mi vehículo y cerré mi abrigo con fuerza. Otra vez había refrescado. No sabía exactamente en dónde estaba. Antes de aparcar y dormir un poco, creía que había llegado a Dakota del Norte. Me había acostumbrado a dormir en la camioneta.

Cerré la puerta detrás de mí.

Estaba cansado, pero sabía que no dormiría mucho. El sol saldría pronto y no quería que me encontraran aquí. Le eché un vistazo a la fotografía en el tablero. Los bordes habían comenzado a arrugarse. No la toqué.

Jalé de mi bolso. En el bolsillo lateral tenía un teléfono barato, uno descartable que había comprado antes de abandonar Green Creek. Fue algo que aprendí de Gordo cuando estábamos buscando a Richard Collins. Dudaba que él pensara que volvería a usar uno después de que regresáramos.

Presioné el botón de encendido y estiré mi cuello mientras esperaba que se iluminara. Hice una mueca por la luz brillante en la oscuridad. Eran casi las cinco de la mañana.

Intenté ignorar la fecha en la esquina superior derecha, pero era prácticamente imposible.

Sábado 6 de noviembre.

Habían pasado once meses desde que grabé un video en una casa al final del camino. Y no tenía nada para demostrar mi progreso. Dejé el teléfono en mi bolso antes de destruirlo con mis manos.

Después de un momento de vacilación, me estiré hacia la guantera y la abrí. Me dije a mí mismo que estaba siendo estúpido, que ya había visto su contenido el día anterior. No me diría nada nuevo y no tenía sentido lamentarse por ello.

Pero era todo lo que tenía.

Tomé los cuatro retazos de papel, cada uno tenía letras en mayúscula que ya había memorizado hacía tiempo.

La página de arriba de todo, la última que había recibido hace un par de semanas en un pueblo cualquiera de Kentucky decía:

DEJA DE SEGUIRME. VE A CASA, IMBÉCIL.

—Púdrete —murmuré—. Maldito desgraciado.

Las otras tres notas eran similares, todas eran directas y mordaces, me amenazaban con daño físico, decían que no quería saber nada conmigo. Cerré los ojos y recordé cómo lucía cuando me gruñía y me decía que solo era un niño, que no quería nada conmigo, que él no era *manada*.

Su corazón latía estable y decía la verdad, pero, de todos modos, yo creía que estaba mintiendo porque lo sentí cuando se enfrentó a su padre, un brujo que increíblemente se había convertido en una bestia Alfa con un ojo vacío y otro rojo y en llamas. Lo sentí cuando la atadura que se extendía entre nosotros, una atadura de la que no me había percatado, se partió en dos.

Él *había* sido uno de nosotros.

Él *había* sido manada.

Y se había entregado a Robert Livingstone para salvarnos a todos.

No podía olvidarme de eso.

No podía olvidarme de *él*.

Se lo debía. Tenía que encontrarlo. Tenía que hacer lo que fuera necesario para recuperarlo.

Debería haberme dado cuenta de lo que era. Durante los pocos años en los que estuvo a mi lado, todas las veces que lo miré de mala manera y le ladré que me dejara en paz debería haberme dado cuenta. Debería haberlo sabido desde el momento en que lo enfrenté en frente de El Faro cuando los cazadores fueron a Green Creek.

La tercera nota decía:

DÉJAME EN PAZ. VE A CASA O TE LASTIMARÉ.

La segunda nota decía:

NO QUIERO SABER NADA DE TI.

La primera nota decía:

¿ESTÁS INTENTANDO QUE TE ASESINEN?

Aunque me resistí, terminé sonriendo. Solo lo había oído hablar unas pocas palabras, y habían sido más gruñido que otra cosa, pero, de alguna manera, encajaba con quién creía que era. No me permitía pensar en qué podría ser él para mí. Cuando lo intenté, sentí una presión en el pecho. No éramos Ox y Joe. O Kelly y Robbie. Ni siquiera Gordo y Mark, aunque la energía de *vete al diablo* parecía ser un rasgo familiar.

Gavin.

El hermano de Gordo Livingstone.

El hijo de Robert Livingstone.

Volví a guardar las notas en la guantera, no podía seguir mirándolas.

Inhalé profundamente y cerré los ojos.

Kelly estaba en la oscuridad, me sonreía y extendía su mano. Aunque no era real, me sentía agradecido. Tomé su mano y, por lo menos por un ratito, podía pretender que estaba conmigo. Que no me odiaba por haberlo abandonado. Que todo era hermoso y nada dolía.

—Ey —dijo.

—Ey, hola —respondí—. Me alegra verte.

Y lo sentía de verdad.

—¿Todo está bien?

Intenté ser fuerte para él, para este falso Kelly, pero era un producto de mi imaginación. Estrujó mi mano.

—Todo estará bien. Lo prometo.

Era suficiente.

Cuando abrí los ojos, el sol se asomaba por el horizonte y otro día había iniciado.

Kelly ya no estaba.

Cuando la manada se separó después de la muerte de nuestro padre, seguí a mis hermanos hacia lo desconocido y Gordo nos acompañó. Nuestra sangre hervía y nuestras cabezas y corazones estaban cargados de ira. Ardió por más tiempo del que imaginaba. Los años pasaron hasta que sentí que éramos como fantasmas atormentando carreteras secretas conocidas solo por quiénes no tenían rumbo. Eran calles olvidadas, caminos que llevaban a pueblos vacíos que habían muerto hacía mucho tiempo. Nos dijimos a nosotros mismos que todavía sentíamos esa furia honesta incluso cuando estábamos en silencio y los días pasaban y solo decíamos algunas pocas palabras en voz alta.

Pero estábamos juntos, los cuatro nos alimentábamos del dolor del otro, con cabezas rapadas y el corazón endurecido.

Ahora que estaba solo era diferente. Creí que sería más sencillo.

No lo era.

Las carreteras secretas eran más solitarias. Algunos días no hablaba en absoluto. Estaba perdido la mayor parte del tiempo, especialmente al inicio. No sabía a dónde estaba yendo. Al principio, perseguía al sol, esperaba que algo, *cualquier cosa*, me señalara la dirección correcta.

El peso de lo que había hecho recién me llegó cuando el recepcionista de ojos muertos de un motel en Utah me deseó feliz Navidad.

Esa fue una mala noche.

Creí que se tornaría más sencillo. No fue así, pero lo pude ignorar de mejor manera.

Me mantenía alejado de las grandes ciudades porque sabía que probablemente Livingstone haría lo mismo. Tenía conversaciones en mi cabeza con mi padre, mi madre, con Joe y Ox, con Kelly, justificando por qué me había marchado y les decía que se lo debía a él, que Gavin hubiera hecho lo mismo por mí. Intentaba convencerme de que eso era verdad.

—*Estamos buscándolo* —dijo Ox.

—*No. Están buscando a Livingstone.*

—*Queremos ayudarte a encontrarlo* —dijo Joe.

—*¿Cómo quisiste encontrar a Robbie?*

—*No puedes hacer esto solo* —dijo mi padre.

—*Tú estás muerto.*

—*Deberías haber confiado en nosotros* —dijo mi madre.

—*Ni siquiera sé si confío en mí mismo.*

Pero con quien más hablaba era con Kelly, que a veces estaba tan enojado que casi podía ver la espuma en sus labios mientras me gritaba. Kelly, quien siempre estaba esperándome cuando cerraba los ojos. Kelly, quien cantaba conmigo cuando una vieja canción de rock sonaba en la radio.

No estaba allí. Pero podía pretender lo contrario.

—Lo lamento —dije.

—Sé que no lo comprendes —dije.

—Tal vez nunca me perdones —dije.

—Desearía poder verte —dije.

—Lo sé —diría, y luego—. *Sube el volumen, me gusta esta canción.*

Lo hice porque haría cualquier cosa que me pidiera.

Cada vez era más fácil imaginar que Kelly estaba allí.

A veces podía verlo sentado a mi lado.

Debería haberme asustado más de lo que lo hacía.

La primera nota que encontré fue después de haber visto a un fantasma.

Me había marchado de Green Creek hacía ya cinco meses y era un mal día.

Era mi cumpleaños.

Cumplía treinta y un años.

Estaba hablando con Kelly, le contaba que, si estuviera en casa, habría comida y regalos y todos estarían sonriendo. Kelly y Joe prepararían el desayuno. Me despertarían y lo traerían a mi habitación. Nos sentaríamos en la cama solo nosotros tres, Joe se comería mi tocino y Kelly le daría un golpecito en la mano y le diría que me dejara un poco a mí. Joe haría destellar sus ojos de Alfa y nos burlaríamos de él por ello. Dejaríamos de hablar después de un rato y escucharíamos a mamá en la cocina cantar sobre Johnny y su guitarra.

Y luego correríamos con la manada. Todos juntos.

—Sería lindo —dije mirando fijo hacia adelante, pero perdido en el sueño—. Correríamos tan rápido como pudiéramos.

—Soy más rápido que tú.

Resoplé.

—Sigue diciéndote eso. Todos sabemos que nunca fue verdad.

—¿Gavin está ahí?

—Yo… —eso se sintió peligroso—. No lo sé.

—*Está bien no saber. ¿Quieres que esté?*

—Ni siquiera lo conozco.

—*Y, sin embargo, aquí estás, persiguiéndolo como si fuera lo más importante en el mundo.*

—Yo...

—*¿Qué sucedería entonces? ¿Después de correr?*

—Cuando termináramos, regresaríamos a casa. No habría Omegas. No habría un Alfa de todos. Solo... seríamos nosotros. Juntos. Apartaríamos los muebles y acomodaríamos mantas y almohadones y todo sería suave. Todo sería cálido y me dejarían colocarme en el centro.

El falso Kelly se quedó callado y luego añadió:

—*Eso suena lindo.*

—¿Piensas en ello? ¿En cómo sería?

—*¿Qué?*

—Si no fuéramos nosotros. Si no fuéramos... Bennett.

—*¿Quiénes seríamos?*

—No importantes.

Y como él no era real esperaba que coincidiera conmigo. Esta imagen era producto de mi imaginación. Era mi creación y debería haber dicho "sí, sí, deseo eso todo el tiempo. Desearía que no fuéramos nadie".

En cambio, dijo:

—*Aquí. Aquí. Aquí.*

Era tan real.

Era como si estuviera *justo allí*.

Halé del volante mientras giraba la cabeza. Por un momento, casi me convencí a mí mismo de que mi hermano estaba sentado junto a mí. Hubo un destello de cabello rubio, ojos azules y dientes blancos detrás de una pequeña sonrisa, pero luego desapareció.

La camioneta comenzó a rebotar cuando me salí del camino y levantó polvo detrás de mí. Levanté el pie del acelerador y me contuve de estampar los frenos, temía que la camioneta derrapara. El vehículo desaceleró mientras regresaba al camino. Le eché un vistazo a mi espejo retrovisor. No había nadie detrás de mí. No había nadie delante de mí.

Cuando detuve la camioneta mis manos sudaban. Apagué el motor antes de soltar el aire que estaba conteniendo.

—Mierda.

Había un cartel que indicaba que había llegado a un lugar llamado Creemore.

Creemore *¿qué?* No sabía en qué estado estaba.

Eso me asustó más de lo que imaginé. Intenté recordar los últimos días, pero estaban desintegrados en pequeños fragmentos.

No sabía qué hacer.

No sabía a dónde ir.

Apoyé mi frente en el volante e inhalé.

—Estoy cansado —susurré.

Kelly no respondió. Finalmente, encendí el motor.

No había lobos en Creemore. Era pequeño, nada más que un pueblo. Me recordó a Green Creek y a su única calle principal.

No fue hasta que vi las matrículas en los vehículos estacionados cerca de la calle que me di cuenta de que estaba en Canadá. No podía recordar haber cruzado la frontera.

Me recosté en mi asiento e incliné mi cabeza hacia la ventana trasera.

—Está bien —dije—. Solo…

Haré *algo*.

Me bajé de mi camioneta. Me dolía la espalda. La gente caminaba por el estacionamiento, me echaban un vistazo y me saludaban. Asentí con la cabeza mientras seguían su camino.

Giré por la calle principal y encontré edificios renovados y tiendas iluminadas.

Había una cochera con las puertas abiertas y música fuerte.

Me mantuve alejado, se me cerraba la garganta. No sabía a dónde iba.

La gente me miraba con curiosidad, me estiré para rascar la barba en mi rostro. Estaba desprolija, no me había duchado en algunos días. Probablemente, lucía horrible. Mantuve la cabeza baja.

Estaba caminando delante de una puerta abierta que emanaba un aroma empalagoso a velas encendidas cuando una mano se estiró y sujetó mi muñeca con fuerza.

Apenas pude evitar que mis ojos destellaran cuando jalé de mi brazo.

De pie en la puerta había una mujer joven con piel pálida y ojos de un extraño tono verde. Sus hombros estaban envueltos en un chal. Su cabello negro tenía un corte mohicano que dividía su cráneo y tenía plumas que colgaban de cadenas en sus orejas.

Plumas negras.

—Son de cuervo —dijo.

Respondió la pregunta que no había hecho. Giré para marcharme.

—Estás buscando algo.

Me detuve y le eché un vistazo. La mujer inclinó la cabeza y me miró de arriba abajo antes de asentir.

—Sí, definitivamente estás buscando algo. ¿Por qué?

—Señorita, no sé de qué está hablando.

—Estadounidense —dijo—. ¿Costa oeste? Sí, pero no California. No luces como un californiano.

—¿Qué diablos significa *eso*?

—Veo cosas —dijo—. Es parte de mi trabajo.

Señaló a un cartel neón en la ventana. Una gran mano con un ojo en el centro. Sobre ella decía MADAM PENÉLOPE PSÍQUICA.

Resoplé y la mujer puso los ojos en blanco.

—Tan desdeñoso. Uno creería que alguien como tú sería más sabio.

Eso me tomó por sorpresa.

—Alguien como yo.

—Sí.

Entrecerró los ojos.

—Sí sabes quién eres, ¿no?

—¿Tú sí? —repliqué de mala manera, ya estaba cansado de su juego. No tenía tiempo para el engaño que estuviera elucubrando.

—Creo que sí —respondió inclinada contra la puerta—. He estado esperándote.

—Lo dudo. —Volví a darle la espalda.

—Puedo ayudarte a encontrarlo.

Me congelé y giré lentamente. La mujer agitó una mano hacia mí.

—¿A quién?

—A quien sea que estés buscando.

—¿Y cómo sabes que es un *él*?

—Soy psíquica. Lo dice en el cartel. Puedes leer, ¿no?

—Que te den.

—Tan grosero —resopló—, aunque supongo que era de esperar. Estás perdido. Has estado perdido por un largo tiempo. Hay… azul.

Frunció el ceño y arrugó la nariz.

—¿Por qué estás azul? Y hay violeta en los bordes. Está jalando de ti. Desgarrándote. —Sus ojos se ensancharon—. Ah, ya veo. Ven. Ven. Apresúrate. Tengo algo para ti.

Se volteó, atravesó la puerta y me dejó mirándola boquiabierto. En contra de mis instintos, la seguí.

La tienda era pequeña y el aroma hizo que mis ojos lagrimearan. Las velas ardían en un estante contra una pared y la habitación era sofocante y calurosa. La mujer se paró cerca de la ventana y se estiró para apagar el cartel de neón. Dio vuelta el cartel de la ventana de ABIERTO a CERRADO.

—Cierra la puerta detrás de ti. No podemos ser interrumpidos.

—No pagaré por…

—He estado esperándote —repitió—, no eres un rey, pero estás cerca. No quedan muchos de esos. ¿No es extraño? Hubo un tiempo en el que no podías salir sin cruzarte con uno, ¿y ahora?

Sacudió la cabeza y pasó por mi lado.

—Es una rareza. Me pregunto si estamos peor por ello.

—No soy un rey.

—Lo sé —replicó de mala manera detrás del mostrador—. Acabo de *decirlo*. Tienes que escuchar.

—Señorita, no sé qué demonios…

—Omm —canturreó—. Omm. Ommmmn.

Tosió y añadió:

—Rayos. Esa no es la manera de abordar esto.

Se inclinó y desapareció detrás del mostrador. La oí abrir y cerrar gavetas mientras murmuraba cosas para sí misma sobre azul, azul, azul. En un momento se rio mientras apoyaba una bola de cristal en el mostrador.

—Eso es solo para hacer espectáculo. Deja de mirar con burla.

—No lo estaba haciendo. —Lo estaba haciendo.

–Sí, sí. Sigue diciéndote eso. Créeme, lo sé. Te convendrá recordarlo.

La mujer asomó la cabeza sobre el mostrador y clavó su mirada en mí con esos ojos extraños.

–No morirás, lo que es bueno.

Luego volvió a desaparecer.

–¿Me dispararás?

–Por supuesto que no. No seas tonto. Incluso si lo hiciera, tengo la sensación de que ninguna de mis balas serviría. Me quedé sin balas de plata, quién lo diría.

–Bruja. –Gruñí.

–Bueno, sí –dijo–, pero también soy psíquica. Está en el cartel. *Ajá.*

Se irguió y allí, en sus manos, había un viejo cuenco de madera.

La sacudió y chasqueó. Como huesos. Como un recuerdo.

"Estoy haciendo lo que tengo que hacer".

"¿Lo haces? ¿O estás haciendo lo que tu enojo te ha exigido? Cuando cedes ante él, cuando permites que tu lobo quede preso de la furia, ya no estás en control".

El viejo brujo junto al mar.

Al que nos había llevado Gordo cuando estábamos buscando a Richard Collins.

El brujo había lanzado los huesos sobre la mesa.

–La suya era una historia de padres e hijos –dijo la mujer y sentí que estaba flotando–. Pero la tuya, en cambio, es una historia de hermanos. Y, sin embargo, han pagado por los pecados de los padres una y otra vez. ¿Cuándo se termina?

Giró el cuenco sobre el mostrador. Huesos blancos salieron desparramados por la superficie.

–Muerte, aunque no para ti, sino para alguien que…

—¿Cómo lo…?

—Has perdido mucho. Incluso si no supiera lo que sé, vería el dolor en tu rostro. Cargas con el peso del mundo sobre tus hombros y, ¿para qué? ¿Qué has conseguido? —Sonrió con tristeza—. Estás muy lejos de casa.

—Si sabes lo que soy, entonces sabes lo que puedo hacer.

—Tus amenazas no funcionan en mí, lobo. Tenlo presente antes de volver a abrir la boca.

Colocó los huesos en el cuenco y clavó la mirada en ellos. Se aclaró la garganta y luego dejó caer en el recipiente un escupitajo verde.

Hice una mueca y la mujer se rio.

—Sí. Es… antihigiénico, pero funciona.

Colocó su mano sobre el cuenco y volvió a sacudirlo. Desparramó los huesos una vez más, estaban húmedos con su saliva.

—Eh, eso es inesperado.

Le dio la espalda al mostrador y caminó hacia el estante detrás de ella. Tomó un frasco y desenroscó la tapa, luego virtió un polvo negro en su palma. Volvió a girar en su lugar y extendió su mano hacia mí.

—Inhala esto.

—¿Qué demonios dices?

—Te ayudará.

—*No* inhalaré eso.

La bruja bajó la mirada hacia el polvo y luego volvió a concentrarse en mí.

—¿Por qué no?

—Me marcharé. —Giré hacia la puerta, quería salir lo antes posible de este lugar.

—Él no lo sabía —dijo—, cuando los encontró. No sabía lo que eras, lo que eran todos ustedes. Especialmente tú. Y el hombre con las rosas y el cuervo. Pero algo en él, algo profundo y oculto, atravesó todo ese violeta. Le dijo que estaba seguro contigo, que ya no necesitaba huir. Estaba cansado de huir. La cadena de plata alrededor de su cuello era una horca. Estaba atrapado. La falsa profeta lo había capturado y torturado. Ella lo quebró hasta transformarlo en una mascota. Pero luego se equivocó. Lo llevó hacia ustedes, sin saber lo que él era para ti. Y esas ataduras fueron más fuertes que cualquier poder que ella tuviera sobre él.

Hundí las garras en mis manos. Una gota de sangre cayó al suelo.

—Ah —dijo—, ahora tengo tu atención.

Giré hacia ella y la mujer volvió a extender su mano.

—Inhala esto.

—No.

—Está bien.

Encogió los hombros y utilizó su mano libre para volver a colocar los huesos en el recipiente. Dejó caer el polvo dentro del recipiente.

—Realmente no era necesario, solo quería ver si lo harías. Eso probablemente hubiera sido una mala idea. Hasta podría haberte matado.

Soltó una risita.

—¿Lo conoces?

—No. —Su sonrisa se desvaneció—. Pero no necesito hacerlo, lo conozco a través de ti. Tus sentimientos se ven claramente, Carter. Crees que tienes una armadura que los esconde, pero quienes te conocen pueden ver más a allá de esa barrera.

—Nunca te dije mi nombre. —Mi piel se sacudió.

Volvió a desparramar los huesos, estaban cubiertos del polvo negro. Ignorando mi juicio, di un paso hacia ella mientras la bruja evaluaba los huesos.

—Eh, eso es extraño.

—¿Qué?

—No lo toques —susurró—. No lo toques. *No. Lo. Toques.*

Su columna se arqueó mientras su cabeza salía disparada hacia atrás. Tenía los ojos bien abiertos, los delgados tendones de su cuerpo se tensaron antes de relajarse. Su boca se abrió, pero no emitió ningún sonido. Creí que estaba teniendo una convulsión, pero antes de que pudiera llegar a ella, colapsó y apoyó sus manos sobre el mostrador para mantenerse erguida. Respiraba agitada por su nariz.

—Mierda.

Sentí frío, a pesar de que la habitación estaba demasiado cálida.

—¿Por qué dijiste eso?

—Oh —susurró la mujer—, oh, duele. Le duele. Él estaba... No tuvo otra opción. No sabía qué más hacer. ¿Él... se... derrumbó? No podía soportar la idea de... —ensanchó los ojos—. Debes ser alguien muy especial para haber cosechado semejante fe. ¿Cómo no puedes ver todo lo que eres?

—Yo no... —tragué con dificultad—. No es así.

—Lo *es* —replicó.

Gesticuló hacia los huesos.

—Lo he visto. Hay caminos delante de ti, lobo. Caminos divergentes. Me pregunto cuál seguirás. Estás escurriéndote. Ya comenzó. Un lobo no puede sobrevivir sin su manada. Jalará de ti hasta que te estés ahogando y, sin embargo, persistes. ¿Siquiera sabes por qué?

—Lo hice una vez antes. —Desvié la mirada, incapaz de soportar su expresión—. Puedo volver a hacerlo.

—Pero *¿por qué?* ¿Por qué tomaste esas decisiones? Ellos creen en ti. Te conocen. ¿Por qué te arriesgarías? Eres más inteligente que eso.

Aunque hablaba con voz suave, sus palabras eran hirientes y filosas.

No comprendía cómo sabía lo que sabía. Era imposible. Mis rodillas estaban débiles y me trastabillé hacia el mostrador. Los huesos se movieron y desparramaron el polvo negro. Hundí mis garras y dejé largas marcas en la mesa. La mujer emitió un sonido de sorpresa y apoyó sus manos sobre las mías. Mis encías ardían y tuve que reprimir la transformación.

—Estás exhausto —dijo en voz baja—. Ven. Descansa tu cabeza agotada, lo necesitarás. Los días que te esperan serán largos y encontrarás poco alivio.

Sonrió en silencio.

—No eres un rey, pero actúas como uno. No sé cómo lo haces. Debes ser muy valiente. He conocido hombres como tú. Mis amores, mis niños.

—No necesito…

—No sabes qué necesitas —dijo con voz irritada—. Eso es obvio, en caso contrario, no estarías aquí.

Me resistí mientras la mujer jalaba de mí hacia la parte trasera de la tienda. Parecía ser demasiado esfuerzo y tenía razón: *estaba* exhausto. Hacía mucho tiempo que no veía un rostro familiar. Una voz en lo profundo de mi mente me advertía que podía ser una trampa, que no podía confiar en ella, pero apenas podía distinguirla.

Me guio hacia una pequeña oficina. Había un catre contra una pared. Me empujó hacia él y se agachó delante de mí para quitarme las botas. No la detuve, apenas podía mantener los ojos abiertos.

—¿Qué me has hecho? —murmuré, mis palabras eran lentas y pegajosas como la melaza.

—Nada que no puedas manejar. Duerme, lobo. Nada puede lastimarte aquí.

Quería creerle.

Al final de cuentas, no tenía elección.

Cerré los ojos y no los abrí durante dos días.

–Hola –dijo Kelly.

Le sonreí.

–Hola.

–Esto no es real.

–Lo sé. –Sentía dolor.

–¿Vale la pena? –preguntó.

Apoyé mi espalda contra un árbol.

–No lo sé.

–¿Recuerdas cuando se llevaron a Robbie?

–Yo… –asentí tenso–. Debería haber hecho más por él. Por ti.

–Tal vez. Es extraño, ¿no? Al reflexionar, a dónde nos llevaron las decisiones que tomamos.

La hierba se meció con una brisa fresca.

–Estoy perdido.

–Sé que crees eso.

Kelly desvió la mirada.

–Pero sabes en dónde estoy. Sabes que estoy esperándote.

–Lo lamento.

–¿Por qué?

–Por todo.

Mi hermano sacudió la cabeza, pero no habló.

–Creí que era lo mejor. Mantenerte a salvo. Que podría encontrarlos por mi cuenta –continué.

–¿Y hacer qué?

—No lo sé.

—Entonces solo huiste, sin pensarlo dos veces, sin ninguna idea de qué harías.

—Eso suena correcto —repliqué—. ¿Puedes decir mi nombre? Sé que esto no es real, sé que es solo un sueño, pero por favor, solo di mi nombre.

Y allí, bajo los cálidos rayos del sol dijo:

—Carter. Carter. Carter.

Me estiré hacia él, pero no estaba allí.

Abrí los ojos.

Un ventilador de techo giraba vagamente.

Me senté con una protesta, mi cabeza estaba nublada.

Un retazo de papel descansaba en mi regazo.

Lo tomé. Allí, en letras filosas, decía:

Tu canción de lobo siempre será oída, cariños.

La tienda lucía como si hubiera estado vacía por mucho tiempo. Una gruesa capa de polvo cubría el mostrador. Los estantes estaban vacíos y los huesos ya no estaban.

Había un anuncio contra la ventana en donde había estado el cartel de neón.

Decía SE ALQUILA, seguido del nombre de la empresa inmobiliaria y un número de teléfono.

Mi camioneta estaba en donde la había dejado en el estacionamiento.

Un retazo de papel yacía debajo del parabrisas. Creí que era una multa, pero estaba equivocado.

Cuando me acerqué, lo supe.

El aroma era salvaje. Como un viejo bosque sin tocar por el hombre, espeso y con demasiada vegetación. Lo reconocí.

No lo toques.

Me apresuré y tomé el papel, casi lo rasgo al intentar abrirlo.

¿ESTÁS INTENTANDO QUE TE ASESINEN?

—Vete al carajo tú también —dije con un susurro ahogado.

Pero estaba sonriendo.

Y por un momento, se sintió como si fuera suficiente.

MEJORES DULCES / TIENES QUE DETENERTE

Cinco meses después apenas estaba sobreviviendo.

Era el domingo previo a la luna llena.

Estaba conduciendo hacia ningún lugar, perdido en mi mente. Pensaba en nuestras tradiciones, en que todos estaban juntos y en que seguro había tanta comida en la mesa que ni una manada de lobos podría terminarla. Mamá estaría en la cocina y su radio tocaría canciones viejas. Sabía que estaría cantando de una manera que se sentiría como un corazón roto.

Ox y Joe estarían afuera ocupándose de la parrilla. El aire sería fresco.

las hojas de octubre serían doradas, rojas y verdes. Estarían parados uno junto al otro, sus hombros se rozarían.

Rico, Tanner y Chris seguro armaron la mesa y las sillas en el césped. Ahora eran más fuertes. Rico había adoptado al lobo como si siempre hubiera sido de esa manera. Se estarían riendo de alguna tontería y Rico intentaría ser sutil al captar el aroma de sus amigos, pero fallaría miserablemente. Tanner y Chris se burlarían de él, pero luego lo abrazarían y rozarían sus mejillas entre sí.

Jessie hacía trabajar a Mark y Gordo y les entregaba platos para llevar afuera. Gordo fruncía el ceño, pero no estaba molesto. Había pasado un largo tiempo desde la última vez que se sintió así. Había una luz en sus ojos, algo brillante y feroz, un fuego que se había reavivado después de una fría oscuridad. Se detendría justo detrás de la puerta trasera y miraría a todos los demás. Sentiría picazón en su muñón, pero siempre sentía picazón y había aprendido a ignorarla. El síndrome del miembro fantasma era un fastidio y había días en los que casi olvidaba que no tenía una mano. Se había adaptado. Y cuando creía que nadie lo observaba, se permitía sonreír.

—Bueno, ¿verdad? —Mark susurró en su oído.

—Sí —respondió con brusquedad—, es bueno.

Robbie y Kelly aparecerían por el costado de la casa caminando de la mano.

Me quedé sin aire.

—Ey —dijo Kelly.

No podía hablar.

—¿Carter? —Sonaba preocupado—. ¿Estás bien?

Sacudí la cabeza.

Le echó un vistazo a Robbie antes de señalar la mesa con la cabeza. Robbie le dio un beso en la mejilla y nos dejó solos.

—¿Qué sucede? —preguntó Kelly en voz baja, aunque no importaba. Todos podrían oírnos, incluso Jessie.

—No lo sé —dije. Mi garganta se sentía áspera y me ardían los ojos.

—Está bien. No tienes que saber siempre. —Sacudió la cabeza—. A veces, podemos estar tristes sin tener un motivo. Es parte de ser humanos.

—No somos humanos. —Le recordé y puso los ojos en blanco.

—Sabes a qué me refiero.

—En realidad, no estoy aquí.

—Por supuesto que lo estás —replicó—. ¿En dónde más estarías?

—Lejos.

—¿Por qué?

Mamá salió de la cocina y nos echó un vistazo con curiosidad. Cuando sonrió, se sintió como el sol. Nos dejó solos.

—Ey —dijo Kelly y volví a mirarlo—, vamos.

Tomó mi mano y comenzó a halarme hacia el bosque.

Los sonidos de los demás se desvanecieron detrás de nosotros. Miré a través de las copas de los árboles y vi azul, azul, azul, y, aunque estaba borrosa, pude ver la luna, todavía no era luna llena, pero casi.

—¿Recuerdas cuando éramos niños? —preguntó Kelly y miró por encima de su hombro—. Halloween. Tenías… siete. Creo. Siete u ocho. Y, por algún motivo, estabas convencido de que teníamos que ir a pedir dulces por fuera de Caswell. Uno de los otros niños te dijo que había mejores dulces en las casas de los humanos.

Me sorprendió tanto que me hizo reír.

—Me había olvidado de eso.

—Estabas demasiado determinado. —Sonrió—. Le exigiste a papá que nos llevara a esas casas. Dijiste que nos estaba engañando.

—Una vez, intentó decirme que no podíamos comer chocolate. Que nos hacía mal, como a los perros.

—Sí, pero no le creíste.

—Al principio, le creí.

—¿En serio?

—Creía todo lo que decía. —Cerré los ojos—. Era nuestro papá.

—Eras un pirata —dijo Kelly y había pájaros en los árboles. Nos llamaban—. Tenías un parche en el ojo y una espada de plástico. Pensé que era lo más genial del mundo.

—Eras un ninja.

—Lo era. Pero solo porque mamá dijo que era demasiado tarde para que también me disfrazara de pirata.

—Lloraste.

Abrí los ojos justo para verlo encoger los hombros.

—Siempre quise ser como tú. Papá nos llevó, él no tenía un disfraz. Apenas salimos de Caswell, nos miró por el espejo retrovisor y dijo que haría algo que *de ninguna manera* podíamos contarle a mamá.

Mi cuerpo se sentía pesado. Apenas podía mover las piernas.

—Se transformó a medias.

—Sí. Dijo que era su disfraz. Sus ojos estaban rojos y su rostro era más largo y tenía algo de cabello blanco. Y *todos* lo miraban con asombro. Cada vez que se abría una puerta, la gente decía: "¡Ah, un pirata y, oh, mira a ese ninja!". Y después veían a papá y reían, reían y reían y le preguntaban cómo lo había hecho, cómo hizo que su disfraz luciera tan real. "¿Es maquillaje? ¿Una máscara? ¿Cómo hiciste *eso*?".

—Eran los mismos dulces. —Dejé caer mi cabeza—. No eran distintos.

—Bueno, sí. Pero *sabían* distinto. De alguna manera, eran mejores porque éramos nosotros tres, juntos. Los demás veían a papá por lo que era. Un Alfa. Poderoso, fuerte. Un líder como nunca habían visto antes. Pero para nosotros, solo era… papá.

—No estoy aquí —susurré—. Esto no es real.

Kelly se detuvo. Me sujetó con más fuerza.

—Lo perdoné —dijo—, fue difícil, pero lo hice. Estuve enojado con él por tanto tiempo. Por habernos dejado como lo hizo. Por no haber visto quién era Richard Collins en realidad. Por no hacer más para detenerlo. Por dejar que se llevaran a Joe. Por lo que les hizo a Gordo y a Mark. Era un buen hombre, pero tomó malas decisiones. Y, como hijo, comprender eso de su padre, entender que no era perfecto, fue…

—Devastador. Kelly, yo…

Mi hermano giró para mirarme. Envolví mis manos alrededor de su nuca y lo jalé hacia mí. Presioné mi frente contra la de él.

—Sí —susurró—. Lo fue. Pero a veces hacemos lo que creemos que es correcto, incluso si los demás no pueden verlo. Antes de que muriera, me dijo algo que se grabó en mi memoria.

—¿Qué? —pregunté, de repente, necesitaba saberlo—. ¿Qué te dijo?

Me alejé y Kelly ya no estaba. El bosque y nuestras tradiciones habían desaparecido. Estaba en la camioneta. El camino se extendía delante de mí.

Le eché un vistazo al asiento del pasajero.

El falso Kelly estaba allí, los pies apoyados sobre el tablero y la cabeza recostada sobre su asiento. Me echó un vistazo y hubiera jurado que realmente estaba allí y que estábamos solo nosotros dos en una carretera secreta.

—Papá dijo que debemos luchar por el mundo que queremos. Que depende de nosotros hacerlo como queremos que sea. Nunca olvidé eso.

—Estoy intentándolo.

—Sé que es así.

Sonrió en silencio.

—No sé qué estoy haciendo.

—Luchar —dijo Kelly—. Estás luchando. Por mí. Por tu manada. Por él, Gavin.

—Él no me quiere.

—Entonces, ¿por qué sigues?

—No sé qué más hacer —dije—. Tú y Joe, ustedes tienen…

—Compañeros —terminó—. Sí. Pero nunca nos hemos olvidado de ti. Nunca te hubiéramos dejado atrás. Creo que eso es lo extraño del amor. Solo porque yo tengo a Robbie y Joe tiene a Ox no significa que te queremos menos. ¿Cómo podríamos?

—Estoy perdiendo el control —susurré.

—Lo sé.

—Te abandoné.

—Lo hiciste —concordó—. Y probablemente estaré enojado por un largo tiempo.

—¿Me gritarás?

Arqueó una ceja.

—¿Quieres que te grite?

—Creo que sí.

—Es un deseo extraño.

—Significa que todavía me quieres —repliqué mientras una lágrima caía por mi mejilla—. Si estás enojado, significa que todavía te importo.

—Ah, bueno, entonces es posible que te grite para siempre.

—Dilo, por favor. Di mi nombre otra vez.

No lo hizo.

El asiento a mi lado estaba vacío.

Seguí conduciendo.

La luna llena llegó a media semana.

Era la décima luna llena desde que había abandonado Green Creek e hice lo que le había prometido como lo había hecho nueve veces antes.

Aullé.

Canté.

En el medio de la nada, lejos de ojos humanos, le canté a la luna tan fuerte como pude una canción de hermanos que había elegido creer que podía ser oída a la distancia. Las estrellas eran brillantes, la luna regordeta y canté para él.

Mi canción resonó en el valle y esperé, mi cerebro de lobo pensaba *me oirá me oirá y vendrá y cantará y correremos correremos correremos*.

No lo hizo.

En junio, encontré la segunda nota clavada en la puerta de una cabaña abandonada.

NO QUIERO SABER NADA DE TI.

—Sí, amigo —mascullé—. Deberías haberlo dicho antes de empezar a gruñirle a toda persona que se me acercaba a menos de tres metros.

Empujé la puerta de la cabaña. El aroma estaba allí, bosque salvaje, pero se había desvanecido. Había un catre contra una pared y una manta colgaba hacia el suelo. Los restos de lo que había sido un nido de conejos descansaba al lado del viejo hogar. Hice una mueca al sentir el hedor.

Parecía que habían pasado semanas desde que alguien se había quedado aquí.

Estaba a punto de girar y marcharme cuando algo me llamó la atención en las sombras de la pared más alejada.

Caminé lentamente, el suelo crepitaba debajo de mis pies.

Marcas en la pared. En la madera.

Garras.

Pero la distancia entre una y otra era más grande de lo que un lobo sería capaz de hacer. Era como si hubieran sido hechas por una bestia de gran tamaño.

Pensé que ese lugar estaba maldito.

Me marché tan rápido como había llegado.

Esa noche dormí en la camioneta con la nota arrugada en mi mano.

Estaba en un bar en algún lugar sin importancia en Kansas sentado en una cabina en una esquina con una cerveza medio vacía en la mesa delante de mí.

—Este lugar es un antro —dijo Kelly. Aparecía con mayor facilidad ahora. A veces no lo veía durante varios días y luego aparecía justo a mi lado como si siempre hubiera estado allí. Este falso Kelly.

»Nunca había estado en un bar de mala muerte antes.

—Estuviste en El Faro —repliqué y se rio.

—Ay, hombre. Por favor, déjame estar presente el día que le digas a Bambi que es dueña de un antro. Por favor, lo grabaré y todo.

Tironeé de la etiqueta de la botella en mis manos y la hice tiritas.

—Preferiría conservar mis genitales, si no te molesta.

—Probablemente sea lo mejor. Seguro ya tuvo a su bebé. ¿A veces piensas en eso? Rico es padre. Uno nunca deja de sorprenderse.

Sacudió la cabeza.

No, no había pensado en eso. Pero ahora estaba presente, un regalo terrible del falso Kelly. En la otra punta del país, en un pequeño pueblo en las montañas había un pequeño humano en el mundo que estaba unido a mí y nunca lo había conocido. Solté la botella antes de romperla.

—¿Crees que sea un niño o una niña? —pregunté y encogió los hombros.

—En realidad, no importa. Pero es el primero. De nosotros.

—Y probablemente será el único a menos que tengan otro. Tenemos la manada más gay del mundo.

Soltó una risita y dobló las manos sobre la mesa. Hizo una mueca porque la superficie era pegajosa.

—Hablando de eso…

—No.

—¿Con quién estás hablando?

Levanté la mirada.

Una mujer estaba de pie delante de la mesa. Su cabeza estaba inclinada hacia un costado mientras me miraba. Sus uñas estaban pintadas de rojo. Su cabello era negro, rizado y caía alrededor de sus hombros. Su escote era prominente y sus ojos anchos y encantadores. Parecía de mi edad y al acecho.

—Con nadie —murmuré.

—Porque parecía que estabas hablando con alguien.

—No es nada. —Sacudí la cabeza—. ¿Necesitabas algo?

—Luces solitario sentado aquí solo. —Su sonrisa era pícara—. No te he visto antes.

—Porque no soy de por aquí.

—¿Solo estás de paso?

Se inclinó hacia adelante y apoyó las manos sobre la mesa. Ah, estaba cazando y había decidido que yo era su presa. Si tan solo supiera.

—Algo así.

Mantuve mis respuestas cortantes y mi voz sin emoción. No estaba interesado en lo que ella quería. Hubo un momento en el que le hubiera seguido el juego, días en los que la hubiera recibido con los brazos abiertos. Hubiera sonreído y exhibido un destello de mis dientes. Ella se hubiera derretido un poquito y su aroma se teñiría de excitación.

Pero esos días se acabaron hace tiempo. No creía que pudiera ser esa persona otra vez.

—Parece que algo de compañía te vendría bien.

—Márchate.

Su expresión flaqueó levemente antes de suavizarse.

—¿Cómo te llamas? Soy Sarah.

—No me importa.

—Está bien —suspiró—. Haz lo que quieras. Solo intentaba ser amigable.

Giró y se marchó.

Una rocola en una esquina reproducía una canción country de mierda, un hombre se lamentaba con una guitarra por haber perdido al amor de su vida y estaba tan triste por eso. Un grupo de hombres estaba parado al lado de la rocola, cerca de una mesa de billar.

La chica fue hasta ellos.

Clavé la mirada en la mesa.

—Eso no salió bien —dijo Kelly.

—Cállate.

—¿Cómo rayos tuviste sexo antes?

—Lo juro por Dios, si no te...

—Hola, amigo.

Volví a levantar la mirada. Cuatro hombres se detuvieron al lado de mi mesa, Sarah estaba cerca de la rocola, lucía molesta. Les gritó a los hombres:

—No es importante. Déjenlo así.

La ignoraron.

—Parece que tenemos un problema —dijo uno de los hombres. Era robusto y tenía líneas de expresión profundas en su rostro. Su cabeza estaba rapada y vi el tatuaje de una cruz en su cuello.

—Solo estoy bebiendo una cerveza.

—¿Ah, sí? —replicó el hombre—. Porque mi hermana dijo que fuiste grosero con ella.

—No me dejaba en paz.

—¿Eres demasiado bueno para ella?

Me acomodé en mi asiento y estiré mis brazos sobre el respaldo.

—¿De verdad me estás preguntando por qué no me acostaré con tu hermana? Porque, si ese es el caso, amigo, tengo que decirte que estás demasiado involucrado en la vida sexual de tu hermana. Probablemente deberían establecer algunos límites.

—¿Qué dijiste? —El hombre se inclinó hacia adelante y apoyó las manos sobre la mesa.

—Ya me oíste.

Asintió lentamente.

—Creo que tenemos un problema.

—Suena como un asunto *tuyo*. Deberías marcharte.

Los hombres detrás de él se rieron.

—Ah, ¿sí?

—Sí. Correcto.

Le dio un golpe a la botella y cayó sobre mi regazo. Mis vaqueros se empaparon al instante.

—Párate —ordenó.

Me puse de pie.

—Háganlo afuera —gritó el barman—. Lo digo en serio, Mikey. Si vuelves a empezar problemas aquí otra vez, llamaré a la policía.

—Mikey —dije—, qué lindo.

Me rodearon. Podía oler su furia, la sangre les hervía bajo la piel. Deseaban una pelea, no les importaba una mierda que fueran cuatro contra uno. Se movían como una manada, como si hubieran hecho esto antes. Hasta donde sabía, podrían haberlo hecho. Tal vez la chica era la carnada y pensaron que yo era un blanco sencillo.

Me guiaron hacia la puerta y se los permití.

Eran arrogantes, confiados. Apestaban a sudor y cigarrillos. Me recordaron a cómo solía ser Gordo, sentado detrás del garaje en una silla de jardín raída con un cigarrillo entre los dientes y aceite debajo de las uñas. Ya no fumaba.

El aire nocturno era fresco. Me causó gracia intentar recordar sin éxito en dónde estaba, en qué pueblo, en qué estado. Solo era un lugar más.

Uno de los hombres me empujó por detrás.

Me tambaleé hacia el estacionamiento, la gravilla rechinó bajo mis botas.

—Bastardo presumido —dijo el tipo con el tatuaje—. ¿Quién demonios te crees que eres?

Le sonreí. Me sentía salvaje como solía serlo. Quería desgarrarlos, hacerlos sufrir. Escucharlos gritar hasta que me suplicaran que me detuviera.

Tal vez me haría sentir algo más que este vacío.

—No es necesario que hagas esto —dijo el falso Kelly reclinado contra el costado de una camioneta con los brazos cruzados—. Podrías marcharte.

—Nah —repliqué—, me lo gané.

El falso Kelly sacudió la cabeza.

—¿Ganar qué? —demandó el hombre—. ¿Cuál es tu problema?

—Un gran hombre una vez hizo una pregunta —respondí e ignoré a la multitud que se formaba afuera del bar. Querían un espectáculo y les daría uno—. Se irguió con la cabeza en alto, sin miedo. Sabía de lo que era capaz y, aunque haría cualquier cosa para proteger lo que era suyo, también creía en la misericordia. Te haré la misma pregunta.

Los hombres se miraron entre sí antes de girar hacia mí.

—¿Cuál es tu nombre? —pregunté.

El falso Kelly suspiró.

El hombre tatuado no tenía ganas de hablar. Se abalanzó hacia mí con su gran puño, pero sujeté su mano antes de que pudiera aterrizar el golpe.

Intentó alejarse y no se lo permití.

—Hice una pregunta. ¿Cuál es tu nombre?

Estrujé su puño. Sentí cómo crujían sus huesos.

Sus ojos se ensancharon.

Lo solté.

Me atacaron todos al mismo tiempo. Me dieron algunos golpes. Uno de ellos me dio un puñetazo inesperado en los riñones y me causó una ráfaga de dolor, brillante y resplandeciente. Lo recibí con gusto.

Lo intentaron. Por un instante me pregunté a cuántas personas les habían hecho esto. Cuántas veces habían tomado lo que querían sin preocuparse por las repercusiones. Me dije a mí mismo que estaba haciendo algo bueno al darles una lección para que no se metieran con nadie más.

Y tal vez, una parte de eso era verdad. Una pequeña.

Porque el resto de mí quería herirlos. Así que lo hice.

Dejé al hombre con el tatuaje para el final.

Estaba rodeado de brazos que me empujaban hacia atrás contra un pecho fuerte mientras un tipo se abalanzaba hacia mí con el puño en alto. Despegué los pies del suelo y los hundí en su estómago. Cruzó los brazos y se dobló por la mitad con ojos desencajados. Su boca se abrió sin emitir sonido y una fina línea de saliva cayó de su labio inferior.

Incliné la cabeza hacia adelante antes de lanzarla hacia atrás con velocidad y golpear en el rostro al hombre que me sostenía. Se quebraron huesos y cartílagos. Mi nuca se roció con sangre mientras el tipo gruñía y dejaba caer los brazos.

El tercer hombre se puso en cuclillas y tomó un puñado de gravilla y tierra, lo tiró a mi rostro y se abalanzó sobre mí. Mi visión se nubló mientras me desplazaba a la derecha, su puño rozó mi hombro. Le di un codazo en la garganta, tuvo arcadas y se llevó las manos al cuello.

El hombre tatuado entrecerró los ojos, pero se mantuvo justo afuera de mi alcance. No me molestaba. Ya llegaría su momento.

El hombre con la nariz rota lanzó un puñetazo torpe. Tomé su brazo, giré sobre mis talones y lo lancé contra un coche estacionado. Cayó al suelo sin amortiguar la caída y no volvió a pararse.

—No lo mates —dijo Kelly.

—No lo haré —prometí.

El primer tipo comenzó a inhalar de vuelta, seguía doblado sobre su estómago, cayó desplomado cuando le di una patada en el costado de la cabeza.

El hombre astuto alzó las manos como si eso pudiera detenerme. Los hice a un lado y le sonreí.

—Deberías huir.

No lo hizo.

—Está bien —dije y lo tomé por los hombros. Le di un rodillazo en el estómago. Colapsó, con dificultades para respirar. Sus ojos humedecidos parpadeaban rápidamente.

—¡Aquí! —Oí a un hombre gritar.

Giré y vi a otro hombre lanzarle a mi atacante un bate de béisbol. Lo atrapó con destreza y lo acomodó en su hombro. Escupió en el suelo, nunca despegó sus ojos de mí.

—Eso no te ayudará. —Sacudí la cabeza.

Se abalanzó hacia mí con el bate en alto.

Lo hizo bajar cuando llegó a donde estaba y el bate rebotó en el suelo cuando bordeé al tipo y llegué a su espalda. Volteó la cabeza justo cuando llegué a su hombro, sujeté el bate, se lo arranqué de las manos y lo lancé a un costado.

—Deberías haberme dicho tu nombre —susurré en su oído.

Estaba distraído.

No vi que metió la mano en su bolsillo.

Oí un clic.

Un susurro metálico que reconocí por cómo solían ser las cosas en el pasado.

Tanner y Chris y sus cuchillos. De cuando eran humanos, frágiles y suaves.

El tipo lanzó su mano hacia atrás. La navaja no era grande. Como mucho, quince centímetros. Pero mierda, sí que dolió cuando me apuñaló.

Lo empujé y el tipo se tambaleó. Bajé la mirada. El mango del cuchillo se veía a través de mi camiseta, la sangre florecía como rosas sobre la tela. Estiré mi brazo, tomé el mango y sentí el filo en mis entrañas. Apreté los dientes mientras tiraba de él.

—Márchate, Carter —dijo Kelly—. Por favor, márchate.

Lancé el cuchillo al suelo, mi sangre resplandecía sobre el metal.

La herida comenzó a cerrarse. Alcé la cabeza lentamente.

El hombre tatuado retrocedió un paso.

—Tus ojos —dijo—. Qué carajo tienen tus ojos…

—Deberías haberme dicho tu nombre. —Me lancé hacia él mientras la niebla se espesaba.

—Carter —dijo Kelly.

—Carter, detente —dijo Kelly.

—Carter, tienes que *detenerte* —dijo Kelly.

Levanté la cabeza. Mi hermano no estaba allí.

El hombre debajo de mí gimoteó. Bajé la mirada hacia él y oí a Sarah gritar, suplicándome que me detuviera, que por favor me detuviera, por favor, por favor, *por favor*. Mis manos temblaron. Dos dedos en mi mano derecha estaban quebrados. Todos mis nudillos estaban rasgados y cubiertos de sangre.

Parte de la sangre era mía.

La mayor parte no lo era.

El rostro del hombre estaba hinchado y pegajoso. Estaba balbuceando, me decía que lo lamentaba, que lo lamentaba tanto, hombre, ya no me lastimes, por favor, ya no me lastimes, lo lamento. Lo lamento tanto, tus ojos, tus ojos, ¿por qué lucen así? ¿por qué son *violeta*?

Me tenía miedo.

Miré a la multitud, estaban horrorizados. Algunos se cubrían la boca con las manos.

Sarah lloraba. Estaba aterrorizada.

—No… —dije—. No quise hacerlo. No quise…

El barman se abrió camino entre la multitud con una escopeta. Apuntó hacia mí.

—No sé quién eres, pero si vuelves a tocarlo, te volaré la cabeza.

Me siguió con la escopeta mientras me alejaba del hombre tatuado. Sarah se apresuró hacia él y cayó de rodillas al lado de su hermano. Acarició su rostro con sus manos mientras el hombre gemía.

—Ay, Dios, lo lamento. No les pedí que…

—Sus ojos —balbuceó el hombre—. Sus ojos. Sus ojos. *Sus ojos.*

—Márchate —dijo con frialdad el barman—. Ya llamé a la policía. Tienes unos cinco minutos antes de que lleguen.

Asentí y giré hacia mi camioneta. Mis ojos ardían.

Solo me detuve cuando al barman dijo:

—Lobo.

No miré hacia atrás.

—No quiero volver a verte en este lugar. Los de tu clase no son bienvenidos aquí.

Me marché.

PETER Y EL LOBO / NUESTRO PADRE

La tercera nota llegó en agosto.

La mayoría de los días pensaba que estaba soñando. Kelly aparecía cada vez con más frecuencia y todo tenía un filtro borroso. Despertarme me costaba más.

Todas las carreteras lucían iguales. Los días se fusionaban entre sí.

—Vas a volverte loco —dijo Kelly.

—Creo que puede ser un poco tarde para eso —me reí, pero mi voz sonó áspera y quebradiza.

—Tengo que hacerlo. Él haría lo mismo por mí.

Tenía esa expresión testaruda fija en su mandíbula. Sentí dolor al ver algo tan familiar.

—No lo sabes. Ni siquiera lo conoces.

—Años. Estuvo con nosotros durante años.

—Y siempre como lobo. —Me recordó Kelly (*el falso Kelly*)—. En estado salvaje. Por lo que sabes, no recuerda nada. Como Robbie.

—Nos salvó —susurré y me aferré al volante con fuerza.

—Lo sé.

Kelly sacudió la cabeza.

—Pero ¿no me extrañas? ¿No quieres volver a casa?

—Más que nada —repliqué con voz ronca—. Sabes eso.

—Te necesito, Carter. ¿Por qué me harías esto? Sabes el impacto que tuvo en mí perder a Robbie. Estuviste *allí*. Y ni siquiera dudaste en dejarme atrás. —Estaba llorando—. No lo comprendo. ¿Cómo puedes ser tan cruel?

No podía mirarlo. Estaba paralizado.

—Te quiero.

—¿En serio?

—Sí, más que a nada.

—Entonces, regresa. Por favor.

—Yo… no puedo. —Tragué saliva con dificultad—. ¿Recuerdas lo que Joe le pidió a ese cazador, David King, que le dijera a Ox?

Se rio entre sus lágrimas.

—Aún no. Aún no. Aún no. Todo esto ya sucedió y sucederá otra vez. Estos círculos. Seguimos avanzando en círculos. Ox y Joe. Gordo y Mark. Robbie y yo. Seguimos cometiendo los mismos errores una y otra vez.

—Lo sé.

—¿Qué harás con ellos?

Señaló con la cabeza hacia delante de la camioneta.

—Me ocuparé de ello.

Pero ya no estaba.

Miré por el parabrisas.

Unos lobos gruñeron.

Salí de la camioneta con las manos en alto y fui rodeado casi inmediatamente.

—¿Quién eres? —demandó la Alfa con una mano en mi garganta. Me empujó contra la camioneta, el picaporte se hundió en mi espalda—. ¿Qué estás haciendo en mi territorio?

—No estoy aquí para lastimarlos —logré decir.

—¿Entonces por qué estás aquí?

—No puedo... respirar...

Me sujetó con menos fuerza e inhalé aire. Sus fosas nasales se agitaron y frunció el ceño. Sacudió la cabeza mientras volvía a entrecerrar sus ojos rojos.

—¿Qué quieres?

Me estiré y apoyé mi mano en su muñeca. La tomé con gentileza para que no pensara que la lastimaría.

—Estoy buscando a alguien.

—No hay nadie aquí para ti.

—Ya no.

—¿Qué te hace pensar que él está aquí en primer lugar?

Le sonreí.

—Nunca dije que fuera un "él".

—Mierda —suspiró mientras me soltaba.

Eran una manada joven, ninguno tenía compañero. La mayor, la Alfa, solo tenía veinte años. No me quería decir su nombre y no me permitía que hablara con los demás. No me molestaba. No había venido por ellos, solo por lo que pudieran decirme.

Su casa estaba ubicada en el área salvaje de Canadá. No había nadie a su alrededor por kilómetros. Les gustaba que fuera así. No querían que entrara. Nunca insistí.

—¿No tienen brujo? —pregunté cuando la Alfa regresó a mí después de susurrarle algo a uno de sus Betas.

Vaciló antes de responder.

—No. En un momento… tuvimos una.

—Pero ya no.

—La mataron —dijo—, o eso dijo mi madre. Hace años, en Oregón. Mamá dijo que se lo merecía. Escuchó a la persona equivocada, intentó asesinar a un Alfa. Aparentemente, le quitó la mano a un brujo y su compañero la mató.

Alcé la mirada hacia el cielo despejado sobre mí y pensé en Kelly hablando de círculos.

—Emma.

La Alfa asintió lentamente.

—Emma Patterson.

—Estaba hasta el cuello.

—¿Debería preguntar cómo sabes esto?

—Probablemente no. Y nunca estuve aquí. —Señalé con la cabeza a su manada—. Asegúrate de que ellos también lo sepan.

—No te preocupes por ellos. Te conozco.

—Lo dudo.

—¿Con quién estabas hablando en la camioneta?

—Con nadie.

—Te oí.

—No importa. —La miré–. ¿Cuándo estuvo aquí?

—Hace un mes —respondió después de vacilar.

Asentí.

—¿Estaba solo?

—No.

Su mirada se perdió en los árboles.

—Había algo con él, algo más grande. Nunca lo vimos, pero lo sentimos, en la profundidad del bosque. Se sintió como un cáncer. Estaba mal. Negro.

—Suena preciso —masculé–. ¿Qué quería?

La Alfa encogió los hombros.

—No hablaba mucho. Creo que… ¿Conoces la historia de Peter y el lobo? Me la contó mi mamá.

Sacudí la cabeza.

—Peter vivía en un claro en el bosque con su abuelo —dijo.

Por el amor de Dios.

—Un claro.

—Sale al claro y deja la puerta de la cerca abierta. Un pato vivía en el jardín, vio la puerta abierta y salió, quería nadar en el estanque. Allí, el pato conoce a un pájaro y conversan sobre nadar y volar sin cesar. El pájaro y el pato no sabían que el gato de Peter también había cruzado la cerca. Estaba cazando. En el último momento, Peter ve al gato y les advierte al pájaro y al pato. El pájaro sale volando. El pato nada hacia el centro del estanque.

—No sé qué tiene que ver esto con…

—El abuelo de Peter se molesta con él por haber ido solo al claro. Le pregunta qué sucedería si apareciera un lobo del bosque. Peter dice que los chicos como él no les temen a los lobos. Su abuelo, al ver que su nieto es ingenuo, cierra la cerca con llave.

Su manada suspiró a nuestro alrededor. Sonó como el viento.

—Poco tiempo después —siguió la Alfa—, aparece un lobo. Es grande y gris. El gato, al ver el lobo, logra trepar un árbol. El pato, sin verlo, abandona el estanque y lobo lo persigue. El pato huye, pero el lobo es más rápido y lo devora de un bocado. Peter, al ver que la bestia se está comiendo a su amigo, toma una decisión. Consigue una cuerda y trepa el árbol. Le dice al pájaro que vuele sobre la cabeza del lobo para distraerlo mientras él prepara un lazo para atrapar al lobo por la cola. Tiene éxito. El lobo lucha por liberarse, pero Peter ata la soga al árbol y ajusta el lazo todavía más.

No hablé.

La Alfa llevó la cabeza hacia atrás en dirección al sol.

—Llegan unos cazadores que habían estado rastreado al lobo y quieren matarlo. A pesar de que el lobo se había comido al pato, Peter no le desea la muerte. Convence a los cazadores para que lo ayuden a llevar al lobo a un zoológico. Hacen un desfile liderado por los cazadores, el pájaro, el gato y Peter arrastra al lobo de la soga. El abuelo también está allí y, aunque Peter tuvo éxito, su abuelo se pregunta: ¿Y si Peter *no* hubiera atrapado al lobo? ¿Entonces qué?

La Alfa me miró.

—En su apuro, el lobo se tragó al pato entero. Si escuchas con cuidado, lo puedes oír graznar en el estómago del lobo.

—Ciertamente… la historia que acabas de contarme es interesante.

La Alfa resopló y, por un momento, no era una Alfa. Era una mujer joven exasperada por alguien que no comprendía lo que estaba diciendo.

—Estás intentando capturar a un lobo por la cola. Pero ¿y si *no* puedes atraparlo? ¿Entonces qué? ¿Te tragarán por completo?

—A veces pienso que el lazo ya está alrededor de mi cuello. No puedo respirar porque lo ajustan cada vez más.

—Por decisión propia. Tú dejaste la cerca abierta, estás invitando al lobo. He oído cosas, como todos. Rumores. De la destrucción de Caswell, de una gran y terrible bestia que no puede morir, de una manada distinta a todas las demás liderada por dos Alfas, uno de los cuáles es un rey. El otro un salvador. Esta manada ha sufrido una y otra vez. Y, sin embargo, siguen adelante.

Sonrió.

—¿Alguna vez oíste hablar de una manada así? Es un milagro. Incluso aquí, tan lejos de todo, sabemos cosas. Cosas secretas.

Estaba muy cansado. Me dolía la cabeza y mis palmas estaban sudorosas.

—Él es importante.

Su sonrisa se tiñó de melancolía.

—Tendría que serlo. Espero que no te ofendas cuando digo que creo que los hombres son las criaturas más estúpidas de la Tierra.

Me reí por primera vez en mucho tiempo. La risa trepó por mi garganta, sonó como un vidrio quebrado.

—No puedo discutírtelo.

—Eso creí. Si preguntan, les diré que estuviste aquí. Merecen saberlo después de todo lo que sucedió.

Se estiró y posó su mano en mi mejilla y, aunque no era mi Alfa, no pude evitar inclinarme hacia ella. No podía recordar la última vez que otro lobo me había tocado. Sus ojos se tornaron rojos y su voz se hizo más grave.

—Peleas, pequeño príncipe. Y aunque te tambaleas, sigues adelante, ¿por qué?

—No sé cómo detenerme. —Me ardían los ojos.

—¿Incluso cuando sientes que el lazo tira de tu cuello?

—Incluso entonces.

Me soltó y retrocedió un paso.

—Espera aquí.

Eso hice.

Me dejó esperando delante de su casa, su manada la seguía de cerca y lanzaban miradas curiosas sobre sus hombros. Una vez que la puerta se cerró detrás de ellos, me dejé caer contra la camioneta. Intenté mantener mi respiración lenta y estable, pero mi pecho estaba agitado.

—Vete a casa, Carter —dijo Kelly—. Antes de que no puedas hacerlo.

—Estoy cerca. —No lo miré—. Más cerca que nunca.

Kelly suspiró.

Solo regresó la Alfa. Tenía un papel en la mano y tuve que contenerme para no arrancárselo. Lo sostenía entre dos dedos. Cuando me estiré para tomarlo, su mano retrocedió levemente.

—Te daré esto, pero luego te marcharás. No permitiré que nos transformemos en un blanco, ya hemos sufrido demasiado. No quiero tu pelea. Aléjate tanto como puedas y nunca regreses.

—¿Lo leíste?

—Sí.

Me miró directo a los ojos.

—Y, aunque sé que no escucharás, deberías hacer lo que él dice.

La Alfa presionó el papel contra mi mano antes de regresar a la casa.

Desdoblé el mensaje mientras ella cerraba la puerta, el inconfundible sonido de la cerradura se pareció al de un disparo.

DÉJAME EN PAZ. VE A CASA O TE LASTIMARÉ.

Me reí hasta que me dolió el estómago.

¿Y si Peter no hubiera atrapado al lobo?

¿Entonces qué?

Noviembre llegó con una ola de aire frío que congeló hasta mis huesos. Siempre tenía frío, sin importar cuántas capas de ropa vistiera. Dormía más en la camioneta que en una cama. Sentía que me movía en agua y me ahogaba lentamente.

Una noche, estaba acurrucado en el asiento, mis rodillas chocaban con el tablero y tenía una mano en mi cabello mientras Kelly tarareaba en voz baja. Giré mi cabeza hacia su estómago e inhalé su aroma. Casi se sintió real. Si lo intentaba con fuerza, podía convencerme de que estaba allí.

Mi hermano presionó un dedo contra mi oreja y dijo:

—Odiaba ir a la escuela. Nunca fui muy bueno y no me gustaba estar atrapado allí adentro todo el día. Green Creek era mejor en varios sentidos, pero no quería estar en un salón de clases. Después de estar rodeado de lobos casi toda mi vida, los humanos olían extraño. Pero luego tuve una clase de física y aprendí sobre mecánica cuántica.

—¿En serio? —Gruñí—. ¿No sufrí suficiente?

—Shh.

Me dio un golpe en la cabeza.

—Escucha, hay una teoría que dice que todos estamos flotando a través del tiempo y el espacio, que somos una colección de partículas como nebulosas. Cada tanto, estas partículas chocan entre sí y, por un momento, todo es brillante y real y existimos juntos. Pienso mucho en eso.

—Desearía que estuvieras aquí. —Apenas podía respirar.

—Y yo desearía que tú no. Esto no puede durar para siempre, Carter. Pronto estarás al borde de una cornisa y tendrás que regresar o saltar. Y no sé qué pasará contigo si lo haces.

Sus manos regresaron a mi cabello, sus uñas acariciaban mi cuero cabelludo.

—Estoy cerca.

—¿De la cornisa?

—De él.

—¿Hay una diferencia?

No respondí y él no insistió.

—¿Qué le dirás si lo encuentras?

—¿A qué te refieres?

—Lo primero que le dirás. Digamos que logras encontrarlo, que está frente a ti y exige saber qué demonios estás haciendo y por qué no le hiciste caso.

—Me va a mirar feo —susurré.

Resopló.

—Bueno, sí. Es un Livingstone, es su expresión relajada. Hablando de eso, ¿estás seguro de que quieres involucrarte con eso?

Giré sobre su regazo para mirarlo.

—Parece que a Mark le resultó bien.

—Sí. —Bajó la mirada y me sonrió, hizo una pausa mientras reflexionaba—. Pero también enfrentó un bagaje importante. No puedo imaginar que con él sea más sencillo. Eso y el hecho de que tiene pene y no tienes idea de qué hacer con eso.

—Sí, seré honesto. En realidad, no pensé todavía en esa parte. Iré despacio.

Acarició mis cejas con la punta de un dedo.

—Podría haber otros. No tiene que ser él necesariamente.

—Podrías decir eso de Robbie, pero no dejaste que eso te detuviera.

—Por lo menos Robbie no tiene familiares psicóticos. —Hizo una mueca—. Michelle Hughes no cuenta.

—¿Por qué Robbie?

—¿A qué te refieres?

—Podría haber otros. No tiene que ser él necesariamente.

—Pero lo fue.

—¿Cómo lo supiste?

Presionó su dedo contra mi mentón.

—Al principio, no lo supe.

—Lo sé. Estuve allí.

—Creo que… ¿Has visto que en invierno los días son cortos y las noches largas?

—Sí.

—Para mí fue así. Fue una larga noche de invierno y luego, un día, era como si el sol hubiera aparecido por primera vez desde hacía mucho tiempo. Lo vi y me sentí… cálido. Vivo. No sabía qué hacer con eso. No sabía si *quería* hacer algo al respecto.

—Pero lo hiciste, aunque estabas aterrado.

—Es aterrador.

—Yo también tengo miedo —le susurré al falso Kelly—. Y no sé cómo no tenerlo.

—Está bien. Dime. Lo encuentras, estás parado frente a él, ves su rostro y te está mirando feo. ¿Qué es lo primero que dices?

Pensé por un momento.

—Años.

—¿Años?

Asentí.

—Le diría… estuviste allí por tres años. No me dejabas solo. Estabas siempre a mi lado y no comprendía por qué. Al principio, no me gustaba. Si soy sincero, al principio, lo odiaba. Tenía una sombra, una sombra descomunal que no sabía lo que era la privacidad. Quiero decir, ¿alguna vez intentaste masturbarte mientras un lobo está rasguñando la puerta intentando entrar? Es condenadamente horrible y…

—Carter.

—Cierto. Lo lamento. Eh, bueno. Lo odié por un tiempo, pero luego… ya no. Se convirtió en una parte de mí. Diría que tú te convertiste en una parte de mí, una constante, y no sabía lo que tenía hasta que lo perdí. Lamento no haberte visto por lo que eras, lamento haberte dado por sentado. Lamento haberte dejado ir. Y sé que no quieres que esté aquí y sé que dijiste que no me quieres, que no quieres a nuestra manada, pero tal vez… tal vez podrías verme. Porque ahora te veo. Te veo y no sé si querré ver a alguien más.

»Dormía mejor cuando estabas acurrucado a mi lado. Soñé que estábamos corriendo, solo tú y yo. Quiero saberlo todo. De dónde vienes, cómo eres, qué te hace feliz, qué pensaste cuando me viste por primera vez, si es que podías pensar. ¿Por qué te quedaste conmigo todo ese tiempo? Y luego diría: hola, es un placer. ¿Qué tal, Gavin? Hola. Mi nombre es Carter. Y creo que eres mi…

No pude terminar.

—¿Con pene y todo?

—Estoy bastante seguro de que puedo descifrar esa parte. Aprendo rápido.

Se rio hasta llorar.

—Eso suena bien.

Cerré los ojos.

—El teléfono descartable en tu bolso —dijo—. Solo sería necesaria una llamada y esto podría terminar, sabes que respondería. Podrías oír mi voz y te gritaría y demandaría saber en dónde estás. Te diría que te quedes *justo allí* y que iríamos a buscarte porque nunca te dejaré ir. ¿Sabes lo sencillo que sería? Carter… hazlo. Por favor. Por mí. Por tu manada. Por ti.

—No puedo.

—Puedes —replicó de mala manera e hice una mueca—. ¿Por qué te haces esto? ¿No confías en nosotros? ¿No confías en *mí*? Te hubiéramos ayudado. Con *cualquier cosa*. Estábamos moviendo el cielo y la tierra para encontrarlo. Para traerlo de regreso a ti.

—Ah, ¿sí? ¿Es eso o estaban buscando a Robert Livingstone?

—Eso no es justo.

Incliné mi cabeza hacia atrás contra la ventana.

—¿Alguna vez piensas en cómo serían las cosas si no fuéramos quiénes somos? Si no fuéramos Bennett.

—¿Quiénes seríamos?

Encogí los hombros.

—Cualquier persona. Nadie. La gente no esperaría que sacrifiquemos todo lo que tenemos. Les damos nuestra sangre, nuestras vidas y nunca es suficiente. Siempre quieren más. Y nunca termina. Joe es un rey, como nuestro padre. Mamá es una reina. En Caswell, después de que todo terminó y comenzaron a reconstruir, miraban a Joe para que los arreglara, para que solucionara todo. Y como yo era su segundo, también me miraban a mí. Me llamaban un príncipe. Lo odié.

—Necesitaban esperanza —dijo Kelly en voz baja—. Eso es lo que ven en nosotros. Por eso nos necesitan. Para luchar por ellos.

—Tal vez deberían aprender a luchar por sí mismos.

Cuando volví a abrir los ojos, Kelly ya no estaba. La cabina de la camioneta estaba fría. Ajusté mi chaqueta a mi alrededor con más fuerza y dormí.

Mis sueños fueron verde, verde, verde y estaba corriendo entre los árboles, mis garras se hundían en la tierra. A mi alrededor, mi manada cantaba su canción de lobo, y estaba en casa.

La luna llena de noviembre fue un viernes.

Kelly estaba conmigo casi todos los días. Se quedaba horas. A veces, no hablaba; otras veces, me contaba historias que ya conocía, historias de nuestro padre, nuestra madre. De Joe y Ox. Gordo y Mark. Chris, Tanner, Rico y Jessie. Era como si arrancara recuerdos de mi cabeza y los expusiera sin complicaciones. Hasta donde sabía, eso era lo que hacía. Él era un fantasma, pero era parte de mí. Una proyección.

Muchas veces miraba por el espejo retrovisor sin poder reconocer al extraño que me devolvía la mirada. Era delgado, sus pómulos se pronunciaban debajo de una barba desaliñada, sus ojeras parecían hematomas. Hice brillar mis ojos.

Él devolvió el gesto.

Azul.

Luego naranja.

Azul.

Luego naranja.

A veces soñaba en violeta, con una puerta cerrada y con algo pesado que la rasguñaba del otro lado. Susurraba *déjame entrar déjame entrar prometo que será sencillo prometo que no dolerá prometo que no te arrepentirás solo déjame entrar déjame entrar déjame entrar déjame entrar.*

No lo hice. Pero cada vez era más difícil ignorarlo.

Mientras se acercaba la luna llena, crucé hasta Minnesota y seguí las direcciones de una bruja de Kentucky que no quería saber nada con lobos.

El aire se tornó más frío. El cielo estaba cubierto de una manta gruesa de nubes grises y olía a nieve.

No sabía entonces que todo estaba a punto de terminar.

Aquí, al fin.

Estaba siendo cazado.

DESPIERTO

sabella, Minnesota, era apenas un desvío en la carretera. Un cartel anunciaba la entrada del pueblo seguido de un par de edificios, pero lucía muerto. Me recordó a un lugar en Virginia llamado Lignite, en el que luchamos por un miembro de nuestra manada en un puente.

Los bosques alrededor de Isabella eran densos. Había visto carteles que me indicaban que estaba en el Bosque Nacional Superior e intenté recordar si alguna vez escuché que hubiera una manada aquí, parecía el lugar perfecto. Estaba en el medio de la nada y se sentía libre. Pero el te-

La luna me llamaba, arañaba los rincones de mi mente. Se hacía cada vez más difícil ignorarla.

Conduje por Isabella y no vi a nadie. Más adelante había pueblos pequeños, el más cercano estaba a unos cincuenta kilómetros. Parecía un buen lugar para detenerme, aquí estaría a salvo. Escuché ciervos moviéndose entre los árboles y quería encontrarlos, perseguirlos y comerlos. Pero todavía no. Estaba cerca, sabía que estaba cerca.

Doblé en una calle de tierra cubierta por las copas de los árboles que creaban un túnel natural que no se parecía a nada que hubiera visto antes. Casi sigo de largo. El camino estaba escondido, la vegetación casi cubría la calle.

La camioneta rebotó en el viejo camino, los baches eran profundos. Las ramas arañaron los costados del vehículo. Eran las cuatro de la tarde, pero la oscuridad en el cielo daba la sensación de que era mucho más tarde. La luna se escondía detrás de las nubes. Mis encías estaban ansiosas.

Estuve en la carretera casi diez minutos antes de terminar en un pequeño claro. En un extremo, había una casa desvencijada. La pintura se había levantado hacía tiempo, la madera se había marchitado y lucía casi chamuscada. Había un agujero en el techo de unos cincuenta centímetros cerca del frente. El techo sobre el porche había colapsado.

La puerta estaba cerrada. Dos de las ventanas frontales estaban estalladas y el vidrio yacía en el césped.

Detuve la camioneta.

Mi piel vibraba como si dentro de mí circulara una leve corriente eléctrica. El cabello de la nuca se erizó.

—Tal vez deberías marcharte —dijo Kelly.

No lo miré.

—¿Sientes eso?

—Carter. Tienes que irte.

—¿Por qué?

—Algo no está bien… Este lugar se siente…

—Maldito.

—Sí.

Tocó mi brazo y miré su mano.

—Ya estoy maldito.

—Por mí.

Se alejó, entrelazó sus manos sobre su regazo y sacudió la cabeza.

—Solo soy un producto de tu imaginación. Quizás hasta tu consciencia. Sin importar lo que sea, te digo que este no es un buen lugar.

—No lo sé.

Volví a mirar la casa. Podía sentir que me fulminaba con la mirada.

—¿Recuerdas cuando fuimos a la casa de ese viejo brujo, cerca del mar, cuando estábamos buscando a Richard Collins? Dijiste que ese era el momento en las películas de terror en el que le gritabas a la pantalla para que *no* entraran en la casa.

Estiré mi mano hacia el picaporte.

—Soy un hombre lobo. Generalmente soy yo el que está esperando dentro de la casa.

—No fue gracioso entonces y no lo es ahora. No seas estúpido, márchate. Pasa la luna llena en otro lugar.

—No hay nadie más cerca. Estaré bien.

Le eché un vistazo y gruñó.

—Eso es precisamente lo que *no* debes decir. Por el amor de Dios.

Abrí la puerta y bajé de la camioneta. El falso Kelly me imitó. Me di cuenta de que nunca lo había visto bajar de la camioneta antes. Siempre estaba allí.

Pero ¿ahora?

Ahora escuché la puerta rechinar mientras él la abría y sentí el impacto cuando la cerró de golpe. Oí sus pasos en la calle de tierra, pero no podía oír su corazón. Era como si estuviera muerto en su pecho. Se detuvo delante de la camioneta.

—¿Bueno?

Lo miré con una molesta sensación de incomodidad.

—¿Qué? —preguntó.

Sacudí mi cabeza lentamente.

—Terminemos con esto —gruñó—. Juro por Dios que, si algo salta y me asusta, no puedes reírte de mí o te golpearé en la entrepierna.

—Está bien —susurré.

Caminamos hacia la casa. Su brazo rozó el mío. Podía sentir los vellos de su antebrazo, los huesos delicados en su muñeca.

Me pregunté si estaba dormido, si nada de esto era real.

Extendí las garras en mi mano derecha. Alcé mi mano izquierda y hundí una garra contra mi palma. Hice una mueca cuando cayó sangre. Dolor.

Sentí dolor.

No era un sueño.

Bajé la mirada a mis manos mientras la herida sanaba.

—¿Para qué hiciste eso? —preguntó Kelly.

Me estaba observando con esos grandes ojos azules.

—¿Recuerdas ese día en el bosque antes de que abandonáramos Maine? Estábamos solo tú y yo. Papá dijo que no sabía cuándo regresaríamos así que, si teníamos que hacer algo, debíamos hacerlo en ese momento.

Kelly asintió.

—Estábamos caminando sin rumbo. Hacia ningún lugar. No teníamos un destino en mente.

—Y me hiciste una pregunta.

—Te pregunté si las cosas cambiarían para nosotros. Joe estaba dañado y vacío, mamá apenas resistía, Mark no hablaba y papá siempre tenía una expresión de preocupación. No sabía qué sucedería y sentía que nos estábamos desmoronando. No quería perderte a ti también. Me prometiste que eso nunca sucedería.

Alzó su mano derecha y extendió su palma hacia mí antes de formar un puño.

—Cortaste tu mano, luego la mía. Fuiste rápido, lo hiciste antes de que pudiera sanar. Presionaste tu sangre contra la mía y dijiste que siempre estaríamos juntos.

—Sí, lo hice.

Aunque hacía suficiente frío para que pudiera ver mi aliento, gotas de sudor cayeron por mi nuca.

—¿Por qué lo preguntas?

—Te quiero —le dije—. Eres mi lazo.

—Sé que lo soy. —Sonrió—. Eres mi hermano mayor. No hay nadie como tú en todo el mundo. —Su sonrisa se desvaneció—. Y eso significa que debes escucharme. Salgamos de aquí, ¿sí? Solo tú y yo. Lo descifraremos, encontraremos un lugar en el que podamos correr juntos como solíamos hacerlo.

Quería eso más que cualquier otra cosa.

—No sé cuánto tiempo me queda —dije, él inclinó la cabeza.

—¿Hasta qué?

—Se está partiendo. En mi cabeza. Creí... creí que serías suficiente, pero es como antes. Puedo sentir que tironea de mí.

Dio un paso hacia mí.

—No puedo ser todo, Carter. Quiero serlo, pero no puedo. Un lazo tiene sus límites, los lobos no están hechos para estar solos. Necesitas más que esto. Más que a mí. No soy más que un fantasma, un recuerdo, y no es suficiente.

Volví a mirar la casa justo cuando empezó a nevar. Apenas era una nevisca, el aire se llenó de copos danzantes. Se sintieron fríos contra mi piel caliente.

—Podría haber matado a esas personas en el bar.

—Querías hacerlo —dijo—. Estuviste cerca.

—Sí.

—¿Qué sucederá cuando no puedas detenerte? ¿Realmente quieres correr ese riesgo?

Podía sentir que me miraba mientras caminaba hacia la casa. Subí al porche, salté sobre las vigas caídas. La puerta estaba descascarada, el picaporte estaba frío al tacto. Lo giré, pero apenas se movió.

Estaba cerrado con llave.

Empujé la puerta. Apenas ejercí algo de presión antes de que la madera se quebrara y cediera. La puerta se abrió de par en par y las bisagras chillaron.

La casa olía a moho y polvo.

Estornudé. El sonido retumbó en cada ambiente.

La nieve caía por un agujero en el techo y aterrizaba en lo que una vez había sido la sala de estar. La chimenea estaba hecha de ladrillo en mal estado. Había una silla volteada, la tela estaba rasgada y el relleno sobresalía, amarillento y raído. El suelo gemía con cada paso que daba.

Había un cuadro torcido colgando de la pared, el vidrio estaba roto y había tres personas en la fotografía. Un hombre con una sonrisa silenciosa, una mujer con ojos brillantes.

Y un niño.

Estaba parado entre el hombre y la mujer, quienes apoyaban una mano sobre su hombro. Los ojos del niño eran oscuros, su cabello era negro y despeinado por el viento.

Una vez había visto una fotografía de Gordo en su niñez trepado sobre la espalda de Mark. El chico en la pared lucía casi igual. La forma de su nariz era distinta, el puente era más abultado. Sus mejillas tenían pecas, sus ojos estaban más separados. Gordo nunca había sido tan fornido.

Y exhibía una sonrisa brillante. Le faltaban algunos dientes, un hueco adorable que casi hacía parecer que tenía colmillos.

Conocía este rostro.

Solo lo había visto una vez y fue un instante. Y este rostro había sido mucho mayor, ojos entrecerrados, dientes apretados mientras palabras salían de sus labios y sonaban como si alguien estuviera golpeando su pecho.

No. Lo. Toques.

Las sombras treparon por las paredes y el suelo a medida que el día comenzaba a morir, pero no pude despegar la mirada de la fotografía en la pared.

Parecía imposible que hubiera encontrado este lugar después de todo este tiempo.

No podía ser real. Estaba soñando.

Estaba en algún lugar muy lejano de aquí y estaba soñando.

Pero… Pero todavía tenía sangre en mi mano de cuando me había cortado, el dolor había sido punzante.

Me estiré y toqué el rostro congelado del niño.

Algo se movió detrás de mí.

Giré en mi lugar en la oscuridad abrumadora. No había nada allí.

Ni siquiera Kelly, su fantasma.

Pero…

Pero sentí el olor a bosque antiguo y, aunque lo intentara, no podría convencerme de que provenía de la vegetación que rodeaba la casa.

El aroma estaba impregnado en el suelo, las paredes, el techo. Inhalé profundamente y dejé que inundara mis pulmones y, mientras la luna me llamaba, mientras me susurraba *corre pequeño príncipe es hora de correr es hora de correr y cantar tus canciones*, sabía que estaba cerca, más cerca de lo que había estado en casi un año.

Pensé en cómo era él cuando corríamos en el bosque juntos, solo nosotros dos. La manera en que hacía que me recostara sobre el césped y apoyaba su cabeza en mi pecho.

Di un paso hacia la puerta abierta.

—¿Hola? —grazné—. ¿Estás…?

Di otro paso y el bosque estaba *vivo*, tan condenadamente *presente* y tenía sangre en mi mano, una mancha roja me dijo que estaba aquí. Estaba aquí y esto era real. Todo esto era real.

Otro paso. Juré escuchar el suave gruñido de un lobo enojado.

Otro paso más y casi estaba en la puerta. Casi llego al porche destruido. Y luego…

Sonido de motores.

Parpadeé lentamente.

Luces a través de los árboles, focos delanteros. Por el sonido, varios vehículos se acercaban por la carretera.

Me apresuré hacia adelante y me escondí detrás de la pared.

Inhalé.

Exhalé.

La luna susurró, *corre transfórmate corre pequeño príncipe corre con tus garras en el suelo y el viento en tu cabello corre corre corre*

Mis garras perforaron la pared, el yeso se desintegró.

Uno de los vehículos reproducía música áspera e insoportable a todo volumen. Hizo que me doliera la cabeza. Apreté los dientes.

Cabello comenzó a florecer en mi cuello y rostro.

Las ventanas se inundaron de luz cuando los vehículos empezaron a detenerse a mi lado. La música siguió sonando mientras los motores rugían.

Escuché voces sobre el ruido, voces humanas.

Apagaron la música, apagaron los motores. Las luces permanecieron encendidas.

Me asomé por el marco de la puerta.

Sobre las luces brillantes, pude distinguir varias figuras que bajaban de camionetas gigantes. Alguien se estaba riendo, su voz era profunda. Vi el destello de metal en su mano, la forma inconfundible de un arma. Caminó hacia mi camioneta y acarició la carrocería con el cañón del arma. Miró en su interior y luego hacia la casa. Era mayor, su rostro estaba cubierto de líneas, largo cabello blanco caía alrededor de su cuello. Tenía anillos en tres de sus dedos, las piedras eran grandes y llamativas.

—¿Es esta? —Escuché que le preguntaba a los demás. Conté diez, ocho hombres y dos mujeres, todos estaban armados—. ¿Esta es la camioneta?

—Creo que sí —respondió alguien—. Es la misma que describió Barry.

El hombre asintió y empezó a girar hacia la casa. Escondí mi cabeza y respiré solo por mi nariz. El desconocido levantó la voz.

—¡Ey! ¿Estás en la casa? Por qué no sales aquí para que podamos verte.

Mantuve la boca cerrada y escuché cada uno de sus movimientos. Si fueran inteligentes, sin importar quienes sean, hubieran rodeado la casa. Bloqueado todas las salidas.

En cambio, todos se reunieron en el frente.

O eran unos malditos estúpidos o eran unos arrogantes. No importaba. Habían acorralado a un hombre lobo durante una luna llena.

–Sabemos que estás allí –gritó el hombre. Su voz era estable, casi alegre mientras arrastraba las palabras–. No sabes lo difícil que fue rastrearte. –Oí cuando escupió en el suelo–. Imagina mi sorpresa cuando recibí una llamada sobre un Omega atacando gente en un bar. Un *Omega*, de todas las cosas. Ha pasado tiempo desde que no veo uno de esos, en especial porque dicen por ahí que están todos bajo el control de un Alfa en Oregón. ¿Estás extraviado, Omega? Por qué no sales de allí antes de que me canse y haga volar tu maldita cabeza.

Su grupo se rio sombríamente.

–¿Nada? –dijo el hombre–. Eso es decepcionante. ¿Estás intentando llegar a ese Alfa, Omega? ¿Intentas avanzar hacia el oeste? Si soy honesto, tendemos a evitar ese lugar. Hace unos años, un grupo grande de cazadores fue allí. Causaron problemas, o eso me han dicho. Nunca volvimos a escuchar de ellos. Dime, Omega. ¿Cuán descarriado estás? ¿Sientes como carcome tu cerebro? ¿En qué estás pensando en este momento? ¿Quieres matarme? ¿Quieres hundir esos grandes dientes en mi cuello y tragar mi sangre? ¡Vamos! Te daré una oportunidad.

Mire la imagen en la pared.

El niño lucía tan familiar y desconocido a la vez. Su rostro estaba iluminado por unos focos delanteros.

–Te diré algo –dijo el hombre casi en tono conversacional–. Contaré hasta cinco. Si no te muestras, tendremos un problema. Mi papá me enseñó que cualquier problema puede solucionarse con unos disparos. Mi padre era un buen hombre, un poco ingenuo. Hizo que un lobo le arrancara los brazos. Murió gritando, pero la mayor parte del tiempo sabía de lo que hablaba. Las balas siempre parecen resolver el problema siempre y cuando conserves tus brazos adheridos a tu cuerpo. Y créeme cuando digo que tenemos *muchas* municiones, todas de plata. Perfecto para un lobo salvaje. Tenemos que cumplir con nuestra parte, ¿lo sabes? Proteger a la gente inocente de los monstruos.

Un pasillo se extendía delante de mí, pero parte del techo había colapsado y bloqueaba mi camino. Había una ventana a mi izquierda, cerca de la chimenea, otra a mi derecha a través de la cuál podía ver los árboles.

Y la puerta principal.

Cuatro opciones.

—Está bien —dijo el hombre—. Dejemos que empiece el espectáculo. Aquí vamos. Uno.

Mis colmillos salieron a la luz.

—Dos.

Cabello floreció en mi rostro mientras mi cuello se estiraba.

—Tres.

Mis garras se hundieron en la pared e hicieron agujeros de diez centímetros.

—Cuatro.

Mis ojos brillaron y vi el mundo con la agudeza de un lobo.

—Cinco.

Me tiré al suelo cuando estallaron los disparos. Me alejé de la puerta mientras las balas zumbaban a mi alrededor. Yeso y esquirlas de madera llovían sobre mí. Una bala impactó en el suelo a menos de treinta centímetros de mi mano e hizo que el suelo se separara. Levanté la mirada justo a tiempo para ver una bala aterrizar sobre la fotografía de la pared, justo entre los dos adultos. El vidrio estalló y la fotografía cayó al suelo, el marco estaba quebrado y doblado.

Avancé hacia la ventana a la izquierda, cerca de la chimenea, pero gruñí cuando una bala rozó mi brazo, el ardor era insoportable. Giré hacia la derecha y encontré más disparos.

Una mesa yacía patas arriba en el fondo de la habitación. Me abalancé hacia ella, aterricé con fuerza sobre mi hombro del otro lado y abracé mis piernas contra mi pecho; intenté hacerme lo más pequeño posible. Las balas impactaron contra la mesa, la hicieron vibrar y astillaron la madera.

Me dolía el brazo, la herida no sanaba.

—¡Alto! —gritó el hombre y la balacera se detuvo.

ponte de pie susurró la luna *ponte de pie pequeño príncipe y transfórmate y corre y caza y mata*

—¿Sigues vivo, Omega? —gritó el hombre—. Creí escuchar algo allí adentro, pero estoy envejeciendo así que tal vez solo fue una expresión de deseo. Mi oído no es tan bueno como solía serlo.

Estaba furioso. Tan condenadamente furioso.

Me temblaban las manos. Mi corazón latía acelerado. Mis colmillos rasgaron mi labio inferior mientras lo mordía.

Emití un gruñido grave y profundo.

—Ah —dijo el hombre—. Allí estás. Escuché eso antes. Animal acorralado. Tiene una característica particular. Desesperación. Furia. Dispuesto a hacer cualquier cosa para salvarse. ¿Qué harás?

—Jefe —dijo una mujer—, creo que escuché algo en el bosque. Hay…

El hombre sonó molesto cuando habló.

—No escuchaste una mierda, querida. El lobo está en la casa y está solo. Es un Omega. No hay nada más aquí.

—Pero…

—Lo juro por Dios, si no cierras la boca, iré allí y la cerraré por ti.

La mujer enmudeció.

—Sal, Omega —dijo el hombre—. No tienes a dónde ir. Te estoy haciendo un favor. ¿No quieres que todo se detenga? Tengo entendido que transformarse en Omega es como volverse loco. Puedo ayudarte. Puedo…

—*Jefe* —repitió la mujer con voz temblorosa—, hay algo en el bosque. Lo juro. ¿No pueden oírlo? ¿No pueden…?

—Maldición, ¿no escuchaste lo que *dije*? —ladró el hombre—. Perra, hundiré mi puño en tu garganta si no…

El rugido de un lobo furioso resonó desde el bosque.

Y lo reconocí.

—No —susurré mientras los cazadores afuera de la casa comenzaron a gritar.

La balacera estalló otra vez, pero no era dirigida a la casa.

Me puse de pie detrás de la mesa, vi las luces brillantes que emanaban de las armas de los cazadores. Salté sobre la mesa y corrí hacia la puerta, mis prendas se desgarraron mientras dejaba que me dominara la transformación.

Atravesé la puerta, lancé algunas de las vigas del porche hacia los cazadores. Uno de los hombres echó un vistazo sobre su hombro hacia mí, sus ojos estaban tan abiertos que solo se veía blanco. Comenzó a agitar su arma hacia mí, pero aterricé sobre él y rugí en su rostro. Todavía estaba a medio transformar, el hombre gritó; un sonido agudo y penoso. Intentó alzar su arma, pero mordí su brazo y sentí cómo sus huesos tronaban entre mis colmillos. Giré mi cabeza con fuerza y su sangre se derramó sobre mi lengua.

Inhaló temblorosamente antes de cerrar los ojos y no volver a abrirlos.

Levanté la vista para ver si los demás seguían disparándole al bosque. Creí ver una ráfaga de movimiento en las sombras entre los árboles y quería aullar, quería cantar porque era tan *familiar*, era…

Un lobo gris irrumpió entre los árboles con ardientes ojos violetas. Su cabeza gigante se meció de un lado a otro y derribaba a todo lo que se pusiera en su camino. La balacera se detuvo por un momento, era como si el sonido hubiera sido succionado alrededor de la casa.

La mirada del lobo gris aterrizó sobre mí. Entrecerró los ojos y luego se movió.

Era rápido, más veloz que los humanos que lo perseguían. Dispararon sus armas, pero las balas solo impactaron contra el suelo, la tierra y la gravilla. Uno de los hombres se tambaleó hacia atrás, intentando huir, pero el lobo ya había llegado a él, sus garras rasgaron su suave carne. El hombre gritó de dolor antes de detenerse cuando su cuello se quebró con un giro salvaje.

Intenté gritar como advertencia cuando una de las mujeres apuntó una escopeta en dirección a él, pero las palabras sonaron como un gruñido. El lobo gris saltó, el cuerpo del cazador muerto se sacudió mientras las municiones impactaban en su estómago, su sangre formó un arco hacia la casa.

Fui tras los otros mientras la mujer gritaba, su escopeta se partió en dos cuando el lobo la mordió. Golpeé a un hombre contra el lateral de una de sus camionetas y los vidrios estallaron, las esquirlas cayeron a nuestro alrededor.

—Por favor —dijo y alzó las manos.

—*No* —respondí. No tuvo otra oportunidad para hablar.

Giré en mi lugar y estaba a punto de volver a gritarle al lobo cuando oí el percutor de un arma, el cañón hizo presión contra mi sien.

Miré sobre mi hombro.

El hombre de cabello blanco, el que había dicho que me volaría la cabeza, asintió con una sonrisa sombría.

—Son dos. No lo esperaba. —Luego alzó la voz—. Muévete y lo mataré aquí mismo en este instante.

Miré más allá de la camioneta.

Era una escena espeluznante. Las nubes sobre nosotros se separaron levemente y permitieron el paso de la luz de la luna. Las sombras se disiparon y pude ver el suelo cubierto de sangre y violencia. Todavía quedaban tres hombres de pie y una mujer, aunque ella estaba sangrando y su brazo derecho colgaba sin vida a un costado, claramente estaba quebrado.

El lobo gris irguió la cabeza. El pelo en su rostro y alrededor de su boca estaba rojo. Goteaba de él cuando dio un paso hacia nosotros, sus labios se contorsionaban sobre sus colmillos y sus ojos violetas centellaban en la oscuridad. Quería decirle que corriera, que se marchara de aquí mientras pudiera, que se salvara.

Abrí la boca y el cazador golpeó el costado de mi cabeza con su arma. Me tambaleé hacia adelante aturdido y caí sobre mis rodillas. Mi visión se nubló y quería matar. Quería ver muerto a este hombre.

Jadeé hacia el suelo mientras el cazador presionaba el arma contra la parte posterior de mi cabeza y se paró sobre mí.

—Lo haré —dijo el cazador—. No creas que no lo haré. No te gustaría eso, ¿no? ¿Este es tuyo, Omega? ¿Cómo funciona eso? Creí que los Omega viajaban solos. —Inclinó el arma mientras el lobo daba otro paso hacia nosotros—. A menos que se trate de esa magia de la que oí hablar. Una mierda asquerosa si me preguntas a mí. Deberían matar a todos los brujos y lobos. Este mundo es de los humanos y debería permanecer de esa manera.

Me mecí hacia atrás sobre mis rodillas, la herida en mi cabeza estaba sanando a pesar de que había sangre escurriendo por ella. Levanté la mirada hacia él, seguía atrapado en mi transformación a medias. Le sonreí y él retrocedió.

—Maté a tu gente —gruñí—. Los maté bien muertos.

—Eso es verdad. —El hombre asintió lentamente—. Es una lástima, no quedan muchos como nosotros. No tantos como antes. Tu especie se aseguró de ello.

Rápido como un rayo, sacó otra arma mientras el lobo gris le gruñía y apuntó a su cabeza. Los demás lo imitaron y sentí la luna en mi rostro. Si moría aquí, si *moríamos* aquí, daríamos una buena pelea. Pensé que Kelly estaría orgulloso de mí.

—Como yo lo veo —dijo el hombre—, esto puede terminar de dos maneras. La manera correcta y la otra. La manera correcta sería que los sacrifique como los perros rabiosos que son.

Hundió el cañón en el costado de mi cabeza y sentí que mi piel se partía.

—La otra, es mi favorita así que presten atención, la *otra* manera es que se transformen de vuelta y me digan cuántos más hay como ustedes. Porque yo esperaba *uno* y, sin embargo, tenemos dos. Si sigo esa lógica, podría haber tres o cuatro. Rayos, podría haber una *manada* de Omegas. Vuelvan a transformarse, me dicen cuántos son y *luego* los mato. No tendrán que sentir su cerebro en llamas, que se queman por dentro. Podré ayudar a algunos más de su tipo y les enseñaré los errores de su forma de vida. Y, como soy un tipo magnánimo, endulzaré la oferta.

Me dio una patada en la espalda y me derribó hacia adelante.

—Este parece estar terriblemente encariñado contigo. Te mataré primero y luego a él para que no tengas que mirar.

Pisó mi espalda con fuerza.

—Tic toc. Tic toc. —El lobo gris volvió a gruñirle, pero el hombre dijo—: *Transfórmate.*

—No hay nadie más —le ladré—. No hay nadie aquí, pedazo de mierda, bastardo. Te mataré, te *mataré* hijo de…

El sonido punzante de un disparo retumbó.

Me cubrió un dolor que nunca había experimentado. Grité en el suelo mientras la plata comenzaba a arder en la parte trasera de mi pantorrilla.

—Tiene algunas extremidades más —dijo el cazador suavemente—. Pondré una bala en cada una de ella también.

El lobo retrocedió. Los otros cazadores siguieron de cerca cada paso que daba.

—Corre —dije apretando los dientes—. ¿Me oyes? *Corre.*

No lo hizo. El lobo inclinó la cabeza hacia atrás y aulló una canción cargada de ira.

Sentía como si un incendio forestal estuviera encerrándome. El césped acarició mi mejilla.

Kelly se arrodilló a mi lado y presionó su mano contra mi frente pegajosa por el sudor.

—Lo lamento —le dije.

—Lo sé.

Sonrió con tristeza.

El aullido del lobo gris resonó a través del bosque.

Mientras perdía intensidad, otro aullido respondió.

Nunca había escuchado un sonido semejante. Venía de todos lados, era como si estuviera en el aire. Mi cuerpo se sacudió por el peso de la furiosa canción de un monstruo.

—Está viniendo —dijo Kelly—. Carter, sin importar lo que hagas o lo que suceda después, tienes que marcharte mientras puedas.

—No sin…

—No. —Sus ojos brillaron de color naranja—. Es demasiado tarde para él, demasiado tarde, y tienes que…

Algunos árboles se cayeron en el bosque. Las raíces gruñeron mientras las arrancaban del suelo. Los cazadores que tenían al lobo en la mira apuntaron sus armas hacia el bosque con expresiones de pánico. Los cañones de sus armas temblaban. La mujer retrocedió un paso.

—¿Qué es eso? —dijo por lo bajo el cazador sobre mí—. ¿Qué demonios *es* esto?

—Alfa —susurré.

El bosque quedó en silencio.

La luna desapareció detrás de las nubes.

—¿Qué hacemos? —gritó uno de los cazadores—. ¿Qué hacemos? ¿Qué es esto? *¿Qué* es...?

Algo aterrizó en la casa. La estructura crujió y se movió, pero se mantuvo en pie.

Alcé la cabeza. Allí, en el techo, había una bestia.

Robert Livingstone era más grande de lo que recordaba. Uno de sus ojos rojos brillaba, el otro no estaba, la cavidad estaba vacía. Se inclinó sobre el borde del techo y estiró su cuello hacia adelante con la boca abierta mientras la saliva colgaba de sus colmillos y agitaba la cola. Retrocedió lentamente antes de pararse sobre sus patas traseras y erguirse sobre nosotros.

—Ay, por Dios —gimió el hombre sobre mí—. Ay, por Dios, no.

Los cazadores no tuvieron oportunidad de disparar sus armas. En un instante, Livingstone estaba parado sobre el techo, al siguiente, saltó y cayó en el grupo cerca del lobo gris. Un hombre y la mujer murieron al instante, sus huesos se quebraron cuando aterrizó *sobre* ellos.

Uno de los cazadores que seguía en pie alzó su arma, pero Livingstone agitó un brazo y golpeó al hombre en el pecho y lo lanzó volando hacia una de las camionetas que se meció sobre dos ruedas antes de volcarse.

El anteúltimo cazador intentó huir, pero Livingstone lo atrapó con su mandíbula. El cazador logró dar tres pasos sin su cabeza antes de caer al suelo.

El lobo gris se apresuró hacia nosotros, el hombre que se erguía sobre mí estaba distraído por la bestia. El lobo saltó y el hombre lo apuntó con su arma en el último segundo. Giré la cabeza y hundí mis colmillos en su pierna. El cazador gritó y dejó caer el arma. El lobo lo derribó y aterrizó sobre él. No gritó después de eso.

Giré sobre mi espalda, mi pierna ardía y se me retorcía el estómago.

Parpadeé hacia el cielo.

Y luego sentí una presión inmensa, una banda ajustada y furiosa que envolvió mis brazos, mi pecho y me alzaron del suelo.

Intenté luchar, pero estaba demasiado débil.

Y allí, al fin, estuve cara a cara con Livingstone.

Su aliento era caliente y rancio mientras me acercaba a su boca. Su único ojo ardía como un sol rojo. Sus fosas nasales se agitaron cuando inhaló y un gruñido surgió desde la profundidad de su pecho.

—Vete a la mierda —logré decir.

Y luego…

—*No.*

Livingstone cerró la mandíbula.

—Bájalo. No hagas esto. Abajo. *Ahora.*

Livingston gruñó en mi rostro.

—Si lo lastimas, te abandonaré. Estar solo. Siempre solo. Para siempre. Nadie más.

La bestia me sacudió, mi cabeza rebotó de un lado a otro, y luego me soltó.

Aterricé bruscamente en el suelo y grité por la nueva ola de dolor que atravesó mi pierna. Mi visión se nubló y mis manos estaban entumecidas.

Luego, sentí un susurro sobre mí.

—¿Eres…? ¿Eres real?

Abrí los ojos. Había un hombre sobre mí.

Su cabello negro caía alrededor de su rostro, sus ojos oscuros estaban entrecerrados. Estaba desnudo, su piel era pálida. Sus hombros estaban encorvados mientras me miraba con el ceño fruncido, su cabello de lobo gris retrocedía mientras se transformaba en humano. Lucía más joven de lo que recordaba de los breves momentos que lo había visto en Caswell. Podría tener mi edad.

—Maldito idiota —gruñó, su voz era grave y rasposa—. Te dije. Estar lejos. Ir a casa.

Y yo dije:

—*Gavin*.

Algo atravesó su rostro y era tan condenadamente *azul* que mi corazón se partió en dos. Era miedo y anhelo, ira y angustia entrelazándose entre sí en una tormenta compleja.

—No puedes estar aquí —dijo.

—Te encontré —respondí.

—Nunca quise esto. Nunca *te* quise.

—Es demasiado tarde, imbécil. Mientes. Puedo oírlo. *Puedo oírlo.*

—Dejarte morir —dijo.

Estiré mi mano y toqué su rostro.

—Eres real.

Retrocedió mientras Livingstone rugía sobre él.

—¿Por qué estás aquí? ¿Qué quieres?

Cerré los ojos.

—Sentir que estoy despierto.

Y luego solo hubo oscuridad.

LA ÚNICA COSA
/ IMBÉCIL
ENTROMETIDO

Estaba de pie en un claro en las profundidades del bosque en las afueras de un pequeño pueblo montañoso.

El sol se sentía cálido en mi espalda desnuda. Los árboles se mecían por una brisa refrescante, las ramas se sacudieron y las hojas se estremecieron.

—¿Qué quieres de mí? —dije.

Y no hubo respuesta.

—¿Qué se supone que debo hacer?

Y no hubo respuesta.

—¿Quién se supone que soy?

Y mi padre dijo:

"Siempre hiciste preguntas. Eras curioso, incluso antes de que pudieras caminar. Me descuidaba un segundo y cuando volvía a mirarte, estabas intentando trepar por la biblioteca. O en la cocina. O en un árbol. Una vez, cuando eras muy pequeño, te extravié".

Incliné la cabeza y una mano acarició mi rostro, el pulgar rozó mi mejilla.

"Estaba cansado. No estaba preparado para lo que implicaba ser un Alfa. Pensé que sí, pero... tu mamá estaba durmiendo una siesta. Se la merecía. Te llevé afuera y estabas en el césped cerca del porche, cerré los ojos y no los abrí tan rápido como esperaba. Y cuando lo hice, ya no estabas".

Mi padre suspiró y sonó como el viento en los árboles.

"El pánico que sentí era blanco. Me consumió, bloqueó mi visión, mi olfato y mi audición. Casi me caigo por esos escalones. Miré a mi alrededor desesperado y pensé *no, por favor, no tú también, por favor, no puedes dejarme, no puedes dejarme*".

No podía mirarlo, dolía demasiado.

"Así que hice lo único que podía hacer".

—Aullaste —susurré.

"Aullé" dijo mi padre. "Aullé más fuerte que nunca. Fue la primera vez que hice el llamado del Alfa. Brotó de mi interior y sentí que mi garganta se desgarraría. Resonó a mi alrededor. Se sintió eterno. ¿Sabes qué sucedió después?

Sacudí la cabeza y él soltó una risita.

"Aullaste en respuesta. Nunca lo habías hecho, sin importar cuánto practicáramos. Tu madre siempre se reía de mí y me decía que lo harías cuando estuvieras listo. Era un sonido pequeño, alto y agudo. Y luego lo hiciste otra vez y otra vez y otra vez y el *alivio* que sentí en ese momento. Por Dios, Carter. Era tan verde. Volteé y allí estabas, debajo del porche. Asomaste tu pequeña mano y la abriste y cerraste. Era como si estuvieras diciendo 'Aquí estoy, papá. Aquí estoy. Escuché tu llamado, escuché tu canción y aquí estoy'. Te alcé y aunque pensé en regañarte, no lo hice porque sabía que habías hecho lo que te había pedido. Aullé y respondiste porque eras mío".

Su mano estaba en mi cabello y se sentía tan real.

"Escucha bien, hijo mío" dijo.

"Escucha con todo tu ser" dijo.

"Tu manada está aullando para que guiarte a casa" dijo.

"Eres uno de los pocos afortunados que oye las canciones de los lobos. Cantan tu nombre como si fueras la luna que los llama" dijo.

Presionó sus labios en mi frente e inhalé su aroma.

"Despierta" dijo mi padre contra mi piel. "Despierta y canta para que el mundo conozca tu nombre. Tienes que *despertar...*"

Mi respiración era entrecortada mientras me sentaba, mi corazón palpitaba en mi pecho. Parpadeé con velocidad, la imagen del claro se desvanecía y con ella, un lobo blanco con ojos rojos.

—¿Papá? —dije y sonó como un susurro quebradizo.

—Soñando —respondió alguien.

Giré la cabeza. Estaba en una pequeña habitación, tenía varias mantas alrededor de mi cintura. Mi piel estaba pegajosa por el sudor. Estaba cálido. Un fuego ardía en una vieja chimenea. Las paredes eran listones de madera y una luz gris se filtraba a través de una de las ventanas.

Estaba en una cama incómoda, los resortes del viejo colchón se hundían en mis muslos. Hice una mueca por el dolor en mi pierna, pero no era tan malo. Mi garganta estaba seca y mis ojos se sentían pesados.

Y allí, sentado en la esquina en las sombras, había un hombre. Lucía cansado. Su cabello colgaba alrededor de su rostro. Sus cejas estaban arqueadas hacia abajo y su boca se retorcía dolorosamente. Me miró y luego desvió la mirada. La luz del fuego titiló sobre la barba incipiente en su mandíbula y mejilla. Lucía... vacío. Se aferró con fuerza a la manta que cubría sus hombros.

—¿Qué sucedió?

Sacudió la cabeza hacia mí y su ceño fruncido se intensificó.

—Estúpido. Fuiste estúpido.

Escupió las palabras con dificultad, como si fueran un gran desafío. Sus labios se plegaron sobre sus dientes humanos. Los dos dientes frontales estaban ligeramente torcidos y mientras los miraba, mis manos temblaron hasta que las cerré en dos puños.

—Te dije —afirmó—. Mantente alejado. No escuchas. Nunca escuchas.

—¿Gavin? —pregunté.

Se estremeció. Vestía pantalones cortos raídos y casi nada más, sus rodillas eran huesudas y sus piernas delgadas. Los pantalones me resultaron familiares y tardé un momento en darme cuenta por qué.

Eran míos.

Los había guardado en mi bolso, que había quedado en la camioneta cuando entré en la casa. Y luego lo recordé:

—Cazadores.

Gruñó y sus ojos brillaron teñidos de violeta.

—Muertos —replicó y había algo salvaje allí, con cierta de satisfacción primitiva—. Todos muertos. Sangre en el suelo.

Expuso sus dientes otra vez.

—Los maté. Humanos. Vinieron aquí. Tú los trajiste aquí.

Era una acusación, punzante y mordaz.

—No lo sabía.

Gruñó y se aferró con todas sus fuerzas a la manta como si fuera un escudo.

Bajé las piernas de la cama y él retrocedió, pero lo ignoré. Estaba desnudo debajo de la manta, bajé la mirada. Los músculos en mi pierna estaban adoloridos y tensos, pero la piel estaba suave e inmaculada.

—Me dispararon.

—Estúpido —masculló otra vez—. Debería haberte dejado. Morir. No me importa.

—Pero no lo hiciste.

Me miró con desdén.

Asentí lentamente y froté mi pierna con mi mano. Volví a evaluar la habitación a mi alrededor para asimilarla. Era un solo ambiente, el suelo era de tierra. El techo estaba abovedado y las vigas se entrecruzaban sobre nuestras cabezas. La habitación tenía tres ventanas y la única luz provenía del fuego. Una lámpara a baterías descansaba sobre una mesa vieja, pero estaba apagada. Había rasguños en las paredes, largos y profundos como si algo hubiera estado atrapado allí y hubiera intentado escapar.

Dos conejos decapitados con las patas traseras entrelazadas colgaban de una soga cerca del fuego. Los habían despellejado. Mi estómago gruñó al verlos.

Gavin me echó un vistazo y frunció el ceño.

—Esos son míos.

—No los tocaré, amigo —dije al alzar las manos.

—No amigo. No digas eso.

Su expresión se intensificó.

Volví a mirar a mi alrededor.

—Es una cabaña.

No respondió.

—¿Es tuya?

Resopló una exhalación molesta, pero no habló. Puse los ojos en blanco.

—Tendrás que darme algo, hombre. Estuve buscándote por casi un año.

—No te lo pedí.

—Sí, bueno, púdrete tú también.

De repente, se puso de pie, mis pantalones se deslizaban sobre sus caderas. Detuve la mirada un segundo de más en el cabello oscuro en su pecho y estómago. Me gruñó.

—Estás mejor. Te arreglé. Te vas. Ahora. Vete.

—¿Qué? —Lo miré estupefacto—. Diablos, no me *iré*. ¡Acabo de llegar! Te marchas como si *nada* y haces que te rastree por todo el maldito continente y tú ¿crees que me iré?

—Sí.

—No sucederá.

—¿Por qué?

Lo miré a los ojos.

—Sabes por qué. Te guste o no, y el infierno sabe que *a mí* no me gusta, eres mi co...

En un instante, Gavin estaba parado junto a una silla. Al siguiente, estaba frente a mí, la manta que cubría sus hombros aleteó hacia el suelo. Sus rodillas se chocaron con las mías y sujetó mi rostro con aspereza. Sus dedos se hundieron en mis mejillas.

—No —rugió—. No. No lo digas. Nada. Eres *nada*. Soy *nada*.

Me estiré y sujeté su muñeca. Mi pulgar sintió su pulso y fue como un trueno.

Sus ojos se ensancharon y alejó su brazo de un tirón, se tambaleó hacia atrás como si lo hubiera quemado. Dio una vuelta y caminó hacia la puerta. Hizo una pausa con la mano en el pasador.

—Vete —dijo sin voltearse—. No estés aquí. Cuando regrese.

Entrecerré los ojos por la luz de la mañana cuando abrió la puerta. La cerró violentamente al marcharse. Partículas de polvo cayeron del cielorraso y las paredes temblaron.

—Mierda —susurré.

Encontré los restos de mis vaqueros arruinados en una esquina, emanaban hedor a sangre. Habían sido desgarrados como si alguien los hubiera atacado con un cuchillo.

O garras.

Incliné la cabeza y escuché.

Solo podía oír los sonidos de un bosque vivo en pleno inicio del invierno. En algún lugar a la distancia, hojas crepitaban mientras un animal se movía entre ellas. No escuché los golpes pesados del corazón de Livingstone o los sonidos de su hijo.

Fui hacia una ventana y miré hacia afuera.

Había una fina capa de nieve en el suelo. Témpanos y hielo colgaban de los árboles. El vidrio estaba frío contra mis dedos. No podía ver una carretera, solo un bosque frondoso. No sabía a qué distancia estábamos de la casa, de mi camioneta. Seguro podría encontrarla si lo necesitaba.

Pero si él creía que simplemente me marcharía después de todo este tiempo, se iba a llevar una sorpresa desagradable.

Fui hacia mi bolso y lo abrí. Allí, arriba de todo, estaba mi teléfono. Estaba destruido, la pantalla estaba quebrada.

Me quedé mirándolo.

Había quedado en mi camioneta, no lo tenía conmigo cuando entré a la casa. Lo que significaba que los cazadores no lo habían tocado.

Lo averiaron después.

—Idiota.

Lo saqué del bolso e intenté encenderlo. No pasó nada. Lo lancé a un lado y volví a concentrarme en mi bolso. Las pocas posesiones que había traído conmigo seguían allí, menos los pantalones. Encontré lo que buscaba en el fondo del bolso.

Era suave y cálido. Le eché un vistazo a la puerta, no escuché a Gavin. Saqué la sudadera, la llevé a mi rostro e inhalé profundamente. El aroma se había desvanecido después de tanto tiempo, pero lo busqué con entusiasmo. Justo cuando estaba por rendirme, lo sentí.

Casa.

Kelly.

—¿Qué diablos hago ahora? —le pregunté.

Un año. Me había tomado un año llegar hasta aquí. Un año para planear qué sucedería cuando lo encontrara, si es que lo lograba. Y ahora que lo había hecho, estaba desorientado. No sabía por qué había creído que él lo haría sencillo. Él era un Livingstone, yo era un Bennett. Nunca hacíamos las cosas sencillas.

Kelly no respondió.

Me puse la sudadera. Me quedaba apretada en los hombros y las mangas eran demasiado cortas, pero me hizo sentir mejor.

Tomé el único par de vaqueros que había traído. Mi pierna se resintió, pero ya dolía menos. Hice sonar mi espalda y cuello. Estaba sediento y tenía que orinar.

No había un baño porque por supuesto que no había uno.

Me puse mis botas sin medias. Había manchas de sangre en la parte trasera de una de ellas. Me pregunté qué les había sucedido a los cazadores. Si sus cuerpos yacían en frente de la cabaña, con la sangre congelada, los ojos bien abiertos y nieve acumulándose en sus bocas abiertas.

—O tal vez Livingstone se los comió —le dije a la nada.

La idea se sintió como una lanza de hielo.

Fui hacia la puerta. Inhalé profundamente y la abrí.

El aire estaba inmóvil. Un cúmulo de nieve cayó de uno de los árboles. Mi respiración formó niebla alrededor de mi boca, inhalé profundamente y el aire era fresco y vigorizante.

Había algo corriendo justo debajo de todo eso, como una corriente oscura. Se sintió como una sombra, como si tirabuzones se extendieran e infectaran el suelo debajo de mis pies.

Sabía qué era. *Quién* era.

Y no quería molestarlo aún más. Recordaba la mirada en el rostro de Robert Livingstone cuando su hijo se había transformado delante de él en Caswell y evitó que me matara. Y, aunque estaba distraído por la sorprendente revelación de lo que debería haber sabido todo ese tiempo, no pasé por alto la traición que Livingstone había sentido. Su furia casi se sentía viva. Allí, al fin, encontró lo que había estado buscando y Gavin prácticamente escupió en su rostro.

Pero en la casa con los cazadores, Livingstone lo había escuchado cuando Gavin le dijo que, si me lastimaba, se marcharía. Que abandonaría a su padre y se quedaría solo.

Y la ira que Livingstone sentía hacia mí no se comparaba con la amenaza de su hijo.

No sabía cuánto duraría.

No quería arriesgarme.

Gemí de alivio al vaciar mi vejiga contra un árbol. Aunque no tenía idea de qué diablos estaba sucediendo, tuve que contenerme para no reírme de lo absurdo de la situación. Mi aroma ahora estaba aquí, en esta cabaña. Probablemente Gavin se molestaría al regresar y ver que había orinado aquí, como si estuviera dejando mi marca.

Si es que regresaba. Hasta donde yo sabía, estaba huyendo.

—Está bien —dije—. Hazlo. Ya veremos qué tan lejos llegas. Maldita sea, volveré a encontrarte.

Giré en mi lugar después de guardar mi pene y subir el cierre de mis pantalones. Los árboles rodeaban la cabaña. Era una estructura antigua y, de no ser por el humo que subía por la chimenea, hubiera creído que estaba abandonada. Había un cordón de madera apilada debajo de una lona en el lateral derecho.

Los pelos de mi nuca se erizaron, mi piel tenía comezón.

Estaba siendo observado.

Miré a mi alrededor. Nada.

Por un momento, pensé en hacer lo que me había pedido. Volver a entrar, tomar mi bolso, buscar mi camioneta y marcharme de este maldito lugar.

Pero no había llegado tan lejos para rendirme ahora.

Empecé a caminar hacia la cabaña, pero me detuve cuando vi algo en el suelo cerca de la puerta.

Mis pantalones habían sido dejados en el pequeño porche de madera. Los tomé, luego entré y cerré la puerta detrás de mí.

Regresó un par de horas después como un lobo.

Lo oí merodeando afuera de la cabaña, sus garras crepitaban en la nieve. Miré por la ventana y vi un gran lobo gris caminando de un lado a otro en frente de la cabaña con las orejas aplastadas contra su cráneo y los dientes al desnudo. Gruñía enojado. Lo observé mientras avanzaba hacia el árbol en el que había orinado. El lobo estornudó y sacudió la cabeza.

Luego, levantó su pierna y orinó exactamente en el mismo lugar.

Resoplé.

El lobo giró la cabeza hacia la ventana y lo saludé como un cretino.

—Date el gusto, hijo de perra.

Me liquidó con la mirada antes de voltearse y darme la espalda. Se sentó y miró al bosque con los hombros tensos y las orejas en alerta.

Estaba ignorándome. Lo había hecho antes.

—Y dices que *yo* soy el niño —dije sabiendo que podía oírme. De hecho, sus orejas se crisparon—. Está bien. Quédate allí afuera. Estaré bien aquí, disfrutaré tus conejos.

Giró la cabeza y sus ojos brillaron de violeta como una advertencia.

—¿Qué harás al respecto? ¿Entrarás y te revolcarás en mis cosas un poco más? Sí, escuchaste bien. Vi tu cabello de lobo en toda las cosas de mi bolso. ¿De qué se trata eso, imbécil entrometido?

Volvió a darme la espalda.

Está bien. Dos personas pueden participar de este juego.

Había una vara larga al lado de la chimenea. El metal estaba ennegrecido. Era un asador. Lo tomé e hice una mueca mientras miraba a los conejos.

—Puedes hacerlo. No es complicado. Has comiste estas cosas incluso crudas.

El conejo, aunque estaba despellejado y sin sangre, era viscoso y húmedo, la carne estaba fría. Escuché el sonido de los huesos mientras lo atravesaba con la vara y mi estómago se revolvió. Tuve una arcada cuando la punta del asador se asomó por el cuello del animal, la punta resplandecía y estaba húmeda. Podría haberme transformado (y probablemente comerlo crudo), pero conservé mi forma humana con la esperanza de recibir una reacción de Gavin.

No tuve que esperar mucho.

Atravesé el segundo conejo antes de colocarlos sobre el fuego y trabar el asador en los pestillos ubicados en los costados del fogón. Había una vieja manivela, la giré y los conejos comenzaron a rotar.

El aroma de la carne cociéndose era repugnante y salvaje.

Oí un gruñido enojado afuera de la puerta.

—Supongo que tendrás que transformarte, ¿eh? Pulgares opuestos, un beneficio de la evolución que…

La puerta se abrió.

Bajó sus garras y tenía una expresión en su rostro que solo podría ser descrita como engreída. Entró y, sin despegar la mirada de mí, alzó una de sus patas y cerró la puerta con un golpe.

No estaba impresionado.

—Ah, descifraste cómo abrir una puerta. Bien por ti. Nunca he estado más orgulloso, en serio. Es… *¡Qué demonios!*

Se paró a mi lado y me roció con el agua en su pelaje. Intenté empujarlo, escupí un bocado de lobo húmedo, pero Gavin mordisqueó mis dedos y luego intentó empujar su cabeza gigante contra mi hombro y me alejó del fuego. Resopló, se sentó en dónde yo estaba sentado mirando el conejo.

—Perra mezquina —murmuré y me puse de pie. Limpié el agua de mi rostro y se la devolví. Me miró de reojo con intensidad, pero no reaccionó—. Sigue así, amigo. Veremos qué tan lejos llegas. Y no actúes como si esos malditos conejos no fueran para mí, estaban frescos. Los atrapaste y despellejaste mientras estaba desmayado. ¿Y acaso es necesario que hablemos de que obviamente removiste la bala de plata de mi pierna? Porque también podemos hacer eso. Te conozco, hombre, este acto de mierda no funcionará conmigo. Haznos un favor a los dos y déjalo, hará que todo sea más sencillo.

Desvió la cabeza pronunciadamente.

—Entonces así será, ¿eh? —Entrecerré los ojos—. Está bien. Compórtate de esa manera. Ya verás si me importa.

Se quedó rígido cuando gateé hacia él. Gruñó como advertencia cuando me senté a su lado a tan solo unos centímetros. Me estiré y giré la manivela para rotar la carne en el asador.

—Me mojaste. —Le recordé—. Me sentaré frente al fuego hasta que me seque y hasta que el conejo esté cocido. Hay mucho lugar si deseas moverte a otro sitio.

En realidad, no había mucho lugar. Considerando su tamaño cuando estaba transformado, la cabaña se sentía más pequeña que cuando me había despertado.

—O puedes volver a salir.

No se movió, seguía sin mirarme. Suspiré.

—Como sea. Haz lo que quieras. Pero te advierto que tendremos una maldita conversación y lo haremos pronto. Y tendrás que transformarte porque espero que participes. Merezco respuestas, de una manera u otra.

Giró la cabeza lentamente para mirarme. Me sentí aliviado, creí que estaba llegando a él.

Debería haberlo sabido.

Estornudó en mi rostro. Me caí para atrás y solté un alarido mientras frotaba mi rostro.

—¡¿Por qué eres *así*?!

Su cola golpeó el suelo.

Estaba famélico cuando me lancé a los conejos. Gavin no tenía platos o cubiertos, ni siquiera tenía una cocina, solo había un fregadero que no funcionaba. Siseé mientras la carne caliente quemaba mis dedos cuando intenté quitar el primer conejo del asador. Soplé con la esperanza de que se enfriara rápido. Estaba a punto de comerlo tal y como estaba. La carne estaba partida y agrietada y jugos goteaban hacia la mesa de manera asquerosa. Tuve que contenerme para no inclinarme y lamerlos.

Gavin me gruñó y me empujó para alejarme. Creí que intentaba llegar al conejo, pero estudiaba mis manos con su nariz. Ya habían sanado, el ardor se desvanecía. Resopló en mis palmas, primero la derecha y luego la izquierda.

—Estoy bien —dije.

Se congeló como si no se hubiera dado cuenta de lo que estaba haciendo. Dando pisotones, avanzó hacia el otro lado de la cabaña cerca de dónde estaba sentado cuando desperté. Tomó la manta que yo había dejado caer más temprano y, con un movimiento ensayado, la lanzó sobre sus hombros. Cubrió la parte superior de su cabeza y se recostó dándome la espalda, mirando la pared.

—Ah, así que ahora estás enfadado. Genial. Maravilloso. Increíblemente maduro de tu parte.

No se movió.

—Todavía puedo verte. Tu trasero quedó al aire, la manta no es tan grande.

Su cola se tensó como un palo. Se levantó lentamente, giró y me miró antes de volver a acostarse y acomodar su parte inferior contra la pared. La manta cayó sobre sus ojos mientras bajaba la cabeza hacia el suelo.

Lo ignoré y me concentré en el conejo. Ahora estaba frío. Apenas me molesté por los huesos mientras arrancaba las piezas y las metía en mi boca. Gruñí mientras masticaba, me sentía mareado. No podía recordar la última vez que había comido algo sustancial. Sabía que había perdido peso en los últimos diez meses, pero estaba tan determinado a encontrarlo que no me había preocupado mucho por ello.

Pero ¿ahora?

Apenas comí un cuarto de conejo antes de que mi estómago se retorciera. Tragué lo que tenía en la boca y me lamí las puntas de mis dedos.

Le eché un vistazo al lobo.

Me estaba evaluando con el hocico crispado. Apenas se dio cuenta de que lo estaba observando, desvió la mirada.

—Estoy lleno —admití—. Ha… pasado un tiempo desde la última vez que comí algo así. Mi estómago debió haberse encogido.

El lobo gris resopló.

—Tú también deberías comer. Conserva tu energía, la necesitarás para lo que te haré.

Alzó su cabeza rápidamente y me miró fijamente.

—No de *esa* manera —dije rápidamente, horrorizado conmigo mismo—. Yo no… amigo, qué demonios.

Volvió a mirarme con desdén.

Era sorprendente cuán acostumbrado estaba a esa mirada, con cuánta frecuencia la había visto. El vacío en mi pecho, el agujero negro gigante que sentía que me estuvo comiendo vivo durante el último año parecía disminuir. No podía sentirlo, no como antes. La atadura que había existido entre nosotros, entre él y la manada, ya no estaba. Debería haberme dado cuenta de qué era cuando todavía tenía la oportunidad.

Me impactó cuán retorcida era esta situación. Estaba tan lejos de casa y, si bien había encontrado lo que estaba buscando, ¿qué había ganado? Lo habíamos intentado después de que se llevaran a Robbie, algunos de nosotros pensamos con pesimismo que se había marchado por voluntad propia. Pero sin importar lo que aparentáramos, más que nada para Kelly, se sentía como una mentira.

Me pregunté si estarían actuando de la misma manera ahora. Mintiéndose los unos a los otros y a ellos mismos. Todo por lo que yo había hecho.

Kelly se había desmoronado por la pérdida de su compañero. Al principio, se movía por la casa como un fantasma, atormentando los pasillos y las habitaciones. No hablaba mucho y apenas comía. Solía retarlo, le suplicaba, le gritaba y le decía que no podía descuidar de él, que *sobre mi cadáver* permitiría que se perdiera a sí mismo en mi presencia.

No lo sabía en ese momento, pero estaba avivando un fuego dentro de él, uno que creció hasta que lo consumió con suspiros cada vez más fuertes que decían *Robbie Robbie Robbie*.

Y luego, después de todo, justo cuando estaba empezando a sanar, di la vuelta y también lo abandoné.

Sentí una presión en el pecho y mi respiración se atoró en mi garganta. Parpadeé rápidamente para reprimir el ardor en mis ojos mientras temblaba.

Aquí, en el medio de la nada, todo era azul.

Gavin gruñó mientras se ponía de pie. Por el rabillo de mi ojo, lo vi acercarse. Se detuvo en frente de mí y dejó caer la manta en mi regazo. Le eché un vistazo. No me miró mientras cubría mis hombros con la manta. Ignoré el aroma a bosque antiguo que me envolvía. No podía distraerme.

—Estoy bien —dije con aspereza—. No te preocupes, come. Se va a enfriar y tú odias cuando tu comida está fría.

Sus ojos se ensancharon brevemente antes de acercarse a la mesa. Estudió con el hocico los restos de conejo. Y luego lo mordió, huesos se quebraron mientras masticaba. Su garganta trabajó mientras tragaba casi por completo al animal. Se lamió los labios con la lengua para disfrutar los últimos rastros del sabor.

Luego, sin siquiera mirar en mi dirección, regresó a la puerta. Golpeó el pestillo con su hocico y la abrió, entró aire frío y temblé. No sabía qué estaba haciendo o a dónde iba; pensé en seguirlo, pero no podía hacer que mis piernas funcionaran.

Cerré los ojos cuando escuché el sonido característico de músculos y huesos. Gavin exhaló explosivamente.

Me senté en la cama y esperé.

Un momento después, un hombre con nada más que un ceño fruncido apareció en la entrada de la cabaña cargando algunos de los leños que estaban apilados junto a la casa. Golpeó la puerta con su pie y la cerró detrás de él con una flexión de los músculos delgados de sus piernas peludas. Avanzó con pasos pesados hasta el fogón y dejó caer la madera. Se puso en cuclillas delante del fuego y lo alimentó con los leños. Sobresalían los huesos de su columna, formaban una línea por su espalda hasta arriba de su…

—Miras fijo —dijo.

Mi rostro levantó temperatura mientras desviaba la mirada rápidamente.

—No lo hago. Y deberías ponerte ropa.

No creía que tuviera alguna. Había investigado la cabaña en su ausencia y estaba casi vacía. No había nada que pudiera decirme algo de él o de qué rayos estaba haciendo aquí. Cuál era su plan. Qué podía hacer para convencerlo de que se marchara.

—No.

—Tu pene está... colgando. —Clavé la mirada en la pared posterior con furia—. No está bien, amigo.

—No. Amigo no.

—Hagamos un trato. Haré mi mejor esfuerzo para no llamarte así, si te vistes.

Por el rabillo de mi ojo, vi que encogió los hombros.

—No tengo ropa. Siempre lobo. Más fácil.

—¿Para qué?

—Todo.

—¿Cuánto tiempo estuve aquí?

Su rostro se arrugó.

—Dos días.

La luna llena había sido el viernes, lo que significaba que era domingo. Ignoré la puntada en mi pecho.

—¿A dónde fuiste? ¿Qué les sucedió a los cazadores? ¿Y mi camioneta? ¿Qué tan lejos estamos de la casa?

—Hablando —balbuceó—. Siempre hablando.

—Ah, ¿te estoy *molestando*? Lo lamento tanto, me siento terrible al respecto. Quiero decir, seguro, probablemente no estás acostumbrado a oír otra voz considerando que decidiste huir al fin del mundo y...

—Detente.

No lo hice. No pude.

—Rompiste mi teléfono.

—Sí.

—¿Por qué?

—Basta. Deja de preguntar. Siempre preguntas. Ya no. Suficiente. Por el amor de Dios. Quería lanzarlo por la ventana.

—Sí, no sucederá. Lo lamento por ti.

—Mañana —resopló.

—¿Qué pasa mañana?

—Te marchas.

Giré hacia él. Su rostro estaba iluminado por el fuego. Era extraño verlo de esa manera después de todo este tiempo. Era como sentir familiaridad con un desconocido. Los lobos nunca se parecían a sus rasgos humanos cuando se transformaban y viceversa, pero había algo en su rostro. La firmeza en su mandíbula, la manera en que sus ojos resplandecían. Lo hubieran reconocido en cualquier lugar.

—Solo si vienes conmigo.

Subió sus labios sobre sus dientes. Por un momento, creí que estaba sonriendo, o por lo menos intentándolo. Pero se retorció como si sintiera dolor.

—No iré. Tú ve. Yo me quedo.

—Cuanto más rápido elimines esa idea de tu cabeza, más rápido comenzaremos a llevarnos mejor. Si crees que simplemente me marcharé después de todo este tiempo, estás…

—Me encontraste.

Parpadeé.

—Lo hice.

No me miró.

—¿Cómo?

—Ah, así que tú puedes hacer preguntas, pero yo no.

—Sí. No más preguntas. Tengo muchas preguntas.

—¿Por qué?

—Esa es una pregunta.

La piel debajo de mi ojo derecho tembló. De todos los hijos de perra fastidiosos con los que podía quedar atascado en el medio de la nada, tenía que elegir a este. Tomé pésimas decisiones.

—Tal vez no tengo que decirte nada ya que no piensas devolver la cortesía.

—Bien.

—Bien.

Se puso de pie y empezó a caminar de un lado a otro con los hombros tensos mientras abría y cerraba los puños de sus manos. Sus pies arrastraban la mugre en el suelo.

Tomé los pantalones cortos de donde los había apoyado en mi bolso y se los lancé. Me fulminó con la mirada mientras los atrapaba en el aire.

—Póntelos.

—¿Por qué?

—Para que no tenga que ver a tus cosas balanceándose. Solo hazlo. Por favor.

Bajó la mirada hacia los pantalones y luego hacia él mismo. La luz del fuego subía por su piel desnuda. Había bajado de peso desde la última vez que lo había visto y, aunque no era piel y huesos, estaba demasiado delgado para su propio bien. Los lobos tenían que comer. Quemábamos, nuestro metabolismo funcionaba a toda máquina para compensar nuestros cambios. Si estábamos demasiado débiles, no éramos capaces de transformarnos en lobos o de regresar a nuestra forma humana.

—No te gusta. Cuando estoy desnudo.

Puse los ojos en blanco.

—*Intento* tener una conversación contigo.

—Conversación no.

Me lanzó los pantalones, los desvié con la mano y cayeron al suelo.

—Me quedo así. No te gusta. Vete.

Señaló la puerta con la cabeza.

No pude evitarlo y me reí de él.

—¿Realmente crees que eso funcionará?

Caminó hacia mí, meciendo la cadera. Tragué saliva y me sentí como una presa en esta pequeña habitación. Se detuvo justo en frente de mí y si giraba mi cabeza en el ángulo *exacto*, estaría justo frente a su...

—Estás sudando —dijo.

—Por lo menos tus habilidades de observación siguen intactas. Lo que es más de lo que pueda decir de...

Dio *otro* paso hacia adelante. Separé mis piernas para evitar que se chocara con ellas y se paró entre ellas. Podía oírlo respirar, podía ver los músculos de su estómago tensarse, los huesos filosos de su cadera cubiertos por las sombras.

—Me encontraste.

—Sí. —Mi voz sonó como si tuviera la boca llena de gravilla.

—Me perseguiste.

—Sí.

—Mira. Mírame.

Era imposible no hacerlo. Me miraba desde arriba con una sonrisa. Algo desagradable y llena de dientes filosos. Sus ojos violetas brillaron y pude ver al lobo justo debajo de la superficie.

—¿Esto es lo que quieres? —preguntó.

—Yo no... Eso no es...

Se inclinó lentamente hacia mí. Me recliné en la cama, mis manos sobre el colchón delgado. Estaba acorralado por un lobo Omega, pero no podía lograr empujarlo. Invadió mi espacio, no me tocaba, pero podía sentir el calor que emanaba de él. Era como si estuviera en llamas, ardiendo por dentro.

Su sonrisa se ensanchó. Lucía enloquecido.

Hundí las manos en el colchón.

—Tómalo —dijo—. Tómalo.

—No.

Su sonrisa desapareció.

—No sabes nada. Pequeño niño perdido. Crees que eres tan listo.

Esto era un juego para él. Intimidación. Estaba intentando forzar mi mano.

—Te encontré, ¿no? Sin importar a dónde fuiste, de todos modos te encontré.

—¿Ahora qué? Niño. —No tenía una respuesta—. ¿No te marcharás?

Sacudí la cabeza lentamente.

—Entonces yo sí.

—Hazlo —dije sacudiendo la cabeza hacia la puerta—. Veamos cuán lejos llegas. No me importa si tardo días, semanas o meses. Demonios, podría tardar otro maldito *año*, pero no importa. Te encontré una vez y volveré a encontrarte. Crees que Livingstone me alejará…

Sus manos cubrieron mi boca y presionaron con fuerza. Sus ojos brillaron, su frente se arrugó mientras inclinaba su rostro hacia él mío.

—No —ladró—. No digas su nombre.

Lo empujé. No se lo esperaba. Se trastabilló mientras me ponía de pie y la manta caía en la cama. Se irguió para usar todo su peso, pero al diablo con él. Yo era más grande, más ancho, más fuerte. Tal vez él tenía la fuerza salvaje de un Omega, pero yo estaba irritado y cansado de toda esta mierda.

—¿Por qué? —demandé—. ¿Me oirá? ¿Está afuera en el bosque? ¿Puede oírme ahora? —Lo empujé y fui hacia la puerta. La abrí de golpe y dejé que se golpeara contra la cabaña. Las nubes volvieron a acumularse, el aire era filosamente frío—. ¿Estás aquí, Livingstone? —grité—. Vamos, ¡maldito imbécil! ¡Muestra tu rostro! ¡Quieres…mmmm!

Gavin envolvió su mano alrededor de mi boca y me empujó hacia la casa. Cerró la puerta con un golpe y se inclinó contra ella, su pecho estaba agitado. Sus ojos estaban desencajados y salvajes, su cabello caía alrededor de su rostro.

—¿Qué estás *haciendo*?

—No tengo idea —murmuré—, pero no me ahuyentarás. Tampoco él. Estás atascado conmigo te guste o no.

—No me gusta.

—Somos dos…

Algo rugió en el bosque. Sonaba grande y muy enojado.

Las paredes de la cabina temblaron.

Gavin cerró los ojos.

—Tú… no lo comprendes. Nunca. Nunca debiste venir aquí. Niño estúpido. Niño estúpido.

—No soy un *niño*.

—¿Entonces por qué actúas como uno? Quédate aquí. No vayas al bosque. No me sigas.

Y luego salió por la puerta y la cerró detrás de él. Llegué a la ventana justo a tiempo para verlo aterrizar en el suelo en cuatro patas y lanzarse hacia la línea de los árboles. Lo último que vi de él fue su cola. Y luego desapareció.

DEJAS ATRÁS /
RITMO LENTO

No regresó esa noche.

Esperé, observé a través de la ventana mientras las sombras se estiraban y la nieve comenzaba a caer, pero nunca regresó. Dos veces, salí para buscar más leños y escuchar los sonidos del bosque a mi alrededor, pero no sentí nada.

Por un instante pensé que tal vez había cumplido su amenaza y se había marchado, pero no se sentía correcto. Esa sensación extraña que me provocaba el bosque era tan fuerte como antes; era como si hubiera

Casi trabo la puerta.

No lo hice por si acaso regresaba.

Y como no era estúpido, sin importar lo que él dijera, no entré al bosque, incluso a pesar del deseo enloquecedor de hacerlo.

Volví a inspeccionar la cabaña. Recordé algo que había dicho Robbie sobre cómo había escondido sus secretos en un pequeño compartimiento. Me dije a mí mismo que Gavin podría haber hecho lo mismo y, aunque no sabía qué escondería, tenía la esperanza de que me diera algo, *cualquier cosa*. Una ráfaga de quién era como hombre.

Pero las paredes eran robustas y no habían sido alteradas.

No había nada debajo de la cama.

Le eché un vistazo a la chimenea y me pregunté si debería apagar el fuego y revisar los ladrillos posteriores.

—¿Qué crees que vas a encontrar? —dijo Kelly.

Estaba sentado en la cama. Tenía la misma sudadera que yo estaba usando, la que había robado de su habitación antes de marcharme de Green Creek. Me miró con una expresión curiosa y, aunque intenté no mirarlo directamente, era casi imposible no hacerlo.

—¿Carter?

—No lo sé.

Asintió. La cama chilló mientras él se acomodaba contra la pared y cruzaba las piernas delante de él. Jaló de las mangas de su sudadera, algo que hacía cuando estaba nervioso o cansado. Miró alrededor de la cabaña.

—No parece mucho, ¿no?

—No.

—No tiene nada.

—Es como si estuviera… —miré a mi alrededor.

—Estancado. Atascado.

—Sí. Tal vez.

—Pero lo encontraste.

—Yo… no me quiere aquí.

Kelly resopló.

—Yo podría haberte dicho eso hace mucho tiempo. Vamos, hombre. Tenías que saber que diría eso. Y que probablemente haya algo de verdad en sus palabras, aunque creo que tiene que ver menos contigo y más con su padre. ¿Cuál es el plan, Carter? Tuviste un año para pensar algo. No puedes haber pensado que te escucharía. Nos abandonaste a todos para encontrarlo. ¿Adivina qué? Está aquí. Estás aquí. ¿Qué sucede ahora?

—No lo sé.

Kelly encogió los hombros.

—¿Alguna vez lo supiste?

—Eso creí.

—¿Por qué?

—¿Por qué nunca dejaste de buscar a Robbie?

—Porque es mi compañero. Lo amo. Y me prometí a mí mismo que nada interferiría entre nosotros, que haría cualquier cosa para recuperarlo.

Inclinó la cabeza hacia un costado.

—¿Amas a Gavin?

No. No, no lo hacía. No en ese sentido. No así. No de esa *manera*.

—Ah, sí, seguro —añadió—. No de esa manera, en lo absoluto. Y, sin embargo, aquí estás.

Debería haberme asustado más el hecho de que me respondiera sin que yo dijera algo en voz alta, pero estaba tan aliviado de que estuviera aquí, de no estar solo.

—Aquí estoy —repetí.

—¿Carter?

—¿Sí?

—Ven aquí.

Fui hacia él. No podía negarme. Era mi hermano y yo estaba perdido.

Me recibió con brazos abiertos y jaló de mí desde la cama. Me acosté entre sus piernas, mi corazón en su pecho. Ignoré el hecho de que no podía oír su corazón. No parecía importante, no cuando sus manos estaban en mi cabello y tironeaba de él con gentileza. Tarareó una canción por lo bajo que me hizo recordar a mamá. Cerré los ojos con fuerza.

—Está bien —dijo en voz baja.

No lo estaba. Nada de esto estaba bien.

—¿Qué hago?

—Bueno, en caso de que tengas dudas, amenazarlo no parece estar funcionando.

—No estás ayudando.

—Y tampoco puedes lidiar con Livingstone por tu cuenta.

—No estás ayudando *para nada*.

Se rio.

—Sí, lo lamento. —Volvió a tornarse serio—. ¿Vale la pena? ¿Todo lo que sufriste para llegar aquí, ahora, a donde estás?

—No lo sé —susurré.

—¿Pero?

—Se siente… importante.

—Sueño contigo —dijo—. ¿Puedo contarte?

Yo apenas podía respirar.

—En estos sueños —dijo—, somos felices. Estamos juntos. Somos Joe, tú y yo. Corremos juntos. A veces somos lobos y otras somos humanos.

Eres el más rápido porque siempre lo has sido, pero nunca nos dejas atrás. Joe es el más fuerte porque es el Alfa y es su trabajo ser valiente.

—¿Qué hay de ti?

Se movió levemente debajo de mí.

—¿Qué piensas?

—El más listo. Eres el más listo. Siempre lo pensé.

—¿Sí?

—Sí. Y eres... amable. Incluso con quienes no lo merecen. No sé ser de esa manera.

—Por eso me tienes a mí —replicó—. Para mostrarte amabilidad. Para recordarte que cuando todo parece oscuro, siempre hay una luz si sabes en dónde buscarla.

—No eres...

—Real —terminó—. No, no lo soy. Pero por ahora, pretendamos que lo soy. Pretendamos que estamos juntos, felices. Que somos Joe, tú y yo. Estamos corriendo juntos, el viento atraviesa nuestros cabellos y el suelo es sólido debajo de nuestros pies. Le aullamos a la luna y a las estrellas porque son nuestras y nada podrá interponerse entre nosotros. Nada nos separará.

Mis ojos se sintieron pesados, me estaba quedando dormido y mientras mi hermano pequeño me contaba historias de mi deseo más grande, me pregunté si alguna vez volvería a ser real.

Kelly no estaba cuando abrí los ojos.

El cielo afuera estaba oscuro.

Me senté en la cama sin saber qué me había desesperado. El fuego era bajo, las cenizas brillaban. La nieve caía afuera de la ventana, los copos eran blancos y robustos.

La puerta sonó como si algo se hubiera apoyado en ella.

La cabaña estaba fría mientras salía de la cama.

Miré hacia la puerta. Volvió a crujir y tardé un momento en darme cuenta de qué era.

Arañazos. Algo arañaba débilmente la puerta. Fui hacia ella, puse la mano en el picaporte, inhalé y la abrí.

Un lobo gris yacía frente a la puerta, respiraba agitado. Alzó la cabeza y su lengua descansaba afuera de su boca, sus ojos violetas brillaron, pero el color era opaco. Soltó un alarido y volvió a bajar la cabeza.

Me arrodillé a su lado y estiré mi mano hacia él, mis dedos temblaban. Cuando no me rechazó, apoyé la mano en él y busqué una herida. Su pelaje estaba frío y húmedo, pero no parecía estar herido.

—¿Qué sucedió? —pregunté.

Su cola golpeó el suelo una vez.

—¿Puedes ponerte de pie? ¿Entrar?

Cerró los ojos. Sentí sus músculos tensarse mientras intentaba ponerse de pie, pero apenas llegó a medio camino antes de colapsar otra vez.

—Mierda —murmuré—. Lo juro por Dios, si intentas morderme, te dejaré aquí, ¿me entiendes?

Gruñó.

—Sí, sí. No me importa. No me muerdas.

Deslicé mis manos debajo de él. Su corazón latía lento contra sus costillas. Gruñí mientras lo alzaba. Era mucho más pesado de lo que esperaba; eso o yo estaba más débil de lo que creía. Fue extraño intentar cruzar la puerta con él y sollozó cuando su cabeza golpeó contra la pared, su cola se retorció a mi lado.

—Me siento muy mal por eso. Deja de moverte o lo haré otra vez.

De alguna manera, logramos entrar. Lo apoyé en el suelo, frente al fogón, con tanto cuidado como pude. Suspiró mientras cerraba los ojos. Fui hacia el fuego y lo avivé con más madera, aticé las brasas hasta que los leños se encendieron. La habitación tardó unos momentos en calentarse de nuevo, pero ahora estaba completamente despierto.

Fui hacia la lámpara sobre la mesa, encontré el interruptor dentro y lo encendí. La luz era brillante y entrecerré los ojos mientras levantaba el farol. Lo apoyé en el suelo junto a él.

—Te tocaré otra vez —dije—. No te hagas ideas.

Abrió un ojo y me miró de manera amenazante.

—No me mires así. Solo… déjame hacer esto.

No discutió mientras mis manos lo estudiaban otra vez. Sus patas se movieron levemente mientras mis dedos presionaban su estómago y en ese momento, me sorprendió cómo solían ser las cosas.

En Green Creek, era una sombra que me seguía sin importar a dónde fuera. Algunos días, dormía en el suelo junto a mi cama. Otros, dormía *en* mi cama y tenía que luchar con él por una pequeña esquina, mis piernas acurrucadas contra mi pecho, estaba incómodo, pero no hacía mucho para moverlo. Tardé más de lo que me gustaría admitir en darme cuenta de que lo hacía a propósito.

Un día lo descubrí cuando intentaba estirar mis piernas y mis pies presionados contra su estómago. Había curvado mis dedos y me sorprendí cuando lo oí resoplar, casi como si estuviera riéndose.

Cuán brillante y feroz era este recuerdo, algo tan pequeño en perspectiva. Me había olvidado de que sentía cosquillas en el estómago.

Dejé el área tranquila. Dolía demasiado pensar en ello.

No había nada.

Ni en su cuerpo, ni en sus patas, ni en su cabeza, aunque no me dejó acercarme demasiado allí, exhibió sus colmillos mientras pasaba un dedo por el costado de su rostro.

Lo que fuera que le sucediera, no parecía ser físico, por lo menos, no era algo que pudiera encontrar.

Alejó su cabeza de mí.

—Lo descubriré. Sabes que lo haré.

Nada.

—Como sea.

Me estiré, tomé la manta de la cama y me cubrí con ella. Me acosté en el suelo, el fuego era cálido contra mi mejilla fría. Sus patas traseras tocaban mis piernas y esperé que se moviera, que pusiera espacio entre nosotros.

No lo hizo.

El cielo comenzaba a aclararse justo cuando me quedé dormido.

Un par de ojos humanos me observaban cuando me desperté.

Desvió la mirada rápidamente hacia el fuego.

Tenía mis pantalones otra vez.

—¿Qué hora es? —pregunté frotando mis ojos.

No respondió.

—Ah, es verdad. No tienes un reloj y mi teléfono está roto. Ni siquiera sé por qué pregunto.

—Lo hiciste igual —gruñó—. Boca siempre abierta. Siempre moviéndose.

—Tal vez no deberías enfocarte tanto en mi boca.

Se quedó inmóvil.

—No lo dije en ese sentido —suspiré.

—La bruja —dijo—. La bruja te dijo.

Tardé un momento en descifrar de qué estaba hablando. La mujer en Kentucky que me había dado su nota. La bruja que intentó llamar mi atención antes de que me marchara y me dijo que sabía a quién estaba buscando y en dónde debía buscar.

—Ella… te reconoció. Dijo que lo recordó después.

Asintió tenso.

—Error.

—¿Qué cosa?

Agitó su mano con torpeza.

—Esto. Todo. Todo esto. Debería haberlo sabido. Debería haberlo visto. Se dio un golpecito en la sien.

—Yo… me perdí. Aquí. Neblina. Pesado.

Me impulsé hacia arriba y la manta se deslizó al suelo. Estaba rígido y adolorido y mis vaqueros se sentían ásperos contra mis piernas. No tenía nada para cambiarme.

—Porque eres un Omega.

Su rostro se contorsionó con dolor y miró al fuego con desdén.

—Sí. Omega. Lobo malo. Gran lobo malo.

—Lo entiendo, hombre. Yo también estuve allí.

Era una exageración. Aunque me había asustado de muerte, confié en Gordo cuando dijo que tenía que ceder ante él. Que tenía que dejar que me consumiera. Había sido más sencillo de lo que esperaba. Las lágrimas de Kelly ardían en mis fosas nasales. Estaba resistiéndome y, una vez que me dejé ir, una vez que dejé que el Omega ascendiera, tuve tiempo para preguntarme por qué me había resistido en el primer lugar. Había ira, seguro, una tormenta furiosa que casi arrasaba todo lo demás, mi humanidad se desmoronó en la nada. Pero se había sentido *reconfortante*, casi seductor. Los bucles violetas que envolvían mi cabeza y mi corazón eran fuertes y gruesos. Cedí ante el animal. Sabía de qué niebla hablaba Gavin. La había vivido.

Y, sin embargo, a través de ella apareció una luz brillante, un faro en la oscuridad.

Ox.

—No como tú eras —dijo Gavin—. Magia rota. Es diferente. ¿Lo sientes ahora?

No como antes. Pero estaba más cerca de lo que me gustaría admitir.

—No.

—Mientes. Hueles distinto. No Omega. Pero no Beta.

—No sabes cómo era antes. No estuviste allí. Solo apareciste cuando las cosas eran una locura. Cuando esa cazadora arrastró…

Giró hacia mí con las manos en alto y las garras afuera.

No me inmuté.

Él sí. Clavó los ojos en su mano horrorizado mientras las garras retrocedían. Se alejó de mí y puso espacio entre nosotros.

—No. No. No hables de. De ella. No es. No es. No.

Alcé las manos.

—Está bien.

—Necesitas manada —dijo mientras se abrazaba—. Necesitas casa. Ve. Antes de no poder.

—Ya te lo dije. —Sacudí la cabeza—. No me iré de aquí sin ti.

—No me iré.

—Entonces supongo que nos quedaremos aquí. ¿Crees que eres terco? Hombre, no tienes idea de con quién estás lidiando. ¿A dónde fuiste anoche? ¿Qué te sucedió?

—Deja de hablar.

—Jódete. ¿Fuiste con Livingstone? ¿Te está haciendo algo?

—Deja de *hablar*.

—Oblígame.

—Te oí —dijo—. Hablando. Con tu hermano. Con Kelly. No está aquí.

—Eso no... —retrocedí—. No fue nada. Es...

—Lo abandonaste.

Enojo, brillante y caliente.

—Tú también...

Me abandonaste.

No podía decir las palabras.

—Empeorar las cosas —dijo y supe entonces qué estaba haciendo. Qué intentaba forzar—. Robbie desapareció. Kelly triste. Robbie regresa. Kelly feliz. Luego tú te marchas. Lo hieres otra vez. Y ahora es un fantasma. En tu cabeza. Sé de fantasmas. *Veo* fantasmas.

¿Eres...? ¿Eres real?

Sentí frío.

—¿Qué fantasmas? ¿Qué ves?

Sacudió la cabeza.

—No importa. Lastimas. Lastimas a Kelly. Ve a casa. Has sentir mejor. A él. A ti. Encuentra manada.

De pronto comprendí lo que esto significaba. El sentido escondido detrás de sus palabras, un regalo que no creí que él quisiera dar.

—Lo recuerdas.

Alzó la cabeza y entrecerró los ojos.

—¿Qué?

—Dijiste *Kelly*. "Kelly triste. Kelly feliz". ¿Cómo sabes su nombre?

Le echó un vistazo a la puerta como si estuviera buscando un escape.

—Te oí decirlo. Loco. Estás loco. Hablas con fantasmas.

—¿Y Robbie? También dijiste su nombre. Lo recuerdas, ¿no es así? La manada. La gente. ¿Recuerdas todo?

Lucía como un animal acorralado con ojos asustados.

—No, no, no.

—*Lo recuerdas*. Porque yo recuerdo ser un Omega atrapado en todo ese violeta. No era de esa manera como humano. Estaba... averiado. Instinto básico. Pero sabía. Podía escucharlos. Podía *sentirlos*. Mi manada. Mis Alfas. Mi lazo. Voces en mi cabeza entre toda la ira. Quería herirlos, pero igual los amaba.

Se meció hacia atrás y adelante abrazándose a sí mismo.

—¿Cuándo? ¿Cuándo lo supiste? ¿*Qué* sabías? ¿Sabías lo de Gordo? Que era tu...

Pareció tener una convulsión, casi se cae de costado. Recuperó el equilibrio en el último momento y apoyó las manos contra el suelo, sus garras se hundieron en la tierra.

—Gordo —gruñó entre dientes—. Gordo. Gordo. No hermano. *No* hermano.

—No sé cómo decírtelo, hombre, pero lo es. Medio hermano por lo menos.

—No hermano. Brujo. No lo necesito. No lo quiero. No te quiero a *ti*. Vete. Vete.

—No lo haré.

Se puso de pie de manera abrupta y encaró la puerta.

—¿Por qué te quedaste?

Se detuvo, pero no giró.

—Si no nos querías —mi garganta estaba seca—, si no querías una manada, entonces, ¿por qué te quedaste con nosotros? Años, Gavin. Estuviste allí por *años*. Puedes mentirte a ti mismo, pero no creas que funciona conmigo. Podrías haber ido a cualquier lugar. Pero lo sabías, ¿no? De Gordo. –Tragué el nudo en mi garganta–. De mí.

Se estiró hacia la puerta.

–Te seguiré.

Volvió a detenerse.

No sabía qué más hacer. Necesitaba que me escuchara, que comprendiera. *Yo* necesitaba comprender.

–No sé a dónde irás, pero te seguiré.

–No puedes. No puedes.

Apoyó su frente contra la puerta, agitado.

–No me importa.

–*No* puedes.

–Porque tu padre está afuera.

Asintió contra la puerta, sus manos eran puños a sus costados.

Me puse de pie, me quedé en mi lugar para no ahuyentarlo.

–Podemos marcharnos. Los dos. Regresaremos a la camioneta. Si no ha sido dañada, podemos marcharnos de aquí en ella. Gavin, podemos ir a *casa*. –Las palabras tenían sabor a cenizas, un sueño en llamas de todo lo que había dejado atrás.

–No tengo casa –dijo.

Gruñí como si me hubieran dado un puñetazo en el estómago.

Se alejó de la puerta. Dejó caer los pantalones cortos y los dejó en donde aterrizaron. Inhaló profundamente y apenas hice un sonido cuando se transformó en el lobo gris.

Sacudió la cabeza, sus orejas estaban contra su cráneo.

Fue hasta la cama y se subió. La estructura rechinó peligrosamente debajo de su cuerpo pesado. Se acostó, sus patas colgaban del borde y cerró los ojos. Se veía ridículo, la cama era demasiado pequeña para algo de su tamaño. Me pregunté si siempre dormía allí antes de mi llegada.

—Solo porque te hayas transformado, no significa que dejaré de hablar.

Giró su cabeza hacia su estómago y la cubrió con sus patas.

—… Y con eso llegamos al último año de secundaria —dije con las manos detrás de la cabeza mientras yacía cerca del fuego.

Había estado hablando durante las últimas tres horas, esperaba recibir algún tipo de reacción de su parte. Sabía que no estaba durmiendo porque sentía sus ojos sobre mí cada tanto. Cuando echaba un vistazo en su dirección, los cerraba con fuerza, pero si estaba intentando ser sutil, estaba fallando.

—Probablemente mi año escolar preferido porque fue cuando perdí mi virginidad con una linda chica llamada Amy. Tenía unos…

Gruñó y le sonreí al cielorraso.

—¿Te gustaría añadir algo? Ah, mierda, lo lamento. No puedes hablar ahora. Lo siento, amigo. ¿En dónde estaba? Ah, cierto. Amy. Era… linda, ¿sabes? Y se reía muy fuerte. Y, por Dios, probablemente podía succionar el filamento de un foco sin romper el vidrio.

Gruñó con más fuerza.

Eché un vistazo hacia él.

Cerró los ojos rápidamente, respiraba lenta y profundamente como si estuviera durmiendo.

—Y después de Amy estuvo Tara. Podía hacer un giro increíble con su muñeca. ¿Tienes algo en la garganta? Sigues haciendo unos ruidos extraños. ¿Estás bien? Sí, estás bien. ¿En dónde estaba? *Ah*, Tara. Hombre, que digan lo que quieran de las chicas de pueblos pequeños, pero es seguro que saben cómo…

Me quedé sin aire cuando aterrizó en mi pecho. Emití un pequeño chillido mientras el lobo me cubría por completo.

−Eres…*un imbécil.*

Gruñó otra vez, la parte inferior de su hocico estaba sobre mi rostro. Estaba a punto de empujarlo cuando lo oí.

Algo grande se movía en el bosque hacia la cabaña.

Llamaba a algo en mi cabeza, pequeños susurros que no podía comprender. Un Alfa.

−Oh, no −susurré contra la garganta de Gavin.

Se estiró encima de mí mientras la pesada bestia se acercaba. Su cola yacía sobre mis pies, sus piernas traseras estaban apoyadas sobre mis espinillas. Sus piernas delanteras se estiraban a cada lado de mi cabeza y sentí el rugido suave en su garganta.

Giré la cabeza levemente hacia la ventana y lo pude ver con un ojo.

Eran las últimas horas de la tarde. La nieve había dejado de caer hacía una hora o dos y pareció haberse acumulado unos treinta centímetros. La luz era gris y débil y pude ver los árboles en el bosque.

Al menos por un momento.

Porque luego fueron bloqueados por una cosa masiva en frente de la ventana. Estaba borroso, lo que veía detrás de un vidrio congelado era un dejo de una figura. Había pelaje negro sobre músculos fuertes, parecía ser un antebrazo. Y luego, una mano deforme apareció en el vidrio y lo arañó con unas garras largas mientras el llamado del *alfa alfa alfa* gateaba por mi piel, desconocido y frío.

Se alejó de la ventana mientras rodeaba la cabaña, el suelo debajo de mí crujía con cada paso que daba. El corazón de Gavin era sonoro, un ritmo lento contra mi pecho.

La bestia gruñó cuando llegó al sector sur de la casa. Lo sentí hasta en los huesos.

Gavin alzó su cabeza levemente mientras miraba hacia la otra ventana.

Incliné mi cabeza hacia atrás.

Un ojo rojo nos estaba mirando fijo.

Parpadeó una vez. Dos.

La bestia gruñó otra vez antes de alejarse de la ventana.

Cuando se marchó, sus pasos perdieron intensidad a medida que se adentraba en el bosque.

No nos movimos hasta dejar de oírlos.

Gavin se irguió sobre mí con las orejas crispadas. Con cuidado, se apartó de mí y se acercó a la ventana para evaluar el bosque.

—No podemos quedarnos aquí —dije en voz baja.

No me miró.

No dormí mucho esa noche.

NO ES JUSTO /
PUM PUM PUM

—Tienes que tomar una decisión —dijo Kelly.

Aparté una rama de mi camino. La nieve sonaba bajo mis pies, el aire era sorprendentemente frío y la sudadera de Kelly no hacía mucho para conservar mi temperatura. Tenía un abrigo, pero lo había dejado en la camioneta. No había ni una nube en el cielo y todo era azul, el sol de la mañana se sintió como una mentira mientras temblaba y mi aliento dejaba un rastro detrás de mí.

—No dejará que te quedes —siguió mi hermano.

Lo sé. No podía mirarlo. No quería ver la decepción en su rostro.

—Entonces, ¿qué harás? No lo entiendo, Carter. Lo intentaste, de verdad. Diste tus argumentos. No te quiere. No quiere irse contigo. Márchate antes de que Livingstone te mate. Solo déjalos y ven a casa.

Me detuve y cerré los ojos.

Lo sentí observándome, aunque sabía que no era real. Aunque no podía oír el latido de su corazón, su mirada estaba perforando mi espalda.

—Joe —dije.

—¿Qué hay con él?

Sonaba irritado, como si estuviera cansado de mi mierda. Este falso Kelly era solo un producto de mi agitada imaginación, pero se sentía como una verdad que no estaba listo para enfrentar.

—Me dijo que la manada lo era todo. Pero luego, me miró con una expresión extraña en su rostro. Tenía… ¿diez años? Fue después de su primera transformación. El fuego había regresado, pude verlo en sus ojos. Dijo que no estaba de acuerdo con algunas cosas que papá le dijo.

—¿Como…?

—Como que las necesidades de la manada pesan más que las de todos los demás. No le gustaba eso. Dijo que, si un miembro de su manada estuviera en peligro y tuviera que elegir entre él y el resto de la manada, sabía lo que él haría.

—¿Qué?

Sostuve una rama para que pudiera pasar.

—Haría todo lo que pudiera para salvarlos a todos. Nadie sería dejado atrás sin importar lo que sucediera.

—Eso no…

—Gavin es parte de la manada.

Kelly dejó caer la cabeza y miró sus botas.

—Mierda.

—No soy un Alfa —le dije a mi hermano, necesitaba que lo comprendiera—. Pero haré todo lo que pueda para...

—Porque es tu compañero.

Hice una mueca. No estaba listo para eso. Estaba encerrado en una caja envuelta en cadenas en el fondo de mi cabeza. Era peligroso.

—Haría lo mismo por cualquiera.

—Excepto por Robbie.

Y *allí* estaba. Leve, pero en la punta de mi lengua. El enojo. Él era un fantasma, pero de todos modos podía sentirlo.

—Robbie era parte de nuestra manada y no hiciste una mierda para ayudarme a encontrarlo.

—Lo sé —susurré y un pájaro pasó volando, su barriga roja contra el cielo celeste—. Y nunca me perdonaré por ello. Debería haber hecho más.

—No importa. —Kelly me desestimó con la mano—. Robbie está... ahora está a salvo.

—Porque nunca te rendiste.

—Él hubiera hecho lo mismo por mí. ¿Tú puedes decir lo mismo de Gavin?

—Nos salvó en Caswell. Tengo que hacer esto.

—No es cierto —replicó Kelly, pero luego se desanimó—. Pero no importa lo que diga. Podría decirte que estás hundiéndote cada vez más, que tus ojos ahora son violetas, que estás transformándote en Omega otra vez. Pero no importa, ¿no? Nada de lo que diga hará que cambies de opinión.

Empecé a estirarme hacia él, pero me detuve.

—De todos modos, puedes intentarlo.

Se rio, aunque sin humor.

—Cuánto más tiempo prolongues esto, será peor. Livingstone nunca lo dejará ir. Es una bestia, Carter. Se maneja por instinto, y ve a Gavin como *suyo*. Como su manada. Si cree que eres una amenaza hará todo lo que pueda para salvar a su manada.

Echó un vistazo sobre su hombro y miró detrás de mí.

—Nos está siguiendo.

—Lo sé.

No necesitaba mirar el camino por el que veníamos para saberlo. Gavin estaba allí, en algún lugar entre los árboles. Si estaba intentando ser sigiloso, no era muy bueno.

—No es eso —dijo Kelly como si hubiera escuchado mis pensamientos—. Hay algo entre ustedes dos. Es como Robbie y yo. Nosotros...

—No quiero hablar de eso.

Alzó las manos y, por un momento, recordé cuando él era un niño con extremidades desgarbadas y una sonrisa llena de dientes y gritaba *Carter, Carter, Carter, levántame, ¡arriba, arriba, arriba!* Siempre lo hacía porque no podía evitarlo. Hubiera hecho cualquier cosa que me pidiera.

—Sí, sí —masculló—. Sigue ignorándolo y convéncete a ti mismo de que todo está bien. Eso siempre funciona.

—Te quiero —le dije.

Volvió a mirarme con ojos bien abiertos y tan condenadamente azules. Su expresión se suavizó.

—Ey, lo sé. Yo también te quiero. Siempre lo hice. Hermanos de lazo.

Seguimos avanzando.

Las camionetas seguían aparcadas en frente de la casa. Los vehículos de los cazadores bloquearon el mío, estaban aparcados a su alrededor.

Estaban cubiertos de una capa de nieve. Y, aunque sabía que la nieve había caído con suficiente intensidad para cubrir la evidencia de la masacre, todavía podía oler la sangre impregnada en el suelo, el hedor era pesado y grueso. Incluso si no hubiera presenciado lo que había sucedido, sabría que en este lugar había muerte.

Los cuerpos ya no estaban. Intenté no pensar qué significaba eso, aunque una pequeña voz oscura y retorcida en mi cabeza me susurró que Livingstone se había ocupado de ellos.

Kelly ya no estaba. Desapareció tan pronto la casa se hizo visible.

Gavin daba círculos alrededor de la casa, entre los árboles.

Lo ignoré.

Primero fui hasta la camioneta. Las llaves seguían en el contacto. Las giré y el motor arrancó después de unos segundos. Humo negro salió del tubo de escape antes de que el motor cobrara vida. Lo volví a apagar y suspiré aliviado.

Tomé mi abrigo del asiento y estaba a punto de abandonar la camioneta cuando noté que la fotografía ya no estaba. La de mis hermanos y yo. Estaba en el tablero en donde la había acomodado el día que abandoné Green Creek. Nunca se movió. *Nunca* la moví.

Pero ya no estaba.

Me bajé de la camioneta y me incliné para mirar en el suelo, debajo del asiento.

Nada.

Quizás alguno de los cazadores la había tomado.

Golpeé la puerta con más fuerza de la que pretendía. La camioneta se meció, algo de la nieve del parabrisas cayó sobre el capó.

Cerré los ojos e inhalé por la nariz y exhalé por la boca.

Solo era una fotografía.

—Métete en la camioneta —susurró Kelly—. Métete en la camioneta y enciende el motor. Te estoy esperando. Siempre te estoy esperando.

Un lobo aulló en los árboles, un sonido largo y triste.

—Dios —mascullé mientras abría los ojos—. Te escucho, idiota.

Me puse mi abrigo, pero no hizo mucho para calentarme.

Fui hacia la casa, trepé los restos del porche hasta la puerta que todavía estaba abierta. Oí a Gavin en los árboles caminando de un lugar a otro y rugiendo por lo bajo. Lo ignoré. O me seguía o no lo hacía.

La casa lucía distinta bajo la luz del día. En cierta manera, era… más suave. No menos solitaria, pero se parecía más a un hogar que durante la noche. Tenía buenos huesos, aunque su piel se había resquebrajado hacía mucho tiempo y solo quedó una cáscara.

La fotografía en la pared ahora estaba destruida en el suelo. Me puse en cuclillas y desplacé los vidrios rotos. La bala del cazador había perforado la imagen justo arriba de la cabeza del niño. Seguían sonriendo, por supuesto. Los tres.

La levanté, el marco colapsó a su alrededor y cayó al suelo.

Ahora Gavin estaba en frente de la casa. Estaba agitado, soltaba respiraciones tensas. Apoyé la foto en el marco agrietado de la chimenea.

El resto de la casa estaba igual de muerta.

Las alacenas de la cocina estaban todas abiertas, algunas puertas colgaban de las bisagras. El fregadero estaba lleno de hojas muertas, la ventana sobre él había estallado hacía tiempo.

Había tres puertas en un largo pasillo. La primera daba a un pequeño baño. La cortina de la ducha era de plástico con caracoles. El suelo era de cerámicas y el inodoro era verde. Un retazo de tela bordada con hilo rojo colgaba sobre él con la leyenda SONRÍE AUNQUE TU CORAZÓN DUELA.

La segunda puerta era la habitación principal. La alfombra estaba sucia y raída, la cama estaba podrida y hundida en el centro. Una cómoda yacía de costado y tenía marcas profundas de garras en la parte posterior. Una mesa de noche estaba despezada debajo de un agujero en la pared, como si la hubieran lanzado.

La tercera puerta daba a…

—No.

Me detuve con la mano en el picaporte.

—¿Es tu cuarto?

—Márchate. Regresa a la cabaña. O entra en la camioneta. Esto no es tuyo.

Empujé la puerta y las bisagras chillaron.

—Detente —dijo—. Detente, detente, detente.

Volví a mirarlo. Estaba desnudo, tenía la piel erizada. Su pelo colgaba alrededor de su rostro y su boca estaba contorsionada, sus ojos eran violetas y vi un asomo de colmillos entre sus dientes.

—Aquí es a dónde te enviaron… Después…

Sacudió la cabeza furiosamente.

—Púdrete. Al diablo esta casa. Al diablo.

Entré en la habitación mientras gruñía detrás de mí.

Era pequeña, la ventana daba al bosque. La habitación estaba casi vacía, solo tenía una cama y una silla dada vuelta. También había un poster en la pared, pero estaba demasiado desteñido para poder leerlo; la alfombra aquí estaba mullida como si la hubieran empapado, levanté la mirada y vi una apertura en el cielorraso cerca de la pared. Las ramas de un árbol se mecían afuera.

Gavin estaba en la puerta, su mirada salió disparada por la habitación con su habitual ceño fruncido en el rostro. No era la primera vez que me asombraba cuánto se parecía a su hermano, el que fue antes de encontrar la manera de regresar con mi tío.

—Creciste aquí.

—No importa.

No me miraba.

—¿Sabías?

—¿Qué?

—Acerca de los lobos. Acerca de brujos, magia y monstruos. De dónde venías.

Sus labios subieron sobre sus dientes. Una gota de sangre cayó de su mano derecha en donde sus garras se habían hundido en su palma. Una mancha roja se expandió en la alfombra.

—Yo… —dijo, su mandíbula se tensó—. Con el tiempo.

—¿Quién te dijo?

Sacudió la cabeza hacia mí.

—¿Por qué?

Encogí los hombros.

—Es solo una pregunta.

—Siempre preguntas. Nunca paras.

—Me seguiste, hombre. No tenías que hacerlo.

—Aseguro que no mueras —gruñó—. Eres estúpido. Mueres fácil. Te pierdes en el bosque. Mueres congelado. Debí dejarte.

Casi sonrío, pero no quería que pensara que me estaba riendo de él.

—Puedo ocuparme de mí.

—Te dispararon. Intenta cuidarte mejor.

—¿Cuándo lo supiste? ¿Cómo?

—No importa.

—Está bien. —Entonces—: ¿En dónde están?

—¿Quiénes?

—Las personas de la fotografía. Tus padres.

Entró en la habitación, sus hombros estaban encorvados como si estuviera intentando hacerse pequeño.

—No están. No están.

Asentí lentamente.

—Sé cómo se siente.

Me echó un vistazo y luego desvió la mirada. Lucía como si estuviera luchando contra algo. Me pregunté cómo era estar en su cabeza, si se sentía sin lazo y perdido en una tormenta de ira violeta.

Y luego dijo:

—Thomas.

Mi corazón se detuvo en mi pecho.

—Thomas Bennett.

—Sí —repliqué con voz áspera—. Ese… sí. Mi papá. Lo sé, hombre. ¿No? Sé cómo es que ya no estén.

Sacudió la cabeza.

—Eso no. Él me dijo. Alfa. Thomas. Sobre los lobos. Brujos, magia y monstruos.

La habitación se meció debajo de mí mientras veía doble.

—¿Qué?

Exhaló a través de sus fosas nasales.

—Vino aquí. Cuando era niño. Me dijo cosas.

—¿Cómo? —pregunté y todo era azul. Esta casa, este lugar, sus palabras. Todo era azul.

—Su padre. Alfa.

—Abel. —Mi abuelo.

Asintió.

—Thomas dijo que me puso aquí. Me escondió. Me regaló. Lo odio. Está muerto y me alegra que esté muerto. No tengo que matarlo.

—No lo sabía.

Gavin me echó un vistazo antes de mirar sus pies descalzos.

—Secretos. Todo es secreto.

Eso sí lo sabía.

—Lo busqué. Después —siguió—. En Green Creek. Años después.

Di un paso hacia atrás, sentía un zumbido en los oídos. Me sentí perdido, sin anclaje y a la deriva.

—¿Cuándo?

Debió oír el latido atormentado de mi corazón, el ácido ardor del sudor en mi piel. Me miró con tristeza y no quería volver a ver esa expresión en su rostro nunca. Podía lidiar con su enojo, podía soportar su ira. Esto era demasiado.

—Ya estaba muerto —explicó—. No lo sabía. Con otros. Omegas. Fuimos a Green Creek.

Flexionó las manos, tenía una mancha de sangre, aunque la herida ya había sanado.

—Tú… te marchaste. Con tus hermanos. Y Gordo —dijo el último nombre con una mueca—. Los demás se quedaron. Omega tomó chica. Jessie. Intentó usarla. Ox vino. No era lobo. Pero era Alfa. Hizo una pregunta.

—¿Cuál es tu nombre? —susurré, el recuerdo de lo que me habían contado resurgió como un fantasma. Mataron a los que habían atacado. Dejaron ir a los demás. Habíamos encontrado a uno de ellos en el pueblo Portal. Gordo había…

»Oh, por el amor de Dios. Estuviste allí. Estuviste *allí*. Todo este tiempo. Te conocían. Te *conocían*.

Sus ojos resplandecieron, pero lo único que sentí de él fue un océano azul.

—No los lastimé. No *quería* herirlos. Yo... —retrocedió un paso y yo no podía respirar—. Me fui. Lejos, lejos, lejos. Atrapado por cazadora. Por *Elijah*. —Escupió su nombre como si fuera una maldición—. Cadena. Alrededor de cuello. Siempre plata. Siempre ahogado. Moría. Quería morir. Pero ella no me dejaba.

Miraba a su alrededor salvajemente.

—Esta casa. Maldita. Solo fantasmas. Todo me atormenta. —Me fulminó con la mirada—. *Tú* me atormentas. Gavin, Gavin, Gavin. Solo eso dices. Por qué, Gavin, por qué. Cómo, Gavin, cómo. Nunca paras.

Yo estaba perdiendo el control, apenas podía seguir el ritmo.

—No puedo.

—Te escucho —dijo—. Hablando. A Kelly. A fantasmas. Él no es real. Tal vez tú tampoco eres real. Soñando. Estoy soñando. Quiero despertar. Quiero despertar. *¡Quiero despertar!*

Se abalanzó hacia adelante y me preparé para el impacto. Pero no avanzó en mi dirección. Dio vuelta la cama, la madera vieja se quebró. Fue hacia las paredes y las rasgó con sus garras extendidas, el yeso se resquebrajaba y llovía a su alrededor. Lucía como nieve sobre su cabello.

Lo sujeté por detrás e inmovilicé sus brazos a sus costados. Rugió, pateó con sus piernas en alto contra la pared, la presión hizo que me tambaleara hacia atrás. Me mantuve erguido y me aferré a él tan fuerte como pude.

—Gavin, *detente*.

Respiraba agitado mientras apoyaba su cabeza sobre mi hombro, su mejilla rozaba la mía. Su aroma a bosque indómito y salvaje inundó mi boca. Quería morderlo. Hacerlo sangrar. Lastimarlo por haberme lastimado.

Entonces aulló, los tendones en su cuello sobresalieron aliviados. Hizo que mi piel vibrara y, en ese momento, supe lo que era querer despertar, querer saber que esto era real.

—No estás solo —dije.

—Ya no —dije.

—Estoy aquí, ¿sí? —dije.

—Estoy aquí. Lo juro —dije.

—Soy *real* —dije.

Se desplomó contra mí, su piel también era demasiado cálida y pegajosa y mientras le susurraba, mientras le decía una y otra vez que era real, sentí cómo temblaba y se estremecía.

Me aferré a él con mi vida.

—Me quedé porque no podía huir —dijo—. Ya no. Cansado.

Le eché un vistazo, estaba sentado contra la otra pared en la pequeña habitación. Había tomado una de las mantas raídas de los restos de la cama para cubrirse los hombros. Eran las primeras horas de la tarde y el sol de invierno se asomaba a través de una ventana rota.

—En Green Creek.

Asintió y sopló por un costado de su boca para quitarse su cabello del rostro.

—Recuerdo. Pequeños fragmentos antes… antes de eso. Como pequeños destellos de luz. Cazadores. Elijah. Siempre moviéndome. Ella era mala. Y ruidosa. Dijo que éramos sus *mascotas*. No mascota. No soy una mascota.

Vacilé antes de preguntar.

—El otro lobo que estaba contigo. Con ellos. ¿Lo… lo conocías?

Sacudió la cabeza lentamente.

—No. Solo otro lobo. Muerto.

—Sí. —Hice una mueca—. Gordo estaba intentando…

—No me importa lo que hace Gordo.

—Es tu hermano.

—Brujo —gruñó—. Magia. La odio. Toda la magia. Padre magia. Lastima personas. Gordo magia. Lastima personas.

—Solo para proteger a su manada y a sí mismo.

—¿Nunca para algo más?

Gavin me fulminó con la mirada.

Pensé en el Omega del callejón. Gordo había dicho que lo dejaría vivir, pero no le había creído.

—No.

—Mentiroso.

Me sorprendí y empecé a reír.

—¿Oíste eso?

Hizo una mueca.

—Ruidoso. Tu corazón siempre es ruidoso.

Golpeó su cabeza contra la pared detrás de él. Resonó en toda la casa.

—Pum, pum, pum. Siempre ruidoso. Quiero apagarlo.

—No… no funciona así.

—Si estás muerto, funciona.

Eso fue directo.

—¿Quieres que me muera?

—Sí.

Y su propio corazón lo traicionó. No fue más que una ligera agitación, pero allí estaba.

—Mentiroso.

Me miró feo.

—No miento. Te mueres, silencio. Te mueres, no tengo que escuchar pum, pum, pum siempre.

—Entonces mátame —repliqué.

—¿En serio? —Entrecerró los ojos. El muy bastardo lucía como si lo estuviera considerando, pero luego dijo—: Hoy no. Quizás mañana.

—Quizás mañana —repetí. Miré a mi alrededor—. ¿Fue agradable?

—¿Qué?

—Estar aquí. —Agité mi mano—. Este lugar. Las personas en la fotografía. ¿Fue agradable?

—¿Por qué?

—Amigo. —Suspiré—. En serio, todo esto de responder una pregunta con otra pregunta se está haciendo viejo.

—Entonces deja de hacer preguntas.

—No funciona así.

Envolvió la manta con más fuerza alrededor de sus hombros.

—¿*Qué* no funciona así?

Incliné la cabeza contra la pared. Mis orejas estaban frías.

—Viniste al bar de Green Creek. El Faro. Seguiste a los otros.

—Los cazaba —dijo y sonó extrañamente orgulloso—. Muy bueno para cazar. Siempre silencioso.

—Ibas a lastimarlos.

—Más sencillo. Más sencillo matar. Si lo hacía, ella no me lastimaría. No me cortaría. Cuchillos de plata debajo de mis patas.

No creí que fuera posible odiar a Elijah más de lo que ya la odiaba. Parte de mí sabía que *algo* le había hecho a él y al otro lobo para mantenerlos dóciles y obedientes. Torturarlos sin reparos parecía posible, especialmente después de lo que le había hecho a Chris y a Tanner. Pero escucharlo de él me hizo desear que estuviera viva para poder matarla yo mismo. Se había liberado demasiado fácil.

—Pero no lo hiciste. No los mataste.

Se movió incómodo, obviamente sabía hacia dónde se dirigía la conversación.

—No. No lo hice. Quería hacerlo. Pero no lo hice.

—Porque yo estaba intentando matarte.

Inclinó la cabeza y era un gesto tan lobuno que casi me rio. Había visto esa expresión antes, aunque había sido un lobo gris entonces. Estaba molesto. No debería haberme tranquilizado tanto como lo hizo.

—Nunca podrías. Mejor lobo que tú.

—Fuiste mordido. Yo nací lobo.

—Eres muy ruidoso —replicó—. Maté, maté a todos. Pero luego tu llegaste y dijiste "grr".

—*No* dije "grr", idiota.

—Grr —repitió como si se estuviera burlando—. Demasiado fuerte y estúpido con tu estúpido corazón.

—Pum, pum, pum.

Asintió.

—Debería haberte matado.

—¿Por qué no lo hiciste?

—Podría haberlo hecho —respondió de mala forma—. Si hubiera querido. Rasgar tu garganta. Tu estúpido corazón. Comerlo. Lo hubiera comido.

—Pero no hiciste nada de eso.

—Estaba cansado. Y tú decías grr. Como si fueras valiente. Y luego estabas gritando…

—¡Estabas intentando arrastrarme hacia el maldito bosque!

—Enterrarte —dijo y sus ojos brillaron—. En el bosque. Enterrarte y luego regresar para comerte.

—Eres un mentiroso —resoplé—. Estabas intentando alejarme de todos los demás. Estabas intentando protegerme.

—No. Enterrarte. Comerte después.

—Eres un verdadero hijo de perra, ¿lo sabías?

Estaba complacido con él mismo. Sus labios se retorcieron, luego se relajaron y dijo:

—¿La conociste?

—¿A quién? —pregunté cuando me tomó por sorpresa.

Desvió la mirada y apretó los dientes.

—Nada.

—Ah, así no. No sucederá, amigo. ¿Quién? ¿Si conocía a quién?

—Basta. No soy amigo.

—Eso me importa una mierda. ¿De quién estás…? —Y lo comprendí, desearía no haberlo hecho. El hielo se quebraba debajo de mis pies—. Tu madre.

Clavó la mirada en su regazo.

—No. Yo… —dije—. Eso fue antes de mí. Yo no… ella ya no estaba.

—Ah.

—No creo que siquiera sepa su nombre —admití—. Es… no lo sé. Hay historia entre nosotros. Livingstone. Bennett. Se remonta mucho más atrás que nosotros, siempre juntos de alguna manera. Como si estuviéramos enredados.

—Eres un Bennett.

—Me alegra tanto que puedas retener información. Estoy muy orgulloso de ti.

No le gustó eso.

—No soy Livingstone. No estoy enredado contigo.

—Una rosa con cualquier otro nombre —dije en voz baja.

—¿Qué?

—Es… —sacudí la cabeza—. Es algo que Kelly me dijo una vez. Es una carga, un nombre, especialmente el nuestro. Bennett. Es una corona que nunca podemos quitarnos. Sin importar en dónde esté, sin importar qué esté haciendo, no puedo cambiar eso.

—Aquí.

—¿Qué?

—Aquí —repitió—. Nombre no importa aquí. No hay corona. No hay rosas. Solo… tú. Solo Carter.

Reí casi ahogado.

—Otra vez. Dilo otra vez.

Frunció el ceño.

—¿Qué?

Apenas podía respirar.

—Mi nombre. Es la primera vez que te escucho decir mi nombre. Otra vez. Por favor, dilo otra vez.

—Carter, Carter, Carter —dijo, y recordé como solía ser. Una sombra de la que no podía escapar. Estaba allí, siempre allí, sin importar si lo quería o no. Todos esos años que estuvimos juntos, sus ojos brillantes y conocedores, me juzgaban sin siquiera decir una palabra. Y luego llegó un día en primavera cuando los capullos florecían y los árboles estaban vivos con verde, un día igual al anterior.

Pero ese día salí de la casa dirigiéndome hacia el final del camino y me di cuenta de que no me estaba siguiendo. Y en ese momento sentí una extraña sensación de pérdida disfrazada de irritación. *Regresé* a la casa, murmuraba para mí mismo qué dolor de cabeza era el lobo gris y lo encontré en la cocina. No había notado que yo estaba allí, o al menos no me dio ninguna señal. Miraba fijo, como si estuviera embelesado, la figura de mi madre mientras se mecía cerca del fregadero y cantaba una vieja canción de la radio. Elvis preguntaba si te sentías solo esta noche, si lo habías extrañado y mi mamá cantaba, cantaba, cantaba una canción de lobo, una canción de amor y, aunque su dolor había disminuido con el tiempo, todavía pude saborear el dolor en su voz. Ella amaba a mi padre a pesar de todas sus fallas y siempre lo extrañaría.

Y Gavin.

Ay, Dios, Gavin.

Cómo la *miraba*, sus ojos brillaban y comprendían a pesar de seguir perdido dentro del animal. Allí había curiosidad y una cantidad para nada pequeña de asombro teñido con miedo. De alguna manera, era más… suave, lo más parecido a un humano que lo había visto. Y me pregunté, no por primera vez, aunque sí con más intensidad, cuánto sabía; cuánto retenía. Si sabía quién era ella. Una reina, una madre loba. Y si la reconocía como su protectora.

El lobo comenzó a subir y bajar la cabeza como si estuviera asintiendo. Al principio, no sabía qué estaba haciendo; no fue hasta que Elvis volvió a cantar que me di cuenta de que se estaba moviendo al ritmo de la canción. No estaba bailando, no, pero de todos modos se movía.

Fue la primera vez que lo vi como algo más que un lobo salvaje.

Finalmente, se quedó quieto y giró hacia mí, lucía casi culpable.

—Qué hermosa canción, ¿no te parece? —dijo mi madre.

No me hablaba a mí.

El lobo giró de vuelta hacia ella. Asintió lentamente antes de caminar hacia ella, presionó su hocico contra la palma de su mano. Mamá soltó una risita y pasó un dedo sobre su hocico, subió entre sus ojos hasta la cima de su cabeza. El lobo le resopló antes de dejarla sola. Me chocó al salir de la habitación y me quedé allí parado en la cocina de la casa al final del camino sin saber qué había presenciado.

—Tiene buen gusto —dijo mi madre.

—¿En música? —pregunté cuando encontré mi voz.

Sus ojos brillaban.

—En eso también.

Seguí al lobo, asombrado.

Durante los días y semanas posteriores a esa tarde de primavera, los encontré juntos cada vez más seguido, siempre escuchando música. A veces, él subía y bajaba la cabeza; otras, su cola golpeteaba el suelo al compás de la música. Y ella nunca le pedía que se transformara, nunca le preguntaba por qué, por qué, por qué no eres humano. ¿Por qué no te transformas? ¿Por qué conservas esa forma?

A ella no le importaba nada de eso.

No sabía cómo había podido seguir adelante después de todo lo que había sucedido. Era más fuerte de lo que yo podría ser y nunca necesitó ser una bruja para saber de magia.

—Azul —dijo Gavin.

Parpadeé, la cocina se desvaneció y solo dejó los fríos restos de una casa que en algún momento había sido un hogar.

—¿Qué?

Me estaba observando con una mueca.

—Azul. Estás azul. Como hielo. Frío.

La extrañaba demasiado.

—Gracias.

—¿Por qué?

—Por decir mi nombre.

—No es nada.

Desvió la mirada.

—Es algo para mí.

—Fácil —dijo—. Eres fácil.

—Gracias. —Resoplé—. Creo.

Sacudió la cabeza. Estaba frustrado, abrió la boca, pero no emitió ningún sonido. Esperé a que encontrara las palabras indicadas.

—Esto —dijo y agitó sus manos entre nosotros—. Esto no es… correcto.

Se entretuvo con los bordes raídos de la manta.

—Yo no soy… bueno. En mi cabeza. No me puedo concentrar. —Arrugó su rostro y sacó la lengua entre sus dientes mientras se concentraba—. Tú crees. Crees que vienes aquí. Por algo. Por mí. Pero no necesito esto. No te necesito. Mejor en otro lugar. Tú vete. Yo me quedo.

—Solo diré esto una vez más. —Me incliné hacia adelante—. Y nunca más lo repetiré. Escúchame, ¿sí? Esta vez escúchame *de verdad*. ¿Puedes hacer eso?

Subió y bajó la cabeza.

—Bien. No me iré. No me necesitas, está bien. No me quieres, está bien. No… forzaré nada. —Mis palmas estaban pegajosas por el sudor—. Ni siquiera sé cómo… funciona eso. Quiero decir, en lo absoluto. Así que, incluso si lo *supiera*, quiero decir, estoy constantemente rodeado de homosexuales en nuestra manada, uno creería que tendría *alguna* idea, y no es que suene malo, yo solo… está bien. Es como… ¿estás *riéndote* de mí?

El sonido áspero y quebradizo trepó por su garganta y salió por su nariz, pero estaba *sonriendo* y entonces comprendí lo que Joe había visto en Ox, por qué Gordo y Mark siempre encontrarían la forma de terminar juntos, por qué Kelly nunca dejó de buscar a Robbie.

Era cálido como un día de verano. Era bastones de caramelo y piñas, era épico y asombroso. Era tierra y hojas y lluvia. Era hierba, agua de lago y rayos de sol.

Era un bosque tan vivo, tan puro.

La ola de afecto que sentí hacia él era salvaje e inesperada. Quería estirarme y apoyar mis manos sobre él, presionar mi rostro contra su pecho y escuchar su corazón de cerca.

Me quedé en mi lugar.

Pero él se rio.

Ay, Dios, se rio.

ESPERÁNDOTE /
PORQUE SOY

Los días pasaron lentamente.

Estaba soñando.

No estaba soñando.

Estaba despierto.

No estaba despierto.

Estaba perdiendo el control.

No estaba perdiendo el control.

Estaba avanzando hacia algo que no podía nombrar.

Estaba aterrorizado.

Estaba eufórico.

Estaba volviéndome loco.

Cada vez permanecía por más tiempo en su forma humana en la cabaña. Desaparecía en el bosque y, aunque consideraba seguirlo, mi cobardía me mantenía dentro. Livingstone no regresó, pero lo sentía en el bosque adyacente, una oscuridad que latía como un corazón moribundo.

Gavin desaparecía por medio día y yo lo esperaba cerca de la ventana hasta que regresaba.

Siempre volvía.

Uno de esos días, salió tambaleando del bosque como lobo, sus pasos estaban descoordinados. Casi se cae antes de entrar a la cabaña, pero recuperó el equilibrio en el último segundo.

Salí por la puerta sin pensarlo. Lo sujeté antes de que colapsara, su cabeza se acomodó en mi hombro, su pelaje estaba húmedo y frío, pero su cuerpo ardía. Envolví su espalda con mis brazos y le pregunté si estaba herido, qué había sucedido, qué le había hecho, qué estaba pasando, qué estaba *pasando*.

Nos quedamos así por lo que parecieron horas, mis rodillas comenzaron a entumecerse, su cuerpo era pesado y difícil de manejar.

Estaba temblando y no podía lograr que se detuviera.

—No puedes seguir así —dije—. No puedes seguir haciendo esto. No sé *qué* es, pero te está lastimando. Te está matando.

Intentó alejarse.

No se lo permití.

Gruñó.

—Tienes un lugar –dije–. Con nosotros. Con nuestra manada. –Inhalé profundamente–. Conmigo. Y sé qué que no es lo que querías, pero está para ti de todos modos. Podemos marcharnos de este lugar, podemos ir a casa. Y, cuando lleguemos, todos estarán furiosos con nosotros, tan furiosos de que nos hayamos marchado después de todo lo que sucedió. Y dejaremos que nos griten porque eso significa que nos aman. Significa que nunca nos olvidaron.

Mi voz tembló. Estaba rasgado, despellejando mi alma y sangraba y manchaba la nieve.

—Somos manada y manada y manada. ¿No quieres eso? ¿No quieres…?

Se alejó de mí. Entró a la casa.

Me quedé afuera en la nieve.

Me dejó dormir en la cama.

Le dije que era lo suficientemente grande para los dos y la idea hizo que sintiera un cosquilleo en la piel.

Se transformó y se acostó en frente del fuego.

Clavé la mirada en el cielorraso oscuro, las llamas titilaban y chasqueaban.

A medida que avanzaba la noche, dije:

—En casa. En nuestra casa, en Green Creek…

Sus orejas se crisparon. Estaba escuchando.

—Cuando la Alfa murió –seguí–. Shannon Wells. Más sangre se derramó innecesariamente. Estaba confundido. Nunca pedí esta guerra, nunca quise pasar mi vida luchando. Estaba enojado con mi padre por dejar que esto llegara tan lejos, aunque había estado muerto por años. Sentía que seguíamos pagando por sus errores. Un nombre es un nombre, pero si fuera cualquier otro nombre… y recuerdo pensar cuán sencillo sería. Que todo esto se terminara. Michelle Hughes era la Alfa de todos, ella tenía lo que quería. Y luego, tu padre apareció en la pantalla, a miles de kilómetros, pero apareció. Preguntó si no estabas cansado de todo esto, de toda esta muerte, las peleas. Y para mí tenía *sentido* porque yo estaba cansado. Y en ese momento me odié porque se sintió como una traición.

Giré la cabeza hacia él y sus ojos violetas me estaban mirando.

—Y luego cuando dijo que quería a Robbie, supe que de ninguna manera permitiríamos que eso sucediera, que aunque yo pudiera comprender sus motivaciones, lo que él quería, nunca sucedería. De todos modos, había una pequeña voz en el fondo de mi mente que susurraba *¿Y si…? ¿Y si…?* Nunca me perdonaré por eso. —Cerré los ojos—. Luego dijo tu nombre y tú lo *escuchaste*. Te pusiste de pie y lo estabas *escuchando*. Sabías quién eras, quién era él para ti, quién era Gordo, y no dijiste nada.

Gimoteó lastimosamente.

—Pero luego dijo que te quería, que quería que fueras con él y fue como si un fuego se encendiera en mi pecho. Nunca dejaría que eso sucediera. Nunca permitiría que te fueras con él. No sabía por qué. Sin importar todos los pequeños detalles, todas las sonrisitas conocedoras que me hacen sentir tan estúpido en retrospectiva. ¿Quieres saber por qué estoy aquí? ¿Por qué te perseguí por kilómetros y kilómetros durante meses y meses? Porque no es justo. No es justo que finalmente encuentro algo para mí, algo solo para mí, para que luego me lo arrebaten. Tu padre tenía razón. Estoy cansado, Gavin. De todo. De pagar por los errores de los que estuvieron antes de nosotros. Lo único que quiero es vivir libre y sentir que no estoy muriendo cada vez que respiro.

Y en ese momento, al fin se abrió la caja. La recibí de la mejor manera que pude.

—Eres mi compañero. Y si no quieres eso, aprenderé a lidiar con ello. Seguiré adelante, encontraré a alguien más, pero incluso si eso sucediera, no te dejaré atrás. La manada no abandona a nadie. Y sin importar qué más seamos el uno para el otro, siempre seremos manada. Primero fuiste de él, pero ahora eres nuestro. Nada cambiará eso.

Abrí los ojos y las sombras bailaron en las paredes.

Se paró lentamente tambaleándose de lado a lado.

Pensé que se marcharía por la puerta y desaparecería en el bosque.

Vino hacia la cama, se paró sobre mí con la cabeza inclinada.

Se inclinó hacia adelante, presionó su nariz contra mi frente.

—Oh —dije porque en la tormenta de indecisión dentro de él, en la ira violeta del Omega, había azul y verde arremolinándose y *dolía*.

Alejó su cabeza y pasó su nariz por mi brazo.

Abrió la mandíbula y sus dientes resplandecieron con la luz del fuego.

No tenía miedo. No me lastimaría más de lo que ya había hecho.

Cerró sus dientes alrededor de mi muñeca y marcó mi piel. La presión no me dolía y su aliento era cálido contra mi piel. Tironeó de mi brazo, lo seguí y llevé la manta conmigo.

Me guio hacia el fuego antes de soltarme. *Resopló,* un sonido grave casi como si fuera un suspiro. Estiré la manta en el suelo antes de acostarme y se sentó a mi lado y miró las llamas.

Esperé.

Un momento después, dejó caer la cabeza y sus orejas. Luego se recostó y se acurrucó a mi lado, su cola envolvió mis piernas.

Levanté la cabeza mientras hundía su nariz en mi oreja. Se acercó y apoyé mi espalda contra su cuello. Su cola subió y bajó una vez. Dos veces. Recostó su cabeza sobre mi hombro, su mentón descansaba sobre mi pecho.

Se sintió como antes. Como cuando estábamos en casa.

Creí ver a Kelly parado en la esquina de la cabaña, pero no había nada allí.

Levanté la mano y la apoyé entre sus orejas. El lobo cerró los ojos.

—Hemos hecho esto antes —susurré—. Nosotros dos, ¿lo recuerdas? En Green Creek siempre dormías en mi habitación.

Suspiró.

—Mamá me dijo una vez que era más sencillo procesar el dolor como lobo. Los humanos eran tan complejos, vastos y contradictorios. Pero cuando eres un lobo es más sencillo, las cosas tienen más sentido; todos esos pequeños tonos de gris se convierten en nada. No la comprendí entonces, pero ahora sí. Quiero transformarme, pero no lo haré, porque este dolor es mío. No permitiré que me lo arrebaten. Es tan azul que me ahogo en él y creo que me estoy quebrando. El dolor es gracioso en ese sentido. Hay días en los que puedo convencerme de que estoy olvidando, que todo quedó detrás. Y luego hay un océano de azul y no sé cómo mantener mi cabeza por encima del agua.

Abrió un ojo violeta y me estudió.

Le sonreí, presioné mi pulgar contra su frente.

—Crees que sabes lo que es correcto. Que sacrificarte nos mantendrá a los demás a salvo. Pero ahora eres un Bennett, porque un nombre es un nombre es un nombre. Y lo lamento, es una carga pesada, pero también significa que nunca estarás solo otra vez.

Cerró los ojos y movió su cabeza para esconder su rostro.

—Así que haz lo que creas que debas hacer siempre y cuando recuerdes que no terminarás de esta manera. Y yo tampoco. Somos más que esto, merecemos más. Después de todo lo que vivimos, nos lo deben. Y si crees que simplemente me marcharé, entonces no me conoces bien. Tengo mis garras en ti ahora. A donde vayas, te seguiré. Y si eso significa seguirte a la oscuridad, entonces así será.

Su cola volvió a golpetear mis piernas.

Y luego dormimos.

Soñé con un claro.

Corría como lobo.

Mi manada estaba conmigo, sus voces en mi cabeza cantaban *HermanoAmorHijoManada estás aquí y te comeré te quiero tanto tanto tanto corre con nosotros y siente la tierra siente la manada es verde verde verde porque la esperanza nunca muere la esperanza siempre existe mientras estemos aquí.*

Cantaron una canción que rasgó mi piel y era *violeta* y terrible, pero era *mía*, era para *mí* y decía *por favor por favor no me abandones no me abandones carter carter carter hago lo que hago porque tengo que hacerlo es la única manera y yo yo yo creí que estaba solo y creí que siempre estaría solo pero luego te encontré te encontré en esta tormenta y creí que eras el sol creí que eras mi hogar creí que eras mío.*

Aullé y el mundo tembló.

Cuando desperté, él ya no estaba.

El fuego estaba apagado, las brasas apenas ardían.

La cabaña estaba fría.

Parpadeé mirando el cielorraso, seguía atrapado en el sueño corriendo con mi manada. Su voz en mi cabeza se sentía como si estuviéramos conectados, como si las ataduras entre nosotros se hubieran reestablecido.

Froté el dolor en mi pecho.

Me incorporé, me dolía el cuello. Me sentía vacío, hueco.

Me senté y fui hacia la ventana.

Las nubes se habían vuelto a reunir en la noche, ahora amenazaban con más nieve. Había huellas de patas en la fina capa de nieve afuera de la cabaña.

Una hoja roja yacía sobre una de las huellas, había caído de un árbol cercano a la cabaña que seguía atrapado en el otoño.

Clavé la mirada en ella y tomé una decisión.

Envolví mi abrigo con fuerza a mi alrededor. Estaba más frío de lo que recordaba, pero necesitaba verlo por mí mismo. Ver a dónde estaba yendo Gavin, qué estaba haciendo. Era peligroso, pero me estaba quedando sin opciones. Cada vez se hacía más difícil darme cuenta de que estaba despierto. Los límites del mundo se habían tornado tan borrosos como cuando caminaba detrás de una línea de plata en el sótano de la casa de la manada.

Las huellas estaban cada vez más cercanas. Estaba caminando y cada tanto las huellas se conectaban entre sí como si estuviera arrastrando los pies. No corría hacia algo. Avanzaba a duras penas y no quería hacerlo.

No sabía cuánto había tardado, cuánto había avanzado. Un kilómetro, dos, diez. Caminé y las nubes se ennegrecieron, el bosque moría mientras su corazón enfermo latía. Jalaba de mi mente, una caricia ácida, y luché contra ello con los dientes apretados. Susurraba sinsentidos. Era un suave zumbido en mi cráneo.

Y luego lo escuché. Estaba hablando.

—Siempre aquí —dijo Gavin—. Nunca te marchas, ¿no? Hablando, hablando, hablando. Siempre hablando.

Contuve la respiración mientras presionaba mi frente contra un árbol, la corteza era áspera.

Un instante de silencio y luego:

—Yo *no*. Detente. Lárgate, fantasma. Vete, no estás aquí, no estás aquí, *no estás aquí*.

Y luego se rio, un sonido terrible que hizo que se me erizara la piel. Parecía que se estaba ahogando.

—No eres real —dijo—. Lo sé, lo sé. Te vi. Estabas durmiendo. A salvo. Fantasma. Siempre atormentándome. Te odio. Te necesito. Por favor, déjame morir. Por favor, déjame aquí.

Mi respiración formó una neblina alrededor de mi rostro.

—*No puedes* —le replicó a alguien que solo él podía ver—. Matarte. Te matará y estaré solo. Estaré solo. Por favor, no te vayas. ¿Por qué? ¿Por qué? Déjame ver. Déjame verlo. Todo lo que tengo. Es todo lo que tengo.

Alejé mi cabeza del árbol, me aferré al tronco, hundí mis garras en él mientras me inclinaba a su alrededor.

Gavin estaba de cuclillas en la nieve a unos diez metros. Estaba desnudo y solo, su cabello estaba suelto y enmarcaba su rostro. Los huesos de su columna sobresalían. Giró la cabeza hacia un costado y ladró:

—¡Detente! No lo *sabes*. Yo sí. Yo sí. No es real. Es una mentira. Todo es mentiras. Duele, Carter. Duele dentro de mi cabeza.

Mis manos temblaban.

—Quédate aquí. Mantenlo a salvo. Roto. Todo está roto. Es todo lo que me queda —continuó murmurando en voz baja. Estaba cavando en la nieve, en la base de un árbol.

Un rugido grave resonó en el bosque. En él, escuché *aquí aquí aquí ven ven a mí ven a mí.*

—Lo sé. Lo sé. —Gavin se debilitó, alzó la cabeza hacia el cielo—. No puedo respirar. Sofocante. No puedo parar. No puedo parar, Carter. Por favor, ayúdame a parar.

Se puso de pie lentamente y asintió.

—¿Lo prometes? ¿No me dejarás?

Abrí la boca, pero no salió ningún sonido. Mi garganta estaba cerrada.

—Está bien —dijo—. Es un secreto. Tú. Este tú. Mi fantasma. No eres real. El Carter que duerme es real. Creo. Dice palabras. Siempre dice palabras. Gavin, Gavin, Gavin es lo único que dices. Delgado. El tú real. Barba y delgado y nunca dejas de hablar.

Mi rostro estaba húmedo. Me dije a mí mismo que era por la nieve.

Escuché el sonido familiar de músculos y huesos y avanzó, se adentró en la profundidad del bosque. Esperé hasta que el sonido de sus pasos desapareciera, lo único que escuchaba era mi corazón agitado.

Encontré el valor para abandonar la seguridad de mi escondite. Di unos pasos alrededor del árbol.

La nieve estaba aplastada allí donde Gavin se había puesto en cuclillas y, por un momento, casi me convenzo a mí mismo de que había un segundo par de huellas, que había estado hablando con alguien que realmente había estado allí.

No había nada.

—Sabes lo que es esto —dijo Kelly repentinamente.

Lo miré, tenía una camiseta y vaqueros y no quería que volviera a resfriarse. Pensé que moriría. Aunque ahora era un lobo, me preocupé. Intenté entregarle mi abrigo, pero solo se rio de mí.

—Sabes qué significa esto. Te ve incluso cuando no estás allí. Como yo, que no estoy realmente aquí. Así es como se aferran, los dos. Haces un esfuerzo tan grande. Siempre lo hiciste. Es una de las cosas que más amo de ti.

—Un lazo —susurré.

Kelly asintió.

—Eso creo. Extraño, ¿no? Ustedes dos son iguales. A pesar de todo lo que los separa. Se aferran al último hilo, aunque la verdad esté justo frente a ustedes. No puede durar, Carter. No lo hará. Algo tiene que ceder.

Había un agujero en la base del árbol. Lucía como una madriguera vieja de un animal pequeño. Hojas muertas y césped cubrían el interior. Bajé la cabeza y me estiré, me preparé por si acaso *no* estaba vacía y estuviera a punto de ser mordido.

No sucedió nada. Toqué las hojas, el césped. Y luego lo sentí.

Un retazo fino y rígido de... ¿plástico? Era...

Lo saqué.

Tres niños sonrientes me devolvieron la mirada.

—Mamá quiere una fotografía —dijo Joe.

—¿Qué? ¿Otra? ¿Por qué? —gruñó Kelly.

Joe encogió los hombros.

—Es mi primer día en la secundaria, y tu primer día de último año. Y Carter mañana regresará a Eugene.

—No puedo esperar para salir de este pueblo —dije.

Joe puso los ojos en blanco.

—Sí, apuesto que sí. Por eso regresas a casa casi todos los fines de semana.

Lo sujeté con una llave. Se rio mientras intentaba alejarse de mí, Kelly nos observaba con una sonrisa.

—Hay que mantenerte a raya. Tenemos que asegurarnos que todo el asunto de papá-dijo-que-seré-un-Alfa no se te suba a la cabeza.

—No es así. Eso no me importa.

—Seguro —dijo Kelly mientras yo soltaba a Joe—. Porque estos días solo te importa Ox.

Los ojos naranjas de Joe brillaron.

—*No* es cierto.

—Lo aaaaaamas —dije en voz aguda burlándome.

—¡Púdrete, Carter!

—Haré de cuenta que no oí eso —dijo otra voz.

Miramos hacia la puerta de mi habitación y papá estaba allí con los brazos cruzados sobre su pecho y los labios contorsionados.

—Carter empezó —gruñó Joe,

—Carter empezó —lo imité. Me fulminó con la mirada cuando lo empujé de mi cama—. No lo sé, Joe. No me parece que suenes como un Alfa, solo como un pequeño hermano quejoso. Tal vez papá cometió un error.

—Muchos errores —concordó papá—. Hay tres de los que me arrepiento más que de otros, especialmente si no empiezan a moverse. Su madre los está esperando.

Joe masculló entre dientes mientras abandonaba mi habitación y se detuvo solo para ponerse de puntas de pie y darle un beso en la mejilla a nuestro padre.

Kelly me dio una palmadita en la mano antes de marcharse también.

Papá envolvió su cuello con una mano, se inclinó hacia él y susurró:

—No puedo creer cuánto has crecido.

Kelly se sonrojó.

—Detente. —Pero no lo decía en serio y luego se marchó.

Salí de la cama. Mi bolso ya estaba listo. Ya deseaba marcharme. Amaba a mi manada, pero era libre cuando estaba fuera de Green Creek. Estaba encontrándome a mí mismo.

Papá me estaba observando.

—¿Qué?

Sacudió la cabeza cariñosamente.

—Solo pensaba.

—¿En qué?

—En cuán pequeño solías ser.

—Ya no soy tan pequeño. —Exhibí mis músculos y papá se rio.

—Me alegra saber que tu ego está a la altura de siempre.

Su sonrisa se desvaneció.

—Te extraño cuando no estás aquí.

Fruncí el ceño.

—¿Todo está bien?

—Por supuesto. Todo está como siempre. Lo sabrías si no fuera así.

—Está bien. Entonces, ¿qué pasa con todos los sentimientos?

—Soy padre —dijo secamente—. Suelo tenerlos.

—Sí, sí —repliqué, tomé el bolso y pasé la correa sobre mi hombro—. Diviértete entonces, tengo que irme.

Entró en la habitación y se detuvo delante de mí. Se estiró y puso sus manos sobre mis hombros y los estrujó con gentileza. En mi cabeza, lo escuché susurrando sobre las ataduras que se extendían entre nosotros y decía *HijoAmorManada te quiero te quiero te quiero*.

—Estoy muy orgulloso de ti —dijo—. No puedo esperar a ver qué harás con tu vida.

—Estás actuando extraño.

Me sacudió un poco.

—Ser retrospectivo no es ser extraño.

—Sí, bueno, estás haciéndome sentir incómodo. —Le sonreí—. Debe ser algo de los Alfa. Asegúrate de enseñarle eso a Joe. Debería ser sencillo, considerando que él ya es raro.

—Joe será Alfa —dijo mi padre—, pero Kelly y tú… su trabajo será igual de importante. Porque ustedes serán su manada. Y un Alfa no es nada sin su manada. Sé que… le dediqué mucho tiempo a él. Pasé más tiempo con él estos últimos años y me alejé un poco de Kelly y de ti…

—Oh, ey, papá, no, no me refería a eso. No tienes que…

—Escucha.

Eso hice.

—Eres un Bennett, un nombre con significado. Con responsabilidad. Mirarán a Joe para que los lidere, pero él te buscará a ti para que lo guíes. Para encontrar esperanza. Porque eres suyo de la misma manera que él es tuyo. Nada cambiará eso. Y sé que nunca has sido del tipo celoso, pero necesito que escuches esto de mí, ¿sí?

Asentí, incapaz de hablar.

—Te amo sin importar quién estés destinado a convertirte. No me importa que no seas un Alfa. Eres igual de importante y no solo para Joe, para mí. Significas mucho para mí y no creo que te lo haya dicho lo suficiente.

—Papá —dije con voz ahogada.

Presionó su frente contra la mía e inhalé a mi Alfa.

—Sin importar a dónde te lleven tus viajes, no olvides que siempre estoy aquí, esperándote, para cuando decidas regresar a casa.

Me abrazó y me aferré a él tan fuerte como pude.

Y luego, cuando mamá nos dijo que nos acercáramos y sonriéramos,

Kelly sonrió a lo *grande*, papá estaba al lado de ella y pude ver cuán orgulloso estaba de nosotros.

Fue así:

Nos paramos en orden, de mayor a menor, Kelly en el medio, sus brazos sobre nuestros hombros. Apoyé mi cabeza contra él. Podía sentirlo sonreír y las puntas de los dedos de Joe contra mi espalda.

—¿Listos? —preguntó mamá—. Uno. Dos. Tres.

La cámara sonó.

Ox salió de su casa vestido en su camisa de trabajo, su nombre estaba bordado en su pecho. Joe nos abandonó y corrió hacia él, hablaba emocionado. Maggie apareció en la puerta, ya estaba lista para la cafetería. Llamó a Ox mientras sostenía una bolsa de papel con el almuerzo. Nos saludó con la mano.

Todos la saludamos.

Mi mamá lloró cuando me marché. Papá también, aunque intentó esconderlo secándose los ojos cuando creía que no lo estábamos mirando. Joe y Kelly me abrazaron tan fuerte como pudieron e inhalé su aroma, mis hermanos, mi manada.

—Lo prometo —susurré en la nieve mientras el recuerdo se desvanecía.

Dejé la fotografía otra vez en el árbol.

Él sabría que estuve aquí. Mi aroma se sentiría con fuerza alrededor de este árbol.

Busqué las huellas que se alejaban y me puse de pie.

—Carter, no, por favor —dijo Kelly—. Quédate aquí, regresa a la cabaña. O mejor aún, busca tu camioneta y márchate.

—No puedo —dije, con la mirada en las huellas en la nieve.

—*Puedes* —replicó—. Tienes que regresar a nosotros. Llama a casa, dinos en dónde estás. Déjanos ayudarte. Te necesito. ¿Por qué no puedes verlo?

—¿Qué harías si él fuera Robbie?

—Eso no es justo. Robbie es mi compañero.

—Y Gavin es el mío.

Kelly resopló con sorna.

—Todavía no. Es salvaje, Carter. No le importas, no quiere que estés aquí. Te lo dijo una y otra vez y tú simplemente no lo escuchas.

Mis manos se cerraron en puños y mis colmillos se extendieron.

—Detente.

—No lo haré, tienes que escucharme. Esto es estúpido. Hay otros, Carter. Otras personas que podrían ser tu compañero. Gavin no es el único, lo sabes. Ni siquiera habías pensado en estar con un hombre antes, nunca lo hiciste. Podía oler a las mujeres con las que te acostabas, el aroma se pegaba a tu piel por días y no te importaba una mierda quién lo supiera. Si realmente fuera tu compañero, lo hubieras sabido la primera vez que lo viste. Yo lo supe con Robbie. Mark con Gordo. Y viste cómo se comportó Joe la primera vez que conoció a Ox.

Mis colmillos perforaron mi piel mientras presionaba mis labios entre sí. La sangre cayó por mi mentón.

—Entonces no sabes una mierda sobre mí.

—Te está usando —dijo el falso Kelly—. Nos utilizó a todos en Green Creek. Lo mantuvimos a salvo. Y sabes tan bien como yo que él *sabía* quiénes éramos. Quién era Gordo, quién era Livingstone. Y no hizo *nada*.

—Nos salvó.

—Se salvó a *sí mismo* —gruñó Kelly—. Y tú te lo creíste. Nos abandonaste a todos porque lo creíste. Me lo prometiste, Carter. Me prometiste que siempre seríamos tú y yo. ¿Por qué me odias tanto? ¿Qué te hice para hacer que me lastimes de esta manera? Púdrete, Carter. Púdrete por hacerme creer que yo te importaba en lo absoluto.

—Basta —dije como advertencia—. Ya no más. Kelly, te estoy pidiendo que te detengas. Ahora.

—¿O qué? ¿Qué me harás? No eres nada. Eres una sombra de quién solías ser. Una vez te volviste salvaje y te rogué que no lo hicieras. Y, sin embargo, aquí estás, haciendo lo mismo otra vez. Por el amor de Dios, no me sorprende que perdieras a Joe.

La sangre abandonó mi rostro.

—¿Qué? —susurré.

Kelly asintió lentamente y su rostro estaba retorcido como nunca lo había visto antes. Ah, seguía siendo mi hermano, misma forma, tamaño y color, pero, de alguna manera, era más oscuro. Sus ojos eran planos, fríos y sin luz.

—Lo sé, Carter. No se suponía que lo hiciera, pero lo sé. Joe estaba contigo. Papá te dijo que lo cuidaras, pero no te gustaba que tu hermanito te siguiera y te dijera que lo esperes, Carter. ¡Espérame! Estabas con tus amigos y no tenías tiempo para el pequeño rey. Corriste y Joe intentó mantener tu ritmo, pero eras demasiado rápido. Una bestia apareció en el bosque y se robó a nuestro hermano y dejaste que eso pasara.

Me moví sin pensar. Me abalancé hacia él gruñendo y con las garras extendidas. Quería despedazarlo, derramar su sangre, hacer que la verdad dejara de brotar de su boca. No se inmutó, ni siquiera intentó alejarse.

No.

Sonrió.

Lo atravesé porque Kelly no estaba allí en absoluto.

Aterricé en el suelo con fuerza y derrapé sobre la nieve. Me detuve cerca de un viejo roble y miré fijo al cielo gris.

Sabía que mis ojos estaban brillando de violeta. La vieja sensación conocida.

—Ayúdame —susurré—. Estoy cayendo.

No hubo respuesta.

Seguí a Gavin en la profundidad del bosque.

Había rastros de conejos. Gavin se había detenido cerca de ellos y pude ver las marcas alargadas en la nieve en dónde había apoyado su hocico para seguir el aroma, pero desistió y siguió de largo.

Hice lo mismo.

—Kelly —dije mientras avanzaba con dificultad por el bosque—. Lo lamento. Regresa. Por favor, regresa.

No lo hizo.

Quería regresar al árbol, encontrar la fotografía y aferrarla contra mi pecho hasta que volviera a sentirme despierto. Era mía, lo sabía. Toda mía. Gavin me la había robado, pero era *mía*.

Seguí avanzando.

Caminé por lo que parecieron días. A veces, creía ver lobos moviéndose entre los árboles por el rabillo de mi ojo, pero cada vez que intentaba encontrarlos, que intentaba verlos de frente, desaparecían.

—Tú hiciste esto —le dije a mi padre—. Tú lo hiciste. Lo sabías, sabías sobre Gavin y no dijiste nada. Lo mantuviste alejado. Nos escondiste la verdad a todos, a Gordo. ¿Qué más podrías haberle hecho? Le arrebataste a Mark, lo abandonaste, no le dijiste que tenía un hermano. Dejaste que Joe hundiera sus garras en Ox sin que supiera lo que significaría. *Moriste* cuando más te necesitábamos. ¿Por qué nos harías eso? Te amo. Te odio. Desearía que estuvieras aquí. Desearía que no fueras mi padre.

Un lobo aulló y no sabía si era real.

—Intento… —estaba agitado, mi piel se sentía pegajosa por el sudor, aunque me estaba congelando—. Rayos, intento con tanta fuerza hacer lo correcto. Mantener a mi familia a salvo, ser un buen lobo. ¿Y qué obtengo a cambio? Estoy a miles de kilómetros de mi hogar, estoy volviéndome loco. Lo quiero. No sé por qué. Tal vez todo sea un sueño, o magia. Él me hizo algo, hizo que me preocupara por él, hizo que lo extrañara cuando no estaba. Hizo que condujera mi camioneta por las carreteras secretas a pesar de que me dije a mí mismo que nunca volvería a hacerlo. Nos salvó. Se salvó a sí mismo. Es mi sombra y yo soy la de él. Soy suyo. Los Livingstone y los Bennett. Los Bennett y los Livingstone. Es un círculo, una serpiente mordiéndose la cola. ¿Kelly? ¡Kelly!

Cúmulos de nieve cayeron de las ramas de los árboles.

Vi un destello marrón a la distancia. Un ciervo. Uno grande.

—Corre —le susurré—. No es seguro estar aquí en el bosque. Te cazaré. Te mataré. Te comeré, te quiero tanto.

Y así seguí.

Los rastros me llevaron a una cueva.

Clavé la mirada en ella. La entrada era amplia, un agujero negro desde el que provenía el sonido del corazón enfermo, el pulso que perforaba mi cerebro y jalaba, jalaba, jalaba de mí.

La niebla en mi cabeza se despejó ligeramente.

—Sí —susurré para mí mismo—. Ahora sería un buen momento para dar la vuelta. Solo la gente con deseos de morir entra a cuevas en el medio de la nada.

Miré a mi alrededor en búsqueda de Kelly con la esperanza de que estuviera allí conmigo. Tenía que disculparme por haber intentado lastimarlo y decirle que no era mi intención.

Él no estaba allí. No lo culpaba.

Un quejido grave provino de la cueva, patético y débil.

Gavin.

Fui hacia la cueva.

El agua goteaba desde algún lugar adentro.

El corazón de Gavin se aceleró.

El corazón enfermo era lento y estable.

Inhalé profundamente y entré.

Era más cálido de lo que esperaba, húmedo y mojado. Pisé montañas de hojas, ramas que habían muerto hacía tiempo. Había huesos en el suelo, algunos lucían pequeños. Sobre una roca descansaba el cráneo de un ciervo, toda la carne había sido removida. Creí ver costillas humanas, pero me dije a mí mismo que solo era un truco de la tenue iluminación.

La cueva se estrechó casi inmediatamente. Bolas de cabello negro colgaban de las paredes como si un animal grande se hubiera frotado contra ellas. Por encima del olor de nieve y agua estancada, de partes de animales y sangre, había algo más oscuro. Algo tan profundo que parecía calado en la tierra. Hacía arder mi nariz.

Los encontré solo minutos después. La cueva volvía a abrirse en un espacio más grande y, a pesar de la pobre luz, vi la figura de una bestia moviéndose lentamente. Inhalaba. Exhalaba.

Y allí, en la oscuridad, había un solo ojo rojo tan brillante como un sol moribundo.

No apuntaba directamente a mí. Estaba clavado en algo en el suelo justo debajo de él. En un lobo gris.

Estaba acostado sobre su espalda, sus ojos violetas brillaban débilmente. Su mandíbula estaba abierta y su lengua colgaba de su boca. Estaba luchando, daba patadas, pero su padre tenía una gran mano deforme contra su pecho y estómago, garras que lucían como ganchos se hundían en su suave carne. Gavin chilló otra vez, sus ojos salvajes y desorientados. Me hizo pedazos, tuve que contenerme para no abalanzarme hacia ellos, para no saltar sobre la bestia que lo sostenía.

Livingstone inclinó su cabeza, gruñía mientras su ojo se teñía de un rojo más intenso.

En ese momento lo sentí en mi cabeza.

Gavin era mío.

Gavin era suyo.

Un conducto. Era leve, pero allí estaba.

Susurraba *HijoLoboManada mío eres mío soy lobo soy alfa entrégate a mí puedo puedo puedo olerlo en ti puedo oler al bennett el intruso el príncipe que te alejará de mí mátalo mátalo mátalo debes matarlo alfa soy tu alfa mátalo si no lo haces yo lo haré yo lo haré yo lo haré.*

Podía escucharlo. Oía a Livingstone porque podía oír a Gavin.

Gavin decía, gritaba, *no por favor no por favor no por favor no detente detente detente detente DETENTEDETENTEDETENTE PAPÁ POR FAVOR PAPÁ ME DUELE ME DUELE ME...*

—Suéltalo —dije.

La bestia sacudió la cabeza hacia mí.

Su ojo ardió.

Gruñó, el sonido fue amortiguado mientras rebotaba en las paredes de la cueva.

Gavin giró la cabeza. Cuando me vio, aulló y comenzó a patear a su padre. Livingstone resopló mientras las garras de Gavin rasgaban su piel. Movió su brazo y Gavin giró en el suelo rápidamente y se irguió. Livingstone se golpeó la cabeza contra el techo mientras intentaba atacarme, pero antes de que pudiera alcanzarme, Gavin se paró entre nosotros, su transformación quedó a medias.

Alzó sus manos hacia su padre para mantenerlo lejos.

—No. Detente. No.

Livingstone lo hizo, aunque siguió rugiendo enojado.

Gavin miró sobre su hombro, su expresión era de agonía pura mezclada con furia.

—Sal de aquí.

Di un paso hacia él.

—Yo…

—*Sal*. De. ¡Aquí!

—Púdrete. ¡No te dejaré solo!

Livingstone derribó a Gavin hacia un costado y se abalanzó sobre mí. Me agaché cuando unas garras gruesas pasaron sobre mí e impactaron contra la pared de roca haciendo volar algunas chispas como si fueran estrellas. Corrí hacia adelante con la intención de pasar debajo de él, pero la bestia era demasiado rápida. Me quedé sin aire en los pulmones cuando me levantó, apretando mis brazos contra mi cuerpo y me estampó contra la pared. Luces brillantes nublaron mi visión y sentí un aliento caliente contra mi rostro. Sacudí la cabeza para despejar las luces solo para encontrar la boca abierta de Livingstone.

—*Túuuu* —dijo y sacudió mis huesos—. *Siempre túuuu, Bennett. Otro Bennett. Quitándome. No puedes tenerlo. Es mío.*

Creí que mis costillas se quebrarían si aplicaba un poquito más de presión. Mi visión se oscureció y pensé en Kelly y en Joe. Se enojarían mucho conmigo por morir tan lejos de casa.

—Lo haré —dijo Gavin—. Me mataré. Justo aquí. Ahora.

Livingstone retrocedió y bajó la mirada hacia Gavin.

Gavin se paró con una mano sobre su propia garganta, sus garras se hundían en su piel. Corrían hilos de sangre por su cuello y su pecho desnudo, manchando su piel. Sus ojos estaban despejados, flexionó la mano levemente y los rastros de sangre se intensificaron.

—*No* —rugió Livingstone—. No. No puedes. Alfa. Soy tu Alfa. No puedes morir. No lo permitiré.

—Entonces suéltalo.

El ojo rojo de Livingstone brilló con más fuerza.

—*Bennett. Siempre. Mátalos. Matar a todos.*

—Te dejaré —dijo Gavin y respiré con dificultad cuando el agarre de la bestia perdió algo de intensidad—. Ni siquiera tú puedes evitar que muera. Estarás solo. No tendrás nada. No tendrás a nadie. Déjalo. *Ir.*

Livingstone rugió otra vez. Giró la cabeza hacia mí, su mandíbula crujió, colmillos a centímetros de mi rostro.

—*No puedes tenerlo.*

—Te mataré —le prometí con los dientes apretados—. Cuando menos lo esperes, te mataré por todo lo que has…

—¡Carter! *Cállate.*

Livingstone me sacudió con fuerza, mi cabeza se movió hacia adelante y hacia atrás. La parte trasera de mi cráneo se golpeó contra la pared de la cueva y estaba flotando. Respirar se hacía cada vez más difícil, pero no parecía importante. Solo sentía el zumbido en mis oídos.

—Las escuchamos —dije—. Las canciones. Lobos. Cuervos. El corazón, siempre el corazón. Significan que estamos yendo a casa. Son fuertes y nada más importa cuando las escucho. Mátame, no importa. Porque al final, nuestras canciones siempre serán oídas.

–¡*No!*–gritó Gavin y no quería que viera esto, no quería que viera lo que me haría su padre. A pesar de su bravuconería y su exterior afilado, seguía siendo mi sombra, seguía siendo el lobo gris que me seguía incluso cuando no quería que lo hiciera. Estaba allí, siempre allí y cuando no lo estuvo, cuando desapareció, cuando se marchó con su padre, comprendí cómo un corazón podía partirse con un corte limpio sin siquiera un susurro de advertencia. Él estuvo atascado en su forma de lobo hasta que estuve a punto de morir. Se había transformado por mí.

–Ey –dije–. Está bien. No mires. Por favor, no mires.

El hedor de su sangre se intensificó mientras le demandaba a Livingstone que me soltara.

Y luego yo estaba volando.

Primero estaba oscuro y luego estaba afuera otra vez, el aire se sentía frío contra mi piel. Grité cuando golpeé un árbol y mi espalda se quebró. El árbol tronó, la madera se astilló mientras se caía. Aterricé sobre él, mi cuerpo estaba formado por extremidades inútiles. Me deslicé hacia la nieve. No podía recuperarme de esto, era demasiado. Era demasiado grande. Los huesos podían sanar, pero no podía sentir mis piernas.

Levanté la mirada hacia el cielo a través de las copas de los árboles. Las nubes se habían separado sobre mí y a través del gris vi azul, azul, azul.

–Soy porque soy –susurré.

–¿Carter? ¡*Carter!*

Volví a gritar cuando se movió algo en mi espalda y de repente pude sentir *todo*. Estaba en llamas, mi piel se oscureció y ardió. Me desmoroné en el suelo, mis brazos y mis piernas se escabulleron en la nieve. Monté la ola de dolor, luchaba por respirar.

Y luego *él* estaba allí sobre mí, vestía un halo de cielo azul.

–Ponte de pie. Tienes que ponerte de pie. Carter. *Carter.*

Tomó mi brazo y haló, grité mientras el mundo parpadeaba a mi alrededor, los colores se mezclaban en pinceladas grises, blancas y azules. Estaba de pie, mi brazo alrededor de su cuello, su mejilla rozaba la mía como un beso.

–Transfórmate –dijo.

–Tienes que transformarte –dijo.

–Es la única manera –dijo.

–Transfórmate. Conviértete en lobo –dijo.

–Ahora, ahora, ahora.

Incliné mi cabeza hacia atrás y yo…

soy lobo

soy lobo

duele duele duele

gavin

gavin

gavin

dice corre

me dice que corra

no puedo

no puedo irme

no puedo dejarte

dice tienes que

dice morirás

dice te matará

ven conmigo

vámonos

huiremos

solo nosotros dos

huiremos lejos

por qué

por qué no me crees

por qué no haces esto por mi

él dice a veces

él dice a veces no podemos tener lo que queremos

no

no

no

no me detendré

nunca puedo detenerme

soy bennett

soy lobo

soy

él dice corre te seguiré solo corre

sí sí sí

correr correremos

y lo hago

corro

buen lobo

soy buen lobo rápido

en dónde estás

en dónde estás

en dónde

Me transformé cuando vi la cabaña. Me dolía la espalda, me dolía el pecho, me dolía todo y caí sobre mis manos y rodillas con arcadas. Una fina línea de saliva colgó de mi labio antes de caer en la nieve. Tenía tanto frío, mis dientes repiqueteaban y mis párpados estaban pegados, gomosos y pesados.

Gateé hasta la cabaña.

Logré llegar a la puerta antes de que mis brazos pudieran ceder. La empujé. El fuego estaba apagado.

Estaba fría.

Encontré la manta en el suelo y me cubrí con ella y me hice una bolita en el suelo.

–Kelly –gemí mientras temblaba–. Kelly, ayúdame. Kelly, por favor. Lo lamento. Lo lamento. No quería herirte. No quería hacerlo.

Pero él nunca vino.

LATIDO

Gavin no regresó esa noche.

El cielo oscureció, la nieve anunciada nunca cayó.

Cuando pude moverme sin sentir que me estaba muriendo, encendí un fuego, mis manos temblaban. Pasó un largo tiempo antes de que empezara a sentirme cálido.

Me incorporé con cautela. El dolor disminuía, pero todavía tenía sus dientes hundidos en mí. Fui hacia la ventana, el vidrio estaba congelando.

Dormí, pero estaba quebrado. Kelly estaba allí, parado a la distancia. Sin importar cuánto intentara correr hacia él, nunca me acercaba.

Me puse de pie sin aliento.

Era la mañana. El fuego se había extinguido otra vez.

Escuché…

Olí…

Envolví mis hombros con la manta y fui hacia la ventana, seguro habría alguien parado afuera de la cabaña.

No había nadie.

Solo los árboles.

Las nubes habían desaparecido. El sol brillaba.

—Sé que estás ahí —dije.

—Sal, sal, de donde sea que estés —dije.

—No puedes esconderte de mí —dije.

—Esto es un sueño. Sigo soñando —dije.

Estaba delirando.

Estaba caliente.

Estaba frío.

—¿Papá? —dije.

Pero mi padre estaba muerto y no era más que cenizas.

Fui hacia la puerta. La abrí, me cubrió aire fresco.

Parpadeé. Di un paso hacia la nieve, apenas la sentí bajo mis pies descalzos.

Me alejé de la cabaña.

No sabía a dónde iba. Mi piel palpitaba.

—¿En dónde estás? —dije.

Me reí. Sonó como un llanto, ahogado y húmedo.

Y luego lo vi.

En la nieve.

Detrás de los árboles.

Un lobo blanco. Con pelaje negro en su pecho y lomo.

Sus ojos rojos ardían.

"persígueme te quiero persígueme" dijo.

—¿Papi? —dije porque volví a ser solo un niño pequeño y mi padre, mi *padre* estaba allí y nunca me abandonaría otra vez, nunca me abandonaría otra vez.

Corrió. Lo perseguí.

Las ramas de los árboles abofeteaban mi rostro y mi pecho, sentí pinchazos filosos en tanto la manta se agitaba a mi alrededor. Casi la dejo caer. Casi la suelto.

"ManadaAmorHijo a mí a mí ven a mí".

Estaba allí y luego ya no estaba.

Estaba frente a mí.

Estaba a mi lado.

Estaba detrás de mí mordisqueando mis talones.

"te amo ManadaAmorHijo te amo te amo te guiaré a casa".

—¡Papá! —grité.

Llegué a un claro, uno que no reconocía. Todo lucía igual. Los árboles, la nieve, la tierra. No era mi territorio, no estaba en casa y no podía encontrarlo, no podía…

Me tropecé con la raíz de un árbol y me estampé contra el suelo, la manta cayó debajo de mí.

Quedé boca arriba.

Miré el cielo.

—Lo intenté —le susurré a mi padre—. Lamento no haber sido lo suficientemente bueno. —Cerré los ojos.

Entonces, él habló. Su voz era fuerte y clara.

"Eres mucho más de lo que creí que podrías ser. Mi valiente hijo, escucha. ¿Puedes oírlo?"

—Papi, duele —dije.

"Lo sé. Y me llevaría tu dolor si pudiera, lo absorbería todo. No se suponía que fuera así, nada de esto. Aúlla, Carter. Aúlla tan fuerte como puedas. Canta tu canción. Te escucharán".

Y porque era mi padre, hice lo que me pedía.

Sonó como un aria azul, fino, agudo y desesperado.

Abrí los ojos.

No había nadie allí.

Mi padre estaba muerto. Había muerto hace años. No estaba allí.

No estaba conmigo.

No estaba…

—¿Carter?

Giré la cabeza.

Kelly estaba allí parado. Lucía diferente. Tenía un abrigo negro pesado con cierre y círculos oscuros debajo de sus ojos, sus mejillas estaban sonrojadas. Dio un paso vacilante hacia adelante.

—Lo lamento —dije—. No quise gritarte. No quise lastimarte. Por favor, no desaparezcas otra vez. Te necesito.

Su expresión se desmoronó mientras se abalanzaba hacia mí y se quitaba su abrigo. Cayó de rodillas a mi lado y entonces su aroma *me abrazó* y era como si estuviera allí. Se sentía real. Se sentía como casa.

—¿Por qué estás llorando? —dije—. Por favor, no lo hagas. No soporto cuando lloras.

—¿Qué te sucedió? —preguntó—. Oh, por Dios, Carter, ¿qué te sucedió?

—No lo sé. ¿Te asusté?

—Bastardo —replicó.

Frotó mis brazos a través de su abrigo, su rostro estaba cubierto de lágrimas.

—Maldito *idiota*. ¿Sabes hace cuánto tiempo he...?

—Desearía que fueras real —le dije, necesitaba que lo entendiera—. Desearía que estuvieras aquí para poder volver a ser fuerte, para poder ser valiente otra vez. Mi teléfono se rompió. Tenía tu número, pero se rompió. Siempre quise llamarte. Aullé. ¿Sabías eso? En las lunas llenas. Aullaba para que me oyeras como dije que lo haría.

—Quédate aquí, no te muevas, quédate aquí —dijo.

Se incorporó y salió corriendo.

Hice lo que me pidió.

Me quedé.

Su abrigo se sentía cálido sobre mi pecho. No ayudaba mucho a mis piernas, pero eso estaba bien. Inhalé profundamente y me reí de lo raro que era esto. Qué extraño. Era como si Kelly fuera real. Era como si estuviera...

Me senté lentamente ante el sonido de golpes entre los árboles.

Se acercaba a mí.

Mis piernas temblaron mientras me ponía de pie.

Kelly apareció otra vez. Sus ojos estaban bien abiertos, resbaló hasta detenerse cuando me vio.

—¿Carter? —dijo.

Y entonces lo escuché.

Algo que no había oído en mucho tiempo.

Su corazón. Escuché el latido de su corazón.

El falso Kelly nunca tuvo corazón, sin importar cuánto me esforzara.

El falso Kelly era un fantasma y los fantasmas no tenían corazón.

Pero este Kelly sí lo tenía. Era el sonido más fuerte de todo el mundo.

Y luego alguien más apareció a su lado.

Era más grande de lo que recordaba. Más fuerte, más imponente. *Más.* Sentí que me cubría, *Alfa Alfa Alfa.*

Mi voz se quebró como un cristal.

—¿Son…? ¿Son reales?

Y Joseph Bennett dijo:

—Carter. Estás…

Observé mientras una lágrima caía de uno de sus ojos rojos, rojos.

Los hombros de Kelly se sacudieron.

El pecho de Joe se tensó.

Caí de rodillas en la nieve.

Vinieron hacia mí.

Me envolvieron y fue frenética la manera en que sus manos frotaron mi rostro. Mi cabello, mi pecho, mi espalda. Estaban hablando uno por encima del otro, cada uno decía mi nombre una y otra vez, y otra vez, y otra vez.

Joe, Joe, *Joe* tomó mi rostro en sus manos. Sus pulgares limpiaron las lágrimas con una caricia mientras respiraba agitado por la nariz. Me estudió con ojos azules y por un momento juré que era nuestra madre quien me sostenía.

—Sus ojos —dijo Joe—. Son violetas. Es Omega.

—¿Puedes encontrarlo? —preguntó Kelly—. ¿Puedes encontrarlo?

—Está allí —replicó Joe—. Es leve, pero sigue ahí. Puedo…

—Hazlo —dijo Kelly—. Haz que te escuche. Hazlo ahora.

Los ojos de Joe se transformaron en fuego y cabello blanco floreció en su cuello y rostro. Algo se movió en mi cabeza y mi pecho y se sintió vivo, una masa de hilos enredados agitándose entre sí. Temblaron.

Y luego Joe rugió.

Era la canción de un Alfa.

Impactó dentro de mí y…

—¿En dónde está tu hermano? —me preguntó un chico.

—No lo sé —murmuré. Miré sobre mi hombro. Un grupo de chicas nos estaban siguiendo y susurraban entre sí. Cuando las miré soltaron unas risitas, nos saludaron y se ruborizaron. Podía oír los sonidos de Caswell a la distancia, las olas del lago Butterfield. Pero Joe no estaba. Me había gritado que lo esperara, que no podía correr tan rápido como nosotros, "Carter, Carter, ¡le contaré a papá!"

—Siempre te está siguiendo —dijo otro chico. Tenía una expresión malvada y no me caía muy bien—. Tus dos hermanos. Son molestos.

Lo fulminé con la mirada.

—No son molestos. —Lo *eran*, pero solo yo podía decir eso. Eran mis hermanos, no los de él—. No hables así de ellos.

—Le contará al Alfa de todos —sumó el primer chico y le dio un empujón—. Será mejor que cuides lo que dices o te echará de la manada.

—Como sea —replicó el segundo chico—. No le tengo miedo, es solo un niño pequeño. No es el Alfa de nada.

Sonrió, pero su expresión no llegó a sus ojos.

—Mi papá dice que los Bennett no merecen estar a cargo. Arruinan todo lo que tocan. —Se inclinó hacia adelante—. ¿Qué sucedió cuando vinieron los cazadores? ¿Los viste matar a alguien? ¿Hubo mucha sangre?

Mi padre me dijo que la única circunstancia en la que podía golpear a alguien era si me estaba protegiendo a mí mismo. Que tenía que dar el ejemplo. La gente me respetaba por mi nombre. Me había dicho que tenía que ser el más comprensivo. Tenía que ser justo y amable.

—Levanta las manos —dije.

El chico me miró.

—¿Qué?

—Levanta las manos. Forma puños como si fueras a golpearme.

El niño entrecerró los ojos.

—¿Por qué?

—Quiero ver tu postura de pelea. Papá nos estuvo enseñando cosas nuevas. Quiero mostrarte.

La sonrisa del chico se desvaneció.

—Yo no…

—Vamos, hombre. Hazlo. Déjame ver tu postura.

Separó las piernas, subió los brazos y formó puños con las manos.

—¿Así?

—Mueve tu pulgar. Si lo dejas así, se quebrará cuando golpees a alguien.

Me hizo caso.

—¿Mejor?

Asentí y miré al primer chico.

—¿Parece que está a punto de atacarme?

—Supongo que sí.

El otro chico encogió los hombros.

—Bien.

Giré hacia el segundo chico. Estaba de pie, con los puños en alto. Gritó cuando le di un puñetazo en su estúpida boca. Su labio se partió, cayó sangre y manchó sus dientes.

—¿Cuál es tu *maldito* problema? —aulló y se llevó las manos al rostro.

—No vuelvas a hablar de mis hermanos así –le dije–. Si lo haces, no me contendré la próxima vez.

Estaba llorando, su nariz estaba quebrada y sangrienta.

Se tambaleó hacia atrás.

Las chicas ya no se reían.

Los dejé atrás.

—¡Joe! –grité mientras regresaba a Caswell–. ¡Ey, Joe! Lo lamento. No quise ser malo contigo. Ven. ¿Quieres jugar? Podemos hacer lo que tú quieras, lo prometo.

No respondió.

Me dije a mí mismo que estaba bien. Todo estaba bien. No había nada malo. Probablemente estaba delatándome en casa. Me metería en problemas.

Caminé por Caswell buscándolo. La gente me saludaba con la mano. Brujas. Lobos. Humanos. Todos decían: "Hola, Carter", "¿Todo está bien?", "Es bueno verte, Carter", "¡Ey, Carter!".

—¡Joe! *¡Joe!*

Fui a la casa. Era una estructura grande, una linda construcción. La odiaba. No era nuestro hogar. Y, aunque había estado aquí más tiempo que en Green Creek, sabía que no estaba en donde se suponía que debíamos estar. No se sentía correcto.

Kelly estaba sentado en el porche con un libro abierto sobre su regazo. Levantó la cabeza hacia mí cuando me acerqué.

—¿Qué estás haciendo?

Su voz era aguda y temblorosa. Lo quería más de lo que podría expresar.

—¿Joe regresó?

Negó con la cabeza.

—He estado aquí por casi una hora. No entró.

—Mierda.

Giré en mi lugar, escaneando el complejo, haciendo mi mejor esfuerzo para escuchar ese latido de corazón parecido al de un pajarito que sonaba en el pecho de mi hermanito.

—Dijiste una mala palabra —dijo Kelly, sonaba sorprendido.

—Tenemos que encontrar a Joe.

—Se suponía que lo estabas cuidando. —Lo escuché detrás de mí.

No era una acusación, no de él. Solo era una afirmación. Pero dolió de todos modos.

—Ayúdame.

Corrimos por el complejo y buscamos en todos los lugares que se nos ocurrieron. En la escuela. En el muelle. En el jardín que le pertenecía a una vieja bruja que era ciega, pero podía ver el futuro, o eso decían.

No estaba allí.

No estaba en ningún lado.

El pánico subió por mi pecho.

—¡Joe! —grité.

—¿Qué sucede? —preguntó una voz profunda y se me erizaron los cabellos de mi nuca.

Kelly y yo giramos.

—¿Has visto a Joe? —dije.

Richard Collins sacudió la cabeza lentamente.

—¿Lo perdiste?

—No —repliqué de mala manera—. No lo *perdí*. Solo no puedo encontrarlo.

—Ah, ya veo —rio—. Bueno, estoy seguro de que no se alejó mucho. Estaré atento, sigan con sus asuntos, pequeños príncipes. Deberían notificar a su padre. Él querrá saberlo.

No quería hacerlo.

No quería que mi padre estuviera enojado conmigo, que me dijera que debería haber cuidado a Joe.

Que él era mi responsabilidad.

—No me agrada —susurró Kelly mientras Richard se marchaba y avanzaba hacia la entrada principal.

—A mí tampoco. Vamos. Tal vez Joe ya regresó a casa.

No lo hizo. Y lo sentimos mientras subíamos los escalones.

Miedo. A través de las ataduras. Era algo pequeño porque Joe era pequeño.

Pero estaba *asustado*.

Apenas llegamos a la puerta, se abrió de par en par y golpeó el costado de la casa. Nuestro padre estaba allí con ojos rojos y fosas nasales inquietas. Nos vio y nos acobardamos frente a él.

—¿En dónde está?

—Papá, yo…

Pasó junto a nosotros inclinando la cabeza. Rugió. Y resonó en el mundo, consumiendo todos los demás sonidos. Las personas en Caswell detuvieron sus tareas. Cada uno de ellos. Miraron a mi padre mientras su llamado replicaba en el lago.

Mamá apareció en el porche con una mano sobre su garganta.

—¿Thomas? —preguntó con voz temblorosa—. ¿Qué… qué sucede?

—Joe —dijo papá—. Algo le sucedió a Joe.

Volvió a mirarme.

—Estaba contigo. ¿A dónde fue?

—Yo no… papá. —Dejé caer mi cabeza—. Yo no…

Un hombre apareció de la nada. Se paró delante de mi padre y bajó la cabeza.

—Alfa —dijo Osmond—, ¿qué sucede?

—Mi hijo —respondió papá con colmillos apretados—. Cierra Caswell. Nadie entra o sale. *Ahora.*

Osmond se marchó apresurado.

—¡Joe! —gritó mamá mientras bajaba del porche—. *¡Joe!*

Nadie respondió.

Y después, mientras avanzábamos por el bosque de noche y bajo un diluvio, todos gritamos *Joe Joe Joe* y me prometí a mí mismo que cuando Joe regresara, cuando regresara y estuviera *bien*, nunca lo perdería de vista otra vez. Me aferraría a él y lo abrazaría, lo sacudiría y le gritaría por haberme asustado, por habernos asustado a todos. ¿Cómo puedes hacerme esto, Joe? ¿Cómo puedes hacernos esto?

Pero no lo encontramos.

Joe no estaba.

—Por favor —dijo mi padre mientras hablaba por teléfono y se aferraba a él con tanta fuerza que creí que lo rompería—. Por favor, Richard. Por favor, devuélveme a mi hijo.

Y Richard Collins respondió:

—*No.*

Me desperté jadeando.

—Ey, ey —dijo una voz cerca de mi oreja—. Carter. Detente. Carter. *Carter.*

Luché contra los brazos que me rodeaban. Eran más fuertes que yo y me estaban aplastando. No podía respirar. Me habían atrapado.

—¡Joe! —grité—. ¿En dónde estás, Joe? ¡Regresa! ¡Por favor, regresa!

—Estoy aquí —dijo—. Estoy aquí. Estoy aquí. Ambos estamos aquí. Carter, abre los ojos. Abre los ojos.

Gemí intentando liberarme.

—No. Esto no es real. Nada de esto es real. Tengo que despertarme. Necesito *despertarme*.

—Carter.

Abrí los ojos.

Estaba en la cama en la cabaña.

Kelly estaba arrodillado a mi lado. Sus manos sujetaban mis piernas.

—Eso es —susurró Joe en mi oreja y perdí mis fuerzas—. Eso es. Te tenemos. Estamos aquí, estás despierto. Te tenemos.

—Mírame —dijo Kelly.

Era imposible no hacerlo. Inhalé profundamente, ansiaba los aromas de manada y casa, sabía que, si esto era un sueño, no me quedaba mucho tiempo. No podría recuperarme de esto si no era real. Siempre había visto a Kelly. Si Joe también estaba aquí y eran fantasmas, nunca me recuperaría.

Kelly asintió, tomó mis manos temblorosas mientras me estiraba hacia él. Su piel era cálida y familiar, su corazón latía fuerte. Lucía cansado y su cabello era más largo que la última vez que lo había visto. Y había verde, tanto verde entre nosotros tres, pero estaba envuelto en azul y quería alejarlo de ellos, quería evitar que sintieran eso otra vez.

—Grítenme —dije.

Kelly estaba atónito.

—¿Qué?

—Grítenme —supliqué—. Los dos. Grítenme, vociferen, estallen. Díganme que me odian, díganme cuán enojados están, díganme cuán estúpido fui. Por favor.

Kelly sacudió la cabeza.

—No voy a…

Joe graznó cuando me alejé de él con un sacudón. Kelly cayó sobre su trasero en la tierra. Me paré de la cama y dejé caer la manta. Vestía prendas que no eran mías. Eran cálidas y olían a *ManadaManadaManada*. Cerré los ojos con fuerza.

Cuando los volví a abrir, Kelly y Joe estaban a unos metros, lucían seguros. Joe era más grande de lo que solía ser. Irradiaba poder en olas tranquilizantes. Mi garganta se cerró cuando me di cuenta de que era tal cual como solía ser papá. Un rey. Lucía como nuestra madre, pero se sentía como nuestro padre.

El Alfa de todos.

Disonante. Todo. Joe, el pequeño Joe que me seguía y me decía que no podía mantener el ritmo, no era tan grande como yo, espera, espera, ¡espera!

Y ahora era este hombre, este gran hombre delante de mí y solo quería caer de rodillas ante él, desnudar mi pecho y rogarle que me comprendiera, rogarles a los dos que me griten para saber que me seguían queriendo.

—Odio tu barba —dijo Joe.

Lo miré boquiabierto.

Encogió los hombros.

—Se ve terrible. Necesitas afeitarte —siguió.

—Qué.

—Y tienes que cortarte el cabello —añadió Kelly—. Probablemente también tengas que lavarlo. —Arrugó la nariz—. Probablemente tengas que lavar muchas cosas.

—Qué —repetí.

Joe dio un paso hacia mí.

—Sé que estás confundido. Y sé que no crees que esto sea real. Tu cabeza está un poco… aturdida en este momento. —Su mirada se endureció—. Eso es lo que sucede cuando te separas de tu manada. Tuve que hacerlo a la fuerza. Era la única manera de llegar a ti. Eras Omega, Carter. Te estabas transformando en Omega otra vez. No podía permitir que eso sucediera.

—¿Puedes sentirlo? —preguntó Kelly.

Lo miré. Sentía que me estaba moviendo debajo del agua.

—¿Sentir qué?

Dio una palmadita en su pecho.

—A Joe. A mí. A nosotros. Aquí. ¿Lo sientes?

Las sentía. Eran delgadas y débiles, pero estaban allí de todos modos. Ataduras.

Extendiéndose entre nosotros.

—Eso es real —dijo Kelly en voz baja—. Lo juro. Es real, Carter.

—¿Están… aquí?

Joe asintió.

—Estamos aquí.

Dio otro paso hacia mí. Era cuidadoso, cauteloso como si se estuviera acercando a un animal acorralado.

Gruñó cuando lo tomé del brazo y lo atraje hacia mí. Lo envolví con mi cuerpo, hundí mi rostro en su garganta. Inhalé su aroma mientras me abrazaba tan fuerte como podía. Una ola de dolor subió por mi espalda y grité. Dio un paso sorprendido hacia atrás.

—¿Qué sucede? ¿Qué pasa?

—Me duele la espalda. Tengo que… no. No, no, no. —Empujé a Joe hacia la puerta. Kelly me dijo que me detuviera, basta, Carter, *basta*.

—Tienen que salir de aquí —ladré—. Ustedes dos. Tienen que marcharse antes de que él…

—Livingstone —dijo Kelly—. Lo sabemos.

Eso me detuvo en seco.

—¿Qué?

Joe y Kelly intercambiaron miradas.

—Lo sentimos —explicó Joe—. Así supimos que estábamos cerca. Está allí afuera, ¿no? En algún lugar del bosque.

—Los *escuchará* —masculló—. Sabrá que están aquí. No puede…

—No lo hará —dijo Kelly—. No a menos que esté cerca. Estamos protegidos. Apagados. No puede oírnos, no puede olernos. No mientras estemos aquí.

—¿Cómo? —Quise saber—. No saben lo que es. No saben lo que puede hacer. Es…

La puerta de la cabaña se abrió. Salté hacia adelante y empujé a mis hermanos detrás de mí. Le gruñí a la sombra en la puerta.

—Oh, vete al carajo, Carter —dijo la sombra—. ¿Esa es la manera en la que actúas después de que te salvamos el trasero? Lo juro por Dios, estoy rodeado de idiotas.

—¿*Gordo*?

Gordo Livingstone entró en la cabaña. Frunció el ceño mientras cerraba la puerta detrás de él. Las líneas alrededor de sus ojos eran más pronunciadas, su cabello un poco más largo. Me miró de arriba abajo sacudiendo la cabeza. Exhaló temblorosamente.

—Ven aquí.

No podía moverme.

Puso los ojos en blanco antes de acercarse a mí. Un momento después, fui envuelto por el aroma cálido de su magia mientras me abrazaba, su mano subió hasta mi nuca y sus dedos se hundieron en mi cabello.

—No puedo creerte —gruñó en mi hombro—. ¿Cómo pudiste creer que esto estaba bien? ¿Qué demonios te sucede?

Mis rodillas cedieron, pero él me mantuvo en pie y me guio de vuelta hacia la cama. Casi se cae cuando me senté, pero logró mantenerse erguido. Se puso en cuclillas y creí que estaba intentando alejarse. No quería soltarlo.

—Mírame.

Le hice caso.

—Todavía te falta una mano.

—Sí —resopló—, no tienes idea. Todavía no descubrí cómo hacer para que vuelva a crecer. Extraño, ¿no? Quédate quieto.

No desvié la mirada porque temía que se desvaneciera.

Se estiró y la manga de su chaqueta subió por su brazo. Sus tatuajes estaban brillando y observé mientras revelaba más y más diseños. Signos. Símbolos. Rosas. Y luego…

El cuervo.

Debería haber un cuervo. Sentado sobre las rosas.

Pero ya no estaba.

Lo único que quedaba era una cicatriz y, aunque aparentaba haber sanado hace mucho tiempo, la piel seguía blanca, abultada y con pequeños nudos.

—Sí —dijo siguiendo mi mirada—. Es una historia larga. No te preocupes por eso ahora.

Presionó su muñón contra mi muslo y las rosas comenzaron a florecer. Subieron por mi pierna hacia mi estómago y mi pecho. Era cálido, dulce y seguro.

Gordo suspiró y sacudió la cabeza.

—No es… Llegamos a él a tiempo. No es de mi padre. No tiene poder sobre Carter.

Joe asintió.

—Pensé lo mismo. Intenté reparar las ataduras lo mejor que pude.

—Mejorará una vez que lo llevemos de vuelta a Green Creek —dijo Gordo.

Mientras se ponía de pie, sus rodillas sonaron.

—Estoy demasiado viejo para estas cosas.

Puso una mano sobre mi nuca y presionó mi rostro contra su estómago. Me aferré a sus costillas y respiré con dificultad.

—Sí, sí. También es bueno verte. Tendremos una larga charla. Estás hundido hasta el cuello en mierda, hombre.

Retrocedió unos pasos y se limpió los ojos.

—Malditos hombres lobos. Bastardos sacrificados.

Señaló la puerta con la cabeza.

—Joe. Afuera.

Y luego salió de la cabaña sin mirar atrás. Joe vaciló antes de echarle un vistazo a Kelly, quien estaba al lado de la ventana mirando hacia afuera.

—No tardaré mucho.

—Está bien —replicó Kelly fríamente—. Lo cuidaré. Habla con los demás.

Creí que Joe discutiría, pero no lo hizo.

En cambio, dijo:

—Sé gentil, ¿sí? No queremos... Solo sé gentil.

Kelly no habló.

Joe me dio un beso en la frente.

—Tendremos que hablar muchas cosas —dijo—. No tienes idea del sufrimiento que te espera. Y tendrás que soportarlo todo con una sonrisa en el rostro.

Joe siguió a Gordo afuera y cerró la puerta de la cabaña detrás de él.

Silencio.

Miré a Kelly, me estaba dando la espalda.

Quería ir hacia él.

No me moví.

—Lo encontraste —dijo tenso—. A Gavin.

—Él está… sí. Lo encontré.

—¿En dónde está?

—No lo sé. Estaba con Livingstone la última vez que lo vi. Apenas logré escapar.

—¿Qué sucedió?

—No importa.

—Carter.

Bajé la mirada a mi regazo. Podía sentirlo. Su enojo. Su dolor. Era brillante y áspero, pero era *real* y no sabía cómo manejarlo. El falso Kelly estaba vacío, un agujero negro que succionaba la luz. Este Kelly, el real, se sentía como una galaxia de estrellas.

—¿Te lastimó?

Hice una mueca.

—Gavin no. Livingstone.

—¿Qué hizo?

No quería decirlo. Quería mantenerlo encerrado.

—Me rompió la espalda —dije.

Kelly emitió un sonido de dolor, se inclinó hacia adelante y presionó su cabeza contra el vidrio congelado.

—Santo cielo.

—Sané.

—*Sanaste* —escupió—. Ay, gracias a Dios por eso.

—Tenía que hacerlo, Kelly. Tenía que ayudarlo. No sé qué le estaba haciendo Livingstone, pero estaba *lastimando* a Gavin. Era como si estuviera alimentándose de él de alguna manera.

—¿Hace cuánto estás aquí?

No lo sabía.

—¿Qué día es?

—Jueves —dijo Kelly.

—La fecha.

Pude escuchar cómo apretaba los dientes.

—9 de diciembre.

Mierda. No sabía cuánto tiempo había pasado.

—Un par de semanas.

Kelly olía como si estuviera en llamas.

—¿Y no se te ocurrió llamarnos para contarnos que lo encontraste? ¿Para informarnos que estabas vivo?

—El teléfono se rompió.

—Ah —dijo en tono de *burla*—. Descartable, ¿no? Porque dejaste tu otro teléfono en tu habitación. ¿Sabes cómo sé eso? Porque te llamé. Después de ver tu maldito video, después de gritar tu nombre en la puerta de casa, te llamé. Debería haberlo sabido. En serio, debería haberlo sabido. Caso contrario, hubiera sido demasiado sencillo rastrearte. Pero cuando lo escuché sonar en casa, casi me permito creer que seguías allí. Que, aunque no podíamos oírte, estabas en la casa y que responderías la llamada.

—Yo…

—Pero no estabas —siguió—. Ya te habías marchado. Como si no hubiéramos pasado un año intentando recuperar a Robbie, como si no hubieras presenciado cuánto me destruyó. No. Por supuesto que no. Porque se te metió en la cabeza que tenías que perseguir a Gavin como si fuera lo único que importara.

—Yo no…

Giró en su lugar. Sus ojos estaban naranjas; los lazos entre nosotros, familiares y desconocidos al mismo tiempo, vibraron como si alguien tironeara de ellos.

—¿Quieres que te grite? ¿Quieres que estalle? Está bien, tú lo pediste. ¿Cómo pudiste hacerlo? Después de todo lo que vivimos, después de todo lo que nos han arrebatado, ¿cómo demonios *pudiste*?

Caminó hacia mí. Me estiré hacia él, pero alejó mis manos de un manotazo. Alzó la voz.

—Te *pedí* que confiaras en mí. Te *supliqué* que me escucharas. Te dije que haríamos todo lo posible para encontrarlo, que no dejaríamos este asunto sin terminar. Que *no* lo abandonaríamos. Te dije que te aferraras a mí tan fuerte como pudieras. Y te marchaste como si no fuera nada.

—No. No, no fue así, *no* fue así...

—No confiaste lo suficiente en mí —replicó con frialdad—. No me creíste cuando dije que haría cualquier cosa para ayudarte.

—No lo comprendes.

—¿No lo comprendo? —rio con amargura—. ¿Ese es tu argumento? Púdrete, Carter. Lo comprendo mejor que *nadie*. Nos arrebataron a Robbie. *Me* lo arrebataron. Durante trece meses hice todo lo que pude para recuperarlo. E incluso cuando la mitad de la manada se oponía, o *peor*, eran indiferentes, luché por él.

No podía mirarlo, luchaba por encontrar las palabras.

—No estuviste solo —dije—. Gordo, Ox. Ellos...

—¡No me *importa*! —gritó—. Incluso si así fuera, de todas maneras hubiera hecho todo lo posible. Nunca lo abandonaría. Es mi maldito compañero y hubiera desgarrado al mundo para encontrarlo, incluso si tenía que hacerlo por mi cuenta. Y no te atrevas a intentar decirme que es lo mismo que estabas haciendo aquí porque no es lo mismo. Toda tu manada estaba dispuesta a ayudarte, a hacer todo lo posible para recuperar a Gavin, pero decidiste hacerte el mártir. Como papá, como Ox, como Joe. Por el amor de Dios, se suponía que eras mejor. Se suponía que...

Me puse de pie. Su pecho chocó con el mío. No desvió la mirada, no me tenía miedo. No se sentía intimidado.

—No sabes lo que he vivido.

—En eso tienes razón —ladró.

Me empujó y me tambaleé hacia atrás.

—Porque te metiste en ese condenado cerebro tuyo que tenías que hacer esto por tu cuenta. Déjame adivinar. Te convenciste de que sería mejor de esta manera. Más sencillo. Que nadie saldría herido si podías encontrarlo por tu cuenta.

No estaba equivocado. Esos días posteriores a la batalla en Caswell eran una neblina. Sentía que estaba desapareciendo, desvaneciéndome en el paisaje.

Kelly sacudió la cabeza como si estuviera asqueado.

—Siempre intentamos tener un maldito minuto para que podamos respirar sin preocuparnos qué sucederá después. Monstruos. Cazadores. Lobos salvajes. Nunca pensé que tendría que vivir el día que abandonaras a tu manada. Que me abandonaras a mí.

Volví a estirarme hacia él. No me miraba.

—Kelly, te necesito. Te quiero.

Sus ojos estaban húmedos cuando habló:

—Lo prometiste. Prometiste que siempre seríamos tú y yo. *Lo prometiste.*

—Lo sé, lo lamento. Lo lamento tanto...

Me dio un puñetazo en la boca. No lo vi venir. Su puño impactó justo debajo de mi nariz, y mi labio se partió mientras retrocedía un paso, mis rodillas golpearon el borde de la cama. Kelly lucía sorprendido por lo que había hecho. Limpié la sangre de mi boca con el dorso de mi mano. Era roja brillante, una mancha que lucía como las pinturas de nuestra madre.

Sus ojos estaban desencajados.

Estaba agitado.

La piel de sus nudillos estaba partida. Sanó lentamente.

—Te quiero tanto que apenas puedo respirar —me dijo—. Se suponía que siempre estarías allí para mí. Como siempre intenté estar para ti. ¿Cómo pudiste abandonarme? —Su rostro se desmoronó y creí que me moriría—. ¿No sabías lo que me haría?

Tomé su mano. Intentó alejarse otra vez, pero sin intención. Sonaba como si se estuviera ahogando, sus hombros subieron hasta sus orejas. Inclinó la cabeza contra mi pecho y me aferré a él con mi vida. Sus dedos se tensaron alrededor de los míos y era un lazo, un ancla que me mantenía en tierra y evitaba que me perdiera a la deriva.

—Nunca quise alejarme de ti —dije.

—Te fuiste, te fuiste, te fuiste.

—Siempre estuviste conmigo. Sin importar a dónde fuera, estabas allí.

—Ay, Dios, por favor.

—Aullé para ti, cada luna llena. Como dije que lo haría. Canté, Kelly, canté para ti porque necesitaba que me escucharas.

—Te encontré. Te encontré —dijo.

—Lo lamento. Debería haber creído más en ti. Debería haber confiado más en ti. Debería…

Pero lo que fuera que estuviera a punto de decir se perdió cuando me abrazó, cuando me envolvió como si nunca más fuera a soltarme. Lloró contra mi cuello y tragué el nudo en mi garganta. Me ardían los ojos.

—Estoy tan enojado contigo —susurró—. Y no sé cómo detenerme.

—Lo sé —le respondí—. Y no sé cómo hacer que te detengas.

—No lo hagas. No me arrebates esto también. Déjame tenerlo. Es mío.

Se abrió la puerta.

Miré sobre el hombro de Kelly. Joe estaba allí, nos observaba con una expresión extraña.

—Está viniendo.

CEREBRO DE LOBO / SIN TI

Gordo estaba cerca de la línea de los árboles con los brazos cruzados. Mascullaba para sí mismo, sus ojos estaban levemente desorientados. Sus tatuajes brillaban, pero era distinto a cómo solía ser. La sensación de su magia me cubrió, pero era más silenciosa. Más concentrada. Acarició la cicatriz en dónde solía estar el cuervo. Nos escuchó salir de la cabaña y sacudió la cabeza.

—No durará mucho. Si hacemos esto, tendremos que ser rápidos.

Joe se paró a un lado de él y apoyó una mano sobre su hombro.

−¿Te contactaste con los demás? −preguntó Kelly.

−Sí. Ox sabe. −Me echó un vistazo antes de volver a mirar hacia el bosque−. Llamó a los demás.

−¿A los demás? −pregunté.

−Sí, los demás −dijo Kelly inexpresivo−. Te estuvieron buscando como nosotros durante el último año. Tuvimos suerte de encontrarte primero y limpia tu boca, todavía tienes sangre.

−¿Quiero saber? −preguntó Gordo.

−Le partí la cara por ser un maldito idiota.

−Sip. No quería saber. −Se frotó el rostro con su mano−. Casi está aquí. Carter, probablemente sea mejor si te ve a ti primero. Podrá olernos a los demás cuanto más se acerque. ¿Huirá?

−No lo sé −murmuré−. Es un poco grosero.

Gordo resopló.

−Sí, no me sorprende. −Vaciló y luego agregó−: ¿Es… es leal? ¿A mi padre?

−No creo. −Sacudí la cabeza−. Lo que sea que Livingstone le esté haciendo, lo está lastimando. Solo lo vi por un momento. Era como si se estuviera alimentando de él.

−¿Fue ese momento en el que te rompió la espalda? −preguntó Kelly y sus palabras estaban teñidas de un color feo.

Gordo giró para mirarme con los ojos bien abiertos. Joe se quedó quieto. Lo había escuchado antes. Mierda.

−Sí… Fue… Fue en ese momento.

−Yo también voy a golpearte −dijo Joe sin mirarme.

−Espera tu turno −gruñó Kelly−. Quiero otra ronda.

−Niños, es suficiente −dijo Gordo. Retrocedió un paso, su mirada seguía clavada en el bosque−. Casi está aquí. Joe, Kelly, muévanse. Tiene que ver a Carter primero. No sabemos cómo reaccionará cuando nos vea. Especialmente si es salvaje. Si volvió a transformarse después de Caswell, puede que no nos reconozca.

—Los conoce —dije en voz baja—. Lo vi en forma humana. Me salvó de unos cazadores. Recibí un balazo en la pierna.

Todos volvieron a mirarme asombrados. Tenía que aprender a cerrar la boca.

—Sí —dijo Joe sacudiendo la cabeza—. Definitivamente voy a golpearte después. Solo para que lo sepas.

Se pararon detrás de mí, a unos pocos metros. La niebla en mi cabeza se estaba despejando. Me sentía presente, mucho más presente de lo que me había sentido en un largo tiempo. Estaban enojados, su ira estaba viva y tenía dientes, pero también estaban aquí. Cuidarían mi espalda. No permitirían que me marche otra vez.

Podía respirar.

Lo sentí en el bosque. Era leve, pero estaba allí. Me pregunté si siempre había estado allí y solo estaba demasiado perdido en mi cabeza como para reconocerlo. Vibraba, un suave latido sin palabras. Era como la luna.

Lo escuché en la nieve. Su respiración agitada, estaba herido. No físicamente, aunque parecía débil. No creía que Livingstone haya intentado matarlo.

No haría eso.

Gruñó.

Sabía que había alguien conmigo.

—Gavin —grité su nombre, aunque no podía verlo todavía. Se camuflaba con los árboles y la nieve—. Está bien, nadie vino a lastimarte. Lo prometo.

Él estaba confundido. Asustado. Enojado. Una calidez como una fiebre baja. Creí que daría la vuelta y se marcharía. No lo hizo. Se detuvo en algún lugar justo afuera de mi visión y lo oí gimotear.

—¿Qué le sucede? —susurró Joe. Sus ojos estaban rojos.

—¿Qué pasa? —preguntó Gordo.

—No lo sé —explicó Joe—. Nunca sentí una cosa así. Es retorcido. Está…

Di un paso hacia los árboles.

—Gavin. Vamos, hombre. Los conoces, ¿sí? Son Joe, Kelly y Gordo.

Un lobo resopló y Gordo puso los ojos en blanco.

—Podemos dejarte aquí, llevarnos a Carter con nosotros y…

Gavin apareció en la línea de los árboles exhibiendo los colmillos y el pelaje erizado. Su cola salió disparada en una línea recta y su cabeza inclinada cerca del suelo. Sus ojos eran violetas y nos dio una advertencia.

Alcé las manos.

—No te lastimaremos. Lo juro. Gavin, mírame.

Su mirada salió disparada detrás de mí, rastreaba sus movimientos.

—Rayos —susurró Kelly—. Me había olvidado cuán grande era.

—No dejes que Robbie te escuche —replicó Joe—. Podría ponerse celoso.

—¿*Qué*? Ah, vete al diablo, Joe, eso no era lo que… ¡Cuidado!

Gavin se abalanzó hacia adelante. Cerró su mandíbula alrededor de mi muñeca. Hice una mueca por la presión de sus dientes, pero no rasgó mi piel. Sacudió la cabeza hacia atrás, halando de mí. Intenté mantenerme firme, pero Gavin se hundió en la nieve. Me tambaleé hacia el frente mientras me soltaba y se paraba delante de mí, colocándose entre los demás y yo. Retrocedió lentamente, cerca de mí, me empujaba hacia los árboles.

—Bueno —dijo Gordo—, lo intentamos. Lo lamento, Carter. Parece que te tendrás que quedar aquí.

Le di un golpe a Gavin en la parte posterior de su cabeza. Giró para verme entrecerrando los ojos.

—Basta. No van a lastimarme.

Sus fosas nasales se agitaron mientras presionaba su hocico contra mi mano. Bajé la mirada y vi la mancha de sangre.

—Okey, puedo explicar eso.

—Le di un puñetazo en la cara —dijo Kelly—. Y lo volveré a hacer.

A Gavin no le gustó ese comentario. Bajó las orejas y el condenado le *siseó* a Kelly; era un sonido que nunca había oído de un lobo antes. Intenté bordearlo, pero no me lo permitió.

—Esto está saliendo bien —dijo Gordo.

—No estás ayudando —intervino Joe y pasó junto a él.

Mi hermano pequeño mantuvo las manos en alto, palmas hacia nosotros. Gavin me había empujado casi hasta la línea de los árboles con la cola retorcida, la punta rozaba mi cadera.

—Gavin, mírame.

Gavin cumplió. Joe asintió. Estaba siendo cuidadoso, sus ojos no se despegaban del lobo.

—Está bien. Ey, sé que no esperabas que estuviéramos aquí. Y ni siquiera sé si puedes comprenderme en este momento. Pero necesito que sepas que nadie te alejará de Carter. Nadie los lastimará. Tienes mi palabra como Alfa.

Gavin se quejó con los hombros tensos.

—Sí —dijo Joe y dio otro paso—. Lo prometo. Me conoces, en serio. En algún lugar de tu cerebro de lobo, me conoces. No solo como Alfa, sino como el hermano de Carter. Nunca permitiría que algo le sucediera, o a ti. Eres importante, ¿sí? Y no solo para Carter. Para mí también. Estás conmigo.

Joe se dio una palmadita en el pecho.

—Eres de mi manada. Lo has sido por un largo tiempo y lamento que no lo hayamos visto antes. Deberíamos haberlo hecho mejor. Deberíamos haber hecho más. Por ti, por Carter.

Gavin se relajaba gradualmente. Creí que Joe estaba llegando a él.

Era una mentira.

Kelly gritó como advertencia mientras Gavin se abalanzaba hacia Joe; la nieve a su alrededor formó una nube helada. Fue rápido, pero Joe era más rápido todavía. Dio dos pasos corriendo hacia nosotros y luego cayó al suelo de costado, se deslizó sobre la nieve. Gavin voló por encima de él, sus dientes no tocaron la cabeza de Joe por centímetros.

Aterrizó bruscamente en la nieve, sus patas se resbalaron. Se recuperó rápidamente, giró cuando Joe se paraba delante de mí.

—Gordo —gritó Joe—. Ahora.

Gordo levantó su mano mientras los tatuajes comenzaban a brillar otra vez.

—*Espera* —dije, pero era demasiado tarde.

El aire se espesó, era casi sofocante. Se me erizaron los vellos de los brazos. La magia de Gordo se sintió *más grande* que antes, sin restricciones. Gavin rugió mientras su transformación comenzaba, su pelo retrocedió, sus colmillos se hundieron en sus encías. Gruñó cuando cayó sobre sus manos y rodillas, su espalda temblaba.

Gordo bajó la mano, lucía inseguro. Empujé a Joe y fui hacia Gavin. Puse mi mano sobre su hombro desnudo.

—Está bien —dije, mi boca cerca de su oreja—. No te lastimarán. Quieren ayudar.

—No —replicó Gavin y su voz sonó como si lo hubieran hecho hablar a los golpes—. No. No. Ayuda. No. *Ayuda.*

—*Sí*, ayuda. Escúchame, los conoces. Como me conoces a mí. Son Kelly, Joe. Gordo. Manada. Son nuestra manada.

Subió la cabeza, su cabello colgaba alrededor de su rostro.

—Manada.

—Sí, hombre, manada. —Levanté la mirada hacia los demás. Gordo estaba pálido, sus ojos eran como moretones. Kelly estaba tenso, lucía como si pensara que Gavin volvería a atacar. Joe nos bordeó dándonos bastante espacio y regresó a los demás—. Y la manada es todo.

Gavin giró la cabeza para mirarme.

—Tú. Los llamaste. Tú. Traerlos aquí.

—No lo hice. —Sacudí la cabeza—. Pero igual nos encontraron, porque eso es lo que hace la manada. No dejan a nadie atrás.

—Te hirió. Te rompió. —Empezó a estirarse hacia mí con sus garras extendidas. Retrocedió las manos en el último segundo y lo dejé alejarse—. Lo escuché.

—Sí, pero ahora estoy bien. Sané.

—Brujo —masculló y fulminó a Gordo con la mirada—. Magia. La odio. No magia. No más magia.

Gordo abrió la boca, pero fui más rápido que él.

—Okey, no más magia.

—Por ahora —agregó Joe y presionó su mano contra el pecho de Gordo para mantenerlo en su lugar.

Joe se quitó el abrigo y me lo lanzó. Lo atrapé y lo apoyé sobre la espalda de Gavin. Acomodé su cabello húmedo sobre el cuello. Era la primera vez que me dejaba tocarlo de esta manera siendo humano. Era algo tan pequeño, pero esto me destruía por completo.

Se impulsó en el suelo y se puso de pie. Gruñó como si estuviera molesto cuando intenté arreglar su abrigo.

—No lo necesito.

—Solo… déjame hacer esto, ¿sí?

Creí que discutiría, pero no lo hizo. Intenté forzar sus brazos por las mangas, pero se resistió. Suspiré e intenté subir el cierre. Empujó mis manos cuando me acerqué un *poquito* demasiado a su miembro.

—Esto está saliendo bien —dijo Gordo e inclinó la cabeza para mirar el cielo.

La cabaña que había sido nuestro hogar por semanas, de repente se sintió muy pequeña. Kelly y Gordo se quedaron de pie en una esquina, observaron a Gavin mientras caminaba de un lado a otro delante de la puerta. Nos fulminó con la mirada a todos por igual, murmuraba amenazas que nunca llegaban a nada.

Joe se sentó en la cama con la cabeza inclinada y las manos sobre las rodillas. Era surreal verlos aquí después de todo este tiempo. Si no fuera por el dolor de mi espalda, hubiera creído que seguía soñando. Tenía tantas cosas que decir. No podía encontrar las palabras.

Gordo habló primero.

—¿Tu camioneta todavía funciona?

—Eso creo —asentí—. Encendí el motor hace un tiempo.

Gordo me miró fijo.

—¿Hace cuánto tiempo estás aquí?

—Semanas —replicó Kelly tenso—. Ha estado aquí por semanas.

—Kelly —dijo Joe sin despegar la mirada de Gavin—. Tranquilo. Ya hablamos de esto.

Kelly resopló, pero no dijo nada más. Me dolió más de lo que creí que dolería.

Gordo se frotó la mandíbula.

—Si tu camioneta no funciona, podemos tomar alguno de los otros vehículos. ¿A quién le pertenecen? Joe y Kelly dijeron que olieron sangre en la otra casa.

—Cazadores.

—¿Muertos?

—Mucho —murmuró Gavin—. Los maté. —Le mostró los dientes a Gordo—. Los hice sangrar.

Sí, hizo un poquito más que eso, pero no necesitaban saberlo en este momento.

—Eran un grupo. No creo que fueran King, no estaban organizados. Me estaban buscando. Hubo un… incidente, en un bar.

Gordo sacudió la cabeza.

—Por supuesto. Probablemente todos entraríamos bien en mi camioneta, pero estaríamos un poco apretados. Sería mejor llevar dos vehículos cuando nos vayamos.

Gavin dejó de caminar, miró a Gordo con los ojos entrecerrados.

—¿Vayamos?

Gordo no desvió la mirada.

—Sí. Vayamos. Es decir, marcharnos. Es decir, llevar tu triste trasero a Green Creek. Y sería *maravilloso* si te pusieras unos pantalones, no necesito ver tu pene todo el tiempo.

Gavin dejó caer su abrigo en el suelo.

Gordo gruñó y desvió la mirada.

Gavin lucía complacido consigo mismo.

—Carter —dijo Joe.

Sacudí la cabeza.

—¿Qué? No estaba mirando nada. No puedes probarlo.

Los labios de mi hermano se retorcieron.

—No creía que estuvieras haciéndolo. —Señaló hacia mi bolso en el suelo—. ¿Eso es todo lo que tienes?

—Sí. Viajo ligero.

—Esa es una manera de decirlo —murmuró Kelly.

Se inclinó hacia el suelo y jaló del bolso hacia él. Lucía asqueado mientras inspeccionaba su interior. No lo culpaba. Lo que todavía quedaba allí no olía muy bien. No había podido lavar nada durante un largo tiempo, incluyéndome. Alzó el bolso del suelo y lo apoyó en la cama al lado de Joe. Mi hermano no lo miró. Solo tenía ojos para Gavin.

—No iré —dijo Gavin—. Quedarme. Tengo que quedarme aquí.

—¿Por qué? —indagó Joe.

Gavin volvía a agitarse. Estaba inquieto, se movía como una marioneta, sus miembros se sacudían.

—¿Por qué? —dijo—. ¿Por qué? ¿Por qué? ¿Por qué? Siempre por qué. Los Bennett. Siempre preguntas. Siempre hablando. Odio hablar.

Gordo lucía sorprendido.

—Quién lo hubiera dicho. Supongo que tenemos algo en común después de todo.

Gavin le mostró los dientes.

—No hermanos. No te quiero. No te necesito. Nunca lo hice. Brujo. Magia. Apesta. Lo odio.

—Sí, no sé si tienes derecho a hablar sobre apestar…

—Gavin —dijo Joe—, mírame.

Cumplió, aunque lucía como si intentara resistirse.

—No puedes irte —dijo Joe lentamente—. Tienes que quedarte, ¿por qué?

—Padre —explicó Gavin—. Grande. Fuerte. Poderoso. Lo escucho. En mi cabeza. Dice quédate, quédate, quédate, quédate. Es lobo. Es bestia. Me quedo, se queda.

—Estás manteniéndolo aquí —dijo Joe y Gavin respondió subiendo y bajando la cabeza—. Lejos de todos los demás.

—Sí, sí, sí.

—Porque te tiene a ti y es lo único que quiere.

—Sí, sí, sí.

—¿Es tu Alfa?

Y Gavin vaciló. Lucía confundido, inseguro.

—No lo es, ¿no?

Joe se puso de pie.

—Cree que lo es, pero está equivocado.

Gavin respiraba con dificultad, su pecho subía y bajaba.

—Sabes que no lo es —siguió Joe, sonaba seguro de sí mismo.

Lo miraba sin poder creer cuán distinto era. Ah, seguía siendo Joe, pero ahora había algo más en él.

—No es tu Alfa, porque ya tienes uno. De hecho, dos. ¿Correcto?

Gavin me chocó y giró la cabeza para mirarme. Tomó mi mano y su agarre era aplastante. No intenté alejarme.

—Gavin —dijo Joe con voz más grave.

Sus ojos estaban cargados de fuego y, en mi cabeza, escuché el suave susurro de *manada* y *manada* y *manada*.

—Nunca fuiste de él. No importa qué te haya dicho, no importa qué te haya hecho. Nunca fuiste de él.

Gavin dejó caer la cabeza, su boca estaba floja mientras jadeaba.

Joe apoyó su mano debajo de su mentón, alzó su cabeza hasta que pudo mirarlo a los ojos.

—No sé qué te sucedió. Y no sé qué has vivido, pero un Alfa no debe herir a su manada. Un Alfa debe protegerla, mantenerla a salvo y entera.

—En mi cabeza —dijo Gavin miserable—. Siempre en mi cabeza.

Arrugó el rostro.

—Lo escuchó. Siempre llama. Lo mantengo aquí. Me quedo, se queda. —Soltó mi mano y se alejó del contacto de Joe—. Váyanse. Lleven a Carter. Márchense. Muy lejos.

—¿Y dejarte aquí?

—Sí —asintió Gavin.

—¿Y si no quiero hacerlo?

—Entonces mueres —Gavin resopló y alejó a Joe—. Todos ustedes mueren. Lo sabrá. Sabrá que están aquí. Magia. No puede durar para siempre. No soy manada. No eres mi Alfa. No quiero esto. —Me echó un vistazo antes de desviar la mirada—. No quiero nada de esto.

Me dolió más de lo que esperaba y estaba *cansado*.

—Tal vez deberías volver a transformarte. Es más sencillo cuando eres un lobo, por lo menos no actúas como si yo no te importara una mierda.

—Carter —saltó Joe.

—*No* me importas —gruñó Gavin—. Ya te lo dije. Una y otra vez. No escuchas. Nunca escuchas.

—Como sea, amigo. Lo único que hice es intentar ayudarte. Abandoné a mi manada para buscar tu triste trasero, ¿y ahora dices esta mierda? Entonces, ve. Ve a buscar a tu maldito padre. Veamos cuánto duras. Ya no me importa. ¿Quieres que nos marchemos? Está bien, lo haremos.

Kelly sujetó mi brazo y me llevó hacia la puerta.

—Afuera —dijo—. Ahora.

—Niño —escupió Gavin—. Sigue siendo un niño. No me llames amigo.

—Ah, jódete, hombre —repliqué mientras intentaba soltarme de

Kelly—. No soy un niño, de seguro tenemos la misma edad. No sabes una mierda de mí. No sabes…

Kelly me empujó por la puerta hacia la nieve.

Me quejé sin parar. Despotriqué.

Caminaba de un lado a otro y lanzaba las manos al aire furioso. Dije que deberíamos irnos.

Que deberíamos dejarlo aquí.

Estaba cansado. Me dolía la espalda, me dolía la pierna, me dolía la cabeza. No podía concentrarme. Kelly, Joe y Gordo eran nudos en mi pecho y no podía desarmarlos sin importar con cuánta fuerza lo intentara. Quería transformarme. Correr tan lejos como pudiera.

Quería olvidar que Gavin existía.

—¿Y quién demonios se cree que es? Ese maldito cretino. Ingrato —dije—. Eso es. Es un ingrato. Lo acogimos, le dimos un hogar. Lo…

—Bambi tuvo al bebé —dijo Kelly.

Me detuve y cerré los ojos. El aire estaba frío y me hizo arder la nariz cuando inhalé.

—Engordó, pero por favor nunca le digas que dije eso.

Me reí y sonó como si estuviera llorando.

—A fines de agosto —siguió Kelly—. Trabajó en el bar hasta que rompió fuente, e incluso entonces sirvió algunas cervezas más antes de llamar a Rico para avisarle. Él no tenía permitido entrar al bar esas últimas semanas, le gruñía a cualquier persona que se acercara unos pocos metros a Bambi y ella lo echó. Le dijo que se mantuviera alejado o que le patearía el trasero.

Limpié mis ojos.

—Ella podría hacerlo.

—Podría —coincidió Kelly—. Da miedo cuando quiere. Llamó a Rico y luego uno de los meseros la llevó al hospital. Y sucedió rápido, más rápido de lo que pensé. Mamá hizo que Rico usara gafas de sol, incluso cuando estaba adentro. No podía descifrar cómo evitar que sus ojos brillaran de color naranja. Les dijo a todos que tenía sensibilidad a la luz. Era ridículo, pero luego salió y tenía una sonrisa tan plena. Gigante. Y cuando habló, solo dijo dos palabras antes de quebrarse.

—¿Qué dijo? —pregunté con voz ronca.

—Un niño.

—Yo… guau.

Kelly asintió.

—Bambi se comportó como una campeona. Ya estaba ladrando órdenes para cuando nos dejaron entrar a verla y Carter, ay, Dios. Este niño, hombre. Este niño pequeño. Luce como Rico. Es… intenso. Y Rico estaba al lado de Bambi y la manera en que la miraba. Era como si ella fuera todo para él. Observé mientras tomaba un paño húmedo y lo presionaba contra su frente. Era amable, cariñoso, y podías ver por la expresión en su rostro que no podía creer que eso estuviera sucediendo, pero de la buena forma.

—Se llama Josh. —Su mirada se perdió entre los árboles.

—Josh —susurré.

—Joshua Thomas Espinoza.

Volteé la cabeza bruscamente hacia él.

—Bambi le preguntó a mamá. —Kelly esbozó una sonrisa silenciosa.

—Dijo que, aunque nunca lo había conocido, creía que lo hubiera querido. Dijo que era un regalo a los lobos. Mamá lloró, pero podías notar que eran lágrimas de felicidad, ¿sabes? Creo que la gente se olvida que está bien llorar cuando estás triste, pero también está bien llorar cuando estás feliz. La hizo feliz. Por lo menos, por un rato.

Dejé caer mi cabeza.

—Y por un momento —siguió Kelly—, pude pretender que todo estaba bien en el mundo. Era una mentira, por supuesto, pero intenté hacerme creer que no lo era. Fue más difícil de lo que pensaba. Porque, aunque era algo maravilloso, todavía nos faltaba una parte. No estábamos enteros.

La puerta se abrió. Joe salió al porche. Nos miró, pero no habló. Cruzó los brazos sobre su pecho, se inclinó contra el costado de la cabaña. Observando. Esperando.

—Ese día te odié —dijo Kelly y pude sentir la amargura en su voz—. No quería hacerlo, pero te odié. Deberías haber estado allí. Deberías haber estado a nuestro lado. Bromeando, sacando fotos, exigiendo ser el primero en sostener al niño. Pero no estabas.

—Lo lamento.

—¿Lo dices de verdad?

—Eso creo.

Sacudió la cabeza y le echó un vistazo a Joe.

—Por un largo tiempo, intenté comprenderlo, verlo desde tu perspectiva. Y cada vez que lo hacía, no podía superar el hecho de que simplemente... te marchaste. Que, a pesar de tu dolor, creías que estabas haciendo lo que creías que era correcto. Dejaste una nota. Un video. Como si eso fuera suficiente.

—Los amo —supliqué—. A los dos. A Joe y ti. Más que a nada. Creí que estaba haciendo lo correcto. Acababas de recuperar a Robbie y solo quería que fueras feliz.

—En serio. —Sus ojos brillaron.

—Sí.

—¿Cómo podría ser feliz sin ti?

Y, ay, eso me quebró. Envolví mi estómago con mis brazos y me incliné hacia adelante, intentando recuperar el aliento. Escuché a Joe avanzar en la nieve, pero alcé la mano, quería mantenerlo alejado. No podía soportar que me tocaran. No en este momento.

—Cuando llegamos aquí —dijo Kelly—, cuando encontramos esa casa y tu camioneta y lo único que podíamos oler era sangre y muerte, creí que habíamos llegado demasiado tarde. Que… —tragó saliva—. Nunca quiero volver a sentirme así.

—Es su casa, ¿no? —preguntó Joe.

Asentí con tristeza.

—Lo fue. En algún momento. —Y luego añadí—: Papá sabía de él. De este lugar.

—¿Qué? —susurró Joe.

—Gavin dijo que papá vino cuando él era un niño y le contó sobre los lobos y la magia. De dónde venía.

—Por el amor de Dios —murmuró Kelly, lucía atormentado—. Justo cuando pienso que descubrimos todo lo que había que saber de él.

—Gavin fue a Green Creek cuando estábamos cazando a Richard Collins. Fue uno de los Omegas contra los que pelearon Ox y los demás.

Los ojos de Joe se llenaron de rojo.

—¿Él *qué*?

—No. No así… no de esa manera. No hirió a nadie. Solo se les unió porque estaba intentando encontrar a papá.

—Papá ya estaba muerto.

—Sí, pero él no lo sabía. No lo supo hasta llegar a Green Creek.

Kelly suspiró.

—Eso significa que ha sido un Omega por un largo tiempo. Si lo piensas, explica muchas cosas. Es extraño.

—¿Qué cosa? —preguntó Joe.

—Cuán conectados estamos. Bennett y Livingstone. Sin importar cuánto nos resistamos, siempre está allí.

—No me importa.

Los dos me miraron.

—¿Por qué? —preguntó Kelly.

—Porque fue todo por nada. Lo escuchaste. No quiere... esto. A nuestra manada —casi no lo digo, pero luego añadí—: A mí. Lo que sea que haya entre nosotros. Y ya no me importa.

—Sí, claro, Carter —resopló Joe—. Sigue diciéndote eso.

Lo fulminé con la mirada.

—*No* me importa.

Kelly me miró entrecerrando los ojos.

—Es como Mark y Gordo otra vez.

—*No* es como... —retrocedí.

Joe frotó su mentón pensativo.

—Ajá. Nunca lo había pensado de esa manera. Eso es... inquietante, pero asertivo. Cretino malhumorado, cretino sacrificado. Sí. Está bien. Ahora lo veo.

Los fulminé con la mirada.

—Los haré trizas, no crean que no lo haré.

—Luces como el tipo del que los padres le advierten a sus hijos que se mantengan alejados —dijo Joe—. Es la barba. Es algo asquerosa.

—Que te den, Joe.

Me sonrió y fue como si fuéramos niños otra vez, solo nosotros tres y nada nunca nos lastimaría.

—Sé que están enojados conmigo —dije—. Sé que no lo comprenden, sé que una parte de ustedes probablemente me odia. Pero creí que estaba haciendo lo correcto. Creí que podía mantenerlos a salvo. Ustedes… hemos pasado malos momentos. Todos nosotros. Y solo quería evitar que nos sucediera otra vez. Tú podías tener a Ox y tú a Robbie, podían tener a su manada. Soy su hermano mayor, es mi trabajo asegurarme que nada les suceda.

—¿Qué hay de ti? —preguntó Joe—. ¿Quién se supone que cuide de ti?

—Yo… Yo no…

—Porque eso es una mierda —replicó Joe—. Sin ánimo de ofender… ¿sabes qué? Al diablo con eso. *Oféndete.* Eres un idiota, Carter. Quiero decir, el idiota más grande que conocí en mi vida y eso que conocí a muchos.

—Ya lo creo —estalló Kelly.

—Sí, tienes un punto —dijo Joe—. Eres nuestro hermano mayor, pero eso es todo. Porque la responsabilidad no es unidireccional. Se supone que debemos protegernos el uno al otro. Eso es los que hacen los hermanos.

—Eso es lo que hacen las manadas…

—No estoy hablando de la manada —Joe me interrumpió filoso—. Estoy hablando de Kelly, de ti y de mí. Sin importar lo que hemos hecho, lo que hemos visto, siempre fuimos nosotros tres. Nunca me olvidé de eso. Kelly tampoco. ¿Por qué tú sí? Y no creas que es porque no podíamos comprender. Estuve lejos de Ox por más de tres años. Robbie le fue arrebatado a Kelly por trece meses. Lo comprendemos mejor que nadie, Carter. Y tú acababas de dejar de ser Omega y decidiste correr el riesgo de volver a perderte. ¿Por qué? ¿Por Gavin? ¿Realmente crees que él querría que te sucediera eso?

—No quiere nada de mí —masculló y Kelly sacudió la cabeza.

—No puedes creer eso.

—Escuchaste lo que dijo.

—Escuché a alguien asustado —dijo Joe—. A alguien que ha estado perdido por mucho tiempo. No puede confiar en nosotros porque no puede confiar en sí mismo. Sabes cómo es eso, también fuiste Omega. Cuánto arruina tu cabeza. Está haciendo lo que puede para mantener la cabeza fuera el agua. No está viviendo, Carter, está sobreviviendo. Y reacciona así porque está intentando hacer lo que pueda para protegerte. Se preocupa por ti, lo sabes. Sé que lo sabes.

No sabía qué decir. Quería creerle, pero no sabía cómo. Seguía procesando el hecho de que estaban aquí, de que eran reales. Tironeaban de mí de mil direcciones diferentes y no sabía en dónde estaba el norte.

—No sé qué hacer —admití—. No puedo pensar bien. Mi cabeza está…

—Lo sé —dijo Joe en voz baja—. Pero por una vez en tu vida, solo detente. Déjanos ayudarte. No tienes que ser fuerte por nosotros todo el tiempo. Necesitamos serlo para ti ahora. Haríamos *cualquier* cosa por ti. —Esnifó—. Tienes que empezar a recordar que no estás solo. Te necesitamos tanto como tú nos necesitas a nosotros.

Entonces fui hacia ellos. No podía no hacerlo. Estaban listos para mí con los brazos abiertos. Me rodearon, apoyé la cabeza sobre sus hombros y me permitieron tener ese momento. Quebrarme, estar cansado, desear que las cosas pudieran ser diferentes. La mano de Joe estaba en mi cabello y Kelly susurraba en mi oreja, su voz era húmeda y quebradiza, decía que todavía estaba enojado conmigo, pero que nunca me soltaría, que era de ellos, de ellos, de ellos y que no era solo por la manada.

—Somos hermanos —dijo—. Y nadie nunca podrá arrebatarnos eso. Carter, ¿no lo ves? Te encontramos. Te *encontramos*.

Me sostuvieron cuando mis rodillas cedieron y supe que, sin importar qué sucediera después, no estaría solo.

CICATRICES / PARTES ROTAS

Gordo estaba de pie en una esquina de la cabaña, Gavin en otra. Se destruían con la mirada, ninguno hablaba.

Apenas se inmutaron cuando Joe cerró la puerta detrás de él.

–¿Todo está bien? –preguntó.

–Escuchamos todo lo que dijeron –gruñó Gordo.

–Hablando –dijo Gavin–. Siempre hablando.

–Es genético –replicó Gordo–. Nunca se callan.

–Hablando de genética –dijo Kelly. Gavin y Gordo giraron la cabeza

—Nos marcharemos —anunció Joe—. Por la mañana. Todos.

Gavin gruñó, Joe no lucía afectado. Tenía esa mierda de Alfa Zen, algo que obviamente había aprendido de Ox.

—Todos —repitió.

Gavin sacudió la cabeza furiosamente.

—No puedo. Quedarme. Necesito quedarme.

—¿Sabes quién soy? —dijo Joe.

—Joe. Alfa. —Gavin parecía confundido.

Joe inclinó la cabeza.

—¿Me recuerdas de antes? En Green Creek.

—Sí.

—Y recuerdas a la manada.

Gavin vaciló.

—Sus nombres —pidió Joe—. Dime sus nombres.

Me miró, pero no hablé.

—Joe. Kelly. Carter.

Y luego agregó con desdén.

—Gordo.

Gordo puso los ojos en blanco.

—¿Quién más? —preguntó Joe.

—Basta.

—¿Quién más?

Gavin retrocedió lentamente, pero no tenía mucho espacio para alejarse. Su espalda encontró la pared.

—¿Por qué?

—Porque te lo pedí —dijo Joe.

Fue sutil, pero escuché la nota más grave en su voz, el tono del Alfa. Sus ojos seguían azules, pero era innegable.

—Mark —siguió Gavin y mi corazón se detuvo en mi pecho—. Tanner. Chris. Rico. Jessie. Bambi. Dominique. Elizabeth. Baila. Canta. Me gusta cuando canta.

—A todos nos gusta —susurró Kelly y tomé su mano. No intentó alejarse, en cambio, estrujó mis dedos levemente.

—¿Y? —Joe le preguntó a Gavin.

Gavin se estremeció como si lo hubiera atravesado un escalofrío.

—Ox. Ruidoso. Lo escuché. Alfa, pero diferente.

—Él es diferente —Joe asintió—. Alfa de los Omegas. ¿Lo escuchaste más fuerte que los demás?

Gavin sacudió la cabeza.

—¿A quién, entonces?

Volvió a sacudir la cabeza.

—Gavin.

—Carter —ladró—. Siempre Carter. Corazón. Su corazón. Suena…

—Pum, pum, pum —dije.

Podía sentir sus ojos sobre mí, pero solo miraba a Gavin; frunció el ceño.

—Pum, pum, pum. Corazón tramposo. Hace que me olvide de todo lo demás.

—¿Sabes por qué? —Joe preguntó con gentileza.

—No.

—Creo que lo sabes.

—*No.*

—Quieres que nos marchemos.

—Sí.

—Que te dejemos aquí con tu padre.

—*Sí.*

—Está bien —accedió Joe—. Lo haremos y nos llevaremos a Carter lejos de ti.

Los ojos de Gavin se llenaron de violeta. Exhibió sus colmillos y sus garras aparecieron en las puntas de sus dedos. Se impulsó en la pared, hacia Joe. Antes de que pudiéramos reaccionar, Joe esquivó a Gavin, tomó su brazo y lo torció detrás de su espalda. Gavin se resistió, pero Joe no lo soltó. Apoyó su cabeza contra la de Gavin, su nariz cerca de su oreja.

—Tal vez los demás no puedan oírlo —dijo—. Eres bueno, Gavin. Pero sé cuándo alguien está mintiendo, incluso si se convencieron a sí mismos de creer lo que están diciendo.

Gavin apoyó su cabeza contra el hombro de Joe, su garganta subió y bajó. Joe soltó su brazo, pero no se alejó.

—Duele. Duele.

—Sé que duele —dijo Joe—. Pero hay una manera de detenerlo. Confiaste en nosotros una vez, creo. Incluso si no lo comprendías por completo. Te quedaste con nosotros, viviste con nosotros. Encontraste un hogar. ¿Este lugar? No perteneces aquí. No tienes que hacer esto solo. Eres como Carter en ese sentido, cargas el peso del mundo sobre tus hombros, piensas que estás haciendo lo correcto. No es así. Te aplastará. Déjame ayudarte a cargarlo. *Déjanos* hacer lo que podamos para corregirlo. Ninguno de nosotros quiere dejarte atrás.

Gavin me miró con ojos violeta y asentí. Estaba confundido, inseguro. No sabía qué decir para convencerlo. Éramos cercanos, lo sabía. Tan condenadamente cercanos.

Gordo fue el próximo en hablar.

—Confiaste en Thomas Bennett.

Gavin cerró los ojos.

—No.

—Okey —concedió Gordo—. Confiaste en él lo suficiente para intentar encontrarlo. Eso fue lo que dijo Carter, ¿no? Fuiste a Green Creek para buscar a Thomas.

Gavin no habló.

—No es necesario que confíes en nosotros —dijo Gordo—. Por lo menos, no todavía. Pero si en ese momento creíste que Thomas podía ayudarte, tienes que pensar que podemos hacer eso por ti ahora. No te conozco. Pero si te pareces a mí en algo, estás pensando que es más sencillo hacer esto por tu cuenta. No lo es. Créeme cuando hablo, lo intenté por mucho tiempo y terminé desperdiciando años. Thomas fue el culpable de gran parte de ello. No era perfecto. Se confundió más de lo que crees. Pero nos quería. Hizo lo que creía correcto. Todos tuvimos que pagar un precio por nuestros padres.

Subió su manga y reveló las cicatrices en dónde el cuervo había estado.

—Algunos más que otros. Mírame.

Gavin lo hizo.

—¿Ves esto?

Gordo extendió su brazo y exhibió su muñón liso. Las líneas y los símbolos grabados en su piel eran familiares, rosas florecientes. Acarició su cicatriz con su dedo.

—Este es el precio que pagué. Así es cómo nuestro padre era capaz de hacer lo que hacía. Un plan de respaldo. Solo era un niño cuando hizo que Abel Bennett me inmovilizara, tomara una aguja y me marcara. Pero no era solo por los tatuajes o la magia o sobre convertirme en un brujo como él. Incluso entonces, ya tenía un plan en caso de que algo le sucediera. Era peligroso, más de lo que él sabía. Me utilizaba para resucitarlo, y fue demasiado lejos. La mordida del Alfa mezclada con la magia

Livingstone lo transformó en lo que es ahora. Puede que creas que tienes algo con él, puede que creas que se preocupa por ti. Y tal vez lo hace, en su propia manera, al igual que con Robbie. Pero al final de cuentas, te está utilizando. De la misma manera en que me utilizó a mí.

Gordo dejó caer su brazo y cubrió la cicatriz.

—Me prometí a mí mismo que no volvería a permitir que me sucediera a mí o a otra persona. Así que les pedí a Aileen y Patrice que lo quemaran. Dolió como los mil infiernos, pero lo volvería a hacer si fuera necesario porque eso es lo que haces por las personas que te importa. Les das todo, y cuando eso no parece ser suficiente, das todavía más.

Gavin lo observó por un largo tiempo antes de asentir lentamente.

—Mark —dijo y Gordo lo miró sorprendido.

—¿Qué pasa con él?

—Estaba allí. Cuando el cuervo ardió.

—Sí, estaba allí. Aunque le dije que no era necesario. Él no… no escucha.

—Como Carter.

Kelly volvió a estrujar mi mano, pero no era necesario. Sabía lo que Gavin estaba implicando. Era la primera vez que lo hacía, incluso si era de una manera indirecta. Gordo y Mark. Pensaba que éramos como ellos.

Gordo resopló.

—Sí. Cretinos testarudos. Pero eso es lo característico de los Bennett. Clavan sus garras en ti y nunca te dejan ir. Arañan tu piel, derraman sangre, pero siempre se aferran. Intenté resistirme. Ya no quiero hacerlo. Ahora cuando sangramos, sangramos juntos.

Joe soltó a Gavin mientras daba un paso hacia adelante. Gavin fue hacia Gordo y se paró delante de él. Era como mirar un espejo quebrado.

Gavin estiró sus dedos temblorosos, tocó a Gordo en el pecho y pasó sus dedos sobre su nariz entre sus ojos. Gordo no se movió.

—Me veo. En ti —dijo Gavin.

Gordo suspiró.

—Desearía que no lo hicieras. Haría todo esto más sencillo.

—Livingstone.

Gordo sacudió la cabeza.

—Ya no. No lo he sido por un largo tiempo. Solo es un nombre, no me define, sé quién soy. Soy un Bennett. Y tú también puedes serlo.

Viniendo de él, sus palabras tenían un gran significado. Este hombre había odiado por tanto tiempo todo lo que éramos. Y nunca lo culpé por eso, no una vez que supe la verdad.

—¿Bennett? —dijo Gavin.

Gordo asintió. Gavin se alejó de él.

Contuve la respiración.

Nos miró a todos, su mirada se detuvo en mí. No desvié la mirada.

—Vendrá por mí. Por ustedes. Puedo escucharlo. En mi cabeza. Es Alfa —dijo.

—¿Tu Alfa? —preguntó Gordo.

Gavin hizo una mueca.

—Yo… no. Y sí. Me necesita. Soy su manada. Se queda porque me quedo. Vive porque yo vivo. Toma de mí. Se hace completo. No recuerdo mucho, pero duele. Como cuchillos en mis patas.

Por el amor de Dios.

—Eso era lo que te estaba haciendo. En la cueva en el bosque.

Gavin asintió miserable.

—Monstruo. Bestia. Como yo.

No podía contener mi ira.

—No eres como él. No eres en lo absoluto como él.

—No sabes lo que he hecho para sobrevivir.

Algo ácido emanaba de él, tardé un momento en darme cuenta de que era vergüenza.

—Herí personas. No quise hacerlo. Monstruo. Como él.

—No sé lo que eres —dijo Joe—. ¿Quieres herirme?

Gavin le echó un vistazo.

—A veces.

—Pero no todo el tiempo.

Sacudió la cabeza.

—Pum, pum, pum. Lo mantiene alejado. Un tambor. Una canción. —Comenzó a retorcer sus manos—. Pero a veces quiero que sangres. Todos ustedes. Clavar mis dientes en ustedes. Morder. Desgarrar. Monstruo.

Me pregunté si podría amar a un monstruo. Si siquiera importaba. Sin importar lo que hacía mi padre, nunca había sido malicioso, nunca había hecho algo tan erróneo que no pudiera retractarse, incluso si así parecía en el momento. Gordo lo sabía mejor que nadie. Comprendía la absolución.

—Vendrá —dijo Gavin—. Sin importar qué. Vendrá por mí.

La sonrisa de Gordo fue filosa como una navaja.

—Cuento con ello.

Y en ese momento Gavin decidió que era hora de desnudarse. Dejó caer los pantalones cortos de sus caderas y dio un paso al costado.

—Por Dios —siseó Kelly—. Carter, romperás mi mano. ¡Suéltame!

Dejé caer su mano y clavé la mirada en el cielo.

—Lo lamento, lo lamento. No quise hacerlo.

—Imbécil —murmuró Kelly mientras sacudía la mano—. Y no creas que no huelo eso. Este no es el momento para que tengas una erección por…

Estampé una mano sobre su boca.

—Ay, por Dios, ¿podrías *callarte*?

Puso los ojos en blanco. Hice una mueca de asco y me alejé cuando lamió mi mano, algo que solía hacer cuando éramos niños. Lucía arrogante y nunca quise perderlo de vista otra vez.

—¿Qué estás haciendo? —Joe le preguntó a Gavin.

—Transformándome —murmuró Gavin—. Lobo.

—¿Por qué es más sencillo para ti?

Gavin comenzó a sacudir la cabeza, pero se detuvo. Me echó un vistazo antes de bajar la mirada al suelo.

—Sí, pero no es eso. —Volvió a fruncir el ceño—. Carter dijo que soy lobo y actúo como si él me importara.

—Mierda —susurré—. No quise decir eso. Estaba enojado.

—Yo también estoy enojado —dijo Gavin.

Puso sus manos en sus caderas y me fulminó con la mirada.

—Pum, pum, pum. Lo escucho. Tan fuerte. Bájalo.

—No funciona así, ya te lo dije.

—¿Por qué?

Se estaba *burlando* de mí.

—Ese eres tú. Así suenas. ¿Por qué? ¿Por qué? ¿Por qué?

Infló su pecho y usó una voz más grave.

—Transfórmate en lobo, Gavin. Ponte ropa, Gavin. Responde preguntas estúpidas, Gavin.

—¡*No* hablo así!

—No puedo creer que pasamos casi un año conduciendo miles y miles de kilómetros solo para verte coquetear y fracasar así —murmuró Kelly.

Se rio cuando le di un golpe en el hombro.

Gavin frunció el ceño.

—Coquetear. No soy una niña.

Me miró entrecerrando los ojos antes de mirarse a mí mismo. Seguí su mirada hasta que me di cuenta de que estaba mirando fijo su pene.

—Qué asco —dijo Kelly y arrugó la nariz—. De verdad, hombre. Puedo *oler* eso.

—Transfórmate o vístete —dije con el rostro en llamas.

—Te vi desnudo —dijo Gavin—. En Green Creek.

—¡No es lo mismo! ¡Y por qué demonios me mirabas cuando estaba desnudo!

Entonces se rio. Era la primera vez que escuchaba su risa. Era oxidada y quebrada, sonaba casi como si estuviera respirando con dificultad. Pero las esquinas de sus ojos se arrugaron, sus labios esbozaron algo parecido a una sonrisa y me pregunté cómo podía ser así de sencillo. Que yo pudiera provocar algo tan simple y extraordinario como su risa. Alguien como él, más lobo que hombre, salvaje y oscuro, se estaba *riendo* y no quería que se detuviera.

—Por favor —dije—. Por favor ven a casa. Con nosotros. Conmigo.

Su risa se desvaneció al igual que su sonrisa.

—Casa.

—Sí, casa. A donde pertenecemos.

—¿Si me quedo?

Inhalé profundamente.

—Entonces también me quedo.

Kelly empezó a hablar, pero Gordo sacudió la cabeza.

—¿Por qué? —preguntó Gavin.

—Sabes por qué.

Asintió lentamente.

—No… sé. Cómo ser así.

—Humano.

—Sí.

—Está bien —le dije y nunca hubo más verdad en mis palabras—. Si necesitas transformarte, entonces hazlo. Si piensas que puedes quedarte en este estado, entonces hazlo. Yo solo… Me gusta escuchar tu voz.

Lucía sorprendido.

—¿Sí?

—Es una buena voz —dije.

Kelly sonaba como si se estuviera ahogando.

—Olvidé cómo sueno —dijo Gavin—. Extraño. Es extraño. Hablar. Es difícil. Todo mezclado.

—Se hará más sencillo. Lo prometo. Te ayudaré.

—Ayudarme —susurró.

Dio un paso hacia mí y todo lo demás se desvaneció. Estaba frente a mí. Era más bajo que yo por unos cuantos centímetros. Me pregunté qué veía cuando me miraba, si se sentía igual que yo. Confundido. Aterrorizado. Desesperado. Tenía que asegurarme de que nada pudiera volver a lastimarlo.

—Me ayudarás.

—Lo que sea necesario —prometí.

Hundió un dedo en mi pecho.

—Pum, pum, pum.

Tomé su mano y la apoyé sobre mi corazón. Se puso rígido, pero no se alejó.

—Lo que sea necesario —repetí y era la verdad.

Él lo escuchó.

Sus ojos se ensancharon, sus dedos descansaban sobre mí.

Luego dijo:

—Casa.

Y supe que nunca nada volvería a ser igual.

Se acostó frente al fuego, transformado, su cola lo envolvía y sus ojos estaban cerrados.

—A primera hora —dijo Gordo sentado contra la pared—. Nos marchamos a primera hora.

—Tiene razón —dije—. Livingstone sabrá, vendrá por nosotros. A Green Creek.

Joe y Kelly estaban afuera, la luz descolorida del cielo se parecía a un moretón profundo.

—Lo sé.

—¿Podemos detenerlo?

—No tenemos otra opción.

Asentí.

—Está… está atascado en su transformación. Como estaba Gavin.

—No creo que se lo esperara cuando vino a Caswell. Creo que pensaba que era casi inmortal.

—Por lo que te hizo. El cuervo.

—Algo así.

—No es justo.

Gordo resopló.

—Te quedas corto.

Lo miré.

—Háblame.

—¿De qué?

—Casa. Háblame de casa.

—Hace frío —dijo—. Había nieve en el suelo cuando nos marchamos, pero no mucha. Tu madre puso algunas decoraciones navideñas. Le pregunté cómo podía concentrarse en algo tan trivial, me dijo que sabía que regresarías. No sabía cómo lo sabía, pero ella solo… lo sabía. Dijo que te gustaría verlas cuando regresaras, que sería una bienvenida para Gavin y para ti. Ox ayudó, sabes cómo se pone en Navidad. Como un niño pequeño. Robbie lo consiente. Deberías ver el taller, luce ridículo, todas esas luces y esferas decorativas.

—Pero no los detienes.

—No.

—¿Por qué?

—Porque los hace felices. Y nunca querría detener eso.

—Pero te quejas.

Se rio.

—Tengo que conservar mi reputación —y agregó en tono más serio—. Será difícil. No te mentiré, pero haremos lo que siempre hicimos.

—Lucharemos.

—Sí, Carter. Lucharemos.

La puerta se abrió.

Los ojos de Gavin se avisparon.

Kelly entró seguido de Joe. Me miraron.

—¿Qué?

Kelly extendió su teléfono. La pantalla estaba encendida. Había un temporizador en la parte inferior y había una sola palabra visible.

Mamá.

Mi pecho se estrujó.

—¿Esa es…?

Y a través del altavoz, mi mamá dijo:

—Hola, mi hijo. Mi amor. Mi todo. Hola. Hola. Hola.

Hundí mi rostro en mis manos y lloré.

Esa noche dormí entre mis hermanos, sus cuerpos cálidos, sus latidos familiares. Inhalé su aroma, *ManadaManadaManada* y por primera vez en mucho tiempo, mis sueños fueron verdes.

Me desperté solo una vez ya adentrada la noche. Miré hacia la ventana, Gavin estaba sentado frente a ella con la mirada fija en la oscuridad.

Me desenredé de los brazos de Kelly y frunció el ceño dormido. Me estiré y alisé las líneas en su frente y susurré que estaba aquí, que él estaba bien. Suspiró y se acurrucó contra Joe.

Fui hacia la ventana y me puse de rodillas al lado de Gavin. Descansé mis brazos contra el marco de la ventana. Estaba frío, el hielo subía por el panel de vidrio.

—Gracias.

Me miró con ojos violetas. No desvié la mirada.

—Por hacer guardia. Estas últimas semanas sé que lo hacías mientras dormía.

Resopló y sentí un gruñido en su garganta.

—No tienes que hacer eso. No tienes que esconderte de mí.

Miró por la ventana. Apoyé el mentón sobre mis brazos, mi barba rascó mi piel.

Presionó su nariz contra mi hombro, una pregunta sin palabras.

Necesitaba que lo supiera. Necesitaba que lo comprendiera. Que me escuchara, que realmente me escuchara. Así que dije:

—Esto es nuestro. Esta manada, esta vida, este mundo. Es nuestro y nadie puede arrebatárnoslo. Estaremos bien tú y yo. Viviremos. Y tal vez no sea perfecto, pero lo descifraremos. Construiremos un hogar. No sé qué es esto entre nosotros. Confío en que sabes lo que es mejor para ti, pero solo quiero que sepas que estoy aquí si alguna vez estás listo. Me aterra, pero sé que valdrá la pena porque sé que *tú* lo vales. Me ayudaste a arreglar las partes rotas en mí y ni siquiera me di cuenta, no hasta que fue demasiado tarde. No quiero volver a sentirme así. Vine a buscarte porque mereces tener a alguien de tu lado, alguien que no quiera lastimarte.

Se quejó y se presionó contra mí. Su piel era cálida, su cuerpo de lobo estaba caliente.

—No sé qué significa esto o qué podría ser. Pero creo que quiero averiguarlo. Mi padre me dijo una vez que cuando te encontrara, cuando encontrara a la persona con la que se suponía que debería estar, lo sabría. No le creí. Yo no era como Joe o Kelly y sus ojos bien abiertos y sus creencias en cosas como la magia. Ahora lo entiendo gracias a ti. Así que lo que sea que quieras, lo que sea necesario, ahora estás conmigo, en dónde perteneces. Y no daré eso por sentado otra vez.

Apoyó su cabeza sobre la mía y respiró profundamente.

Nos quedamos así hasta que el cielo comenzó a aclararse.

TRANSFORMACIÓN

—Nos moveremos rápido –dijo Gordo–. Sin importar lo que suceda. Estábamos en la cabaña de pie justo al lado de la puerta. Joe y Kelly estaban serios, pero concentrados. Los tatuajes de Gordo brillaban en silencio. Gavin caminaba de un lado a otro de la cabaña con la nariz en el suelo. Se detuvo cerca de la cama. Estornudó y sacudió la cabeza antes de tomar mi bolso con sus dientes. Lo cargó hasta mí y lo apoyó en mis pies. Levantó la mirada hacia mí con la cabeza inclinada.

—¿Estás conmigo? –le pregunté y se sintió como una pregunta con mucha carga.

Sus ojos brillaron de violeta.

Y, por un momento, creí escuchar una voz en mi cabeza. Susurraba *carter carter carter*.

Me agaché y tomé su rostro con sus manos.

—Quédate conmigo. A mi lado.

Su lengua limpió mi palma.

Gordo nos estaba observando cuando lo miré. Arqueó una ceja.

—No nos detenemos. No miramos atrás sin importar lo que suceda.

Gordo esbozó una sonrisa salvaje y brillante.

—Maldita sea, te extrañé, imbécil.

Y luego abrió la puerta.

—Dos camionetas —dijo Gordo mientras trotábamos entre los árboles—. ¿Dijiste que la tuya todavía funciona?

Asentí.

—Debería.

—Yo conduciré. Joe y Kelly en la otra camioneta. Gavin en la parte trasera. No puede quedarse como lobo por mucho tiempo. Nos cruzaremos con personas pronto, lo verán.

—Podemos preocuparnos por eso una vez que este lugar quede detrás de nosotros —dijo Kelly. Respiraba con dificultad, una nube gruesa de niebla brotaba de su boca—. Odio este lugar, es como un veneno.

—Es él —dijo Joe con ojos rojos—. Infectó este lugar, puedo sentirlo. El bosque está muriendo, es como si él succionara la vida de todo lo que lo rodea.

Me dije a mí mismo que el escalofrío que sentí fue por el aire frío.

Las camionetas seguían aparcadas en frente de la casa en dónde las habíamos dejado. Me pregunté si alguien que buscara a los cazadores sería capaz de rastrearlos hasta aquí. No importaba. Si eso sucedía, ya nos habríamos marchado hace tiempo.

Había una camioneta más nueva que no estaba allí antes. Joe me dijo que era de Ox. Había reemplazado la que se había destruido cuando luchamos en Caswell. Sentí un escalofrío ante el recuerdo de niños cayendo de los techos con ojos vacíos y sus garras bañadas en sangre. Esperaba que nunca recordaran lo que había sucedido.

Kelly tomó mi mano mientras se detenía al lado de mi camioneta. Lo miré.

—Esto es real —dijo—. Necesito que lo sepas. Esto es real. Estamos aquí. Vinimos por ti, por ustedes dos. Estás despierto, Carter. Juro que estás despierto.

Lo abracé con fuerza, inhalé su aroma y me deleité en el latido de su corazón.

—Habrá tiempo para eso más tarde —estalló Gordo—. Súbete a tu camioneta. No te atasques tratando de dar la vuelta.

Nos separamos. Kelly lucía como si fuera a decir algo más, pero se contuvo. Gordo tenía razón, teníamos que concentrarnos.

Joe estrujó mi hombro antes de jalar de Kelly hacia la camioneta. Mis hermanos me miraron sobre sus hombros como si creyeran que desaparecería una vez que saliera de su vista. No los culpaba.

Gordo tomó mi bolso y las llaves.

—Sube a Gavin en la parte trasera.

Giró hacia la cabina y abrió la puerta.

Rodeé la camioneta y Gavin me siguió. El hedor a sangre seguía espeso en el aire, hizo que me ardieran las encías. Bajé la puerta y le eché un vistazo a Gavin. Estaba parado a mi lado con la espalda tensa mientras miraba al bosque. Lo toqué entre las orejas. Se sobresaltó y me miró.

—¿Estamos bien?

Se subió de un salto a la parte trasera de la camioneta que se quejó y se meció de lado a lado por el peso considerable del lobo. Gimoteó y lo comprendí. *Vamos. Vamos. Vamos.*

Subí la puerta y la trabé.

La camioneta cobró vida con un rugido, humo negro salió por el caño de escape e hizo que me lagrimearan los ojos. Mientras caminaba hacia el asiento del pasajero, eché un vistazo sobre mi hombro y vi a Joe retroceder lentamente y ejecutar un giro desprolijo. Las llantas de su camioneta giraron brevemente antes de detenerse y avanzar mientras doblaba por la carretera rural.

Me subí al vehículo y cerré la puerta. La calefacción estaba a máxima potencia, pero todavía no había calentado la cabina. Mis dientes repiquetearon. Me estiré hacia la ventana de atrás y la abrí. Gavin metió su hocico y agitó sus fosas nasales. Su lengua descansaba entre sus colmillos.

Gordo avanzó hacia la casa.

—Tal vez tendremos suerte.

—No contaría con ello —murmuré.

Logró hacer girar la camioneta sin mucha dificultad. Esquivó los otros vehículos, algunas ramas rozaron el lado del pasajero. Más adelante, las luces de freno de la otra camioneta titilaban mientras esperaban que llegáramos a ellos.

Gordo encendió los focos delanteros para hacerles saber que siguieran adelante. Volvieron a avanzar, su camioneta rebotaba en la vieja carretera.

La casa había quedado apenas afuera de nuestro campo de visión cuando Gordo gruñó.

Miré hacia él.

Estaba apretando los dientes con una fina capa de sudor en su frente. Gavin sacó su hocico de la ventana y gruñó mientras intentaba mantenerse erguido entre la nieve que se había asentado en la caja de la camioneta.

—Está despierto —dijo Gordo.

El motor vibró cuando hundió su pie en el acelerador. Nos abalanzamos hacia adelante justo cuando un rugido resonó en la profundidad del bosque.

—Vamos, vamos, vamos —grité.

Miré por la ventana, seguro de que vería una gran masa avanzando a toda velocidad hacia nosotros, presioné mis manos contra el techo de la cabina, mientras la camioneta derrapaba por una esquina. Gordo giró el volante y desaceleró mientras la camioneta se deslizaba. Esquivamos un árbol por centímetros, el tronco casi acaricia el costado de la camioneta. Nos alineamos y volvimos a recuperar velocidad.

Más adelante, Joe y Kelly llegaron a la calle principal. No desaceleraron cuando doblaron a la derecha y se deslizaron tanto que pensé que tal vez caerían en la cuneta, pero Joe mantuvo el control. Miré detrás de nosotros para revisar a Gavin y…

—Ay, mierda —susurré.

Sentí los ojos de Gordo sobre mí.

—¿Qué? ¿Qué sucede? ¿Qué…?

Robert Livingstone aterrizó en la carretera detrás de nosotros, los árboles cayeron a su alrededor. Dio una vuelta, el suelo tembló mientras se ponía de pie. Una cosa era verlo de noche matando cazadores o rondando la cabaña, o hasta en la oscuridad de la cueva. Era completamente distinto verlo a la luz del día. Fácilmente, la bestia medía tres metros cuando se alzaba sobre sus piernas traseras. El ojo que conservaba ardía en su cabeza gigante, el pelo que cubría su cuerpo era casi todo negro salvo por el blanco alrededor de su rostro y en su pecho. Sus extremidades eran anchas y musculosas y mientras lo observaba, se acomodó sobre sus cuatro patas y se abalanzó hacia nosotros, sus colmillos resplandecían debajo de los suaves rayos de sol.

—Sujétate —escupió Gordo.

—¿A qué? —grité, pero no importaba.

Aceleró en el camino e hizo girar el volante hacia la derecha. Las llantas de la camioneta chillaron mientras rotábamos. El tiempo se ralentizó a nuestro alrededor y miré por la ventana trasera y vi a Livingstone agazapado, sus músculos listos para saltar. Me preparé para el impacto, sabía que, si nos golpeaba, todo terminaría. La camioneta volcaría y Gavin saldría disparado.

Gordo giró el volante hacia la izquierda y las llantas de la camioneta se deslizaron por la carretera y salpicaron lodo a nuestro alrededor. Gavin gruñó mientras caía de costado, casi se tropieza y cae de la caja de la camioneta.

Gordo apretó el acelerador. Salimos disparados *justo* cuando Livingstone saltaba con la boca abierta y exhibía lo que parecían ser filas interminables de colmillos, sus manos deformes delante de él y sus garras eran como ganchos industriales negros.

Le grité a Gavin que se mantuviera agachado mientras Gordo recuperaba el control. El motor sacudió la cabina cuando salimos disparados hacia adelante, Livingstone rugía mientras avanzaba hacia la caja. Gavin yacía acostado, pero la bestia se estiró hacia él, una de sus garras se enterró en el hombro de Gavin. La sangre se derramó sobre el metal. Livingstone gruñó furioso mientras impactaba contra los árboles del otro lado de la carretera, cuyas raíces se despegaron del suelo. Se puso de pie casi inmediatamente.

Gordo miró en el espejo retrovisor, su mano se aferró al volante mientras Livingstone comenzaba a perseguirnos.

—Ay, tengo una muy mala idea.

Lo miré boquiabierto.

—¿Qué? ¡No! ¡Malas ideas no!

—Toma el volante. Haz que avancemos en línea recta.

—¿Estás completamente *demente*? —le grité, pero hice lo que pidió.

Joe y Kelly estaban a unos cuantos metros más adelante, avanzando a toda velocidad.

—Tal vez deberías haberme dejado conducir, ¡bastardo!

—Eres un pésimo conductor —murmuró Gordo.

Giró en su lugar, sin despegar su pie del acelerador. Abrió la puerta del conductor y se colgó de un costado. Aire frío entró en la cabina y despeinó su cabello mientras entrecerraba los ojos. Murmuró algo por lo bajo mientras sus tatuajes brillaban, las rosas se retorcieron alrededor de la cicatriz en donde solía estar el cuervo. La sensación de su magia era familiar y extraña. Siempre había cierto orden en ella, incluso después de haber perdido su mano, pero esta vez se sintió diferente.

La sentí gatear sobre mí mientras las rosas florecían con mayor intensidad de lo que las hubiera visto jamás. Crecieron por su brazo, las enredaderas se extendieron y las espinas eran tan reales que creí que me pincharían si las tocaba. Las rosas y las enredaderas se arremolinaron alrededor del muñón en su muñeca. Miré hacia atrás y la carretera detrás de nosotros se partió en dos como si las placas tectónicas debajo de la tierra se hubieran despertado enojadas. Toneladas de cemento se suspendieron en el aire mientras Livingston rugía. Intentó seguir corriendo, pero un pedazo de roca negra golpeó su cabeza y lo derribó. Gordo gruñó mientras bajaba su brazo y de hecho pude oler las rosas, el aroma era intenso, como si estuviera en el medio de un jardín.

Livingstone cayó en el suelo mientras los restos de la roca caían a su alrededor. Un ojo rojo brilló antes de desaparecer debajo de las rocas.

—¡Toma *eso* hijo de perra! —celebré.

Gordo volvió a meterse en la cabina de la camioneta y empujó mis manos del volante. Hundió su pie en el freno con fuerza, el capó de la camioneta señalaba hacia el camino cuando nos detuvimos. Más adelante, Joe y Kelly hicieron lo mismo y pude verlos mirarnos con los ojos bien abiertos.

Gavin se puso de pie en la caja de la camioneta. La herida sanaba lentamente. El daño provocado por un Alfa siempre tardaba más en curarse. Su pelaje estaba manchado con sangre, pero no le prestó atención mientras miraba las ruinas de la carretera.

—¿Eso fue todo? —pregunté—. ¿Está muerto?

Gordo sacudió la cabeza mientras miraba por el espejo lateral.

—No… no puede ser tan sencillo.

—Dejaste caer una maldita *carretera* sobre él. ¿Cómo demonios hiciste eso?

—Te sorprendería lo que puedo hacer ahora que fui liberado.

Sonó un teléfono. Gordo lo sacó de su bolsillo y me lo lanzó. Bajé la mirada y vi el nombre de Kelly.

—¿*Viste* eso? —respondí.

—¿Por qué nos detuvimos?

—No lo…

—Mierda —dijo Gordo.

Volví a mirar hacia atrás. Al principio, no había nada. Y luego una pila de cemento se movió.

—No —susurré.

Pero no fue una bestia lo que emergió.

Una mano pálida, humana. Cinco dedos se extendieron hacia el cielo, se flexionaron una, dos veces antes de que otra mano apareciera con piel ensangrentada.

Y luego Robert Livingstone se puso de pie.

Estaba desnudo, su cuerpo estaba cubierto de cortes en distintas etapas de cicatrización. Su cabello blanco se agitó alrededor de su cabeza por la brisa. Solo tenía un ojo, el otro estaba cerrado con una cicatriz sobre él. Una masa de tejido envolvía el costado de su cabeza. Se sacudió a sí mismo y estiró el cuello de un lado a otro.

—Por el amor de Dios —Kelly susurró del otro lado del teléfono—. Puede transformarse.

Dio un paso hacia nosotros.

Gordo se estiró hacia el picaporte. Sujeté su brazo con fuerza.

Me lanzó una mirada asesina e intentó alejarse.

—*No* —dije—. No de esta manera. No podemos enfrentarlo así. Piensa en Mark, Gordo. Te está esperando. Por favor no hagas esto.

Estampó el volante con una mano.

—Mierda. *¡Mierda!*

Eché un vistazo hacia atrás y vi a Gavin pararse en sus piernas traseras devolviéndole la mirada a su padre. El lobo estaba tenso, su cola apuntaba al cielo.

Livingstone inclinó su cabeza hacia atrás y aulló. Nos cubrió y lo sentí en los huesos.

El llamado del Alfa.

Resonó a nuestro alrededor y sentí el *tirón*, el deseo de rendirme, de desnudar mi cuello, aunque sabía que la bestia lo desgarraría.

Gavin dio un paso hacia él, su peso hizo temblar la camioneta.

Me estiré hacia la ventana trasera, tomé su cola y jalé tan fuerte como pude. Gavin sacudió su cabeza hacia mí con ojos violetas.

—No —le gruñí—. No le perteneces. No puede tenerte. Resiste, ¿me escuchas? *Resiste.*

Gavin me miró fijo por un largo momento antes de volver a mirar a su padre. Vi el momento en el que Livingstone lo comprendió. El momento en el que se dio cuenta de que Gavin había tomado su decisión.

Algo atravesó su rostro. Era azul y azul y azul, pero por lo bajo sentí el latido *negro* de ira, su furia emergió y aplastó todo lo demás. El azul se desvaneció mientras su rostro se retorcía, su ojo rojo ardía. Asintió lentamente y luego dijo:

—Entonces así serán las cosas. Ya veo.

Presionó sus dedos contra su rostro y su piel se hundió. Alejó sus manos y las miró.

—¿En qué me he convertido? Esta… cosa.

Dejó caer las manos. Por un momento, lució como un viejo frágil mientras sus ojos se entrecerraban.

—Tú me hiciste esto. Gordo. Mi hijo.

—Avanza —dije.

Gordo estaba hipnotizado, seguía mirando por el espejo lateral.

Livingstone dio un paso hacia la camioneta.

—No puedes dejar las cosas en paz. Nunca pudiste, ni siquiera cuando eras un niño. Y ahora estás aquí otra vez. Creí… Creí que el niño sería suficiente. El principito. Creí que Gavin…

Sacudió la cabeza.

—¿Por qué me obligan a actuar? Los dejé en paz. Tomé lo que me debían y los *dejé en paz*.

—¡Gordo! —grité—. *Conduce,* maldita sea.

Gordo salió de su estupor. Me miró como si no me reconociera. Luego, la luz volvió a aparecer y miró hacia adelante. Podía escuchar a Kelly gritando en el teléfono, pero lo ignoré. Gavin estaba gruñendo y Gordo no se movía, eché un vistazo hacia atrás y vi a Livingstone avanzar otro paso. Su rostro apuntaba al cielo.

—Puedo ver la verdad de todo —dijo—. De aquello en lo que se suponía que me convertiría. Y lo que haré con ello. Esto terminará de una manera y otra. Gavin, ven a mí, quédate a mi lado. Nunca comprendí las ataduras que unen a una manada. Ahora lo entiendo.

Me aferré a su cola tan fuerte como pude, pero Gavin no hizo ningún movimiento para saltar de la camioneta.

Una lágrima cayó por la mejilla de Livingstone.

—Tú también, ¿verdad? ¿Te quedas con ellos? Ellos toman. Siempre toman. No saben hacer otra cosa. Los Bennett. Todos los Bennett.

Limpió su rostro.

—Tu mundo arderá, me aseguraré de ello. Y al final, cuando estés suplicando piedad, rogándome por sus vidas, te recordaré este momento. Cuando le diste la espalda a tu propio padre, y te diré *no*.

—¡Kelly! —gritó Gordo—. ¿Están listos?

—*Sí* —respondió Kelly.

—Hazlo. Hazlo *ahora*.

Salió de la camioneta antes de que pudiera detenerlo. Gavin gruñó, pero se quedó en su lugar.

Me llevé el teléfono a la oreja.

–Kelly. *¡Kelly!* ¿Qué está haciendo? ¡No puede hacer esto solo!

–No está solo –respondió Kelly–. Nunca lo estuvimos. Mira.

Salieron de entre los árboles. Docenas. Podía escuchar los latidos acelerados de sus corazones agitados, como el aleteo de las alas de un ave. Se colocaron entre nosotros y Livingstone.

Inclinó su cabeza y dijo:

–¿Qué es esto?

Brujos. Todos eran brujos. Reconocí a algunos de Caswell, algunos de cuando era un niño y servían a mi padre. Dos más salieron de entre los árboles y avanzaron a paso lento pero seguro.

Aileen y Patrice.

Livingstone sonrió.

–¿Qué creen que pueden hacerme? Este es mi momento, no pueden tocarme.

–Ah –dijo Aileen, su voz áspera–. Te sorprendería lo que podemos hacer. Y no vamos a tocarte.

–Vamos a contenerte –explicó Gordo–. Ahora eres un lobo. Y sé cómo atrapar lobos, tú me lo enseñaste.

Los ojos de Livingstone se ensancharon.

Todos los brujos sacaron cuchillos, algunos más largos que otros. Resplandecieron bajo la luz del sol y olí el ardor de la plata. Gordo fue el primero, cortó la cicatriz en dónde solía estar el cuervo. Derramó sangre. Sacudió su brazo, la sangre cayó en las ruinas de la carretera. Los demás lo imitaron, cortaron sus manos, palmas y antebrazos. El hedor a sangre fue inmediatamente denso y se mezcló con el aroma a plata. Todos alzaron sus manos al mismo tiempo y sentí una gran ola de magia. El aire en frente de los brujos se llenó de destellos que colisionaron y se fundieron entre sí, radiantes como el fuego.

Livingstone se abalanzó hacia adelante. Le grité a Gordo, pero la bestia se estrelló contra los destellos, cuyo brillo se intensificó. Cayó hacia atrás y aterrizó en el suelo, su nariz se quebró, pero ya se estaba curando, tenía sangre en los labios. Se sentó, apoyó las manos en el pavimento.

A cada lado de la carretera, hasta donde podía ver en el bosque, se alzó la barrera.

—Brujos —dijo Kelly en mi oreja—. Vinieron con nosotros. Una vez que supimos en dónde podríamos encontrarte, vinieron. Sabían lo que él era capaz de hacer. Sus fortalezas. Sus debilidades.

Livingstone se levantó del camino mientras los brujos bajaban los brazos. Se acercó lentamente a la barrera. Alzó una mano y siseó cuando la apoyó contra la barrera y esta se ennegreció como si se estuviera quemando.

—Astuto —admitió—. Te enseñé bien. No puedes creer que esto me retendrá por siempre.

Gordo sacudió la cabeza.

—No por siempre, pero lo hará por ahora. Y ese es todo el tiempo que necesitamos.

Le dio la espalda a su padre, caminó hacia la camioneta, su sangre goteaba por el camino. Mantuvo la cabeza en alto y los hombros rectos.

Se detuvo cuando su padre lo llamó.

—Gordo.

Pero no se volteó.

—Estás cometiendo un error —terminó Livingstone.

Gordo entrecerró los ojos y bajó la mirada hacia el cuchillo en su mano.

—Una vez que encuentre la manera de salir de aquí, iré a buscarte —siguió—. Iré por todos ustedes. Y ni tú, ni tu manada, *nadie* será capaz de detenerme.

Con un movimiento ensayado, Gordo hizo girar el cuchillo en su mano y tomó el filo entre sus dedos. Dio la vuelta, subió la mano hasta su cabeza antes de lanzar el cuchillo. Giró una y otra vez y...

Livingstone aplaudió y atrapó el cuchillo por el filo; la punta tocó su frente. Un hilo de sangre cayó entre sus ojos, por el costado de su nariz hasta su boca. Cuando sonrió, manchó sus dientes. Dejó caer el arma al suelo, sus manos ya estaban sanando la quemadura de la plata.

—La próxima vez —dijo Gordo—, no fallaré.

Y luego volteó y caminó hacia la camioneta.

—Aileen, Patrice —dijo sin mirar atrás—, saben qué hacer.

—Oh, sí —dijo Patrice—. Llévalos a casa. Haz lo que debas hacer.

Gordo se subió a la camioneta con el rostro rígido. La camioneta rugió cuando encendió el motor. Salimos disparados hacia adelante. Gavin perdió el equilibrio, pero se mantuvo erguido, envolvió su cola alrededor de mi mano. Livingstone nos observaba de pie en el medio de la carretera destruida. Lo último que vi de él fue su ojo rojo antes de doblar por una esquina y dejarlo atrás.

Me desperté gritando en el medio de la noche, seguía atrapado en una pesadilla en la que mis hermanos se volvían polvo delante de mí y se desvanecían con un fuerte viento. Se iban, se iban, se iban y estaba solo.

Estaba oscuro. No podía ver.

Y luego mi visión se despejó.

Joe y Kelly estaban allí con los ojos bien abiertos, me decían que me detuviera. Carter, por favor, detente, estás a salvo, estás bien, te tenemos, te tenemos.

—¡No es real! —grité mientras luchaba contra sus manos—. No es real, no son *reales*. ¿Por qué no son reales?

Me sostuvieron y me presionaron contra la cama.

La boca de Kelly estaba cerca de mi oreja.

—Escucha —dijo—. Escúchame.

Tomó mi mano y la presionó contra su pecho. Su corazón retumbó.

—¿Sientes eso? ¿Lo escuchas? De esa manera lo sabes. Estás a salvo. Estás con nosotros, te tenemos. Estás en un motel en Wyoming, estamos contigo. Joe, Gavin, Gordo y yo. Todos. Lo prometo.

Mi piel estaba pegajosa por el sudor. Me latía la cabeza. Esperaba que volvieran a desaparecer y abandonarme.

Pero no lo hicieron.

Cerré los ojos, intentando tranquilizarme. La mano de Joe estaba sobre mi frente, peinaba mi cabello. Tarareó una pequeña canción que había aprendido de nuestra madre. Sobre cómo no le importaba estar solo cuando su corazón le decía que yo también estaba solo.

—Necesita estar en casa —dijo Gordo en voz baja mientras Gavin gruñía—. Necesita a la manada. Todos la necesitamos.

Mis hermanos se acostaron a mi lado y no volví a soñar.

Escuché a Gordo a la mañana siguiente. Estaba caminando de un lado a otro en el motel en el medio de la nada. Lo vi a través de la ventana con el teléfono contra su oreja. Kelly y Joe habían ido a buscar algo de comer, Gavin estaba acurrucado en el suelo, una manta lo cubría mientras roncaba.

—Y no sé qué hacer —dijo Gordo—. Es como era antes cuando todo estaba oscuro. Cuando te dejé atrás mientras cada parte de mi cuerpo me gritaba que me quedara contigo. Mark, no sé qué hacer. No sé cómo arreglar esto. No sé cómo hacer que termine. No podemos seguir así. Te amo. Te extraño. Te necesito. Por favor, nunca me dejes ir.

Me duché.

El agua caliente se sintió bien en mi piel. Intenté no concentrarme en cuán sucio estaba mientras me limpiaba.

Cuando terminé, salí de la ducha y me froté con una toalla, evitando con desesperación el espejo empañado. No quería ver cómo lucía, qué me había hecho el último año.

Había una rasuradora desechable sobre el fregadero junto a una botella de tamaño de viaje de espuma de afeitar y un par de tijeras. No estaban allí cuando entré a bañarme.

Pensé en ignorarlas.

En cambio, limpié la condensación del espejo.

Un extraño me devolvió la mirada, sus ojos eran anchos, su cabello llegaba casi a sus hombros. Su barba estaba desprolija sobre un rostro delgado. Su piel era pálida y mientras observaba, frotó una mano contra su pecho, sus clavículas sobresalían.

No lo reconocía.

Y, sin embargo, él era yo.

No me gustaba este hombre. Pero lo comprendía.

Comencé con las tijeras, eliminé todo lo que pude de la barba. Corté mi piel y sangré. Y sanó. Sangró. Y sanó. Cabello rubio oscuro cubrió el fregadero y vi la forma de mi mandíbula, el filo de mis pómulos.

Cubrí mi rostro de espuma, no tenía fragancia, pero de todos modos hizo picar mi nariz. Cuando terminé, volví a mirar al hombre en el espejo.

Su rostro era demasiado delgado. Sus ojos demasiado atormentados.

—Hazlo —murmuré—. Hazlo.

Hice brillar mis ojos.

Eran naranjas.

Me dije a mí mismo que era suficiente.

Dejaron de hablar cuando abrí la puerta del baño.

Todos me miraron, pero nadie habló.

Bajé la mirada a mis pies, rasqué mi espalda.

Y luego fui rodeado por el aroma de un bosque antiguo: descomposición orgánica, musgo en los árboles, tan brillante y verde. Una mano tomó mi mandíbula y me obligó a subir la cabeza.

Gavin estaba allí, giraba mi cabeza de un lado a otro, su mirada inspeccionaba cada centímetro de mi rostro. Dejé que me evaluara.

Finalmente dijo:

—Ahí estás.

Me pregunté cómo podía decir tanto con tan poco.

Gavin durmió casi todo el camino a casa. No podíamos arriesgarnos a que lo vieran como lobo, así que conservó su forma humana. Mientras cruzábamos Idaho, se recostó contra la ventana y usó el abrigo de Gordo como almohada. Sus piernas tocaban las mías y no me moví.

—¿Recuerdas cómo era? —preguntó Gordo.

—¿Cuándo?

Había una canción en la radio, algo viejo y suave. Tamborileó su dedo contra el volante.

—Cuando éramos solo nosotros cuatro.

—No me gusta pensar en eso.

Asintió como si esperara esa respuesta.

—Míranos ahora. Todo lo que tenemos.

—¿Qué?

Encogió los hombros.

—Todo.

Gavin gimoteó mientras dormía y tomé su mano sin pensarlo, acaricié su palma con mi pulgar y dejó de quejarse.

—Odié a tu padre —dijo Gordo—. Por mucho tiempo.

—Lo sé.

—Desearía no haberlo hecho.

—No estabas equivocado.

La mano de Gavin se agitó en la mía.

—Pensé que lo conocía, pero no era así. Era más de lo que aparentaba.

—¿Por qué crees que fue a buscar a Gavin?

Gordo vaciló.

—No lo sé. ¿Culpa? O tal vez pensó que estaba haciendo lo correcto. Siempre lo intentaba, incluso cuando estaba equivocado.

—Tu padre piensa de la misma manera. Que está haciendo lo correcto.

Gordo frunció el ceño.

—Mi padre no se parece en nada a Thomas Bennett. Y no vuelvas a decir una cosa así.

Nos quedamos en silencio por un rato, los kilómetros se derretían.

La luna descansaba en el cielo azul, cada día se llenaba más. Haya sido planeado o por accidente, llegaríamos a Green Creek al día siguiente.

Domingo.

Bajé la mirada a la mano de Gavin en la mía. Sus dedos eran delgados y huesudos, había algunos pocos vellos en sus nudillos. Su palma era suave, acaricié las líneas y sus venas azules.

—Estábamos perdidos —dije—. Nosotros tres. En duelo. Nuestro padre estaba muerto, nuestra manada estaba destrozada. Perseguíamos a un monstruo, pero viniste con nosotros. Nos seguiste. Nos cuidaste. ¿Por qué?

Gordo miró por la ventana hacia las granjas.

—Porque son mi familia.

—¿Incluso entonces?

—Incluso entonces.

Apoyé mi cabeza sobre su hombro. Gruñó por lo bajo, pero no intentó moverme.

Esa noche corrí con mis hermanos por primera vez en un año.

Kelly se transformó. Joe se transformó. Y yo me sentí frágil y delgado, como vidrio.

—Ve —dijo Gordo—. Corre, me quedaré con las camionetas.

Le eché un vistazo a Gavin. Señaló con la cabeza hacia Kelly y Joe, los dos estaban parados en el límite del bosque. Observando, esperando.

—Está bien —dijo—. Está bien. Me quedaré con Gordo.

—Solo se quedarán aquí frunciéndose el ceño.

—Por supuesto que *no* —estalló Gordo.

Los dos estaban frunciendo el ceño.

Les di la espalda. Levanté la camiseta sobre mi cabeza y dejé caer mis vaqueros. El aire estaba frío, pero no era como en la cabaña. Las hojas crujieron debajo de mis pies. Inhalé, exhalé, inhalé, exhalé y yo...

soy

lobo

soy lobo

hermanos escucho a mis hermanos

cantar

cantar para ellos para que puedan oírme cantar para

que sepan que estoy aquí estoy aquí estoy aquí

Gordo y Kelly intercambiaron lugares en los últimos kilómetros.

Gavin estaba tenso y erguido a mi lado. Había estado así desde que cruzamos el cartel que anunciaba que habíamos llegado a Oregón. Volví a tomar su mano, la primera vez que lo hacía mientras estaba despierto. La sujetó con fuerza.

–Fantasmas –dijo Kelly.

Fue repentino y de la nada. Todavía estaba acostumbrándome a escuchar su voz. A escuchar su corazón.

Lo miré.

–¿Qué?

–Veías fantasmas.

Había una canción de lobos en mi cabeza y cada vez sonaba más fuerte. Podían sentirnos, sabían que estábamos yendo a casa. Nos estaban esperando y, aunque se sentía leve y distante, cada vez era más fuerte.

—Yo no… —dije—. Te veía a ti.

—Hablabas conmigo.

—Sí.

—¿Yo… respondía?

Todo el tiempo.

—De vez en cuando.

—¿Sabías por qué me veías?

—Porque era lo que quería más que nada en el mundo.

Asintió. Sus ojos estaban húmedos, pero sus mejillas seguían secas.

—Es porque soy tu lazo —dijo.

—Sí. Siempre.

—¿Fantasma Kelly por lazo? —dijo Gavin.

Lo miré. Era la primera vez que hablaba en horas.

—Sí. Casa. Me recordaba a casa.

—Casa —susurró, y luego destrozó al mundo—. Vi fantasma Carter. Cuando estaba solo. Siempre hablaba. Pero no había pum, pum, pum. No era real. No estaba *allí*. Thomas habló de lazos. Los lobos los necesitan. Brujos y humanos también. Dijo que las personas olvidan eso. Que los humanos también los necesitan. No lo comprendía. Ahora sí.

El silencio fue ensordecedor.

La voz de Kelly sonó ahogada cuando habló.

—¿Gavin? ¿Fue… nuestro padre quien te convirtió en lobo?

Gavin sacudió la cabeza.

—No. Él no. Dijo que no podía ser lobo. Por la sangre. Magia. No era… no era así.

Sonaba frustrado como si no pudiera encontrar las palabras adecuadas.

—Le pedí. Morderme. Hacerme como él. Dijo no. Estaba enojado. Hice que se fuera. Le dije que nunca regresara. Estaba triste. Me abrazó.

No lo abracé. Pero lo hice, encontré un lobo. Alfa, ojos rojos. Cuando era mayor. Me mordió. Dolió. Casi muero. Alfa dijo que no podía estar en su manada. Dijo que era oscuro. Mis ojos no estaban bien. Violeta. Siempre violeta.

Mis manos temblaron. No me soltó.

—Más fácil como lobo —dijo Gavin—. No necesitaba a nadie. No necesitaba manada.

Miró por la ventana.

—Solo. A veces asustado. Encontré otros lobos. Como yo. Omegas. Y luego el hombre malo intentó lastimarnos. Hacernos oírlo. Hacernos suyos.

Sentía un zumbido en los oídos.

—¿Hombre malo?

Asintió.

—Richard Collins. No quería escucharlo. No quería estar con él. Intenté decirles a los demás. Intenté hacer que se fueran. Pero no querían. No sabía qué hacer. Cerebro en llamas todo el tiempo. Él lo empeoraba. Abejas en mi cabeza.

Ay, cómo odiaba a la bestia y a todo lo que había hecho. Lo que había quitado.

—¿Sabía quién eras?

Gavin encogió los hombros de manera extraña. Fue algo tan humano. Estaba aprendiendo.

—No. No me agradaba. —Mostró los dientes—. Malo, hombre malo. Intentó meterse en mi cabeza. No lo dejé. Ahora diferente. Lo encontré. Lo que Thomas dijo que encontrara.

—¿Qué cosa? —preguntó Kelly.

—Lazo —dijo Gavin—. Encontré lazo. Pum. Pum. Pum. El sonido

nunca se va. Nunca desapareció hasta que me marché. Luego fantasma Carter allí, pero no lo escuché. No como antes. Le pregunté por qué. Dijo que era porque estaba loco.

Frunció el ceño.

–No me gusta mucho fantasma Carter. –Se endureció como si hubiera escuchado lo que había dijo–. No me gusta mucho Carter real.

Pero no soltó mi mano.

–Pero tus ojos –dijo Kelly–. Sigues siendo… sigues siendo un Omega.

–Lo sé.

Volvió a mirar por la ventana.

–Pero no soy lobo malo. Soy lobo bueno. No lastimo personas. Solo los que intentan herirme. Me hace sentir mal hacerlo. Así que no lo hago.

Lucía como si quisiera decir algo más, abría y cerraba la boca, pero no salía ningún sonido. Pensé que había terminado hasta que suspiró. Levantó las caderas y metió la mano en el bolsillo de los vaqueros que Gordo le había dado. Le quedaban grandes.

–Aquí –dijo–. Esto. Es tuyo. La guardé para ti. –Frunció el ceño–. Bueno. La guardé para mí. Eso es robar. No me gusta robar.

Y me entregó la fotografía de los tres niños sonriendo.

–¿Qué es? –preguntó Kelly.

Se la mostré.

–Yo… la tenía en la camioneta. La llevé conmigo.

No necesitaba decirle en dónde la había encontrado una vez que desapareció, pero pensé que Gavin ya lo sabría.

–La tenía en el tablero del coche para poder verla cuando lo necesitara.

Kelly tomó la foto y le echó un vistazo. Tragó saliva. Asintió y luego la acomodó en el tablero. Se tocó los labios con su dedo y luego tocó los rostros de los niños.

Seguimos conduciendo.

Una hora después las sentí.

Las barreras eran mucho más grandes que antes. Cerré los ojos mientras dejaba que me cubriera. Era sanador o algo tan parecido que no importaba.

Abrí los ojos justo a tiempo para ver el cartel de Green Creek.

En la parte inferior, grabado en la madera, había un lobo aullando.

PAPI RICO /
HOLA HOLA

L legamos –dijo mi padre.

Abrí los ojos y miré por la ventana. Los árboles eran verdes y parecían extenderse por kilómetros. Podía olerlos. El aroma era antiguo, familiar. Destellos pulsaron en mi cabeza, retazos de cómo solía ser. Un pequeño pueblo en las montañas, una manada corriendo bajo la luna llena.

Mamá nos echó un vistazo. Nos sonreía a Kelly y a mí, pero su sonrisa se desvaneció cuando llegó a Joe. Mamá y papá dijeron que mejoraría

—Joe —dijo en voz baja—. ¿Lo ves?

Joe no respondió. No la miró. Kelly tocó su mejilla.

—Ey, Joe —dijo Kelly.

Joe giró hacia Kelly, quien hizo brillar sus ojos. Los labios de Joe se retorcieron, casi como si estuviera intentando sonreír, pero no lo hizo.

—Aquí será distinto —dijo papá—. Mejor. Ya verán. Todo será mejor.

No sabía a quién intentaba convencer.

Kelly suspiró y dejó caer sus manos en su regazo.

—No hay otros lobos.

—No —dijo mamá—. Pero está bien, nos tenemos los unos a los otros. Y Carter y tú irán a una escuela de verdad y conocerán a nuevas personas.

—No me gustan las nuevas personas —dijo Kelly.

Mamá sacudió la cabeza.

—Ya aprenderás. Tienes que hacerlo. Tú…

Joe emitió un sonido. Fue pequeño, pero real. Un suspiro, una exhalación. Casi como un quejido. Pude ver que los ojos de papá se ensanchaban por el espejo retrovisor y mamá giró.

Pero Joe no nos estaba mirando. Sus manos estaban presionadas contra la ventana. Hizo el mismo sonido otra vez.

Papá disminuyó la velocidad.

Miré hacia atrás y vi a Mark haciendo lo mismo detrás de nosotros en el gran camión de mudanza.

—¿Joe? —preguntó mamá—. ¿Qué sucede?

Pero la ignoró. Estaba mirando por la ventana hacia la cafetería, un lugar pequeño llamado Oasis. Pude ver a una mujer, una mesera. Estaba parada junto a una mesa en la que había un niño. Lucía de mi edad, pero más grande, su cabello era oscuro. Le sonría a la mujer, quien se inclinó y le dio un beso en la frente.

—¿Joe? —preguntó papá.

Pero Joe nunca desvió la mirada de la ventana.

Pronto, el niño de la cafetería aparecería en nuestro jardín, mi hermano jalaría de su mano y nos hablaría de bastones de caramelo y de piñas. Épico y asombroso.

Pero eso fue después.

—Vayamos a casa —dijo mi padre.

Seguimos conduciendo.

Lo vi antes de doblar la calle. Mi padre también. Sé que lo hizo.

El cartel.

LO DE GORDO.

No dijo nada.

Yo tampoco.

Green Creek no había cambiado durante el año que no estuve. Se veía como siempre. Ah, algunas de las tiendas parecían haber recibido una capa de pintura y las marquesinas eran nuevas, pero seguía siendo el mismo pueblo que había abandonado. Habían colgado luces de los postes de luz y guirnaldas en los bancos y carteles.

Y la gente.

Toda la gente.

Nos oyeron acercarnos.

Aparecieron en las puertas de sus hogares, en las aceras con nieve derretida en las esquinas. Llenaron las calles.

Kelly disminuyó la velocidad antes de detenerse.

—¿Por qué nos detuvimos? —susurré.

Sentí que me miraba.

—Sabes por qué. Han estado esperándote.

—No sé si puedo hacer esto.

—Puedes. Sé que puedes. Después de todo, lo mereces. Quieren verte. —Y luego, para mi sorpresa, se rio—. Señor alcalde.

—Mierda —gruñí—. Me había olvidado de eso. ¿Cómo demonios pasó?

—No tengo idea —respondió Kelly—. Todos te gritarán.

Lo miré.

—¿Lo saben?

Asintió.

—Lo saben. No… no son manada. Pero la mayoría entiende lo que significa, o por lo menos la idea. Saben que eres importante para nosotros, para este lugar. —Su sonrisa tembló—. Para mí.

Me estiré y envolví su cuello con mi mano y lo acerqué a mí. Presioné su frente contra la mía.

—Gracias.

—¿Por qué?

—Por nunca rendirte conmigo.

Kelly inhaló mi aroma.

—Eres mi hermano. Nunca te dejaría ir. Y una vez hiciste una promesa.

—Que siempre regresaría a ti.

—Y lo hiciste. —Volvió a reír—. Lo hiciste.

Bajó de la camioneta. La gente se acercó, todos hablaban emocionados. Nos saludaban a través del parabrisas, de puntitas de pie intentando verme. Vernos.

—¿Estás bien?

Miré a Gavin y sacudió la cabeza.

—Ruido. Mucho ruido. Yo no… no me conocen.

—No como eres ahora, pero recuerdan al lobo que me seguía a todos lados.

Me miró con el ceño fruncido.

—Mueres fácil. Caes en pozo o algo y mueres.

Porque *eso* era algo que sucedía seguido.

—Tendremos una conversación acerca de todo. Y no será unilateral.

Desvió la mirada.

—Pero todavía no. Primero superemos este día, ¿sí?

Asintió con rigidez.

Y luego oí un aullido.

Mi pecho se tensó. Conocía esa canción. La conocía muy bien.

Resonó en la calle. La gente se quedó en silencio. Inclinaron la cabeza como una reverencia.

Miré por la puerta que había abierto Kelly. La multitud se había dividido. Allí, parado en el medio de la calle, había un Alfa.

Era tan grande como lo recordaba, más grande que todo en el mundo entero. Tenía una camisa de trabajo, su nombre estaba bordado con dos letras rojas sobre su pecho. Una vez me había contado que la primera vez que recibió una camisa como esa le hizo sentir que pertenecía a un lugar, que había encontrado su hogar.

Tenía manchas de aceite en las puntas de los dedos. Su cabello oscuro estaba un poco más largo, se agitaba con la suave brisa. Sonrió, lento y seguro.

Casi me caigo de la camioneta intentando llegar a él, necesitaba sentirlo, necesitaba saber que era real y hacerle saber que nunca lo había olvidado, que nunca había olvidado a ninguno de ellos y por favor, por favor, por favor déjame seguir siendo parte de tu manada, por favor déjame ser tu Beta, déjame quedarme.

La gente del pueblo habló en susurros ahogados, se estiraban para tocarme los brazos, los hombros. No tocaban mi cuello porque sabían que no les correspondía. Pero solo tenía ojos para él.

Me moví como en un sueño, los colores a mi alrededor estaban borrosos y apagados. Y si era un sueño, y si me despertaba y descubría que nada de esto era real, nunca podría recuperarme.

Me detuve delante de él.

Me observó, el poder que emanaba era absorbente.

Caí de rodillas, tomé su mano y me aferré a ella tan fuerte como pude. Y con mis últimas fuerzas, incliné mi cabeza hacia un costado y exhibí mi cuello para él.

Su sonrisa se quebró. Inhaló profundamente, cerró los ojos. Soltó mi mano y sentí frío. Pero luego tomó mi rostro y sus pulgares acariciaron mis mejillas.

Abrió los ojos, brillaban con una mezcla de rojo y violeta.

—Hola, Carter —dijo Oxnard Matheson.

—Alfa —susurré.

La sonrisa regresó con intensidad. Me sujetó con sus grandes manos y giré mi rostro para besar su palma. En algún lugar profundo de mi cabeza, escuché su voz por primera vez en mucho tiempo. Era leve, pero sabía que se fortalecería.

Dijo *HermanoManadaAmor te escucho te veo estás en casa.*

—¿Encontraste lo que buscabas? —preguntó.

Asentí en sus manos.

—Lo lamento.

—¿Por?

—Todo.

—Eso es… apropiadamente vago.

—Por favor —dije—. Por favor deja que me quede. Déjame volver a casa. Por favor no permitas que me vaya. Ox, Ox, Ox, no puedo seguir haciendo esto solo. Estoy cansado. Estoy tan cansado, Alfa. Y no puedo, no puedo, *no puedo...*

Jaló de mí antes de que supiera qué estaba sucediendo. Y luego me envolvió, acomodó sus brazos a mi alrededor y me sostuvo contra él. Me aferré a su espalda y, por un momento, recordé cómo se sentía abrazar a mi padre. Cuán seguro siempre me hizo sentir. Cómo sentía siempre que al final todo estaría bien. No sabía lo que tenía cuando me marché. No lo comprendía, no totalmente. Ahora lo hacía.

Ox susurró en mi oreja, palabras tranquilizadoras de amor y paz, una canción que solo existe entre hermanos. Hasta cuando mis rodillas cedieron, me mantuvo erguido. Intenté asimilarlo, intenté asimilar todo, pero era demasiado. Era demasiado grande. Me sentía tan pequeño.

Se alejó, pero solo un poco. Sentí su respiración cálida en mi rostro.

—Mi Beta —dijo—. Has estado lejos de mí por mucho tiempo. De todos nosotros.

—Lo lamento, lo lamento tanto.

Sacudió la cabeza lentamente.

—Habrá tiempo para eso después. Déjame mirarte. Déjame mirarte.

Lo dejé. Su mirada subió y bajó sobre mí y luego sus dedos acariciaron mi garganta y luego llegaron a mi pecho. Una luz brillante. Una atadura entre un Alfa y su lobo. No era lo mismo que con Joe. Joe estaba incrustado en mí porque nuestra sangre era la misma. Ox era diferente, pero no menos importante. Se inclinó hacia adelante y besó mi frente. Sabía que todos nos estaban mirando, pero no me importaba. Lo único que importaba era que mi Alfa me estaba aceptando de nuevo a pesar de todo lo que había hecho.

—Está aquí —dijo—. Lo encontraste.

Asentí.

—Está asustado, Ox. Él…

—*¡Hijo de perra!*

Apenas tuve tiempo de reaccionar antes de que me quitaran el aire de los pulmones de un golpe. Caí con fuerza, giré en el suelo, cuerpos pesados cayeron sobre mí.

—Maldito *estúpido* —gruñó Rico con ojos naranjas brillantes.

—¿Qué demonios estabas pensando? —ladró Chris.

—Eres el lobo más tonto en la historia de los lobos —rugió Tanner.

—No… puedo… respirar…

—Sí, bueno, lo mereces —dijo Rico sentándose sobre mis piernas. Estaba vestido como Ox, en su camisa de trabajo y pantalones. Aparentemente había decidido que la barba de chivo era lo correcto para su rostro. Me pregunté cuánto se molestó Bambi por ello. Esperaba que mucho.

—¿Qué demonios estabas pensando? Siempre supe que eras un idiota, pero no creí que lo fueras *tanto*.

—Es la magia mística lunar —dijo Tanner.

Estaba detrás de mí, cerca de mi cabeza, estaba inclinado sobre mí y estudiaba mi rostro.

—Hace que hagas cosas tontas como matar a un ciervo y huir para perseguir un lindo trasero. —Frunció el ceño—. ¿Siquiera sabes qué hacer con un pene? Quiero decir, te felicito por haberte dado cuenta de lo que todos supieron por un largo tiempo, pero, hombre, tienes que cambiar completamente tu perspectiva. Sé qué hacer con *mi* pene, pero ¿con el de alguien más? —Sacudió la cabeza—. Eso es mucho trabajo.

—¿Podrías dejar de hablar de *penes*? —Chris dijo por lo bajo. Estaba en cuclillas a mi lado, sujetaba mi mano—. ¡Todos pueden oírte!

Tanner puso los ojos en blanco.

—Ah, como si no lo supieran. —Volvió a mirarme—. Estoy hablando en serio. Todos lo saben.

—Por el amor de Dios —murmuré y fulminé con la mirada a Rico—. ¿Me soltarías?

—Nop —respondió con sencillez—. Tienes suerte de que no esté desgarrando tus intestinos.

Alzó su mano derecha y la detuvo cerca de mi estómago. Salieron sus garras de las puntas de sus dedos.

—Básicamente, soy el mejor hombre lobo que haya existido. No tienes idea el control que tengo.

—¿Me estás… amenazando?

Me miró entrecerrando los ojos.

—Sí. ¿No estoy siendo claro? —Miró a Tanner y a Chris—. Creí que estaba siendo bastante claro.

Chris encogió los hombros.

—Yo lo entendí, pero Joe dijo que Carter estaba un poquito loco así que tal vez se olvidó lo que era ser amenazado.

Volvió a bajar la mirada hacia mí. Se inclinó hacia adelante hasta que su rostro quedó a centímetros de mi rostro.

—Todavía *luce* como Carter. Demasiado delgado, pero más allá de eso, sí. ¿Todavía estás un poquito loco?

Tanner lo empujó.

—No bromees con cosas como esa. Es cruel.

—Estoy intentando determinar si es Carter Omega o Carter normal.

—Ah —dijo Tanner—. Ajá. Bueno, entonces, sigue. Yo también quiero saber.

No pude evitarlo y me reí.

Me miraron sorprendidos.

No podía detenerme. Me aferré a mi estómago, el sonido desbordaba de mí.

—Oh, oh —dijo Rico—. Creo que lo rompimos.

Se puso de pie, colocó sus pies a los costados de mis piernas y extendió una mano hacia mí.

Sin dejar de reírme, la tomé. Me jaló hacia arriba con sencillez; era más fuerte de lo que había sido como humano. Chilló cuando lo abracé.

—Sí, sí —murmuró en mi garganta mientras me daba palmaditas en la espalda—. Es bueno verte. *Pendejo.*

Aparentemente, Chris y Tanner no querían quedarse afuera y me pregunté con intensidad qué pensaría un forastero que visitara Green Creek en ese momento. Verían la calle llena de gente que observaba a cuatro hombres adultos abrazarse como si fuera lo último que harían en su vida.

—¿Estás bien? —preguntó Chris mientras se alejaban.

Asentí y sequé mis ojos.

—Ahora sí.

Tanner miró sobre mi hombro.

—Veo que encontraste a tu chico.

—No es mi...

—Nop —intervino Rico—. Ni siquiera escucharé eso. ¿Quieres decirte esa mierda a ti mismo? Bien, diviértete. Pero no intentes engañarnos a nosotros. No después de lo que hiciste para encontrarlo. Te lo diré sin reparos. No creas que no lo haré.

—Uff —dijo Chris—. Es verdad. Todavía no conociste a papi Rico.

—Hazlo —me susurró Tanner—. Llámalo papi Rico y verás qué hace.

—Papi Rico —dije sin pensarlo porque no podía hacer otra cosa.

Y ah, la manera en que Rico *sonrió.* Sacó su cartera de su bolsillo trasero, la abrió y una *cascada* de fotografías en folios salió desplegada. Había por lo menos diez imágenes y todas eran de un bebé con una cantidad sorprendente de cabello oscuro.

—Luce igual a mí —afirmó Rico orgulloso—. Bueno, eso es lo que *yo* creo. Bambi dice que se parece a su abuelo y, quiero decir, no le digas que dije esto, pero es ridículo. ¿Por qué mi hijo, perdón *nuestro* hijo, se parecería a un anciano?

Sacudió la cabeza.

—No sabe de qué está hablando. De nuevo, no le digas que dije eso.

Me estiré y toqué las fotografías.

—¿Es manada?

Rico infló su pecho.

—Por supuesto que sí. Será uno de los miembros humanos. Le daré mis armas cuando sea lo suficientemente mayor.

Ay, por Dios.

—¿Qué piensa Bambi de eso?

Rico encogió los hombros.

—Fue su idea. Ella es la mejor.

—Joshua —dije—. Joshua Thomas Espinoza.

Rico asintió.

—No conocí a tu papá, no muy bien. Lo vi un par de veces. Pero parecía lo correcto. Bambi estaba de acuerdo. Le preguntamos a tu mamá y dijo que estaba bien. —Se veía nervioso—. A ti también te parece bien, ¿no?

Volví a abrazarlo.

—Sí.

Se rio en mi oreja y me dio palmaditas en la espalda.

—Confía en nosotros —dijo en voz baja—. De ahora en adelante, ¿sí? Solo… no hagas nada como eso otra vez. Nos asustaste, Carter.

—Haré mi mejor esfuerzo.

Me alejé. No estaba complacido de oír eso, pero no discutió.

—Vamos, vayamos a la casa. Sé que hay algunas personas que querrán verte.

—¿No están en el pueblo? —Miré a mi alrededor.

Tanner sacudió la cabeza.

—Es domingo, *papi*. Tradición. Están en la casa esperándonos. Solo vinimos al taller para adelantar trabajo y poder cerrar los próximos días, darte una bienvenida como corresponde. Tal vez gritarte un poco también.

Chris tomó mi brazo y me tironeó hacia el camión.

—Y por "bienvenida como corresponde" quiere decir, dormir encima de ti. Ya sabes como es.

—Ser hombre lobo es tan raro —dijo Rico—. O repentinamente tengo deseos de cazar animales o tengo que asegurarme que todos huelan como yo, pero puedo dar vueltas mortales cuando quiera, así que supongo que equilibra las cosas.

—Lo hace incluso cuando no tiene ningún motivo —me susurró Tanner, y quería oírlos hablar por horas—. Da vueltas para entrar en una habitación, al caminar en el garaje, a decir verdad … en cualquier lugar. Se hizo aburrido rápidamente, ya lo verás. Tal vez puedas convencerlo de que deje de hacerlo, a nosotros ya no nos escucha.

Fuimos detenidos casi inmediatamente por la multitud que nos rodeó con amplias sonrisas y estrecharon mi mano o estrujaron mi brazo. Dijeron que estaban felices de verme, que era bueno que hubiera regresado, que no era lo mismo sin mí. Algunos de ellos se habían ocupado de mis responsabilidades en el pueblo, aunque el título de alcalde era una formalidad más que nada, para mantener a los Bennett incrustados en la esencia de Green Creek.

Will, el dueño del motel en las afueras del pueblo, era uno de los últimos. Estaba armado, tenía su revolver en la cintura. Me abrazó bruscamente.

—Es bueno verte, Carter —dijo—. Dime a dónde disparar y mataré a lo que sea necesario. He estado entrenando con alguno de los muchachos. —Retrocedió un paso—. Y por muchachos me refiero a hombres *y* mujeres. Jessie se aseguró de eso. Dijo que las mujeres son tan buenas tiradoras como los hombres. Pensé en discutir con ella, pero luego algunas de las chicas de la cafetería me hicieron pasar vergüenza en la práctica de tiro, así que decidí que era mejor dejar a Jessie hacer lo que quería. De todos modos, parecía lo más seguro. Ahora apoyo a la bandera del empoderamiento femenino.

Le sonreí.

—Jessie puede dar miedo cuando quiere.

—Dímelo a mí. Ahora, ve a casa, ¿sí? Tu mamá te está esperando. Probablemente te espere un tirón de orejas. Sin dudas, odiaría ser tú en este momento. Elizabeth Bennett no es una mujer que quieras enfadar.

Giró en su lugar y empezó a agitar las manos.

—¡Eso es todo! —gritó—. ¡Se terminó el espectáculo, amigos! Salgan del maldito camino y déjenlos pasar. El chico tiene que ir a casa para que puedan hacer cosas de hombres lobos. ¡Háganse oír!

Se me erizó la piel cuando los humanos inclinaron sus cabezas hacia atrás y aullaron. Todos. Habían mejorado. Se oyeron casi como lobos.

Me detuve cuando vi a Ox cerca de la puerta del pasajero de la camioneta. No estaba hablando, pero la ventanilla estaba baja y la cabeza de Gavin estaba inclinada.

—¿Qué está sucediendo? —le pregunté a Kelly. Confiaba en Ox, pero todavía me ponía nervioso.

Kelly sacudió la cabeza.

—Solo… supongo que está cerca de él. Le hace saber que es bienvenido. Que siempre debió estar aquí. —Me miró—. ¿Crees que sabe eso?

—Aprenderá —murmuré—. De alguna manera u otra.

—Sé paciente con él, Carter.

—¿Qué?

Lo miré sorprendido.

Kelly rozó su hombro con el mío.

—No está acostumbrado a esto. Ha sido más lobo que humano y por un largo tiempo, tiene que volver a aprender a ser de esta manera. Tienes trabajo delante de ti.

—Puedo hacerlo —dije y odié sonar tan a la defensiva.

—Lo sé y tiene suerte de tener a alguien como tú. Solo sé delicado con las cosas.

Lo miré entrecerrando los ojos.

—¿Delicado? ¿Delicado con qué?

—Ay, Dios —suspiró.

—¿*Qué* cosas? ¿Kelly? ¡Kelly!

Me ignoró mientras caminaba hacia el lado del conductor de la camioneta.

Ox se estiró y tocó el hombro de Gavin; no se alejó, pero lucía como si quisiera hacerlo. Irradiaba tanta incomodidad que hasta un humano podría sentirlo. Ox alejó su mano.

—Cuando estés listo —dijo Ox—. Aquí estaré.

Gavin asintió tenso. Alzó la cabeza y se relajó cuando me vio.

La calle de tierra era la misma.

Los árboles eran los mismos.

Gavin respiraba con dificultad. Antes de que pudiera preguntarle cuál era el problema, se estiró, tomó mi mano y la jaló hacia su regazo.

—Pum, pum, pum —dije.

—Fuerte —asintió—. Siempre fuerte.

Y luego añadió:

—Ox. Oxnard.

—¿Qué pasa con él?

—Dijo que yo seguía siendo Omega.

—Sí, supongo que lo eres.

—Dijo que no tenía que serlo. Que necesito confiar en él, que será mi Alfa. Joe también.

Tenía que elegir mis palabras con cuidado.

—Una vez lo fueron, ¿no?

—No lo sé. —Bajó la mirada a nuestras manos—. Tal vez.

—No te lastimará. Joe tampoco. Te quieren aquí casi tanto como yo.

Me miró. Kelly le había dado un retazo de cuero de su mochila y Gavin lo había utilizado para recogerse el cabello. Lucía bien, aunque su ceño estaba fruncido.

—Eres diferente.

—¿Cómo?

Sacudió la cabeza.

—Solo… más. Diferente. ¿Más fuerte? Creo. No como eras antes. —Sus ojos violetas brillaron—. Eras como yo. Animal. Lobo. Y en la cabaña igual.

Y entonces lo comprendí.

—No me conociste como Beta. Siempre fui Omega desde que llegaste a Green Creek.

Desvió la mirada.

—No como yo. Ya no.

Estrujé su mano.

—¿Eso es malo?

—No lo sé. Aquí. Solo.

—No estás solo —dijo Kelly y Gavin levantó la cabeza con brusquedad. Kelly le echó un vistazo antes de mirar el camino delante de nosotros.

—No importa si eres Omega o Beta, no tienes que hacer esto solo Gavin. Viste lo que sucedió cuando te marchaste. Carter te encontró. Recuerda eso, ¿sí? Y esto no es solo sobre Carter. Todos te estábamos buscando.

—Buscando a mi padre —replicó Gavin.

—Eso también —concedió Kelly—. Pero si podíamos encontrarlo a él, te encontraríamos a ti y no solo por lo que eres para mi hermano.

—¿Qué soy? —preguntó desafiante.

—Sí —dijo Kelly con voz seca—. Ni siquiera hablaré de eso. Creo que ustedes dos pueden descifrar eso por su cuenta.

Abrí la boca para ladrar una respuesta, pero las palabras murieron en la punta de mi lengua.

Apenas noté que pasamos una casa azul a la izquierda. Porque allí, de pie en el porche de la casa al final del camino estaba el resto de mi manada.

Robbie daba saltitos y sus gafas estaban torcidas en su rostro.

Mi tío Mark esbozaba una sonrisa secreta, el cuervo en su cuello lucía como si sus alas estuvieran aleteando. Gordo me dijo que pensaron en remover el cuervo de Mark al igual que el suyo, pero Aileen y Patrice no creyeron que fuera necesario.

Bambi estaba cerca de la puerta con algo entre los brazos. La observé mientras se inclinaba hacia abajo y plantaba un beso en un pequeño asomo de piel.

Jessie abrazaba la cintura de Dominique y apoyaba su cabeza en su hombro.

Y allí, bajando los escalones lentamente con un chal alrededor de sus hombros, había una reina.

Mi madre.

Elizabeth Bennett.

Su cabello descansaba en una coleta relajada sobre un hombro. Sus manos ya estaban en su boca e, incluso a la distancia, pude ver el brillo en sus ojos.

—¿Mamá? —susurré.

Inclinó la cabeza hacia atrás y miró el cielo, las lágrimas caían libremente. Esta mujer era hermosa, esta mujer increíble que había dado tanto. Sentí una punzada lacerante de culpa perforar mi corazón porque sabía que solo había sumado a su dolor. Necesitaba su perdón. Necesitaba que me viera. Necesitaba que me dijera que siempre sería su hijo, incluso a pesar de lo que había hecho.

Ella era lo único que podía ver.

Kelly se bajó de la camioneta.

Solté la mano de Gavin.

Pisé nuestro territorio. Me envolvió y quería aullar porque pertenecía a ese lugar, allí era donde se suponía que debía estar.

Este era mi hogar. Este lugar, estas personas.

Mi madre dio un paso hacia mí.

—Carter —dijo.

—Hola —dijo.

—Estás aquí —dijo.

—Sabía que regresarías a casa —dijo.

—Siempre lo supe —dijo.

Y luego comenzó a correr.

La atrapé mientras se lanzaba a mí. Me tambaleé unos pasos, pero de alguna manera logré mantenerme erguido. Sus manos estaban en mi cabello y lloraba desconsoladamente contra mi pecho. Me había olvidado lo *grande* que era comparado con ella. La punta de su cabeza apenas rozaba mi mentón y me impactó la disonancia en ella, lo frágil y delicada que lucía. Pero era una mentira. Era fuerte, más fuerte que nadie que conociera. No sabía cómo lo había hecho. Cómo había sobrevivido después de todo lo que había perdido. Y yo, enceguecido con Gavin, Gavin, Gavin solo había sumado a ello. Estas lágrimas de felicidad eran por mí, pero no sabía si las merecía.

—Lo encontré —dije—. Mamá, lo encontré y sé que debería haber escuchado, sé que debería haber confiado más, pero no podía respirar. No podía pensar. Estaba perdido en mi propia cabeza y creí que estaba haciendo lo correcto. Creí que podía mantenerlo alejado de ustedes. No exponerlos a muerte, sangre y fuego. Que, si podía hacerlo por mi cuenta, no tendrían que sentir que los estaban desgarrando.

—No importa —dijo—. No importa. Ya no. Estás en casa. Estás en casa y lo demás vendrá después.

Se alejó y tomó mi rostro en sus manos. Su sonrisa era húmeda, sus mejillas estaban sonrojadas; sus ojos azules se parecían mucho a los míos y deseé ser tan valiente como ella. Tan indulgente. Y, como era una madre, agregó:

—Estás demasiado delgado. ¿Por qué están tan delgado? ¿No comías? Te alimentaré. Te alimentaré hasta que te canses de la comida y luego te obligaré a comer un poco más.

Me reí por la ridiculez de todo. Sonó como una risa quebrada y suave solo para nosotros.

No me soltó cuando los demás se acercaron, nunca dejó que me alejara mucho de ella.

Mark fue el primero. El hermano de mi padre. Lucía diferente, aunque no era completamente físico. Era Beta otra vez. Parecía más tranquilo, más en paz. Presionó su mejilla contra la mía, frotó su aroma en mí. Inhalé y recordé cuando era niño, tal vez tenía cinco o seis años y mi tío me había subido a sus hombros, mis piernas colgaban sobre su pecho. "¿Estás listo para volar?" había dicho y celebré subiendo mis brazos sobre mi cabeza. Mi tío corrió, corrió por el bosque más rápido que cualquier humano, el viento agitaba mi cabello. Se había reído y cuando regresamos mi padre nos sonrió con los brazos sobre su pecho.

—Estoy tan feliz de que estés en casa —dijo Mark—. Después de todo este tiempo, aquí estás.

—Aquí estoy —susurré.

Y luego Mark fue hacia Gordo y lo besó con fuerza, sus labios hicieron un ruido. Gordo le gruñó, pero no fue con sentimiento. Estaba sonriendo, las líneas alrededor de sus ojos y su boca eran profundas y amables.

Después vino Jessie, se paró delante de mí y me miró de arriba abajo estudiándome.

—Bennett.

—Alexander.

—Estás hundido hasta el cuello.

—Lo supuse.

Y luego saltó sobre mí y envolvió sus piernas alrededor de mis caderas e incrustó su mentón sobre mi hombro.

—Idiota —murmuró contra mi piel.

La hice girar, su cabello olía a lilas.

Dominique estaba allí con ojos encendidos. Eran naranjas y era una pieza del rompecabezas que nunca imaginé que nos faltaba. Ella era *ManadaManadaManada* y me pregunté cómo sonaría cuando le cantara a la luna ahora que había sanado. Habló con su voz suave como el whiskey y retorció los labios.

—No saltaré sobre ti.

—¿Estás segura? —Bajé a su novia.

—Bastante segura, niño blanco. Estás frágil como un susurro, no creo que puedas conmigo.

—Siempre podemos descubrirlo. —Le sonreí y extendí los brazos.

—En otro momento.

Se inclinó y me besó al costado de mi boca.

—Bienvenido, Carter.

Retrocedió y Jessie tomó su mano mientras secaba sus ojos.

Robbie casi se tropieza por los escalones. La expresión atormentada en su rostro, que había sido una característica fija desde que había regresado a Green Creek, ya no estaba. Recuperar sus recuerdos tuvo un impacto en él, pero tenía a la manada para mantenerse en pie mientras volvía a encontrar su lugar. Sacudía la cabeza y antes de acercarse a mí tocó el rostro de Kelly. Sus dedos acariciaron su mandíbula.

—Lo hiciste —dijo en voz baja.

—Te dije que lo haría —Kelly asintió.

Robbie giró hacia mí. Infló su pecho con las manos en las caderas.

—Patearé tu trasero.

Lo miré sorprendido.

—Eh. ¿Sí? Bueno, puedes *intentarlo*, pero a menos que hayas aprendido alguna mierda nueva mientras no estaba, perderás, Fontaine.

Y luego me envolvió con sus brazos.

—No sabes cómo fue —susurró—. No puedes volver a hacer eso. Kelly.

Joe. Te necesitan, Carter. Y nosotros también, casi tanto como ellos. Por favor. Prométemelo. No podemos volver a vivir una cosa así.

Y, aunque no podía hacer semejante promesa, la hice de todos modos.

Bambi fue la última. Bajó los escalones lentamente con su carga valiosa. Rico estaba a su lado y era como si brillara desde adentro. Avanzaba hacia mí y echaba miradas constantes a Bambi y al bebé en sus brazos.

Se detuvieron delante de mí.

—¿Te gustaría conocer a tu nuevo sobrino? —preguntó Bambi.

—Pero no somos...

—Carter.

—Sí, señora.

Y luego cargué una manta con un niño y Rico me indicaba que tenía que mantener su cabeza erguida, ajustaba mi codo hasta que logré la posición indicada.

—Leo muchos libros —me dijo Rico—. Tomo esta mierda muy en serio.

Bajé la mirada. Joshua Thomas Espinoza me devolvió la mirada, parpadeaba lentamente. Sus ojos eran oscuros como los de su padre. Rico ajustó la manta y una pequeña mano se estiró hacia mi nariz y mentón. Presioné mis labios contra su frente e inhalé.

—Hola —le susurré—. Es tan lindo conocerte. Soy Carter. Aparentemente soy tu tío, aunque la genética no...

—Carter.

—Sí, sí. —Sacudí la cabeza y miré a Bambi y a Rico—. Hicieron un buen trabajo.

—¿Verdad? —dijo Rico—. Es el bebé más hermoso de todos, y puedo decirlo con total certeza. He visto fotografías de bebé de la mayoría de las personas presentes y todos ustedes eran horribles comparados con él. En especial, Tanner.

—¡Ey! —Tanner le lanzó una mirada asesina—. *Sabes* que me dejaron caer un par de veces, no es mi culpa que mi cabeza tenga forma rara. Eso no es amable, amigo.

—¿Quién está aquí? —dijo mi madre.

Giré para ver a quién le hablaba y Bambi sujetó de vuelta a Joshua. Sentí pánico por un momento, feroz y terrible cuando vi que la camioneta estaba vacía, la puerta del pasajero estaba abierta. No estaba, no estaba, no…

—Hola —dijo mi madre.

Un lobo gris estaba de pie detrás de la camioneta y se asomaba por un costado. Vio que lo mirábamos y escondió la cabeza como si estuviera intentando esconderse, pero era demasiado grande. Podía ver la punta de sus orejas y la curva de su espalda por encima del vehículo. Apenas inclinó su cabeza hacia adelante, retorció la nariz y los bigotes. Gimió por lo bajo y echó la cabeza atrás otra vez.

Comencé a caminar hacia él, pero Ox sujetó mi brazo y sacudió la cabeza.

—Solo espera —dijo sin emitir sonido.

Así que esperé.

Mamá se acercó lentamente al lobo gris, su chal aleteaba detrás de ella. Solo tenía ojos para él y Gavin la observaba con cautela, escondió la cabeza detrás de la camioneta otra vez como si ella no fuera capaz de verlo.

Mamá se detuvo cerca de la rueda trasera, se quitó el chal de los hombros y lo apoyó sobre la fina capa de nieve en el suelo. Se sentó sobre él, con las manos sobre las rodillas. Hacía frío y pude ver la piel erizada en sus brazos, pero se quedó quieta.

—Gavin —dijo.

Hizo un sonido que nunca había escuchado antes de un lobo, casi como el ulular de una lechuza. Era como si estuviera saludándola. Sabía quién era.

—Estuviste con nosotros por un largo tiempo —siguió—. Y te conocí tanto como una madre conoce a sus hijos, aunque siempre conservaste la forma que tienes ahora. Me gustaría ver tu rostro, si me lo muestras.

El lobo dio una patadita en el suelo.

Mamá asintió como si comprendiera.

—Nos salvaste. Salvaste a Carter. Cuando todo parecía perdido, cuando el destino de mi hijo yacía en las manos de un monstruo, encontraste la fuerza dentro de ti para soltar al lobo y regresar a tu verdadera identidad. Nunca tuve una oportunidad de agradecerte por eso. Me gustaría hacerlo ahora.

Gavin se asomó por el costado de la camioneta otra vez, pero ahora mostró toda su cabeza. Sus ojos eran violetas.

—Tenías un lugar aquí —afirmó mamá—. Con nosotros. Incluso cuando estabas perdido en tu lobo, nos reconociste por lo que éramos. Por lo que era Gordo, por lo que era Carter. ¿No es así?

Resopló como respuesta.

—Pero más allá de tu familia o de tu destino, nos hubieras pertenecido de la misma manera en que nosotros te pertenecemos.

El lobo salió de detrás de la camioneta.

—Dios —susurró Rico detrás de mí—. Había olvidado cuán grande era.

Gavin me echó un vistazo sobre el hombro de mi madre. Asentí y volvió a mirarla, aunque mantenía distancia.

—Sé que estás asustado —dijo mamá—. E inseguro. Es azul. Pero veo el verde en ti, nos conoces. Conoces este lugar, ¿no?

No era una pregunta.

El lobo dio un paso hacia ella.

—¿Puedo contarte un secreto? —preguntó.

Gavin inclinó la cabeza.

—Conocí a tu madre por un breve instante. Tengo este... don. Desde que tengo memoria. No siempre funciona, pero cuando lo hace, sé qué estoy presenciando. Algunas personas brillan. Intensamente como si su bondad innata fuera algo palpable. Su nombre era Wendy. Wendy Walsh. Y ella brillaba. Fue un encuentro por casualidad, dos barcos que cruzan caminos en la noche. Ella no sabía quién era, pero yo la conocía. Era adorable e inocente en todo esto. No sabía lo que hicimos. No sabía quién era tu padre en realidad, solo vio lo que él le permitía ver, como solía hacer.

Gavin gruñó.

Mamá asintió.

—Ella era su lazo. ¿Fue justo que él la hiciera cargar ese peso? Sería hipócrita de mi parte responder esa pregunta.

Joe apoyó su cabeza en el hombro de Ox.

—Pero sé esto —mamá siguió—. Ella brillaba intensamente. Y me pregunté entonces, al igual que ahora, cómo serían las cosas si hubiéramos hecho lo que era correcto para ella. Si Abel Bennett la hubiera traído a este mundo en vez de alejarla. Somos lobos, sí. Podemos hacer muchas cosas que otros no pueden. Pero podemos cometer errores, horribles y terribles errores. Deberíamos haber previsto lo que sucedería, deberíamos haber sabido que la oscuridad vivía dentro de nuestra propia manada. No lo hicimos y ella sufrió por ello. Se tomaron decisiones por ella de una manera que nunca debería haber sucedido. Y tú... tú nunca tuviste la oportunidad de saber que tenías una familia. Un hermano.

Gordo desvió la mirada y Mark susurró en su oído.

—Pediré tu perdón —dijo mamá—, pero no lo demandaré. No es una condición para que te quedes aquí. Siempre tendrás la decisión de elegir en quién confiar. Pero, si me lo permites, me gustaría ganarme tu confianza. Sé que tomará tiempo y que tiempo quizás sea algo que no tenemos. Pero no eres un objeto que puede descartarse. Eres carne y sangre. Eres importante. Y no solo por mi hijo o mi brujo. Eres importante para mí, para esta manada, porque te has probado más allá de todo límite. Hemos perdido tanto, hemos sufrido. —Su voz se quebró, pero siguió—. Pero mantenemos la cabeza en alto porque somos la manada Bennett.

Gavin inclinó su cabeza.

Mamá se estiró lentamente, él no se alejó mientras ella apoyaba su mano debajo de su mandíbula y subía su cabeza. Lucía tan pequeña comparada con él, pero no tenía miedo.

—Más allá de las relaciones que formes en la manada, qué decisiones tomes para el futuro que imaginas para ti mismo, siempre tendrás un lugar aquí. Te extrañé. Conozco al lobo frente a mí y, si me lo permites, me gustaría conocer al hombre.

Gavin retrocedió unos pasos. Miró sobre ella a todos los demás. Nadie habló.

Me miró.

Asentí.

Regresó a colocarse detrás de la camioneta. El cabello en su espalda comenzó a retroceder mientras los músculos y los huesos se transformaban. Inhaló una bocanada de aire sin hacer ruido. Gordo avanzó, fue al asiento del pasajero y reunió las prendas que Gavin había descartado. Caminó detrás del vehículo y le murmuró a su hermano que hacía demasiado frío para estar desnudo. Gavin gruñó y Gordo suspiró.

Cuando Gavin reapareció, tenía vaqueros y un abrigo, aunque se había olvidado de la camiseta y los zapatos. Lucía asustadizo, pero salió de detrás de la camioneta con las manos formando puños a sus costados.

—Es como una versión más sexy de Gordo —murmuró Bambi.

Jessie soltó una risita en su mano mientras Rico las miraba feo a ambas.

Pero Gavin solo tenía ojos para mi madre.

Se puso de pie lentamente.

—Gavin —dijo.

Él asintió con la cabeza, sus ojos salieron disparados para todos lados. Quería ir hacia él y decirle que todo estaría bien, pero estaba plantado en mi lugar.

—Me gusta tu rostro —le dijo mamá—. Es un buen rostro.

Gavin hizo una mueca, su cabello caía alrededor de su rostro. Se estiró y lo peinó hacia atrás. Y luego dijo:

—Música.

—¿Música?

Volvió a asentir.

—Tú. En la cocina. O… pintando. Escuchas música. Cantas.

—Es verdad.

—Me… gusta. La música. Me gusta. Cuando cantas. Lo recuerdo.

Podía oír la sonrisa de mi madre.

—Eso creí. Deberías saber que nadie más me observa pintar. No lo permito. Es personal, necesito concentrarme. Ni siquiera Thomas tenía permitido entrar a mi estudio, nunca supo mantenerse en silencio. Sus hijos heredaron eso de él.

—Siempre hablando —masculló Gavin.

—Sí. Suelen hacer eso. Solo hubo otra persona que me observó pintar, aunque nuestro tiempo juntas fue breve, lo atesoraré siempre.

—¿Quién? —preguntó Gavin.

—Su nombre era Maggie, era la madre de Ox. Y al igual que tu madre, brillaba intensamente. La quería más de lo que puedo decir con palabras.

—Ya no está —dijo Gavin.

—Sí —replicó mamá—. Se marchó con la luna, como tantos otros.

Gavin mordisqueó su labio inferior.

—No bueno. En esto. Ser humano.

—Me parece que eres muy bueno, pero comprendo que es más sencillo permanecer como lobo. Antes de que vinieras a nosotros y después de que nos arrebataran a Thomas y a Maggie estaba hundida en dolor, fui loba por muchos meses. Dolía demasiado estar en otra forma. Pero el dolor es vida, nos recuerda lo que tenemos. Es una lección que desearía que ninguno de nosotros hubiera tenido que aprender, pero a veces no tenemos elección. Y sin embargo aquí estamos, como somos ahora. Juntos otra vez. Sé que no es lo que habíamos planeado, pero me gusta creer que todo sucede por un motivo.

—Mi padre.

Su boca se retorció.

—Sí.

—Lobo malo.

—¿Sí?

Gavin extendió su mano derecha y extendió sus garras.

—En mi cabeza. Voz. Lo escucho. No quiero, pero lo escucho. Única manera. Pensé. Y yo…

Se veía frustrado.

—No encuentro palabras.

—Me parece que lo estás haciendo muy bien. Él sigue allí afuera.

Gavin bajó las manos y sus garras desaparecieron.

—Sigue allí afuera. Vendrá. Vendrá aquí.

—Lo sé.

—Traerá dolor.

—Lo intentará —dijo mi madre, su voz sonó más dura.

—Por mí —dijo Gavin—. Me quiere. A Robbie también. Lo escuché. Gavin, Robbie. Gavin, Robbie. Me ama. Ama a Robbie.

—Estoy segura de que los ama a su manera. Pero, a veces, el amor es como un veneno y escurre en nuestros oídos hasta que corre en nuestra sangre.

—Traerá dolor —repitió insistente—. Tú. Manada. Todos. Me voy, se mantiene alejado.

—¿Quieres irte?

Yo no podía respirar.

Gavin miró a su alrededor, a la casa detrás de nosotros, a la casa azul detrás de él. A la calle de tierra que lo llevaba lejos, lejos, lejos y supe que lo estaba llamando, le susurraba que corriera tan rápido y lejos como pudiera.

Pero luego giró hacia nosotros, hacia ella.

—Pum, pum, pum —dijo.

—¿Qué es eso?

—Corazón —explicó—. Corazón de Carter.

—Lo escuchas.

—Sí.

—Te habla.

—Sí.

—¿Qué dice?

—Gavin, Gavin, Gavin. No veneno. —Se veía afligido.

Y luego avanzó hacia mi madre con la cabeza inclinada. La apoyó contra su pecho, sus brazos colgaban a sus costados. Inhaló profundamente y tembló cuando mi madre se estiró y puso sus manos en sus cabellos.

—Allí estás —le susurró—. Hola, hola. Estás en casa. Así que, no. No, Gavin. No volverás a irte. Juntos somos más fuertes que separados y aquí es donde perteneces.

ES PLATÓNICO /
EN ESTE RÍO

N os dejaron solos por un momento. Kelly y Joe querían que los siguiera de habitación en habitación como cuando eran niños, pero mamá
los alejó, les dijo que nos dejaran solos por lo menos por un rato.

Gavin estaba inquieto, parecía que quería volver a transformarse en
lobo, pero estaba resistiéndose. Se acercó a mí cuando caminamos hacia
la casa. Se me cerró la garganta cuando entré por primera vez, los aromas
me envolvieron, estaban incrustados en los huesos de esta vieja construcción. Contenían una larga historia y, aunque no siempre fue buena,
seguía siendo mía.

Nada había cambiado mucho. Lucía como el día que me marché. La puerta de la oficina estaba cerrada y no pude abrirla al recordar cuán perdido había estado la última vez que había estado allí dentro grabando un video para Kelly y sintiendo que me moría.

Gavin me siguió por las escaleras mientras yo acariciaba la pared con mis dedos.

–Todo es igual –dije.

–No.

–¿No?

–Más ruidoso. Más grande. Más.

Lo miré.

–Nunca estuviste aquí sin ser un lobo. Pareces lidiar muy bien con las escaleras.

–Sé cómo caminar. –Frunció el ceño.

–Eso es bueno. Odiaría tener que cargarte.

–Mentira.

Resoplé. Era surreal estar aquí con él en esa forma. Siquiera en mis sueños más salvajes mientras estaba en las carreteras secretas, nunca me permití pensar en este momento. Cómo sería si lo encontraba y lo traía a casa. No tenía idea de qué hacer, qué decir, cómo debería comportarme, qué debería decirle. Había tantas cosas que necesitaba que escuchara, pero no se me ocurría ninguna.

Se detuvo delante de una puerta cerrada.

–Habitación –dijo–. Nuestra habitación.

–Nuestra habitación –repetí–. No es necesario que te quedes aquí. No si no quieres. Kelly me contó que Robbie y él volvieron a la casa azul ahora que los Omega se marcharon. Su vieja habitación está libre, si la quieres. O cualquier otro lugar.

—Quedarme aquí —respondió—. Mejor.

—¿Para quién?

—Para ti —replicó—. Así no mueres.

Suspiré.

—No moriré.

—Dices eso. ¿Cuántas veces casi mueres?

Tenía un punto. Estuvimos a punto de morir más veces de las que me gustaría creer.

—Estamos a salvo aquí. Podemos… *puedes* sanar.

Su ceño fruncido se intensificó.

—No roto.

Alcé las manos.

—No estoy diciendo que lo estés, amigo. Pero sé cómo me siento. No puedo imaginar cómo debe ser para ti. Vivimos una mierda por mucho tiempo.

—No amigo.

Lució indignado cuando le di un golpecito en la frente.

—Sí, eso no sucederá sin importar cuántas veces lo digas. Escúchame.

Alejó mi mano.

—Eso hago. Siempre lo hago. Nunca paras. Te escucho. Tú tienes que escucharme.

Su mandíbula estaba inmóvil con expresión testaruda mientras me fulminaba con la mirada.

—Puedo hacer eso. Puedo escuchar.

—Me quedo aquí.

—Es bueno saberlo —murmuré, pero no podía engañarlo. Hizo presión contra mi espalda mientras giraba hacia la puerta y me urgió a entrar. Giré el picaporte y empujé la puerta para abrirla.

La habitación había sido limpiada recientemente, aunque había unas partículas de polvo en el aire. Entré y Gavin me siguió. Colapsé en mi cama con un gruñido. La cama de la cabaña había sido terrible, la mía era suave y las mantas eran densas y cálidas. Hundí la cabeza en la almohada, olía a Kelly y a Joe, era como si hubieran estado aquí acostados en mi ausencia. Me dije a mí mismo que descansaría un momento antes de ponerme de pie y volver a bajar, pero mis párpados se sentían pesados y sentí que podía relajarme por primera vez en mucho tiempo.

Abrí los ojos y encontré a Gavin de pie y desnudo sobre mí.

Gruñí y me cubrí los ojos.

—*Por favor*. Tienes que advertirme cuando haces eso.

—Eh, ¿Carter?

—¿Sí?

—Me quité la ropa.

Espié entre mis dedos.

—Eres un maldito idiota. Y juro por Dios que, si te estás burlando de mí, será tu final.

—No burlando. No sé cómo.

—Eres un jodido mentiroso y lo sabes.

Encogió los hombros.

—Pruébalo.

—Vístete de nuevo.

—Ves a tus hermanos desnudos.

Demonios.

—Okey, guau. Hablando en serio, no puedes decir eso fuera de esta casa. Y ahora que lo pienso, tampoco lo digas dentro de esta casa.

—¿Por qué?

—Porque suena raro.

—Es verdad.

—*Sé* que es verdad, pero otras personas no lo comprenderían.

Cruzó los brazos sobre su pecho, casi como si estuviera haciendo un mohín.

—La gente sabe que hay lobos aquí.

Sonó como si *yo* fuera el idiota.

—De todos modos, no significa que debas decirles eso. Los hombres lobos son una cosa. El nudismo es otra cosa completamente distinta. Es… *¿Por qué sigues desnudo?*

—Pica. La ropa pica.

No estaba equivocado. Yo seguía usando los vaqueros de Kelly y, si bien odiaba tenerlos en mi cama, no estaba seguro de poder confiar en mí mismo lo suficiente para quitármelos mientras Gavin estaba en toda su gloria. El universo tenía un terrible sentido del humor al ponernos juntos.

—Si vas a quedarte como humano, tienes que vestirte.

—Está bien.

Me quité las manos de la cara y lo vi transformarse en lobo. Se sacudió antes de mirar a la cama y apoyar su cabeza sobre el colchón con los ojos bien abiertos mientras me miraba.

—No. Puedes dormir en el suelo. Finalmente recuperé mi cama y no… ¡Detente!

Me gruñó mientras mordía la punta de mis vaqueros y comenzaba a jalar, casi me tira al suelo. El pantalón se deslizó por mis caderas, llegó a medio camino antes de jalar de la otra pierna. Volvió a sacudir la cabeza y le lancé mi almohada. Desde algún lugar abajo, escuché a Gordo decir:

—Tal vez deberíamos haberlos dejado en Minnesota. Tenemos que hacer esa habitación a prueba de sonido así no tengo que escucharlos si empiezan a fornicar. Ya tengo suficientes traumas.

—¡Púdrete, Gordo! –grité–. No voy a… ¡Gavin, me estás rompiendo el pantalón!

Gordo suspiró profundamente.

Gavin lucía complacido con sí mismo con mis vaqueros en su boca. Sacudió su cabeza de un lado a otro, los agitó alrededor de su cabeza antes de dejarlos caer en el suelo. Apoyó sus patas delanteras en la cama. Intenté echarlo, demandé que se quedara en el suelo, pero era un lobo de ciento cuarenta kilos y aparentemente haría lo que le placiese. Subió sobre mí, su pata casi aplasta mis genitales antes de que se acomodara sobre mis piernas, giró para ver la puerta. Bajó su cabeza y cerró los ojos.

—Apártate de mí.

No reaccionó.

Intenté mover mis piernas. No pude.

—Gavin, lo digo en serio.

Abrió un ojo, molesto.

—Muévete.

Gruñó y volvió a cerrar su ojo.

—Está bien. Como sea. Haz lo que quieras, no me importa.

Resopló como si yo estuviera siendo un idiota. Y, para ser justos, era verdad, pero tenía una reputación que mantener.

Volví a cerrar los ojos, planeaba descansar un momento hasta que pudiera despejar mi cabeza.

Un instante después, estaba dormido.

Mis sueños fueron verdes y corrí con los lobos.

Estaba somnoliento cuando desperté. La luz del sol había pasado del suelo a la pared, lo que significaba que casi era de noche. Gavin respiraba lentamente, su lengua descansaba sobre mi pierna que estaba húmeda por su saliva.

—Qué asco —murmuré.

Escuché a alguien soltar una risita.

Miré y encontré a mamá sentada en la silla de mi escritorio con las piernas dobladas debajo de ella.

—Esto no es lo que parece —le dije.

Encogió los hombros.

—Seguro. Aunque deberías saber que esa excusa nunca funcionó conmigo.

—¿Qué sucede?

Intenté sentarme, pero Gavin se había movido mientras dormía y llegó a mis rodillas. Mis espinillas probablemente estaban aplastadas y nunca volvería a caminar.

—Te observaba mientras dormías.

—Mamá —gruñí—. Eso es raro.

Sonrió.

—¿Lo es? No me había dado cuenta. Además, puedo hacerlo. Soy tu madre.

Agité una mano hacia ella.

—¿Hace cuánto tiempo estás sentada allí?

—Unos minutos.

—Ah, eso no es…

—Mentí. Una hora.

—*Mamá*.

—Considéralo tu castigo por marcharte.

—Eso es… justo. —Suspiré—. Sigue siendo raro.

—Nunca dije que no lo fuera.

Señaló con la cabeza a Gavin. Se movía mientras dormía.

—¿Está bien?

Volví a mirar al techo.

—No lo sé. Será un proceso lento, ha sido lobo por años. Lo escuchaste, es más sencillo. Ni siquiera sé cómo logró volver a transformarse en Caswell.

—En serio —dijo mamá secamente—. No tienes idea qué pudo haber causado que se transformara. ¿Ninguna idea?

—Volveré a dormir —anuncié y cerré los ojos—. Todavía me estás observando, ¿verdad?

—No, por supuesto que no. Estoy observando a Gavin.

—¡Mamá! —Giré la cabeza para volver a mirarla. Estaba riéndose suavemente en su mano—. No eres graciosa.

—Soy hilarante. Siempre lo pensé. Solo porque no aprecies mi sentido del humor no significa que no sea verdad. Tu cabello está largo.

—No tuve tiempo para cortarlo —murmuré.

—Kelly me dijo que también tenías barba. Se refirió a ella como una invasión en tu rostro.

—Estaba ocupado.

—¿Demasiado ocupado para higiene básica?

—Mamá.

Se paró de la silla, caminó hasta la cama. Se inclinó sobre mí, presionó su mano sobre mi frente.

—¿Encontraste lo que estabas buscando?

—Eso creo. —Me ardían los ojos.

—¿Valió la pena?

–Yo…

–Creo que valió la pena –dijo–. No estoy feliz por la manera en que lo abordaste, y estás castigado por el resto de tu vida, pero estoy tan orgullosa de ti. No sé si alguien luchó tanto por él como tú.

–No puedes castigarme –dije débilmente, su elogio era un fuego en mi pecho.

–Como sea, sigues castigado. Y, aunque parezca que no estoy enojada contigo, no te confundas. Una vez que pase la felicidad de que hayas regresado a salvo, te gritaré. Hasta chillaré. ¿Me crees?

Asentí.

–Bien.

Se inclinó hacia abajo y me besó sobre mi ojo derecho.

–Sal de la cama. Todos te están esperando.

Giró y caminó hacia la puerta.

Estaba confundido.

–¿Para qué?

–Tradición, por supuesto –dijo–. Es domingo y tenemos muchas cosas que agradecer.

Cuando se marchó, cerró la puerta detrás de ella. Escuché mientras caminaba por el pasillo hasta las escaleras, los crujidos y gruñidos de la casa eran familiares.

–Sé que estás despierto –dije–. Babeaste sobre mí.

Gavin resopló mientras levantaba la cabeza. Bostezó, con sus colmillos afilados, y su mandíbula sonó. Su estómago rugió mientras yacía acostado sobre mis piernas y me miraba de reojo.

–Yo también. Pero tienes que volver a transformarte, ¿no? Solo por ahora. Cuando terminemos, puedes volver a cambiar. No es que necesites comer más. Rayos, eres pesado. ¿Siempre fuiste tan gordo?

El sonido que emití cuando exhibió sus colmillos no fue algo de lo que me haya sentido orgulloso.

Él no estaba feliz conmigo cuando me siguió por las escaleras. Tironeaba de la sudadera que le había dado, pero creí que solo actuaba. Olía a manada y lo vi esnifando cuando creyó que no estaba mirando. Le había dado una banda elástica para atar su cabello, luchó con ella y le lanzó una mirada asesina cuando se rompió.

—Eres imposible —mascullé antes de hacerle un gesto para que girara.

Cumplió sin quejarse. Ni siquiera pensé dos veces mientras lo hacía por él, su cabello era suave.

—Creé al primer hombre lobo hípster y no estoy orgulloso de esto. Tú tampoco deberías estarlo.

—¿Hípster? —preguntó.

—No importa. Vamos.

Me hizo caso, avanzaba cerca de mí otra vez. Al principio, creí que era porque todavía no comprendía el concepto de espacio personal, pero cuando llegamos a la base de las escaleras y las voces de los demás sonaron más fuertes, hundió la cabeza y sus hombros se encorvaron como si estuviera intentando hacerse pequeño. Cuando eché un vistazo hacia atrás, encontré una expresión de pánico en su rostro. Respiraba con dificultad por la boca.

—No tienes que esconderte —dije en voz baja—. Aquí no.

Le frunció el ceño al suelo.

—No escondo.

—Un poquito.

—Muy ruidoso.

Me sorprendió.

—Supongo que lo es. No es como en el bosque.

—Solo tú y yo.

—Y tu padre que quería matarme —le recordé.

Sus labios se retorcieron como si la idea de que me asesinaran le causara gracia.

Miré hacia la cocina y sentí el llamado de la manada. No era como antes, cuando era tan brillante como el sol, pero allí estaba. Una promesa en un susurro.

—Son ruidosos —dije—. Y llevará tiempo. Tiempo que probablemente no tenemos, pero te quieren aquí. Nunca olvides eso. Esto es tan tuyo como mío.

Levantó la cabeza para mirarme y mi corazón se estrujó por su expresión esperanzadora.

—¿Sí?

—Sí, hombre. —Asentí—. Por supuesto, somos manada.

—Bennett.

—Es más que eso. —Hice una pausa—. ¿Puedo contarte algo?

—Sí.

Choqué mi hombro con el de él.

—También es un poco ruidoso para mí.

—¿Lo es?

—Me marché por mucho tiempo. Y estuve solo la mayor parte. Nunca... nunca había vivido una experiencia así. —Escuché a mi madre cantar en la cocina y apenas podía mantener la concentración—. Incluso cuando me fui a estudiar, siempre podía tomar el teléfono y oír sus voces o conducir una hora y regresar aquí.

—¿Bueno o malo? —preguntó.

—Solo pasó. Estaba en mi propia cabeza. Y no era bueno porque dejé de confiar en lo que veía y oía, pero aprendí cuán lejos podía ir, cuánto podía esforzarme. Llegué a mis límites, pero al menos ahora sé cuáles son.

Mordisqueó su labio inferior mientras jalaba de las tiras de la sudadera.

—Por mí.

—¿Qué?

Sus ojos brillaron en violeta.

—Lo hiciste por mí.

—Supongo que sí.

Esto entre nosotros era extraño, no sabía qué estaba haciendo. Me sentía temerario, fuera de control. Pero no creí que quisiera detenerme. Pum, pum, pum y mi piel se erizó, mis dedos comenzaron a moverse y me contuve para no tomar su mano otra vez.

—Después de lo que hiciste por nosotros, tenía…

—Por ti.

Lo miré sorprendido.

—Por ti —insistió.

Volvió a fruncir el ceño, pero no era como antes. Sus mejillas estaban ruborizadas, me miraba y desviaba la mirada. Volvía a posar sus ojos sobre mí y luego se concentraba en otro punto.

—Te ayudé. Te salvé. A ellos también, pero a ti más que nada. No podías morir. No podía verte morir.

—Está bien —dije y me pregunté si esto era el comienzo de algo que nunca había creído posible. Un regalo, uno que nunca había creído que necesitaba.

Me estiré y tomé su mano.

Bajó la mirada hacia nuestras manos por un largo momento y luego dijo:

—Tengo hambre.

Me reí hasta que casi no pude respirar.

Lo guie hacia la cocina y mamá dejó de cantar. Les echó un vistazo a nuestras manos entrelazadas y, aunque sabía que quería decir algo al respecto, no lo hizo.

En cambio, dijo:

—Allí están, vengan aquí.

Y fuimos.

Nos paramos delante de ella y nos miró.

—Gavin —dijo cariñosamente—. ¿Dormiste bien?

Encogió los hombros con torpeza antes de asentir.

—Bien. Debes estar hambriento. —Lo había escuchado hablar, pero todos actuamos como si no lo hubiera hecho—: Kelly y Joe me contaron sobre tu pequeña cabaña. Suena encantador.

Esa no era la palabra que hubiera elegido, pero sabía lo que estaba haciendo mi mamá.

—Pequeña —murmuró Gavin—. No como aquí.

—Supongo que no —replicó con sencillez—. Sin embargo, no importa el tamaño de las cosas, sino lo que haces con ellas.

Nos guiñó un ojo.

—Ah, querido. Creo que esa es una conversación completamente distinta.

—*Mamá*.

—¿Sí? —preguntó con una sonrisa.

—Ya sabes.

—No tengo idea de lo que estás hablando. Solo le estaba preguntando a Gavin por su cabaña.

Gavin nos echó un vistazo. Era claro que todavía no comprendía el doble sentido. Me atormentaba pensar en el día en que lo hiciera.

Pero luego dijo:

—La de Carter es bastante grande.

Y me pregunté si era demasiado tarde para devolverlo.

Mamá tosió con fuerza mientras yo miraba al techo.

Gavin resopló y tardé, más de lo que me gustaría admitir, en darme cuenta de que se estaba riendo de mí. Otra vez.

—Volveré a la cama —mascullé, pero mamá nos empujó hacia el comedor.

—Más tarde —dijo—. Estás en casa y te adularemos y regañaremos entre otras cosas. Y lo soportarás porque no tienes otra opción.

Los demás dejaron de hablar cuando aparecimos en la puerta. La mesa en el centro de la habitación era nueva, más grande que la que teníamos antes. Recordaba los días en lo que solo éramos papá, mamá, Kelly, Joe, Mark y yo y cómo se sentía suficiente. No lo era. Ahora podía verlo.

Ox estaba en la cabecera de la mesa, observaba a su manada con una expresión serena. Joe estaba a su lado y se veía más tranquilo, más relajado de lo que lo recordaba.

Kelly y Robbie se sentaron en el otro extremo de la mesa. Rico y Bambi estaban a su lado, Joshua dormía en los brazos de su madre. Tanner y Chris giraron para mirarnos y sus ojos eran naranjas, se sintió un latido profundo de *ManadaManadaManada*. Jessie y Dominique estaban sentadas al lado de ellos y oí a Jessie susurrar:

—Carter solía gustarme un poco, incluso cuando salía con Ox. Tenía un gusto muy raro.

—Por el amor de Dios —murmuré mientras Gavin y Joe le gruñían.

—Me gusta pensar que subiste de nivel —le dijo Dominique. Acomodó un mechón de cabello en el hombro de Jessie—. Los hombres son desagradables.

Gordo y Mark aparecieron detrás de nosotros y deseé nunca tener que oler el hedor que emanaban.

—Tu camisa está mal abotonada —mamá le dijo a Gordo, sonaba divertida.

Mark infló su pecho mientras Gordo nos murmuraba amenazas de muerte.

—Tan desagradables —concordó Jessie.

Mamá nos acercó dos sillas vacías antes de tomar su propio lugar en la otra punta de la mesa en oposición a Ox. Había montañas de comida en distintos platos sobre la mesa y vi que había preparado mis preferidos: pastel de carne y puré de patatas y pan crujiente debajo de un paño. Se me hizo agua la boca y tuve que contenerme para no atacar la comida. Ox todavía no se había sentado, sus manos descansaban sobre el respaldo de su asiento.

Todos lo miramos y la habitación se silenció, la mano de Gavin seguía sujetando la mía con fuerza.

Ox asintió, inhaló y exhaló profundamente.

—Estamos aquí —dijo—. Al fin.

Detuvo la mirada en cada uno de nosotros y nos dejó a Gavin y a mí para el final.

–Nunca…

Sacudió la cabeza y Joe le tocó la palma de la mano.

–Después de todo, seguimos aquí. Es lo único que siempre quise. Gracias. Carter, Gavin, bienvenidos a casa. –Su mirada se endureció levemente y su voz se tornó más grave–. Pertenecen aquí, nunca lo olviden.

Y luego sonrió y fue como si tuviera dieciséis años otra vez, un chico más grande de lo normal, callado y amable.

–Comamos. Todo lo demás puede esperar un poco. Tenemos mucho que discutir.

Se sentó mientras Joe alzaba su mano y besaba sus dedos.

Esta comida ya había sido ensayada. Se pasaban platos, la gente sonreía y reía. Me sentí fuera de sintonía, fuera de lugar. Había una historia aquí de la que formaba parte, pero había pasado un año desde la última vez que había estado con ellos. Habían crecido como manada sin mí y no sabía cómo encajaba.

Dominique era manada. Bambi era manada. Hasta Joshua era manada. Rico era lobo y Mark había dejado de ser Omega hacía un largo tiempo. Estaba inquieto, mi pierna subía y bajaba debajo de la mesa. Eran cuidadosos a mi alrededor –a *nuestro* alrededor– mientras sonreían y reían. Tomé lo que me ofrecían, serví comida en mi plato y en el de Gavin.

Cuando Tanner se estiró sobre la mesa para alcanzarme la canasta de pan, su camisa descubrió su cuello y vi el límite de una cicatriz en su hombro.

Lo miré boquiabierto.

Frunció el ceño mientras los demás se callaban.

–¿Qué? –preguntó–. ¿El pan tiene algo malo?

–¿Tienes una compañera? –indagué.

–Ah. –Apoyó la canasta de pan sobre la mesa–. Eh, ¿sí? Algo así.

–¿Quién es ella? ¿Por qué no está aquí?

No sabía cómo sentirme al respecto. En realidad, no era asunto mío, pero era extraño saber que había una persona que no conocía y que estaba atada a la manada.

–Ay, chico –dijo Jessie–. Esto será delirante.

Se acomodó en su silla con los ojos encendidos.

–Tanner, ¿te gustaría contarle a Carter quién es tu especie-de-compañero?

Mi amigo se rascó la nuca. Por motivos que no podía comprender, Chris tenía hundido el rostro en sus manos.

–Sí. Eh. Bueno, no es algo importante, así que cuando te lo cuente, intenta no darle demasiada importancia.

Eso no sonaba bien.

–¿Por qué…?

Chris dejó caer las manos y suspiró.

–Soy yo.

Y luego bajó el cuello de su propia camisa. Allí, en su hombro, estaba la otra mordida.

–¿*Qué?*

Jessie soltó una carcajada y Dominique suspiró.

Tanner encogió los hombros.

–Es… ¿platónico? Quiero decir, no nos acostamos ni nada. Pero confiamos el uno en el otro, nos queremos. Y quería tener esa conexión con alguien. Ser… un lobo es genial, ¿sabes? Probablemente me hubiera transformado en uno con el tiempo si Robbie no hubiera enloquecido e intentado asesinarme.

–Demasiado pronto –murmuró Robbie.

Tanner resopló.

—Pero desde que me transformé, siempre hubo una pequeña parte de mí que quiso algo más. Y ser arromántico hizo que fuera más difícil.

Le echó un vistazo a Chris y su expresión se suavizó.

—No hay nadie en quién confíe más. Sé que cuidará mi espalda sin importar lo que suceda y ahora tengo esto. Estamos en sintonía con el otro. Tenía sentido para nosotros.

—Qué demonios —dije casi sin voz—. No eres... ¡Eres heterosexual!

Chris puso los ojos en blanco.

—Sí, hablando de eso. ¿Cómo estás tú en estos días?

Miró a Gavin marcadamente.

Balbuceé sinsentidos.

Tanner me miró entrecerrando los ojos.

—¿Te rompimos?

—Solo tiene que acostumbrarse a cómo son las cosas ahora —intervino mamá.

—Pero ¿qué sucederá si conocen a alguien? —pregunté—. A una mujer o algo.

—O algo —dijo Chris irónicamente—. Si sucede, sucede. Pero mientras sepan que somos un paquete, entonces no importa. No significa que siempre lo pondré primero, pero siempre estará allí, sin importar lo que haga.

Y luego, sin artificios, agregó:

—Lo quiero y me quiere y eso es lo único relevante. ¿A quién le importa todo lo demás?

—Pero... *sexo*. Deben tener *sexo* para tener la marca de compañero.

Tanner y Chris intercambiaron una mirada antes de volver a enfocarse en mí.

—Nah —dijo Tanner—. En realidad, no. Siempre y cuando la intención esté allí. No todo tiene que ser sobre sexo, Carter. Guau. Saca tu cabeza de la alcantarilla, estamos cenando.

Gavin se rio a mi lado. Lo fulminé con la mirada.

—Sí —me dijo Gordo—. Estoy igual que tú. No sé qué demonios está sucediendo. Cuando me dijeron lo que querían hacer, lo primero que les pregunté fue si estaban dementes.

—Tuviste sexo con Mark y el tatuaje de un cuervo mágico apareció en su garganta —dijo Chris—. No creo que puedas hablar mucho.

—¿Podrían mantener sus desviaciones en privado? —ladró Rico—. Mi *hijo* está presente.

—Ay, por favor —dijo Bambi—. Tiene cuatro meses. No entiende nada. Los bebes son tontos en ese sentido.

Rico lucía ofendido mientras se inclinaba y besaba la frente de su hijo.

—No escuches a los lobos grandes y malos. O a tu madre cruel. Eres el bebé más inteligente que haya existido. Lo prometo.

Y entonces Gavin decidió que estaba cansado de la conversación. Se estiró y hundió la mano en el puré de patatas y se lo llevó a la boca. Masticó ruidosamente y gruñó cuando pedacitos de patata se atascaban en su mentón y nariz. Tragó y luego tomó una rebanada de pan de carne y lo atacó.

Debió haber sentido que lo estábamos mirando porque dejó de masticar.

—¿Qué? —preguntó con la boca llena.

—Amigo —le dije—. Tienes un tenedor. *Y* una cuchara.

Bajó la mirada hacia los cubiertos que descansaban a los costados de su plato antes de volver a mirarme.

—No los uso. Más sencillo. Va al mismo lugar. Mi boca. No me llames amigo.

—Usa tu tenedor.

—No.

—Gavin, lo juro por Dios, si tú… no lo hagas. No tomes el puré de patatas con las manos.

Me miró fijamente y lo hizo de todos modos. Se aseguró de que lo estuviera viendo, se llenó la boca de comida otra vez.

Hice una mueca. Tomé su tenedor y se lo puse en la otra mano. Lo miró con el ceño fruncido y lo sujetó como si fuera un arma. Se lo llevó al rostro y olfateó los dientes. Arrugó la nariz y lo soltó en la mesa.

—Gavin.

—No.

—*Gavin*.

—*Carter* —dijo en el mismo tono de exasperación.

—Usa tu tenedor.

—Manos funcionan —discutió—. No tenía tenedores. Ni cucharas. Una vez tuve un cuchillo, pero se rompió —frunció el ceño—. O lo perdí, no lo sé.

—¿Podrías escucharme?

—Siempre tengo que hacerlo —replicó—. Nunca te callas.

Estaba indignado.

—Ah, otra vez lo mismo. Tal vez si tú…

Gordo soltó una risita áspera y suave. Giré para mirarlo y lo vi con la mano repleta de puré de patatas. Mark lo miraba horrorizado mientras comía con su mano.

—No es tan malo —dijo—. Se siente raro.

—No estás ayudando.

Encogió los hombros.

—Déjalo hacer lo que quiera. No está lastimando a nadie.

—Me está lastimando a *mí*.

—¿En serio? —preguntó Gavin y bajó la mirada a su plato.

—No —dijo mamá—. En realidad, no. Gavin, haz lo que quieras. Carter siempre ha sido una reina del drama.

Suspiré mientras Gavin le sonría.

Y la mitad de las personas en la mesa utilizaron sus manos por el resto de la comida. Bueno, son lobos, me dije a mí mismo, no saben lo que es bueno.

Aparentemente, yo tampoco lo sabía.

—Caswell es seguro. Están a salvo, o por lo menos tan a salvo como es posible —dijo Joe—. Tengo personas allí en las que confío, personas que trabajan por el bien mayor. Comprenden la importancia de la manada. Y, si bien no todos están felices al respecto, pusieron sus diferencias en segundo plano. Sin importar lo que Michelle Hughes fue o lo que haya hecho, confiaban en ella. Había sido su Alfa por años. No tenían motivos para creer que estaba aliada con Robert Livingstone. —Tamborileó los dedos en el escritorio de nuestro padre—. Algunos se marcharon. No me querían como su Alfa. No los detuve, tenían derecho a elegir la vida que querían.

Estábamos en la oficina. Ox estaba sentado cerca de la ventana, miraba hacia los árboles con las manos entrelazadas detrás de él. Gordo estaba sentado cerca de él, Mark descansaba en el reposabrazos de su silla y su mano en la nuca de Gordo. Kelly estaba de pie cerca de Joe, sus ojos se posaron en Gavin y en mí; Gavin había decidido volver a esconderse detrás de mí. Mamá estaba al lado de él, no hablaba, solo observaba. Los demás todavía estaban en la casa, escuchando, Tanner les decía a Bambi y a Jessie lo que se estaba discutiendo. Querían darle espacio a Gavin.

Sacudí la cabeza.

—Y dejaste que se marcharan.

—Sí —dijo Joe—. Lo hice porque nunca querría obligar a alguien a estar en donde no quiera estar. Me aseguré de que encontraran lugares en otras manadas, así que al menos tendrán ataduras temporales hasta que decidan qué quieren hacer.

Frotó su rostro con una mano.

—Sé cómo suena, Carter. Pero no soy el tipo de Alfa que ejerce su voluntad sobre todos los demás y descarta sus sentimientos. Papá me enseñó a ser mejor que eso.

—Es el nombre —dijo mamá repentinamente. Era la primera vez que hablaba desde que habíamos entrado a la oficina—. Bennett. Algunos lo ven como algo bueno y otros no.

—Es una manera delicada de decirlo —dijo Gordo—. Prefieren arriesgarse a convertirse en Omegas que tener a Joe como su Alfa.

Por la manera en que Joe suspiró sonaba como si hubieran tenido esta conversación un par de veces antes.

—Ser el Alfa de todos es importante. Mucho más de lo que creí que sería. Papá podía prepararme hasta cierto punto. Tardé mucho tiempo, pero aprendí. Por lo menos, quiero creer que aprendí. Pero después de todo lo que sucedió en Caswell, era como si yo comenzara todo otra vez. Me sentí tan pequeño y grande a la vez. Luché con eso. Podría haber evitado que se marcharan, podría haberlos obligado a quedarse. No lo hice.

—Y algunos ya tenían tomada la decisión —sumó Mark—. Sin importar lo que sucediera, veían a Michelle como su Alfa y al hombre conocido como Ezra como su brujo.

A Kelly no le gustó eso.

—Deberían haber sido más inteligentes. Vieron lo que ese hombre le hizo a Dale, a pesar de que dijeran lo contrario. Tenía cierto control sobre ellos y dicen que es un recuerdo borroso, como si no pudieran despertar.

—No les crees —dije.

Vaciló antes de sacudir la cabeza.

—Creo que le permitieron hacer lo que quería y usaron la excusa de lo que le hizo a Robbie como propia. Por lo menos, los que se marcharon fueron honestos al respecto.

Gavin se aferró a la parte trasera de mi camiseta. No habló, me incliné ligeramente hacia atrás e hice presión contra su mano para que supiera que lo sentía.

—Gordo me contó del cuervo.

Joe cerró sus ojos y se recostó en su silla.

—Sí. Eso fue… ni siquiera sé qué fue.

—Deberíamos haberlo previsto —dijo Gordo—. Thomas sabía, pero no tenía idea de la magnitud o su significado. Solo tenía suposiciones.

Inclinó la cabeza hacia Gavin.

—Parece que tenía varias suposiciones.

—¿Sabías sobre Gavin? —le pregunté a mi madre—. ¿A dónde había ido? ¿Lo que hizo el abuelo? ¿Que papá sabía en dónde estaba?

—No —respondió mi mamá en voz baja—. No lo sabía. Al menos no sabía que Thomas lo había ido a buscar, de haberlo sabido, hubiera… conocía a su padre mejor que nadie aquí. Todo lo que hizo, lo hizo por un motivo, incluso si ignoramos las razones de sus acciones. No es que no confiara en nosotros. Creo que era porque quería mantenernos a salvo.

Sentí el enojo subir desde el fondo de mi estómago, un suave murmullo que no podía detener.

—Porque eso es lo único que le importaba. La manada. Siempre manada. No le importaba a quién hería en el proceso. Gordo. Mark. Gavin.

Joe abrió los ojos. Estaban rojos.

—Hizo lo mejor que pudo.

—¿Lo hizo? —pregunté—. Sí, tenía razón sobre los tatuajes de Gordo, pero ¿eso realmente significaba que tenía que abandonarlo? Y luego fue a ver a Gavin, *sabiendo* quién era y en dónde estaba y le contó sobre lobos, brujos, magia. ¿Para qué? ¿Para tentarlo con una vida que nunca tendría y dejarlo... dejarlo en dónde estaba?

Gavin se quejó suavemente detrás de mí. Me hizo querer matar a alguien. Odiaba que ese sonido saliera de él.

—Hizo lo que creía correcto —dijo mamá por lo bajo—. Cometió errores, algunos más indignantes que otros. Pero tienes que recordar que no era mucho mayor que Joe cuando se convirtió en Alfa después de que Abel fue asesinado.

—Un círculo —dijo Mark, sacudiendo la cabeza—. Estamos atascados. Todo sucedió antes y sucederá otra vez.

—A menos que lo rompamos —dijo Ox y todos lo miramos. Seguía mirando por la ventana con las manos detrás de él.

—¿Cómo? —demandé—. No me malinterpreten. Vinieron a buscarme y no podría estar más agradecido, pero le arrebatamos a Livingstone lo único que lo mantenía en su lugar.

—¿Qué te hubiera gustado que hiciéramos? —preguntó Ox tranquilo y quise sacudirlo.

Quería que Ox me mirara y que lidiara con esta mierda. Estaba en modo Alfa Zen, pero necesitaba su fuego. Necesitaba que estuviera tan enojado como yo.

—¿Dejarlos en dónde estaban? Según tú, Livingstone se estaba alimentando de Gavin de alguna manera. ¿Y si eso lo hubiera matado?

—No estoy...

—No confiaste lo suficiente en mí para ayudarte.

Me congelé.

—Eso no... *Ox.*

Sacudió la cabeza.

—Decidiste ocuparte tú mismo. Nos abandonaste porque creíste que era lo correcto. Que podías encontrar a Gavin por tu cuenta y que los demás estaríamos a salvo. ¿No es correcto?

Mi boca se sentía seca. Él todavía estaba sereno, pero había algo más, una corriente que jalaba de mí. Ahora no quería sacudirlo tanto como antes. Podía dar miedo cuando quería.

—Eso... sí. Supongo que sí.

—Así que, como tu padre, tomaste una decisión. Al principio pensé que fue una decisión egoísta, que solo estabas pensando en ti mismo. Pero no por mucho tiempo porque no eres así. Te conozco, Carter. Te conozco muy bien. Darías la vida por cualquier miembro de esta manada sin dudarlo. Una vez que recordé eso, tuve que encontrar el motivo en otro lugar. ¿Sabes qué descubrí?

No podía hablar, me sentí avergonzado por haber pensado tan mal de él, incluso si fue por un solo momento.

—Descubrí que eras el mismo de siempre. Cargas el peso de tu nombre como el hijo mayor de un rey y una reina. —Giró la cabeza para mirarme, sus ojos oscuros no mostraban signos de rojo o violeta—. Tuve tiempo para pensar en todo esto. En cómo llegamos aquí. En todo lo que perdimos.

Le echó un vistazo a Gavin, que seguía escondido detrás de mí, y luego volvió a mirarme.

—Descubrí que luchamos porque, si no lo hacemos, nadie más lo hará. Puede que Joe no le caiga bien a algunas de las personas en Caswell, pero, de todos modos, nos buscan a nosotros para salvarlos. ¿Es justo? No. Pero ¿cómo podemos ignorarlos?

Y luego dijo:

—Gavin, te reconozco. Tardé un largo tiempo después de Caswell en darme cuenta por qué, pero luego lo entendí. Viniste a Green Creek antes. Fuiste parte del grupo de Omegas que secuestró a Jessie años atrás.

La habitación se quedó sin aire. Mark frunció el ceño mientras se erguía en su silla.

—¿Tú qué?

Ox giró por completo con los brazos cruzados sobre su pecho. Retrocedí un paso hacia Gavin sin pensar, como si estuviera escudándolo de Ox.

—Él no...

Ox alzó una mano.

—No estoy acusándolo de nada. Estoy diciendo un hecho. Estaba allí.

Ox me miró con la cabeza inclinada.

—Y tú lo sabías, ¿no?

—Estaba buscando a papá. Se unió a los Omegas para intentar llegar aquí, nada más. No hirió a nadie.

Ox asintió lentamente.

—Gavin, no estoy intentando asustarte. Si creyera que eres peligroso, no estarías aquí. Por favor, recuerda eso.

Gavin murmuró algo detrás de mí y tuve que luchar contra el impulso de alejarlo de este lugar. Aunque esta oficina era más grande que la cabaña, sentía que las paredes avanzaban sobre nosotros.

—¿Qué dijiste? —preguntó Ox con liviandad.

Gavin se aferró a mi camiseta con más fuerza y la tela se tensó contra mi pecho y estómago.

—No quería lastimar —dijo—. Estaba… perdido. Lobo. Omega. Recordaba a Thomas. Dijo que, si necesitaba ayuda, lo buscara. No sabía que estaba muerto.

Presionó su cabeza contra mi espalda.

—No lastimaría a Jessie. No lastimaría a nadie. No si no tenía que hacerlo. Solo intentaba sobrevivir.

—Lo sabemos —dijo mamá y sentí gratitud hacia ella cuando miró a Ox de mala manera—. Nadie aquí piensa que lo harías.

—Por supuesto que no —replicó Ox y pude ver que estaba conteniendo una sonrisa—. Pero es un círculo como Mark dijo. Estamos conectados, todos nosotros, y se remonta a mucho antes de lo que pensábamos. No podemos seguir cometiendo los mismos errores. Tenemos que ser mejores de lo que fuimos antes.

Clavó la mirada en mí.

—Tenemos que confiar entre nosotros. Después de que nos arrebataron a Robbie, olvidamos cómo hacerlo, nos dividimos. Encontramos el camino de vuelta, sí, pero no puede volver a suceder. Todas las cartas sobre la mesa. No más secretos. ¿Lo comprendes?

—Sí, lo entiendo —asentí.

—Bien —dijo Ox—. Me alegra oír eso. Por eso quiero que escuches lo que diré ahora. Escucha, ¿sí? Y entiende que no hablo como tu Alfa sino como tu hermano.

—Está bien.

Enderezó los hombros.

—Eres un maldito idiota.

—¡Ey!

Sacudió la cabeza.

—De todas las cosas estúpidas que podrías haber hecho, elegiste la peor. Buscarlos por tu cuenta, abandonar a tu manada como si no importáramos. ¿Cómo demonios pudiste pensar que estaría bien?

Y *oh*, allí estaba. Su enojo. Su ira. Sabía a ceniza. Estaba furioso y, aunque estaba haciendo su mejor esfuerzo para controlar su rostro, sus ojos se oscurecieron y frunció el ceño.

—Yo no…

—Eso es cierto —dijo sin expresión—. Tú no. No pensaste. No preguntaste. No recurriste a mí ni a Joe ni a nadie en tu manada. Dejaste un maldito *video*, como si eso fuera suficiente. Cómo te atreves. Tres años, un mes y veintiséis días. Viví lo mismo por ese tiempo. Viví los trece meses que tardamos en recuperar a Robbie. Vi con mis propios ojos lo que le sucedió a Mark y a Gordo. Y luego tú decides… ¿qué? ¿Ser súper original y marcharte también?

—Guau —Kelly susurró—. Eso fue duro. Vamos Ox.

—Esperaba más de ti, Carter —dijo Ox y fue un maldito mentiroso. No sonaba como mi hermano, sonaba como mi padre—. Y tengo que saber si puedo volver a confiar en ti. Porque con todo lo que nos espera por delante, no podemos seguir mirando hacia atrás para ver si alguien en quién confiamos sigue cuidándonos la espalda.

—Estoy aquí —dije tenso, intentaba mantener mi propio enojo controlado—. Regresé. Siempre iba a regresar.

—Podrían haberte matado.

—No morí.

—Te dispararon —murmuró Gavin.

¿Ahora decidía hablar?

—Espalda rota.

—Está bien —concedí—. *Casi* me matan, pero hice lo que creía correcto y entiendo que estés molesto. Tienes derecho a estarlo. Volvería a hacerlo si fuera necesario.

—¿Por él?

—Sí —respondí desafiante.

—Por lo que es para ti.

Por el amor de Dios. Esto no estaba yendo en la dirección que creí, y sin embargo…

—Sí.

Gavin contuvo la respiración.

—Bien —dijo Ox y, de repente, esbozó una sonrisa. Era deslumbrante y me quedé sin aire al verla—. Porque necesitas tomar a Gavin como tu compañero.

Casi me trago mi propia lengua. Comencé a toser con fuerza, me incliné sobre mi estómago mientras intentaba no morir.

—Lo hiciste a propósito —dijo Joe mientras sacudía la cabeza cariñosamente—. Dios, Ox. *Hablamos* de esto.

Ox encogió los hombros.

—Lo hicimos, pero me hizo enojar así que estamos a mano. Me siento mejor. —Ensanchó su sonrisa—. ¿Estás bien, Carter? ¿Necesitas un momento?

—Que… *te den* —dije ahogado.

—Alfa despiadado —murmuró Kelly—. No sé por qué los demás no lo ven.

Todos estaban locos. Era la única explicación.

—¡No puedes *decir* una cosa así!

—Y, sin embargo, lo hice —replicó Ox—. Es gracioso cómo funcionan las cosas. Círculo. ¿Recuerdas que el tiempo es un círculo en el que estamos atrapados? Abel no pudo verlo. Thomas, sin importar todo lo que fue, lo subestimó. Nos hemos permitido perder el control mientras intentábamos sobrevivir. Es hora de que tomemos cartas en el asunto.

—¿Y eso implica que yo…? —No pude terminar.

A Ox le causó gracia.

—¿Qué creíste que sucedería? ¿Cuál fue el objetivo del último año? Lo encontraste. Tú, Carter, por tu cuenta. Y si bien puede que no esté feliz por cómo lo hiciste, no puedo estar más orgulloso de ti porque comprendo el esfuerzo que hiciste, todo lo que enfrentaste ante lo imposible. Y creo que Gavin lo sabe. Tiene suerte de tener a alguien como tú.

Suspiré cuando escuché el sonido familiar de músculos, huesos y ropa rasgándose. La mano cayó de mi espalda y un lobo gris surgió detrás de mí. Giré para verlo retroceder lentamente con la cola entre las patas. Emitió un suave sonido mientras giraba en su lugar, intentando hacerse pequeño. Era ridículo, por supuesto, considerando su tamaño y el hecho de que no podía esconderse en ningún lugar.

Antes de que pudiera ir a él, mi madre se acercó. Tomó su rostro en sus manos y acarició su hocico con sus dedos.

—Puedes tener la forma que desees —le dijo—. Si es más sencillo ser lobo, está bien. Solo espero que no permanezcas así para siempre. Me gusta el sonido de tu voz, no lo olvides.

La lengua de Gavin chasqueó contra su palma y mamá rio.

—Sí. Ha sido un día muy extraño. Cuando las cosas me resultan un poco abrumadoras, necesito alejarme por un tiempo. No escuchar nada más que el sonido de mi corazón y el aire de mis pulmones. ¿Vendrías conmigo? Quiero mostrarte algo.

Gavin me echó un vistazo antes de seguirla afuera de la oficina. Quería irme con ellos, pero me quedé en mi lugar.

—No está bien, Ox —estallé cuando se marcharon—. No puedes soltar esa mierda, no sabes lo que ha vivido. Esto ya es suficientemente difícil.

—¿Quieres que mienta? —preguntó Ox. No estaba enojado, solo curioso.

—No, pero espero que tengas algo de maldito tacto.

—Estás en el lugar equivocado —sumó Mark—. Y no tenemos tiempo para endulzar las cosas.

—Está aquí —dijo Joe sentándose hacia adelante y con los brazos sobre el escritorio—. En mi cabeza. Puedo sentirlo, pero no es como antes. Está siendo llamado de distintas direcciones. Su padre tiene cierto control sobre él.

Le eché una mirada fea.

—¿Y creíste que decir una cosa así haría esto más sencillo?

—No —dijo Joe—. Pero tengo que ser directo. Quiere estar aquí, Carter. Quiere estar con nosotros. Contigo. Tienes que saber eso. Es manada, pero es débil. Necesita algo a lo que aferrarse. Algo que lo ate. No ayuda que siga siendo un Omega.

Kelly me lanzó una mirada y supe lo que estaba pensando.

—Pum, pum, pum —murmuré.

—¿Qué fue eso? —preguntó Ox.

—Él… mierda. —Bajé la mirada a mis manos—. Dice que soy su lazo.

Gordo se rio y me sorprendió considerando la intensidad de su risa, algo que no había oído de él antes. Hasta Mark lucía sorprendido. Gordo se recostó en su silla con los brazos alrededor de su estómago y se *rio*.

—¿Te gustaría compartir con los demás? —preguntó Mark sonriendo como si oír la risa de su compañero fuera contagioso.

Gordo se limpió los ojos, seguía riéndose.

—Es solo que… mi padre. Sin importar cuánto lo intente, cuánto odie a los lobos y a los Bennett, son sus propios hijos quienes más lo traicionan. Yo con Mark. Gavin contigo. Dios, eso debe enfurecerlo.

Su sonrisa fue más lobezna que humana.

—Espero que lo enfuerza. Espero que lo *desgarre*.

—¿Dijo eso en serio? —preguntó Ox—. ¿Eres su lazo?

—Lo hizo —confirmó Kelly—. Cuando estábamos conduciendo. No creo que comprendiera el significado, la importancia, considerando la sencillez con la que lo dijo. Pero tampoco sé si eso es correcto. Es así de sencillo para él, ha sido lobo por tanto tiempo que no necesita las complejidades o los matices de ser humano. Actúa por instinto y ese instinto lo lleva a Carter.

—Te necesita, Carter —dijo Joe—. Y creo que tú también lo necesitas. Sé que no es lo que esperabas…

—Eso no me importa.

Mi corazón se mantuvo estable.

—Bien. Porque necesita tener ese lazo conteniéndolo, que evite que sienta el llamado de su padre. El lazo de un compañero es igual de fuerte que las ataduras de la manada. Tal vez hasta más fuerte. Por eso Chris y Tanner decidieron hacer lo que hicieron.

Sonrió suavemente.

—No lo esperaba, pero tenía sentido para ellos. Por eso Kelly pudo llegar a Robbie, incluso cuando perdió sus recuerdos.

Estaba mareado. No podía concentrarme. Era demasiado que asimilar.

—¿Y qué hay de Livingstone? ¿Realmente creen que dejará pasar esto?

No lo hará. Cree que le hemos robado. Vendrá por nosotros. Esa barrera no lo detendrá por siempre.

—Lo sabemos —dijo Ox con un dejo de gruñido en su voz.

—Entonces… ¿Qué? —Los miré a todos—. ¿Cuál es el plan? ¿Esperar a que se libere? ¿Cruzar los dedos? Puede lastimar personas. Personas inocentes que no tienen nada que ver con esto. Si lastima a esos brujos, a quienes se quedaron atrás, será nuestra responsabilidad.

—Un año —dijo Ox—. Te marchaste por un año.

Le fruncí el ceño.

—Sé que estás enojado, pero no puedes seguir frotando eso en mi cara.

—Y no estoy intentando hacerlo. Si me dejaras terminar de hablar…

Cerré la boca.

Ox asintió.

—Durante el último año, Aileen y Patrice estuvieron reuniendo a los brujos restantes. Fueron de manada a manada, reforzando sus barreras. Livingstone es un lobo ahora, perdió su magia. Y, aunque no se parece a nada que hayamos visto antes, sigue siendo un lobo. Lo que significa que tiene limitaciones. Siente el llamado de la luna. Y es un Alfa, lo que significa que querrá encontrar a su manada. Será un enfoque particular, especialmente si ve este territorio como suyo. Puede que atraiga a otros, a rezagados que no tengan una manada u Omegas que no pudimos encontrar, pero aprenderá rápidamente cuán limitados son sus números. Las cosas cambiaron en tu ausencia, Carter.

»Mientras estabas buscando a Gavin, nosotros estábamos buscándote a ti y preparándonos para el juego final.

Lucía serio.

—Porque así son las cosas. Él o nosotros. Y que me parta un rayo si permito que sea él. Green Creek no es igual que antes. Estamos listos.

—Y lo único que me queda hacer es… —no pude terminar.

Se movió hasta quedar frente a mí y él era lo único que podía ver. Llenó todo mi mundo mientras sostenía mi rostro con los ojos en llamas.

—Sí —dijo—. Pero todavía no. Quiero que sanes, que sepas que estás en casa y que veas si tu corazón le pertenece a alguien que te necesita más de lo que sabes.

Mis ojos ardían cuando me estiré y sujeté sus muñecas.

—Sin presiones, ¿no?

Sonrió.

—Tienes una decisión, Carter. E incluso si no lo elijes, él sabrá que es importante para ti porque no dejarás que lo olvide. Y tal vez eso sea suficiente. Te daré tanto tiempo como pueda, pero no puede extenderse para siempre. Necesitaremos a todos si esperamos vencer a Livingstone. Piénsalo bien. Esa no es una decisión para tomar a la ligera y no importa lo que te hemos dicho, depende de ti. Y de Gavin.

—Puede que no quiera esto —murmuré—. Lo dijo varias veces.

—Solemos decir ciertas cosas cuando estamos asustados —dijo Ox acariciando mis mejillas—. Cosas que no sentimos en realidad. Es lo que nos hace humanos.

—Ox —dije—, no sé qué estoy haciendo. No sé cómo solucionar esto. No sé cómo ser lo suficientemente bueno.

—Ya lo eres, Carter. ¿No puedes verlo? Tengo fe en ti. Te quiero y sé que él también lo hará. ¿Cómo podría no hacerlo? Mírate. Eres mi fuerza. Y sé que puedes ser la de él también, pero no tienes que cargar con esto solo. Te ayudaremos. Todos nosotros.

Me abrazó, me abrazó y me desmoroné. Y en una oficina que todavía olía como mi padre, inhalé el aroma de mi Alfa.

Estaba en el estudio de mi madre.

Ella daba pinceladas brillantes de verde y azul. Tenía pintura en la mejilla y sus ojos brillaban mientras atacaba el lienzo.

Gavin observaba a mi madre moverse con gracia. Era como si estuviera bailando.

—Hoy, hoy, hoy —dijo—. Hoy se siente verde. Todavía hay algo de azul, pero creo que es la vida. A veces puede ser un bosque. Otras es un océano. Pero flotamos, ¿no? En la superficie. Siempre lo pensé incluso cuando me estaba ahogando. Hay una canción que me gusta, una canción vieja.

Empezó a cantar.

—A veces floto sobre el río, estoy atada a su superficie. Y hay veces que hay piedras en mis bolsillos, oh, Señor, en este río me ahogo.

Estaba hipnotizado con ella, se mecía de un lado a otro con la canción. Su cola se acurrucaba entre sus piernas y sus ojos eran violetas.

No se sorprendió cuando puse mi mano en su espalda.

Me miró. Le devolví la mirada.

No hablé.

Se inclinó hacia adelante y presionó su nariz contra mi pecho.

Pum.

Pum.

Pum.

BUEN NOMBRE / PULGARES OPUESTOS

Permaneció como lobo.

No presenté resistencia, no intenté decirle que volviera a transformarse.

Me siguió mientras caminaba por la calle de tierra. Hacía frío, pero el cielo estaba azul; la luna se hacía cada vez más grande y podía sentir su llamado. Aquí era diferente, en este lugar. Cuando estaba en las carreteras secretas, siempre se sintió incorrecto de alguna manera. Cantaba para que el mundo escuchara, pero había estado solo. Nadie respondía mi canción, sin importar con cuanta fuerza lo deseara. Era doloroso.

La gravilla crepitaba debajo de mis pies mientras dejaba que mis dedos acariciaran los troncos de los árboles al costado de la carretera.

—Hay historia aquí —le dije. Estaba caminando a mi lado, cerca de mí. No lo alejé—. Es mía. Tal vez nuestra. Tal vez te pertenece tanto a ti como a mí. Eres un Livingstone.

Gruñó.

—Un nombre es solo un nombre. —Deseé que pudiera comprenderlo—. Pero si no eres un Livingstone, entonces Walsh; o como se llamaran las personas que te acogieron. —Inhalé profundamente, me empapé con los aromas del territorio—. O quien sea que quieras ser. Podrías ser solo Gavin, es un buen nombre.

Inclinó su cabeza hacia mí, sacudió las orejas. Creí que estaba sonriendo.

Mi rostro levantó temperatura.

—Cállate. Solo… acepta el cumplido.

Sí, definitivamente estaba sonriendo. Sentí un cosquilleo en la piel.

Un ave levantó vuelo y me llamó, llamó, llamó. La observé marcharse.

—Estoy intentando decir que no importa. Puedes ser quién quieras ser. Gordo sigue siendo Livingstone porque quiere cambiar lo que significa ese nombre. Sigo siendo Bennett porque fue un regalo de mi padre. —Miré hacia el cielo—. A pesar de que puede sentirse como una maldición.

Presionó su nariz contra mi mano.

—Hay un peso sobre nosotros —continué—. Pero no tenemos que cargarlo solos. Olvidé eso. Haré mi mejor esfuerzo para que nunca vuelva a suceder. Jessie dice que somos bastardos sacrificados. Tiene un punto. Somos tercos, cometemos errores, pero para eso está la manada. Para levantarnos cuando nos caemos.

Inclinó su cabeza hacia el suelo. Cuando volvió a levantarla, tenía una piña en la boca. La presionó contra mi mano hasta que la tomé. Estaba cubierta de saliva, apenas esbocé una mueca.

−¿Gracias?

Se adentró en el bosque. Lo escuché avanzar entre los arbustos, emanaba una suave vibración. Se sentía casi como felicidad, incierta y ligera. Seguí caminando, sabía que me seguiría.

Cuando llegué al final de la calle de tierra, reapareció.

Tenía más piñas en la boca.

Me las entregó.

Las estudié una por una mientras él observaba. No sabía qué diablos se suponía que debía hacer con ellas, pero él parecia complacido cuando las guardé en los bolsillos de mi abrigo.

Avanzó a mi lado. Cada tanto, olfateaba mis bolsillos como si buscara asegurarse de que sus regalos siguieran allí.

Cuando llegamos al pueblo, las personas nos rodearon. Salieron de sus casas, de sus tiendas, todos querían estrechar mi mano, darme la bienvenida a casa. "Eres un regalo a la vista" decían. "Te extrañamos". "Estás en tantos problemas por ser tan tonto". "Hola, señor alcalde" y sonaba tan ridículo. "Bienvenido de vuelta, señor alcalde". Me sentí abrumado, pero también experimentaba una extraña sensación de orgullo.

Al principio, Gavin se acobardaba e intentaba esconderse detrás de mí. No fue hasta que un grupo de señoras mayores salieron de la cafetería que empezó a relajarse. Lo amaban desde antes, siempre se detenían para mimarlo.

Y eso mismo hicieron ahora.

Le dijeron cuán grande era.

Lo brillante que eran sus ojos.

—Tan lindo —decían.

—Mírate. Te marchaste y estábamos tristes. Por favor, no nos dejes otra vez.

Lo acariciaron, presionaron sus rostros contra el de él. Se rieron cuando Gavin resopló en sus cuellos. Agitó las orejas y les gruñó juguetonamente mientras agitaba la cola.

Y luego las señoras se marcharon riéndose mientras caminaban por la calle, nos echaron un vistazo y agitaron los dedos.

La campana sobre la puerta sonó cuando entramos a la cafetería. Dominique levantó la mirada desde detrás del mostrador y sonrió. Puso los ojos en blanco cuando un grupo de hombres gritó de alegría al vernos. Will se puso de pie con un gruñido y avanzó hacia mí con la mano ya extendida. Su apretón de manos era sólido mientras hacía subir y bajar mi brazo.

—¡Mira lo que trajeron los lobos! Nuestro ilustre alcalde.

Los otros hombres se rieron como si fuera lo más gracioso que hubieran oído.

Will miró a Gavin entrecerrando los ojos.

—Lobo otra vez, ¿eh? Qué sorpresa. Si yo fuera hombre lobo, dudo que volviera a caminar en dos patas otra vez. Pensé en pedirles a Oxnard y Joseph la mordida.

Me sentí ligeramente horrorizado ante la idea.

—¿Lo… pensaste?

Asintió con alegría.

—Sip. Pero decidí no hacerlo. Sus Alfas me recordaron la importancia de la humanidad. Y, si bien no me molestaría deshacerme de estos dolores, son míos. Es un pequeño precio que debo pagar por lo que puedo hacer como humano para ayudar a la manada.

Gracias a Dios. Solo podía imaginar la mierda que haría Will si fuera hombre lobo y ninguna era buena.

—Eso es correcto. Escúchalos, suelen saber de qué están hablando.

—¿Estás regresando a la normalidad?

Encogí los hombros.

—Eso intento. Escucha, Will. Lamento…

Alzó una mano.

—No digas más. Lo comprendo.

—¿Sí? —Lo miré sorprendido.

Asintió.

—Oh, sí. Jessie me explicó que Gavin es tu… —frunció el ceño—. ¿Cómo se llamaba? Ah, cierto. Tu conexión mágica y mística de la luna. O algo así.

—Ay, por Dios. —Iba a asesinarla.

Will se inclinó hacia adelante y se acercó a mí, su aliento olía a café.

—No pretendo saber todo lo que sucede —susurró como si fuera un secreto entre nosotros—. Cambia-formas, ¿sabes qué? Está un poco fuera de mi área, pero ella dijo que te preocupas mucho por él y que tenías que encontrarlo para que tu conexión mágica y mística con la luna pudiera solidificarse.

—Ay, por *Dios*.

—Ah —dijo Will—. Así que es verdad, ¿no? Rayos, chico. ¿Alguno de ustedes es heterosexual? Jesús. Sin ánimos de ofender, pero probablemente fue para mejor no haber sido mordido. No tengo idea de qué hacer con un pene que no sea el mío.

Frunció el ceño.

—Aunque supongo que podría descifrarlo. Quiero decir, sé lo que a *mí* me gusta así que qué tan difícil podría ser...

—¡Dominique! —dije y empujé a Will, quién graznó—. Justo la mujer que quería ver.

—Ajá —dijo—. No sé si te creo.

—Sálvame —le susurré.

Puso los ojos en blanco.

—Will, apoya tu trasero en una silla y deja a mis clientes tranquilos.

El hombre lucía indignado.

—Soy su *votante*. Tengo derecho a saber qué sucede en mi gobierno local, en especial si involucra a cambia-formas. —Parecía sorprendido—. Ah, de todas las cosas que podrían haber salido de mi boca, esa fue la más extraña.

—¡Sí, sí! —coincidieron los demás hombres.

—Habrá tiempo para eso después —dijo Dominique.

—Si no nos mata el monstruo malvado que quiere acabar con nosotros —murmuró Will, pero dejó el asunto en paz y regresó a su asiento. Me dio una palmadita en la espalda cuando pasó a mi lado y miré a Gavin, seguro de que estaría escondiéndose cerca de la puerta.

Estaba equivocado. Estaba del otro lado de la barra, sentado al lado de un hombre en la esquina. Sus ojos eran grandes e inocentes. El hombre se rio mientras le entregaba un trozo de tocino.

—Tenemos algunas prendas —le ofreció Dominique—. Si quieres transformarte. Dejamos ropa por todo el pueblo, solo por si acaso. Debería haber algo que te quede bien.

Gavin la miró inclinando la cabeza.

—Vamos —le dije—. Deja de pedir, ordenaremos algo para ti. Déjalo en paz.

—No me molesta —dijo el hombre—. Es como tener un perro grande.

Gavin le gruñó y el hombre empalideció.

—Olvida que dije eso.

Gavin resopló antes de ponerse de pie y seguirme a la parte trasera de la cafetería. Me senté en una cabina. Gavin intentó treparse en el asiento, pero lo empujé.

—Eres demasiado grande. O te quedas en el suelo o te vistes.

No le gustó mi comentario.

—Escucha. —Suspiré—. Por muy divertidas que sean las conversaciones unilaterales, necesito saber que me escuchas, ¿okey?

Se sentó sobre sus patas traseras y alejó su cabeza de mí.

—Hacer un mohín no funcionará.

Giró una oreja hacia mí, pero eso fue todo. Observé mientras sus patas delanteras comenzaban a deslizarse sobre el linóleo. Recupero la postura, pero volvieron a resbalarse inmediatamente.

—Igual que un perro —dije.

Sacudió la cabeza e hizo brillar los ojos.

—No funciona conmigo, amigo. Vamos. Tu hermano estará aquí pronto, sé que le gustaría verte.

Gruñó mientras se ponía de pie. Dominique mantuvo la puerta abierta para él, asintió con la cabeza en mi dirección y Gavin la siguió por la puerta.

Froté una mano sobre mi rostro. Todos los hombres en la barra susurraban entre sí, pero los ignoré, en especial, cuando seguían mirándome de reojo como si pensaran que no podía verlos. Dominique reapareció en la puerta.

Eché un vistazo en su dirección.

Estaba intentando no reírse.

Arqué una ceja sin saber si realmente quería saber.

—Pantalones —dijo—. No es muy fanático de los pantalones.

—No puede estar desnudo en público —gruñí.

—No lo estoy —dijo y sonó extraordinariamente molesto. Atravesó la puerta. Comencé a ahogarme cuando vi lo que tenía puesto. Ah, los vaqueros estaban bien, se hizo un dobladillo improvisado en los talones. Tenía unas chanclas baratas, pero fue su camiseta lo que casi hace que me caiga de la cabina.

Era rosa.

Tenía pedrería de fantasía en el frente y decía DIVA.

—Qué demonios —dije casi sin voz.

Gavin frunció el ceño mientras se miraba a sí mismo.

—¿Qué?

—No creo que esa camiseta sea la indicada —logré decir.

Me miró con el ceño fruncido.

—¿Por qué? Es brillante. —Tocó con un dedo las piedras en su pecho—. Me gusta lo brillante.

—Es para *chicas*.

—No lo escuches —dijo Dominique estrujando su brazo—. La toxicidad masculina asoma sus dientes horribles otra vez. Puedes vestir lo que desees. Esa camiseta era mía, así que sé que tienes buen gusto.

Dominique jaló de la camiseta y la tensó alrededor de sus brazos.

—Es un poco pequeña, pero eres delgado. Demasiado delgado. Ve a sentarte, te llevaré algo de comer y será mejor que te lo termines.

—¿Tocino? —preguntó esperanzado.

Si hubiera estado transformado, sus orejas estarían bien atentas.

—Tocino —concordó—. Siéntate.

Prácticamente vino dando saltitos a la mesa. Se veía ridículo y estaba luchando por no reírme en su rostro. No me sorprendí, en vez de sentarse del otro lado de la cabina, se amuchó sobre mí y me obligó a moverme.

—Hay más lugar allí —le dije sabiendo que era inútil.

—Me siento aquí.

—Me doy cuenta. Solo digo que no *tienes* que hacerlo. Y no me mires así. No puedes enojarte cuando estás brillando. No funciona así.

Pero, oh, lo estaba intentando.

Y los demás en la cafetería lo miraban con los ojos bien abiertos.

—¿Qué? —pregunté furioso—. Puede vestir la mierda que desee.

Will sacudió la cabeza lentamente.

—Por supuesto, es solo que… es la primera vez que lo veo caminando en dos piernas. —Sonrió—. Te ves bien, Gavin. Puede que haya algo allí después de todo eso de convertirse. Será mejor que se cuiden en caso de que decida transformarme en lobo. Puede que tenga que hacer alguna conexión mística de la luna yo mismo.

El otro hombre soltó una carcajada mientras yo golpeaba mi cabeza contra la mesa.

—No —dijo Gavin.

Puso su mano entre mi frente y la mesa.

—Detente.

Suspiré y me senté erguido.

—Esto es estúpido. Todo esto es estúpido.

—¿Qué?

—Nada. —Sacudí la cabeza—. No importa. No te moverás, ¿no?

Nuestros muslos se tocaban, y su brazo rozaba el mío cada vez que se movía.

—No. Me quedo justo aquí.

—El espacio personal existe.

—Soy un lobo –gruñó.

—Esa no es una excusa.

—Es un hecho.

Lo miré boquiabierto.

Lucía engreído.

Antes de que pudiera replicar, sonó la campana sobre la puerta. Gordo entró, saludó con la cabeza a los hombres en la barra. El taller estaba cerrado, todos los demás seguían en casa, pero había venido al pueblo para hacer algo de papeleo. Empezó a saludarnos, pero debió haber visto la camiseta de Gavin y casi se tropieza con sus propios pies.

Ciertamente no ayudó que Robbie entrara a la cafetería un momento después frotando sus brazos con una sonrisa en el rostro. Esa sonrisa se congeló cuando nos vio en la cabina.

—No quiero saber –dijo Gordo sacudiendo la cabeza–. Realmente, no quiero saberlo.

Desafortunadamente, Robbie sí.

—¿Qué diablos estás usando?

Gavin se encogió en su lugar, pero no tenía a dónde ir.

—Déjalo tranquilo. –Fulminé con la mirada a Robbie–. Es brillante, le gusta. A nadie más le importa una mierda, ¿a ti sí?

Robbie retrocedió, pero se recuperó rápidamente.

—Ah, hola. Sí, totalmente. No estaba intentando… Lo siento, Gavin. Te ves bien, te favorece. No creo que yo pueda lograr hacer que algo así se vea bien.

Gavin le frunció el ceño a la mesa. Me estiré y tomé su mano sin pensarlo. Se aferró con fuerza.

—Solo deja de hablar, ¿sí? –Suspiré–. ¿Qué estás haciendo en el pueblo? Pensé que estarías en la casa azul.

Robbie encogió los hombros antes de que Gordo lo empujara al otro lado de la cabina.

—Supuse que Gordo podría necesitar algo de ayuda para terminar más rápido.

—Es un dolor de trasero —murmuró Gordo, pero no lo decía en serio. Tenían una dinámica que ninguno de nosotros se esperaba. Robbie debería haberle dado a Gordo deseos de arrancarse el cabello. A veces lo hacía. Pero cuando Livingstone se había llevado a Robbie, Gordo había estado tan desolado como Kelly y todavía más enojado que él.

»No necesitaba ayuda.

Robbie resopló.

—Sí, sigue diciéndote lo mismo. Estarías perdido sin mí.

Gordo no discutió, solo lo ignoró por completo. Miró hacia la otra punta de la mesa a Gavin y luego posó sus ojos en mí.

—¿Todo está bien? —Señaló con la cabeza a los tipos sentados en la barra, quienes no escondían el hecho de que seguían lanzando miradas disimuladas en nuestra dirección.

Asentí.

—Son inofensivos.

—No llegaría a tanto —replicó Gordo. Levantó la voz—. Aunque probablemente la gente debería ocuparse de sus asuntos y dejar que los demás coman en paz.

Los hombres de la barra giraron rápidamente.

Dominique vino a la mesa.

—Muchachos, ¿lo de siempre?

Gordo asintió.

—Y café. Mucho café.

—Muy bien.

Gavin se me acercó y habló en casi un susurro.

—¿Lo de siempre? ¿Es tocino?

—Sí.

Se mostró aliviado cuando enfrentó a Dominique.

—Lo de siempre. Por favor.

Dominique le sonrió.

—Tan educado. Me gusta eso. Tal vez podrías enseñarles modales a los demás.

Hizo sonar sus nudillos sobre la mesa antes de voltearse y regresar a la cocina. Ya le estaba gritando al cocinero los pedidos.

Gavin estaba inquieto. No me miraba a mí o a los demás. Claramente estaba incómodo, pero no intentaba marcharse o quitarse la ropa para volver a transformarse. Pequeños gestos y todos eso.

—Entonces —dije.

—Entonces —dijo Gordo.

—Entonces —dijo Robbie.

Y eso fue todo.

Era un poco raro.

Gordo también lo sabía. Se aclaró la garganta, miró a su hermano y luego a mí.

—Recibí noticias de Aileen.

Gavin se quedó inmóvil.

—¿Qué dijo? —pregunté—. ¿Deberíamos preocuparnos por algo?

Gordo sacudió la cabeza.

—No. Él… no lo han visto.

Gavin alzó la cabeza, alarmado, pero Gordo levantó una mano.

—Todavía está allí, no puede salir. Las barreras están resistiendo. Se están asegurando de ello.

—No durará para siempre —dije—. Necesitamos descifrar qué haremos. Se liberó una vez. Puede hacerlo de nuevo.

—La última vez tenía a Michelle Hughes —replicó Gordo y se reclinó contra la cabina—. Que me den si me entero cómo mierda sucedió eso. Me molesta de sobremanera que no lo hubiéramos previsto. Ni siquiera lo consideramos.

—Mintió —dijo Robbie con voz inexpresiva—. Eso fue lo que hizo. Michelle mintió sobre todo. Era buena en eso.

Gordo estiró tu brazo hacia el costado de la cabina y apoyó sus dedos sobre el hombro de Robbie.

—No es tu culpa, niño. No podrías haberlo sabido. Se aseguraron de ello.

Robbie hizo una mueca.

—Lo sé. Pero nos engañó a todos. Se merece lo que le sucedió.

—No puede volver a lastimar a nadie.

—Él puede —murmuró Gavin.

Gordo parecía titubear. Asentí con la cabeza. Había un motivo por el que estábamos allí y no era solo para almorzar.

—Ey, Gavin —dijo.

—¿Qué? —Gavin se movió y se aferró a mi mano en su regazo.

—¿Estás bien?

—Sí. Estoy bien.

No sonaba bien.

—¿Necesitas algo? ¿Hay algo que podamos hacer por ti?

—No.

—Está bien. Si necesitas algo, solo tienes que…

—Pedir. Lo sé. —Gavin se quitó el cabello del rostro y levantó la cabeza—. Tienes preguntas.

Gordo lucía sorprendido.

—Es tan obvio, ¿eh?

—Eres muy obvio. Siempre lo has sido.

Robbie tosió en su mano y luego fulminó a Gordo con la mirada cuando le dio un golpe en la cabeza.

—No soy *obvio*.

Gavin puso los ojos en blanco y fue un gesto tan de Gordo que tuve que morderme la lengua para contener a la risa.

—Sí, claro.

Por supuesto que al universo le pareció apropiado emparejarme con este idiota. No sabía si estaba siendo recompensado o castigado.

Robbie clavó la mirada en la ventana con una sonrisa en el rostro. Lucía relajado, más en paz de lo que estaba cuando me marché. Dolía un poco saber que me había perdido el verlo recuperarse de cómo era antes.

—Preguntas —dijo Gavin—. Preguntas. Siempre preguntas con ustedes. Con todos ustedes. Es molesto.

—Lo tendré en mente —replicó Gordo secamente—. Solo lo diré, ¿sí? ¿Lo escuchas? ¿Sigue en tu cabeza?

Gavin encogió los hombros.

—No fuerte. No como antes. Cerca de él. Escuchaba todo el tiempo. Es… más silencioso ahora.

—¿Por qué estás tan lejos de él? —preguntó Robbie.

—Tal vez. No sé. Territorio. —Relajó la presión en mi mano—. Territorio ayuda. Estar aquí ayuda. Lo hace más bajo. Manada también ayuda.

Eso llamó nuestra atención.

—¿Puedes sentir a la manada? —indagó Gordo.

—Un poco, es bajo. Como papá. —Frunció el ceño—. Como Livingstone.

—Puedes llamarlo así si quieres –dijo Gordo.

—Tú no lo haces.

—Sí, bueno, he lidiado con esta mierda durante un poco más de tiempo que tú. Digamos que no celebraré el día del padre próximamente.

—Livingstone –repitió Gavin casi de manera testadura–. Lo llamo Livingstone. No papá. Tuve…

—Tuviste –dije y estrujé su mano.

Me echó un vistazo antes de bajar la mirada a la mesa.

—Tuve papá. Mamá. No padres reales, pero buenos igual.

—¿Qué les sucedió? –preguntó Robbie en voz baja.

—Muertos –explicó Gavin sin expresión–. Hace mucho tiempo. Todavía humano cuando sucedió. Accidente de coche. No sabía qué hacer después. Luego fui lobo. Luego fui Omega. Y ahora estoy aquí.

Tantos años resumidos en algunas oraciones cortas. Me pregunté si alguna vez sabríamos todo lo que le sucedió o si estaría siempre alojado bajo llave en su mente. Los recuerdos duelen cuando se los permites.

—¿La cabaña era de ellos? –preguntó Gordo–. ¿Tuya?

Asintió.

—Creí que era el mejor lugar. Lo conocía. No era… aquí. Pero estaba cerca. Nos fuimos de Caswell. Intenté mantenerme lejos. Pero lo necesitaba. No era casa. Carter me siguió. Estúpido Carter.

—Estúpido Carter –asintió Gordo–, pero tenías que saber que eso sucedería.

—No –replicó Gavin–. No sabía. Creí que era más inteligente.

Gordo se rio.

—Es un Bennett. Suelen actuar antes de pensar. Diría que es parte de su encanto, pero uno se cansa bastante rápido.

—Estoy sentado justo aquí.

Me ignoraron.

—No es ruidoso —dijo Gavin—. Livingstone. No como antes.

—Sigues siendo Omega —replicó Robbie—. Actuaba como tu Alfa, pero tus ojos siguen siendo violetas.

Gavin le mostró cuán violeta seguían siendo.

—No lastimo personas.

—Lo sabemos —dijo Gordo rápidamente—. Nadie piensa que lo harás. De ser así, no estarías en el pueblo en este momento.

—En sótano —dijo Gavin—. Como Robbie. Carter. Mark, y el otro hombre.

—¿Qué otro hombre? —pregunté.

—El lobo. El que mató Elijah.

—Pappas —dijo Gordo— ¿Gavin?

—Preguntas —dijo Gavin—. Más preguntas.

—Más preguntas —repitió Gordo—. ¿Recuerdas a Pappas?

—Sí.

—Y a todos nosotros.

—Sí.

—Y todo lo que sucedió.

—Sí. A veces. Es… era lobo. Todo el tiempo. Diferente que humano. Más fácil. Lobos buenos. Humanos buenos. Lobos malos. Humanos malos. Comer. Cagar. Dormir. Correr. Carter, Carter, Carter. Pum, pum, pum.

Puso sus manos sobre la mesa y flexionó sus dedos. Las puntas de sus garras aparecieron, negras y filosas.

—No puedo recordar todo. Recuerdo cosas importantes.

Eso no debería haberme conmovido tanto, en especial porque me incluyó en la misma lista que comer y cagar.

—Pregunta —dijo Gavin—. Tengo pregunta.

—Está bien —dijo Gordo—. Pregunta. Intentaré responder si puedo.

Gavin lo miró. Sus ojos estaban despejados otra vez y las líneas en su frente eran profundas.

—¿Sabías? ¿Sobre mí?

Gordo nunca desvió la mirada.

—No. No lo sabía. De haberlo hecho… —sacudió la cabeza—. No sé qué hubiera hecho. En especial si lo hubiera descubierto antes de todo. —Frunció el ceño—. Estuve enojado por mucho tiempo. Con Mark, Thomas, los Bennett en general. Lobos. Brujos. Magia. Lo odié. Odiaba todo. Estaba herido. Me habían dejado atrás y tuve que seguir por mi cuenta.

—Pero dejaste.

—¿Dejar qué?

—De odiar.

Gordo suspiró.

—Sí. Escucha, Gavin. No sé cómo han sido las cosas para ti. Ni siquiera puedo comenzar a imaginar lo que has vivido. Pero si se parece en algo a lo que me sucedió a mí, entonces lo entiendo. Yo era tóxico. No era bueno para nadie. No te hubiera caído bien en ese entonces y hubieras estado justificado.

—No me caes bien ahora —replicó Gavin, pero fue en tono ligero, casi coloquial.

—Entendido. Y quiero que notes que yo no estoy dejándote en evidencia con tus mierdas, aunque debería. —Se inclinó hacia adelante, su brazo seguía rodeando a Robbie. Puso su otro brazo sobre la mesa, su muñón era suave y pálido—. Sentía ira en mi mente y en mi corazón. Odiaba a los lobos por todo lo que representaban. Odiaba a los Bennett por haberme abandonado, odiaba a los brujos por la magia que corría en mis venas.

Era demasiado joven para lo que me hicieron. Para lo que Abel Bennett y Livingstone me hicieron hacer.

—Ahora estás mejor —dijo Gavin.

Bajó la mirada al muñón de Gordo mientras yo pensaba en la cicatriz que ocupaba el lugar el cuervo.

—En general.

—Es el precio que pagué. Y volvería a hacerlo porque significaría que Ox está a salvo. Eso es lo gracioso del odio y el enojo. Alimenta al fuego, pero cuánto más tiempo dura, más arde. Y estaba cansado de arder porque me consumía solo.

—Perdonar —susurró Gavin.

—O algo parecido. Esta manada es... pesada. Jala de ti incluso cuando no quieres que lo haga. Pero los necesitaba tanto como ellos me necesitaban a mí. Perdí de vista el fuego. Quizás no fue tanto perdón sino aceptación. Hay restos carbonizados en donde solía estar el fuego, creo que siempre permanecerán allí. Pero en esas ruinas, nuevas cosas pueden crecer.

—¿Mark?

—Mark —concordó Gordo y sonrió suavemente.

Recordé al hombre duro que había acompañado a tres adolescentes a perseguir a un monstruo. El hombre que gruñó y gritó, pero nos seguía de todos modos en la oscuridad. El mismo hombre que nos rapó las cabezas para que pudiéramos lucir como él, para que pudiéramos ser tan rudos como él. Ese hombre seguía aquí, pero el filo en él se había suavizado y su corazón estaba a la vista. Era un matón, un bastardo que podía causar desastres solo con su voz, pero nos quería con ferocidad.

—Él fue una parte importante, pero los demás también —siguió Gordo y sacudió levemente a Robbie—. Incluso cuando no sabían quiénes eran.

Robbie empujó sus gafas sobre su nariz.

—Lloraste cuando me encontraste. ¿Lo recuerdas? Lagrimones. Creí que era extraño que un viejo desconocido llorara en un puente en el medio de la nada.

Gordo puso los ojos en blanco.

—Y me arrepiento por completo.

Dominique apareció cargando cuatro platos, dos en su mano y dos sobre sus antebrazos. Acomodó la comida para conejo en frente de Robbie, Gordo tenía pollo frito cubierto de salsa, ya cortado en bocados. Le gruñó que no era necesario que hiciera eso y ella replicó que hasta que él se consiguiera una prótesis, seguiría haciéndolo.

Apoyó una hamburguesa con patatas fritas delante de mí, me conmovió que lo recordara. Y los ojos de Gavin se abrieron de par en par cuando Dominique apoyó un plato de desayuno delante de él con una montaña de tocino.

—El café está en camino —dijo y estrujó el brazo de Gordo antes de marcharse.

La observé caminar.

—Jessie y ella están…

—Avanzando —murmuró Gordo—. Lento.

—Es manada.

—Sí. No estabas aquí, Carter. Ella lo necesitaba. No fue…

—Está bien —añadí rápidamente—. Bambi también. Cuantos más mejor, ¿no?

Gordo me miró fijo por un largo momento antes de añadir:

—Sí. Fuerza en los números.

Abrí la boca para volver a hablar, pero me interrumpió.

—Y no, no quiero hablar de Chris y Tanner. No tengo idea qué rayos están haciendo y no es asunto mío.

—La gente heterosexual es muy rara —dijo Robbie con la boca llena de lechuga.

—Es verdad —concordé.

—Tan rara —añadió Gavin y todos lo miramos—. ¿Qué?

—Nada —respondí mientras él soltaba mi mano.

Supuse que atacaría la comida directamente con su rostro, o por lo menos que comenzaría a tomar puñados de comida y metérselos en la boca. Estaba mirando al tocino como si lo hubiera ofendido. Sentí que me miraba por el rabillo del ojo mientras tomaba un cuchillo para cortar mi hamburguesa.

Todos nos congelamos cuando tomó el tenedor. Lo sujetó como si fuera un arma, su puño se aferraba con fuerza al mango. Se lo llevó a la nariz y lo olió. Hizo una mueca, lo alejó de su rostro y frunció el ceño. Giró su mano de lado a lado como si estuviera estudiándolo. Luego, de manera extraña, bajó su puño y su codo casi golpea mi rostro. Apuñaló una tira de tocino, pero se cayó. Volvió a intentarlo, esta vez lo logró. Estiró el cuello y estiró la lengua mientras se llevaba el tenedor a la boca. Atrapó el tocino entre sus dientes y lo aspiró como si fuera un fideo.

—¿Qué? —preguntó con la boca llena—. Carter dijo de usar tenedores. Huelen mal. Otras personas se lo ponen en la boca, pero lo hice igual.

Y como si necesitara probarlo, apuñaló otra tira de tocino mientras masticaba de manera molesta. Lo exhibió.

—¿Ves? ¿*Ves*, Carter?

—Ay, por Dios —murmuré hacia el cielo—. Eres un cretino.

Cuando estábamos terminando, Gordo dijo:

—Tengo que regresar al taller. Tengo que terminar algunas cosas antes de volver a casa. Este fin de semana habrá luna llena y perderemos algunos días más.

—¿Puedo ver? —dijo Gavin.

Gordo se detuvo mientras intentaba salir de la cabina con la mano sobre la mesa.

—¿Ver qué?

—Taller. Garaje.

—Ya lo has visto —dijo Gordo lentamente—. ¿Lo recuerdas? Muchas veces.

—Sí —replicó Gavin—. Cierto, lo lamento.

Le frunció el ceño a la mesa.

Gordo miró fijo la cabeza de su hermano por un momento.

—Pero supongo que nunca lo has visto desde que andas en dos piernas, ¿no?

Gavin sacudió la cabeza.

—Vamos —accedió Gordo—. Te mostraré algunas cosas. Ayuda tener pulgares opuestos. No puedes ser peor que Robbie. Una vez prendió fuego un vehículo.

—Fue un *accidente*.

Gavin vaciló y me miró. Y lo más extraño es que *yo* también vacilé. La idea de perderlo de vista tampoco me gustaba. Tragué saliva y dije:

—Ve, nos veremos más tarde.

—¿Bien? —preguntó Gavin.

—No necesitas pedirme permiso, puedes hacer lo que quieras.

—Lo sé —replicó—. Pero ¿*tú* bien? Podrías morir. Hacer algo estúpido.

Lo empujé de la cabina.

—Saca tu trasero de aquí. —Pero la última palabra sonó ahogada porque me sonrió con un ligero asomo de dientes.

—¿Listo? —preguntó Gordo, lucía un poco perdido.

—Listo —confirmó Gavin.

Pero antes de que pudieran marcharse, tomé la muñeca de Gavin. Me observó mientras me apartaba de la cabina, tomaba mi abrigo y lo ponía sobre sus hombros.

—Hace frío.

—No puedo enfermarme —me recordó.

—Sé que no puedes… ¿podrías hacer esto por mí?

Me observó por un momento y luego:

—Está bien.

Deslizó sus brazos en las mangas.

—¿Bien? —preguntó mirándose a sí mismo, la pedrería de su camiseta brillaba bajo las luces de la cafetería.

—Bien —logré decir mientras intentaba ignorar desesperadamente la sensación de satisfacción que sentí. Era demasiado grande, demasiado salvaje—. Pasaré en un rato.

Gavin siguió a Gordo por la puerta, pero no sin antes echarme un vistazo. Asentí y luego los vi cruzar la calle con los hombros cerca.

—Oh, rayos —dijo Robbie—. Estás hasta el cuello.

Lo miré sorprendido.

—¿De qué estás hablando?

—Sí, suena correcto —resopló—. ¿Sabes qué? No, no es correcto. Sabes de qué estoy hablando. No tenemos que darle vueltas al asunto como solíamos hacerlo cuando eras demasiado tonto para darte cuenta.

Me recosté contra la cabina y froté mi rostro con mi mano.

—Solo era un abrigo.

—Ajá –dijo–. Por eso hueles de esa manera. Un poco demasiado feliz al respecto.

—Deja de olerme –gruñí.

—Eso intento. –Arrugó la nariz–. Pero es *punzante*.

—Le contaré a Kelly sobre la camiseta que le robaste y con la que dormiste como por seis meses antes de que le dijeras que querías poner tu rostro en su rostro.

Parecía escandalizado.

—No te atreverías.

Sonreí.

—Averigüémoslo.

—Está bien.

Miró por la ventana. Gavin y Gordo entraron al taller en la calle de enfrente, Gordo le sostenía la puerta abierta a su hermano.

—Está aprendiendo.

—¿Quién? ¿Gavin?

Sacudió la cabeza.

—Gordo. ¿Crees que estarán bien?

Estaba confundido.

—¿Por qué no lo estarían?

—No lo sé. Es solo que… Gordo no estaba muy feliz con la idea de tener un hermano cuando se enteró.

—Sí, pero ¿puedes culparlo? Cambió todo para él.

—Lo entiendo.

Comenzó a rasgar una servilleta y formar una pequeña pila en la mesa.

—Yo solo… quiero que estén bien entre ellos. –Se rio, pero sonó vacía–. Pero como que también quiero que no lo estén.

Eso me sorprendió.

—¿Por qué?

—Es… pensarás que es estúpido.

—Tal vez. Dímelo de todos modos.

Abrió la boca, luego la cerró. Formó una línea recta con los labios.

—Supongo que estoy un poco celoso.

Lo miré sorprendido.

—¿De *qué*?

Sus mejillas se sonrojaron.

—Cuando regresaron, no le caía bien a Gordo. A ninguno de ustedes.

—No te conocíamos —expliqué—. Tú estabas… Nos habíamos marchado por tanto tiempo y luego cuando regresamos las cosas habían cambiado. No eras solo tú, era todo.

—No, eso lo entiendo —dijo—. Pero Gordo fue… bueno. Fue un bastardo. *Realmente* no quería que trabajara en el taller. Y lo comprendía, ¿entiendes? Ese era su lugar, él lo convirtió en lo que era. Y luego el deber llamó y creo que esperaba que todo siguiera igual cuando regresara. Pero no fue así. Yo estaba allí. No fue malo, pero no le gustaba. Y lo odié.

La pila de la servilleta rasgada creció. Dominique patearía su trasero.

—No soy… No *intento* caerle bien a la gente. Sucede o no. Pero era diferente con él. Había escuchado todas estas historias de él, sobre cuán enojado estaba, sobre cómo podía ser brusco y grosero y me preocupaba. Él estuvo allí primero, ¿no? Si quisiera, probablemente podría convencer a los demás para que me echaran.

No pude contener la sorpresa de mi rostro.

—No haría una cosa así, hombre. Sí, quiero decir, es un maldito bastardo, pero no te exiliaría.

—Ahora lo sé —dijo Robbie—. Y creo que lo cansé, o empecé a caerle

bien. O algo. Empezó a hablarme, empezó a relajarse cuando yo estaba.
Y… me caía bien. Una vez que superas toda fanfarronada, era…

—Gordo.

—Sí. —Parecía aliviado—. Y tal vez al principio solo me soportaba, pero
eso cambió de alguna manera. Fue mi amigo, y luego fue mi hermano.
No era lo mismo contigo o con Joe. O siquiera con Ox. Los quiero, pero
sentí que con él me lo había ganado.

Lo comprendía.

—Y luego vino Gavin.

—Correcto. —Sacudió la cabeza—. Es tonto, lo sé. No tengo por qué
estar celoso. Gordo merece esto después de toda la mierda que vivió.
Tener a alguien que sea su propia sangre, alguien que sepa lo que es tener
a Livingstone como padre. Por más que lo intente, nunca podría ser eso.

—Está bien. —Intenté elegir mis palabras con cuidado—. Pero solo
porque Gavin esté aquí, no significa que Gordo te mirará de manera
diferente. O pensará menos de ti. Hay espacio. Para ti, para Gavin. Para
todos nosotros. Somos manada, Robbie.

—Manada —dijo en voz baja. Sonrió, pero se desvaneció de sus labios
tan rápido como apareció—. Pero lo entiendo. Hermanos, lo que significa. Cómo harías cualquier cosa por ellos, incluso si eso significa lastimarte. Nunca tuve eso. Ahora sí.

—Nos tienes a todos nosotros.

—No viniste a buscarme. Al principio.

Cerré los ojos.

—Mierda.

—Oh, no, ey. Eso no… no quise… demonios. Carter, escucha. No lo
quise decir en ese sentido…

Volví a abrir los ojos.

—No, es justo. Tienes razón, no lo hice. Y, sin embargo, tú me buscaste cuando me marché, ¿no?

Suspiró.

—Sí. Me dije a mí mismo que era por Kelly, y una gran parte lo fue. Pero también fue por ti.

—Gracias.

Retrocedió.

—No estoy pidiendo que…

—Lo sé, hombre. Pero mereces escucharlo de mí. Gracias por preocuparte lo suficiente por mí para venir a buscarme. Tardé mucho tiempo en sacar la cabeza de mi trasero, pero hacia el final, quiero que sepas que hice lo mismo por ti.

—Lo hiciste —dijo—. Viniste al puente. —Rio—. E intenté matarte.

—Eh. Algo suele intentar matarme, es parte de quién soy.

Robbie se puso serio.

—Desearía que no fuera así.

—Yo también. —Bajé la mirada a mis manos—. Pero si no luchamos, ¿quién lo hará?

—¿Recuerdas cuando estaba en el sótano? Después de la luna llena cuando Livingstone seguía en mi cabeza. Kelly estaba conmigo y todos ustedes estaban del otro lado de la línea de plata. No era que no confiaran en mí, pero así se sentía.

—No fue uno de nuestros mejores momentos —murmuré.

—Tal vez —dijo—. Pero ahora lo entiendo, el motivo. Gavin cruzó la línea. Vino hacia mí y apoyó su cabeza en mi regazo.

Me había olvidado de eso. Estaba ansioso por cruzarla yo mismo, aunque sea para acercarme a Kelly en caso de que Robbie no fuera… Robbie. Pero Gavin se ocupó de mostrarnos sin palabras cuán ridículos estábamos siendo. Incluso como lobo era extraordinariamente expresivo y la mirada de desdén que nos había lanzado, que me había lanzado a *mí*, fue como un balde de agua fría.

—Siento celos —dijo Robbie—, pero luego recuerdo ese momento y me doy cuenta de que no tengo motivos para hacerlo. Incluso entonces, él no intentaba alejarlos de mí. Nos mostraba cómo se suponía que debía ser la manada.

Me sentí extrañamente orgulloso.

—Supongo que tenía razón.

Robbie resopló.

—No tienes que hacer eso, ¿lo sabes?

—¿Hacer qué?

—Actuar así. Todos sabemos cómo te sientes respecto de él. Lo sabemos porque te conocemos. Siempre te quejas de él, pero cuando crees que nadie está mirando, tienes esta… expresión en tu rostro. Tan suave. Y amable. Y tienes un escudo. Piensas que se supone que debes actuar de cierta manera. Es por ser el mayor, pero no tiene que ser siempre así.

—No sé qué estoy haciendo.

Se estiró y apoyó su mano sobre la mía.

—Lo descifrarás. Siempre lo haces. Solo… ¿puedo darte un consejo?

Giré mi mano y envolví su muñeca con mis dedos, su pulso era fuerte contra mi pulgar.

—Seguro.

—Confía en él. Y en ti —dijo Robbie—. Todo funcionará al final. Y, cuando así sea, lo verás por lo que es en realidad y será la mejor sensación del mundo. Kelly, él… me hace mejor. Me completa. Lo amo por todo lo que es y por todo lo que no es. Y, al igual que Gordo, lo mereces. Creo que todos lo merecemos. Y un día, cuando ya no sea necesario derramar sangre y podamos simplemente respirar, verás por qué tuvimos que luchar por tanto tiempo. Estaremos juntos.

Solté su mano y me puse de pie.

—Párate —dije agitando mis dedos hacia él—. Vamos, ponte de pie.

Lo hizo y lo abracé.

Gruñó por la sorpresa, pero sus brazos se sintieron con fuerza a mi alrededor. Puse mi mentón sobre su cabeza y lo sentí reírse contra mi garganta.

—Gracias, Carter.

Escuché el sonido de una cámara y vi a Dominique bajando su teléfono. Sonrió sacudiendo la cabeza.

—Niños —dijo—. Adorables y tontos niños.

Cuando los encontramos en el garaje, Gavin y Gordo estaban estudiando un motor sostenido por cadenas.

Gordo estaba hablando.

—… y así es cómo el abuelo lo explicaba. Decía que tenías que amarlo. Que tenías que ser amable. Te enfurecerá, pero si eres paciente, te recompensará. Solo lleva tiempo.

Gavin asintió. Tenía algo de aceite en la punta de la nariz.

—Paciencia. —Y luego añadió—: ¿Gordo?

—¿Sí?

—Abuelo. ¿También mi abuelo?

—Sí, supongo que sí. Buen hombre. Me enseñó todo lo que sé sobre coches. Murió cuando era pequeño, antes de que hubieras nacido.

—Ah.

—Tengo algunas fotografías en la casa, tal vez podrías venir un día y yo podría mostrártelas.

—Fui a tu casa.

—Sí —dijo Gordo—. Orinaste en mi cocina, ¿lo recuerdas?

Gavin encogió los hombros.

—Nop.

—¿En serio? Porque fue tanta orina que tuve que... ah, púdrete hombre. Estás tomándome el pelo, ¿no?

Gavin se rio.

—Sí. Tomándote el pelo. Mucha orina.

Gordo nos echó un vistazo.

—¿Escuchan a este hijo de perra? Por el amor de Dios. Robbie, ven aquí. Tú también tienes que oír esto, pero no toques nada. No necesito que algo más se prenda fuego.

Robbie fue.

Me incliné contra la pared y los observé mientras avanzaba la tarde. Cada tanto, Gavin me echaba un vistazo como asegurándose de que siguiera estando allí.

SAUCE BLANCO / MUERE ARDILLA MUERE

uéntame —pidió mi madre—. A dónde fuiste. Qué hiciste. Estábamos sentados en un claro, solo faltaban unos días para la luna llena. Los demás estaban dispersos en un círculo desordenado y miraban a Chris y Tanner practicar lucha con garras y colmillos extendidos. Sus golpes sonaban fuertes, pero se estaban riendo, incluso cuando comenzaron a sangrar. Jessie caminaba a su alrededor y ladraba órdenes, que enderezaran su postura, que no pusieran todo su peso sobre sus pies. Gavin también observaba, estaba de pie entre Ox y Joe, balanceándose sobre sus pies como si quisiera sumarse a la acción. Sacudí la cabeza al mirarlo.

Miré a mi mamá. Estábamos sobre una manta, tenía termos de té caliente que me hizo beber como si creyera que moriría de sed. Kelly dijo que ella me ahogaría por un tiempo. Y yo lo necesitaba.

—Era silencioso más que nada —le dije mientras miraba a los demás—. Largas extensiones de días y semanas en las que nada sucedía.

—Mi niño viajero —dijo—. ¿Qué viste?

—Cosas buenas, cosas malas. Gente y su ira sin fin. Las carreteras parecían seguir y seguir.

—Debería habértelo dicho. No debería haberlo evitado —dijo.

—¿Mamá?

—Sobre Gavin. —Sonrió con tristeza—. Pensé… pensé que te correspondía descubrirlo. Y sabía que algún día lo harías, pero cuanto más tiempo pasaba… no lo sé. Me preocupé. Y había tantas cosas por las que preocuparse. Me permití distraerme. Y lo lamento.

Estaba alarmado.

—No tienes que…

—Lo lamento —dijo con firmeza—. Porque todavía veo la expresión en tu rostro. En Caswell cuando Gavin se marchó con esa… esa *bestia*. Tu corazón se quebró y no pude hacer nada para solucionarlo.

Desvió la mirada y parpadeó rápidamente.

—Debería habértelo dicho.

Tomé su mano con la mía, su piel estaba fría.

—Ahora estamos aquí.

—Estamos aquí —dijo—. Al fin. Nunca me dejes otra vez, no de esa manera. Prométemelo.

—Lo prometo.

—Mentiroso —dijo limpiándose los ojos—. Pero lo permitiré. ¿Cómo lo encontraste?

Le conté sobre el hilo en mi pecho y cómo me jaló hacia adelante. Cómo aprendí a confiar en él, incluso cuando estaba silencioso. Le conté sobre las notas que me había dejado, las mismas notas que ahora estaban escondidas en una caja debajo de mi cama. Vacilé antes de contarle sobre Madam Penélope, la bruja, la psíquica, la mujer con los huesos que no había estado allí en realidad. Todavía no estaba seguro si había sido algo más que un sueño. Pero ella era mi mamá y no me juzgaría. No por esto. De todos modos, luché por encontrar las palabras. Salían en ráfagas y corrientes.

—Madam Penélope —repitió.

Hice una mueca.

—Sí, sé cómo suena, créeme. Pero estaba volviéndome loco, ¿lo sabes? Ni siquiera creo que haya sido real. Todo estaba desvaneciéndose y estaba perdiendo…

Me sujetó la mano con más fuerza.

—¿Tenía plumas en las orejas? ¿Un corte mohicano? ¿Te pidió que inhalaras un polvo negro?

La realidad parecía desdibujarse. Era translúcida. Era como si estuviera en mi cabeza. Y tal vez lo estaba porque ese murmullo de *ManadaMa-nadaManada* crecía cada día.

—¿Cómo sabes eso?

Inclinó la cabeza hacia atrás y sonrió.

—Te estaban cuidando. Incluso cuando estabas tan lejos de casa, estuvieron contigo en tu camino.

—¿Qué? ¿Quién?

—La madre de Abel era una bruja. Tu bisabuela. ¿Alguna vez te lo conté? Se llamaba Rose.

Sacudí la cabeza.

—Antes de enamorarse de un lobo, viajó junto a su manada con un carnaval cerca del cambio de siglo, hacían espectáculos con magia y lobos. Tengo fotografías en algún lugar. Unas imágenes sepia con los bordes redondeados. Hay una de Rose. Tenía pantalones, estoy segura de que eso causó un escándalo con la gente que iba a ver lo que creían ser lobos bien entrenados, no tenían idea de lo que eran en realidad. Tenía una pipa de madera en la boca, sus dientes exhibían una sonrisa sarcástica. Está inclinada contra una cabina hecha de sauce blanco, que es importante para algunos brujos. Hay un cartel con dos palabras sobre la cabina, sobre las cortinas que cosió ella misma. Su nombre artístico: Madam Penélope.

La mire boquiabierto.

—No es posible.

Giró mi mano con la suya y acarició las líneas en mi palma.

—¿No lo es? Tal vez estabas soñando. Tal vez cuando eras un niño viste la fotografía que describí, y en tu dolor, tu deseo de un pedacito de hogar, soñaste con ella, hurgaste en las profundidades de tu memoria. O tal vez aquellos que amamos nunca se marchan realmente. Su sangre está en nuestras venas, toda su historia corre por nosotros. ¿Es tan difícil creer que quienes vinieron antes podrían haber visto todo lo que eras y decidieron que necesitabas un momento para respirar? ¿Un momento de paz y un lugar para descansar?

Miré nuestras manos. Las de ella eran delgadas, finas, con dedos huesudos. Las mías eran grandes y toscas, casi como una garra.

—Lo vi —dije—. Lo escuché.

—¿A quién? —preguntó, aunque pensé que ella ya lo sabía. Necesitaba que lo dijera en voz alta.

—A papá.

Su sonrisa tembló.

—Oh, oh, cuéntame.

—Dijo que me quería.

—Es verdad. Mucho más de lo que pudieras comprender.

—Estaba perdido —le dije—. Me dolía todo. Soñaba con fantasmas en la nieve y no sabía qué hacer. No sabía cómo continuar. Estaba desvaneciéndome, y me dijo que aullara. Me dijo que cantara.

—¿Lo hiciste?

—Tan fuerte como pude —asentí lentamente.

—¿Y qué te trajo?

La agarré con fuerza.

—Kelly. Joe.

—Cuando naciste, tu padre estaba aterrorizado. Intentó esconderlo, por supuesto, porque era el Alfa. Pero lo conocía. Podía verlo en sus ojos. Él era grande y tú eras tan pequeño. Sus manos temblaron cuando se estiraron para levantarte por primera vez, me preguntó cómo podías ser como eras, cómo era posible amarte a primera vista. Dijo que eras tan frágil, tan suave y no sabía cómo podría merecer a alguien como tú.

Rio sacudiendo la cabeza.

—Le dije que dejara de ser tonto. Que eras un lobo. Que eras un Bennett. Y mucho más importante, eras su *hijo*. Levántalo, levanta a tu hijo. Y lo hizo. Y, oh, Carter, cómo *lloró* por ti. Eran lágrimas de felicidad. "Mi hijo", dijo una y otra vez. "Mi pequeño. Cuán perfecto eres. Qué maravillo es que existas".

—Mamá —dije con voz ronca.

Miró a los demás, a Kelly y a Joe. Ellos sintieron su mirada porque giraron hacia ella con ojos brillantes.

—Te pareces a él más de lo que sabes. Más que tus hermanos. Cargas con todo el peso sobre tus hombros para que los demás no tengan que hacerlo. Pones a los demás antes que ti, incluso si te perjudica, y cuando *finalmente* encuentras algo solo para ti, te lo arrebatan cuando intentas sujetarlo. No es justo. Nunca lo es. Pero, como a tu padre, eso no te detuvo. No creo que marcharse haya sido lo correcto. Y, sin embargo, comprendo por qué lo hiciste. ¿Qué haría por solo un momento más con él? Todo. *Todo.* Carter, ¿no lo ves? *Estuvieron allí contigo.* Y mira lo que te llevaron, mira lo que hiciste. Lo encontraste. Tu padre estaría tan orgulloso de ti. —Su pecho se tensó—. Estoy segura.

Llevé su mano a mis labios y le di un beso en la palma.

—Algún día volveré a verlo. Y esbozará su pequeña sonrisa curiosa y sabré que todo está bien en el mundo otra vez.

Me echó un vistazo, sus ojos estaban despejados.

—No tomes por sentado que siempre estará allí. Debemos recordar decir lo que está en nuestros corazones porque nunca sabemos si será la última vez que tendremos la oportunidad de hacerlo.

—Papá lo sabía —dije casi sin voz—. Incluso al final.

—Lo sé —replicó—. Viajaste muy lejos. Encontraste tu camino de regreso a casa. ¿Qué harás con el tiempo que te queda?

Miré a nuestra manada. Kelly y Joe estaban uno al lado del otro, con las manos entrelazadas. Ox sonreía mientras Gordo susurraba en su oído, Mark esbozaba su sonrisa secreta mientras observaba a su compañero y a su Alfa. Chris y Tanner respiraban con dificultad mientras se separaban y se empujaban entre risas. Rico sostenía a su hijo en sus brazos y a la cabeza de Bambi contra su hombro. Dominique estaba en cuclillas con las manos sobre el suelo, sus ojos naranjas observaban a Jessie mientras saltaba en su lugar y le hacía gestos a Gavin para que se uniera al círculo.

Y lo hizo.

Jessie lanzó un puñetazo.

Gavin lo esquivó agachándose.

Jessie arqueó una ceja.

Y rayos, la manera en que Gavin le *sonrió*; algo sencillo, tan profundo. Gruñó por lo bajo e hizo que se erizaran el cabello de mi nuca. Fue hacia Jessie, se movió hacia la izquierda y luego a la derecha, casi más rápido que mis ojos. Jessie giró agachada con la pierna extendida. Gavin saltó sobre ella, apoyando las manos sobre sus hombros y aterrizó detrás de ella. Presionó su pie descalzo sobre su trasero y pateó. Jessie cayó sobre sus manos y rodillas con un gruñido y una grosería.

—Oh, por Dios —dijo Tanner.

Gavin alzó sus brazos sobre su cabeza y celebró. No llegó a ser un aullido, pero estaba cerca. Me miró.

—Carter. *Carter.* ¿Viste eso? ¿Lo viste?

—Sí —repliqué—. Lo vi. Aunque probablemente deberías dejar de celebrar.

Entrecerró los ojos.

—¿Por qué? Acabo de… *uf.*

Jessie lo tacleó, lo derribó y cayó sobre su espalda. Controló los brazos de su contrincante con sus muslos. Gavin estaba indignado cuando ella se inclinó hacia adelante y besó la punta de su nariz.

—Por eso —dije y, por un momento, creí ver a un lobo blanco entre los árboles que rodeaban el claro, ojos rojos.

Y luego desapareció como si nunca hubiera estado allí.

Estaba sanando, aunque a paso lento.

Las ataduras se reparaban solas y sentía que podía respirar.

Tuve reuniones en el pueblo con la gente de Green Creek, dejé que me contaran lo que me había perdido. Me regañaron por haberme marchado. Me dijeron que debería haber pedido ayuda. Todos eran humanos y, sin embargo, tenían fuego en sus ojos y me pregunté si tenían corazones de lobos.

—Monstruos —dijo Will mientras nos sentábamos en la cafetería.

Gavin estaba en la cocina, intentando convencer a Dominique de que le diera más tocino. Le dijo que era para Gordo, pero ella no se dejó engañar.

—Ahora sabemos sobre los monstruos. Si algo viene, estamos listos.

Lo miré por encima de la mesa. Antes de que me marchara, él había decidido actuar como una especie de intermediario.

—¿Por qué? —le pregunté.

—¿Por qué qué?

—¿Por qué haces esto?

Tamborileó sus dedos sobre la mesa. Sus uñas eran demasiado gruesas.

—He estado aquí un largo tiempo. Conocí a tu padre, a tu abuelo. Siempre pensé que tu familia era un poco… excéntrica.

—Excéntrica —resoplé.

—No hablo mal de los muertos. Nunca lo hice. Pero siempre pensé que había algo que no estaba bien. Había algo que escondían y nadie sabía.

—Tenías razón.

Asintió.

—Nunca creí que serían hombres lobos. Alienígenas, seguro. Esa era mi primera opción. O un culto.

—Rayos, Will.

—Pero no me importaba, en realidad, no. Eran parte de este pueblo al igual que yo. Y ahora tú también lo eres. Está en tus huesos, en tu sangre y en la mía. Green Creek nos pertenece a nosotros tanto como a ti. Haríamos cualquier cosa por proteger este pueblo.

—¿Por qué? —pregunté, de repente tenía que saberlo—. ¿Por qué todos conservan este secreto?

Miró por la ventana cerca de la cabina. Las luces de Navidad parpadearon en los postes de luz, guirnaldas navideñas decoraban las marquesinas. La nieve había desaparecido, pero el aire seguía frío.

—Porque vemos lo bueno en tu manada. Nuestros ojos se abrieron y ahora sabemos cuán especial es este lugar. Seguro, tienen cabello incontrolable una vez al mes, pero ¿no es igual para todos? Son nuestros, Carter. Por supuesto que guardaremos el secreto.

Me sentí conmovido. Este hombre extraño, este humano maravilloso.

—Tú no eres tan malo —dije.

—¿Acaso no lo sé? —Y luego dijo—: ¿Qué sucederá ahora?

—¿A qué te refieres?

Agitó la mano.

—Después de... bueno. Después de que termine. Cuando la bestia esté muerta y ya no haya nada que los persiga. Después de que no tengan a qué temer. ¿Entonces, qué sucederá?

—No lo sé —admití—. Es lo único que conocimos por mucho tiempo.

Asintió como si fuera la respuesta que esperaba.

—Espero que puedas descubrirlo. Espero que todos podamos, pero tú en especial. No pretenderé comprender nada. A veces, casi puedo convencerme de que nada de esto es real. Pero luego recuerdo a Ox. Y a Joe. A ti y a Kelly. A tu madre. Tu manada es bastante gay.

Me atraganté con mi lengua.

Se recostó en la cabina y acomodó sus dedos en sus tiradores ridículos, lucía complacido con él mismo.

—¿Qué significa para el futuro? Quiero decir, seguro, pueden seguir mordiendo gente y transformarla en lobos, pero no es lo mismo, ¿no? No es sangre Bennett. Joshua, es un niño precioso, pero Rico era humano cuando él y Bambi... —hizo un gesto obsceno con las manos—. No es un lobo. Solo un niño pequeño.

—No importa. —Logré recuperarme.

—¿Por qué no? —preguntó Will arrugando su rostro.

—Somos... Nada dura para siempre. Siempre ha habido Bennett y por eso, siempre hemos tenido que luchar por nuestras vidas, ya sea contra cazadores, lobos o brujos. Hemos liderado porque nos dijeron que eso debíamos hacer, pero a veces me pregunto si no es hora de que alguien más tome el mando. Un nuevo linaje, nueva sangre. Las coronas son pesadas cuando tienes que usarlas todo el tiempo.

—Lo entiendo —dijo—. Pero si no son ustedes, entonces ¿quién?

—No lo sé. Hay niños en Caswell, algunos serán Alfas. Deberían tener la oportunidad de hacer lo que hicimos.

Parecía dubitativo.

—¿Qué piensa Joe de todo eso?

—Tendrías que preguntarle a él.

Me dio una palmadita en la mano.

—No creo que sea algo de lo que tengamos que preocuparnos por un largo tiempo. Estarán aquí cuando yo no sea más que huesos en la tierra.

—¿Eso crees?

—Sí. —Sonrió—. Tienes una larga vida delante de ti, Carter. Y espero que esté repleta de felicidad.

Un estruendo vino de la cocina, giramos la cabeza a tiempo para ver a Dominique espantando a Gavin por la puerta, su boca estaba repleta de tocino. Lo ahuyentó del otro lado del mostrador, sus ojos brillaban.

—Sí —dijo Will—. Toda la felicidad del mundo. Y mira eso, justo a tiempo. Larry está aquí para su cita a las doce treinta con el ilustre alcalde. Una advertencia, se quejará de varias cosas como siempre. Solo asiente y sonríe mientras se desquita. Luego dale lo que pida porque no es muy importante. ¡Larry! Viejo amigo. ¿Cómo has estado? Siéntate, siéntate, el alcalde Bennett te estaba esperando.

—Vino del bosque —dijo Aileen, su voz crepitaba a través del teléfono.

Ox lo puso en altavoz y todos estábamos alrededor del escritorio en su oficina, escuchando.

—Humano. En dos piernas. Encontró ropa en algún lugar. Vino hacia las guardas.

—¿Habló? —preguntó Gordo.

—No. Solo… se quedó allí parado. Observándonos. Él… esperó. Aquí está Patrice, él les dirá.

La conexión se interrumpió un momento mientras el teléfono cambiaba de manos a miles de kilómetros de distancia.

—¿Oxnard? —preguntó Patrice.

—Estamos aquí —respondió Ox inclinándose sobre el escritorio con las manos contra la madera—. ¿Qué hizo?

—No lo sé —replicó Patrice y sonaba frustrado—. No mucho por lo que veo. Solo se quedó allí parado. No intentó tocar la barrera, no intentó cruzarla. Su ojo era rojo.

—¿Qué más? —preguntó Joe porque podía oír al igual que todos los demás que Patrice no estaba diciendo todo.

El hombre vaciló.

—No estaba solo.

Joe entrecerró los ojos.

—¿Quién estaba con él?

—Un lobo —replicó Patrice—. Un Beta. Un hombre.

—¿Cómo demonios atravesó las guardas? —preguntó Gordo.

Miró a Mark y él sacudió la cabeza.

—No podría decirlo. No debería ser posible, pero allí estaba de todos modos. Lo reconocí. Lo vi una vez en Caswell, se llama Santos.

Robbie gruñó como si lo hubieran golpeado en el estómago.

—Mierda.

—¿Santos? —preguntó Elizabeth—. ¿Por qué ese nombre me resulta familiar?

—Estaba en Caswell —explicó Kelly mientras Robbie palidecía—. Robbie lo conocía. Livingstone lo usaba para vigilar la casa en la que mantenían a Dale.

Gordo frunció el ceño ante la mención del brujo.

—Yo no le agradaba —dijo Robbie en voz baja—. Pensé que era porque aparecí de la nada y Michelle me hizo su segundo. Tal vez no tenía nada que ver con ella.

Ox lo miró y luego se concentró de nuevo en el teléfono.

—Patrice, ¿las guardas siguen intactas?

—Oh, sí. Pero Ox, si hay uno, podría haber más. Está en un lugar grande, y lo tenemos rodeado, pero…

—¿Y conoces a todos los brujos?

—Los elegí uno por uno yo mismo. —Pausó—. No vendría mal hablar con algunos de ellos. Puedo asegurarme de que sean honestos.

—Hazlo —dijo Ox—. Hazme saber lo que descubras. Si necesito ir, lo haré.

—No puedo mantener esto para siempre —dijo Patrice mientras Aileen murmuraba su apoyo en el fondo—. Es un parche temporal. Lo que sea que estés planeando, tienes que hacerlo pronto, Alfa. No puede controlar a Robbie como antes, pero eso no significa que no lo intentará. Y luego está Gavin.

—Lo sé —dijo Ox mientras Gavin se encogía detrás de mí.

La luna llena llegó un domingo.

Comimos hasta que creer que estallaríamos.

La luna cantaba *aquí estoy aquí estoy corre corre corre*.

Bambi se quedó en la casa con Joshua. Nos dijo que estaría bien, que todos fuéramos, pero Jessie no estaba de acuerdo.

—Me quedaré con ella. Es mejor estar a salvo que disculparse.

Besó a Dominique antes de empujarnos hacia la puerta.

—Vayan, hagan sus cosas de lobos. Prepararé mantas y almohadones para cuando regresen.

—Gracias *Dios* —dijo Tanner mientras se quitaba la ropa—. Necesito matar algo.

Dejó caer sus pantalones y los pateó hacia un costado antes de pararse con las manos en las caderas.

—Vamos, vamos, vamos.

—Realmente desearía que no te hubieras acostumbrado tanto a estar desnudo —murmuró Rico—. He visto más penes en los últimos años que en toda mi vida.

Sacudió la cabeza.

—Mi hijo quedará traumado, ya lo sé.

—Tú también ya estás desnudo —señaló Bambi.

Rico se miró a sí mismo.

—Ah, qué locura. Ni siquiera lo noté. ¿Te gusta lo que ves? —Hizo ondular sus cejas hacia Bambi.

—Oh, sí —replicó—. Ox es sexy.

—¡Ey!

Gavin estaba apartado del resto. Tenía las manos entrelazadas y mordisqueaba su labio inferior. Fui hacia él, separé sus manos antes de que quebrara sus propios dedos.

—¿Estás bien?

Asintió con torpeza.

—Me quedo aquí también.

—¿Qué? —Fruncí el ceño—. No es necesario, Jessie puede ocuparse.

—No es eso.

—Está bien —dije—. Entonces, ¿qué es?

Hizo una mueca, miró sobre mi hombro a los demás. Se inclinó hacia adelante y bajó la voz.

—Luna llena. Correr en el bosque.

—Sí, hombre. Es lo que hacemos, ya lo sabes.

—Manada manada manada.

—¿Y?

Lucía abatido.

—No soy… no soy…

Frunció el ceño y comenzó a golpear el costado de su cabeza.

—No hagas eso —lo reprendí y sostuve sus manos para que no se lastimara—. Detente.

—Palabras difíciles —murmuró—. Todavía no puedo usarlas todas. Lengua pesada. Cerebro no funciona bien.

—Tu cerebro funciona bien, tardará un poco de tiempo. Todavía estás acostumbrándote a ser humano.

—Omega. Soy Omega.

Sus ojos brillaron violetas.

—Lo sé.

—Manada teme a Omegas —dijo—. Omegas lastiman. Fuiste Omega, pero ya no lo eres. No eres como yo. Eres Beta. Eres mejor. No como cabaña. Diferente.

Presioné mis pulgares en sus palmas.

—Quizás. Pero eso no significa que te dejaré atrás. Es... sí. Okey, es diferente. Ni mejor ni peor.

No me miraba a los ojos.

—Quedarme aquí. Puedo quedarme aquí. Tú ve. Corre.

—¿Sí?

—Sí.

—Está bien, si eso es lo que quieres. Quiero decir, probablemente podría morir o algo, pero haz lo que desees.

Irguió la cabeza de manera repentina y gruñó.

—¿Morir?

Asentí solemnemente.

—Podría tropezarme con la raíz de un árbol y quebrar mi cuello. U Ox podría saltar sobre mi hígado. ¿Quién diablos sabe?

—Estúpido Carter —dijo Gavin.

—Estúpido Carter —coincidí.

—Sé lo que haces.

—No tengo idea de qué estás hablando. Supongo que me iré. No sé si regresaré ya que puede que muera y todo eso. Si tan solo hubiera alguien que pudiera cuidar mi espalda.

Cubrió mi boca con su mano.

–Deja de hablar. Lo empeoras. –Sus fosas nasales se ensancharon–. Está bien. Iré. Estúpido Carter siempre casi muere.

Dejó caer su mano y sacudió la cabeza murmurando por lo bajo cuan estúpido era, como nunca cuidaba de mí. Ox se sorprendió cuando Gavin le gruñó y le dijo que mantuviera sus patas lejos de mi hígado.

–¿Quiero saber? –preguntó Ox mientras Gavin salía de la casa dejando sus prendas tiradas en el camino.

–Será mejor que hagas lo que dice –grité sobre mi hombro y seguí a Gavin al exterior.

Estaba en el claro con la cabeza hacia atrás mirando el cielo. Las estrellas eran brillantes, la luna llena susurraba en mi oído. En el fondo de mi mente revoloteaba el pensamiento de dónde había estado la luna llena pasada, con los cazadores rodeándome, Gavin que había aparecido de la nada con los colmillos y las garras extendidas. Parecía una vida pasada.

Estaba en casa.

Estaba en casa.

Estaba en *casa*.

Pelo brotó de mi rostro, mis mejillas, mis piernas y brazos.

Mi manada estaba detrás de mí, observando. Esperando.

Gavin estaba al lado de su hermano con los ojos brillantes.

Abrí mi boca y canté una canción de bienvenida. Resonó en el bosque a mi alrededor.

Debajo de mis pies, la tierra se movió, pequeñas agujas de calor presionaban mi piel.

Los ojos de Ox se tiñeron de una mezcla de violeta y rojo.

Joe fue el primero en devolver mi canción. Y en mi cabeza, aunque fuera leve, lo escuché decir *HermanoAmorManada te veo te escucho te quiero corre conmigo corre con tu ManadaManadaManada.*

Caí sobre mis manos y rodillas. Las garras aparecieron en mis manos y pies.

Y yo.

Yo

soy lobo

soy lobo y estoy aquí

manada y manada y manada

huelen como yo

huelen como yo

me quieren

el brujo dice ey detente dejar de lamerme

no lo haré

me gusta

ahora huele como yo

enormes perros dice el brujo malditos perros gigantes

no perro

maldito lobo enorme

rico lobo

rico lobo se ríe

puedo sentirlo

salto

salto sobre lobo rico

lo muerdo

maldito lobo enorme

kelly joe
hermanos mis hermanos los amo los amo
kelly huele como yo
joe huele como yo
huelo como ellos
jessie en el porche
dice oh no carter juro que si
la lamo también
ugh ugh dice ugh apestas
estornudo sobre ella
te odio dice te odio tanto
miente
mi corazón dice que miente
no me patees jessie no me patees
mamá me empuja deja de empujarme mamá puedo
hacerlo solo no soy un cachorro no soy un pequeño
ardilla
hay una ardilla
muere ardilla muere
ardilla en árbol
púdrete ardilla
gavin gavin gavin
persígueme gavin
encuéntrame gavin
mark está corriendo
conmigo
chris tanner
corriendo

conmigo
todos nosotros
ManadaManadaManada
canta nuestra canción de lobo
canta nuestra canción de cuervo
canta nuestra canción del corazón
canta para que todo el mundo escuche

—Maldita sea —dijo Rico haciendo una mueca mientras subía los escalones y un destello de luz se asomaba por el horizonte. Puso su mano sobre su estómago.

—No me digan qué comí. No quiero saber. Creo que sigue pateando. —Eructó ruidosamente e hice una mueca—. Ugh, creo que tengo algo de *pelo* detrás de mis dientes.

Jessie estaba en la puerta, nos daba nuestra ropa para dormir a medida que entrábamos. Lucía cansada, pero no lo suficiente, me dio un golpe en la cabeza.

—Eso fue por estornudar sobre mí, pequeña perra.

Le sonreí.

Las mantas estaban esperando.

Las almohadas estaban repartidas por el suelo.

Colapsé, hundí mi rostro en las almohadas e inhalé el aroma a manada y hogar. Kelly se acostó a mi lado, bostezó con tanta fuerza que su mandíbula sonó. Joe levantó mi cabeza antes de acomodarse a mi lado, dejó que descansara contra su pierna. Los demás también vinieron, parpadeaban somnolientos.

Bambi estaba arriba con Joshua. Podía oír los latidos de sus corazones.

Gavin se quedó en un costado, parecía inseguro.

Estaba a punto de llamarlo cuando Ox apareció a su lado, envolvió los hombros de Gavin con un brazo y presionó su frente cerca de su oreja. Le susurró:

—Esto es tuyo. Este es tu hogar. Sé que te llama en tu cabeza, intenta alejarte. No sé qué tan fuerte suena, pero necesito que lo recuerdes. No le perteneces, nunca fuiste suyo. Me perteneces a mí, a nosotros. Eres nuestro lobo. Eres nuestro hermano. Nuestro amigo. Y nadie puede arrebatarte eso.

Gavin cerró los ojos y tragó saliva.

Por un momento, creí que se voltearía y saldría corriendo.

No lo hizo.

En cambio, giró hacia Ox, sus brazos descansaban al costado de su cuerpo, su frente descansaba sobre la de Ox. Sus ojos brillaron. Violeta.

Ox hizo lo mismo. Fuego e ira contenida. Estrujó la nuca de Gavin.

—Manada —susurró.

—*Manada* —replicó Gavin.

Ox retrocedió y Gavin giró hacia nosotros.

Extendí mi mano hacia él y vino.

Se acurrucó a mi lado, con las rodillas contra su estómago y su cabeza sobre mi bíceps. Los demás susurraron por lo bajo a nuestro alrededor mientras nos mirábamos el uno al otro.

—¿Ves? —le dije suavemente—. Aquí soy diferente, sí. Pero también soy más fuerte porque tengo que serlo. Por ellos. Por ti.

Estiró una mano y acarició mis cejas con las puntas de sus dedos.

—Por ellos —susurró—. Por mí.

Finalmente, nos quedamos dormidos.

SER MEJOR /
ESTAS CICATRICES

uando desperté, él no estaba.

El pánico estrujó mi pecho. Me senté, luchaba por despertarme, casi convencido de que se había marchado y de que nunca volvería a verlo.

Una mano sujetó mi brazo y bajé la mirada. Kelly se llevó un dedo a los labios. Señaló con la cabeza hacia la cocina y luego tocó su oreja.

Joe estaba roncando sobre mí, seguía acurrucado con Ox.

Mamá apoyaba su cabeza en el regazo de Jessie, sus dedos descansaban sobre el cabello de mi madre.

Mark y Gordo estaban en el porche, Dominique estaba arriba con Bambi y Joshua.

Buscaba la voz de Gavin, el sonido de su corazón. Me congelé cuando lo escuché en la cocina, rodeado de Chris, Tanner y Rico.

Bajé la mirada y vi a Kelly con los ojos bien abiertos. Estaba luchando por no reírse.

Rico decía:

—... Y es bastante genial, ¿sabes? Quiero decir, ser un lobo y todo eso. Fuiste humano antes, así que lo entiendes.

—Sí —gruñó Gavin—. Humano antes. Lobo ahora.

—Correcto —replicó Tanner—. Eres como nosotros. Equipo ex humanos. Éramos tan rudos, es decir, seguimos siéndolo, pero ¿sabes qué apesta? El otro día sujeté un tenedor y era de plata auténtica. Me quemó la mano, ¿qué demonios?

—¿Qué demonios? —concordó Gavin—. No me gustan los tenedores. Huelen raro. Manos más fácil. Carter dice que no puedo. Estúpido Carter.

Kelly cubrió su boca, sus ojos se arrugaron mientras reía.

—Exactamente —afirmó Chris—. Al diablo con los tenedores y estúpido Carter. Lo entiendes. ¿Ves? Sabía que lo harías. Eh, Gavin, tengo una pregunta.

—Sí —dijo Gavin—. Todos. Todos ustedes. Preguntas, preguntas, preguntas.

—Eh, ¿sí? Como sea. Entonces, ¿recuerdas todo de cuando estuviste aquí antes?

—No todo.

—Ah, pero ¿muchas cosas?

—Sí, tenías muchos gases. Me culpabas a mí.

—Por Dios —susurré.

—Lo *sabía* —chilló Rico—. Maldita sea Chris, eres tan asqueroso.

—Como sea —replicó Chris—. Era casi como si tuviéramos un perro.

—Perro no —dijo Gavin—. Lobo. Gran lobo malo.

—Sí, sí. Gran lobo malo.

Tanner resopló.

—Okey, gran lobo malo, nos despertaste porque querías pedirnos algo. Obviamente sabes que somos las mejores personas de la manada. Te escuchamos.

Gavin no habló. Podía imaginarlo frunciendo el ceño.

—Ey —dijo Rico en voz baja, sin fanfarronada, sonaba amable—. Está bien, *papi*. Lo que sea que quieras preguntarnos, tómate tu tiempo. No hay problema.

—Sip —agregó Tanner—. Estamos aquí para ti. Eres uno de nosotros.

—Eso sonó espeluznante —afirmó Chris—. Uno de nosotros. Uno de nosotros.

—Cállate —siseó Rico—. Lo asustarás y luego Carter nos pateará el trasero. Ya sabes como…

—Quiero —dijo Gavin—. Ser mejor.

Se quedaron callados.

Kelly deslizó su mano en la mía y me aferré con todas mis fuerzas.

—Escucho voces fuertes —explicó Gavin—. En mi cabeza. No siempre reales. Mucho tiempo, desde antes de ser lobo. Las escuchaba. Es más fácil. Ser lobo. Voces más bajas. Concentrarme mejor. Pero no puedo ser siempre lobo.

—Gran lobo malo —dijo Rico en voz baja.

—Sí. Gran lobo malo. Pero no gran humano malo. Más difícil. Necesito ayuda para ser mejor humano.

—¿Por Carter? —preguntó Tanner y contuve la respiración.

—Sí. Y por mí. Hablo raro...

—Hablas bien —replicó Chris—. Y si alguien dice lo contrario, me avisas y me aseguraré de que sepan con quién demonios se están metiendo. Nadie habla mal de nuestra manada sin consecuencias.

—Carter dice compañero —dijo Gavin—. Soy su compañero. Importante. Para él.

Era la primera vez que lo decía en voz alta. Era la primera vez que reconocía esto que crecía entre nosotros. Kelly debió haber sentido que me tensaba porque giró hacia mí y apoyó su cabeza en mi pecho, mi corazón palpitaba contra su oído. Su respiración era cálida contra mi piel, me tranquilizaba, me anclaba a la tierra para que no saliera flotando.

—Lo eres —dijo Rico—. Pero no es todo. Incluso si tú y Carter no fueran... ya sabes. Estarías aquí de todos modos porque te queremos aquí.

—¿En serio?

Lo preguntó con una esperanza en su voz tan frágil que creí que me desmoronaría.

—Sí, hombre —dijo Tanner—. Por supuesto que sí. Uno de nosotros, ¿recuerdas?

—¿Me ayudan? —preguntó Gavin.

Los demás se quedaron callados y supe que se estaban mirando.

—Lo que sea —dijo Chris—. Solo tienes que pedirlo.

Gavin exhaló y estaba allí, como el antiguo bosque crecido: su alivio, verde y grueso. Ah, la corriente era azul y creí que tal vez siempre lo fue, pero no parecía tan grande como antes.

—¿Hacerme mejor humano? No recuerdo. Cómo ser bueno. Gran lobo malo, pero quiero ser bueno.

—Sí —dijo Rico inmediatamente—. Aunque para nosotros ya eres suficientemente bueno como eres ahora.

—Lo sé —replicó Gavin—. Pero. Hay más. Quiero hacer más.

Estaba nervioso y tuve que contenerme para no ponerme de pie, ir a la cocina y hacerle entender que no tenía que preocuparse por nada. Ahora no. Hoy no. Mañana, seguro. Siempre tendríamos que preocuparnos por el mañana.

Me quedé en mi lugar, confiaba en que esos hombres sabrían qué era correcto.

—¿Qué tienes en mente? —preguntó Tanner—. Chris, deberías tomar nota. Escribe todo.

—Ya estoy en eso —afirmó. Escuché las páginas del anotador que siempre tenía encima—. Dime.

—Ropa —dijo Gavin—. Quiero ropa nueva. Me gusta estar desnudo, pero no puedo estar siempre desnudo.

—Sí, ese es un buen lugar para empezar —resopló Chris—. Estoy seguro de que Carter no le molestaría, pero…

—Y Rico tiene buena ropa —dijo Gavin—. Se viste bien.

—¿*Qué?* —estalló Tanner indignado.

—Ya lo creo —replicó Rico y sonaba engreído—. Viniste al lugar indicado. Chris y Tanner lucirían como vagabundos si no fuera por mí. Te conseguiré algo genial, hombre. Serás una maldita estrella de rock.

—Como sea —murmuró Chris—. Intentaste hacerme usar botas de vaquero con piel de serpiente.

Rico esnifó.

—Lucían geniales. Solo porque no tienes buen gusto, no significa que tengas que desquitarte con los demás.

—¡Teníamos trece años!

—No tengo —dijo Gavin y su voz era más pequeña—. Dinero. No tengo dinero. Podría… trabajar. Ganarlo. En algún lugar. Yo…

—Ni siquiera te preocupes por eso —replicó Tanner—. Nosotros nos ocuparemos. Somos extremadamente pudientes, en caso de que no lo hayas notado.

—¿Sí?

—Bueno… nosotros no. La manada. Y no tengo problema en gastar ese dinero. Quiero decir, solo está ahí *esperando*. ¿Qué más?

—Corte de cabello —añadió Gavin—. Cabello largo. Cae en mi rostro. Calor.

—Listo y listo —dijo Chris, su lápiz rasgaba el anotador. Lo escuché apoyarlo en la mesa—. ¿Puedo preguntarte algo?

—Sí —respondió Gavin—. Preguntas, preguntas, preguntas.

—Sí —repitió Chris y sabía que estaba sonriendo—. Tantas preguntas. Solemos hacer eso. Deberías haber visto cómo fue cuando Ox nos contó sobre hombres lobos y brujos.

—¿Malo?

—Nah —intervino Tanner—. De hecho, tenía sentido mirando el pasado. Gordo siempre usaba mangas largas, incluso en verano.

—Brazos extraños de niño blanco —dijo Rico.

Chris hizo su pregunta:

—Realmente te gusta, ¿no? Carter.

—Respira —susurró Kelly—. Solo respira.

Cerré los ojos e inhalé.

—Es estúpido —dijo Gavin—. Siempre cerca de morir. Lo protejo. Me necesita. Es fuerte. Valiente. Pero no se cuida como debería. Puedo hacer eso. Por él. Así puede ser fuerte y valiente para todos los demás. Gran lobo malo. Pero puedo ser buen humano.

—Oh, oh, oh —susurró mi madre y estaba cargado de tanto amor y felicidad que creí que me ahogaría en sus palabras.

—Ey, lo entiendo, hombre. De verdad —dijo Rico—. Pero no es necesario que cambies por él, ¿sabes eso? En realidad, por nadie. Estás bien justo como eres.

—Quizás —aceptó Gavin—. Pero no solo por él. Por mí también. Es difícil. Ser humano. Pero quiero aprender otra vez.

—Bueno, entonces viniste al lugar indicado —replicó Tanner y dio un golpecito en la mesa—. Nos ocuparemos de todo, a pesar de que seas un mentiroso y digas que Rico se viste mejor que nosotros. Eso es mierda, hombre.

—¿Me ayudarán? —preguntó Gavin y me dolió la sorpresa en su voz como si no creyera que fuera real.

—Por supuesto —replicó Rico—. Haríamos cualquier cosa por ti, incluso si el infeliz de tu padre está intentando matarnos a todos. Eres uno de nosotros.

—¡Uno de nosotros! ¡Uno de nosotros! —repitieron Tanner y Chris.

—Este es el porqué —susurró Kelly y puse mi mano en su cabello, lo sostuve cerca de mí—. De esto se trata. Por eso siempre luchamos, sin importar lo que nos ataque.

Fue como si Gavin hubiera encendido un fuego en ellos. No querían esperar.

—¿Por qué no darle lo que quiere? —nos dijo Rico mientras Chris y Tanner llevaban a Gavin arriba para prepararlo—. No es como si nos pidiera algo así todos los días.

Vaciló y me miró, estaba sentado con la espalda contra el sofá, la cabeza de Kelly estaba sobre mi regazo.

—¿Tienes algún problema con esto? También puedes venir si quieres.

Sacudí la cabeza.

—Ustedes pueden hacerlo. Habló con ustedes por un motivo.

Infló su pecho y no pude evitar sentir una oleada de cariño por él.

—Rayos, sí lo hizo. Sabe quién tiene el mejor gusto en la manada.

Sus ojos se ensancharon cuando Bambi gritó:

—Rico, lo juro por Dios, será mejor que no haya piel de serpiente en *ninguna* de sus prendas, ¿me oyes?

—¡Sí, mi amor! ¡No habrá nada! —replicó Rico y bajó la voz—. Es Bambi, Bambi tiene el mejor gusto. Obviamente. Solo vean quién es el padre de su hijo.

—Tal vez esto no sea una buena idea —dije.

Rico puso los ojos en blanco.

—Estará bien. Ya verás. Lo dejaremos listo para que puedas babearte por él mientras pretendes lo contrario, aunque todos podemos olerte. Y hablando en serio, *no* contaba con eso cuando dejé que Ox me mordiera en vez de sufrir una muerte heroica.

Me sonrió.

—Cuidaremos de él. Sabemos cuán importante es esto para él y para ti. —Alzó la cabeza hacia el techo—. ¡Vamos, chicos! No tenemos todo el día.

Reaparecieron en las escaleras unos momentos después, Gavin avanzaba detrás de Chris y Tanner. Tenía un par de vaqueros que supuse que le pertenecían a Kelly, ajustados con un cinturón. Tenía una vieja sudadera mía con las tiras deshilachadas alrededor del cuello. Su cabello estaba peinado hacia atrás con una banda elástica violeta que había visto en Bambi antes.

Me puse de pie y sonó mi espalda. Sabía que todos estaban observando o escuchando, me obligué a sonreír. No quería que supieran cuán nervioso me ponía perderlo de vista. Sabía que los chicos cuidarían de él, pero no se sentía suficiente.

—Escúchalos —le dije y jalé de la sudadera innecesariamente—. Y no le gruñas a la gente, en especial si salen del pueblo. Ellos no saben sobre los lobos, no como en Green Creek.

Se deshizo de mis manos con el ceño fruncido.

—Lo sé.

—Y no hagas brillar tus ojos.

—Lo sé.

—Y…

—Carter.

Suspiré.

—Solo… llámame si me necesitas, ¿sí? No importa para qué, iré hasta allí corriendo.

Entrecerró los ojos.

—Usa una camioneta. Más rápido.

Jessie tosió y sonó sospechosamente parecido a una risa.

—Como sea —murmuré—. Vayan. Salgan de aquí. Estaré aquí cuando regreses.

Asintió y comenzó a bordearme. Se detuvo antes de tomar mi mano y llevarme a la cocina. No me soltó cuando giró para mirarme. Bajó la mirada al suelo. Su cabello estaba húmedo. Debió haber hundido la cabeza en el lavabo.

—¿Bien?

—Estoy bien. No tienes…

Sacudió la cabeza.

—Eso no. ¿*Yo* bien? ¿Puedo hacer esto?

—Puedes hacer lo que quieras.

—No puedo orinar en el suelo de Gordo.

—Bueno, no. Quiero decir, *sí* puedes, pero no deberías hacerlo. ¿Esto? Definitivamente. Puedes hacerlo y que lo pidas es algo bueno. Estoy orgulloso de ti, amigo.

—No me llames así —gruñó, pero sus labios temblaban.

—Ey.

Levantó la mirada.

—¿Qué?

—Gracias.

—¿Por?

Encogí los hombros porque no sabía.

—Por todo, supongo.

Y ah, allí estaba su sonrisa. Era brillante y cálida y me pregunté si así se sentía mirar directo al sol.

—Pum, pum, pum.

—Pum, pum, pum —concordé. Sacudí la cabeza hacia la sala de estar—. Ve.

—Llamaré si te necesito —dijo sonando determinado.

—Sí, pero no creo que lo necesites. Gran lobo malo, pero buen humano. Estarás bien.

Me sorprendió cuando llevó nuestras manos entrelazadas a sus labios. Besó mi mano y luego se marchó como si no acabara de destruirme. Como si no hubiera sacudido el suelo bajo mis pies. Me quedé allí parado, el sol de la mañana desbordaba por la ventana sobre el fregadero, partículas de polvo suspendidas en el aire. Escuché mientras Gavin seguía a Chris, Tanner y Rico por la puerta.

Me estaban siguiendo.

Intentaron esconderse, pero era su hermano mayor. Hubiera reconocido sus sonidos en cualquier lugar.

El aire estaba frío mientras caminaba por una vieja calle de tierra. Los árboles caducifolios estaban desnudos, las coníferas estaban verdes y su aroma era punzante. Cúmulos de nieve yacían en las sombras en donde la luz del sol no podía llegar. El cielo estaba azul, algunas nubes yacían en el horizonte.

Kelly y Joe mantuvieron su distancia. No hablaron. Pensé en gritar sus nombres, hacerles saber que sabía que estaban allí. No lo hice. Se unirían a mí en unos instantes, en especial cuando descifraran a dónde iba.

No tardaron mucho.

A la distancia, apareció un puente de madera sobre un pequeño arroyo. Una fina capa de hielo cubría los bordes del arroyo, el agua burbujeaba sobre las rocas. El clima solo empeoraría. Pronto, se congelaría por completo.

Me detuve a unos metros del puente.

Miré la placa adherida a la entrada.

Seis palabras.

Que nuestras canciones sean siempre oídas.

—Él hubiera amado esto —dije en voz baja—. Las pequeñas cosas.

Silencio y luego:

—¿Eso crees?

Joe. Asentí, pero no me volteé. La gravilla crujió debajo de sus botas mientras caminaban hacia mí. Froté mis manos para calentarlas.

Kelly apareció a mi derecha y Joe a mi izquierda. Se presionaron contra mí. Cada uno tomó una de mis manos y las entrelazaron con las suyas. Estaba cansado, pero era un buen tipo de cansancio. No era como cuando estaba en la carretera y mi sueño era interrumpido por pesadillas que se sentían demasiado reales.

—¿Cuándo lo supiste? —preguntó Kelly—. Que te estábamos siguiendo.

Me reí suavemente.

—Al instante. Son muy ruidosos. Siempre lo han sido.

—Te lo dije —murmuró Joe.

—Soy Beta —replicó Kelly—. Eres Alfa. Es tu culpa.

—Ah, eso es una tontería. Eres mayor que yo, deberías...

—Lo hubiera amado, pero no necesariamente que sea sobre él.

Se quedaron callados.

Miré las palabras grabadas en el metal.

—Es como el pequeño lobo en el cartel de Green Creek. Es un secreto.

—Sí que le gustaban los secretos —dijo Kelly e hice una mueca por la amargura en su voz.

No podía culparlo. Aunque también pensaba lo mismo en ocasiones.

—Gavin. Ox. Gordo y sus tatuajes. Richard Collins. Uno se pregunta qué más sabía y no nos dijo.

—Tenía sus motivos —replicó Joe, pero no me parecía que creyera sus propias palabras—. Y tal vez ni siquiera sepamos cuáles eran, pero no creo que lo hiciera para herir a nadie.

—Incluso si no lo quiso, sucedió de todos modos —dijo Kelly.

Me hundí en el suelo. Cayeron conmigo, los tres cruzamos las piernas, nuestras rodillas chocaron entre sí y no soltaron mis manos. Nos amontonamos. Su calidez alejó la peor parte del frío.

—Lo vi —dije.

Joe dejó caer su cabeza.

—¿En dónde?

—En el bosque, antes de que Kelly y tú aparecieran. Estaba desorientado, sentía dolor. Perdía el control. No sabía si era que parte de mi cabeza estaba desquiciada o… algo más. Pero lo vi y me dijo que aullara tan fuerte como pudiera. Y lo hice porque me lo pidió y hubiera hecho cualquier cosa por él.

—Te oímos —susurró Kelly con la cabeza sobre mi hombro—. Era grande. Fue importante. Lo sentí en mis huesos, corrí tan rápido como pude.

—Me encontraron.

—Sabíamos que lo haríamos —dijo Joe—. No sé si puedo explicar *cómo* lo sabíamos, pero lo sabíamos. Era… diferente. Allí. Tan distinto a cualquier otro lugar en el que habíamos buscado. Llegamos a la casa y olimos tu sangre mezclada con todos esos cazadores y, por un momento, pensamos que era demasiado tarde. Pensamos que estabas… —se ahogó con sus palabras y estrujé su mano. Se aclaró la garganta y dijo—: Pero lo supe. Una vez que ignoré el hedor, lo supe. Los dos lo supimos. Gordo también.

—Lo lamento —dije con voz áspera—. Por eso. Por todo.

—Lo sabemos —replicó Kelly—. Está en el pasado. Sigo enojado contigo, pero ahora estás aquí. Eso es lo importante.

—La verdad —susurré—. La verdad es importante.

—¿Qué? ¿De qué estás…? —dijo Joe.

—Te perdí —dije y fue una de las cosas más difíciles que tuve que hacer en mi vida. Pero necesitaba que lo oyera de mí. Y necesitaba decírselo—. No sé si lo recuerdas, pero fue mi culpa.

Me estaba observando, pero no podía mirarlo.

—¿De qué estás hablando? —preguntó lentamente.

—En Caswell —expliqué apretando los dientes—. Tú estabas… se suponía que *yo* debía cuidarte. Papá me pidió que lo hiciera. Estaba con mis amigos, pensaba que eras molesto. Me rogaste que te esperara, dijiste que éramos demasiado rápidos. Pero no lo hice. Seguí adelante. Y luego no pude escucharte y me sentí aliviado. Fue un breve instante, pero lo sentí igual.

—¿Por qué? —preguntó Joe. No había censura ni ira en su voz.

—Porque eras el pequeño rey. Eras tan importante. Papá siempre les decía a todos que te convertirías en Alfa, que habías nacido para liderar. Que te convertirías en alguien genial y aunque me dije a mí mismo que no me importaba, no era así.

Mi rostro ardió por la vergüenza. Parpadeé rápidamente.

—No era justo de mi parte.

—Eras un niño —dijo Kelly—. No podías...

—Era el mayor. —Sacudí la cabeza—. *Soy* el mayor. Era mi trabajo protegerte y... fallé. —La última palabra me quebró e intenté recuperarme—. Creí que no importaba. Que Joe regresaría corriendo a casa y le diría a papá que lo había abandonado y que pondría los ojos en blanco porque el pequeño rey me estaba delatando y papá se enojaría. Pensaría "ahí lo tienes, pequeño rey. ¿Estás feliz? ¿Ahora estás feliz?". —Dejé caer mi cabeza—. Me odié a mí mismo por sentirme así. No era tu culpa, no tuviste ninguna opción y luego... no estabas.

Joe soltó mi mano. Pensé que estaba enojado. Pensé que estallaría conmigo, que gritaría con los ojos, su voz de Alfa me aplastaría.

No lo hizo.

Lo único que sentí fue azul.

Tocó mi oreja. El costado de mi rostro.

—Creo que puede que papá amara a Richard —dijo—. Más que como parte de la manada. Más que como un amigo.

Kelly contuvo la respiración.

–No lo sé con seguridad. No tengo ninguna prueba, pero creo que es verdad. Amaba a mamá completamente y ella era su compañera, incluso si a él no le gustaba esa palabra.

Apoyó una mano sobre mi pecho, empujándome para apoyar mi espalda en el suelo. Mi abrigo era grueso, pero pude sentir el frío filtrarse. Joe dio una vuelta y alejó sus piernas de mí, apoyó su cabeza en mi estómago. Kelly se acurrucó en mi codo, su rostro seguía contra mi garganta.

–Una vez le pregunté a Mark si sentía celos de Richard –dijo Joe–. De que sea el segundo de papá cuando podría haber sido él. ¿Saben qué me dijo?

–¿Qué? –indagó Kelly.

–Dijo que al principio se sintió herido, pero luego papá le dijo que no era un desprecio. Que ellos eran hermanos y nunca nada podría interponerse entre ellos. Mark no lo comprendió en el momento, pero creo que se dio cuenta. Papá y Richard. Y a veces se odia por no haber visto lo que Richard era en realidad. Pienso mucho en eso. Cómo pudieron ser tan ciegos, pero luego recuerdo que acababan de presenciar la masacre que sufrió su manada. Cómo Robert Livingstone había destruido una manzana entera porque su esposa había asesinado a su lazo. Y encuentro el sentido. Cuando todo se desmorona a tu alrededor, te aferras a lo que puedes, a pesar de que sea oscuro y esté envenenado. Es lo único que conoces.

Giró su cabeza en mi estómago e inhaló.

–¿Pueden imaginar cómo debió haberse sentido? Ser traicionado de esa manera. Que alguien como Richard nos atacara.

–No es una excusa –replicó Kelly enojado–. Debería haberlo sabido. Confiaba con demasiada facilidad. Michelle. Richard. Osmond. Todos.

—Intentaba ver lo bueno en la gente —argumentó Joe—. Era un Alfa.

Y luego continuó:

—Lo recuerdo, Carter. Recuerdo todo.

No podía hablar. El nudo en mi garganta era demasiado grande. Un ave voló sobre nosotros, sus alas estaban extendidas contra el cielo. Cantó una hermosa canción mientras pasaba delante de la pálida luna.

—No te culpo —dijo Joe—. Nunca lo hice y nunca lo haré. No lo sabías. ¿Cómo podrías haberlo sabido? O alguno de nosotros. Y no es nuestra culpa. Éramos niños, no deberíamos tener que preocuparnos por monstruos. O por ser llevado a una cabaña en el medio de la nada y que quebraran mi cuerpo una y otra y otra vez.

Apoyé mis manos sobre el costado de su cabeza, mis dedos acariciaron sus labios.

—Tengo estas cicatrices —susurró Joe—. Salvo que soy un lobo, y han sanado. Pero lo sé, las siento. Todos las tenemos. Si fuéramos humanos, estaríamos cubiertos de cicatrices. Pienso en eso todo el tiempo. Cómo luciríamos si todos pudieran ver el mapa de nuestras vidas gravado en nuestra piel. Pero está escondido.

Besó la punta de mis dedos.

—Porque tenemos que ser fuertes. Eso es lo que somos. Y no creo que sea siempre justo.

—Joe —dije—. Oh, por Dios. Lo lamento. Lo lamento.

—Lo sé —dijo—. Cuando papá me encontró, me alzó y me prometió que nunca nada volvería a herirme, recuerdo haber pensado entre la neblina que no podía saber eso. No era una mentira, pero se sentía como una promesa que no podría mantener. Y aunque estaba encerrado en mi cabeza, aunque no pudiera hablar, sabía lo que quería. Quería ir a casa. Quería verte. A los dos. Porque cuando estaba con ustedes estaba a salvo.

Una lágrima cayó por el rabillo de mi ojo y se atascó en mi oreja.

–Yo…

–No fue tu culpa. Me habría atrapado de una manera u otra. No puedes culparte por algo que él hizo. Pero lo haces, ¿no? Todos los días. Por eso fuiste a buscar a Gavin de esa manera.

–Quizás –susurré.

–Lo entiendo –dijo–. Estamos perdidos sin un vínculo. Somos lobos, pero es lo que nos hace humanos. No necesariamente un lazo, aunque creo que se parece.

Sacudió la cabeza.

–Estaba celoso de ustedes dos.

–¿Lo estabas? –preguntó Kelly–. ¿Por qué?

Sentí a Joe asentir contra mi estómago.

–No me importaba ser Alfa, solo quería ser su hermano pequeño. No quería sentarme en el medio de la nada y escuchar a papá hablar *sin parar* de cómo sería mi vida. Qué haría, en quién me convertiría. No tenía elección. Las cosas se suponían que serían de cierta manera y yo… deseaba ser alguien más. Cualquiera. Incluso cuando regresamos aquí y encontré a Ox, me pregunté cómo sería ser otra persona. *Cualquier* persona. Sin título, sin el peso de las expectativas, sin el nombre.

–Una rosa con cualquier otro nombre –dijo Kelly y fue como si fuéramos niños otra vez, como si fuéramos cachorros y todo fuera inevitable, a pesar de que no lo supiéramos.

–Solo podría ser un niño pequeño al que le gustaba un chico mayor y más grande que el mundo –dijo Joe.

Ah, los sueños que compartíamos. Cuán parecidos eran a los míos.

–Bastones de caramelo y piñas.

Soltó una risita.

—Épico y asombroso. Un tornado, así fue cómo me llamó. Un pequeño tornado y creo que lo amé por eso, incluso entonces. Porque no sabía nada de lobos, de las cicatrices que no podía ver. Y cuando lo supe, no le importó. Creo que papá pudo verlo. Pudo ver su corazón. Ox no es como los demás.

—¿Por qué? —preguntó Kelly—. ¿Qué vio papá en él? Yo también lo vi, pero no pude encontrar la palabra indicada. No sabía qué significaba, sigo sin saberlo. Un humano Alfa. Un...

—Unificador —dijo Joe y sentí un escalofrío en la columna—. Creo que es la mejor manera de describirlo. De alguna manera, puede crear ataduras de la nada y reparar otras que ya existen. No sé si es magia o algo completamente distinto. No creo que importe. Encuentra nuestras partes quebradas y, aunque sabe que no encajarán de la misma manera que antes, puede armar una forma reconocible. Y es suficiente. Somos fuertes porque nos tenemos el uno al otro, pero todavía más porque lo tenemos a él.

—Jesús Hombre Lobo —dije y mis hermanos se rieron.

—No hay nadie como él en el mundo —concordó Joe. Bajó la voz—. Hay veces que todavía me odio por traerlo a todo esto. Sin elección. Sufrió pérdidas por nosotros. Maggie era inocente. Y se la arrebatamos, a pesar de que no levantáramos nuestras garras para hacerlo. También tiene cicatrices. Quizás más de las que me gustaría creer.

—Te hubiera seguido de todos modos —dije—. Joe, tienes que saberlo.

—Lo sé —suspiró—. Me lo ha dicho. Y que no fue mi culpa, ni la de papá. Fue culpa de Richard y de Robert Livingstone. Y de Osmond y Michelle y Elijah, etcétera, etcétera. Y lo escucho, de verdad, pero no puedo evitar pensar, ¿y si no fuera así? ¿Y si no fuéramos nosotros? Si tan solo pudiéramos ser... alguien más. Sin el nombre. Sin la corona.

Aquí susurró Gavin en mi cabeza. *Nombre no importa aquí. No hay corona. No hay rosas. Solo... tú. Solo Carter.*

—¿Quiénes seríamos? —preguntó Kelly.

—No lo sé.

Joe encogió los hombros.

—Quien quisieramos ser. Lobos, humanos, algo completamente diferente. No tendríamos que sufrir una y otra vez por la sangre en nuestras venas. Soy el Alfa de todos, me he preparado toda mi vida, comprendo la importancia. Pero cuando estaba delante de la gente de Caswell, cuando me miraban esperando que los guiara, que los liderara mientras sus hogares se derrumbaban a su alrededor, lo único que podía pensar era que había más en esta vida. Que tenía que haber alguien que quisiera esto más que yo. Alguien que hiciera las cosas bien, que fuera el líder que todos querían. El salvador por el que estaban tan desesperados.

Volvió a reírse sin humor.

—¿Puedo contarles un secreto?

—Lo que sea —susurró Kelly.

—Lo que sea —coincidí.

—Me pregunto qué sucedería si se terminara —dijo Joe—. Nuestro nombre. Si lo dejáramos morir. Si simplemente... lo soltáramos. Nos tendríamos a nosotros. ¿No sería suficiente? Quiero decir, mírennos. Somos la manada más *queer* del mundo. Tenemos a Joshua, pero no es un Bennett, por lo menos no de apellido.

—Sigue siendo nuestro —dijo Kelly.

—Lo es. Pero ¿y si terminara con nosotros? Mamá dijo una vez que se preguntaba si nuestro nombre estaba maldito y siempre lo recordé. No creo que lo dijera en serio, estaba enojada. Tenía derecho a estarlo, pero de todos modos no puedo olvidarlo. Cosquillea en mi cabeza y cuando estoy solo, cuando todo está silencioso, me pregunto cómo sería todo si después de Livingstone permitiéramos que alguien más tomara el mando. Que lleve el peso del mundo entero sobre sus hombros. Que dejemos que lidie con todo.

–Ya lo intentamos –dije en voz baja–. ¿Recuerdas? Michelle. Y mira cómo resultó.

Sacudió la cabeza.

–Lo sé, pero no sé si quiero ser rey y no sé si quieren ser príncipes.

Kelly giró la cabeza y su cabello me hizo cosquillas en la nariz.

–¿Siquiera tenemos opción?

–A veces, no creo que la tengamos –murmuró Joe–. De todos modos, no importa. Sé cómo son las cosas. Sé cómo deben ser. Y lo haré porque tengo que hacerlo.

–Nos tienes a nosotros –le dije.

–Lo sé. Y necesito eso, Carter. A ambos. Sé que no soy...

Y aunque tenía miedo, dije:

–Dilo.

Era azul. Su voz era pequeña y frágil cuando habló.

–Cuando te marchaste. Tú... hiciste ese video para Kelly. Hablaste de cuánto lo querías y cuánto lo necesitabas y yo sentía dolor porque no estabas, pero también porque no dejaba de pensar ¿y qué hay de mí? ¿No me querías de la misma manera?

Mi hermano pequeño estaba temblando y me ardían los ojos.

–Sé que me querías. Sé que me quieres. Y sé que Kelly y tú siempre han sido cercanos, pero yo también soy tu hermano. Me odié por ello. Podía ver la expresión en tu rostro, cuán perdido estabas y, sin embargo... ¿qué hay de mí?

Ay, Dios.

—Joe. *Joe.* Eso no...

—Te amo —dijo—. A los dos, más de lo que puedo decir con palabras. Soy su Alfa, de la misma manera que soy el Alfa de casi todos los lobos. Pero a veces solo quiero ser su hermano pequeño. No tener que preocuparme por nada más. Quiero amar a Ox sin preguntarme si me lo arrebatarán. Quiero amar a mamá y mostrarle que todo lo que hemos hecho no fue en vano. Y quiero saber que te importo. Sé que son el lazo del otro, lo comprendo. Sé cuán importante es el lazo. Pero ¿es todo? Ustedes dos estuvieron aquí primero. Tienen una conexión que no puedo tener. Solo quiero que me veas, que sepas que sigo aquí y no solo como tu Alfa.

—Eres importante —le dije y mi voz se quebró—. Eres *importante*. Joe, lo lamento tanto. Nunca pensé... no quise ser así. No estaba pensando. Estaba perdido en mi cabeza, todo se desmoronaba. Gavin... no estaba. Y no había hecho lo suficiente para evitar que se marchara. Me culpaba por eso. Si tan solo hubiera podido ser más fuerte. Si tan solo hubiera hecho *más*.

Jalé de su cabello. Mi hermano tembló, se sacudió, se *estremeció*.

—Siempre has sido fuerte. Me dije a mí mismo que era por lo que eras, por lo que papá te había hecho. No eras como nosotros, o eso pensé. Y estaba equivocado. Te pusieron en un pedestal y no fue justo. Joe, te quiero tanto como quiero a Kelly. Te fallé si alguna vez lo dudaste y eso es mi culpa. No hiciste nada malo.

—Estamos asombrados por ti, Joe, y por todo lo que hiciste —agregó Kelly—. Si Ox es un unificador solo lo es porque te tiene a ti. Si sobrevivimos todo este tiempo es porque *tú* nos lideraste. Te seguimos en la oscuridad cuando Richard Collins te apartó de nosotros. Cuando vino Elijah. Cuando cayó Caswell. Te seguiríamos a cualquier lado. Sin importar lo que hagas, sin importar que seas nuestro Alfa o no, siempre estaremos contigo.

Joe esnifó y frotó su rostro contra mi estómago.

–Lo sé. Solo es agradable oírlo. Ser Alfa es solitario. Papá nunca me dijo cuán solitario podía ser. Desearía que lo hubiera hecho. A pesar de tener a Ox, se siente que estoy en una isla y nadie puede llegar a mí. –Se rio débilmente–. Estúpido, ¿no?

–No –susurré–. No es estúpido.

–Desearía… –Joe hizo una pausa y frunció el ceño–. No importa.

–No lo hagas –dije–. Dilo. Di todo.

Inhaló profundamente.

–Desearía que papá nunca hubiera sido Alfa.

Y allí estaba. La verdad al descubierto. Un pensamiento que todos habíamos tenido en algún momento u otro dicho en voz alta. No era justo, pero bueno, la vida nunca lo era. Pero fue Joe quien tuvo el valor de decir la verdad mientras que los demás nunca nos habíamos atrevido.

–Yo también –aceptó Kelly.

–Somos tres –sumé.

Se rieron.

–Pero no podemos cambiar eso –dijo Joe y aunque seguía azul, había alivio verde como si hubiera revelado un gran secreto. Finalmente.

–Esto es lo que somos. Esto es lo que se supone que debemos ser.

Nos quedamos callados por un momento, cada uno dando vueltas en sus pensamientos. Tenía frío, pero no importaba. No quería moverme. Moverme significaría separarnos, alejarnos. Quería quedarme en este momento todo el tiempo que pudiéramos.

Kelly llenó el silencio.

–Papá nos amaba.

–Es verdad.

–Con todo su corazón –afirmó Joe.

—Todavía me molesto con él —siguió Kelly—. Por todos los secretos que tenía. Pero si Joe tiene razón y es como estar en una isla, tiene sentido. Debió haberse sentido solo. Incluso con todos nosotros. —Y entonces dijo—: La carta.

—¿Qué carta? —pregunté.

—La que le escribió a Robbie sin saber quién era Robbie.

—Ah —dije. Me había hablado de ella antes, pero no la había leído. No era para mí.

—Ox tiene una —sumó Joe.

—¿La leíste? —preguntó Kelly.

—No. —Sacudió la cabeza—. Ox me la ofreció, pero no estaba listo. Todavía dolía demasiado.

Giró la cabeza y acomodó su mentón justo debajo de mis costillas. Alcé mi cabeza y miré sus ojos azules.

—Hay una para Gavin.

—Eso no es… —¿Qué? ¿Correcto? ¿Verdad? ¿Real? Lo era, por supuesto que lo era. Sin importar qué sucediera entre nosotros, esa carta estaba destinada a él. No habría nadie más.

—Sí, supongo que debe haber una para él.

—Me ayudó a comprenderlo mejor —dijo Kelly—. En qué estaba pensando, por qué hizo algunas de las cosas que hizo. Pero ¿sabes qué fue lo que más entendí?

—¿Qué? —preguntó Joe.

—Que nos amaba. Quizás más que a nada en el mundo. No era perfecto. Estaba lejos de serlo. Pero lo intentaba con todas sus fuerzas. —Suspiró—. Me recuerda a Carter en ese sentido.

No podía hablar.

—Sí —dijo Joe—. Era como Carter, ¿no?

Cerré los ojos.

—Superaremos esto —agregó Joe y oí un ave cantar en algún lugar entre los árboles—. Lo descifraremos. Tenemos que hacerlo. Todos cuentan con nosotros. —Escuché su sonrisa cuando dijo—: Y Carter tiene que comportarse como corresponde y hacer de Gavin un hombre.

Mis ojos se abrieron de par en par.

—¿*Qué*?

Joe y Kelly se rieron.

—No. En serio. ¿*Qué*?

Me senté erguido y los empujé. Kelly rodó en el suelo con las manos sobre su estómago. Joe sacudía la cabeza, sus labios desnudaron sus dientes mientras estallaba en risas.

—Chicos, escúchenme. ¿Qué…? ¿Qué hago con un pene? Quiero decir, ¿cómo funciona eso? ¿Tengo que ser el dominante? ¿Qué demonios significa ser el dominante y cómo lo sé?

—Ay, por *Dios* —gruñó Kelly—. No. *No* tendremos esa charla.

—¿Duele tener sexo? —me pregunté en voz alta—. Nunca pensé en eso, ni siquiera lo *consideré*. ¿Cómo lo hago? Supongo que con lubricante. Eso tiene sentido. ¿Me prestan lubricante?

Joe hizo una mueca.

—Amigo, no digas eso. Nunca debes tocar el lubricante de otro hombre. ¡Consigue el tuyo!

—*No puedo*. ¡Soy el alcalde! ¡Todos sabrán para qué lo estoy usando!

—Por Dios —dijo Kelly—. Volvamos a estar triste y a hablar de nuestros sentimientos y esa mierda.

Les sonreí.

—Uno creería que dos tipos que masticaron algunos penes estarían acostumbrados a hablar de ello.

—¿*Masticaron?* —repitió Kelly incrédulo—. Pobre Gavin. Ay, hombre. Alguien tiene que advertirle el dolor que le espera.

—Tal vez le gustará. Tal vez sea un fanático del dolor… guau. Eso se descontroló rápidamente. Me retracto.

Joe me miró y su expresión se suavizó.

—No pareces demasiado molesto por todo eso.

—¿Qué cosa? —pregunté y pellizqué a Kelly. Chilló molesto y alejó mi mano.

Joe encogió los hombros.

—Que Gavin sea un chico. Que tu compañero sea… ya sabes.

Suspiré.

—Su *homosexualidad* es contagiosa.

—Debe serlo. —Resopló—. Hablando en serio, ¿no te molesta?

Entrecerré los ojos.

—¿Por qué debería?

—Solo tuviste sexo con mujeres.

—Y mucho —agregué inflando mi pecho. No estaban impresionados, me desanimé un poco—. Esa mierda no me importa. Entonces soy bisexual. O pansexual. U algún otro tipo de sexual.

—Gavinsexual —dijo Kelly.

Puse los ojos en blanco.

—A quién le importa, ¿no? Quiero decir, encaja ¿lo saben? E incluso si no existiera eso entre nosotros, podría… —sacudí la cabeza—. Incluso cuando él estaba atascado como lobo, lo sentí. No sabía qué era. En perspectiva, debería haberlo sabido. Al principio lo odiaba, pero me acostumbré.

»Cuando ya no estuvo, dolió más de lo que creí que algo así podría doler y solo podía pensar en llegar a él. Necesitaba que sea mi sombra porque sin él, estoy… me sentía perdido. Él es arisco, hosco, un maldito dolor de cabeza. Pero no hay nadie como él. Papá me dijo una vez que podría haber otros, que no había solo una persona. Que teníamos una *elección*. Creo que tomé mi decisión, si él me quiere.

»¿Creen que me querrá? No soy perfecto. Cometo errores. —Encogí los hombros incómodo—. Él ve más allá de eso. Lo exaspero, lo molesto y me frunce el ceño como si quiera hacerme tragar los dientes a golpes. Y todo desaparece cuando dice pum, pum, pum. Porque dice que escucha mi corazón y que eso lo ata a la tierra. ¿Cómo puedo decirle que no a eso? ¿A quién le importa si es hombre, mujer o algo intermedio? No importa. Lo único que me importa es que me vea. Que realmente me vea. Y yo lo veo a él.

Miré a mis hermanos. Estaban boquiabiertos.

—¿Qué? —pregunté y me sentí cohibido de repente. Froté mi nuca mientras mi rostro levantaba temperatura.

—Mierda —suspiró Kelly.

—Lo amas —susurró Joe.

—No. —Los fulminé con la mirada—. Cierren la boca.

—No —replicó Kelly en voz más alta—. Lo aaaaaaamas.

—Kelly, ¡patearé tu maldito trasero!

Joe batió sus pestañas.

—Oh, Gavin. Hiciste que mi frío y muerto corazón heterosexual estallara con vida super gay y ahora no puedo… *¡ay!*

Lo tacleé. Con fuerza. Estaba riendo, riendo, riendo y Kelly jaló de mis hombros intentando alejarme de Joe, pero era más grande que ellos y, aunque probablemente Joe pudiera noquearme por una semana entera, solo me gritó cuando lancé hojas secas en su rostro. Kelly hundió sus rodillas a mis costados y alcé las manos sobre mi cabeza y aullé tan fuerte como pude. Una canción de triunfo.

De hermanos.

Resonó en el territorio.

Colapsé en el suelo mientras se desvanecía. Kelly se quitó de encima de mí y cayó a mi izquierda, Joe a mi derecha. Tomé sus manos y estrujé sus dedos. Joe estaba agitado, mascullaba amenazas de muerte mientras escupía pedazos de hojas.

Kelly se reía mientras secaba sus ojos.

—Gracias —les dije y se quedaron callados—. Nunca hubiera llegado tan lejos sin ustedes.

—Ídem —dijo Kelly.

—Ídem por dos —dijo Joe.

Y le sonreí al cielo.

Mamá y Mark estaban sentados en el porche cuando regresamos, abrazados por la cintura. Mark esbozó su sonrisa secreta y arqueó una ceja.

—¿Está todo bien?

—Todo está bien —dijo Kelly.

Nos detuvimos delante de ellos. Los ojos de mamá brillaron cuando nos miró. Di un paso hacia adelante y dejé a Joe y a Kelly en su lugar. Hice un gesto para que Mark se pusiera de pie. Lo abracé. Parecía sorprendido, pero sus brazos me rodearon.

—¿A qué se debe? —preguntó, sonaba divertido.

—Un recordatorio —susurré—. No sé cómo se siente perder a un hermano y espero nunca tener que descubrirlo. Pero puedo imaginarlo. Me aterra. Él te amaba, lo sabes, ¿verdad? Incluso cuando rompía tu corazón, incluso cuando lo odiabas por todo lo que había hecho, te amaba.

Mark se aferró con más fuerza. Asintió contra mi cabeza.

—Lo sé.

—No somos él. Nunca podremos serlo. Pero estamos aquí, recuérdalo.

—Estaría orgulloso de ustedes —dijo—. De todos ustedes.

Se alejó, sus ojos estaban húmedos, pero seguía sonriendo.

—Gracias, Carter.

—Mis niños —dijo mamá—. Mis hermosos niños.

Nos sentamos cerca de sus pies. Apoyé mi cabeza contra su rodilla y Mark se dejó caer a su lado. Incliné mi cabeza hacia arriba para ver a mi madre. Pasó sus dedos por mi cabello.

—Pareces más ligero —dijo—. Más feliz.

Inhalé y exhalé lentamente.

—Lo soy.

—Bien —dijo.

Y era cierto.

Los demás vinieron al porche. Gordo gruñó cuando nos vio. Se sentó al lado de Mark y le dio un beso en la mejilla.

Lo siguieron Jessie y Dominique con las manos entrelazadas. Arrastraron algunas sillas de la esquina y se sentaron detrás de nosotros.

Bambi bajó y nos volvimos locos con Joshua acurrucado cálidamente en sus brazos. Gordo estaba embobado con el bebé y no lo molestamos solo porque todos estábamos igual.

Y entonces, Kelly dijo:

—Miren.

Giramos hacia donde estaba señalando.

Ox caminaba por la calle de tierra hacia nosotros y sentí un estallido de luz en mi pecho, más grande de lo que había sido desde que había regresado a casa. Me dio calor. Me tranquilizó. Hizo que quisiera aullar una y otra vez.

En mi cabeza, escuché su voz.

Dijo *HermanosAmorHermanasManadaHogar los veo los veo a todos son míos y soy suyo suyo suyo.*

Se sintió como el sol después de un largo día nublado.

Se detuvo delante de nosotros. Nos miró uno por uno y recordé cuando no era más que un muchacho valiente, callado y solitario que no hablaba mucho porque pensaba que recibiría mierda toda su vida. Cuánto había crecido. Cuán increíble era. Su corazón era un tambor en mi cabeza, estable y fuerte.

—Hola —dijo.

—Hola, Ox —saludó Joe.

Sonrió.

—Di una caminata por el pueblo. Vi algunas cosas maravillosas. Personas ayudándose entre sí. Me saludaron. Se detuvieron para desearme feliz Navidad, preguntar cuáles eran nuestros planes para los días festivos. Fue agradable. Fui a ver a mi madre. —Azul, suave y callado—. Hacía tiempo no iba a verla. Tenía mucho que contarle, sobre nosotros, sobre todo lo que hemos hecho. Sobre lo que nos espera en el futuro. ¿Creen que me oyó?

—Sí, Ox —afirmé—. Creo que te oyó.

Asintió.

—Yo también creo eso. Quienes amamos nunca se marchan de verdad, incluso si así parece.

Sus ojos se perdieron en el claro.

—Especialmente aquí, en este lugar. Es como… una corriente. La siento.

Giró hacia nosotros, nos miró a Kelly, Joe y a mí y, por un momento, creí que podía ver en nuestras cabezas y podía saber de lo que habíamos hablado en el puente. No me sorprendería que así fuera. Un unificador, lo llamó Joe. Crea algo de la nada. Ese era Ox.

—Creo que nos hace bien recordarlo. Incluso si no están con nosotros, una parte de ellos siempre permanece.

Joe se puso de pie, fue hacia Ox. Sostuvo su rostro con sus manos antes de inclinarse hacia él para besarlo con dulzura.

—¿Y eso por qué? —preguntó Ox, claramente complacido cuando Joe se alejó.

—Porque sí —dijo Joe.

Ox le sonrió.

—Me gusta el "porque sí".

Seguíamos sentados en el porche cuando regresaron. Mamá y Jessie habían entrado y salieron con tazas de té para Gordo, Mark y Bambi, café para Dominique y Ox y chocolate caliente para Kelly, Joe y para mí.

Ox lo oyó primero. El rugido de un motor a la distancia. Alzó la cabeza y anunció:

—Están en casa.

Mi corazón trastabilló.

—Está bien —dijo Kelly tranquilo y puso una mano sobre mi hombro—. Él está bien.

Asentí tenso.

Apenas podía verlo en el asiento trasero, Tanner bloqueaba mi visión. Rico aparcó la camioneta en frente de la casa antes de apagar el motor. Se bajó del vehículo con una sonrisa en el rostro, lo que era bueno porque significaba que no habían derramado sangre. A menos que eso significara que habían derramado *toda* la sangre posible. Rico podría estar sediento.

—Aw, están todos esperándonos —dijo.

—Sigue diciéndote eso —resopló Bambi.

Él apoyó una mano sobre su pecho y contuvo la respiración.

—Me hieres. Joshua, no escuches a tu madre. Obviamente sufre de…

—¿Realmente quieres terminar esa oración?

Retrocedió.

—Eh. ¿No?

Bambi le sonrió con dulzura.

—Buena respuesta.

—Mujer, te…

—Obviamente desea dormir afuera otra vez —le comentó Bambi a Jessie—. Ahora que es lobo, no me sentiré mal al respecto.

Jessie sonrió.

—Y no deberías hacerlo.

Chris y Tanner estaban parados delante de Gavin. Podía ver la punta de su cabeza, pero no mucho más. Por un momento, me preocupó por qué estaban intentando ocultar.

Debería haber ido con ellos. Rico rodeó la camioneta.

—Okey, deberían saber que solo le gruñó a una persona y fue a la estilista. Pero no puedo culparlo porque encendió la máquina para cortar cabello sin advertirle antes. Afortunadamente compré un juguete chillón para Joshua en centro comercial, cuando lo estrujé Gavin se distrajo inmediatamente como un buen chico.

Gavin gruñó.

Rico puso los ojos en blanco.

—Puedo decir cosas así ahora. También soy hombre lobo. No es racista. —Frunció el ceño—. ¿Especista? Uno de esos dos. De todos modos, Gavin tiene un gusto… ¿interesante? Sí, tiene gusto interesante para la ropa y si bien, no soy controlador con la forma en que quieran vestirse los demás…

—*Eso* es una mentira —dijo Tanner—. Nos molestas todo el tiempo.

Rico lo ignoró.

—De todos modos, le di mi consejo de experto porque eso es lo que hago. Soluciono problemas. Bebé, diles.

—Desafortunadamente —anunció Bambi—, lo intenta.

—Exactamente —replicó Rico—. *Sí* lo intento. Y es una lástima cuando los demás no me escuchan. Por suerte, Gavin sí lo hizo. Bueno, en general. Intentó morderme una vez, pero fue mi culpa por intentar ponerle un cinturón y me acerqué un *poquito* demasiado a su…

—¿Te falta mucho? —preguntó Chris—. Hace frío y quiero chocolate caliente.

—Hay bastante en la cocina —dijo mamá.

—Ah, hombre, beberé todo ese *maldito*…

Rico giró.

—No te muevas. Estoy construyendo expectativas y lo estás arruinando.

—¡Entonces apresúrate!

—Está bien —masculló Rico.

Volvió a girar para mirarnos. Debió haber visto la expresión en mi rostro porque dijo:

—Les presento a Gavin Walsh —sonrió—. Eligió el nombre él mismo. Walsh.

Como su madre.

Chris y Tanner se movieron a un costado y, por motivos que no quería descubrir, agitaron los dedos haciendo manos de jazz.

Pero no importaba.

Porque él era lo único que podía ver.

Su cabello estaba más corto. Los costados habían sido rapados casi por completo y la parte superior estaba peinada y caía hacia la derecha. No sabía por qué estaba sorprendido por el hecho de poder ver sus *orejas*, de todas las cosas.

Fruncía el ceño, por supuesto. Era su expresión predilecta. Pero estaba aprendiendo que no solo nacía de un lugar de enojo o irritación, también lo hacía cuando estaba nervioso como ahora.

Tenía un suéter grueso tejido, las mangas eran demasiado largas y caían sobre sus manos. Las puntas de sus dedos sobresalían. No me sorprendió que fuera rosa. Había estado encantado con la camiseta de Dominique que decía DIVA. Tenía sentido. Por lo menos para él.

Sus vaqueros también eran nuevos y al cuerpo. Seguía siendo demasiado delgado, pero en el corto tiempo desde nuestro regreso a Green Creek, mi madre no había dejado de alimentarlo y había dejado atrás el aire demacrado y atormentado que tenía cuando lo encontré.

Se veía bien.

Muy bien.

—Asqueroso —murmuró Kelly.

Me puse de pie y empecé a caminar incluso antes de darme cuenta. Gavin me miró y luego desvió la mirada como si pensara que lo regañaría o juzgaría.

—Te ves… bien —dije—. Me gusta tu suéter.

Su ceño fruncido se intensificó. Alzó las manos y flexionó los dedos.

–Es bueno. Demasiado largo. Es suelto. Nunca tuve suelto antes. Rico dijo que suelto estaba bien.

–Más que bien –añadió Rico–. Hasta diría que de lo mejor. Por eso compramos seis, todos en diferentes colores.

Lo adoré por eso. A todos ellos. Rico, Tanner y Chris. Eran matones. Pueblerinos. Pero eran dulces en manera que la mayoría de la gente no se esperaba.

–Pantalones –dijo Gavin y sonaba molesto–. Muchos pantalones. Dije que solo necesitaba uno, y Rico que todos deberían tener más. Pregunté por qué y me dijo que me callara y lo escuchara. Eso hice.

Encogió los hombros.

–Estúpido Rico.

–Pretenderé que es un término cariñoso. Ahora, si me disculpan, besaré a la mamá de mi bebé y a mi bebé. Bambi, ¿lista para algo de azúcar?

Chris y Tanner entraron a la casa detrás de él. Podía oírlos hablar con los demás detrás de nosotros, pero todo se desvaneció cuando lo miré. Atrás de él, en la caja de la camioneta, había un tumulto de bolsas. Parecía que habían comprado toda la tienda.

–Lo hice bien –dijo Gavin, su frente y sus cejas estaban arrugadas–. No hice brillar mis ojos ni nada. Aunque quise hacerlo.

–Probablemente eso sea algo bueno.

–Sí.

Luego inclinó la cabeza.

–¿Qué sucede?

–¿A qué te refieres?

Le dio una palmadita a mi pecho.

–Pum, pum, pum. Más fuerte, más rápido.

–Solo… me alegra verte.

—¿Sí?

—Sí. –Me aclaré la garganta–. Mucho.

—Oh –replicó.

Cuando volvió a hablar lo hizo lentamente como si estuviera eligiendo sus palabras con mucho cuidado.

—También estoy feliz de verte, Carter. Estaba… vi cosas. Que quería mostrarte, pero estabas aquí. Me olvidé.

—¿Como qué? ¿Qué querías mostrarme?

—Todo –replicó con seriedad y cuando me reí se sorprendió y sonrió. Era enceguecedor–. ¿Es gracioso?

Asentí.

—Lo es. Tú lo eres. –Tomé su mano en la mía. Bajó la mirada antes de levantar la cabeza–. Los suéter sueltos son buenos.

—Sí –dijo–. Te mostraré. Verde. Y púrpura. Y azul. Y rojo.

Sus ojos se ensancharon cuando comencé a caminar hacia la camioneta. Me tiró para atrás y apretó mi mano.

—No. Carter, no. No lo hagas. Quédate atrás.

Estaba confundido.

—¿Qué? ¿Por qué?

—Porque *yo* lo digo –respondió de mala manera–. Siempre haciendo preguntas. Solo haz lo que digo.

—Regalos de Navidad –gritó Rico desde el porche–. Trabajamos duro, ¿no, Gavin?

Gavin asintió con fuerza.

—No puedes mirar.

Estaba absurdamente conmovido.

—No tenías que comprarme un regalo.

—¿Quién dijo que compré algo para ti? Tonto codicioso.

Lo miré boquiabierto.

—Si ya terminaste de adularlo, me gustaría mirarlo —dijo mamá.

Debería haberme indignado que sugiriera una cosa así. No me molestó porque solo decía la verdad.

Gavin fue hacia ella y cuando mamá hizo girar un dedo, Gavin estiró los brazos y giró lentamente. Cuando volvió a enfrentarlo, mamá dijo:

—Eres muy apuesto. Como tu hermano.

Gavin levantó la mirada y le echó un vistazo a Gordo quién asintió con la cabeza.

—Por supuesto que lo somos.

Mark resopló y golpeó su hombro.

Me quedé allí parado observándolos. Estas personas, mi familia. Le dijeron a Gavin que lucía bien en sus prendas nuevas, le preguntaron qué le sucedió a la señora que le cortó el cabello. Se rieron cuando mostró los dientes en el medio de su historia. Cada tanto, echaba un vistazo hacia mí, como asegurándose de que siguiera en mi lugar. Cada vez que lo hacía, sonreía solo un poquito antes de volver a girar la cabeza y seguir con sus historias.

Encajaba.

Ahora podía verlo.

Encajaba como si siempre hubiera estado aquí.

Y después, cuando el cielo empezó a oscurecerse, nos quedamos solos en el porche. Las estrellas estaban saliendo y el territorio tarareaba dentro de mí, más fuerte que los últimos días.

Sanaba.

Estábamos sanando.

Lento, pero seguro.

—Tuve un buen día —dijo Gavin.

Lo miré, tenía la vista clavada en la casa azul, las luces estaban encendidas, aunque no había nadie adentro.

—¿Sí?

Asintió.

—Rico es bueno. Chris y Tanner también. Me ayudaron.

—¿Por qué les pediste ayuda? Me alegra que lo hayas hecho —añadí rápidamente—. Solo... ¿por qué?

—Preguntas —murmuró.

—Estoy seguro de que nunca *no* haré preguntas.

—Lo sé. Molesto.

Pero tocó mi mano como para demostrarme que no lo decía en serio.

—Ellos...

Hizo una pausa, juntó los labios.

Esperé, sabía que estaba intentando ordenar sus pensamientos.

—Son como yo —dijo al fin—. Algo así. Siguen siendo lobos nuevos. Siguen aprendiendo. Y soy nuevo en esto, ser humano. Sigo aprendiendo. Aunque, más fácil. Se está haciendo más fácil. Ellos me enseñan y yo les enseño.

—Como manada —dije en voz baja.

Empezó a asentir, pero se detuvo.

—Sí, seguro. Pero no lo digo por eso. Como amigos. Nunca... tuve eso. Amigos. Gente que no quisiera nada de mí. Siempre usado. Antes de ser lobo y después. —Tragó saliva—. Querían ayudarme y no necesitaban que hiciera algo por ellos. Es... diferente. Nuevo. Me gusta.

Me echó un vistazo de reojo.

—Mejor, creo. De lo que era antes.

—¿Cuando eras un lobo?

—Sí.

Se dio un golpecito al costado de su cabeza.

—Puedo oírlos. Un poco. Livingstone sigue siendo fuerte, pero no como antes. Ahora puedo decirles qué pienso. No podía hacer eso cuando era lobo. Me gusta ser lobo. Menos complicado. Pero creo que me gusta más ser humano.

—También me gusta cuando eres humano.

—¿En serio?

—En serio.

Mordisqueó su labio inferior.

—A mí… también me gusta. Cuando eres humano. O cuando eres lobo. O cuando eres lo que sea. Pum, pum, pum.

—Pum, pum, pum.

—Estúpido Carter.

—Estúpido Gavin.

Se rio.

Estaba maravillado por él.

POR TI / LLENAS MIS PULMONES

—No son solo ellos dos –dijo Aileen. Sonaba exhausta del otro lado del teléfono–. Hay más lobos.

Ox cerró los ojos.

—Dime.

—Santos sigue allí, pero se le unieron más lobos. Livingstone vino al borde de las guardas otra vez. Era humano. No habló; solo se quedó allí parado, observándonos, pero los lobos se lanzaron contra la barrera una y otra vez. Su piel se partió, sus huesos se quebraron, pero no abandonaron su tarea. Por horas. Cuando se detuvieron, lo hicieron al mismo tiempo. Regresaron a él. Lo rodearon y exhibieron sus gargantas. Él nunca los miró, solo tenía ojos para nosotros.

—¿Omegas? —preguntó Joe con voz tensa, estaba sentado en la silla de papá en la oficina.

—No todos —vaciló—. La mitad, quizás. Diez en total, pero…

—¿Pero? —indagó Ox.

—Uno de ellos, lo vi hace unos días. En ese momento era un Omega, ya no lo es. Ahora es Beta. Sus ojos son naranjas.

—Mierda —murmuró Gordo—. Tienen un problema.

La bruja se rio sin humor.

—*Tenemos* un problema, pero sí, veo tu punto. Es uno de nosotros, tiene que serlo. Un brujo. Alguien está abriendo las barreras y los está dejando entrar.

Ox abrió los ojos. Brillaban de color rojo y violeta.

—¿Quién?

—No lo sé —dijo y podía oír la frustración en su voz—. He recorrido las barreras una y otra vez. Quien sea que lo esté haciendo, sabe cubrir su rastro. Tengo algunas personas en mente, pero no quiero hacer acusaciones sin fundamentos. Ya estamos complicados. Pediría que nos envíen algunos lobos para aliviar el peso, pero no sabemos si él podría ejercer algo de control sobre ellos. En especial aquellos que…

No terminó la oración.

—Aquellos que no están felices de que yo sea el Alfa —Joe finalizó por ella.

—No quiero faltarle el respeto, Alfa Bennett —suspiró—. Pero me han dicho que los lobos de Caswell están inquietos. Se marchó por semanas. Sé que confía en los lobos que quedaron al mando, pero no es lo mismo que tener al Alfa.

Joe se reclinó en su silla.

—Uno de los brujos está abriendo las barreras para dejar entrar a los lobos.

—Sí.

—¿Por qué no deja a Livingstone y a los demás *salir*?

La mujer se quedó callada.

—Por dos motivos, creo. Livingstone es fuerte, pero tenemos a casi cuarenta brujos aquí. Y cada tanto se nos unen más voluntarios. Carter, me dijeron que conoces a una. Joe, Kelly, Gordo ustedes también. Es de Kentucky.

Me sorprendió. La bruja en la oficina postal en Bedford había sido directa en el hecho de que no quería involucrarse para nada con lobos, no después de lo que había vivido.

—¿En serio?

—Dijo que estaba cansada de esconderse. Que, si perdíamos el control aquí, si nos vencían, no habría ningún lugar que no fuera afectado. Conocí a su madre, es buena gente. Y creo que Livingstone lo sabe. Ve cuán unidos estamos. Puede que no podamos ganarle, pero ¿a los lobos que se le unieron? Son vulnerables. Lo que me lleva a mi segundo punto.

Su voz era inexpresiva.

—Está construyendo un ejército. Cuántos más lobos se le unen, más se fortalece. Un Alfa no es nada sin una manada. Sabíamos que… se alimentaba de Gavin. Había una atadura de sangre entre ellos, y está llamando a estos otros lobos para suplirlo. Las manadas con ataduras de sangre son fuertes. Él no tiene eso. Ya no.

—Pero lo compensa con números —dijo Ox seriamente.

—Sí. Y odio decirlo, pero Gavin es… si él regresara ni siquiera tendríamos esta conversación. Livingstone tendría lo que quiere.

Miré por la ventana y pude ver a Gavin riendo con Chris, Tanner y Rico mientras trabajaban en una de las camionetas. Chris empujó el hombro del Gavin y él exhibió sus dientes juguetonamente como respuesta. Podía oír a Bambi y a Jessie en el porche y los pequeños sonidos de Joshua mientras Bambi lo alimentaba.

—Eso no sucederá.

—Pero…

—Tú quieres… ¿qué? —Fulminé el teléfono con la mirada—. ¿Que se sacrifique? ¿Que se entregue a su padre? ¿Cuál es tu maldito problema?

Mamá puso su mano sobre la mía.

—No creo que eso sea lo que está diciendo.

Me liberé.

—Es *exactamente* lo que está diciendo. Y les digo ahora mismo que no hay manera de que acceda a eso.

—No depende de ti, ¿no? —dijo Aileen—. Sería su elección.

—Oh, vete a la mierda, Aileen…

Ox hizo brillar sus ojos.

—Carter.

Sacudí la cabeza furiosamente mientras empezaba a caminar de lado a lado.

—No. Tiene que haber otra manera. No lo enviaré de vuelta. Y cualquiera que sugiera lo contrario será mejor que esté dispuesto a enfrentar las consecuencias porque los atacaré con todo lo que tengo.

—No tendría que ser permanente —argumentó Aileen—. Solo hasta que descifremos qué hacer con Livingstone.

Me detuve y crucé los brazos sobre mi pecho.

—No. En el momento en que estemos dispuestos a sacrificar a una persona es el momento en que perderemos.

—¿Y no tiene nada que ver con el hecho de que sea tu compañero?

Fui hacia el escritorio, me incliné sobre el teléfono y apoyé las manos sobre la madera.

—Es manada. Que me parta un rayo si permito que lo utilicen de esa manera.

—¿Y si Livingstone se escapa? —preguntó Aileen—. ¿Si hiere personas inocentes? ¿Entonces qué? ¿Valdría la pena para ti? Gente que no tiene nada que ver con esta vida. ¿Te dirías que vale la pena siempre y cuando Gavin esté vivo? Porque se reduce a eso. ¿Estás preparado para eso, Carter? ¿Tu gente está preparada? ¿*Él*? Noté que no ha dicho nada. ¿Está allí? ¿Qué piensa de todo eso?

—No... —titubeé—. Eso no es...

—Te escucho, lo prometo. —Ox estrujó mi hombro y me alejó del teléfono.

—Ox —dije con voz ronca—. Tú no... no podemos hacerle esto. No es justo.

—Lo sé. —Miró el teléfono—. Iré. La próxima semana. Llevaré a Gordo.

—Supuse que dirías eso —suspiró Gordo.

Mark no se veía feliz.

—¿Qué hay de mí? —preguntó Robbie—. Podría...

—No —dijo Ox—. Sabemos cómo se siente respecto a ti. No lo haré vivir eso otra vez. No sabemos si tendrá algún control sobre ti, sin importar si su magia desapareció. Podría ser peor ahora que es lobo. No nos arriesgaremos.

Kelly lucía aliviado, aunque intentó esconderlo.

—Puedo ayudar —insistió Robbie—. No soy un pequeño cachorro...

—Puedes venir conmigo —dijo Joe—. Regresaré a Caswell. Puedes visitar a Tony y Brodie. Estoy seguro de que estarán felices de verte.

Robbie lucía como si fuera a discutir, pero dejó caer la cabeza.

–Sí, está bien. Eso funciona.

Ox asintió.

–Mientras tanto, Aileen, haz lo que tengas que hacer para reforzar las barreras. No quiero que ningún brujo esté solo. Así será más difícil que nos traicionen.

–Ya estoy en eso –dijo Aileen–. Patrice está coordinando todo mientras hablamos.

–Bien. Estaremos en contacto. Llámame si surge algo.

–Por supuesto, Alfa Matheson. Y felices fiestas.

Por Dios, qué absurdo.

–Tú también –respondió en voz baja. El teléfono pitó mientras la llamada se desconectaba.

Miré a mis Alfas.

–No lo enviaré de vuelta así que quítense esa idea de la cabeza en este momento.

–Creo que lo entendimos, Carter –dijo mamá.

–¿Sí? Porque no sé si todos piensan lo mismo.

–Sé que sufriste mucho –dijo Ox–. Lo comprendo, pero si harás una acusación será mejor que tengas con qué respaldarla.

Tenía el reflejo de acobardarme ante él. No lo hice. Erguí mis hombros.

–¿Cómo te sentirías si fuera Joe? –Le eché un vistazo a Kelly–. ¿O Robbie? ¿O Gordo? ¿Estarían tan dispuestos a descartar sus vidas?

–Nadie está sugiriendo eso –dijo Joe. Su boca era una línea fina.

–Eso espero –repliqué con frialdad–. Porque si vuelvo a oírlo, tendremos un problema. Entiendo que hay un bien mayor, de verdad. Pero él es una persona, una persona de carne y hueso y no pueden tomar esa decisión por él.

—¿Qué hay de lo que *él* quiere? –preguntó Gordo.

—Por supuesto que lo haría –le gruñí. Mi corazón palpitaba, una fina capa de sudor cubría mi frente. Formé puños con las manos, las puntas de mis garras se clavaban en mis manos–. Haría lo que fuera por nosotros... –por mí, pero la inferencia era clara–. Incluso si eso significa sacrificarse a sí mismo. Ese no es el punto. ¿No sufrió suficiente ya?

Gordo alzó los brazos al aire.

—¿No sufrimos todos?

—Es tu *hermano.*

Gordo se paró de su silla y se deshizo de Mark cuando intentó detenerlo. Se paró delante de mí, su pecho golpeó el mío. Sus tatuajes brillaron.

—Lo sé –gruñó–. Y me mata siquiera sugerir algo así. Pero tenemos que pensar, Carter. Tenemos que usar la cabeza.

—Que te den. –Lo empujé–. Que les den a todos si piensan que...

—*Suficiente.*

La voz de Alfa de Ox nos cubrió. Sentí un cosquilleo en la piel, mis colmillos se asomaron por mis encías. Podía sentirla emanando de él. Su ira, aunque no estaba dirigida a nosotros. Y el azul. Era tan condenadamente azul que podía saborearlo.

—Esto no nos llevará a ningún lado –dijo Ox–. Y que me parta un rayo si permito que volvamos a desmoronarnos. Tenemos que estar unidos. Todos nosotros. Gavin no irá a ninguna parte.

—Ya lo creo...

—Por *ahora* –replicó Ox y extendió una mano cuando comencé a quejarme–. Carter, lo protegiste por un largo tiempo, incluso cuando no sabías qué era para ti. Pero debes tener fe. En nosotros. En *él.* No es un niño. Puede hablar por sí mismo.

Odié la manera en que mis ojos ardieron, odié cuán débil me hizo lucir delante de todos ellos. Mi pecho se tensó cuando intenté recuperar el aliento.

—Lo sé. Pero no puedes esperar que me quede sentado y deje que me lo arrebaten.

Ox se suavizó, el rojo y el violeta se desvanecieron de sus ojos.

—No espero eso en absoluto. —Esbozó una sonrisa—. Creo que me esperaría una pelea.

—Maldita sea, por supuesto que sí.

—Entonces encontraremos otra manera. ¿Gordo? ¿Algo?

Hizo una mueca antes de sacudir la cabeza.

—No encontré nada en los libros de Thomas o Abel. Puede que haya pasado algo por alto en Caswell, pero lo dudo. No pude encontrar ni una sola mención de un brujo que sobreviviera a la mordida de un Alfa, incluso si involucrara magia.

Frotó la cicatriz en donde el cuervo solía estar.

—Nos excede, Ox. Nunca hubo alguien como él.

—Sangra —dijo Ox sin rodeos—. Lo hemos visto, Robbie le arrancó un ojo. Y si sangra, puede morir.

—Volveré a buscar —afirmó Robbie—. Conozco esos libros mejor que nadie. Cuando regresemos a Caswell, puedo asegurarme de que no pasamos nada por alto.

Una extraña expresión tiñó su rostro, pero desapareció antes de que pudiera estar seguro de qué había visto.

—Podría haber…

—¿Qué? —preguntó Gordo.

Robbie sacudió la cabeza.

—Todavía no lo sé. Se los diré cuando lo descubra.

—Bien —dijo Ox y vaciló antes de girar hacia mí—. Carter, no estoy intentando presionarte, ¿sí? Recuerda eso cuando pregunte lo que voy a preguntar.

Dejé caer la cabeza.

—Sé lo que dirás. Estoy… trabajando en eso, ¿sí? Los dos, pero no puedes forzar algo tan importante. No así. —Limpié mis ojos—. Ni siquiera sé si él quiere… esto. —A mí—. ¿Tú lo querrías? Quiero decir, por Dios, Ox. ¿Por qué rayos querrías amarrarte a un barco que se hunde?

—Suelo decir que mis hijos no son idiotas, así que ahora no te atrevas a demostrar que estoy equivocada, a pesar de que haya suficiente evidencia al respecto.

Alcé la cabeza de golpe.

Mi madre me fulminaba con ojos naranjas.

—Mamá, yo…

—Detente —estalló—. Es mi turno de hablar, ¿lo comprendes? No quiero escuchar otra palabra de tu boca hasta que haya terminado.

—Oh, oh —susurró Kelly—. Está hostil.

—*Cállate* —siseó Joe—. ¡Te oirá!

—Todos podemos oírlos —dijo Mark.

Mamá los ignoró. Solo tenía ojos para mí. Intenté desviar la mirada, pero no pude.

—Ese hombre allí afuera —dijo—. Ese maravilloso hombre te siguió por *años*, se puso en peligro una y otra vez para protegerte. Y cuando creyó que su padre te alejaría de él, cuando *gritabas* mientras la magia de Livingstone se derramaba sobre ti, tomó su decisión. Encontró la manera de arrastrarse desde las profundidades del salvaje infierno en el que estaba. Por *ti*, Carter. ¿Cómo puedes ser tan ciego? Sé que no es lo que esperabas. Sé que nunca pensaste en alguien como él…

—No me importa eso.

Sus ojos ardieron.

—Entonces es hora de que saques tu cabeza de tu trasero y tomes el control de tu vida.

—Guau —susurró Kelly.

—Eso fue duro —respondió Joe con otro susurro.

El naranja en los ojos de mi madre se transformó en azul mientras sujetaba mi rostro con sus manos.

—Desearía que las cosas fueran diferentes. Desearía que tuvieras todo el tiempo del mundo. Y si yo… —sacudió la cabeza—. Si hubiera hecho mi trabajo como tu madre, quizás hubieras comprendido lo que significaba antes. Y lo lamento, lamento que te encuentres en esta posición ahora. Pero *nunca* dudes lo que Gavin Walsh siente por ti. Todo lo que hizo ha sido por *ti*, Carter, ¿no lo ves? Te ama. Tanto que estaba dispuesto a sacrificarse en Caswell solo para mantenerte a salvo. Te eligió por encima de su padre. Por eso se fue con él, no porque quisiera hacerlo, sino porque creyó que significaría que Livingstone no podría volver a tocarte.

—Mamá —grazné.

—Mereces esto —dijo en voz baja—. A él. Y no podría haber pedido a alguien mejor para ti. Lidiaremos con Livingstone de alguna manera u otra. Gavin no irá a ninguna parte. —Levantó su voz—. ¿Me oyen? No irá a *ninguna parte*. Y si escucho a alguien sugerir lo contrario, responderán ante mí. Ox tiene razón. Livingstone sangra, lo que significa que puede morir. Y nosotros lo mataremos.

Salí al porche. Bambi y Jessie dejaron de hablar y me miraron.

–Oh, oh –dijo Jessie–. ¿Así de mal?

Sacudí la cabeza. No sabía qué decir así que no dije nada. Bajé los escalones. Chris y Tanner estaban inclinados sobre la camioneta con el capó abierto. Gavin estaba entre ellos mientras le explicaban sobre bujías, alternadores, pistones y otras partes del motor. Él asentía mientras Rico los observaba, lucía extrañamente orgulloso.

Gavin se tensó y giró mientras Chris y Tanner seguían hablando. Me miró y entrecerró los ojos.

–¿Qué?

–Ven aquí.

Lo hizo. Tenía aceite debajo de las uñas. Era como si perteneciera con ello.

–¿Qué sucedió? –preguntó–. ¿Cosas malas?

–No, no te preocupes por eso. Lo resolveremos.

–No me mientas.

Puse los ojos en blanco.

–No lo hago. Lo prometo, solo…

Hice lo único que podía.

Lo abracé.

Gruñó como si estuviera sorprendido, sus brazos caían a sus lados.

Y luego devolvió el abrazo.

–¿Carter? –susurró su mejilla contra la mía.

–Está bien –dije mientras los muchachos nos miraban–. Estará bien.

–Estará bien –repitió él, y cerré los ojos.

Preguntó un viernes.

Nochebuena.

La luna se desvanecía, aunque todavía podía sentir su llamado.

Estábamos sentados en la sala de estar. Kelly y Joe habían cortado un árbol del bosque detrás de casa, un abeto de Douglas que habíamos decorado con luces y adornos. Le mostraba a Gavin los pequeños adornos que mis hermanos y yo habíamos hecho cuando éramos niños; impresiones de mano sobre arcilla y copos de nieve de papel desprolijos y cubiertos de purpurina vieja. Kelly y Joe estaban en el ático, intentaban bajar las últimas decoraciones. Gordo estaba en el sofá con una cerveza observándonos.

—Ustedes hicieron esto —dijo.

—Sí, hombre. Lo hicimos. No son muy buenos, lo sé, pero no soy precisamente un tipo creativo. Joe y Kelly eran mejores en cosas como esas, incluso si Joe solía comerse el pegamento.

—¡Tenía *tres* años! —gritó Joe en algún lugar encima nuestro.

—Y ahora es el Alfa de todos —murmuró Gordo—. Estamos perdidos.

Gavin miraba la caja en su regazo. Estaba sentado en el suelo a mi lado, su rodilla tocaba la mía. Tenía su suéter rosa otra vez, era su preferido. Parecía más joven que antes. Me dijo que tenía 32 años, es decir, menos de un año mayor que yo, pero ahora que estaba más prolijo, aparentaba varios años menos.

—¿Aquí? —dijo—. ¿Hicieron esto aquí?

Asentí.

—Y en Caswell.

—Cuando tuvieron que regresar.

—Sí —le eché un vistazo a Gordo—. Aunque *tuvieron* probablemente sea un poco fuerte.

—¿Por qué?

—Preguntas —murmuré mientras Gordo resoplaba—. Siempre preguntas contigo.

—Ja ja —replicó Gavin—. Responde.

—Papá era… —suspiré— joven cuando se convirtió en Alfa. Su padre fue asesinado junto con la mayor parte de su manada. Cazadores.

—Uróboros —dijo Gordo con voz tensa.

—¿Qué es eso? —preguntó Gavin.

—Una serpiente que come su propia cola. Un símbolo antiguo. Se supone que representa el infinito.

—Le dijeron a papá que tenía que regresar a Caswell. Que era el Alfa de todos y que la gente dependía de él.

—Se marchó —dijo Gavin—. Se llevó a todos ustedes.

—No a todos —expliqué—. Y eso no estuvo bien.

Gordo se aferró a la botella con fuerza.

—No era lo suficientemente mayor para comprender. Para hacer algo al respecto. Pero ahora sé algo que mi padre no sabía, aunque creía que estaba haciendo lo correcto. Nunca dejamos la manada atrás. Nunca.

—Nunca —repitió Gavin—. Porque manada manada manada.

—Sí. Manada manada manada.

—¿Por qué no se quedan aquí? —preguntó—. ¿O traen a Caswell? ¿Por qué en dos lugares distintos?

Parpadeé.

—¿A qué te refieres?

—Más sencillo, ¿no? Todos los lobos y brujos en un lugar. Ahora todos dispersos. Por todos lados. Lejos.

No sabía cómo responder. Afortunadamente, Gordo sí sabía.

—Conoces Caswell. Conoces Green Creek. ¿Sabes la diferencia?

Gavin frunció el ceño antes de asentir lentamente.

—Caswell es… fuerte. Lobos. Brujos. Territorio es viejo. Muchos lobos han estado allí. Podía sentirlos. En la tierra. Muchos linajes distintos.

Gordo se sentó erguido y balanceó la botella entre sus piernas. Mark apareció en la puerta, pero no habló, su mirada se detuvo en Gordo.

—¿Y aquí?

Gavin pensó con intensidad.

—Grande —dijo al fin—. *Más grande*. Salvaje. Más. Territorio más fuerte. Antiguo. Poderoso. Pero todos iguales. Todos Bennett.

—Sí —dijo Gordo—. Todos Bennett. En Caswell han tenido al Alfa de todos durante cientos de años. Durante mucho tiempo, no tuvo nada que ver con los Bennett. No fue hasta que el abuelo de Abel consiguió las tierras Bennett que dividieron su tiempo entre este lugar y Caswell, aunque en ese entonces, se tardaba mucho más en cruzar el país. Yo… lo leí en uno de esos libros viejos. La historia está allí para cualquiera que quiera leerla. Lobos, brujos y cazadores siempre luchando. Los Bennett. Los Livingstone. Los King. Tres familias entrelazadas.

Gruñó.

—Bastante *queer* por lo que sé. No tengo idea cómo no se cortaron los linajes hasta ahora.

Gavin asintió.

—Secreto. Este lugar era secreto.

Gordo vaciló.

—No precisamente. Era más como… bueno. No me gusta decirlo de esta manera considerando mi historia con las personas que usan la religión como arma, pero Green Creek era considerado casi sagrado. Y los Bennett lo protegen con ferocidad.

Gavin lo observó por un largo rato.

—También es tu padre.

—Lo es. Pero no fue mi papá. Mi abuelo hizo eso. Y luego Marty, el sujeto que era dueño del taller antes que yo.

—Ambos se fueron —dijo Gavin.

—Sí. Se fueron.

—¿Tu mamá?

—Una víctima —explicó—. Livingstone arruinó su cabeza. Uso su magia para controlarla. No sé durante cuánto tiempo, quizás desde que la conoció, pero al final, la arruinó. —Hizo una mueca—. Creo que por eso hizo lo que hizo.

—A mí mamá.

—Sí.

Gavin mordisqueó su labio inferior.

—Un árbol.

Gordo arqueó una ceja.

—¿Qué? ¿Qué árbol?

—Árbol genealógico —dijo Gavin—. Crecen juntos. Bennett. Livingstone. King. Retorcido. Atascado. También estamos en el árbol de los Bennett, aunque eres Livingstone. Soy Walsh.

Mark estaba sonriendo como si comprendiera a dónde quería llegar Gavin. No lo pasaría por alto. Él comprendía a la gente de manera que yo nunca podría hacerlo. El cuervo en su garganta subió y bajó, casi como si estuviera vivo.

—Supongo que sí —dijo Gordo y resopló—. Aunque si me hubieras dicho eso años atrás, probablemente te hubiera prendido fuego.

—Extremidades —dijo Gavin sin inmutarse por la amenaza de Gordo—. Los árboles tienen extremidades. A veces enferman. Mueren. Para salvar el árbol, cortas la extremidad. Se recupera. Crece sano. Nueva vida.

Gordo tenía una expresión de sorpresa.

—Rayos. Yo... sí, supongo que es verdad.

Gavin asintió.

—Eres Livingstone, pero también Bennett. Te quedas en el árbol, no estás enfermo.

—Cielos, gracias, creo. Pero sabes que eso significa que tú también lo estás, ¿no?

—Enfermo —murmuró Gavin—. Omega. No Bennett. No Livingstone. Walsh.

—No estás...

—¿Me mostrarías?

Gordo lo miró fijo.

—¿Mostrarte qué?

Gavin me miró antes de voltearse hacia su hermano.

—En dónde murieron.

Vivía cerca de un parque en el pueblo vecino.

Había sido bibliotecaria. Tenía un perro llamado Milo; sonreía mucho, dijo Gordo. Y se reía con fuerza.

No sabía sobre brujos o lobos. Y un día desapareció por mucho tiempo. Cuando regresó, no era la misma. Nada era igual.

—Está bien —dijo Mark.

Estábamos sentados en la camioneta y observábamos a Gavin y a Gordo caminar hacia un pequeño parque con bancas y un sector de juegos. Estaba casi vacío. Algunos niños jugaban en los columpios y en los pasamanos, sus padres bebían de tazas térmicas mientras observaban.

—Gordo lo tiene bajo control.

—Lo sé —murmuré e intenté resistir el impulso de salir de la camioneta y correr detrás de ellos. Mark tomó mi mano y me mantuvo en mi lugar. No sabía si estaba agradecido o molesto. Probablemente ambas—. Solo me preocupo.

—Por supuesto que te preocupas —replicó Mark—. Eras demasiado joven para recordar qué sucedió aquí. —Señaló al parque a través del parabrisas. Hacia las casas que lo rodeaban—. Vine aquí después de todo, necesitaba verlo con mis propios ojos. Dijeron que fue una explosión de gas. Toda esa manzana desapareció por completo. Seguía ardiendo. La gente excavaba entre los escombros.

—Wendy ya estaba muerta.

Mark asintió solemnemente.

—Livingstone llegó demasiado tarde para salvarla. La madre de Gordo solo… se quebró.

—¿Cómo no lo vieron? ¿Cómo pudieron dejar que pasara? Probablemente eras demasiado joven, pero ¿papá? ¿El abuelo? Tenían que saber que algo no andaba bien.

—Quizás —dijo Mark—. Sé que hubo veces en las que se encerraban en la oficina y, aunque entonces ya era insonorizada, juraba que podía sentir las vibraciones a través de las paredes y los suelos cuando estallaban de ira. Pero Gordo tenía razón. Su madre fue una víctima en todo esto. Al igual que Gavin y todas las personas que murieron aquí cuando vino Livingstone.

Los hombros de Gavin estaban encorvados, tenía la cabeza baja mientras Gordo lo guiaba con el codo y lo llevaba hasta la parte más lejana del parque.

—¿Por qué no odia a Gavin? —pregunté.

Mark encogió los hombros.

—Creo que lo hizo. Por lo menos al principio, aunque tal vez odiar sea una palabra demasiado fuerte. ¿Resentido? Estaba sorprendido. No puedo imaginar lo que debe ser pensar que estás solo y luego descubrir que existe alguien que podría comprenderte.

—¿Hablaste con él? Seré honesto. Esperaba que Gordo se comportara como un cretino si encontraba a Gavin y lo traía de vuelta.

Mi tío se rio.

—No te culpo por eso. Es un cretino. Es como una armadura para él, con el tiempo puedes ver a través de ella. Pero fue uno de los primeros en organizar un plan para ir a buscarlos. Él, Kelly y Joe.

—Por Gavin.

Sacudió la cabeza.

—Por ustedes dos. Tienes que saberlo, por supuesto que iría a buscarte. No tuvo nada por tanto tiempo. Y cuando regresamos a Green Creek, se convenció de que no quería saber nada de nosotros. No lo culpo por eso.

—Culpaste a mi papá.

Frotó una mano sobre su rostro.

—Sí. Supongo que sí. Quería a tu padre, pero nuestra relación era… complicada.

—Parece que te quedaste corto.

—Supongo que sí —dijo—. Pero puedes querer y odiar a alguien al mismo tiempo siempre que no permitas que el odio crezca y aplaste todo lo demás. Esa es la diferencia entre nosotros y alguien como Livingstone. Creo que realmente quiere a Gavin, a Gordo. A Robbie también, a su manera. Pero permitió que su odio lo abrumara. Lo enceguecio. La ira suele tener ese efecto cuando es lo único que conoces. —Entonces—: Fue Robbie quien ayudó a Gordo con lo de su hermano.

Mis ojos se ensancharon.

—¿En serio?

Mark asintió.

—Después de descubrir lo de Gavin, Robbie se llevó a Gordo por unas horas. Gordo estaba furioso. Cuando regresó, estaba… resignado. Supongo que eso es mejor que estar enfadado con un lobo salvaje. No sé de qué hablaron, pero lo que sea que Robbie le haya dicho, Gordo lo escuchó.

—Guau.

—Guau —concordó Mark—. Gordo uso esa armadura por tanto tiempo que olvidó cómo quitársela. Tuvimos que romperla, poco a poco. Y no fui solo yo, fuimos todos nosotros, estábamos allí para recordarle que no tenía que estar solo. Quería a tu padre, Carter. Lo quería más que a nada en este mundo y por eso también lo odiaba. Porque me hirió. *Él* me lastimó. Nunca podría ser un Alfa. ¿Puedes imaginarte cómo debe ser eso? Tener que tomar decisiones como esa. Ox y Joe son más fuertes de lo que yo podría ser. Parece tan ingrato.

Gavin y Gordo estaban en el otro extremo del parque. Sus cabezas estaban inclinadas hacia adelante, casi se tocaban. Los labios de Gordo se movían y si hacía un esfuerzo, probablemente podría oír lo que estaba diciendo. Pero no era para mí. Le eché un vistazo a Mark.

—Él también te quería.

Mark tarareó por lo bajo.

—Lo sé. Encontramos nuestro camino de regreso al final. Los hermanos suelen hacerlo. —Parpadeó rápidamente—. Solo desearía… no sé. Haber tenido un momento más con él, decirle que lo quería. Él lo sabía. No lo decíamos mucho, pero me digo que él lo sabía.

—Sigue estando aquí —susurré.

Mark soltó mi mano y la posó en mi nuca. Presionó su frente contra mi oreja, la atadura de la manada entre nosotros vibró. Ahora era más fuerte.

—Yo también lo creo —dijo.

—¿Por qué?

—No lo sé —dijo Mark—. Tal vez su trabajo no ha terminado aún. —Soltó una risita—. O quizás solo es un maldito Alfa testarudo que no sabe cómo soltar las cosas.

No era solo él. Recordé a la mujer, Madam Penélope. Y a Robbie hablándonos sobre sus visiones en Caswell, cómo había visto a otros lobos además de Joe y Ox. El sueño de mamá con papá y cómo se había despertado con su lobo de piedra en la mano, aunque lo había enterrado hacía mucho tiempo.

La nieve comenzó a caer del cielo. No eran nada más que una nevisca, pequeños copos giraban en el aire.

—Gavin le hubiera agradado.

—Sí —dijo Mark mientras apoyaba la espalda en el respaldo sin soltar mi nuca—, es verdad. Creo que le hubiera caído muy bien. Hubiera sentido curiosidad. Estaría maravillado. Le diría cuán orgulloso estaría de que hubiera sobrevivido todo lo que ha vivido. Y le hubiera dado la bienvenida con los brazos abiertos. Creo que jalaba de él, y por eso fue a ver a Gavin cuando lo hizo para decirle la verdad.

—Debería haberle dicho a Gordo.

—Es cierto —afirmó Mark—. Pero debería haber hecho muchas cosas que no hizo. Tal vez por eso todavía sentimos su presencia, tal vez por eso todavía sigue aquí. O quizás nosotros dos seguimos locos y una parte residual de Omega quedó atascada en nuestros cerebros.

—Esa fue una época extraña.

—No me digas. Mira, ahí vienen.

Gavin y Gordo estaban caminando hacia nosotros. Los dos tenían las manos en los bolsillos, sus alientos dejaban un rastro detrás de ellos. Sus codos se rozaban entre sí. Me sorprendió cuán parecidos eran. Hasta caminaban de la misma manera, aunque podía haber sido que Gavin intentara ser como su hermano más que otra cosa. Los dos tenían el ceño fruncido.

—Por Dios —murmuré—. Ahora son dos.

Mark sonó como si estuviera ahogándose.

—Ni siquiera pensé en eso. Mierda. Ahora tengo a alguien con quién hablar de ese hijo de puta.

Estaba horrorizado.

—No. No. No puedes hablar conmigo de tu vida sexual. Ya estoy suficientemente traumado. ¿Qué demonios?

Mark me miró fijo.

—¿Por qué rayos piensas que hablaba de sexo? —Luego esbozó una sonrisa maliciosa—. ¿Tienes algo en mente, Carter?

—¡Límites! —grité y las cabezas de Gavin y Gordo se alzaron al mismo tiempo—. ¡Necesitamos límites!

—Soy tu tío, Carter, y tu mejor opción. Si necesitas consejos, estoy seguro de que puedo…

Abrí la puerta de golpe y bajé de la camioneta. Fulminé con la mirada a Gordo.

—Tu compañero es terrible y deberías sentirte mal.

Gordo encogió los hombros.

—No. Es un chico grande, puede ocuparse de sí mismo.

Tuve una arcada.

—¡Deja de hablar de cuán grande es! ¡No necesito saber eso!

Gordo puso los ojos en blanco.

—Vamos, Gavin. Aparentemente fue una mala idea dejar a estos dos idiotas solos.

—Sí —asintió Gavin—. Estos idiotas. ¿Sabías que Carter es estúpido? Casi muere muchas veces.

—Lo sé, es algo de los Bennett. Confía en mí, crees que puedes detenerlos o acostumbrarte, pero luego hacen algo ridículo y tienes que salvarlos. Otra vez.

—Y otra vez —dijo Gavin mirándome con el ceño fruncido—. No sé por qué no pueden verlo.

—¿Verdad? —sumó Gordo—. Uno creería que aprenderían la lección después de la octava o novena vez.

Los miré boquiabierto.

—¿Qué? —estalló Gordo.

—Sí —dijo Gavin con esa expresión familiar en su rostro—. ¿Qué?

Alcé la cabeza hacia el cielo.

—Todo esto es mi culpa. Me lo merezco. Debería haberlo sabido.

—¿De qué está hablando? —Gavin le preguntó a su hermano.

—Dejé de escuchar hace tiempo —replicó Gordo y lo empujó hacia la camioneta—. Si te quedas, probablemente sea mejor que empieces a hacerlo.

—¿Más sencillo?

—Completamente.

—Okey —dijo Gavin y caminó junto a mí sin siquiera mirarme.

Gordo sonrió.

—Me agrada.

—Odio todo —murmuré mientras seguía a Gavin hasta la camioneta.

Más tarde esa noche, Gavin se sentó en el borde de mi cama. Había estado callado desde que habíamos regresado de nuestra pequeña excursión. Quería insistir, descubrir qué estaba sucediendo en su cabeza, pero supuse que sería mejor esperar.

Los sonidos de la casa nos rodeaban mientras la manada se acomodaba. Bambi, Joshua y Rico estaban quedándose en la casa azul con Robbie y Kelly. Ox y Joe habían convertido la vieja habitación de Ox en el cuarto del bebé como regalo. Tenían su propio espacio, Rico se había mudado con Bambi el año pasado, pero los Alfas querían que tuvieran espacio aquí también, en caso de que lo necesitaran.

Chris y Tanner compartían una de las habitaciones al final del pasillo. Los escuché reírse a través de la puerta cerrada cuando regresaba del baño. Sacudí la cabeza y me pregunté si sus decisiones eran correctas. Parecían felices, eso era lo más importante.

Gavin me miró desde la cama. Por lo general a esta hora ya está transformado en lobo. La mayoría de las noches dormía en la cama, se estiraba hasta que yo terminaba colgado de un costado, intentando proteger la pequeña esquina que lograba retener. Intenté sugerir que el suelo estaba disponible, pero solo bostezaba y me ignoraba.

Pero allí estaba, seguía siendo humano.

Estaba nervioso por motivos en los que no quería pensar.

Lancé mis prendas en el cesto de ropa sucia, bajé la mirada y vi un suéter rosa. El aroma a bosque antiguo era intenso. Intenté inhalar sin que él lo notara.

Aparentemente no fue la mejor idea que podía tener.

—Me hueles —dijo.

Me quedé quieto.

—¿Qué?

—Me hueles —repitió como si eso explicara todo.

—No sé de qué estás hablando.

—Sí —resopló—, está bien.

Sacudí la cabeza.

—Necesitas dejar de pasar tanto tiempo con Gordo. Empiezas a hablar como él.

—Es mi hermano.

—Sí. —Suspiré—. Supongo que lo es.

—¿A qué huelo? Yo. Para ti.

Mierda.

—En realidad, no es necesario que hablemos de esto.

—¿Por qué no?

—Es tarde.

—Mañana es Navidad.

—Sí.

—No he tenido una Navidad por mucho tiempo.

Volteé, Gavin estaba mirando sus manos. Tenía un par de pantalones cortos, eran de Joe. Rico le había comprado ropa para dormir, pero Gavin todavía no la había estrenado. No pregunté porque lo comprendía. Olían como un Alfa, como manada. Era reconfortante.

—Bueno, puedes tener una aquí. Mañana. No sé cuán grande será. Ox y Gordo se marcharán en unos días, Joe y Robbie también.

—Kelly se irá.

—¿Qué? —pregunté sorprendido.

—Kelly —dijo—. Irá a Caswell con Joe y Robbie.

No lo sabía. Rasqué mi nuca.

—Tiene sentido. Robbie no tiene el mejor historial en Caswell. Kelly no debe querer perderlo de vista. Somos… extraños en ese sentido.

Gavin me observó con una expresión curiosa en el rostro.

—Porque son compañeros.

Encogí los hombros, incómodo.

—Sí, en parte es por eso. Una gran parte. Pero también probablemente sea por Joe, quiere asegurarse de que alguien cuide su espalda.

—Joe es Alfa.

—Tus habilidades de observación son excepcionales.

Me fulminó con la mirada.

—Alfa de todos.

—Lo es —asentí y me pregunté a dónde iba con esto al mismo tiempo que intentaba descifrar por qué la cama parecía mucho más pequeña que esta mañana.

—Poderoso —dijo—. Pero no sé si le gusta.

Eso me sorprendió.

—¿Por qué piensas eso?

—Mis habilidades de observación son excepcionales.

—Eres un idiota —gruñí.

Me sonrió.

—Tus palabras. —Su sonrisa se desvaneció levemente—. ¿Por qué hace algo que no le gusta?

Era demasiado tarde para esto. Estaba exhausto, pero él no se movía. Me apoyé contra mi escritorio.

—Porque tiene que hacerlo.

—¿Por qué?

—Por quien se supone que es.

Asintió lentamente.

—Pero tú dijiste que yo podía ser lo que quisiera ser.

—Tú puedes.

—Entonces, ¿por qué él no puede?

—Es… es sangre, Gavin. Está en nuestra sangre. Somos Bennett.

—¿Qué serías?

—¿A qué te refieres?

Frunció el ceño concentrado.

—Si tú… intento buscar palabras. —Golpeó el costado de su cabeza.

—Ey, no hagas eso. Solo tómate tu tiempo, hombre. Puedes hacerlo.

—Si pudieras ser. Otra persona. ¿Lo harías? —preguntó.

—No —respondí y me sorprendí a mí mismo—. No creo que lo haría.

—¿Por qué?

Mastiqué el interior de mi mejilla antes de responder.

—Hay… historia. Aquí en Green Creek, y no siempre ha sido buena. Mucha mierda sucedió aquí.

—¿Pero?

La casa crujió a nuestro alrededor. Podía oír a mi mamá cantar mientras se preparaba para acostarse. Ox se reía de algo que Joe había dicho; Jessie y Dominique estaban en la cocina, bebían té y conversaban en voz baja. Gordo y Mark estaban en el porche, acurrucados debajo de mantas bebiendo unas latas de cerveza.

—Pero este es nuestro hogar —dije en voz baja—. No es perfecto. No creo que lo sea algún día, siempre sucederá algo. Y, sin embargo, incluso cuando me marché, incluso cuando perdía el control, pensé en este lugar. Kelly y Joe. Mamá. Los demás. Están aquí. Están en casa.

—Viniste por mí —susurró.

—Lo hice.

—Como Kelly buscó a Robbie.

Tragué saliva e hice un ruidito.

—Supongo que algo así.

E insitió:

—¿Cómo huelo para ti?

—¿Realmente tenemos que...?

—Hierba. Agua de lago. Luz del sol. Así dice Robbie que Kelly huele para él.

—¿Cuándo...?

—Kelly dice que Robbie huele a hogar.

—Yo no...

—Y Mark dice que Gordo huele a tierra, hojas y lluvia —insistió—. Joe dice que es bastones de caramelo y piñas. Épico y asombroso. No sé qué significa eso.

—Nadie sabe. Solo...

—Y Ox me dijo que Joe huele a relámpagos.

—¿Le *preguntaste*?

Me miró entrecerrando los ojos.

—No lo sabía. Así que pregunté. Así es cómo descubres las cosas que no sabes.

—No puedes ir por allí preguntándole a las personas cómo *huelen* los demás.

—Puedes —replicó—. Lo hice. No es difícil. Ellos tienen eso. Tú crees que nosotros tenemos eso. ¿Cómo huelo para ti?

Estaba acorralado. Pensé en marcharme, bajar las escaleras, alejarme de él. De esto.

No lo hice.

—Uno de mis primeros recuerdos es estar en el bosque con mi padre. En la profundidad del bosque. Estaba sobre sus hombros, sus manos envolvían mis pantorrillas. Tenía… ¿dos años? Eso creo. No recuerdo de qué estaba hablando. Solo recuerdo el aroma de los árboles. Cuan antiguo era. La magnitud del bosque. Me sentí… pequeño, pero a salvo. Estaba con mi papá y sabía que nada podría herirme.

Arqueó una ceja.

—¿Huelo como estar sentado sobre tu padre?

—No, Dios —gruñí—. Eso no es lo que estoy… fue el bosque, ¿sí? Estaba feliz. Sobre todas las cosas recuerdo estar feliz. Mi padre reía y sonreía y el bosque se sintió tan… vivo. Tan verde.

—Verde es alivio.

—Sí, pero no es lo único. Es más que eso. Más imponente. Fuerte. Y abrumador. No hay nada como eso en todo el mundo.

No podía mirarlo. Era demasiado.

—¿Huelo de esa forma?

Asentí.

—Ah —dijo—. Está bien.

Luego se metió en la cama y se deslizó hacia la pared, tironeó de las mantas para cubrirse y apoyó la cabeza en la almohada. Descansó sus manos sobre su pecho y miró fijo al techo.

—¿Qué estás haciendo?

—Durmiendo —replicó—. Para eso son las camas.

Casi digo que *no siempre*, pero logré contener mis palabras con todas mis fuerzas.

—¿No te transformarás?

—Nop.

—B… Bueno.

—¿Problema?

—No —dije apresuradamente—. No hay problema.

—Suenas como un problema. Pum, pum, pum. Rápido.

Presioné mis manos sobre mi pecho como si eso pudiera bloquear el sonido.

—No tienes que escuchar siempre mi corazón.

—Fuerte —se quejó—. Nunca se calla.

Era un Bennett. El segundo de un Alfa poderoso. No era tan grande como solía ser, pero seguía siendo fuerte. Podía hacer esto. Me alejé del escritorio, caminé hacia el interruptor y lo bajé. La única luz provenía de mi teléfono que se cargaba en el escritorio y de los vestigios de la luna que entraban por la ventana.

Y los ojos de Gavin resplandecían en la oscuridad, observaban cada paso que daba hacia la cama.

No me permití pensar mientras me acostaba a su lado. Aulló cuando mis pies rozaron sus piernas.

—Frío —dijo—. Estúpido Carter.

—Sí, sí. Aléjate.

—Necesito una habitación.

—No *tanto*... ¿estás *riéndote* de mí?

—Sí. Eres tan raro.

—Que te den.

Bostezó.

—Tal vez luego.

—¿*Qué?*

—Shh. Durmiendo.

Se colocó de lado, enfrentándome. Intenté no mirarlo, pero era imposible. Su rostro estaba a centímetros del mío. Su aliento olía a mi pasta dental. Lo que significaba que había usado mi cepillo de dientes. Maldito monstruo.

—Ey.

Puse los ojos en blanco.

—Ey.

—Gordo me dijo cosas.

—¿En el parque?

Asintió.

—Dijo que estaba bien si lo odiaba. Por lo que su mamá le hizo a mi mamá.

—¿Lo odias?

Hizo una pausa mientras pensaba.

—No. Livingstone lastimó a su mamá. En su cabeza. Sé cómo se siente eso. En mi cabeza también.

Esquirlas de hielo se incrustaron en mi piel.

—¿Sigue siendo fuerte?

—A veces.

—No puedes oírlo.

—Lo sé.

—Quédate aquí. Quédate aquí conmigo.

—Contigo —susurró.

Se estiró y hundió un dedo en mi mejilla, mi frente, en la punta de mi nariz. Y me dijo:

—Te encontré. Me encontraste. Nos encontramos el uno al otro. Era pequeño. Humano. Thomas vino. Hombre grande. El más grande. Dijo hola, Gavin, mi nombre es Thomas y tengo que decirte algo. Escuché. Le creí. Dijo encuéntrame, Gavin. Si alguna vez me necesitas, encuéntrame. Pregunté por qué. Por qué estaba aquí. Por qué no podía ir con él. Dijo que tenía que estar a salvo. Que sería mejor para mí estar a salvo. Le grité. Dijo shh, Gavin, está bien, estás bien, lo prometo. No le creí. Dijo que tenía hijos. Tres. Buenos muchachos. Buenos, buenos muchachos. Le pedí que me mostrara. Me mostrara lobos. Lo hizo. Se transformó. Lobo blanco. Gran lobo blanco. Presionó su nariz contra mí. Dije *oh*. Fue… una sensación. No sé. Brillante. Como el sol. Cálida. Recuerdo eso. Después de que se marchó. Después de que me mordieron. Después de transformarme. Intenté aferrarme a eso. Como ancla. Como lazo. Demasiado difícil. Perdido. Pero luego vine aquí y pum, pum, pum.

Presionó su mano contra mi pecho justo arriba de mi corazón.

—Real. Era real. No sabía qué hacer. Intenté arrastrarte lejos. Casi muerdo a Kelly porque intentó detenerme. No lo hice. Pero tú. Eras como Thomas. Hombre grande. El más grande. Pero no olías como él.

Sentía que estaba soñando.

—¿A…? ¿A qué huelo?

Sus ojos brillaron de violeta en la oscuridad.

—Es… difícil. Decirlo con palabras. Cuando sales al exterior y hace frío. Respiras profundo. Arde. Duele, pero no es malo. Los pulmones se llenan. Se siente un ardor. Un buen ardor. Es puro. Salvaje. Eso eres tú. Llenas mis pulmones y me quemas por dentro.

Cerró los ojos.

—No odio a Gordo. No odio a Thomas. No odio a nadie. Lo hice por mucho tiempo. Pero es difícil aferrarse al odio. Tienes que querer hacerlo y no quiero.

—Gavin.

—Shh —dijo—. Durmiendo.

Y se durmió.

Así nada más.

Me quedé despierto un largo rato después de eso, observando la luz de la luna moverse sobre la pared.

NIEVE

Navidad fue un día tranquilo. No desanimado, pero cerca. Sabíamos lo que nos esperaba, sabíamos que había otros luchando en nuestro nombre en una fría Minnesota. Gavin ya estaba abajo para cuando me desperté. La puerta de mi habitación estaba abierta y podía oírlo hablar con Jessie y mamá en la cocina.

Intenté no pensar en dónde había estado el año anterior, pero no pude evitarlo: había dormido en mi camioneta en un campo en medio de la nada. Solo unas semanas en la carretera y todo mi ser gritaba que había cometido un error, que tenía que dar la vuelta y regresar a casa.

No lo toques.

Seguí avanzando en las carreteras secretas.

Eché un vistazo al lugar en el que había dormido Gavin. Había un cabello corto y negro sobre la almohada.

Salí de la cama y bajé las escaleras, seguí la música navideña que sonaba en la radio. Judy Garland estaba cantando una versión de *Have Yourself A Merry Little Christmas*. Siempre creí que era una canción muy triste.

Me detuve en la entrada de la cocina.

Bambi estaba sentada en la mesa, sus manos envolvían una taza de café. Jessie estaba a su lado, embobada con Joshua, que descansaba en los brazos de Dominique.

Pero todo se desvaneció cuando vi a mi mamá bailando con Gavin.

Todavía tenía los pantalones de dormir y una camiseta que era demasiado grande para él. Tenía medias rosas, una se había deslizado hasta su tobillo, la otra estaba por la mitad de su pantorrilla. Mi mamá vestía una bata con el cabello peinado hacia atrás y sin maquillaje. Tenían que saber que yo estaba allí, pero no miraron en mi dirección.

—Así —dijo mi madre—. Eso es, lado a lado. Arrastra los pies, no es necesario que los levantes. Escucha la música, siente el ritmo. Lento. Lento.

Las manos de Gavin estaban en las caderas de mi madre y las manos de ella sobre sus hombros. Mamá rio.

—Muy bien. Así es. Tienes talento innato.

Lo amas, susurró Joe en mi cabeza.

Se meció con mi madre mientras Judy cantaba que algún día todos estaríamos juntos, si el destino lo permitía.

Hasta entonces, tendríamos que sobrevivir.

De alguna manera.

La canción terminó.

Mi madre, mi ridícula y hermosa madre hizo una pequeña reverencia delante de él.

Gavin, quien no sería menos, inclinó la cabeza torpemente.

Jessie y Bambi aplaudieron, Dominique se rio, Joshua extendió su mano pequeña.

Y Gavin sonrió. Fue enceguecedor.

Estábamos felices.

No nos estábamos engañando. Sabíamos lo que nos esperaba.

Pero nos permitimos tener ese momento, ese día en el que podíamos pretender que todo estaba bien y éramos como cualquier otra familia celebrando las fiestas.

Nos quedamos en nuestros pijamas durante la mayor parte del día, comimos hasta no poder más y luego seguimos comiendo.

Contamos historias, tantas historias.

Hubo lágrimas, pero de felicidad. Nacían de un buen lugar.

Joe y Ox se mantuvieron cerca. Mark y Gordo también. Sabían que su tiempo juntos era limitado, pronto estarían separados.

Intercambiamos regalos. A nadie pareció importarle que yo no les hubiera comprado nada. No había tenido tiempo. Había estado distraído. Me dijeron que mi presencia era mejor que cualquier regalo que pudiera haberles hecho.

Eso no impidió que cubrieran a Gavin con obsequios.

Se veía sorprendido mientras recibía regalo tras regalo. Ropa de los chicos del taller, había mucho rosa. Jessie y Dominique le dieron libros.

Bambi le dio un cupón que había hecho a mano que le prometía que podía beber lo que quisiera sin cargo en El Faro. Rico, Tanner y Chris se indignaron hasta que recordaron que ninguno de ellos, Gavin incluido, podía emborracharse.

Gavin fue extrañamente tímido cuando dejó caer un paquete en mi regazo. Me fulminó con la mirada cuando le agradecí.

–Ábrelo primero –murmuró–. Estúpido Carter.

Lo hice. Todos pretendieron estar distraídos por otra cosa y nos dieron una ilusión de privacidad. Abrí la caja con cuidado, me preguntaba qué demonios había encontrado para mí. Debería haberlo sabido.

Adentro de la caja había un libro.

Leí el título *1001 Maneras de cocinar conejo: Guía doméstica completa para cocinar conejo*.

Levanté la mirada hacia él, casi me molesto por cuán conmovido estaba.

Gavin infló su pecho.

–Así puedes hacerlo mejor.

Mi voz se sintió áspera cuando hablé:

–Te lo comiste sin problemas, bastardo. Gracias.

Me sonrió.

Faltaba un regalo. Gordo le entregó a Gavin un paquete terriblemente envuelto. Tenía demasiada cinta adhesiva. El envoltorio tenía payasos. Se lo lanzó a Gavin y murmuró que no era mucho y que no tenía que aceptarlo si no quería.

Todos nos detuvimos para observar mientras lo abría. No sabía qué era.

Debería haberlo sabido.

Gavin rasgó el papel y en el momento que vio lo que había adentro, se congeló.

—Tendrás que aprender muchas cosas, pero Chris, Rico y Tanner pueden enseñarte. Y luego, debes olvidar todo lo que dijeron y escucharnos a Ox y a mí —dijo—. Sin importar lo que hagas, nunca, *jamás* le preguntes algo a Robbie sobre *nada*. La tarifa de mi seguro ya es bastante alta gracias a él.

Gavin subió y bajó la cabeza con torpeza antes de sacar el regalo del envoltorio.

Era una camisa de trabajo, como las que usaban los chicos en el taller. Salvo que era rosa, porque sí, era obvio. En la espalda decía: Lo de Gordo.

Y en el frente, había un parche en la parte superior derecha con un nombre bordado con hilo negro.

Gavin.

—Lo hablamos con los muchachos —dijo Gordo llenando el silencio—. Todos acordaron que deberíamos sumarte. Si quieres, claro. No tienes que hacerlo. Es trabajo duro, te ensuciarás, te dolerá la espalda incluso a pesar de ser un lobo. Y solo porque seas mi hermano no significa que no seré tu jefe. Dirijo las cosas en cierto orden.

—De hecho, *yo* dirijo en cierto orden —replicó Robbie—. Solo dejo que Gordo crea que lo hace él.

—Sí —suspiró Gordo—. Eso suena cierto. —Sacudió la cabeza—. Es solo una idea, pero creo que estarás bien. Te pagaré y…

—Sí —dijo Gavin, ya se estaba poniendo la camisa. Le quedaba bien.

Gordo parecía sorprendido.

—¿Sí?

—Sí. Por favor. Gracias.

Gordo lucía aliviado.

—Muy bien entonces. Eso… eso es bueno.

—Te lo dije —intervino Mark.

—Sí, sí. Cállate.

Pero estaba sonriendo.

Más tarde esa noche, mientras el cielo comenzaba a oscurecerse, mi madre dijo:

—Carter, Gavin. ¿Vendrían conmigo, por favor?

Gavin tenía su camisa de trabajo sobre sus pantalones cortos. Se negó a quitársela desde que se la puso. Se veía ridículo y feliz por ello.

Los demás apenas notaron cuando nos marchamos, seguían inmersos en sus conversaciones. Seguimos a mi mamá por el pasillo hacia la oficina. Nos hizo un gesto para que cerráramos la puerta detrás de ella. Eso hice. Mamá se sentó detrás del escritorio, señaló con la cabeza a las sillas en frente de ella. Nos sentamos. Por un momento me sentí como un niño que estaba en problemas otra vez. Había estado en esa posición una o dos veces antes. Gavin parecía sentir lo mismo, se hundía en su silla.

—Una vez cometí un error —dijo mi madre—. Oh, he cometido muchos errores en mi vida. Pero este… este error me acompaña, en especial en las noches que no puedo dormir. Entre otras cosas, por supuesto. Tengo mucho en qué pensar. Sin embargo, analizo una y otra vez este error en mi cabeza. Estaba enceguecida por la esperanza. Permití que sucediera algo que no debería haber permitido, al menos entonces. ¿Puedo decirles qué hice?

No me estaba mirando a mí.

Gavin asintió.

Entrelazó las manos sobre su escritorio.

—Una vez, Joe fue secuestrado por un monstruo. Sé que muchas personas se culpan por lo que sucedió, pero no deberían hacerlo. Estaba más allá de su control.

Me aferré al apoyabrazos, hundí mis garras en él.

—Este monstruo, este *hombre* era alguien en quien mi esposo confiaba. Thomas, a pesar de todas sus fallas, estaba desesperado por ver lo bueno en los demás. Pero no teníamos ningún motivo para no confiar en este hombre. No diré su hombre aquí. Ya ocupó suficiente espacio en mis pensamientos y no merece que se diga su nombre en voz alta. Al final, pagó por sus crímenes. —Los ojos de mi madre brillaron—. Si yo hubiera sido su verdugo, lo hubiera extendido por mucho más tiempo del que duró.

Sentí un escalofrío en la columna.

—Joe regresó a nosotros. Volvió a casa. Pero estaba… ya no estaba. La luz en sus ojos ya no estaba. Le supliqué que me mirara, lloré sobre él. Cargué su pequeño cuerpo deshecho y era como si estuviera lleno de arena.

—Mamá, no tienes que hacer esto.

Me ignoró.

—Thomas le aulló con ojos rojos y brillantes. El llamado del Alfa. Hubo un destello en Joe, un eco, pero nada más. Me dio esperanza. Tomaría tiempo, pero cuando se trata de tu hijo, tienes todo el tiempo del mundo. Tomamos la decisión de regresar a Green Creek. Dejamos a Michelle Hughes a cargo de Caswell mientras regresábamos a casa. Fue idea de Thomas y creo que estaba aliviado al fin. Que su corona hubiera pasado a otra persona para que él pudiera concentrarse en su hijo. Volvimos a casa y Joe seguía… igual. Me preocupaba qué le sucedería, cómo le explicaríamos a nuestros nuevos vecinos que nuestro hijo no hablaba. Verás, un niño y su madre vivían en la casa azul. Mark me había hablado de este niño, dijo que había conocido a alguien que no se parecía a nadie que hubiera conocido en su vida. Especial, fue lo que dijo. Callado, pero había algo en él que Mark no podía descifrar. Apenas presté atención. Tenía suficientes cosas por las que preocuparme.

—Ox —dijo Gavin.

—Sí. Ox. Cuando llegamos, estaba distraída. Ocupada, intentaba hacer que este lugar fuera nuestro hogar otra vez. Cuando volteé, Joe ya no estaba. —Dobló sus manos sobre el escritorio—. El *terror* que sentí en ese momento me consumió. Pensé que me lo habían arrebatado otra vez. Pero luego, a la distancia, oí algo que no oía hacía mucho tiempo. Estaba hablando otra vez. Creí que estaba soñando despierta. ¿Alguna vez tuviste esa sensación, Gavin?

Gavin me echó un vistazo y luego volvió a mirar a mi madre.

—Más de una vez.

—Salimos al porche y allí, como un pequeño mono, mi hijo estaba trepado a la espalda de un niño que nunca había visto antes. Hay algo de ese momento que no puedo explicar. Era como Mark había dicho. Ese chico era especial. Y no tenía nada que ver con el hecho de que mi hijo estuviera hablándole, aunque eso fue importante. Este chico, Ox, él… ¿Alguna vez conociste el océano?

Gavin sacudió la cabeza.

—Está bien. Cuando estás parado en la playa hay cierta sensación cuando tus pies tocan la arena. La marea jala de ti mientras las olas avanzan y retroceden. Estás parado en un lugar, pero se siente como si te estuvieras moviendo. Y, de cierta manera, lo estás haciendo. Estás hundiéndote, la arena cubre tus pies. Así me sentí. Estaba inmóvil y me hundía, pero se sintió tan bien.

Se aclaró la garganta mientras resoplaba.

—Ox tenía… cierta presencia, incluso entonces. Él era el océano, nosotros éramos la arena y a Joe le había parecido bien hablar de ello. Ah, él no sabía lo que significaba, no creo que supiera lo que pasaba por su cabeza cuando decidió regalarle a Ox su voz después de esconderla por tanto tiempo.

—Bastones de caramelo y piñas —dijo Gavin—. Épico y asombroso.

Mamá rio sorprendida.

—Sí. Eso dijo. ¿Te lo contó?

—Le pregunté.

—¿Lo hiciste? —Le sonrió, aunque temblaba—. Qué maravilloso.

La adoré por no preguntarle *por qué* había hablado con Joe. Tenía la sensación de que ya lo sabía.

—No quería que mi hijo dejara de hablar otra vez. Por eso cuando vino a hablar con su padre y conmigo para preguntar si podía regalarle a Ox su pequeño lobo de piedra yo… —su pecho se tensó—. No pude decirle que no. Quería hacerlo, debería haberlo hecho. Debería haberle dicho que no era el momento adecuado, que tenía que esperar, que no era justo atar a Ox de esa manera sin que él supiera lo que significaba de verdad. Joe era un niño, Ox era adolescente. Teníamos tiempo. Pero tenía tanto miedo de que, si me negaba, Joe volviera a apagarse que cometí un terrible error. Le dije que sí. Le dije que podía.

—Pero Ox sigue aquí —dijo Gavin con el ceño fruncido—. Sigue con Joe. Siempre con Joe.

Mamá limpió sus ojos.

—Sí, aquí está. Pero él debería haber tenido una elección. Primero el lobo y después el lazo. Ox solo descubrió lo que éramos cuando Joe más lo necesitó. Una luna llena, quedó atascado a media transformación. Y puse ese peso sobre Ox porque no sabía qué más hacer. ¿Crees que eso es justo?

—No lo sé.

—No lo fue —dijo con amabilidad—. Y, sin embargo, él no vaciló. No hice nada para detenerlo. Al final, se unieron. Encontraron la manera de regresar el uno al otro. Pero hubo momentos en los que no fuimos mejores que el padre de Ox. Lo utilizamos.

—Mamá, eso no es…

Alzó una mano para callarme.

—Lo amamos, pero nuestras acciones vistas desde otra perspectiva podrían sugerir otra cosa. Ese es el poder de la perspectiva. Demuestra cuán egoísta uno puede ser cuando cree que no hay otra elección. ¿Comprendes eso, Gavin? ¿Comprendes las elecciones?

—Sí. Sé que hablo raro, pero no soy estúpido.

—No creí que lo fueras. Ni una sola vez. Solo quiero asegurarme de que comprendas lo que estoy diciendo porque lo que diré ahora es importante. Lo que le hicimos a Ox estuvo mal.

—¿Le dijiste eso? —preguntó Gavin.

—Sí —respondió—. Lo hice. Y si quieres saber qué se dijo, pregúntale a él. Si cree que es algo que deba compartirse, lo hará. Gavin, quiero que me escuches, ¿sí? Que me escuches de verdad.

Gavin se inclinó hacia adelante en su silla. Nunca desvió la mirada de ella. Apenas parpadeaba.

—Estás aquí, eres manada. Siempre habrá un lugar para ti, sin importar qué suceda en el futuro. Que te quedes aquí no depende de lo que puedas significar para mi hijo o lo que él signifique para ti. ¿Lo comprendes?

Oh, por Dios. *No* quería escuchar lo que mi madre iba a decir.

—Sí —dijo Gavin.

—Carter se está tiñendo de rojo brillante —dijo mamá y sonaba divertida—. Así que llegaré a mi punto.

—Hazlo —repliqué ahogado.

—¿Sabes la importancia de los lobos de piedra?

Mátenme. Mátenme ahora.

—Sí. Especial —explicó Gavin—. Único. Regalo. Distinto a todos los demás. Aprendí. Escuché historias. Vi el que Mark le dio a Gordo. Y el de Robbie y el de Kelly. —Frunció el ceño—. No tengo uno.

—Lo sé —dijo tranquila—. Te mordieron. Suelo preguntarme cómo sobreviviste, considerando la sangre que corre en tus venas. ¿Te gustaría saber qué pienso?

Asintió con ansiedad.

—Creo que fue por tu madre. Los genes que hayas recibido de Livingstone, la magia que estaba en su sangre, se diluyó por ella. No creo que ella fuera algo más que humana, pero aquí estás. Vivo y como lobo. Este es mi primer regalo para ti. Esta es tu madre.

Metió la mano en una gaveta y sacó una fotografía. Era una fotografía instantánea y los bordes estaban doblados. La deslizó sobre el escritorio hacia Gavin. Él la levantó y la acercó a su rostro mientras la estudiaba. Sus manos temblaron.

—La conseguí en la biblioteca en la que solía trabajar. Les pregunté si todavía tenían algo de ella. Estaba en una caja archivada, por lo que sé, es la única que queda.

—¿Cuándo? —susurró Gavin.

—¿Cuándo la busqué?

Asintió.

—El verano pasado cuando ustedes dos no estaban. Conozco bien a mi hijo, quizás mejor que nadie. Sabía, a pesar de que mi corazón estuviera roto, que te encontraría. Y si tenías algo de lucidez en tu cabeza, lo escucharías.

—Más lucidez que él —murmuró Gavin y me entregó la foto.

Una mujer joven me sonreía, estaba parada delante de un gabinete. Vestía vaqueros y una camiseta negra con calaveras. Se veía tan joven.

Se la devolví. Volvió a mirarla antes de apoyarla en el escritorio.

—¿Me parezco a ella?

—Un poco —replicó mamá—. En especial en los ojos. Puedes verla en tus ojos.

—Eso me gusta.

—Creí que te gustaría.

Inhaló y exhaló profundamente.

—Tengo otros dos regalos para ti. Y recuerda, siempre tienes una elección. Sin importar lo que suceda entre tú y…

—Por Dios, mamá, lo entendemos.

—Ah, shh. Vi al pobre mapache que masacraste y le llevaste en luna llena. Te veías tan orgulloso de ti mismo.

—*¡Mamá!*

—Me lo comí —agregó Gavin solemnemente—. Todo, hasta la cola.

—Te vi —dijo mamá y contuvo la risa—. Carter bailaba a tu alrededor.

Gruñí entre mis manos.

—No estaba bailando.

—Brincando entonces. En cuatro patas.

—Me marcharé.

—Te quedarás en tu lugar.

—Sí —dijo Gavin—. En tu lugar.

—Púdranse los dos —murmuré por lo bajo.

—Gavin, ¿sabes por qué sigues siendo Omega?

No podía hablar, pero mamá ni siquiera me miró. Gavin bajó la mirada a sus manos y sacudió la cabeza, aunque parecía forzado.

La voz de mi madre fue suave.

—No es una reprimenda. No puedo ni imaginar lo que viviste. Tu vida no ha sido sencilla. Créeme cuando digo que sé cómo es eso. Tal vez no conozco los detalles, pero nuestros caminos están más entrelazados de lo que crees. No hablo solo de los Livingstone y los Bennett. Ignoremos eso por un momento.

Mamá sonrió y fue bastante azul.

—Si te pareces a mí, a veces te preguntas cómo puede ser que todo esto sea real. Se siente... tan bien, a veces. Sí, conocemos las profundidades infinitas del dolor, pero seguimos de pie. Si quieres, puedes tener esto. Esta manada. Estos últimos dos regalos no pretenden inclinarte en ninguna dirección. Eres libre, Gavin. Sé que no lo parece por todo lo que está sucediendo. Pero eres *libre*. ¿Lo comprendes?

Asintió con los hombros rígidos.

Mamá volvió a buscar algo en la gaveta. Sacó un sobre. Mi boca se secó. La apoyó en el escritorio antes de deslizarla hacia Gavin. En el frente del sobre, pude ver cinco palabras de una caligrafía conocida.

Para el futuro de Carter.

—Mamá. —Apenas podía hablar—. ¿Eso es...?

—Sí —dijo—. Es la carta que tu padre escribió. Y creo que la escribió para Gavin.

—¿Para mí? —Gavin alzó la cabeza sorprendido.

Mamá asintió.

—No específicamente, pero sí, para ti. Y no conozco a nadie que deba recibirla más que tú. ¿Te gustaría leerla?

Se estiró como si estuviera en trance, sus dedos temblaban. Toco él sobre con veneración, acarició las palabras, se detuvo en mi nombre. Alejó su mano y mi estómago se retorció con fuerza.

—Mis ojos —dijo—. No… funcionan. Como antes. Las palabras son difíciles. Estoy mejorando, pero leer es difícil.

Me echó un vistazo y se ruborizó.

—No soy estúpido. Sé leer. Es solo que se mezcla. No puedo todavía.

—Ah —dijo mi madre—. Sé cómo es. Después de que Thomas nos dejó y solo fui loba por meses, la primera vez que volví a transformarme, mi cabeza también estaba mezclada. Era confuso.

—Sí —murmuró. El aire ardía con su vergüenza—. Supongo que es de esa manera.

—Será más sencillo —afirmó mamá—. Lo prometo. Sé paciente. No hace falta que la leas ahora, estará aquí cuando estés listo. Es…

—¿La leerías por mí?

Mi madre parecía sorprendida.

—¿Estás seguro?

Asintió con fuerza.

—Quiero oírla.

—Estoy segura de que a Carter le gustaría…

—Por favor.

Me miró y encogí los hombros sin poder hacer nada. Estaba hambriento. Ávido. Quería desgarrar ese sobre y leer lo que contenía, escuchar lo que mi padre pensaba de mí. Estaba asustado. Era como si la luna llena estuviera llamándome.

Luché. Fue más difícil de lo que pensé que podría ser.

—Si es lo que quieres —dijo mamá.

—Sí —replicó Gavin.

Mamá tomó el sobre. Lo abrió con cuidado antes de sacar el papel doblado en su interior. Sus ojos estaban húmedos cuando abrió las páginas y me maravillé con ella. Esta mujer, esta mamá lobo. Todo lo que había hecho, todo lo que había visto, todo lo que había vivido. Si tuviera la mitad de la fuerza que ella tenía, estaría satisfecho.

Podía verlo en su rostro. Quería leer antes de decirlo en voz alta, sus ojos salieron disparados. No la culpaba por eso, yo hubiera hecho lo mismo.

Pero se detuvo. Aclaró su garganta. Y luego empezó a leer.

—Hola, anoche nevó.

Mientras seguía, su voz se fortaleció.

—No lo esperábamos. Las nevadas sorpresivas son mis preferidas, siempre lo fueron. Me desperté temprano, antes que todos los demás. Todo está silencioso, faltan un par de horas para el amanecer. Hay algo magníficamente extraño en las nevadas nocturnas. El aire se siente eléctrico; la luz es extraña, de un leve color durazno. Estoy hipnotizado por ella. Camino afuera y si bien, la mayor parte de la nieve ya cayó, todavía hay copos suspendidos con estática. Por eso decidí que era hora de escribir esta carta. No puedo explicar *por qué* exactamente sentí que esto era una señal. A veces no hay una explicación, a pesar de que queramos que haya una. Solo se siente correcto. Así que aquí estoy, con una pluma en la mano, pensando en mi hijo mayor.

Cerré los ojos y escuché las palabras de mi padre. Sentí la voz familiar de mi madre, pero sobre ella, podía oírlo a él hablando. Era como si estuviera aquí con nosotros leyéndola en vez de ella.

Carter tiene quince años. Y como la mayoría de los chicos de su edad es brusco y extraño. Su cuerpo creció, pero sigue tropezándose con sus propios pies. Me hace sonreír, pero no porque tienda a ser un poco torpe. No, creo que es porque simplemente existe. Fui lo suficientemente afortunado para ser bendecido con tres hijos. Me convirtieron en padre. Pero Carter me hizo padre primero y sería negligente no reconocerlo. Cuando uno se convierte en padre por primera vez, es terrorífico. Es fascinante. No se parece a nada en el mundo. Elizabeth te dirá que me preocupé, que me asusté, que estaba seguro de que lo quebraría. Desearía poder decir que eso es una gentileza, pero no lo fue. Me preocupé y me asusté y estaba convencido de que el bebé se me caería en el instante en que lo sostuviera en mis brazos.

¿Alguna vez amaste a alguien a primera vista? Yo sí. Cuatro veces, de hecho. Elizabeth fue la primera, aunque es probable que ella diga que fueron hormonas más que otra cosa. Pero sé lo que sé. Cuando la vi, no hubo nadie más para mí. Me perdí en ella y nunca quise ser encontrado.

La segunda vez que me enamoré fue cuando Carter Bennett nació. Era tan pequeño. Tan frágil. Tan ruidoso. Oh, cómo lloraba. Gemía. Creí que le sucedía algo. Pero luego lo acomodaron en mis brazos y él solo... se detuvo. Parpadeó. Y aunque solo estaba proyectando, podría jurar que me conocía, que me reconocía. Dejó de llorar, dejó de moverse. Solo me miró. Y supe que sin importar lo que sucediera en esta vida, sin importar lo que enfrentáramos, mi esposa y yo habíamos creado algo tan profundo que desafiaba las palabras. El amor es extraño en ese sentido. Crees que sabes qué esperar, pero cuando te golpea, es lo suficientemente poderoso para destrozar tu mundo entero. No estaba listo para él y para todo lo que implicaría. Creí que lo estaba. Pero mientras lo miraba, supe que era más de lo que creí posible. Él era más.

Sus hermanos, mi tercer y cuarto amor, lo siguieron y aunque los amo a todos por igual, recuerdo el momento en que Carter llegó al mundo como una cumbre. Nació en un momento de gran conflicto y pérdida y me sentí enlazado a él. Me dio propósito, me dio fuerza. Me gustaría hablarte, quienquiera que seas, de Carter.

Esto es lo que sé:

Nunca será Alfa. Eso nunca me importó.

Es más parecido a mí que sus hermanos, eso me preocupa. He cometido errores. He herido personas, aunque no pretendía hacerlo. Espero que tome las mejores partes de mí y deje lo demás atrás.

Es valiente hasta el cansancio. Imprudente, aunque se disculpa rápido si pisa a alguien. También es amable y cuando se ríe es como el sol elevándose, cálido y lleno de vida. Una vez, cuando tenía cinco años, lo encontré sobre el techo de nuestra casa. Había cortado unas alas con papel y se las había pegado a los brazos. Logré atraparlo antes de que pudiera saltar. Exigí saber qué estaba haciendo, con el corazón en mi garganta.

Me miró con una expresión de incredulidad y dijo "papi, solo quería volar como los pájaros, ¿por qué estás tan enojado?". No supe cómo decirle que nunca había estado tan asustado en mi vida. Así que en cambio lo abracé y le hice prometer que nunca volviera a hacer una cosa así. Dos días después lo encontré en el techo una vez más. Después de eso, pusimos candados en las ventanas.

Carter protege a quienes considera suyos. Nadie toca a sus hermanos sin consecuencias. Se interpondrá entre ellos y cualquier peligro sin preocuparse por su bienestar. Toma seriamente el rol de hermano mayor. Cuando Joe nació, quería llevarlo a todos lados. Cuando lo encontramos tratando de alzar a Joe de su cuna, le preguntamos qué estaba haciendo. Nos dijo que quería que Joe durmiera en su cama. Cuando le recordamos que los bebés tienen que estar a salvo y que su cuna era el mejor lugar para él, creímos que habíamos resuelto el problema. A la noche siguiente, encontramos a Carter y a Kelly en la cuna con Joe, los tres durmiendo juntos. Joe entre sus hermanos. La mañana siguiente le preguntamos a Carter por qué era tan importante para él. Dijo que él era el mayor, lo que significaba que Joe y Kelly necesitaban que él los mantuviera a salvo.

Carter es así. Se parará en un techo porque quiere ser un ave. Estallará y le gruñirá a cualquiera que mire a sus hermanos de manera equivocada. Es gracioso (bueno, yo creo que es gracioso, Elizabeth no siempre está de acuerdo). También es inteligente, más de lo que la gente piensa. Estoy seguro de que todos los padre piensan eso de sus hijos, pero hay cierta inteligencia en él, una chispa eterna de vida que espero que nunca se apague. Es adorable, cada parte de él. Suelo encontrarme observándolo, me pregunto qué pasa por su cabeza. No me resulta desconocido, pero tiene un corazón secreto que no muchos pueden ver.

Lo que me lleva a ti. No sé quién eres. Probablemente (espero) no tenga que descubrirlo por mucho tiempo. Y no por ti. Sé que seas quien seas, si mi hijo te eligió y tú también lo elegiste, y has visto más allá del ruido y llegaste a ese corazón secreto que late estruendosamente en su pecho; si te ha dejado entrar, si dejó caer la fachada del chico arrogante, vales completa y totalmente la pena. Nunca lo dudes. El camino que los espera no siempre será sencillo. Habrá altos muy altos y bajos muy bajos, pero mientras recuerdes que él es un regalo, sabré que ves la luz que arde dentro de él. Ama con tanta intensidad que me quita el aliento. No hay nadie como él en el mundo y necesita ser atesorado. No sé si lo escucha lo suficiente. Lo intento, al igual que su madre, pero ¿cómo podemos siquiera comenzar a encontrar las palabras para describir todo lo que es?

Espero que lo hayas descifrado porque necesita saberlo. Carga con el peso de todo sobre sus hombros en prejuicio suyo. Y no quiero que cargue ese peso solo.

Seas quien seas, quiero que sepas esto: ámalo y nunca estarás solo otra vez. Sabrás lo que es la alegría. Sabrás lo que es la felicidad. Sabrás lo que es ser amado de manera incondicional. Lo sé porque lo conozco. Sé lo que es la alegría, la felicidad y lo que es luchar para respirar cuando su rostro se ilumina al verme.

Es uno de mis grandes amores. Y si es el tuyo, entonces sabrás a qué me refiero. Toma su corazón y cuídalo. Serás recompensado mucho más de lo que imaginas.

Y cuando termines de leer esto, cuando hayas asimilado y absorbido mis palabras, ven a buscarme. Tengo más cosas que contarte sobre él. Tantas que no puedo escribir aquí. Se perderían ciertas cosas y quiero que las escuches de mí.

¿Quién eres?

Alguien especial, creo.

Me retracto.

Sé que eres especial porque Carter también lo piensa.

Tuyo,

Thomas Bennett

Abrí los ojos.

Mamá estaba sonriendo entre lágrimas.

Mi propio rostro estaba húmedo y no hice nada para esconderlo.

Gavin me estaba mirando con una expresión extraña en su rostro.

–¿Qué? –le pregunté.

–Te amaba –dijo.

–Sí.

–Mucho.

–Sí.

–¿Lo sabías? –preguntó–. ¿Sabías cuánto te amaba?

Empecé a asentir, pero luego me detuve.

—Creo que no lo sabía.

Volví a mirar a mi madre. Dobló la carta y la guardó en el sobre otra vez. La dejó en el escritorio mientras secaba sus ojos.

—Qué gracioso —susurró—. Qué extraordinario y gracioso hombre eres. —Le dio un golpecito al sobre—. Es verdad. Todo. Cada palabra.

—Me veía —susurré.

—Por supuesto que sí —replicó mi madre—. Siempre. Lo que me lleva a mi último regalo. Gavin, ¿todavía comprendes que tienes una elección?

—Sí.

—Cuando nace un lobo, su Alfa talla un lobo de piedra para él —explicó—. Es un regalo, un símbolo. Para el futuro. Para que algún día lo entregue como símbolo de confianza. De amor. Antes de que Carter naciera, Thomas se enloqueció con el asunto, estaba convencido de que nunca sería lo suficientemente bueno. Lo empezó una y otra vez, quería que fuera perfecto. Y lo fue, a pesar de que era un poco desprolijo. Mejoró con Joe y Kelly, pero a pesar de que el de Carter era imperfecto, hasta este día sigue siendo mi preferido de los tres.

Estaba escondido en el fondo de mi armario. Era de cuarzo. Una de las orejas era el doble de grande de la otra. El lobo aullaba con la cabeza inclinada hacia atrás y la cola entre las piernas. La última vez que lo había visto fue la noche anterior a marcharme en busca de Gavin. No había pensado mucho en él desde entonces.

Gavin frunció el ceño y se hundió en su asiento.

—No tengo uno.

—Lo sé —dijo mamá con gentileza—, por eso quiero darte el que Thomas Bennett me dio a mí.

Sentí como si me hubieran dado un golpe en el estómago cuando lo sacó de la gaveta. Estaba tallado en piedra negra por una mano experta. Parecía tan real que casi esperaba que se estirara y avanzara hacia el suelo alzando la cola detrás de él. Lo apoyó en el escritorio encima del sobre antes de deslizarlos hacia Gavin.

Gavin clavó la vista en él antes de mirarla a ella.

—¿Por qué?

—Porque él querría que lo tuvieras —dijo—. Recuerda, siempre tienes una elección. Y, sin importar lo que elijas, tendrás un lugar en esta manada. Pero no puedo pensar en nadie quién debería tener esto más que tú.

—Es tuyo —replicó Gavin con voz temblorosa—. De Thomas. Para que lo recuerdes.

—No necesito esto para recordarlo —dijo—. Nunca lo olvidaré. Pero ¿esto? Esto es para ti. Porque lo mereces, Gavin. ¿No puedes verlo? Mereces esto y mucho más.

Mamá se puso de pie y rodeó el escritorio. Se detuvo junto a la silla de Gavin y él giró su rostro hacia su estómago. Mamá apoyó sus manos en su cabello y lo abrazó con fuerza mientras él inhalaba. No podía moverme, inmóvil por la sorpresa.

Finalmente, se separaron y ella vino hacia mí. Se inclinó y me dio un beso a un lado de mi cabeza.

—Te amaba —dijo—. Más de lo que puedas imaginar.

Se marchó y cerró la puerta de la oficina tras ella.

No sabía qué decir así que no dije nada. Las palabras de mi padre resonaban con fuerza en mi cabeza. Estaba perdido en ellas y no podía concentrarme. Quería tomar el sobre y leer la carta una y otra vez, pero no podía hacer que mis brazos se movieran.

Gavin me quitó del trance.

—Soy manada —dijo.

—Sí.

—Miedo.

Lo miré.

—¿Sí?

—Creo que sí.

—Gavin, no tienes que…

—Él tiene razón.

—¿Sobre qué?

—Sobre todo lo que escribió. Sobre ti.

—¿Eso crees?

Encogió los hombros.

—Eso creo.

—Ah.

—¿Carter?

—¿Sí?

—Me gustas.

Eso fue todo. Tan simple. Tan devastador. Habló como si no me hubiera derribado. Como si no hubiera cambiado todo lo que sabía. Dos simples palabras, su corazón era estable y honesto y nunca me sentí tan vivo. Era un fin y un comienzo al mismo tiempo.

—También me gustas —dije y nunca lo dije con tanto sentimiento antes.

Sonrió. Cada vez lo hacía con más facilidad.

—¿Sí?

—Sí, amigo. De verdad.

—No me llames así.

Reí hasta que lloré.

PÁGINA SETENTA Y SEIS / EXPLOTAR ALGUNAS PORQUERÍAS

Se marcharon un día frío a finales de diciembre. Era el domingo después de Navidad. Habían considerado esperar a que pasara la tradición para marcharse, pero Ox creyó que sería mejor llegar a Minnesota lo antes posible.

—Le dejé un mensaje a Aileen esta mañana para decirle que estamos en camino —dijo Joe desde el porche, junto a Gordo, con la mochila al hombro.

Mark parecía inquieto.

—¿No respondió?

—No.

—¿Alguna vez pasó antes?

—Un par de veces. Podría no ser nada.

—O podría ser todo —murmuró Joe.

Sacudió la cabeza.

—Esto no me gusta. Separarnos. Se siente incorrecto.

Rico gruñó.

—No digas eso, *Alfa*. Es llamar a los problemas.

Repentinamente se persignó.

Kelly puso los ojos en blanco.

—Estaremos bien. Joe hará acto de presencia en Caswell y Robbie puede hacer lo que necesite en la biblioteca. Probablemente no sea nada. Aileen y Patrice tienen las manos llenas. Están distraídos.

No sonaba como si creyera sus propias palabras.

—Por lo menos, iremos en avión —dijo Gordo.

Estuvo aferrado a la mano de Mark durante la última hora.

—Será más rápido, siempre y cuando los lobos no pierdan la cabeza e intenten comerse a todos.

Robbie empalideció.

—Nunca estuve en un avión. ¿Realmente tienen bolsas para vomitar o eso es un invento? Si lo hacen, es probable que necesite todas las que tengan.

—Estarás bien —dijo mamá—. Kelly estará contigo todo el tiempo. Y Joe. Terminará en un abrir y cerrar de ojos. Lo prometo.

Chris y Tanner regresaron al porche después de cargar los bolsos en la camioneta.

—Solo no se coman a los pilotos —dijo Chris—. En especial, considerando que no saben cómo volar un avión.

Robbie estaba horrorizado.

–No *como* personas…

–Suficiente –Jessie regañó a su hermano. Dominique se rio por lo bajo mientras Rico tomaba a Joshua de los brazos de Bambi y le hacía caras divertidas a su hijo.

»No lo asustes más de lo que ya está.

–¡No estoy asustado!

–Estaremos bien –dijo Ox–. Estaremos juntos en el primer tramo del viaje. No tienes nada de qué preocuparte.

Le lanzó una mirada fulminante a Chris, quien tuvo la decencia de mostrarse arrepentido.

–Tenemos que movernos.

Fue hacia Rico y Joshua y se inclinó para inhalar al bebé. Joshua chilló mientras se estiraba para jalar del cabello de Ox.

Joe estrujó el hombro de Gavin antes de girar hacia mí y señalar con la cabeza a la camioneta que llevarían al aeropuerto en Eugene. Le dije a Gavin que regresaría en un instante y seguí a mi hermano al porche. Kelly también vino.

–¿Qué sucede? –pregunté en voz baja, sabiendo que los demás podían oírnos de todos modos.

Joe sacudió la cabeza.

–Nada. Bueno, *todo*. Pero no quería hablar de eso.

–¿Está bien? ¿Qué pasa?

Me abrazó. Tardé un momento en devolver el abrazo, estaba preocupado por lo que sucedía, pero lo envolví con mis brazos. Me reí por lo bajo cuando Kelly se presionó contra nosotros y sus brazos cubrieron nuestros cuellos. La frente de Joe estaba contra la mía y Kelly había inclinado la suya en los costados de nuestras cabezas.

—Tengo miedo —susurró Joe—. No me gusta esto. Estar separados después de reunirnos al fin.

Lo sacudí con gentileza.

—El deber llama. No será por mucho tiempo. Regresarás antes de que termine la próxima semana.

—Lo sé.

—¿Joe?

—Solo… cuídalos, ¿sí? —dijo tras suspirar—. No te arriesgues. Si algo sucedes, haz lo que tengas que hacer, pero no intentes hacerte el héroe.

—No haré…

—Carter —me interrumpió Kelly.

—Las barreras son fuertes —dije y los regañé con gentileza—. Gordo y Ox se aseguraron anoche. Estaremos bien. Y me reuniré con Will más tarde para que se lo informe a la gente del pueblo. Todo está bajo control. En todo caso, ustedes son los que me preocupan.

—Lo sé —susurró Joe—. Pero el deber llama.

—Exactamente. Tú puedes, ¿sí? Sé que puedes. Tendrás a Robbie y a Kelly y solo estoy a una llamada de distancia si me necesitas. Solo dímelo y allí estaré.

Se rio.

—¿Te subirías a un avión por nosotros?

—Haría cualquier cosa por ustedes. Lo saben.

Kelly asintió.

—Lo sabemos.

Me alejé de los dos solo para apoyar mis manos en sus nucas. Me miraron.

—Terminaremos esto, ¿me oyen? —dije—. De alguna manera u otra, terminaremos esto. Y luego nada volverá a lastimarnos.

−¿Lo prometes? −preguntó Kelly.

−Sí, lo prometo. Y como soy su hermano mayor, saben que tengo razón. Básicamente, siempre tengo razón.

Joe resopló, pero parecía más relajado.

−Ni siquiera discutiré contigo sobre eso.

−Bien, porque perderías.

−Los quiero −dijo−. A los dos. No lo digo lo suficiente, pero necesito que lo sepan.

No me gustó cómo sonaba.

−También te queremos, deja de actuar como si esto fuera una despedida.

−¿No lo es?

Sacudí la cabeza.

−No, no lo es. Porque regresarán a casa, todos ustedes. Y estaremos juntos.

−Para siempre −dijo Kelly.

−Para siempre −reafirmé, porque no deseaba otra cosa.

Joe asintió y retrocedió un paso. Dejé caer mis manos y resistí el impulso de arrastrarlos adentro y evitar que se marcharan.

Nos reunimos con los demás. Ox nos miró.

−¿Todo está bien?

−Todo está bien −afirmó Joe.

Volví al porche. Mark besó a Gordo con pasión y le susurró que no hiciera nada estúpido.

−Es como si no me conocieras −dijo Gordo.

−Sí −replicó Mark−. Como si no te conociera en absoluto.

Y luego soltó a Gordo. El brujo bajó las escaleras del porche y todos pretendimos no ver sus hombros caídos. Se paró al lado de Ox y se inclinó contra él. Kelly y Joe estaban del otro lado. Robbie nos abrazó a todos antes de unirse a los demás.

Nos quedamos allí observándonos. Joe tenía razón. Esto se sentía mal.

—Nos mantendremos en contacto. Todos los días, por teléfono. Oirán nuestras voces. Lo juro —dijo Ox.

—Será mejor que cumplas —replicó Rico—. Si no lo haces, te patearé el trasero. Soy un lobo bastante bueno si no te diste cuenta.

—Y yo lo ayudaré —agregó Bambi fulminando con la mirada a los hombres en frente de nosotros—. Ahora tengo las armas de Rico. Sanarán, pero les dolerá. Me aseguraré de ello.

—Te amo tanto —dijo Rico ferozmente—. Ni siquiera lo sabes.

—Ah, lo sé. De nada.

—Los heterosexuales son tan raros —Kelly le susurró a Robbie.

—Quédense juntos —dijo Ox—. Nadie salga solo, ni siquiera al pueblo. Carter, asegúrate que todos en Green Creek estén listos, solo por si acaso.

—Lo haré.

Y luego giró y caminó hacia la camioneta. Gordo miró a Mark una vez más antes de seguir a Ox, sujetar el brazo de Robbie y jalar de él. Kelly y Joe estaban a punto de hacer lo mismo, pero se detuvieron cuando los llamé.

Me miraron.

—A una llamada de distancia —dije—. Sin importar lo que suceda, ¿me oyeron?

Los dos asintieron.

—Bien. Vayan, cuánto antes se marchen, antes regresarán.

Joe tomó la mano de Kelly y lo llevó hasta la camioneta.

—Carter —gritó sobre su hombro—. Kelly y yo te dejamos algo en tu cama. Échale un vistazo, ¿sí?

—Lo haré.

Nos saludaron con la mano mientras se subían a la camioneta. Mark abrazó a mamá, ella apoyó la cabeza sobre el hombro de mi tío. Rico le susurró algo a su hijo y Bambi les sonrió. Jessie estaba detrás de Dominique, inclinada contra ella. Bajé la mirada cuando sentí que alguien tomaba mi mano. Gavin. Se aferraba con fuerza. No intenté alejarme.

Ox hizo sonar el claxon una vez, dos veces mientras retrocedía. Hizo girar la camioneta antes de encarar la calle de tierra. Había algo en mi cabeza y en mi pecho. Algo que se sentía como rayos y que sonaba como truenos.

Eran las ataduras que se extendían entre nosotros.

Vibrantes y salvajes.

Susurraban *manada* y *manada* y *manada*.

Y si escuchaba con atención, si realmente hacía un esfuerzo y separaba las ataduras, podía oír una voz callada debajo de la superficie.

Miré a Gavin.

Me estaba observando.

Lo escuché.

Dijo: *creo creo creo que estoy en casa.*

Me daba curiosidad saber qué me habían dejado mis hermanos. Después de asegurarme de que Gavin estaba bien en la cocina con mamá, subí las escaleras dando zancadas, mi corazón palpitaba en mi pecho. Esperaba que no fuera nada importante. Se sentiría como si ellos creyeran que no regresarían y lo odiaba.

No debería haberme preocupado.

De hecho, cuando vi lo que era, esperaba que *nunca* regresaran.

Esos malditos bastardos.

Había un cuadrado plano sobre mi cama, envuelto en papel brillante con árboles de Navidad. Cuando lo levanté, era más pesado de lo que pensaba. Era una fotografía enmarcada o…

Un libro.

Era un libro envuelto en papel tisú.

Lo tomé.

Había una nota adhesiva arriba del envoltorio. Decía: *¡Esperamos que esto ayude! Es de los ¿setenta?, pero bastante exacto. Ignora el pelo. ¡Estudia duro!* (Muy *duro) Con amor, Kelly y Joe.*

Sonreí, confundido. ¿Ignora el pelo? ¿De qué rayos estaban hablando?

Mi sonrisa se desvaneció cuando me deshice del envoltorio.

Allí, en la cubierta, había cinco palabras que no quería volver a ver en lo que me quedara de vida.

El placer del sexo gay.

—¿Qué? —le dije a la habitación vacía.

Había notas de colores que sobresalían por los costados. Sin poder creer lo que estaba viendo, abrí el libro en una de las páginas con una nota naranja, esta vez estaba escrita por Joe.

Este movimiento necesita algo de práctica. Asegúrate de estirarte antes de intentarlo. Quiero decir, estira por todas partes. *Confía en mí en esto.* Mi mirada abandonó la nota y aterrizó en un hombre con una expresión eufórica mientras otro hombre, quien aparentemente tenía matorrales en vez de cabello, metía su pene en su…

—No —dije—. No, no, no.

Todo el maldito libro tenía docenas de anotaciones.

Lo dejé caer en la cama como si quemara. Los mataría. No. Peor. Le preguntaría a Gordo si había un hechizo de resurrección y luego los asesinaría, los reviviría y volvería a matarlos. Conocerían mi furia. Los destruiría.

—Nunca —juré—. *Nunca* volveré a tocar ese libro. Qué carajos.

Me sorprendí cuando escuché a Jessie hablar.

—Allí estás. Estuviste aquí casi por una hora. Tu mamá le está mostrando a Gavin cómo…

Lancé el libro contra la pared.

—¡No estoy haciendo nada extraño!

Jessie lucía sorprendida, me miró y luego al libro que cayó al suelo del otro lado de mi habitación.

—Eh, está bien, no tienes que gritarme. —Entrecerró los ojos—. Pero ahora creo que estabas haciendo algo extraño.

Me di cuenta de que mi rostro estaba en llamas. Seguido por el hecho de que estaba muy, muy sudado.

Y, para mi horror, posiblemente algo excitado.

No podría estar más agradecido de que Jessie no fuera loba. Mi habitación debía apestar a burdel. Intenté actuar despreocupado. Comencé a inclinarme contra mi cama, pero me resbalé, caí al suelo y casi me corto la lengua con mis dientes.

Jessie se quedó mirándome.

—Qué demonios.

—¡Qué haces en mi habitación!

—La puerta estaba abierta —respondió lentamente—. ¿Por qué estás gritando?

Le echó un vistazo al libro en el suelo. Por suerte, había caído con la portada hacia abajo. Mientras no intentara levantarlo, es probable que no pudiera notar qué era.

Lo que significaba, por supuesto, que inmediatamente se arrojó sobre el libro.

Me incorporé a toda velocidad y tropecé con mis propios pies cuando me lancé hacia el libro intentando llegar antes que ella. Debería haber ganado. Ella era humana, yo era un lobo. Era una máquina de matar de mucho poder con mis colmillos y garras. Sí, ella era letal, pero yo era una criatura de la noche. Era un monstruo en la oscuridad. Era...

Un idiota que se cayó de cara al suelo.

Sujeté su talón intentando evitar que llegara al libro.

—Oh, no —dijo y liberó su pie de mi palma sudorosa—. Ahora tengo que ver de qué se trata.

—¡No es nada! —grité. Se inclinó sobre el libro—. ¡No mires!

—¿Qué? Rayos, Carter. Probablemente no sea nada que no haya visto antes. Estoy rodeada de hombres. Nada de lo que hagas podrá sorprenderme... Oh, por Dios.

Giré sobre mi espalda y cerré los ojos deseando mi muerte.

Dios no debió haberme oído porque seguía vivo cuando Jessie habló.

—Hay tantas *notas*. ¿Cómo demonios...? Mierda. ¿*Eso* es algo que los hombres pueden hacer juntos? No creí que fuera posible. Cómo haces que entre en... ah. *Ah*. Ya entiendo. Mmm, me pregunto si eso también funciona con mujeres.

Cubrí mi rostro con mis manos y gruñí. Podía oírla pasar las páginas. Culpé a Chris por traerla a Green Creek todos esos años atrás. Entiendo que su madre acababa de morir y que era una adolescente que no tenía a dónde ir, pero igual. Podría haberla puesto en adopción.

—Joe y Kelly fueron muy meticulosos —dijo.

Suspiré mientras dejaba caer mis manos al suelo.

—Te odio.

Se rio.

—Anímate, Bennett. Necesitarás hacerlo, en especial si piensas intentar algunas de las cosas en este libro.

Vino hacia mí y se sentó a mi lado, apoyó la espalda contra la cama. Todavía tenía el libro en sus manos. Cuando me lo devolviera, tendría que prenderlo fuego.

Tal vez.

Me dio un golpecito en el hombro con su pie. La fulminé con la mirada y ella sonrió con dulzura. Hice brillar mis ojos como advertencia y su sonrisa se ensanchó.

—No puedes decirle a nadie.

Encogió los hombros.

—Está bien.

—¿En serio? Eso fue más sencillo de lo que creí.

—En serio. No te preocupes.

—Sí, porque *eso* es sencillo.

—¿Por qué estás tan alterado por esto?

Volví a mirar el techo.

—No… tengo idea.

—¿Es porque Gavin es un chico?

—No. Sí. —Luego—. No.

Resopló.

—Sucinto como siempre. No sé por qué esperaba otra cosa.

—No es divertido.

—Lo es —afirmó—. Y un día te reirás de esto, lo prometo.

Vaciló por un largo momento. Supe que estaba preparándose para decir algo. Para qué, no sabía, pero probablemente no era nada bueno.

—¿Es tan malo?

—No —dije y era cierto—. Solo no tengo idea de qué estoy haciendo.

—¿Acaso sabemos?

—Decimos que sabemos.

Volvió a tocar mi hombro.

—Decimos tanta basura todo el tiempo.

—Es estúpido —murmuré—. Preocuparme por cosas como estas con todo lo que está pasando.

—Nah, siempre aguardamos algún tipo de situación de muerte y destrucción inminente. Después de un tiempo te acostumbras.

Sentí un escalofrío.

—No deberíamos.

—Pero vale la pena. —Su sonrisa se desvaneció.

—¿Sí?

Me pateó con más fuerza.

—Por supuesto que sí, idiota. Deja de ser tan dramático. Siéntate.

—Preferiría morir, gracias. Es… ¡Deja de patearme!

Me deshice de su pie mientras me sentaba. Jessie le dio palmaditas a la alfombra al lado de ella. Miré la puerta con anhelo, planeando mi escape. Pero hablábamos de Jessie Alexander. Si intentaba huir, me perseguiría y patearía mi trasero. Gateé hacia ella y me senté contra mi cama al lado de Jessie. Me negaba a mirar al libro en su regazo.

—Gavin es genial —dijo.

—Supongo que está bien.

—Me alegra que lo pienses. ¿Quieres un consejo?

—Si digo que no, me lo dirás de todos modos, ¿verdad?

—Me conoces tan bien. Di que sí. Después de todo, ¿a quién más conoces que haya salido con el sexo opuesto por mucho tiempo antes de ser *queer*?

—Ox —respondí sin pensar—. ¿Y Mark no tuvo una novia o algo así una vez? Y creo que mi mamá tuvo una especie de enamoramiento con la mamá de Ox. Chris y Tanner. O algo así. No tengo idea de qué están haciendo, la verdad.

—Nadie sabe. Pero funciona para ellos así que, ¿a quién le importa? Y ninguna de esas personas está sentada a tu lado en este momento así que pretendamos que solo yo puedo ayudarte.

Acosté mi cabeza sobre la cama y miré el techo.

—Te pagaré todo el dinero que quieras si podemos evitar tener esta conversación.

—Soy una Bennett —dijo con voz seca—. Tengo tanto dinero que no sé qué hacer con él.

La adoraba. Aunque estuviera molestándome, la adoraba.

—Bennett, ¿eh?

—Sip. Estás pensando demasiado en esto.

—¿Cómo puedo *no* hacerlo? ¿Viste la página setenta y seis?

—No. ¿Por qué? ¿Qué hay en la página setenta y seis?

Volvió a abrir el libro y buscó hasta encontrar la página correcta.

—Guau. Okey. Diablos. No intentes eso por al menos seis meses. Y asegúrate de beber mucha agua antes.

Volví a quejarme.

Jessie cerró el libro y lo lanzó sobre su cabeza. Aterrizó en la cama fuera de mi vista.

—¿Sabes que no soporto las tonterías?

—Entonces elegiste la manada equivocada.

Me ignoró.

—Prefiero ser directa. Complicar las cosas no tiene sentido. Di lo que quieres decir. No bailes en círculos. Te preocupas por él.

Me sorprendió.

—Bueno, sí. No hubiera ido tras él como lo hice. ¿Eso es todo? Ah, hombre, eso fue más sencillo de lo que creí. Gracias. Ahora puedes…

—No *solo* te importa. Y recuerda lo que dije sobre las tonterías.

Maldición.

—Sí. Yo… supongo que sí.

Jessie se quedó callada y luego preguntó:

—¿Lo amas?

—Creo que sí —susurré—. No sé cómo sucedió. O por qué o siquiera cuándo.

Jaló de mi mano hacia su regazo y acarició las líneas de mi palma con su uña.

—La vi, ¿sabes?

—¿Qué viste?

—Tu expresión en Caswell cuando Gavin se marchó con Livingstone. Estabas destrozado.

Hice un esfuerzo para no pensar en ese momento. Cuán perdido estaba. Cuán rápido arrancaron mi corazón de mi pecho. Solo había tomado unos minutos.

—No sabía qué estaba sucediendo. Era un lobo. Se transformó en hombre y luego ya no estuvo.

—Dolió.

—Sí. —Gruñí—. Dolió.

—Nos divertimos —dijo con voz suave— sabiendo algo que tú no sabías. Y ahora que pienso en esos días, odio lo que te hicimos. No fue justo.

—No te culpo por eso —repliqué—. A ninguno de ustedes.

—Lo sé. Deberías, pero no eres así. Yo… está bien. Entonces, Dominique, ¿sí?

—Ella es genial.

Jessie sonrió. Era hermosa.

—La mejor. Y no estaba buscándola. Solo… sucedió. A veces estas cosas son así. Un momento estás tan segura del mundo, de cómo funcionan las cosas. Y luego resulta que tu exnovio resulta ser un Alfa humano y que hay hombres lobos y brujos y gente que quiere matar a los lobos y a los brujos. Hace que pienses algunas cosas.

—¿Sobre?

Encogió los hombros.

—Cuánto tiempo desperdiciamos inmersos en nuestras cabezas. Esta vida es difícil. Mi corazón se rompió más veces de las que creí posible, pero no lo cambiaría por nada del mundo.

—¿No lo harías?

Sacudió la cabeza.

—Tenía miedo de regresar a Green Creek. Nos marchamos cuando era pequeña. No conocía a nadie además de Chris y la idea de mudarme a un pueblito en el medio de la nada no era precisamente motivo de emoción para una adolescente. Pero ¿sabes qué encontré?

—¿Qué?

—Un hogar —dijo y apoyé mi cabeza en su hombro—. Gente que haría cualquier cosa por mí porque saben que yo haría cualquier cosa por ellos. ¿Y no es eso por lo que luchamos? Que se pudra todo lo demás. Al diablo con Caswell. Con Livingstone, Elijah, Michelle y Richard Collins. Diablos, que se pudran todos los demás lobos, brujos y todos los demás. Esto, aquí. Nosotros. De eso se trata.

—Algunos dirían que eso es egoísta.

—No me importa —replicó ferozmente—. Pasamos demasiado tiempo preocupándonos por todos los demás. Es hora de que nos concentremos en nosotros y en lo que nos hace felices. No estaba buscando a alguien como Dominique. Pero ahora que la encontré, que me parta un rayo si la dejo ir. No es por el hecho de que seamos *queer*. Lo que importa es aferrarse a algo que no le pertenece a nadie más. Nos lo ganamos, Carter. Después de toda esta mierda, tenemos permitido ser felices. Y si alguien piensa lo contrario, que es pudra. ¿Gavin te hace feliz?

—Me vuelve loco y hace que quiera arrancarme el cabello.

Jessie soltó una risita.

—De esa manera sabes que es bueno. Piensa, Carter. Piensa en todo lo que hiciste para traerlo de vuelta. Para hacerle comprender que tiene un lugar aquí con nosotros. Todos intentamos mostrarle nuestras costumbres, pero él te mira a ti. No a tu madre. No a los Alfas. A ti.

—Y a Gordo.

Asintió.

—Hay sangre entre ellos. Son lo último que tienen, además de su padre. Y Gordo lo sabe. Ama a su hermano. No tiene que decirlo en voz alta para que sea verdad.

—La camisa.

Apoyó su cabeza sobre la mía.

—¿Qué?

—La camisa de trabajo para el taller. Ox me dijo una vez que así fue cómo supo que pertenecía y que Gordo lo quería. Le dio a Ox una camisa con su nombre bordado. No lo comprendí entonces. Creí que era algo tan pequeño, pero luego Gordo hizo lo mismo por Robbie y ahora Gavin. Formó su propia manada.

—Ajá —dijo Jessie y sonaba divertida—. Nunca lo había pensado de esa manera. Tienes razón. Les demostró cómo se sentía a su propia manera. Ten eso en mente, ¿sí? Porque hiciste lo mismo con Gavin y él contigo.

—No comprendo. Lo único que hice fue…

—¿Cuándo alguien se preocupó lo suficiente por él para salir a buscarlo? No creo que nadie haya hecho eso por él en su vida. Thomas… —suspiró—. Thomas agitó algo delante de él y luego se lo quitó. Sé que él creía que estaba haciendo lo correcto al decirle la verdad, pero no puedo evitar pensar que fue cruel. —Hizo una pausa—. Sin ánimos de ofender.

Odiaba que tuviera razón.

—No sé si tuvo esa intención. Por lo menos no completamente.

—Quizás. Pero Gavin ha estado huyendo por un largo tiempo. Y finalmente alguien estuvo dispuesto a ir tras él. Se sacrificó para salvarte. No conocía a Gordo entonces, no como lo conoce ahora. Pero te conocía a ti, incluso cuando estaba atascado como lobo.

—Mi sombra.

—Das más de lo que alguien tendría que dar y luego sigues dando. Es tu turno, Carter. Es tu turno de ser feliz al fin, de encontrar algo a lo que aferrarse en el medio de esta tormenta. Gavin haría cualquier cosa por ti. Sé que harías cualquier cosa por él. Si eso no es amor, entonces no sé qué es. No te preocupes por todas las demás cosas, lo descifrarás. Te sorprenderías lo rápido que puedes adaptarte. Confía en mí, no tenía idea de cómo complacer a una mujer, pero aprendí muy rápido. Y ahora soy genial, si la expresión de Dominique es…

—Por el amor de Dios. ¿Por qué eres *así*?

Volvió a reírse aferrándose a mi mano.

—Tiene suerte de tenerte.

Y como si fuera un gran secreto, susurré:

—Creo que yo soy el afortunado.

—Sí —coincidió en voz baja—. Los dos. En realidad, todos nosotros.

Hizo una pausa.

—Ganaremos.

—¿Eso crees?

—Lo sé —asintió—. Que me parta un rayo si permito que termine mal después de todo lo que hemos hecho. Al diablo con Robert Livingstone. Al diablo con los lobos que se reúnen a su alrededor. —Esbozó una sonrisa filosa—. Nos aseguraremos de que se arrepientan cada segundo de sus miserables vidas.

Gordo nos envió un mensaje apenas caída la tarde.

Aterrizamos. Les diremos qué encontramos.

Kelly nos envió un mensaje un par de horas más tarde.

En Maine. Hice que Robbie usara gafas de sol en el avión porque sus ojos no dejaban de brillar. Joe casi se come a una azafata, pero lo detuve. Te quiero.

—¿Estarás aquí? —me preguntó Gavin, lucía extrañamente nervioso.

—Sí, hombre —asentí—. Justo aquí. Me encontraré con Will y algunos otros para contarles lo que sucede. Ve, están esperándote. Regresaré cuando termine.

Estábamos frente a la cafetería. Al otro lado de la calle, Rico, Chris y

Tanner entraban al taller. Querían llevar a Gavin para ayudarlo a aprender sobre lo que haría en el taller de Gordo. Lo habían hecho usar su camisa del trabajo y le prometieron que se ensuciaría. Al parecer, esa idea le había gustado y subió corriendo las escaleras para cambiarse después de asegurarse de que yo también iría.

—No vayas a ningún lado —me indicó—. Te encontraré si lo haces.

Puse los ojos en blanco.

—Eso es espeluznante.

—No espeluznante. Verdad.

—Sí, sí. Ve. No quieres llegar tarde el primer día.

Lucía como si quisiera decir algo más, pero sacudió la cabeza.

—Está bien. Ve a la cafetería con Will. Yo iré al taller. —Asintió, para él mismo más que nada—. Puedo hacer esto.

—Puedes —le dije—. Lo sé.

Frunció el ceño.

—Gracias.

—¿Por qué?

—No morir.

Y luego hizo la cosa más terrible.

Me besó en la mejilla.

Como si fuera lo más sencillo del mundo.

Giró sobre sus talones y cruzó la calle dando zancadas y me dejó allí, mirándolo.

Y como lo había hecho frente a la cafetería, todos adentro lo habían visto.

La cafetería estaba repleta de gente.

El único sonido que oí cuando entré fue el de la campana sobre la puerta y a Dominique riendo detrás del mostrador.

Le eché mi peor mirada antes de mirar a todos los demás.

—¿Hay algún problema?

—Pregunta —dijo un hombre, uno de los amigos de Will—. ¿Todos los miembros de la manada son gais?

—¿Y qué si lo son? —repliqué de mala manera.

El hombre encogió los hombros.

—No me importa en absoluto. Solo no sabía si eso era como un requisito para ser cambia-forma o lo que sea.

—Vamos. Tú solo estás celoso de que nadie quiere tu paquete, Grant —dijo Dominique.

Grant suspiró.

—Eso no es la verdad. —El hombre me sonrió—. Parece que nuestro alcalde encontró algo de magia mística lunar para él.

Odié a Jessie con cada fibra de mi ser.

—Nueva ley —anuncié—. Nadie tiene permitido decir magia mística lunar otra vez. Si lo hacen, serán ejecutados públicamente.

—Así no funcionan las leyes —dijo Will—. Y no creo que hayamos tenido una ejecución pública en Green Creek desde… oh. Bueno, supongo que desde Elijah. Pero ella se mató sola así que no sé si cuenta. Sus cazadores murieron por todos lados.

La gente en el comedor se agrupó a mi alrededor mientras caminaba hacia la cabina en la que estaba sentado Will, estaban ansiosos por oír qué estaba sucediendo. Este pueblo era una locura. Esperaba que se mantuviera de esa manera.

—¿Los Alfas? —preguntó Will mientras me sentaba frente a él. La gente estaba parada alrededor de la mesa o giraba las sillas hacia nosotros. Casi todos ellos estaban armados y pude oler el punzante aroma de la plata. Estaría alarmado si estuviera en cualquier otro lugar.

—Ox y Gordo están en Minnesota —dije—. Joe, Robbie y Kelly están en Maine.

Will frotó la mandíbula.

—Con los demás lobos. En ese complejo.

—Sí.

—¿Sucedió algo?

Empecé a sacudir la cabeza, pero me detuve.

—Yo… no lo sé. Lo último que oímos de nuestra gente en Minnesota fue que Livingstone había atraído lobos hacia él.

—¿Cómo? —preguntó alguien—. Ox dijo que estaba atrapado. ¿Cómo pudieron entrar?

—Un brujo —respondí a regañadientes—. Alguien que se supone que está ayudándonos.

—Por eso no confían en nadie que no conozcan bien —dijo Will—. Los apuñalan por la espalda sin siquiera pestañear.

Su tono fue solemne cuando añadió.

—Y si ellos pueden entrar probablemente significa que pueden salir.

—No lo sé —admití—. Pero si eso sucede, es posible que vengan aquí.

—Por tu chico.

Fulminé con la mirada a Will.

—No es mi…

Will resopló.

—Sigue diciéndote eso, alcalde Bennett. Todos pueden verlo en tus ojos.

Y porque mi vida era terrible, la gente de la cafetería murmuró que estaba de acuerdo.

—Basta —le gruñí—. Eso no importa ahora. Tienen que estar listos. Si algo sucede, todos están en peligro. Empaquen sus cosas, salgan del pueblo, no regresen hasta que sea seguro.

Nadie se movió. Alcé mi voz.

—¿Escucharon lo que acabo de decir? Muevan sus traseros. Ahora.

—No sé si haremos eso —dijo Will.

Estaba incrédulo.

—¿Qué? ¿Por qué demonios no?

—Gracias, querida —agradeció mientras Dominique aparecía en la mesa para servir café en su taza—. Tu compañero de manada parece que está a punto de explotar.

—Suele suceder. Es algo de los Bennett. —Me echó un vistazo—. Escúchalos, Carter.

Y luego desapareció en la multitud.

Will se inclinó hacia adelante y abrazó su taza con las manos.

—Como yo lo veo, este pueblo es tanto nuestro como suyo.

—Lo sé. No estaba diciendo lo contrario. No estamos intentando quitarles nada...

—No creí que hicieran eso —respondió con suavidad—. Pero este es nuestro hogar y cuando amenazan el hogar de un hombre, hace todo lo posible para mantenerlo a salvo.

—No solo los hombres —replicó una mujer. Le dio una palmadita a la enorme arma que tenía en la cadera—. Soy mejor tiradora que tú, Will.

Will soltó una risita.

—Eso es verdad. Y tienes razón, no solo los hombres. —Volvió a mirarme—. ¿Qué estaba diciendo?

—Algo estúpido —ladré.

—Eso es correcto. En realidad, nunca conocí otra cosa, nací aquí. Mi papi fue dueño del motel antes que yo y me lo dio cuando se retiró. Y aquí es donde moriré. ¿Crees que empacaré y huiré?

—Si fueras inteligente, sí, lo harías.

Me miró entrecerrando los ojos.

—¿Qué hay de ti?

—¿*Qué* hay de mí? —Estaba exasperado. Sentía una presión extraña en la cabeza. Presioné mis dedos contra mis sienes.

—Podrías marcharte. —Señaló con la cabeza a la ventana—. Llevarte a tu manada y huir. Esconderse. Dejar que nosotros lidiemos con lo que sea que venga.

—¿Estás demente? —Dejé caer las manos—. ¿Por qué rayos haríamos eso?

—Exactamente —replicó—. Porque aman este lugar tanto como nosotros. Este es nuestro hogar, aquí es adonde pertenecemos. Y eres parte de este pueblo, lo que significa que también nos perteneces. ¿Realmente crees que nos marcharíamos y dejaríamos que luchen solos?

—*Sí*. Es exactamente lo que creo.

Miré a mi alrededor a los demás, seguro de que encontraría un rostro amigable, alguien que coincidiera conmigo. Le pediría ayuda para intentar convencer a los demás.

Encontré una pared de silencio y miradas serias.

—¿Cuál es su *problema*? —demandé—. Podrían morir. Recuerden cómo fue cuando vinieron los cazadores. Tuvimos suerte. No puedo prometer que volvamos a ser afortunados. Por el amor de Dios. Algunos de ustedes tienen niños. ¿Por qué demonios se arriesgarían así?

—No te preocupes por los niños —dijo Will y sacudí la cabeza hacia él—. Tenemos un plan. Sabíamos que esto podría suceder. Tus Alfas nos prepararon.

–*¿Qué?*

Will tenía una expresión arrogante.

–Después de lo que le sucedió a tu manada en Caswell, Ox y Joe querían asegurarse de que los niños nunca volvieran a ser heridos, o peor, que sean utilizados en contra de tu manada o de nosotros. Construimos un bunker en la tierra de los Bennett, paredes de concreto con plata incrustada y algo del abracadabra de Gordo y de esa bruja. Aileen, creo que se llamaba. Ante la primera señal de problemas, quienes tengan niños saben que deben llevarlos al bunker, al igual que a los ancianos. –Soltó una risita–. Fue costoso, pero tu *ma* me aseguró que no había un costo demasiado alto para garantizar la seguridad de las personas que no pueden luchar por sí mismas. Hizo algunas otras modificaciones en el pueblo.

–Un refugio nuclear –dije maravillado–. Construyeron un refugio nuclear.

Will se dejó caer en el respaldo de la cabina, lucía orgulloso de sí mismo. Todos los demás hicieron lo mismo.

–Ya lo creo. Lo hicimos discretamente. La gente que trajimos para trabajar solo creyó que éramos unos pueblerinos preparándonos para el fin del mundo. –Su rostro se endureció–. Puede que ese sea el caso. Estamos contigo, Carter. Cuidaremos tu espalda. Y cuánto antes te des cuenta de eso, mejor será. Estamos juntos en esto.

–Todos están locos –dije sin poder creerlo.

Arqueó una ceja.

–Y tú eres un cambia-formas. Supongo que todos tenemos algo.

Bajé la cabeza hacia la mesa, presioné mi frente contra la superficie, tenía dificultades para respirar. Estaba abrumado por estas personas ridículas que habían puesto su fe en nosotros ciegamente. Personas normales hubieran gritado y salido corriendo en el momento en que me vieron transformarme en lobo en El Faro cuando un enorme lobo gris perseguía a mi manada. Y para ser justos, algunas personas *sí* se marcharon de Green Creek. Pero la mayoría se había quedado *y* había mantenido nuestro secreto.

—¿Por qué? —murmuré contra la mesa—. ¿Por qué haces esto?

Sentí la mano de Will en mi nuca. Un toque gentil.

—Una vez te dije que conocía a tu padre. No siempre lo comprendí, pero reconozco a un buen hombre cuando lo veo. Fue amable conmigo cuando nadie más lo era. No importa el por qué, pero nunca lo olvidé y cuando mis ojos se abrieron y vi lo que sucedía realmente, entonces supe qué gran hombre era. Él ya no está aquí. Nosotros sí. Y lucharemos hasta nuestro último aliento. No estás solo, Carter. Nunca lo has estado.

Parpadeé para luchar contra el ardor de las lágrimas. Temblé cuando las personas murmuraron alrededor de nosotros y se estiraron para tocar mis hombros, mi nuca, mi cabello. Sus palabras sonaron como el viento y, aunque no eran manada, sonaba como si estuvieran en mi cabeza.

Dijeron:

—Estamos aquí.

—Cuidaremos tu espalda.

—Nadie se mete con nuestros lobos.

Y extrañamente alguien sumó:

—Haré explotar algunas porquerías, ya lo verán, solo obsérvenme, lo juro por Dios.

Me reí entre lágrimas. Estas personas ridículas. Todos humanos, pero sonaban como lobos.

Con el tiempo dejaron de hablar y retrocedieron.

Levanté mi cabeza mientras secaba mis ojos.

Will tenía una expresión suave en su rostro, arrugada y maravillosa.

—¿Ves? —dijo—. Ahora, déjame decirte qué más hemos cambiado en el pueblo mientras no estuviste. Puede que todavía tengamos un truco o dos bajo la manga. Le pedí a Ox que me dejara ser el que te lo contara. No me decepciones.

Escuché.

Y, al final, no lo decepcioné.

Qué *demonios*.

Abandoné la cafetería media hora después, asombrado. La campana sonó sobre mi cabeza mientras empujaba la puerta hacia el frío. Giré la cabeza hacia el cielo, el negro azulado que solo parece existir en pleno inverno. Inhalé y exhalé. La presión en mi cabeza se incrementó y no supe por qué.

Di un paso hacia adelante, pretendía cruzar la calle hacia el taller.

La presión incrementó con una punzada.

Trastabillé. Apenas logré mantener el equilibrio.

Sujeté los costados de mi cabeza. El cielo negro azulado estaba en mi cráneo y *ardía*, ardía y dolía dolía *dolía*…

Desde la calle de enfrente oí el aullido de un lobo.

Levanté la cabeza mientras respiraba agitado en la tormenta.

Gavin estaba corriendo hacia mí con ojos violetas brillantes. Sus brazos se hincharon mientras corría, sus garras y colmillos resplandecieron bajo el sol de invierno. Chris, Tanner y Rico lo siguieron con los ojos entrecerrados.

Gavin se detuvo delante de mí. Se aferró a mis hombros, sus ojos violetas buscaban los míos.

—¿Qué sucede? —gruñó—. Puedo sentirlo. Lo siento. Lo *siento*.

—Algo no está bien —susurré.

Los chicos llegaron a nosotros y nos miraron aturdidos como si no pudieran comprender cuál era el maldito problema y destruirlo.

Chris estaba asustado. Pude oírlo en su voz cuando dijo:

—Ox. Gordo y Ox. ¿Qué sucedió? Carter, ¿qué *sucedió*?

—Tenemos que volver a casa —dije con una mueca mientras la presión se incrementaba otra vez—. Ahora.

Gavin asintió y comenzó a empujarme hacia la camioneta que habíamos llevado al pueblo. Miré sobre mi hombro a la cafetería. La gente miraba por la ventana. Will se acercó a la puerta con el ceño fruncido.

—¿Carter?

—Estén listos —repliqué—. Esperen mi llamada. ¿Querían una pelea? Creo que tendrán una.

—Ya lo sabes, mantenme al tanto —gruñó mientras Dominique pasaba junto a él con ojos naranja y los colmillos extendidos—. ¿Las sirenas?

Negué con la cabeza.

—Todavía no. Puede que no sea nada.

Rogué no estar equivocado.

A SALVO

Cuando llegamos, mamá y Mark estaban en el porche. Se formó una nube de polvo y piedras cuando Rico detuvo el vehículo bruscamente. Salí de la camioneta incluso antes de que apagara el motor.

Mark estaba pálido y mamá tenía una expresión de determinación en el rostro.

–Lo sentiste.

–Gordo –susurró Mark y tragó el nudo en su garganta–. Él está…

–Vivo –terminé–. Lo sabríamos si no fuera así. ¿Pudieron hablar con ellos?

Mamá sacudió la cabeza.

—Lo intentamos. Bambi está llamando otra vez y Jessie está hablando con tus hermanos y Robbie.

Dominique entró a la casa y la seguimos. Podía oír a Jessie hablando a toda velocidad en la cocina. Se mostró aliviada cuando nos vio.

—Aguarden un momento, llegaron los demás.

Estiró el teléfono hacia mí. Lo tomé y giré hacia la oficina.

—¿Joe? ¿Kelly?

—Sí —dijo Joe y la línea se entrecortaba. Sonaba furioso—. Estamos aquí. Robbie también. Estás en altavoz. ¿Qué sucedió?

—No lo sé —respondí mientras abría la puerta de la oficina. Los demás me siguieron adentro. Dominique sostenía a Joshua mientras Bambi terminaba la llamada e intentaba de nuevo. Pude oír el tono antes de la casilla de mensajes de voz de Gordo, su voz era áspera.

—Es Ox —dijo bruscamente—. Les sucedió algo.

—Todavía no sabemos eso —repliqué, aunque se sintió como una mentira—. Seguimos intentando comunicarnos con ellos. ¿Caswell?

—Igual que siempre —respondió Robbie con una nota de amargura—. Considerando toda la mierda que sucede aquí, uno creería que Michelle Hughes sigue a cargo.

—¿Qué diablos significa eso? —pregunté sorprendido.

—Están asustados —explicó Kelly—. Alguien estuvo hablando. Convencieron a la mitad de la gente que Livingstone está en un arrebato furioso y en camino a Caswell. Hay pánico.

—Demonios —murmuré. Alejé el teléfono de mi oreja, lo apoyé en el escritorio y cambié a altavoz—. ¿Lo tienen bajo control?

—La mayor parte —dijo Joe—. Creo que el estar aquí ayudó.

—¿Quién ha estado diciendo esa mierda?

–No lo sabemos –dijo Joe y sonaba frustrado–. Estamos intentando descubrirlo, pero es perseguir un rumor. Todos dicen que se los dijo otra persona. –Suspiró–. Ellos… creen que tiene que ver con Gavin.

Entrecerré los ojos.

–¿Qué?

Kelly estaba furioso.

–Dicen idioteces. Saben que lo encontraste, que lo llevaste a Green Creek. Creen que de alguna manera es su culpa. Algunos le dijeron a Joe que, si se preocupaba por Caswell, debería entregarle Gavin a Livingstone y terminar esto. Recuerdan lo que Livingstone les hizo, Carter, y por qué. Lo culpan a él por la muerte de Michelle y todo lo que sucedió antes.

Gavin gruñó como si le hubieran dado un golpe. Me enfureció. Hundí mi puño en el escritorio. El teléfono tembló.

Gruñí.

–Que se pudran. Él no irá a ninguna parte.

–Lo sabemos –dijo Joe–. Y les dije lo mismo. Gavin es uno de los nuestros. Me importa una mierda lo que digan, se quedará con nosotros.

–Está bien, Joe –intervino Mark–. Pero tienes que ser cuidadoso. No puedes olvidar que te observan, eres su Alfa. No quemes puentes que no podrás reconstruir.

–Lo sé –dijo Joe–. Pero no lo están haciendo fácil.

Mamá me empujó mientras rodeaba el escritorio. Movió el ratón al costado de la computadora. El monitor se encendió y cubrió su rostro de azul. Odiaba cómo lucía, se sentía demasiado literal. Jessie caminaba de un lado a otro frente a Bambi, quien sacudía la cabeza. Dominique también. Tanner, Chris y Rico habían rodeado a Gavin con los brazos cruzados como si estuvieran custodiándolo. Sentí un orgullo desmedido al verlos, a pesar de que mi corazón se retorcía por la expresión triste en el rostro de Gavin. De repente, deseé estar en Caswell y desafiar a los demás a que digan en mi cara lo que le dijeron a mi hermano.

La televisión en la pared se encendió después de que mamá tocara algunas teclas. Bambi volvió a guardar su teléfono en el bolsillo cuando el nombre de Ox apareció en la pantalla. Estaba intentando una videollamada. Un círculo giraba debajo del nombre de Ox mientras el monitor sonaba una y otra vez.

—Vamos —murmuré—. Vamos, responde.

La llamada terminó sin ninguna respuesta.

—Vuelve a intentarlo —dijo Mark—. También intenta llamar a Gordo.

Eso hizo.

—¿Robbie encontró algo? —pregunté.

—No lo sé —dijo Robbie, su voz era pequeña y temblorosa—. ¿Tal vez? Es…

—¿Qué dice? —indagué mientras observaba el pequeño círculo en la pantalla girar una y otra vez.

—Una manifestación de ira. Furia tan profunda que causa que un lobo se transforme en algo grotesco. No dice nada sobre un brujo que perdiera su magia y se convirtiera en lobo o que sobreviviera a la mordida de un Alfa. Pero hay algo más.

Todos miramos al teléfono.

—¿Qué? —preguntó Mark.

—Diles —dijo Kelly en voz baja.

—¿Elizabeth? —preguntó Robbie.

—Aquí estoy.

—¿Alguna vez… Thomas regresó a Caswell? Después de que se instalaran en Green Creek.

Mamá parecía sorprendida.

—Varias veces. Sabía que tenía que mostrarse de vez en cuando para que los lobos supieran que no se había olvidado de ellos. Para cualquier decisión o castigo importante estaba allí, trabajaba a la par de Michelle. ¿Por qué?

—Yo… en uno de los libros, uno de los más viejos, hay fechas que se remontan al 1600. Se describe a un lobo que ha perdido todo. Lazo, compañero, manada. Al principio creí que describía a un Omega, pero había anotaciones en los márgenes. Más nuevas. Mucho más reciente. —Inhaló profundamente—. Encontré este libro cuando estuve en Caswell… antes. Me había olvidado de él hasta que Gordo dijo que no había encontrado nada cuando vino aquí. No lo hubiera visto, se había caído detrás de la estantería y yo solo… lo dejé allí porque las cosas estaban poniéndose extrañas. Reconocí la letra. Era la misma que tenía la carta que una vez me diste y la del diario que te di.

—Thomas —susurró.

—Sí —replicó Robbie. Sonaba incómodo—. Eso creo. Kelly y Joe están de acuerdo y ellos probablemente la conocen mejor que yo.

—Es él —dijo Joe firmemente—. Lo sabemos.

—¿Qué decía? —preguntó Mark y se inclinó sobre el teléfono con los ojos entrecerrados.

—No era mucho —dijo Kelly—. Pero creemos que sabemos qué significa.

—Léelo —dijo Joe su voz se quebró a través de la línea.

—¿En esto podría convertirse? —leyó Robbie—. ¿Debería haberlo matado cuando tuve la oportunidad? No lo sé. Me aseguraron que estaría atrapado para siempre.

Y luego Robbie dijo algo que no pudimos comprender.

—Repite eso, Robbie —pidió mamá—. No escuchamos lo último.

—Ox —dijo Joe y el mundo perdió su eje—. Dice que cree que es Ox. Escribió que cree que Ox es más de lo que creímos. Las últimas notas dicen: "*Es un Alfa. No sé cómo. No sé por qué. Pero si es verdad y la bestia emerge, entonces un oponente igual de poderoso también debe emerger. Ox. Ox. Ox*".

Miramos al teléfono, atónitos. Jessie dio un paso hacia adelante.

—Thomas murió mucho antes de que Ox se convirtiera en lobo. ¿Cómo pudo haber sabido…?

—Alfa —dijo mamá a la nada.

—¿Lizzie? —preguntó Mark.

Mamá sacudió la cabeza.

—Él lo supo, incluso antes que nosotros. Cuando esos Omegas vinieron, cuando se llevaron a Jessie. Ox era…

Alzó la cabeza. Al principio creí que estaba mirando a Rico, Tanner y Chris. Pero no era así. Rodeó el escritorio y les hizo un gesto para que se movieran. Gavin estaba allí con las manos entrelazadas. Mamá tomó su rostro con las manos y acarició sus mejillas con los pulgares.

—¿Gavin? Estuviste allí con los Omegas.

Asintió miserablemente.

—¿Lo sentiste? —preguntó por lo bajo— ¿Todo lo que Ox podría ser?

La mirada de Gavin salió disparada hacia mí antes de regresar a mi madre.

—Brillante. Me asustó. Grande. Más grande que lo demás. Lo sentí. Tiró de mí. De todos nosotros. Dejó que algunos nos marcháramos. Corrimos. Pero lo sentimos. Humano. Pero más. Lobo. Alfa.

Mamá dejó caer sus manos, estaba asombrada.

—Él sabía, mamá —dijo Joe—. Lo sabía incluso entonces. Lo sabía y no nos lo dijo.

—No sabemos eso —replicó Rico—. Podría estar hablando de...

—Hay algo más —intervino Robbie—. No de Thomas, del libro. No sé qué significa. El resto desapareció o es ilegible, pero puedo leer esto último.

—¿Qué? —preguntó Mark mientras intentaba volver a conectar la llamada con Ox.

—Una sola palabra —dijo Kelly—. Sacrificio.

La pantalla en la pared titiló rápido dos veces.

Se conectó la videollamada.

Volteamos hacia el monitor.

Estaba oscuro. La imagen estaba difusa, los píxeles borrosos y tildados. Creí escuchar el viento. Tardé un momento en darme cuenta de que era alguien respirando con dificultad.

—Te tengo —dijo una voz fuera de pantalla—. Vamos. *Vamos.*

Reconocí esa voz al instante.

—¿Aileen?

La imagen giró de repente y el rostro de Aileen apareció en la pantalla. Estaba sangrando por una herida en su cabeza. La sangre cubría el lado derecho de su rostro. Su piel era pálida y tenía una tos seca.

—Hola —dijo.

Miró a otro lugar y entrecerró los ojos.

—Tráiganlo aquí. Maldición, Patrice. ¿Hay alguien más?

—No. —Oímos la respuesta—. Esto es todo lo que hay.

—Tu brazo está...

—No te preocupes por eso —replicó Patrice apretando los dientes.

Estaba herido, pero no podíamos saber cuán grave era.

—Puse barreras en la cabaña. Es... Gordo. *Gordo.*

Y luego otra voz habló.

—Dame el teléfono.

Ox.

La imagen se congeló antes de moverse. El rostro de Ox apareció. Sus ojos eran rojos y violetas. Tenía sangre en los dientes.

—¿Pueden oírme?

—Sí —dijo mamá—. Ox, estamos aquí.

—Escuchen. Llegamos demasiado tarde. Las barreras estaban destruidas. Tienen que estar listos. Está en camino. Está *en camino*.

Sentí que mi piel se electrificaba. Mi sangre subió a mi orejas y mi corazón sentía que estallaría en mi pecho.

—¿Los brujos?

—Muertos —murmuró Ox—. Todos muertos. Patrice y Aileen, ellos…

Ox hizo una mueca y apoyó su mano contra su estómago. No tenía camiseta y un hueso se asomaba por su piel. Escuchamos un *chasquido* mientras el hueso sanaba.

—Livingstone tiene un brujo. Un niño. No sé…

—Dame el maldito teléfono —bramó Aileen—. Tienes que sentarte y descansar.

La pantalla volvió a borronearse mientras le quitaba el teléfono a Ox y su rostro reapareció una vez más.

—Se llama Gregory. Me vino a buscar en Caswell, dijo que quería ayudar.

—¿Gregory? —demandó Joe—. Tuve una reunión con él. Lo *conozco*. Es un maldito *adolescente*.

Robbie estaba igualmente furioso.

—Conozco ese nombre. Livingstone lo mencionó una vez en Caswell cuando creí que era Ezra. Dijo que él lo estaba ayudando, que Gregory estaba… ansioso por aprender.

—Malditos adolescentes —estalló Aileen—. Y es más fuerte de lo que creí. Debió haber estado escondiéndolo de mí. Él fue quien dejó entrar a los lobos. Y el que los dejó salir.

Se ahogó con sus palabras.

—Los mataron. A todos. Fue una masacre. Ox pudo matar a algunos de los lobos, pero Gregory lo encontró con la guardia baja. Lo derribó contra esa casa vieja.

—¿Gordo? —preguntó Mark como una plegaria—. ¿En dónde está? ¿Está…?

—Está aquí —dijo Aileen.

Se estiró y tocó la herida en su cabeza. Hizo una mueca y las puntas de sus dedos se mancharon de sangre.

—Inconsciente, pero está aquí. Lo tenemos. Estamos refugiados en la cabaña. No se preocupen por nosotros. Estamos a salvo por ahora, pero Ox tiene razón. Tienen que estar listos. Livingstone está en camino. Intentamos detenerlo, pero… —sacudió la cabeza—. Era más poderoso que nosotros.

—Se marcharon —dijo Patrice—. Creo que todos se marcharon. Lobos. Gregory. Esperaremos aquí hasta estar seguros y luego…

—No —dijo Ox—. Nos marcharemos ahora. Tenemos que regresar a Green Creek.

Aileen suspiró.

—¿Cómo supe que diría eso?

—Porque no tenemos otra opción. Carter.

—Estoy aquí, Ox.

—Tienes que advertirles a las personas del pueblo. Tú…

Gruñó sin mirar la pantalla y luego agregó:

—Will sabe qué hacer. Hagan sonar las alarmas. Estamos volviendo por ustedes, ¿sí? Lo juro. Escóndanse ¿me oyen? Quiero que todos se escondan. Él no puede hacer esto en nuestro pueblo.

Chris dio un paso hacia adelante. Nos miró a todos antes de concentrarse en la pantalla.

—Sabes que no podemos hacer eso, Ox. Tenemos que ayudar a Green Creek. Por más que seamos pocos, es nuestro trabajo, hombre. Nos estuvieron entrenando para esto. Para este momento. —Rio, aunque fue tembloroso—. Quiero decir, ¿por qué otro motivo nos hemos levantado al amanecer para golpearnos entre nosotros una y otra vez?

El rostro de Ox reapareció en la pantalla. Lucía furioso.

—*No*. No lo hagan. Es más poderoso que ustedes. *Escóndanse*. No me hagan decirlo otra vez.

—Te amamos, ¿sí? —dijo Chris y el rostro de Ox se desmoronó—. Haremos lo posible por contenerlos hasta que lleguen aquí.

—Por favor —susurró Ox—. No puedo perderlos también.

—No lo harás —replicó Tanner y se adelantó al lado de Chris, hombro con hombro—. Eres nuestro Alfa. Nos enseñaron a luchar, Joe y tú. Siempre supimos que podría llegar este momento. Confía en nosotros, ¿sí? Tennos la fe que tenemos en ti.

—Estoy en camino —dijo Ox y sentimos el llamado de nuestro Alfa—. Regresaré por todos ustedes. Hagan lo que puedan, pero si es demasiado, huyan. No me importa lo que le suceda al pueblo. Llévense a la gente y *huyan*.

La pantalla se apagó.

—*Mierda* —gruñó Joe—. Kelly, entra en… sí. Ahora, Robbie, ve afuera. Reúne a tantas personas como puedas. Si alguien te da problemas, diles que hablas en mi nombre. Saldré en un minuto.

—Pero…

—Ve.

Los oímos correr.

—Mamá —dijo Joe.

—Estoy aquí —respondió en voz baja.

—No puedo perderlo —susurró.

Sonaba como un niño pequeño otra vez, contándonos sobre el chico que encontró en una calle de tierra en el medio del bosque.

—No lo perderás —dijo mamá—. Regresa a casa.

—Te quiero.

—También te queremos. Te veremos pronto.

Mamá terminó la llamada. Se quedó mirando la pantalla un instante antes de sacudir la cabeza. Cuando levantó la mirada, sus ojos estaban naranjas.

—No permitiremos que esto suceda. Lo que sea que nos ataque, lo enfrentaremos y lo haremos juntos. No…

Se detuvo.

—¿Qué? —pregunté.

Mamá miró hacia la puerta y luego hacia mí.

—¿En dónde está Gavin?

Giré en mi lugar.

Ya no estaba.

Recorrí la casa a toda velocidad gritando su nombre.

No respondió.

Entré volando en nuestra habitación y estrellé la puerta contra la pared. En la cama, debajo de un lobo de piedra que una vez le había pertenecido a mi madre, había una nota con letra familiar. Dos palabras que me asustaron.

LO LAMENTO.

Di la vuelta sobre mis pies, salí corriendo de mi habitación y bajé las escaleras. Mark estaba en el primer piso con los ojos bien abiertos.

—¿Qué sucede?

Lo ignoré, salí disparado de la casa. Salté los escalones de porche y aterricé en el suelo. Miré a mi alrededor, escuché los sonidos del bosque.

—Vamos —murmuré—. Vamos. *Vamos.*

Allí. Detrás de la casa azul. Un latido acelerado.

Corrí hacia él.

Rodeé la casa y me detuve arrastrando los pies.

En los árboles cerca de la casa azul, vi un destello de color.

Un lobo gris corriendo entre los árboles.

Mis colmillo descendieron.

Mis garras crecieron.

Un latido poderoso resonó en mi cabeza y me ordenó *persigue* y *caza* y *muerde.*

Mis prendas se desgarraron mientras yo

yo

yo

soy lobo

corro

corro rápido

detenerlo

gavin

gavin

gavin

escúchame

necesito que me escuches

no puedes hacer esto

no puedes marcharte

no

allí

estás te veo

eres rápido

pero soy más rápido

yo

Me volví a transformar mientras lo tacleaba y nos deslizábamos en el suelo. Terminé encima de él. Él estaba sobre su espalda, sus patas se agitaban contra mí, raspaban mi piel. Intentó gruñir. Me aferré a su hocico con una mano y mantuve su boca cerrada antes de girar su rostro hacia el suelo. Le gruñí, hice brillar mis ojos mientras acercaba mi cabeza a él.

Dejó de luchar. Se quejó, sus ojos violetas y asustados.

—Transfórmate —ladré.

No lo hizo.

—*Transfórmate.*

Sentí los músculos y los huesos crujir debajo de mí. Su pelo retrocedió y solo quedó el hombre que llegué a conocer. Frunció el ceño mientras me empujaba para quitarme de encima. Caí al suelo a su costado, pero me puse de pie antes de que él pudiera moverse otra vez.

—¿Qué demonios estás haciendo?

—Estúpido Carter —murmuró y se puso de pie—. Estúpido, estúpido Carter.

—Qué te den. —Empujé su pecho y se tambaleó hacia atrás—. ¿A dónde ibas?

–No es asunto tuyo –replicó–. No eres mi dueño. Voy a dónde quiero.

Apenas podía pensar. Estaba tan condenadamente enfadado. Sentí que algo de bilis subía por mi garganta y la tragué como pude. Escondido detrás de la furia que sentía, como si fuera un gran monstruo, había algo más grande.

Miedo.

Tenía *miedo*.

No de él, pero de lo que estaba haciendo. De lo que sucedía en su cabeza.

Lo lamento decía la nota.

–¿Estás huyendo? –pregunté, había algo desagradable en mi voz–. ¿Eso es todo? ¿Huyes ante la primera señal de problemas?

Me fulminó con la mirada, pero no habló.

–Maldito cobarde. –Sujeté su brazo y comencé a jalar de él hacia la casa.

–*No* soy un cobarde –gruñó. Luchó para liberarse, pero mi agarre era demasiado fuerte–. Cierra la boca.

–No quiero oírlo. ¿Cuál demonios es tu problema? ¿Cómo pudiste pensar que esto estaría bien? No puedes simplemente…

–*¡Estoy yendo hacia él!*

Me detuve. Cerré los ojos.

Las aves de invierno cantaron en los árboles. Sonaba como una canción triste.

–¿Qué? –susurré.

–Estoy yendo hacia él –dijo.

–Nunca debí venir aquí –dijo.

–Puedo detener esto –dijo.

–Puedo *detenerlo* –dijo.

—Sacrificio. En el libro. Decía *sacrificio* —dijo.

—No tiene que ser Ox. Ox es Alfa. Manada necesita Alfa —dijo.

—Manada no me necesita a mí —dijo.

Giré para mirarlo. Sus ojos estaban húmedos. Su labio inferior estaba temblando.

—No —dije.

Sacudió la cabeza.

—Carter. Escucha, ¿sí? Escucha. Puedo hacer esto. Puedo terminar esto. Yo… yo puedo salvar a la manada. Lobo bueno. Puedo ser lobo bueno. Grande y malo, pero bueno.

—No, no, no…

—Shh —dijo. Dio un paso hacia mí. Presionó su dedo contra mis labios—. Shh, Carter. Está bien. Lo prometo.

Intentó sonreír, pero se quebró en pedazos.

—Sabes que tengo razón. Lo sabes. Ayudo a la manada. La hago mejor.

Sacudí la cabeza, giré y volví a arrastrarlo hacia la casa otra vez.

—Carter, *detente*.

—Vete al diablo —le gruñí sobre mi hombro—. Realmente crees que, ¿qué? ¿Que te dejaré ir? ¿Que te permitiré hacer esto? ¿Y crees que *yo* soy el estúpido? Oh, amigo, tengo noticias para ti.

—No me *necesitas* —dijo y luchó por alejarse. Me aferré a él con fuerza—. No lo haces. Tú vives. Puedes vivir. Él no te quiere a ti. O a los Alfas. O a la manada. Me quiere a mí.

—¿Entonces qué? —Pude ver la casa azul otra vez—. ¿Qué demonios sucederá entonces? ¿Dejarás que succione tu vida? ¿Dejarás que te mate? ¿Y si no es suficiente? ¿Y si desgarra todo lo que eres y solo puedes ser un maldito lobo otra vez? No se detendrá, Gavin. Sabes que no lo hará.

—*Lo hará*. Puedo hacerlo —dijo—. Lo escucho. Cada vez más fuerte. Es mi *padre*. Él…

—No es *nada* para ti.

El miedo dentro de mí me impulsó a pesar de la furia y asomó su horrible cabeza. Apenas podía respirar mientras se aferraba a mi pecho. El pánico era feroz y brillante.

—Nunca lo ha sido. ¿Por qué no puedes verlo? No puedes hacer esto. No te lo permitiré.

—¿Por qué? —gritó.

La fuerza de su pregunta me sorprendió. Sujeté su brazo con menos fuerza y se liberó de mí antes de empujarme. Me estrellé contra el costado de la casa azul y la madera crujió.

—Nunca pedí esto. Nada de esto. Nunca pedí por *ti*.

Me reí con amargura.

—¿Entonces por qué te quedaste?

Hizo una mueca.

—¿Qué?

Di un paso hacia él y no se movió.

—Viniste aquí, te quedaste. No tenías que hacerlo. Sabías quién eras. Sabías qué sucedería si lo descubríamos y, sin embargo, te quedaste. ¿Por qué?

—Preguntas —gruñó—. Siempre preguntas. Nunca te detienes, incluso cuando deberías.

Lo ignoré. No podía detenerme. Ahora no, no cuando todo se derrumbaba a nuestro alrededor.

—Y luego te marchaste porque eres un cretino sacrificado. Te perseguí y, *ah*, sí que diste pelea. No, Carter, no. No quiero ir contigo. No quiero estar contigo. Márchate, Carter. Márchate. Estúpido Carter. —Cerré mis manos en puños para evitar estallar–. Y, aun así, regresaste. Te hiciste parte de esta manada, construiste un hogar. Si te resulta tan sencillo marcharte otra vez, entonces ¿por qué *mierda* te molestaste siquiera en regresar?

Se desmoronó, la pelea lo había agotado. Su voz era ronca cuando habló.

–Tú eres el único lugar en el que me siento seguro. Tú, Carter. Me haces sentir a salvo. –Golpeó su puño contra su pecho–. Pum. Pum. Pum.

Lo besé.

Exhaló explosivamente mientras sus labios se tocaron con sus dientes. Su boca era cálida y húmeda y pude sentir su barba incipiente contra mis manos mientras sostenía su cara. Emitió un sonido de dolor y luego me empujó contra la casa otra vez. Solo que esta vez, él estaba sobre mí y la larga línea de su cuerpo se sentía caliente contra el mío. Mi cerebro flaqueaba ante el pensamiento de que los dos estábamos desnudos, pero luego todo desapareció cuando mordió mi labio inferior y tiró de él gentilmente.

Gemí contra su boca y se aferró a mis bíceps, sus garras se hundieron en mi piel.

–Estúpido Carter –murmuró contra mí–. Eres tú. Eres tú. Siempre tú.

Incliné la cabeza hacia atrás contra la casa mientras llevaba sus dientes a mi garganta e inhalaba profundamente. Todas las dudas que tenía sobre si esto me gustaría salieron por la ventana. Me gustaba. Definitivamente me gustaba.

Él seguía hablando, seguía diciendo mi nombre como una plegaria y dije:

–Cállate, cállate, entra en la casa, no haremos esto aquí.

–*Tú* cállate –replicó–. Siempre hablando, nunca te detienes.

Me reí salvajemente, me sentía enloquecido, los límites de la realidad estaban difusos. Era como si estuviera perdiendo el control otra vez, pero ahora no quería detenerme.

Retrocedió un paso, su pecho estaba agitado. Tomó mi mano y me guio hacia la puerta trasera de la casa azul. No sabía qué estaba haciendo, no sabía cómo hacer nada de esto, pero ya no me importaba. Me tropecé mientras entraba, mi cabeza chocó con su espalda.

—No estoy listo para la página setenta y seis —dije al azar.

—Lo que dices no tiene sentido —replicó—. Deja de hablar.

—No sé qué estoy haciendo. No sé cómo…

—Yo sí —dijo y mi sangre se calentó. Hice mi mejor esfuerzo para no quedarme mirando su trasero mientras subíamos las escaleras, pero fallé miserablemente.

Me llevó hacia la habitación al final del pasillo, un cuarto extra que habíamos usado para Omegas. Cerró la puerta detrás de nosotros y, a la distancia, los sonidos de las sirenas comenzaron a resonar en Green Creek, le indicaban a la gente del pueblo que era hora de actuar.

—No tenemos tiempo —le dije.

—Lo sé. Lo sé. Lo sé.

Me empujó hacia la cama. Reboté una vez antes de que me atrapara contra el colchón cuando se acomodó sobre mí. Era pesado y apenas podía respirar, pero nunca me sentí más despierto. No estaba soñando. Esto era real. Todo esto era real.

Volvió a besarme, frotó sus caderas contra las mías. Su pene era grueso y pesado contra el mío, nuestra piel ya estaba resbaladiza por el sudor. Su lengua entró en mi boca bruscamente, pero no me importó. Él se sentía salvaje, el murmullo del lobo vibraba entre nosotros. Abrí los ojos y lo único que pude ver era violeta.

Sus manos jalaron de mi cabello y llevaron mi cabeza hacia atrás. Volvió a encontrar mi garganta y mordisqueó la piel.

—Eso me gusta —jadeé—. Sigue haciendo eso.

Gruñó y no pude evitar reírme. Intenté envolverlo con mis brazos, pero sujetó mis muñecas con una mano y las sostuvo con fuerza y sobre mi cabeza. Sus ojos resplandecieron cuando se irguió sobre mí. Me miró inclinando la cabeza.

—Esto —dijo—. Esto es lo que quieres.

—Sí —asentí—. A ti. Te quiero a ti.

Había alivio allí, verde, como nada que hubiera sentido antes. Emanaba de él y, en mi cabeza, un susurro irrumpió la neblina, decía *carter carter carter* y era él, sabía que era él. Lo había oído antes. Tal vez lo había ignorado. Tal vez no lo había reconocido. Pero ahora lo hacía. Éramos nosotros.

—Deja tus manos allí —dijo—. No te muevas.

—Por supuesto que serías mandón aquí también —murmuré y luego solté un gemido cuando mordió mi pezón antes de besar un camino descendiente por mi pecho—. No sé por qué creí que sería distinto.

Alzó la cabeza para mirarme, apoyó su mentón en mi estómago.

—Pensaste en esto.

Y como era él, dije:

—Sí. Todo el maldito tiempo.

Sonrió y juraría que vi sus colmillos asomarse. No debería haberme emocionado tanto, en especial considerando lo cerca que estaba de mi pene. Pero allí estaba y no hice nada para detenerlo.

Presionó su rostro contra mi ingle, inhaló profundamente, mi pene se presionó contra su mejilla.

—Amigo, eso probablemente no…

—No me llames así.

—Esto es tan estúpido, esto es tan… ¡*mierda*!

Mis caderas se arquearon mientras me tragaba por completo, se atragantó mientras la punta de su nariz rozó mi vello púbico. Sentí su garganta trabajar alrededor de mi pene y comencé a estirarme hacia su cabeza, si para alejarlo o para mantenerlo en su lugar, no lo sabía. Abrió sus ojos. Estaban húmedos mientras brillaban con una advertencia violeta. Mis manos se detuvieron sobre su cabeza.

Se alejó de mi pene lentamente e hizo girar su lengua sobre su cabeza. Debió haber visto la expresión en mi rostro porque dijo:

—¿Qué?

—Nada —logré decir.

No sabía cómo decirle.

Violeta. Sus ojos habían sido violetas.

Pero por un instante, hubo un destello naranja.

Derribó mis manos y volvió a tragar mi pene. Era mejor en esto de lo que creí que sería y sentí un terrible tornado de celos al pensar en cómo había aprendido. Por supuesto que no era virgen, yo tampoco lo era. Pero eso no ayudó a apaciguar el deseo de encontrar a las personas con las que había estado y arrancarles sus malditas cabezas.

Jaló de mis bolas, cerré los ojos y respiré por la nariz.

—Si sigues haciendo eso, no duraré mucho. Ha pasado mucho tiempo.

—Lo sé —dijo, y dejó que mi pene se estrellara contra mi estómago—. Podía olerlas en ti cuando llegué. Todas esas mujeres. Las odié.

—No hubo nadie desde entonces. Lo sabes.

Se aferró a mi pene y subió y bajó su mano lentamente.

—Te bloqueé.

Lo miré boquiabierto.

—¿Qué demonios?

Encogió los hombros y las comisuras de sus ojos se arrugaron.

—Te seguí por todos lados. Sombra. Me aseguré de bloquear tu pene.

Hijo de puta. Volví a reírme sin poder detenerme. Me frunció el ceño y me senté en la cama. Lo atraje desde sus axilas. Volví a besarlo y allí estaba, ese aroma antiguo que solo le pertenecía a él y a nadie más.

Lo perseguí mientras giraba y lo acostaba contra la cama. Miré entre nosotros. Nuestros penes se frotaban entre sí. Moví mis caderas lentamente, estaba maravillado por la sensación. Mi piel se sentía en llamas, el sudor caía por mi ceja hacia el hueco en su garganta. Su pecho y su estómago estaban cubiertos por una fina capa de vello oscuro, los huesos de sus caderas sobresalían.

—Voy a chupar tu pene —dije.

—Gracias por anunciarlo en vez de solo hacerlo.

Entrecerré los ojos.

—Nunca hice esto antes.

—Por supuesto —resopló.

—Puede que no sea muy bueno.

—Estúpido Carter —murmuró—. Cuidado con tus dientes.

Fui poco elegante, aunque eso probablemente sea poco preciso. Me atraganté casi de inmediato, su sabor embriagador me resultaba extraño. Él había sido cuidadoso conmigo, movió sus caderas en impulsos superficiales. Apoyó sus manos en los costados de mi cabeza para mantenerme en mi lugar. Gruñó cuando mis dientes rozaron la cabeza de su pene, pero dijo:

—Vuelve a hacer eso.

Cumplí.

—Bueno —dijo agitado—. Esto es bueno.

Su pene se sintió caliente contra mi lengua. Cerré los ojos e intenté respirar por la nariz mientras la saliva caía por mi mentón y se me humedecían los ojos. Decía mi nombre una y otra vez y no sabía si hablaba en voz alta o si lo sentía en mi cabeza. Pensé *te siento estoy aquí y te siento* y las ataduras entre nosotros, el hilo que nos unía, se tensó mientras vibraba.

carter carter carter

lo sé déjame entrar déjame

Volvió a besarme, mis labios estaban hinchados y mi garganta adolorida. Se aferró a mi mentón y me dolió, pero ay, era tan bueno. Presionó su frente contra la mía y nos miramos sin poder creerlo. Tarareó suavemente por lo bajo.

—Esto. Tú. Yo —dijo.

—Sí —dije.

—Juntos —dijo.

—Sí —dije.

—Quieres esto. Conmigo —dijo.

—*Sí* —dije.

Volvió a voltearnos y terminé sobre mi espalda otra vez. Era más fuerte de lo que esperaba y sentí un orgullo profundo por poder tener a alguien como él. Se acomodó sobre mis caderas otra vez. Mi pene frotaba la línea de su trasero. Se estiró hacia la mesita de noche, abrió la gaveta y sacó…

Mis ojos salieron disparados.

—¿Es lubricante? ¿Qué demonios? ¿Cómo llegó allí? —Hice una pausa—. Espera, ¿cómo *sabías* que estaba allí?

Encogió los hombros mientras lo destapaba.

—Kelly y Joe.

—¿Qué?

—Me lo dieron.

–¿Qué?

Frunció el ceño.

–No es tan difícil de comprender.

–Ah, *discúlpame* por preguntarme por qué mis malditos *hermanos* te dieron lubricante.

–Estás disculpado.

Vertió una cantidad generosa en su palma antes de estirarse detrás de él. Me tensé cuando deslizó su mano en mi pene y lo cubrió con el lubricante.

–Deja de hablar de tus hermanos. Estamos ocupados.

Mis ojos salieron disparados y no supe si fue por sus palabras o por sus manos.

–Tú fuiste el que…

Y luego *gimió* y tardé un momento en darme cuenta de que era porque sus dedos estaban *dentro* de él. Cerró los ojos con fuerza, el dorso de su mano frotaba mi pene mientras él expandía la apertura. No podía hacer otra cosa más que observar su rostro, el leve gesto, la manera en que sus labios se separaron mientras giraba su mano. Lamió su labio inferior entre sus dientes y siseó por lo bajo antes de dejar caer el lubricante en la cama.

Se irguió sobre sus rodillas para lograr un mejor ángulo. Me estiré entre nosotros, mi cabeza fue hacia la suya. Jadeó cuando presioné su mano y la empujé todavía más adentro de él. Asintió y volví a hacerlo. Había metido tres dedos y mi pulgar se acomodó alrededor del suyo, retrocedí y luego volví a empujar.

–Listo –susurró y alejé mi mano. Escuché su mano cuando salió de su cuerpo y tragué saliva–. Listo, listo, listo.

Se inclinó sobre mí y rozó mi nariz con la suya.

—¿Estás seguro? —susurré.

—Sí —dijo—. Tú. Estoy seguro. Tú, Carter.

—No hay vuelta atrás después de esto.

—Lo sé.

—Vamos a ser…

—Carter. Cállate antes de que meta mi pene en tu boca otra vez.

—Ah, mira quién encuentra todas las palabras ahora. Cretino.

—Estoy intentando meter tu pene en mi trasero, cretino.

—Sí —dije—. Eso. Hazlo.

Se sentó y lució complacido con él mismo. Se estiró hacia atrás mientras elevaba las caderas. Sostuvo mi miembro antes de descender lentamente mientras las sirenas seguían sonando. La presión fue inmensa y me perdí en ella, en *él*. Y mientras tanto, todo lo que nos esperaba yacía sobre nuestras cabezas. Era pesado, pero mis manos estaban sobre sus muslos, sus músculos temblaban debajo de mis dedos. Apoyó sus manos sobre mi pecho mientras hacía una mueca, desnudó sus dientes y exhaló siseando.

—Lento —le dije—. Lento.

—Lo sé, Carter —replicó—. Lo sé.

Se acomodó en mi regazo y se inclinó hacia adelante, su cabeza colgaba sobre la mía. Parpadeó rápidamente y vi verde, violeta y luego naranja, naranja, naranja y no creí que fuera posible. No creí que pudiera ser de esta manera.

Comenzó a moverse, meció sus caderas. Jadeó mientras subía y bajaba. Yo estaba demasiado asustado para moverme, no quería lastimarlo y no quería terminar esto antes de que iniciara.

—Carter, Carter —dijo y vi pequeños destellos de luz, la habitación se iluminó, la niebla cedió y vi claramente.

Me estiré y sostuve su nuca.

—Está bien —susurré—. Te tengo.

—Por favor —dijo—. No dejes que me lleve. No dejes que me lleve. Duele, Carter. Puedo sentirlo en mi cabeza y duele.

Me erguí y lo besé para ahuyentar sus palabras, el ángulo era extraño, mi estómago estaba tenso. Exhaló en mi boca mientras me atrevía a moverme y me adentré en él con un rápido movimiento de mis caderas. Su boca se abrió cuando lo hice una y otra vez. Estaba temblando, todo su cuerpo temblaba y no podía detenerlo. Se alejó y apoyó sus manos en mis rodillas detrás de él y arqueó su espalda. Su pene se estrelló contra su estómago. Me estiré hacia él, pero me gruñó y le dio un golpecito a mi mano antes de acariciarse a él mismo.

—¿Quieres esto? —dije—. ¿Conmigo?

—Sí —dijo.

—Tú y yo. Nada más importa —dije.

—Sí —dijo.

—Gavin —dije.

Abrió la boca y su garganta se tensó mientras gemía. Un deseo rugió dentro de mí, un instinto primitivo al ver su garganta. Dejé descender mis colmillos y lo supe. *Supe* que este era el momento. Era un final. Sin importar lo que siguiera, sin importar lo que sucediera, tendríamos este momento y dije:

—Qué se pudra. Escúchame. Escúchame. Soy la voz en tu cabeza. Soy tu manada.

Las sirenas estallaron.

Un suave rugido se asomó en su pecho y subió por su garganta.

Vi el destello de colmillos.

Se inclinó hacia adelante otra vez.

—Mío —dijo, y era la voz de su lobo—. Mío.

—Muérdeme —ladré—. Estoy cerca. Hazlo. Hazlo ahora.

No vaciló.

Sentí una oleada de *placerdolor* en el momento en que me mordió, pero se perdió en el calor resbaloso de la sangre que llenó mi propia boca cuando mis colmillos se hundieron en su piel entre su hombro y su cuello.

yo

yo

yo

soy

fuerte

   valiente

   asustado

   lobo

   soy lobo soy lobo soy lobo

   soy carter

   (gavin)

   duele

   mi cabeza duele

   mi cerebro duele

   está en llamas

   todo está en llamas

   mujer perra mujer perra cazadora

   dice que me cortará dice que tomará el cuchillo y lo pondrá en mi piel

   dice que es porque dios quiere

dios lo pide
púdrete dios
púdrete
cadena alrededor del cuello
plata
jala de ella
con fuerza
dice
dice no muestres los dientes
hazlo otra vez
hazlo otra vez y los arrancaré uno a uno
encuéntralos dice encuéntralos encuéntralos
mátalos
mátalos a todos
cazo
hay
hombre
hombre brujo cuervo hombre brujo mátalo mátalo pero
hay
huele como
¿¿¿¿????
qué es
qué es eso en él
ese olor
ese aroma
ese hedor es como
familiar
lo es lo conozco lo conozco

no puedo

herirlo

humanos

está con humanos

mujer aterradora con barreta

hombre brujo dice jessie no

pero ella dice a la mierda y barreta

maldita barreta arde arde

corren corren y los sigo

los sigo cazarlos seguirlos esconder esconder esconder

lobo grande lobo malo gran lobo malo

hombre brujo hombre cuervo te sigo por qué

por qué hueles así

quién eres dicen gordo gordo gordo

y conozco ese

nombre

conozco ese nombre cerebro en llamas de dónde de dónde de dónde yo

conozco ese nombre este lugar conozco este lugar

árboles huelo los árboles huelen como

alfa hombre alfa grande vino a mí

niño soy un niño y alfa dice que hay lobos gavin hay lobos y

brujos gavin hay magia y monstruos

tú no eres

tú no eres un monstruo gavin tu padre lo es

estás a salvo aquí hombre alfa dice te digo esto

te digo esto no para lastimarte pero para

que sepas que nunca estás solo

lo busqué recuerdo ahora muerto está muerto está muerto

sigo a gordo

sigo a???? hermano????

eso es ese hombre brujo cuervo es es es

y yo

yo ataco y los mato para que desaparezca el olor

no lo necesito no necesito esto no quiere este lugar

pero luego

pero luego

él viene

aparece

está gritando

lobo estúpido lobo gran estúpido lobo

él

no

es

¿¿¿???

los demás lo ven

no

no lo toquen

es mío

es mío

él es mío y me lo llevaré al bosque

cazaré para él

lo mantendré cálido

y a salvo

él me grita me grita que deje de arrastrarlo estúpido lobo hombre

no te arrastro salvándote hombre estúpido lobo estúpido

es

pum
es
pum
es
pum pum pum y yo
puedo respirar
puedo respirar
puedo

Abrí los ojos.

Gavin me miró.

Sangre goteaba en su pecho y en el mío.

—Gavin —dije mientras miraba la marca en su hombro, la perfecta marca de los colmillos ya estaba cicatrizando.

—¿Carter? —dijo Gavin—. Es… Carter. Puedo… puedo.

Me estiré y tomé su rostro. Giró y besó mi palma.

—Muéstrame —susurré—. Muéstrame tus ojos.

Sacudió la cabeza con fuerza.

—No sé. No sé. Si puedo, si es real.

Y porque tenía que cumplir un rol, dije las palabras que me dijo una vez sobre nieve manchada con sangre.

—¿Qué quieres?

Él lo supo. Por supuesto que lo supo.

—Sentir que estoy despierto.

—Entonces muéstrame. Muéstrame tus ojos.

Lo hizo.

Ah, lo hizo.

Abrió sus ojos y, por un momento, no sucedió nada. Pero luego un puñado de hilos en mi pecho cobraron vida, se retorcían salvajemente y se extendieron entre nosotros. Nos conectaron. Eran fuertes y verdaderos y lo *oí*, fuerte y claro, aunque no habló en voz alta.

carter carter carter

Sus ojos se tiñeron del naranja más brillante que vi en mi vida.

Una lágrima cayó por su mejilla.

La limpié.

—Despierto —susurró—. Despierto. Carter, estoy despierto. *Estoy despierto.*

Nos estaban esperando.

Caminamos hacia ellos con las manos entrelazadas.

Las sirenas sonaban, hacían temblar el aire frío como si fuera vidrio.

Chris, Tanner y Rico estaba sonriendo. Lucían casi salvajes.

—Esta sí es una maldita mierda de Disney —dijo Rico.

Jessie puso los ojos en blanco.

—Magia mística lunar.

Dominique sacudió la cabeza con cariño.

Bambi se rio y fue dulce y amable. Joshua la miró desde sus brazos, parpadeó lentamente ante la expresión despreocupada de su madre.

Pero volteé hacia mi propia madre.

Sonreía en silencio.

—Gavin, ven a mí, por favor —dijo.

Gavin se tensó, pero no por mucho. Enderezó los hombros, dejó caer mi mano y avanzó lentamente hacia ella. Mamá estaba de pie en los escalones del porche y bajó la mirada hacia él.

—¿Hiciste tu elección? —preguntó.

—Sí.

—¿Qué elegiste?

Y Gavin respondió:

—Carter.

Mamá empezó a asentir, pero luego Gavin la interrumpió.

—Y familia. Elijo familia. Manada. Manada. Manada.

Mamá tomó su rostro con sus manos, se inclinó hacia adelante y besó su frente. Gavin tembló ante la presión de sus labios. Mamá se alejó unos centímetros.

—Aquí es adonde perteneces —susurró—. Donde se supone que debes estar. Nadie más puede tenerte. Nadie más puede llevarte. Te quiero, te quiero, te quiero.

Gavin avanzó y presionó su rostro contra el estómago de mi madre; ella se sorprendió, pero luego soltó una risita y envolvió los hombros de Gavin con sus brazos. Me miró, sus ojos brillaron.

—Es hora de que le demostremos al mundo por qué somos la maldita manada Bennett.

ASÍ /
PEQUEÑO DIOS

G reen Creek se había transformado.

Will me lo había dicho cuando nos reunimos en la cafetería, me dijo lo que habían hecho, pero una cosa era oírlo y otra cosa completamente distinta era verlo.

Sabía sobre las rejillas de plata que habían instalado después de Elijah. En los negocios, las casas. Habíamos cubierto todos los gastos, queríamos asegurarnos de que la gente del pueblo estuviera a salvo sin importar lo que sucediera. Ningún lobo podría ingresar.

Pero también habíamos levantado barreras. El hedor de la magia era fuerte. Gordo, Aileen, Patrice y un puñado de brujos en quienes confiábamos se habían ocupado de ellos. Los lobos no podían entrar, pero cualquier otra cosa también se llevaría una desagradable sorpresa. No durarían para siempre, eran un parche temporal.

Sabía de eso.

Pero no sabía todo lo demás.

Durante el año que no estuve, Green Creek se había preparado para lo peor. A cada lado de la calle, hombres y mujeres se paraban en los techos. Habían construido listones de metal con bisagras en los techos. Los alzaron y los acomodaron en su lugar a los bordes de la estructura. Medían más de un metro de alto y rodeaban todos los lados del edificio. Los listones de metal tenían incrustaciones de plata.

A la distancia, a lo largo de la calle principal de Green Creek, habían instalado barreras en las calles junto con carteles que decían que la entrada al pueblo estaba en construcción y estaba cerrada. Estaría bien por ahora, pero no por mucho tiempo. En algún momento, alguien haría preguntas. Necesitábamos que esto terminara antes de que eso sucediera.

—Cuidado —dijo Will y sonó divertido. Estaba parado sobre la ferretería—. Hay polvo de plata en la acera.

Alcé la mirada hacia él. Tenía una escopeta contra su hombro y en su mano había una pequeña bolsa circular que lanzaba hacia arriba una y otra vez.

—¿Y eso?

—Se le ocurrió a Robbie. —Encogió los hombros—. Gordo ayudó. Más polvo de plata, muy fino. Explota en una nube cuando toca el suelo. No puedo imaginar qué sentiría un lobo al inhalarlo.

—Prefiero no descubrirlo —murmuré.

—¿Estás bien?

—¿Por qué?

—Caminas con alegría. Y no sueltas a ese chico tuyo.

—No es mi…

—Somos compañeros —le dijo Gavin—. Tuvimos sexo y lo mordí y él me mordió y ahora somos compañeros.

Sonaba muy orgulloso de este hecho.

Las personas en los techos estallaron en risas.

—Por el amor de Dios —gruñí e intenté evitar que Gavin corriera su camiseta para mostrarles la marca en su piel. Gavin me gruñó y lo hizo de todos modos.

—Qué linda —dijo Will—. Debería cuestionar su elección del momento oportuno, pero ey. El amor es amor, supongo. Deben hacerlo mientras puedan.

Tal vez no sería tan malo dejar que destruyan este pueblo.

Pero luego la expresión de Will se suavizó.

—Bien por ti, Carter. Era hora de que sacaras la cabeza de tu trasero. Pero bueno, no podías hacer mucho cuando era un lobo todos esos años. —Frunció el ceño—. A menos que eso les guste. No pretendo comprender todo sobre ustedes, pero no creo que quiera oír si tienen relaciones mientras están transformados.

Gruñí mientras todos nos miraban obviamente interesados en saber si eso era verdad.

La mujer que estaba parada al lado de Will dijo:

—*Furries*. Lo aprendí de internet.

Will asintió como si eso tuviera sentido.

—Sí, no hay mucho que no puedas encontrar en internet. Bueno, te diré algo. *Furries*, hombres lobos, lo que sea. Somos muy inclusivos en Green Creek.

Pausó y pensó por un momento.

–Salvo por los lobos malos que quieren intentar matarnos. En ese caso disparamos primero y preguntamos después. ¿No es así?

La gente gritó animadamente como respuesta.

–¿Los niños? –pregunté desesperado por volver a hablar de lo que era importante.

–Están todos en el búnker –dijo la mujer.

Su nombre era Hillary y, aunque lucía como una dulce anciana, de hecho, era aterrorizadora. Después de Elijah, demandó ser incluida en la protección del pueblo. Will se rio en su cara en la cafetería hasta que la mujer tomó un cuchillo de la mesa y jugó con él. Lo hizo girar un par de veces antes de lanzarlo contra la pared, el mango tembló.

–Me aseguré de ello yo misma. Colgamos decoraciones navideñas y todo, hasta pusimos regalos para los más pequeños. Estarán bien. Tenemos buenas personas protegiéndolos.

Asentí antes de mirar la calle.

–¿Algo?

–¡Ey, Grant! –gritó Will a alguien en la calle de enfrente–. ¿Qué ves?

Un hombre sobre el techo del taller bajó unos binoculares poderosos.

–Nada más que viento.

Will bajó la mirada hacia mí.

–¿Estamos seguros de que vendrán?

Miré a Gavin y asintió tenso.

–Sí. Estamos seguros.

Will escupió por el costado del edificio.

–¿Cuántos?

–Unos cuantos.

Le dio una palmadita a la escopeta contra su hombro.

—Se pondrá feo.

—Lo sé.

—¿Ox? ¿Los demás? ¿Están bien?

—Sí —dije porque era más sencillo que decir lo contrario. Esperaba que estuvieran bien—. Están en camino.

Silbó por lo bajo.

—Probablemente no lleguen aquí antes. Estaremos ocupados cuando lleguen. ¿Crees que las barreras aguantarán?

—Será mejor que lo hagan —dije serio—. Si no lo hacen, estaremos listo.

—Eso es verdad. ¿Carter?

—¿Sí?

—Tu papá estaría orgulloso de ti.

Alcé la mirada.

—Puede que no sea mi lugar decirlo —siguió—. Pero sé que es verdad. Eres un buen hombre, Carter Bennett. Me enorgullece conocerte. Haremos lo que podamos. ¿No es así?

Los hombres y mujeres de Green Creek alzaron sus armas y gritaron. Will inclinó su cabeza hacia atrás y aulló.

—Dejen que vengan —susurré mientras me sumaba a la canción de Will. Los sonidos de los humanos cantando las canciones de lobos resonaron en la calle.

Fue así:

Rico estaba junto a Bambi y con Joshua en brazos. Besó la frente de su hijo y murmuró dulcemente en español. Bambi tocó su brazo.

—Será mejor que no hagas nada estúpido. Haré lo que tengo que hacer en el búnker, pero lo juro por Dios, Rico, si haces que te maten, será lo último que hagas.

—Eh. Ese es justamente el punto…

—*Rico*.

Hizo una mueca.

—Lo lamento. Haré mi mejor esfuerzo para no morir.

—Más te vale —ladró Bambi.

—No lo digo lo suficiente —agregó Rico—. Sé que no lo hago. Prometo que lo haré mejor. Pero necesito que sepas que te amo. A ti y a Joshua, más que a nada en el mundo. Me dieron una vida, me dieron un propósito. No sería nada sin ustedes. No sé por qué decidiste encariñarte con un viejo pueblerino, pero no lo cuestiono. Gracias por soportar todas mis estupideces.

Bambi esnifó.

—Tienes suerte de tenerme.

—La tengo —admitió.

—Y ahora eres padre.

—Es verdad.

—Y cuando todo esto termine, te casarás conmigo.

Rico la miró boquiabierto.

—¿Acabas… acabas de proponerme matrimonio?

—Estabas tardando demasiado, hijo de perra. Uno de nosotros tenía que hacerlo.

—Te amo tanto, maldita sea —susurró con ferocidad y Joshua soltó un pequeño chillido cuando su padre se inclinó para besar a su madre.

Cuando Bambi se alejó, se estiró para tocar su rostro.

—Regresa a nosotros —dijo en voz baja.

Tomó a Joshua y dio la vuelta en su lugar, siguió a un grupo de mujeres a sus camionetas en el frente de la casa. La llevarían a Joshua y a ella al búnker.

Rico los miró mientras se alejaban.

Puse mi mano en su hombro.

—Son lo mejor que me sucedió en la vida —dijo.

—Lo sé.

Me miró con ojos intensamente naranjas.

—Matemos a todos los desgraciados que podamos.

Le sonreí.

Fue así:

Chris y Tanner estaban parados uno en frente del otro con las frentes unidas.

—Quédate a mi lado —dijo Chris.

—Nunca te abandonaré —dijo Tanner.

—Salvo cuando te diga que huyas —dijo Chris.

—Púdrete, no te abandonaré —dijo Tanner.

—Idiota. ¿Por qué eres así? —dijo Chris.

—Tú y yo, ¿sí? Tú y yo. Compañeros platónicos para siempre —dijo Tanner.

—Somos tan raros, maldición —dijo Chris.

—Lo sé. Podría ser peor —dijo Tanner.

—Ya lo creo —dijo Chris.

Sacudí la cabeza. Esos malditos tontos. Los quería tanto.

Fue así:

Jessie tarareaba una canción tranquila sentada en el porche delante de Dominique. Jessie limpiaba sus armas mientras Dominique trenzaba su cabello.

Las observé por la ventana.

—Estuve pensando —dijo Dominique.

—Oh, oh —resopló Jessie.

—Shh, escúchame.

—Siempre lo hago.

—Eso te gustaría creer. Pero tengo una lista larguísima que dice lo contrario. Gavin. Carter.

Jessie suspiró.

—Sí.

—Quiero eso. Contigo.

Jessie apoyó su arma en el escalón entre sus pies. Inclinó su cabeza hacia atrás para mirar a Dominique.

—Ah, ¿sí? No tenía idea.

—No seas sarcástica conmigo —Dominique la regañó con gentileza—. Lo quiero, ¿tú no?

—¿Quieres estar unida a mí de esa manera?

—Sí.

Jessie encogió los hombros.

—Está bien.

—¿Está bien?

—Está bien.

Dominique la besó.

Me alejé de la ventana.

Fue así:

—Nos estamos subiendo al avión ahora mismo —dijo Kelly, los sonidos del aeropuerto se colaban por el teléfono—. Estamos yendo por ustedes. Lo juro. Carter, espérennos. Tenemos refuerzos. Más de lo que esperaba. No hagas nada estúpido.

Me reí.

—¿Cuándo hice algo estúpido?

Él no se rio.

—Por favor. —Su voz se quebró cuando dijo—: No puedo… no otra vez. Es malo, Carter. Joe no habla. Es como antes, cuando buscábamos a Richard Collins. Está encerrándose.

—Pásame con él —dije.

—Joe. *Joe.* Aquí, es para ti. ¿Podrías tomar el maldito teléfono? No me hagas esto.

Lo oí respirar. No habló.

—Él está bien. Ox está bien. Al igual Gordo, también nosotros. Estamos aquí. Estamos esperándote.

Respiró y respiró.

—Una vez —dije—, cuando tenías… ¿tres años? Tal vez cuatro, eras un niño pequeño regordete. Y hablabas, hablabas y hablabas. Sobre todo lo que podías ver. Mira, una *hoja*. Mira, un *insecto*. Mira, una *piedra*. Y un día estabas en mi habitación leyendo un libro de cosas salvajes o, por lo menos, pretendías hacerlo. Estabas inventando tu propia historia porque todavía no podías leer. Estabas sentado en mi cama a mi lado. Recordé algo que papá me había dicho. Dijo que era tu hermano mayor, que a pesar de que eras el Alfa, mi trabajo era importante. Me dijo que tenía que mantenerte a salvo. Recuerdo sentirme *derribado*. Solo era un Beta, ¿qué podía hacer por un futuro Alfa? Papá dijo que lo sabría cuando llegara el momento, así que escuché tu historia.

Aclaré mi garganta.

—Y cuando te llevaron estaba… estaba tan perdido. Regresaste, pero no era lo mismo. Te cargué a todos los lugares que iba, te supliqué que hablaras. Te llevé a mi habitación, te apoyé en mi cama, fui al armario del pasillo y encontré el libro sobre cosas salvajes y te conté la historia que me contaste. No era lo que estaba escrito en el libro porque tu historia era mejor. No hablaste, pero cuando terminé, juro que me mirabas como si me conocieras. Como si recordaras.

—Te recordaba —susurró Joe—. Recordaba todo.

—Bien. Eso es muy bueno, Joe. Aférrate a eso. Es lo que hago yo y siempre lo haré.

—Tengo miedo, Carter.

Mi corazón se quebró.

—Lo sé. Yo también. Pero somos fuertes. Nos hiciste fuertes y no tiene nada que ver con que seas Alfa. Es el solo hecho de que existes.

—Está bien.

—¿Sí?

—Sí.

Su voz era más fuerte.

—Gracias, Carter.

—Para eso estoy. Para ti y para Kelly. Siempre.

—Y para Gavin. —Su voz era más cálida. Llena de vida—. Mamá nos envió un mensaje. Dijo que hiciste lo que deberías haber hecho hace tiempo. El libro ayudó, ¿eh?

Me reí y reí.

Fue así:

Ella estaba en la cocina y cantaba a la par de la radio.

Johnny y su guitarra otra vez. Por supuesto que sí.

Se meció de lado a lado.

Fui a ella.

Se rio cuando hice una reverencia con mi brazo cruzando mi pecho, tomó mi mano y apoyó la otra en mi hombro.

Bailamos.

—Estoy orgullosa de ti —dijo—. ¿Lo sabes?

Asentí.

—Lo sé. Todos los días.

—Cuando te marchaste —dijo—, estuve muy enojada, a pesar de que en mi corazón sabía que estabas siguiendo al tuyo. A veces tenemos que dejar ir a quienes amamos para que puedan conocer el mundo por sí mismos.

—Regresé —le dije—. Siempre regresaré.

Sus ojos estaban húmedos.

—¿Lo harás? ¿Por qué?

—Porque este es mi hogar. Tú eres mi hogar.

—Eres hijo de tu padre. Ahora lo veo más que nunca. Él está aquí.

—¿Sí? —Mis manos temblaron.

Nunca desvió la mirada de mis ojos.

—Nunca estuvimos solos. Puede que nos hayamos sentido así, pero aquí, en este lugar, la luna nos devuelve todo lo que sacrificamos por ella. Creo en eso con todo mi corazón. Él está observando. Él sabe. Oiremos su canción antes del final.

Bailamos.

Fue así:

Gavin estaba sentado en nuestra cama en nuestra habitación. Levantó la mirada hacia mí cuando entré. Me congelé cuando vi lo que tenía en las manos.

El lobo de piedra de mi madre, ahora suyo.

—Quiero esto —dijo—. Tú. Yo.

—Eso espero, sino ya estamos bastante jodidos.

Frunció el ceño.

—No es divertido.

—Lo es un poco.

Suspiró.

—Cambié de opinión.

Ah, su corazón lo traicionó.

—Mentiroso —dije con voz ronca.

Se levantó de la cama con una expresión de determinación. Avanzó hacia mí dando zancadas antes de extender la mano y hundir el lobo contra mi pecho.

—No sé cómo hacer esto —murmuró—. Tómalo.

—Guau, romántico. Gracias. Recordaré este momento para…

—Estúpido Carter. Tómalo. —Volvió a hundirlo contra mi pecho—. Ahora.

Lo tomé. Frunció el ceño.

—¿Eso es todo?

Encogí los hombros.

—Eso es todo.

—Mmm. Eso fue tonto. ¿Por qué tenemos que hacer esto? No necesito lobo. Tengo cicatriz. Eso es suficiente.

—Tradición —le dije—. Es una tradición.

Me miró sorprendido.

—¿Como los domingos?

Asentí.

—Ah. —Y luego añadió—: ¿En dónde está el mío? Dámelo. Tradición.

Suspiré.

—Está en la gaveta de la mesa de noche. Ve a buscarlo.

—No. Tú tienes que dármelo. Tradición.

—Dolor de trasero —murmuré y me tropecé cuando dijo:

—Todavía no lo soy. Habrá tiempo para eso más tarde.

Abrí la última gaveta. Allí, contra el fondo en un costado, estaba mi propio lobo de piedra.

—Mi padre me dio esto. Dijo que sabría en mi corazón a quién le pertenecía. No comprendí a qué se refería. Crecí y nunca encontré a nadie que me hiciera sentir así. Observé a Joe encontrar su camino. Kelly. Gordo. E incluso cuando tú estabas allí, justo delante de mí, no lo supe. Pero lo descifré con el tiempo.

—¿Cuándo? —preguntó.

Me puse de pie.

—Cuando te marchaste para salvarnos a todo. Mi corazón lo supo porque se rompió.

Volteé y le mostré el lobo. No era tan lindo como el suyo. Este fue el primero que hizo mi padre. Era rústico, más un pedazo de cuarzo que un lobo, pero la intención estaba allí.

—No me marcharé.

—¿Nunca? —bromeé—. ¿Incluso cuando te fastidie?

—Siempre me fastidias —replicó—. Sigo aquí.

—Prométemelo.

No era justo de mi parte, pero ya no me importaba.

—Lo prometo —respondió sin vacilar.

Le di el lobo.

Lo sostuvo como si fuera algo precioso. Lo inspeccionó de cerca, lo giró para ver cada uno de sus lados. Luego volvió a ver al lobo en mis manos.

—¿Eso es todo?

—Eso es todo —repliqué, mi corazón latía rápido.

—Ah.

Luego sonrió.

Y me tacleó.

Caímos en la cama y me besó como si nunca fuera a detenerse.

No quería que lo hiciera. Nunca me había sentido más despierto. Me permití tener esto, dejaría que durara todo el tiempo posible. Pretender que nada estaba viniendo a buscarnos.

Por supuesto, no duró mucho tiempo.

Una luz brillante atravesó mi mente como un cometa.

Me tensé y él también.

—Sentí eso. ¿Era…?

—Las barreras —dije—. Algo acaba de impactar contra las barreras.

Fue así:

El cielo estaba oscuro, las estrellas eran como hielo.

La luna era una astilla mientras el año terminaba.

Se movieron a mi alrededor. Mi madre, Gavin, Mark, Jessie, Rico, Chris, Tanner y Dominique.

Los encontramos en el puente cubierto. Todos lobos.

Betas. Sus ojos eran naranjas en la oscuridad.

Conté veinte.

Reconocí a la mitad de Caswell. Ellos serían los primeros, me aseguraría de ello.

—¿En dónde está el rey? —dijo uno de los lobos.

—Te conozco —respondí.

—¿Sí? —Sonrió—. Es un honor ser reconocido por un príncipe. Es…

—Eres Santos. Robbie me habló de ti. Siempre a cargo del prisionero que mantenías encerrado como un buen perro faldero.

Su sonrisa se transformó en algo oscuro y tóxico.

—Sí, supongo que lo era.

Miró hacia atrás a los demás reunidos alrededor de él antes de volver a mirarnos.

—Me ascendieron. Y tengo un nuevo Alfa.

Asentí lentamente.

—Eso oí.

—No veo a Robbie. —Los lobos detrás de él se rieron—. ¿En dónde está? Pobre niño perdido, no sabes cuán difícil me resultó no matarlo cada vez que lo tenía delante de mí.

Escupió al suelo.

—Aunque podría ocuparme de eso ahora.

Encogí los hombros.

—No creo que tengas esa oportunidad.

No le gustó mi respuesta. Miró a mi madre y dijo:

—Voy a matar a tus hijos. Green Creek tendrá un nuevo Alfa. No tocaremos a Gavin porque es lo que quiere nuestro Alfa, pero dejaré a tus hijos para el final. Te arrebataré todo. Y, mientras se desangran delante de ti, rogando que los ayudes, "mami, por favor, por favor mami", yo…

—Me aburrí —dijo Jessie.

El estallido del disparo resonó en la oscuridad. Santos nos miró con los ojos muy abiertos mientras la sangre caía por su rostro desde el orificio en su frente. Cayó de rodillas. Sus ojos naranjas brillaron y luego se apagaron. Ya estaba muerto cuando su rostro aterrizó contra el suelo. Jessie giró hacia los demás, un mechón de cabello cayó sobre su frente.

—¿Alguien más quiere amenazarla?

Los demás lobos le gruñeron molestos.

—Ajá —dijo Jessie—. Eso me pareció.

Otro hombre dio un paso adelante. Se veía increíblemente joven, un adolescente. Su cabello claro era corto, era alto y delgado, no me gustó la expresión fría y conocedora de sus ojos. Me recordó a Dale. Le echó un vistazo al hombre muerto entre nosotros antes de encoger los hombros. El hedor de la magia era poderoso a su alrededor, incluso a través de las barreras.

Gregory.

El brujo que había traicionado a Aileen, Patrice y los demás. Pasó por encima de Santos y se detuvo justo delante de las barreras. Unió las manos detrás de él y nos miró uno por uno.

—Santos siempre habló demasiado. Una lástima, me caía bien. Esto será sencillo. Entreguen a Gavin. Diablos, incluso dejaré que se queden con Robbie, aunque él no parece estar aquí. ¿Se está escondiendo en algún lugar?

—Gavin, ¿eh? —dije—. Entonces les damos a Gavin y ustedes... qué. ¿Se marcharán? ¿Nos dejarán en paz?

—Eh. Algo así. Un poco más que eso, pero podemos empezar por ahí. —Agitó su mano en el aire—. Ceden su territorio, Green Creek será nuestro, bla, bla, bla.

Soltó una risita y añadió:

—Haría algunas amenazas, pero esa mujer parece disparar casi sin ser provocada.

—Hombres —gruñó Jessie—. No saben cuándo mantener la maldita boca cerrada.

Mi madre resopló pero no habló, estaba observando. Esperando. Estudiaba a esos lobos, buscaba debilidades. Todos lo hacíamos.

Di un paso adelante. Los lobos detrás de Gregory se estremecieron, aunque se recuperaron rápidamente. Para ser justos, Gregory apenas parpadeó. En todo caso, parecía curioso. No me gustó eso, no me temía. Malditos adolescentes.

—¿Está ahí fuera?

—¿Quién?

Resoplé.

—Sí, está bien. ¿Puede oírme?

Entrecerró los ojos.

—Oye todo. Sabe todo.

—Ay —dije—, eso es demasiado sectario para mí. Tengo una contraoferta. Piensa bien antes de responder. ¿Puedes hacer eso?

Me miró fijamente.

Hice girar mi dedo.

—Den la vuelta, avancen hacia el oeste todo lo que puedan. Encontrarán el océano. Sigan caminando hasta que el agua cubra su cabeza. Abran la boca y dejen que el agua entre en sus pulmones. No se resistan, será mejor para ustedes. Más sencillo. Puedo prometerles eso.

Gregory inclinó la cabeza.

—¿Puedes?

—Sí.

—¿Cómo?

Señalé con la cabeza a los lobos detrás de él.

—Son más que nosotros.

—Eso veo.

—¿Sabes cuántas veces nos sucedió lo mismo?

—Dime.

Le sonreí.

—Todas las veces. Lobos. Cazadores. Brujos. No importa. Vienen aquí con superioridad numérica, nos amenazan y les decimos que deben marcharse. Pero por algún motivo, la gente como tú no escucha. Piensan en sus pequeños cerebros que los números importan. Tú, al igual que todos los que vinieron aquí antes, olvidan algo importante. Y ese será su final.

—¿De qué me olvidé? —preguntó Gregory y vi un tic debajo de su ojo derecho.

Me estaba escuchando, realmente prestaba atención. Ah, no creía una palabra de lo que decía, pero estaba escuchando.

—Somos la maldita manada Bennett —repliqué con frialdad—. Y están en nuestro territorio. Atáquennos y será lo último que hagan.

Gregory volvió a mirar a los demás detrás de mí. Sus ojos se entrecerraron cuando aterrizaron en Gavin. Tuve que contenerme para no cruzar las barreras y desgarrar su garganta.

—No tiene que ser de esta manera. Lo sabes, ¿no, Gavin? Tu padre solo quiere lo que le pertenece. Te resistes. Lo entiendo. Hasta puede que sepa *por qué*, pero no te culpo. Descubrir todo esto debió haber sido… desafiante.

—Por el amor de Dios —dijo Tanner—. ¿Por qué rayos hablan todos igual?

—Es como si practicaran frente al espejo —añadió Chris, sonaba aburrido. Infló su pecho y habló en voz grave para burlarse—: Soy la muerte, destructor de mundos. Inclínense ante mí o derramaré su sangre en la tierra. —Suspiró—. Uno creería que aprenderían material nuevo. Hemos oído todo esto antes.

—Los hace sentir mejor —dijo Rico—. Hay que reconocérselo. El niño luce apenas lo suficientemente mayor para conducir. ¿Recuerdan cómo éramos a su edad? Mujeres y cervezas. Eso era todo.

Sacudió la cabeza.

—*Millennials*, siempre intentan matar a todos.

Mark suspiró como si no pudiera creer a qué manada pertenecía. No lo culpaba.

—Gavin —repitió Gregory—. Tienes mi palabra de que si te retiras, la sangre derramada será mínima.

Gavin caminó hasta llegar a mi lado. El dorso de su mano rozó la mía. Lo miraban asombrados, me pregunté qué les había dicho Livingstone sobre él. No estaba preocupado. Sabía en dónde se encontraba su lealtad. Era un Bennett por completo salvo por su nombre. Livingstone nunca lo tendría otra vez.

—Mínima —repitió.

—Sí —asintió Gregory—. Tu padre sabe cuán… importantes son estos lobos para ti. Convéncelos. Muéstrales que están equivocados. Sabes lo que él hará si no lo haces.

—No —dijo Gavin.

–¿No? –La mandíbula de Gregory se tensó.

–No. Pertenezco. Manada. Esta es mi manada. Márchense. Hagan lo que dijo Carter. Encuentren océano. Ahóguense.

–No se detendrá –dijo Gregory–. Lo sabes. Todas esas personas inocentes del pueblo. ¿Estás dispuesto a arriesgarlos por estos lobos?

Gavin hizo brillar sus ojos, naranjas e intensos. La expresión de Gregory vaciló cuando Gavin habló.

–Estoy con ellos. Ahora. Para siempre. Carter es mi compañero. Manada es mi manada. Tócalos y te comeré. Lo prometo.

Los lobos del otro lado de las barreras comenzaron a murmurar entre ellos. Gregory formó puños con las manos.

–Compañero –dijo incrédulo–. Eres el *compañero* de…

Entonces se oyó, provino de todos lados, nos cubrió. El rugido de ira de una gran y terrible bestia. Hice una mueca mientras los lobos delante de nosotros se acobardaban.

Sentí la fuerza de mi padre. De mis Alfas. De mi manada. De Gavin. Era más grande que el miedo. Más grande que la preocupación. Ellos, al igual que quienes vinieron antes, habían cometido un error. Vinieron aquí y sobreestimaron lo que encontrarían. Uróboros, como había dicho Gordo. Un círculo. La serpiente mordiendo su cola. Ya estaban muertos; solo que no lo sabían.

Por eso me sorprendí cuando Gregory dijo:

–Eso veo.

El sonido de la bestia seguía resonando en nuestro territorio.

–Si así será, no hay problema.

Giró en su lugar y, por un momento, creí que se marcharían. No podían atravesar las barreras. Estaban en territorio desconocido. Ya habíamos matado a uno de los suyos.

Debería haberlo sabido.

Gregory se detuvo.

Los lobos delante de él gruñeron.

—Ah —dijo—, pero *hay* algo más. Verán, en algún momento, antes de que su manada se transformara en lo que es ahora, hubo otros. Lobos. Brujos. Thomas. Abel. Richard. Y Livingstone. Él era el brujo de este lugar y nunca olvidó lo que era, incluso cuando le arrebataron su magia. Incluso cuando regresó a ser él mismo. Incluso cuando lo mordió una Alfa y murió solo para regresar como algo más. Un pequeño dios. Y los dioses siempre recuerdan.

Subió las mangas de su chaqueta. Sus brazos estaban cubiertos de tatuajes. Comenzaron a brillar con fuerza.

—Me dio estas marcas. Me dijo que algún día sabría qué significaban. Puso todo en ellas. Su historia. Eran suyas y ahora son mías.

Las barreras se iluminaron delante de nosotros mientras Gregory volteaba.

Alzó las manos y sus dedos se retorcieron.

—Una vez brujo de Green Creek —dijo—, siempre brujo de Green Creek. Incluso si el envase cambia.

Jessie fue rápida. Como siempre. Sacó el arma casi más rápido que mis ojos.

Disparó. Su puntería fue buena.

Bueno, *hubiera* sido buena si la bala no se hubiera detenido justo en frente del rostro de Gregory, a centímetros de su ojo derecho.

Giró vagamente en el aire antes de caer.

—Bueno, mierda —dijo Jessie sin expresión.

Hubo un crujido punzante mientras las barreras temblaban. La tierra tembló debajo de nuestros pies. Di un paso tembloroso hacia atrás.

Una punzada de dolor estalló en mi cabeza. Chris y Rico gritaron cuando las barreras titilaron y chasquearon como si estuvieran electrificadas.

Detrás de nosotros, en el pueblo entre los árboles, oí gritos de advertencia. Sonaban alarmados. Asustados.

Gregory apretó los dientes, flexionó los dedos mientras sus tatuajes brillaban con intensidad. El sudor cayó por sus cejas mientras los lobos comenzaban a agitarse a su alrededor, exhibían sus garras en nuestra dirección.

—Oh, mierda —exhalé.

Y mi madre dijo:

—*Corran*.

Y lo hicimos.

Mientras las barreras se resquebrajaban detrás de nosotros, corrimos. Llegamos a la línea de los árboles cuando cayó la primera barrera y estalló como vidrio.

Uno de sus lobos aulló.

Una canción de guerra.

MI MADRE /
BURBUJA DE JABÓN

Para cuando llegamos a la calle pavimentada, los disparos ya estallaban en el pueblo. Las barreras se habían quebrado casi por completo y los lobos llegarían pronto.

Chris, Tanner y Rico se transformaron, sus prendas se desgarraron mientras sus patas golpeaban la tierra. Se pararon delante de mí mientras tomaba las pequeñas luces de mi bolsillo. Puse una dentro de una de sus orejas y un imán del otro lado para mantenerla en su lugar. Hice lo mismo por Dominique antes de que se separara del grupo y se dirigieran al búnker. Le gruñó a Jessie sobre su hombro y en mi cabeza oí su canción que decía *a salvo a salvo AmorJessieHermosa mantente a salvo* antes de desaparecer entre los árboles.

Mamá elevó su rostro hacia el cielo estrellado, la luna plateada brillaba sobre ella. Sus ojos resplandecieron cuando bajó la vista, su chal se agitaba en el viento. Cuando volvió a levantar la mirada era la loba madre con los colmillos al aire. Tocó mi mano con su nariz antes de gruñirle a Jessie, quien acomodó el mismo dispositivo en la oreja de mi madre. Hizo lo mismo por el gran lobo café parado al lado de mi madre, él lamió la mano de Jessie.

Jessie me miró. Sus ojos eran brillantes en la oscuridad. Tenía una sonrisa retorcida y supe que estaba lista para cazar. Se inclinó hacia adelante y me besó en la mejilla.

—Podemos hacer esto. Es hora de terminarlo.

—Y seremos libres —le dije.

—Maldita sea, seremos libres.

Siguió a mi madre y a mi tío por el bosque, corría a toda velocidad, sus brazos palpitaban. Chris, Tanner y Rico cruzaron la calle y entraron al bosque por el otro lado. Lo último que vi de ellos fueron sus colas antes de que también se marcharan.

Gavin estaba a mi lado en la calle vacía.

Detrás de nosotros, los lobos aullaron.

Delante de nosotros, la gente de Green Creek demostró por qué nadie se mete con nuestro pueblo.

—Tú y yo —dijo.

—Tú y yo. —Lo miré, sus ojos eran naranjas.

—Compañeros.

—Compañeros —murmuré contra su boca mientras lo besaba. Estaba sonriendo y pude saborearlo.

Se alejó y sujetó mis brazos.

–Quédate a mi lado.

–Siempre.

–No me dejes.

–Nunca.

Y luego dijo:

–Te amo. Sé que es difícil. Esto. Nosotros. Cerebro de lobo y cerebro de humano siguen juntos. Pero te amo. Por mucho tiempo. Incluso cuando era lobo.

–Maldito idiota. ¿Qué diablos? ¿Por qué...?

Volvió a besarme.

–Estúpido Carter. Preguntas. Siempre preguntas. Solo quiero que lo sepas. Consérvalo. Es tuyo. De mi para ti.

–Pum, pum, pum.

Me sonrió y era enceguecedor.

–Yo también te amo.

Puso los ojos en blanco.

–Lo sé. Viniste por mí.

–Cuando todo esto termine, tendremos una larga charla sobre...

–Hablar, hablar, hablar –murmuró–. Es lo único que haces.

Se quitó la camiseta sobre su cabeza.

La cicatriz entre su hombro y su cuello podía verse sin problemas. La acaricié con mis dedos, sentí el borde irregular, la marca de mis colmillos.

Dobló la cabeza y besó el dorso de mi mano. Inhaló profundamente y sus huesos comenzaron a moverse debajo de su piel. Se transformó más rápido que antes y solo pasó un instante antes de que un lobo gris se irguiera delante de mí.

Presionó su hocico contra mi pecho, justo arriba de mi corazón.

Presioné la luz en su oreja y la aseguré con un imán. La gente de Creen Creek sabría quiénes éramos, incluso en batalla.

Dijo *CompañeroAmorManada conmigo quédate conmigo juntos estaremos juntos y nada nos detendrá eres mío y yo yo yo soy tuyo.*

—Sí —le dije—. Sí.

Inclinó la cabeza hacia atrás y aulló. Era una canción de ira y esperanza y aunque ya no era un lobo salvaje, su aullido era algo aterrador. Sabía que su padre lo oiría y esperaba que lo desgarrara al saber todo lo que había perdido.

Seguí a Gavin.

Los lobos en el puente no habían sido los únicos.

Había otros. Debieron haber estado en el otro extremo de Green Creek.

En el momento en que las barreras se quebraron por completo, entraron al pueblo. Y aunque eran menos que los que estaban con Gregory, estaban más cerca del pueblo, y furiosos.

Y sería su final.

Cuando llegamos a los primeros edificios del pueblo, oí el crujido punzante de uno de los lobos que impactó contra una soga extendida entre dos árboles. No necesité verlo para saber qué había sucedido. Un animal gritó extremadamente adolorido cuando la cuerda se quebró y activó lo que estaba envuelto alrededor del árbol. Una rejilla con grandes púas de plata que se agitó alrededor del árbol y se hundió en la carne del lobo.

Detrás de nosotros, otros lobos cayeron en trampas similares. Las tablas se quebraban y los cuerpos eran perforados por picos de plata y madera. Si no los mataba, por lo menos los heriría lo suficiente para acabarlos en batalla. Will estaba orgulloso con razón.

—Lo vi una vez en una película —había dicho—. Supuse que funcionaría aquí también.

En parte, funcionó.

No detendría a todos. Serían más cuidadosos a medida que los lobos a su alrededor cayeran en las trampas de Will.

Las personas en los techos de los edificios disparaban bajo las órdenes de Will. En el otro extremo de Green Creek, pude ver a un par de lobos correr hacia nosotros. Hillary, la mujer junto a Will en el techo, apuntó hacia ellos con su rifle. Observé mientras inhalaba y exhalaba lentamente. Disparó y derribó a uno de los lobos, la sangre salió disparada cuando cayó con fuerza al suelo y se deslizó hacia el costado de la carretera. No se levantó.

—¡Le diste! —gritó Grant desde el techo del taller de Gordo. Bajó sus binoculares y sonrió desde la otra calle—. El hijo de puta cayó con *fuerza*.

Gavin gruñó, caminaba delante de mí.

Will bajó la mirada hacia mí.

—Entraron, ¿eh?

Asentí.

—Tal como pensamos que sucedería. También vienen por detrás. Todos nosotros tenemos luces, asegúrense de no dispararle a los lobos equivocados, ¿sí?.

Las personas en los edificios más cercanos a nosotros giraron inmediatamente para apuntar hacia el camino por donde habíamos venido. Los lobos que no cayeron en las trampas de Will se abalanzaban hacia nosotros a través de los árboles. No habían llegado a la carretera todavía. Si eran inteligentes, nos rodearían por atrás. Mamá y Jessie estarían al norte, Chris, Tanner y Rico al sur. Miré hacia los callejones a cada lado del edificio. Había hombres y mujeres parados a cada lado, fuera de vista, todos estaban armados.

Gavin se quejó cuando se acercó demasiado a la acera, el polvo de plata quemó sus patas. Saltó hacia atrás y sacudió la cabeza.

—Idiota —murmuré y luego—. ¿Alguna señal de Livingstone?

—Lobo grande, ¿no?

—Correcto. Cuando lo veas, lo sabrás.

—Todavía no. Hillary, a tu izquierda.

Habló en tono informal. Hillary volvió a alzar su rifle y disparó. Giré y vi a un lobo caer y deslizarse hasta detenerse con los ojos bien abiertos mientras se desangraba en el pavimento.

—Ya van tres —dijo en estado de excitación—. ¿Crees que pueda llegar a diez?

—Apuesto que… *¡cuidado!* —dijo Will.

Giré en mi lugar y me puse en cuclillas. Un lobo saltó entre los edificios y voló sobre mí. Sus garras pasaron a centímetros de mi cabeza. Aterrizó de costado, pero se puso de pie y avanzó antes de detenerse. Me había transformado a medias y mi visión se tornó increíblemente aguda. Le rugí al lobo mientras caminaba hacia mí con la cabeza baja. Tensó sus músculos, listo para saltar otra vez. Antes de que pudiera hacerlo, Gavin lo estrelló y hundió sus colmillos en su cuello. Sacudió la cabeza de un lado a otro con violencia y oí el fuerte crujido de su cuello al quebrarse. Sus piernas se resbalaron en el suelo mientras la luz naranja desaparecía de sus ojos.

Gavin se paró sobre él, la sangre caía por sus colmillos.

Jessie gritó una advertencia detrás del edificio a mi izquierda. Mi madre gruñó enojada y otro lobo se quejó antes de que lo callaran. Sentí la furia de mi madre, su ferocidad hacia esos lobos que se atrevían a venir aquí.

Hice una mueca al sentir otro resplandor en mi cabeza. Era doloroso, venía de Chris. Algo lo había herido, pero Rico y Tanner estaban ahí y lo que sea que lo había lastimado, no volvería a hacerlo.

—¡Allí! —gritó Will—. ¡Vienen por la retaguardia!

Giré otra vez y vi a Gregory en el medio de la calle del pueblo rodeado de lobos. Tenía sangre en el rostro, pero no parecía suya. Alzó sus manos y sus tatuajes brillaron con intensidad en la oscuridad.

La calle delante de él se partió, el ruido fue pesado y sonoro. Las ventanas a nuestros costados estallaron y los vidrios cayeron en la acera. Los listones de madera temblaron, pero se mantuvieron en su lugar. Cubrí mi rostro mientras bajaba la cabeza y el vidrio cortó mis brazos. Una esquirla lastimó mi oreja, la piel se entumeció inmediatamente. Disparos estallaron a mi alrededor mientras los edificios temblaban. Grant había sido derribado, casi cae por el costado del taller. Se puso de pie y volvió a empuñar su arma.

Volví a mirar a Gregory y a los lobos. Las balas que deberían haberlos matado, caían al suelo antes de llegar a ellos.

—Carter —gritó Will.

Subí la mirada y me lanzó una pequeña bolsa. La tomé y sin detenerme giré en mi lugar, la palma de mi mano ardía mientras lanzaba la bolsa hacia los lobos.

Explotó por el impacto. El contenido llovió sobre ellos.

Al principio, no sucedió nada.

—¿Eso es todo lo que…? —dijo Gregory.

Los lobos comenzaron a gritar. El brujo aturdido retrocedió un paso. Los lobos llevaron las patas a sus rostros sin poder detenerse, se rasguñaban y sangraban mientras intentaban liberarse del polvo de plata. No llegó a afectar a todos, pero los que *sí* recibieron el impacto, quedaron ciegos y reaccionaban ante la nada mientras sus bocas comenzaban a llenarse de una espuma ensangrentada. Los que recibieron una dosis mayor, cayeron al suelo entre convulsiones. Uno vomitó algo negro y sus ojos giraron hacia la parte trasera de su cabeza.

Hillary alzó su arma y apuntó directamente a Gregory que estaba distraído por los lobos moribundos a su alrededor.

—No deberían haber venido —murmuró.

Su dedo se tensó en el gatillo.

Nunca logró disparar.

—*¡Abajo!* —gritó Will.

Se estiró, tomó el frente del abrigo de Hillary y jaló de ella. El rifle cayó de sus manos.

El aire cambió.

Un temblor terrible cubrió mi cuerpo.

Las estrellas y la luna en cuarto creciente sobre mí se apagaron como si una gran oscuridad hubiera descendido.

El suelo tembló debajo de mis pies cuando una bestia aterrizó en la calle con un estrépito furioso. Golpeó la acera, el polvo plateado comenzó a quemar sus patas, finos hilos de humo emanaron ellas.

No le prestó atención.

Su único ojo rojo se concentró en mí con odio mientras se paraba en sus patas traseras, el pelo que lo cubría se agitó en el viento frío. Era casi tan alto como el edificio detrás de él. Grant alzó su arma, apuntó a la cabeza de Livingstone. Disparó. Escuché el impacto de la bala.

Livingstone gruñó y giró la cabeza hacia Grant.

—Oh, mierda —suspiró Grant.

Livingstone le gruñó. Grant se tambaleó hacia el otro extremo del edificio.

—¡Aquí! —grité—. ¡Estamos aquí!

Livingstone me ignoró. Se abalanzó hacia el taller y destrozó el cartel oscuro sobre él. El metal chilló cuando el listón se quebró y cayó sobre el suelo. Grant giró y corrió hacia el otro lado, saltó por el borde del edificio justo cuando Livingstone caía sobre el techo y sacudió los ladrillos. La bestia trepó por el costado del edificio, sus garras se hundían en la piedra. Los tragaluces del techo estallaron cuando llegó arriba, el vidrio cayó hacia el interior.

Livingstone se irguió, inclinó su cabeza hacia atrás y aulló.

Resonó por todo Green Creek, cubrí mis orejas mientras Gavin se quejaba a mi lado y se acurrucaba a mi alrededor, su cabeza contra mi pecho, la cola alrededor de mis piernas.

Para cuando el aullido se desvaneció, Livingstone nos estaba mirando.

—*Tú* —gruñó.

Su único ojo rojo brilló con fuerza e incluso *yo* lo sentí. El llamado del Alfa. Era como si sus garras estuvieran sobre mi cabeza y pecho y las ataduras con mi manada se retorcieran.

Gavin me apartó, se movió hasta que quedó delante de mí. Se presionó contra mí, me alejó de su padre. Rugía por lo bajo y sentí su enojo, su miedo. Pero no le temía a su padre, no temía por su propia seguridad.

Estaba *aterrado* por mí.

Puse mis manos sobre su lomo, hundí mis dedos, su cabello se agitó contra mi piel.

—*Tomas* —ladró Livingstone—. *Tú tomas. De mí. Ya no más.*

Miré a mi derecha, Gregory se había recuperado. Los lobos que no fueron afectados por la plata se reunieron a su alrededor.

Miré a mi izquierda.

Los lobos caminaron lentamente por la calle hacia nosotros con ojos naranjas.

Livingstone dijo:

—*Mátenlos. Mátenlos a todos.*

Gregory corrió hacia nosotros, rodeado por los lobos.

Los lobos en el otro extremo de la calle se abalanzaron hacia adelante.

Livingstone alzó sus garras sobre su cabeza y sus manos deformes formaron puños. Los bajó contra el techo. El edificio tembló, polvo de ladrillo salió disparado. Volvió a hacerlo una y otra vez y en el momento en que el techo del taller cedió, dio un salto. Aterrizó en la calle mientras Lo de Gordo colapsaba detrás de él estrepitosamente, humo y polvo salieron disparados hasta las estrellas.

Gavin sacudió la cabeza de lado a lado.

No había lugar para huir.

Livingstone dio un paso hacia nosotros.

Se detuvo cuando un lobo saltó sobre su espalda, su garras y colmillos se fundieron en él una y otra vez.

La bestia rugió y se estiró hacia atrás. Envolvió la espalda de Rico con sus garras y Rico aulló antes de que Livingstone lo lanzara por la calle. Rico desapareció en la cafetería, las ventanas estallaron, las rejas de metal se rompieron cuando aterrizó en el interior.

Chris y Tanner salieron disparados por el callejón, se movieron con destreza alrededor de Livingstone. Intentó atraparlos, pero salían de su camino, se movían rápidamente como una serpiente. Mordieron sus tobillos, la parte posterior de sus piernas, lo hicieron sangrar mientras se movían en sintonía. Livingstone logró sujetar una de las piernas traseras de Tanner y lo derribó contra el suelo.

Las personas en los techos alzaron sus armas y comenzaron a dispararle a él y a los lobos que corrían hacia nosotros.

Volteé y vi a mamá y a Jessie irrumpir en la calle. Giraron hacia Gregory y sus lobos. Jessie disparó cuatro veces, cada bala impactó en un lobo y lo mató en el instante. Gregory zigzagueó, sus tatuajes brillaban ferozmente. Estaba acumulando magia, sus ojos estaban húmedos y bien abiertos. Extendió una mano, flexionó los dedos.

—¡*Mamá!* —grité.

Pero ella no se detuvo. Corrió hacia él y cuando un estallido de luz creció alrededor de la mano de Gregory, bajó su cuerpo hacia el suelo y se preparó para saltar.

Llegué demasiado tarde.

Mi madre saltó.

Y se detuvo casi inmediatamente. Quedó suspendida en el aire.

Emitió un sonido terrible, un chillido suave que nunca debería haber emitido. Su cuerpo se sacudió en el aire mientras Gregory cerraba su puño, sus patas pateaban a la nada.

Corrí hacia ellos, ignoré la voz quebradiza en mi cabeza que decía *carter no por favor carter no no NO NONONO…*

Un lobo blanco corrió a mi lado.

Tenía pelo negro en su pecho y espalda. Sus ojos eran rojos.

Dijo *HijoAmorManada cree en mí porque yo yo yo creo en ti.*

Me estiré y presioné mi mano contra su lomo mientras corríamos hacia mi madre.

Una energía poderosa estalló en mi brazo y cubrió mi cuerpo.

El viento silbó a mi alrededor.

Bajé mi hombro y me estampé contra los lobos que se habían posicionado delante de Gregory. El impacto hizo que mis colmillos repiquetearan, pero apenas lo sentí. Me estiré hacia Gregory y hundí mis garras en su pecho, rasgué desde su hombro hasta su cuello y lo usé para detener mi impulso. Mi brazo se sacudió cuando me aferré a él, su sangre se derramó sobre mi mano mientras giraba hasta su espalda. Apenas tuvo tiempo de mover la cabeza cuando gruñí:

—No deberías haber tocado a mi madre.

Llevé mis garras hacia su garganta.

La sangre salpicó el estómago de mi madre.

Gregory balbuceó y dejó caer a mamá; aterrizó de pie, sacudió la cabeza antes de abalanzarse hacia adelante, sus colmillos brillaron bajo la luz de las estrellas. Las costillas de Gregory crujieron cuando lo mordió.

—*Oh* —dijo Gregory.

Colapsó en el suelo. Inhaló una vez. Después otra.

Y luego dejó de moverse.

Moví mi mano, estaba cubierta de sangre. Gavin se movió, gruñía furiosamente, desgarraba todo lo que se atreviera a avanzar hacia mí. Los lobos aullaron y gimieron mientras Gavin cerraba su mandíbula a su alrededor desgarrando su piel. Pelaje apelmazado caía al suelo.

Mi madre presionó su hocico contra mi pecho.

—Lo sé, lo sé, yo...

Una gran mano cubrió mi rostro. Di patadas en el aire mientras me levantaban del suelo, sentía las garras arañando mi cuello. Me estiré y sujeté el gran antebrazo. Un aliento caliente y rancio cubrió mi cuerpo mientras Livingstone me acercaba a su rostro. Su único ojo rojo resplandeció intensamente.

—*Carter* —gruñó.

Debajo de nosotros, Gavin se transformó en humano, estaba rodeado de cuerpos de lobos muertos. Mi madre estaba a su lado.

–¡Bájalo! –gritó Gavin.

Livingstone sacudió la cabeza hacia su hijo.

–*Traicionado. Tú me traicionaste. Como todos los demás.*

–No soy tuyo –ladró Gavin–. Nunca lo fui. Soy *manada*. Soy *compañero*. Soy *Bennett*.

El agarre alrededor de mi cabeza se intensificó. Pude oír el suave susurro de mi cráneo gimiendo debajo de la presión.

–*Me arrebataste lo que tenía* –rugió Livingstone–. *Tomaré todo lo que tienes.*

La presión se incrementó. Sentía que estaba desvaneciéndome mientras los ojos salían disparados de sus cavidades.

Y luego todo se desvaneció cuando retumbó otra voz.

–Suéltalo –bramó.

Y la conocía. La conocía muy bien.

Las ataduras que se extendían entre nosotros vibraron.

La mano alrededor de mi cabeza se abrió.

Caí al suelo, mis piernas cedieron debajo de mí.

Gavin se arrodilló a mi lado.

–Carter, Carter, mírame, *mírame*.

Mi madre se incorporó sobre mí, sus piernas estaban a cada uno de mis lados mientras le gruñía a Livingstone.

Pero él no nos prestó atención.

Su concentración estaba en otro lugar.

Volví la cabeza.

Allí, parado en la calle sobre los cuerpos de lobos muertos, estaba Oxnard Matheson. Soltó al lobo que sostenía por la garganta, este aterrizó en el suelo y no volvió a levantarse.

Ox con ojos rojos y violetas dio un paso hacia Livingstone.

Tres lobos aparecieron a su lado.

Kelly.

Joe.

Robbie.

Detrás de ellos había más lobos, todas sus orejas parpadeaban con luces. Docenas. Se reunieron detrás de Ox con los vellos erizados.

Caswell. La manada de Joe. Habían venido.

Livingstone les rugió. Hice una mueca cuando Gavin se inclinó sobre mí y cubrió mis orejas.

Ox inclinó la cabeza.

—Nunca ibas a ganar —dijo.

Por el rabillo del ojo, vi a Jessie halar de Rico entre los restos de la cafetería. Chris y Tanner se movieron rápidamente y se les unieron, ayudaron a Rico a llegar a nuestros Alfas. Rico renqueaba, pero parecía entero. Sin desviar la mirada de Livingstone, Ox puso su mano en la cabeza de Rico y pasó un dedo por su hocico entre sus ojos.

Y a través de nosotros, su voz fue un estruendo.

Dijo *estén listos ManadaAmorHermanosHermanas estén listos para moverse moverse moverse la casa necesitamos ir a la casa.*

—*Fin* —dijo Livingstone con voz profunda y áspera—. *Este será su fin.*

—Ven, entonces —dijo Ox.

Livingstone se abalanzó hacia él. E impactó contra una barrera de magia salvaje.

Gordo Livingstone salió de las sombras de un callejón con los ojos entrecerrados, sus tatuajes estaban encendidos y vibraban. Aileen y Patrice estaban con él con las manos alzadas. Mark estaba al lado de Gordo, su cola rodeaba la cintura del brujo, sus ojos eran naranjas cuando le gruñó a Livingstone.

La bestia cayó al suelo. Se levantó igual de rápido. Volvió a estrellarse contra la barrera una y otra vez, los huesos en su rostro se quebraron y sanaron, se quebraron y sanaron. Gavin me alejó de Livingstone, colocó sus manos debajo de mis brazos y se aferró a mis bíceps. Mi madre retrocedió lentamente.

Mientras apuntaba una mano hacia su padre, Gordo bajó su otro brazo hacia Mark, su muñón estaba blanco. Mark lo mordió y derramó sangre. Gordo gruñó mientras Mark lo soltaba. Agitó su muñón hacia Livingstone, la sangre se derramó sobre la barrera que crujió mientras se encendía.

Pero no fue suficiente.

Pude ver el momento en que se dieron cuenta.

Aileen empalideció.

Los ojos de Patrice se ensancharon.

–Oh, Dios, no –dijo Gordo.

Livingstone atravesó la barrera, la magia se quebró con un estallido eléctrico. Dio un paso hacia adelante, el pavimento chasqueó debajo de su pie.

–Ey –gritó Will.

Livingstone sacudió su cabeza hacia el hombre parado en el techo.

Will tenía un cuchillo en la mano. Lo blandió con destreza, lo hizo girar hasta que lo atrapó por la punta de la hoja de plata. Llevó su brazo hacia atrás y lo lanzó hacia Livingstone, el cuchillo giró sobre sí mismo.

La bestia se movió, pero no lo suficientemente rápido.

El cuchillo impactó en Livingstone, se hundió en la cavidad vacía de su ojo.

La bestia rugió.

–Malditos cambia-formas –dijo Will y estaba *sonriendo* como si supiera lo que sucedería.

Grité su nombre mientras extendía sus brazos como si fueran alas.

—No se metan con nuestro pueblo —dijo—. ¿Me oyen? No se *metan con nuestro*....

Livingstone estaba sobre él antes de que pudiera detenerlo.

Will no gritó, ni siquiera hizo un sonido cuando Livingstone hundió sus garras en su pecho. Hubo un sonido horrible, húmedo y pesado. Hillary gritó por Will, pero era demasiado tarde. Una burbuja de sangre estalló desde la boca de Will. Parpadeó lentamente mientras la bestia retiraba su brazo con las garras cubiertas de sangre.

—Fui importante. Fui importante. Yo... yo... —dijo Will.

Cayó sobre sus rodillas justo cuando Hillary lo atrapó. Ella dijo su nombre una y otra vez, pero escuché su corazón sobre todos los ruidos. Trastabilló en su pecho.

Y luego se detuvo.

—¡No! —grité y luché contra Gavin, necesitaba llegar a mi amigo, necesitaba ayudarlo, necesitaba *salvarlo*...

—Detente —susurró Gavin bruscamente en mi oreja—. Detente, es demasiado tarde. No podemos ayudarlo. Carter. *Carter*.

Estaba enojado. Tan malditamente enojado.

Empujé a Gavin.

Me puse de pie. Me moví antes de siquiera pensarlo.

Me transformé, mis prendas se desgarraron mientras me abalanzaba contra Livingstone.

Yo

Soy

muerte

soy

destructor

soy

lobo

soy lobo lobo lobo

matarlo matarlo matarlo

maldito bastardo

maldito hijo de puta

matarte voy a

matarte derramar tu sangre derramar tu sangre en el suelo

arrancar tu maldita cabeza

voy a destrozarte

en pedazos

y muerdo

muerdo

muerdo

y yo

Livingstone se estiró sobre su hombro hacia su espalda. Me sujetó y me lanzó hacia Ox. Caí sobre él, me transformé cuando aterricé sobre él.

Joe y Kelly ya me estaban alzando, intentaban evitar que volviera a atacar a Livingstone.

—No —dijo Kelly agitado contra mi oreja—, necesitamos sacarlo del pueblo. Lejos de la gente. Patrice y Aileen se quedarán con los lobos aquí y cuidarán de la gente, pero tenemos que terminar esto, ¿me oyes? Tenemos que *terminar esto*.

Ox se impulsó en el suelo, arrastró las garras sobre el pavimento. Su furia nos envolvió, era un fuego que solo crecía. Se irguió y nosotros...

Estábamos

Estábamos de pie

Estábamos de pie en el claro.

Todos nosotros. Nuestra manada.

Ox estaba delante de nosotros.

Sonrió.

Detrás de él había puertas, tantas puertas, un número *infinito* de puertas. Se extendían hasta donde podía ver. Algunas eran de madera, otras eran de metal, otras eran de cristal. Temblaron en sus marcos, las vibraciones se extendieron por el suelo.

—Mi papá me dijo que era lento —dijo Ox—. Tan lento que, de hecho, recibiría mierda toda mi vida. Le creí. Por mucho tiempo, su voz fue la única voz que escuchaba. Ah, lo amaba porque era mi padre. ¿Qué más podría haber hecho? Era el único que tenía. Y cuando me paré en la cocina y vi su valija junto a la puerta, estaba confundido.

Los lobos se movieron entre los árboles, entre las puertas. Eran borrosos, pero vi el destello de naranja y rojo en sus ojos. Uno de los lobos aulló y en su canción escuché una voz que no oía desde que era un cachorro. Dijo *mis hijos mis nietos mis amores mi manada son fuertes son más fuertes de lo que saben y estaremos con ustedes hasta el final final final.*

El aullido de Abel Bennett resonó entre las puertas y los árboles.

Los otros lobos comenzaron a aullar.

Eran una sinfonía.

—Estábamos solos —dijo Ox—. Mi madre y yo. Y me dije a mí mismo que era suficiente. Me dije que era lo único que necesitábamos. Ella me tenía a mí. La protegería de los dientes del mundo. Pensé… —inclinó la cabeza hacia el cielo. La luz de la luna cubrió su rostro—. Creí que no necesitábamos a nadie más. Porque tener a alguien significaba dejarlos entrar. Y si lo hacíamos, podrían encontrar nuestros corazones secretos. Podrían utilizarlo contra nosotros. Herirnos. Era más sencillo estar solo que volver a ser herido.

La sinfonía se intensificó.

—Pero me encontraron —dijo Ox—. Todos ustedes. Me encontraron e hicieron que me diera cuenta cuán equivocado estaba. Había una... luz. En cada uno de ustedes. Brillaba con tanta fuerza que era como mirar al sol. Había un tornado de dedos y palabras y me abrió de par en par, se derramó todo lo que había mantenido escondido. No pude evitarlo. Lo sabía, creo. En algún lugar profundo, sabía lo que eran. Me cantaron y lo sentí en los huesos. Todo lo que soy, todo en lo que me convertí es por ustedes. Nunca tuve eso. Lo que me dieron.

Cerró los ojos.

—Esperanza. Me dieron esperanza.

Los lobos en los árboles cantaron con más fuerza.

Las puertas temblaron.

Ox abrió los ojos. Estaban rojos y violetas. Las ataduras vibraron.

—Esta vida no fue lo que esperaba. Hemos sentido dolor. Hemos sangrado. Hemos perdido seres amados. Tengo tanta suerte de ser su Alfa.

—Ox —dijo Joe con voz temblorosa—. ¿Qué es esto? ¿Qué estás...?

—Te amo, Joe —replicó—. Nunca amé a nadie tanto como te amo a ti.

—No —murmuró Gordo—. Ox, no, detente, no puedes hacer esto, no puedes...

—¿Eres mi padre? —dijo Ox—. ¿Eres mi hermano? Creo que los dos. ¿Recuerdas el papel de regalo? Pequeños hombres de nieve. Y era tan valiosa para mí la camisa. Tenía mi nombre y nunca me sentí más despierto que en ese momento. Soñaba y a veces me perdía cuando lo hacía. Pero contigo, estaba despierto.

Luces brillantes resplandecieron y me enceguecieron. Era Carter, pero luego era *Ox*, era *Ox* y estaba viendo lo que veía, qué veía en todos nosotros.

Veía a mi madre pintando y murmurando para sí misma sobre hoy, hoy, hoy mientras derramaba color sobre el lienzo, con un poco de verde en la punta de la nariz.

Estaba caminando con mi padre a través del bosque y me sentía *maravillado* por él.

Estaba con Gordo detrás del taller fumando un cigarrillo. Hizo arder mis pulmones y él sacudió la cabeza.

Estaba con Mark, le preguntaba si podíamos ser amigos y él esbozaba su sonrisa secreta.

Estaba con Kelly, le decía que haríamos todo lo posible para encontrar a Robbie, lo prometo, prometo que lo encontraremos.

Estaba con Joe y él sonreí y *ah*, sentía que mi corazón estallaría en mi pecho.

Estaba con Robbie y él no sabía quién era, pero parte de él ardía porque quería, quería saber con tanta fuerza.

Estaba con Tanner, Chris y Rico y saltaban sobre mí, me daban palmaditas en la espalda y hablaban de la magia mística lunar, decían sabíamos que la tenías, lo *sabíamos*.

Estaba con Jessie, su cabeza estaba sobre mi hombro y mi nariz en su cabello.

Estaba con Dominique y ella estaba asustada, oh, estaba asustada, pero tomé su rostro con mis manos, mis ojos eran rojos y violetas y ella *tembló*.

Estaba con Bambi y estaba pálida y cansada, con círculos debajo de sus ojos, pero sostenía un niño en sus brazos y besé su frente, le dije que sería amado sin importar lo que sucediera.

Estaba con un lobo gris y él gruñó, pero se detuvo cuando acaricié su oreja.

Yo, yo. Estaba *conmigo*, cómo me veía, cómo me *quería*, cuán fuerte pensaba que era, cuán tonto podía ser a veces, pero eso no le importaba. Confiaba en mí, me llamó su hermano, me llamó su *amigo*, dijo Carter, Carter, te necesitarán más de lo que crees.

Y allí, al final, estaba con ella.

Estábamos parados delante del fregadero, los platos se apilaban. Se reía y explotaba burbujas de jabón en mi oreja. Yo (Ox) dije: mamá, hice mi mejor esfuerzo. Hice todo lo que pude.

—Lo sé —dijo ella—. Sé que lo hiciste. Solo un poquito más. Solo un poquito más y te prometo que estarás en paz. Estoy tan orgullosa de ti. No hay nadie como tú en el mundo y Ox, Ox, Ox, ¿recuerdas? ¿Cómo llamas a un lobo perdido en inglés? —rio—. *Where-wolf.* Ah, eso me hace reír. Ah, me hace sonreír.

Tomé su mano y la hice girar en un círculo mientras la música sonaba. Sus ojos eran brillantes y dijo:

—Algún día vas a hacer muy feliz a alguien y no puedo esperar a verlo cuando suceda.

—Lo hice —dije—. Creo que lo hice.

—¿Lo hiciste? Qué hermoso, qué maravilloso.

—Luchaste hasta el final.

—Lo hice. Porque hubiera hecho cualquier cosa por ti.

Y había más, mucho más, las imágenes se movían cada vez más rápido. Estábamos juntos un domingo porque es tradición. Estamos luchando por nuestras vidas. Estamos aullando bajo la luna llena. Sentimos dolor por las personas que perdimos. Una pira funeraria arde en la noche. Nace un bebé. Joe y Ox. Gordo y Mark. Robbie y Kelly y Gavin y yo,

Dominique y Jessie, Chris y Tanner. Rico y Bambi y Joshua. Mi madre y mi padre parados en el porche observando al tornado bajar de la espalda de un niño alto y callado.

—Un regalo —dijo—. Cada uno de ustedes es un regalo. Esto es lo que me dieron y nunca lo olvidaré.

Los lobos dejaron de aullar.

Las puertas dejaron de vibrar.

El silencio cubrió el claro.

—Solo un poquito más —dijo Oxnard Matheson—. Solo un poquito más. Aférrense a mí. Aférrense entre ustedes. Me aseguraré de que lleguemos a casa.

Inclinamos nuestras cabezas hacia el cielo estrellado al mismo tiempo y la luna latió, sentí que me llamaba, cantaba mi nombre y…

CANCIÓN DEL LOBO / CANCIÓN DEL CUERVO / CANCIÓN DEL CORAZÓN / CANCIÓN DE LOS HERMANOS

—Sacrificio —susurré.

Abrí los ojos. Estábamos parados cerca de la casa. En frente de nosotros, la casa azul estaba oscura y callada.

Mi manada me rodeaba. Estábamos juntos.

El bosque estaba silencioso.

—Casi es hora —dijo Ox.

Joe parpadeó lentamente como si estuviera despertando de un sueño.

—¿Qué fue…? —Ox lo besó ferozmente. Mi hermano se aferró a sus brazos.

–No –dijo Gordo–. No puedes... *Ox*. No sé qué demonios piensas hacer, pero será mejor que te quites esa mierda de tu cabeza ahora mismo.

Ox se alejó de Joe.

–Todos tenemos que cumplir nuestro rol. Lo supe por un largo tiempo. Estoy listo.

Los ojos de Gordo estaban húmedos.

–¿De qué demonios...?

Un bramido resonó en el bosque. Ox se alejó de Joe.

Nos separamos mientras caminaba delante de nosotros.

El cáncer oscuro se extendía hacia nosotros mientras una bestia avanzaba por la calle de tierra hacia la casa al final del camino.

Ox inhaló profundamente y exhaló.

–Nosotros...

Dos figuras emergieron del bosque. Dominique y Bambi. Rico se apresuró hacia ellas.

–¿Joshua? –indagó.

–A salvo –replicó–. En el búnker. Y estamos aquí en donde se supone que debemos estar.

Rico sacudió la cabeza ferozmente.

–Por favor. Por favor, no hagas esto. Márchate. Regresa. Corre mientras puedas.

–¿Y dejar que te pateen el trasero? –replicó Bambi–. Jamás en la vida. Terminaré esto y luego regresaremos con nuestro hijo. Juntos.

Sacó las viejas pistolas de Rico de su fundas antes de echarle un vistazo a Ox.

–Gracias por el maldito viaje mental. Pero si ese fue tu penoso intento de despedirte, entonces vete al carajo, Oxnard.

–Maldita sea, te amo tanto –susurró Rico.

Ox abrió la boca, pero luego la cerró antes de sacudir la cabeza.

—Ustedes no…

—Está aquí —dijo Gavin.

Giramos.

Robert Livingstone estaba al final de la calle.

Se había quitado el cuchillo de la cavidad del ojo, aunque la herida seguía sangrando.

Era humano, su piel desnuda era pálida. Su rostro estaba contorsionado, su boca se arqueaba hacia abajo. Lucía mayor, mucho mayor de lo que era cuando lo vi por última vez, rodeado de brujos. Su piel colgaba y su único ojo estaba hundido y en llamas. Su manada le había sido arrebatada y si no estaban todos muertos, pronto lo estarían. Deseé que se sintiera como mil cuchillos en el corazón.

—Viví aquí una vez —dijo—. Con los lobos.

Le echó un vistazo a la casa azul y sacudió la cabeza lentamente.

—Me gusta pensar que era feliz, aunque eso se siente como una mentira. —Frunció el ceño—. En realidad, es extraño. Qué sencillo es engañarse a uno mismo. Tenía poder, tenía control. Creí que era suficiente. Estaba equivocado.

—Mataste a mi madre —gruñó Gavin.

Livingstone asintió lentamente.

—Supongo que lo hice, al final. Tomé más de lo que di… Y ahora puedo verlo. Puede que no haya sido por mano propia, pero fue por mis acciones. Pero no actué solo. Los lobos. Siempre vuelvo a los lobos. Los Bennett.

Su ojo se tiñó de rojo.

—Ustedes me hicieron de esta manera. Me arrebataron a mi esposa, mi lazo, mi magia. Mis *hijos*. Nunca quise llegar a esto. Solo quería lo que era mío desde el inicio. Y ustedes no podían dejar las cosas *en paz*.

—Por Dios —murmuró Bambi—. Menos charla y más acción.

Alzó una pistola y disparó.

Livingstone movió su cabeza hacia a un costado. La bala se incrustó en un árbol detrás de él.

—Fallaste —dijo y sonó como si su corazón se quebrara. Una lágrima cayó por su mejilla.

Y luego se movió.

La fachada de anciano se derritió, su piel se rasgó cuando la bestia estalló, sus colmillos brillaban, sus garras se extendieron mientras el cabello negro brotaba por sus brazos y piernas.

Ox fue más rápido que los demás. Impactó a Livingstone de frente, un lobo negro colisionó contra una bestia negra. Joe gritó el nombre de Ox y luego estalló el caos.

Luchamos.

Bambi se quedó al lado de Rico, jalaba del gatillo una y otra vez. Hubo momentos en los que estaba *detrás* de Livingstone y presionaba el cañón de la pistola en la base de su columna una y otra vez. Cada vez que Livingstone comenzaba a girar hacia ella, Rico estaba allí, usando sus colmillos.

Kelly y Robbie se movían en sintonía, sus cuerpos se pegaron antes de separarse cuando Livingstone aplastó un puño en la tierra en donde habían estado parados.

Mark y mamá corrían *entre* sus piernas, hundían sus colmillos en sus tobillos y rasgaban sus tendones.

Chris y Tanner treparon por su espalda. Mientras mordían con fuerza, la bestia rugió iracunda y se estiró hacia ellos, pero Gordo estaba allí con la boca sangrienta por haber mordido la cicatriz en dónde solía estar el cuervo. Escupió la sangre en su mano y las marcas que su padre había grabado en su piel resplandecieron furiosamente. Las rosas florecieron hacia arriba, gruesas enredaderas brotaron del suelo y se envolvieron alrededor de las piernas de Livingstone, espinas gigantes perforaron su piel.

Jessie corría detrás de Dominique, que estaba agachada. Se subió a la espalda de Dominique y cuando llegó a sus hombros, la loba se impulsó contra el suelo y Jessie salió disparada en el aire. Jessie alzó la barreta sobre su cabeza. Hace mucho tiempo, se rio de cómo la barreta original se había quebrado en Caswell, aunque habíamos visto en sus ojos cuánto le afectó la pérdida de algo tan sencillo. Gordo le había hecho otra a pedido de Ox y la expresión en su rostro cuando se la dio estrujó mi corazón, aunque todavía sufría la pérdida de Gavin. Y ahora fue esta barreta la que blandió con todas sus fuerzas.

Livingstone estaba distraído. No la vio volar sobre él hasta que fue demasiado tarde. El extremo de la barreta perforó la piel entre su cuello y hombro. Jessie pateó su hombro mientras la bestia rugía. Aterrizó bruscamente en el suelo detrás de él. Giró y se puso de pie mientras Livingstone intentaba llegar al metal que estaba clavado en él.

Pero Ox y Joe no se lo permitieron. Mordieron sus brazos para evitar que se lo quitaran. Estaban en una batalla de fuerza, renunciaban a ataques veloces por ataques de fuerza. Sangre brotaba de sus bocas y cubría sus pieles.

Gavin se quedó a mi lado, los dos corríamos con cuatro patas. Livingstone fue tras su hijo y cerré mi mandíbula alrededor de uno de sus dedos deformes. Sacudí la cabeza mientras mordía con todas mis fuerzas y la bestia gritó cuando el dedo se desprendió. Lo escupí en el suelo, el sabor de su sangre era intenso en mi lengua.

Y luego todo cayó en picada.

Livingstone sujetó a Rico y lo estrujó con fuerza. Rico aulló mientras sus costillas se astillaban. Chris y Tanner no tuvieron tiempo de moverse cuando la bestia lanzó a Rico contra ellos y los derribó.

Jessie gritó por su hermano y Livingstone giró hacia ella. Las enredaderas en sus piernas se quebraron, se abalanzó hacia ella, sus garras negras eran como ganchos. Dominique saltó entre ellos y las garras desgarraron su costado. Jessie cayó sobre Dominique y cubrió el cuerpo de la loba con el suyo. Livingstone rasgó su espalda. Jessie gritó de dolor y se aferró a la loba con todas sus fuerzas.

Mi madre aterrizó en su espalda, intentando alejarlo. Lo mordió una y otra vez y cuando casi llega a la barreta incrustada en él, logró darle un golpe más antes de que él llegara a ella, la sujetara por el cuello y la lanzara sobre su hombro. Voló hacia la casa y se estrelló contra el porche, la madera tembló con el impacto.

Gordo gruñó mientras el aire se cubría con el punzante aroma a magia. Sus brazos temblaron y sus tatuajes eran casi demasiado radiantes para los ojos. Columnas de piedras sobresalieron de la tierra y se alzaron delante de Livingstone. Hicieron que se tropezara hacia adelante y su cabeza se acercara al suelo. Mark estaba esperándolo y cerró la mandíbula alrededor de su hocico. Hubo un quiebre sonoro, Livingstone sacudió la cabeza hacia atrás y levantó a Mark del suelo. La bestia alzó sus garras hacia los costados de Mark, mi tío lo soltó en el último segundo y se dejó caer en el suelo.

Kelly bramó furioso y fue hacia Livingstone. No fue lo suficientemente rápido. La bestia retrocedió y pateó a Kelly, escuché el estallido de los huesos de mi hermano quebrándose. Aterrizó cerca de Bambi, ella se paró delante de él y alzó su arma mientras Kelly intentaba ponerse de pie. Colapsó otra vez y soltó un aullido por lo bajo.

Livingstone giró hacia ellos, dio un paso fuerte que hizo temblar el suelo. Robbie gruñó y antes de que pudiera lanzarse contra Livingstone, Gavin apareció a su lado, agitando la cola con ojos naranjas y los colmillos listos.

Livingstone vaciló.

—¿Por queeé? ¿Por qué hacen estooo?

Estaba sangrando intensamente, pero sus heridas se cerraban, aunque tardaba más que antes.

—Porque púdrete, ese es el porqué —replicó Bambi mientras Kelly se ponía de pie y mi madre aparecía gateando en los escombros del porche. Bambi jaló el gatillo otra vez, pero el arma no tenía municiones. El clic seco fue tan ruidoso como todo lo demás.

Livingstone dio otro paso hacia ellos.

Dominique se puso de pie. Jessie hizo una mueca mientras usaba la espalda de Dominique para ponerse de pie.

Joe y Ox rodearon a Livingstone, de pie delante de Rico, Chris y Tanner.

Gordo y Mark se unieron detrás de él. Gordo estaba agitado, su rostro estaba cubierto de sangre y sudor. Puso su mano en la espalda de Mark y cerró sus dedos en su pelaje café.

Jessie escupió sangre. Su rostro estaba hinchado, su piel tenía moretones. Dijo:

—Siempre es lo mismo. Este círculo. Igual que todos los demás. Crees que eres diferente, crees que eres más. Pero escúchame, hijo de puta. Escúchame bien. No eres *nada*.

Y sorprendentemente, se rio.

Livingstone rugió otra vez.

Y luego Ox estaba allí en nuestras cabezas y dijo *ahora ahora ahora terminemos esto es hora de terminar esto así es cómo termina para él aquí ahora luchamos luchamos con todo lo que podamos por la familia por los hermanos y hermanas por nuestras madres y nuestros padres y por Manada-ManadaManada.*

Lo atacamos de todos los ángulos al mismo tiempo.

Él era rápido.

Pero nosotros éramos más rápidos.

Enredaderas volvieron a surgir del suelo, envolvieron los brazos y las piernas de Livingstone y halaron de él hacia abajo. Pronto, estuvo en cuatro patas, las enredaderas se endurecieron mientras piedras negras se elevaban de la tierra, lo cubrían y mantenían en su lugar.

Por el rabillo del ojo, vi rayos de luz moverse ágilmente. Juré que había otros lobos con nosotros, un lobo café con una estrella en su pecho y mi madre jadeó en mi cabeza mientras susurraba *abel abel abel,* y había *otro* lobo, blanco con negro en su pecho y espalda y lo oí, lo oí cuando dijo *mis hijos mis amores mi manada.* Estaba allí y luego desapareció, aparecía y se desvanecía, cada vez que reaparecía, se derramaba más sangre.

Salté sobre la espalda de la bestia. Intentó sacudirse para liberarse, pero hundí mis garras y mis colmillos en su piel.

Se desplomó todavía más cerca del suelo, las rocas y las enredaderas subieron todavía más por sus brazos y piernas. Intentó liberarse, la roca chasqueó.

Chris y Tanner aterrizaron a mi lado. Se presionaron contra mí y bajaron las cabezas para desgarrar su espalda.

El sonido que Livingstone hizo entonces lo recordaré para siempre. Era ira y dolor, traición y *miedo,* un miedo tan fuerte que podía saborearlo.

Tenía miedo.

Mordí con más fuerza.

Todos estábamos sobre él.

Todos menos uno.

Se transformó delante de Livingstone. Se irguió, su pecho estaba agitado. Sus ojos brillaban de rojo y violeta.

—Lo lamento —dijo Oxnard Matheson—. Lamento todo en lo que te has convertido.

—*Esto no terminó* —siseó Livingstone.

—Terminó —dijo Ox—. Al fin. De una vez por todas. Padre, recuerdo lo que dijiste. Ayúdame. Por favor, ayúdame.

Ox corrió hacia la bestia.

A su lado, el lobo blanco brillante corrió con él. Justo antes de que Ox saltara, se *fusionaron*, el lobo blanco estalló en esquirlas de luz que se incrustaron en la piel de Ox.

Y a través de las ataduras, Joe aulló *no no no NONONO OX OX OX...*

Livingstone liberó su brazo derecho. La piedra estalló. Las enredaderas se quebraron.

Su brazo salió disparado con las garras extendidas.

Golpearon el estómago de Ox.

Atravesaron el estómago de Ox.

Salió por su espalda.

El tiempo se ralentizó a nuestro alrededor mientras las ataduras ardían con fuego azul. Mantuvimos nuestra posición mientras nuestro Alfa decía:

—Oh. Oh. Oh.

Gordo gritó por todos nosotros.

—¡Ox, *no*!

Pero Ox no se detuvo. Aunque estaba herido de muerte, aunque una mano lo atravesaba y unas garras vertían su sangre, hundió sus garras en el brazo de Livingstone y se *acercó* a él. Sus ojos aletearon mientras se cerraban y la luz blanca que cubría su piel titiló.

Y se apagó.

Ox abrió los ojos.

–Su canción. Escucho su canción. De lobos. De cuervos. De corazones. De hermanos. Las escucho todas –dijo.

Las luces blancas regresaron con potencia, ardían intensamente.

Ox se acercó cada vez más.

Livingstone alzó su brazo, su mandíbula estaba abierta de par en par.

Lo mordió.

O por lo menos lo intentó.

Ox sujetó la mandíbula superior de la bestia con su mano derecha y la inferior con la izquierda. Los colmillos perforaron sus palmas y la ola de dolor que atravesó las ataduras era casi demasiado poderosa. Todos éramos Ox y todos sentimos las heridas que su cuerpo había experimentado, el temblor en su corazón.

Pero a través de todo eso, lo escuchamos.

Dijo, *esta vida esta vida no era una que esperaba*
no es la que imaginaba
vale la pena
no pueden verlo
todo esto valió la pena
por ustedes
todos ustedes

Estábamos allí, estábamos allí, estábamos *con* él mientras nos demostraba de qué hablaba. Fueron rápidos, estos pensamientos, pero repletos de tanta vida que era una maravilla que todos emanaran de una sola persona.

Aquí estaba Ox, un chico grande y tranquilo, mirando con asombro a la familia frente a él, con un tornado en la espalda.

Aquí estaba Ox, sentado detrás del taller, rodeado por Rico, Tanner, Chris y Gordo, un envoltorio con hombres de nieve descansaba en su regazo mientras sostenía una camisa con su nombre.

Aquí estaba Ox, corriendo conmigo y con Kelly bajo la luz de la luna llena y se reía, reía, reía.

Aquí estaba Ox, su corazón se sobresaltaba al ver a una chica llamada Jessie, dejando caer herramientas y chocándose contra una pared.

Aquí estaba Ox, y observaba a mi mamá cantar una vieja canción de Dinah Shore y a ella no le molestaba estar sola porque su corazón sabía que él también estaba solo.

Aquí estaba Ox, preguntándole a un hombre con una sonrisa secreta si podían ser amigos.

Aquí estaba Ox, presionando su palma contra la frente sudorosa de Bambi mientras un Joshua recién nacido lloraba en sus brazos.

Aquí estaba Ox, su frente contra la de Dominique, le decía que tenía un lugar con nosotros, que podía quedarse todo el tiempo que quisiera.

Aquí estaba Ox conmigo, sentados en un coche y me decía que nunca había besado a un chico y lo besé y *oh*.

Aquí estaba Ox, abrazando a Gavin y diciéndole que aquí era a dónde pertenecía.

Y aquí, aquí *aquí* estaba Ox, y su corazón estaba lleno. Joe le sonreía. Era algo tan pequeño, pero para Ox significaba más que cualquier otra cosa en el mundo. Joe sonreía y Ox lo amaba con ferocidad.

Esto, susurró Ox, *esto es lo que me han hecho esto esto esto es en lo que me he transformado por ustedes gracias gracias por amarme por sostenerme por completarme.*

Todo.

Le dimos todo lo que pudimos con nuestras últimas fuerzas.

Sus ojos ardían.

Livingstone gruñó.

Y luego Ox empujó hacia *arriba* y Ox empujó hacia *abajo* y Livingstone intentó alejarse, intentó detenerlos, pero sus colmillos estaban en las manos de Ox y su mandíbula chasqueó y la bestia gimió mientras abrían su boca cada vez más, su lengua sobresalía.

–Vete al infierno –dijo Ox.

Haló de las fauces tanto como pudo y luego siguió todavía *más* hasta que se *quebraron* y los huesos se rompieron. Mientras la mandíbula baja de la bestia caía inerte, Ox liberó sus manos sangrientas de los colmillos y sujetó su hocico.

Hizo girar la cabeza de Livingstone todo lo que pudo.

Quebró su cuello.

El ojo que le quedaba se apagó. Colapsó en el suelo y su transformación se desvaneció.

Su brazo se deslizó de Ox con un sonido húmedo.

Todos caímos al suelo.

Ox estaba de pie delante de nosotros, su piel era pálida mientras se mecía.

Podía ver los árboles detrás de él a través del agujero masivo en su estómago.

–¿Mamá? –dijo.

Y luego también cayó.

Joe volvió a transformarse y gritó el nombre de Ox. Corrió hacia él, acomodó su cabeza sobre su regazo. Inclinó su cabeza hacia atrás y aulló una canción de horror.

Caí al suelo sobre manos y rodillas humanas.

—No —dijo Gordo con voz ahogada—. ¿Ox? ¡Ox!

Volví la cabeza y vi a Gavin de pie sobre su padre.

El cuello de Livingstone estaba en un ángulo extraño. Su mandíbula había sido quebrada y emitió un balbuceo, la sangre desbordaba de su boca. Su brazo se retorció como si estuviera intentando estirarse hacia su hijo.

Su corazón tembló.

Y luego se detuvo.

Gavin se volteó.

Joe estaba gritando el nombre de Ox una y otra vez y Gordo se arrodilló a su lado, murmuraba por lo bajo, extendió su mano sobre el estómago de Ox. Sus dedos temblaron y sus tatuajes brillaron, pero el agujero en el estómago de Ox no estaba sanando. Era demasiado grave.

—Ayúdenlo —sollozó Joe.

Levantó la mirada hacia nosotros. Lágrimas caían por sus mejillas.

—Tienen que ayudarlo. Tienen que sanarlo. Por favor, ayúdenlo, por favor, ay, por favor no me dejes, Ox. No puedes. *No puedes*.

Nuestra madre se acomodó detrás de él y envolvió sus brazos alrededor de su cintura. Inclinó su frente contra su nuca. Estaba llorando.

Gordo jadeó y retiró su mano, sus tatuajes se apagaron.

—No —murmuró mientras sacudía la cabeza—. No. No se suponía que fuera así.

Se inclinó sobre el rostro de Ox. Los ojos de Ox estaban abiertos. Intentó sonreír, pero se transformó en una mueca.

—Te curaremos —le prometió Gordo—. Puedo hacerlo. Puedo hacerlo. Ox, tienes que aguantar, ¿me oyes? Tienes que aguantar.

Ox se estiró y tocó su rostro, abrió la boca, pero no salió ningún sonido.

Todo el cuerpo de Gordo tembló. Giró su rostro hacia la mano de Ox y besó su palma.

Todos nos reunimos a su alrededor. Rico, Tanner y Chris lucían en shock. Jessie estaba llorando, los brazos de Dominique cubrían sus hombros. Mark apoyó su mano en el cabello de Gordo. Kelly y Robbie se arrodillaron al lado de Ox, sus manos estaban entrelazadas, lágrimas caían de sus ojos. Bambi se sentó a los pies de Ox con la cabeza en sus rodillas mientras se mecía hacia adelante y hacia atrás.

Apoyé mis manos en las piernas de Ox, intenté aferrarme a la atadura que se extendía entre nosotros. Estaba debilitándose, los hilos se cortaban. Sin importar lo que hiciera, no podía detenerme. Gavin puso sus manos sobre mi hombro y estrujó con fuerza.

Joe se acurrucó con la cabeza de Ox.

El pecho de Ox estaba agitado.

—Eres lo mejor que me sucedió en la vida —dijo.

—Por favor —suplicó Joe—. Por favor no me dejes.

—Nunca —replicó Ox—. Siempre…

Y luego.

—Hola, te veo. Te perdí, pero ahora te encontré de nuevo. Mamá, lo hice. Fui valiente. Fui…

Su rostro se retorció mientras su cuerpo convulsionaba. Gritó mientras luchábamos por sostener sus brazos y piernas. Los tendones en su cuello sobresalieron, sus ojos eran rojos y violetas.

Y luego, a la distancia, sonó el aullido estrepitoso de un lobo.

Se me erizaron los vellos de la nuca hasta el cielo.

—Eso… eso sonó como… —susurró Kelly.

—Lo fue —dijo otra voz y levantamos la mirada.

Allí, parados al final de la calle de tierra, estaban los habitantes de

Green Creek encabezados por Aileen y Patrice. Ni siquiera los habíamos oído acercarse. Los lobos de Caswell estaban mezclados con la multitud y sus ojos brillaban.

Pero miraba a los ojos de los demás. Las personas de este pueblo. *Nuestra* gente. Se sostenían entre ellos, algunos estaban más heridos que otros. Sus ojos estaban bien abiertos, algunos lloraban. Pero todos se mantenían erguidos, a pesar de que sus números habían disminuido. Will debería haber estado allí, en el frente.

—Debemos ir al claro —dijo Aileen—. Rápido.

—¿Por qué? —preguntó Joe con la voz quebrada, mientras Ox murmuraba sinsentidos en su regazo.

—Por todo lo que han hecho —explicó Patrice con tranquilidad—. Han dado todo. Es hora de que su territorio les dé algo a cambio.

Estábamos débiles. Golpeados, heridos y rotos. Rico apenas podía mantenerse de pie por su cuenta. Chris y Tanner lo ayudaron. La espalda de Jessie estaba destrozada, pero Dominique estaba allí para mantenerla cerca. Mark ayudó a Gordo a incorporarse, sus rodillas se quebraban. Joe intentó alzar a Ox por su cuenta, pero Ox gritó de dolor.

—Lo sé —susurró—. Lo sé. Lo intento. Lo lamento, no quiero herirte. —Me miró—. No puedo hacerlo, no puedo hacerlo solo.

No sabía cómo cargaríamos a Ox, apenas podía mantenerme en pie. Reuní las fuerzas que me quedaban porque Ox nos necesitaba. A todos nosotros. Lo lograríamos.

No pude hablar cuando la gente de Green Creek nos empujó con gentileza. Se acercaron, hombres y mujeres rodearon a Ox. Se inclinaron al lado de él mientras mamá alejaba a Joe del camino.

Uno de los hombres dijo:

—Manténgalo tan derecho como puedan. A las tres. Uno. Dos. Tres.

Lo cargaron sobre sus hombros.

Ox gritó por su madre, por su padre. Sus brazos colgaban extendidos alrededor de su cuerpo.

La sangre goteaba por sus brazos. Sus cuellos. Sus rostros.

No lo soltaron.

Los demás nos tomaron de las manos y halaron de nosotros hacia nuestro Alfa caído. Bajé la mirada cuando alguien tomó mi mano. Hillary, la mujer que había estado con Will antes de que muriera.

—¿Por qué hacen esto? —le pregunté.

—Porque son nuestros lobos —replicó.

Nos guiaron hasta el claro. Ox seguía hablando, charlaba con fantasmas que solo él podía ver. Una vez se rio, fue una risita callada que hizo que me ardieran los ojos.

—Papi, ¿a dónde vas? —dijo.

—Hay vecinos nuevos. Una familia —dijo.

—Esto es un sueño. Ay, Dios. Es un sueño —dijo.

—Traes una corbata de lazo —dijo.

—No puedes tenerlos. Son míos —dijo.

Y siguió y siguió.

Llegamos al claro. Las estrellas eran infinitas. Y, aunque la luna era apenas una astilla, sentí que me llamaba.

Lo acostaron en el centro del claro. Apenas reaccionó, estaba demasiado inmerso en la conversación con personas que no podíamos ver. Le decía a su madre que la extrañaba, que era lindo volver a verla y le pedía que dijera su nombre por favor.

El rostro de Gordo se endureció cuando se arrodilló al lado de Ox. Joe hizo lo mismo a su otro lado. Ambos miraron a Aileen y Patrice.

—¿Pueden ayudarlo? —preguntó Gordo con voz ronca.

Aileen vaciló antes de sacudir la cabeza.

—No es algo que nosotros podamos hacer. En realidad, no *solo* nosotros. Necesitaremos de todos ustedes, pero deberá pagarse un precio.

Mamá la miró fijo.

—¿Funcionará?

—Conoces las historias —dijo Patrice.

—¿De qué están hablando? —demandó Kelly.

Robbie apenas podía contenerlo.

—No tenemos tiempo para estas mierdas. Está muriendo *ahora*. No podemos solo…

—¿Recuerdas lo que te dije cuando falleció la Alfa Shannon Wells? ¿Qué le sucede al poder del Alfa cuando no hay nadie para reemplazarlo?

—Regresa a la luna —susurró Joe.

Mamá asintió.

—Y había más. El sacrificio nunca fue sobre Ox. Era sobre ti, Joe.

Y lo comprendí. Recordé las palabras que dijo cuando la Alfa Wells ardía.

Un o una Alfa, fuerte de corazón y de mente, compañera de quien más ama, puede entregar su poder a cambio de salvar una vida. Se convierte en Beta, y nunca más conocerá el poder de un Alfa. Es solo una historia, por supuesto. Los lobos pasan el poder del Alfa a sus sucesores constantemente, aunque no suele ocurrir ante amenaza de muerte. Nunca he oído que alguien vuelva del abismo de esa manera. De todos modos, era demasiado tarde para ella. Y las historias son solo eso… historias.

—¿Lo amas? —preguntó Aileen con gentileza.

—Sí —dijo Joe.

—¿Comprendes lo que significa? —preguntó Patrice.

—*Sí* —replicó Joe.

Nuestra madre apoyó su mano en su cabello.

—Ya no serías el Alfa de todos.

Joe limpió sus ojos.

—No me importa. Alguien más puede liderar. Cualquier otro.

Bajó la mirada a Ox y su pecho se detuvo ante la visión del césped debajo del estómago de Ox.

—Daría cualquier cosa.

—Y lo harás —dijo Aileen—. Todos ustedes lo harán, una última vez. Manada Bennett, reúnan las fuerzas que tengan. Haremos todo lo que podamos, pero dependerá de ustedes y solo de ustedes. Necesita oír su canción. Aúllen para guiarlo a casa.

—No están solos —dijo una voz y volteé la cabeza.

Las personas de pueblo de Green Creek se reunieron a nuestro alrededor con rostros solemnes pero determinados. Grant había hablado, el hombre que apenas escapó de la muerte en el techo del taller. Dio un paso hacia adelante y volvió a hablar.

—Estamos aquí. Puede que no seamos lobos, pero lucharemos por este pueblo y por ellos.

Los demás asintieron.

Aileen sonrió.

—Por supuesto que no están solos. No debería haber dicho lo contrario.

Nos sentamos alrededor de Ox. Gavin estaba a mi izquierda, su hombro rozaba el mío. Kelly estaba a mi derecha, su mano estaba sobre mi rodilla. Su otra mano estaba sobre Joe. Nuestra madre volvió a sentarse detrás de él y apoyó su cabeza contra su espalda. Bambi, Jessie y Dominique se sentaron a sus pies, apoyaron las manos en sus tobillos desnudos. Rico, Tanner y Chris estaban del otro lado, sentados detrás de Gordo y Mark con las rodillas contra sus espaldas. Gordo dejó caer su cabeza, mientras Mark le susurraba canciones de amor y esperanza en su oído.

Y todos los demás.

Todos los demás.

Se pararon detrás de nosotros. Los que estaban más cerca apoyaron sus manos en nuestros cuellos y espaldas. Nuestros hombros y cabellos. Había demasiadas personas para acercarse mucho, pero se aferraron los unos a los otros, todos conectados. Los sentí. A cada uno. Ni una sola persona quería estar en otro lugar. Estaban aquí porque lo deseaban, querían quedarse hasta el final.

—Gordo —dijo Aileen—, tú viste lo que era antes que cualquier otra persona. Tienes que ser el primero.

Un temblor cubrió el cuerpo de Gordo.

—No sé qué hacer.

—Lo sabes —replicó la bruja en voz baja—. Lo prometo. Lo elegiste por un motivo. Deja que escuche tu canción.

Asintió.

Inhaló.

Extendió su muñón sobre la herida abierta en el estómago de Ox. Sus tatuajes cobraron vida, las rosas florecieron, las enredaderas treparon por la cicatriz de donde solía estar el cuervo.

El cuervo de Mark, la marca en su garganta, agitó sus alas.

—Luz —dijo Ox—. Solo veo luz.

—Mira —susurró Gavin.

El suelo debajo de Ox estaba moviéndose. El césped cambió a través de la herida. La tierra se separó y una curva negra brillante apareció en el suelo.

Se impulsó en la tierra.

Un pico.

Un cuervo.

Parpadeó mientras se despegaba del suelo. Sacudió la cabeza y las alas. Nos miró a cada uno de nosotros con la cabeza inclinada. Y luego bajó su pico de nuevo hacia la tierra. Sacudió la cabeza. Una enredadera de espinas se liberó. Dejó ir al cuervo y mientras observábamos, una rosa floreció a través del estómago de Ox.

El cuervo chilló mientras extendía las alas. Luego, casi más rápido que nuestros ojos, salió disparado en el aire y quedó suspendido sobre nosotros con las alas extendidas y las plumas agitándose.

Joe alzó la mano de Ox y la presionó contra su pecho, justo arriba de su corazón. Giró su cabeza hacia el cielo.

Y aulló.

Todos nos unimos de a uno, sumamos nuestras voces a la suya.

Cantamos con todo lo que teníamos.

Pero no fueron solo los lobos. Fueron todos. Todas las personas, brujos, lobos y humanos por igual.

Cantamos por él.

La rosa se abrió.

En su centro había una luz.

Y antes de que explotara, vi a mi padre parado en los árboles.

Estaba sonriendo.

Luego todo se tiñó de blanco.

Estábamos en el claro.

Había luna llena.

Puertas. Tantas puertas. Puertas que se extendían sin fin.

Pero era diferente de lo que había sido antes.

Cada puerta estaba abierta.

—¿Qué es esto? —susurró Joe.

Miré sobre mi hombro. Las personas de Green Creek no estaban, pero había pequeñas bolas de luz en su lugar. Docenas.

Gordo se movió primero. Caminó hacia la puerta del armario. Estaba hecha de madera vieja, tenía símbolos antiguos grabados en ella. Enredaderas y rosas con tantos detalles que casi parecían reales.

Sobre esa puerta estaba sentado el cuervo.

Subía y bajaba la cabeza a medida que Gordo se acercaba.

El interior de la puerta estaba oscuro. Parecía estar vacío, un amplio espacio.

Pero mientras Gordo se acercaba, la oscuridad se desvaneció.

Algunas voces sonaron desde la puerta. El pecho de Gordo tembló.

—¿Esto es…? —dijo.

Una mujer rio. Un niño chillaba de alegría y luego Robert Livingstone dijo:

—Ah, ¿en dónde? ¿En dónde podrá estar? ¿Alguien vio a mi hijo? ¡Se esconde tan bien que temo que se perderá para siempre!

Sonaba diferente.

Más joven.

Más relajado.

Más feliz.

La mano de Gordo tembló mientras se estiraba hacia la puerta.

Gavin lo detuvo. Un momento estaba a mi lado y al siguiente estaba alejando a su hermano de la puerta. Gordo se resistió, pero Gavin fue más fuerte y decía:

—No, Gordo, no. No es real. No lo hagas. —Envolvió sus brazos alrededor de la cintura de Gordo y lo mantuvo en su lugar, mientras él intentaba liberarse—. *No es real.*

—Tengo que ver —estalló Gordo—. Tengo que…

—*Allí* estás —dijo Livingstone y el niño (¿Gordo?) estalló en risas—. ¡Creí que te habías ido para siempre! Estaba tan preocupado.

—Nunca —dijo Gordo desde algún lugar del otro lado de la puerta.

Y en el claro, inmóvil por la fuerza de su hermano, dijo:

—Nunca, nunca, nunca más.

Mark fue hacia ellos. Gordo dejó de resistirse y dejó caer su cabeza. Mark se paró en frente de él y bloqueó la puerta.

—Recuerdo esto —dijo—. Tenías… ¿seis años? ¿Siete? Siempre jugabas a esconderte. Tu mamá sabía en dónde estabas, pero ella nunca te delataba. Y él te encontraba. Siempre te encontraba. Recuerdo. Es un recuerdo.

—No es real —dijo Gavin—. Es pasado. Son fantasmas. Distracción. Perdiendo el control. Estás perdiendo el control.

Sentí frío.

—Quiero verla —susurró Gordo.

—Sé que quieres verla —dijo Mark por lo bajo—. Pero ella no está aquí. Ya no está. Gavin tiene razón, esto no es real.

Del otro lado de la puerta, la madre de Gordo dijo:

—Qué hermoso día. Me siento mejor. Ya no me duele la cabeza. Puedo pensar con claridad, ¿no es extraño?

—Me alegro —replicó Livingstone y su corazón *tembló*—. Sabía que era cuestión de tiempo.

—Está mintiendo —dijo Gavin—. Gordo está *mintiendo*. Quédate aquí. Con nosotros.

—Sí —dijo Gordo—. Sí. Sí.

La puerta se cerró con un golpe.

Las rosas en la madera que hacía unos instantes eran vibrantes y salvajes, lucían muertas.

El cuervo ya no estaba.

—Glamour —dijo Robbie y se estiró para tocar la marca entre su cuello y su hombro—. Es glamour.

Kelly tomó su mano y la sostuvo tan fuerte como pudo.

Avanzamos como uno pasando las puertas. Hice mi mejor esfuerzo para mirar la luz delante de nosotros y no me permití distraerme. Pero podía sentir la necesidad de ir hacia alguna de las puertas para ver qué podría encontrar dentro.

—¿Mamá? —dijo Robbie con voz quebrada.

Estaba parado en frente de otra puerta. Un par de gafas descansaban sobre ella, se parecían a las que él usaba.

—Te voy a comer, te amo tanto —canturreaba una voz desde algún lugar del interior—. No estoy llorando, lo prometo. Estamos bien. Oeste, Robbie. Iremos al oeste en donde los lobos corren con los humanos y nada puede herirnos otra vez.

Dio un paso hacia la puerta, pero Kelly jaló de él. Parpadeó como si se despertara de un sueño profundo.

—Kelly, yo… —dijo.

—Lo sé —dijo mi hermano. Besó a Robbie dulcemente—. Duele. Nos hace sangrar. Pero estamos juntos.

La puerta se cerró.

Las gafas que estaban sobre la puerta se desintegraron, las partículas de polvo quedaron suspendidas en una suave brisa. Se agitaron en el aire y desaparecieron.

Tantas puertas. Tantas voces.

Nos llamaban.

—Bastones de caramelo y piñas. Épico y asombroso —decían.

—Desvirgué tu homosexualidad. Eso no se oyó mejor —decían.

—Elígeme, Mark. Elígeme. *Ámame* —decían.

—Jessie, ella es Dominique. Se quedará con nosotros por un tiempo —decían.

—¿Tienes brazos raros de chico blanco? Mi papá dice que debes tener brazos raros de chico blanco. Que por eso usas sudaderas todo el tiempo —decían.

—Ey, ¿Tanner? Okey, escúchame. Esto sonará ridículo. Pero ¿y si...? Te quiero, ¿lo sabes? Eres mi mejor amigo. ¿Y si hiciéramos lo que hicieron los demás? Podríamos solo... ya sabes. Mordernos. Ser compañeros. No tienes que decir que sí, pero no hay nadie en quien confié más —decían.

—¿Lizzie? ¿Cuál es el problema? ¿Carter está pateando otra vez? Déjame frotar tu espalda —decían.

Queríamos ver qué había dentro de las puertas más que nada.

Pero siempre tuvimos a alguien que nos detenía. Que evitaba que nos perdiéramos.

—Ox —murmuró Joe. Se veía afectado mientras la voz de nuestro padre lo llamaba desde una puerta roja y le decía que sería un Alfa—. Tenemos que encontrar a Ox.

—Sí —dijo mi madre con tono soñador y sacudió la cabeza—. Debemos apresurarnos.

Seguimos avanzando.

Cerramos con fuerza cada puerta que pasamos.

Nos aferramos los unos a los otros. Gavin estaba a mi lado y cuando me escuchó desde una de las puertas diciéndole que era demasiado grande para subirse a la cama, que se *bajara*, giró la cabeza hacia mí.

—Me amas.

—Sí.

—Fantasmas.

—Sí.

La puerta se cerró.

El claro era más grande que en la vida real. Se sintió como si hubiéramos avanzado kilómetros. Pasaron horas. Cada puerta era el fragmento de un recuerdo, el mapa de un camino transitado. Papá estaba allí. El abuelo estaba allí. Elijah estaba allí. Richard Collins estaba allí. Osmond gruñó y Pappas dijo que podía sentir su lazo despedazarse. David King dijo:

—Aún no.

Y un brujo que vivía en una casa cerca del mar hizo girar su tazón y unos huesos salieron desparramados sobre la mesa.

—Fairbanks —dijo—. Las respuestas que buscan están en Fairbanks.

Cuando llegamos al otro extremo del claro, todos estábamos destrozados. Apenas podía respirar, pero Chris estaba allí con una mano sobre mi hombro. Tanner le dio un golpecito a mi cintura con sus dedos. Rico entrelazó su brazo con el de Bambi mientras ella sostenía la mano de Dominique. Jessie estaba pálida, pero mi madre susurró en su oreja y le dijo que era amada, que era *ManadaManadaManada*, incluso mientras una versión más joven de ella exigía saber por qué no era suficientemente buena para Ox, por qué no podía ver lo que Joe quería de él.

—Duele —dijo Kelly—. Todo esto.

—Lo sé —replicó mamá.

–¿Ox? ¡Ox! –gritó Joe.

Su voz resonó a nuestro alrededor. Contuve la respiración.

Luego, a la distancia, Oxnard Matheson dijo:

–Aquí. Aquí estoy.

Joe corrió hacia él, los demás lo seguimos.

Las puertas resonaron cuando se cerraron a nuestro alrededor, los marcos temblaban mientras las voces comenzaban a chillar. Gritaban *por qué* y *por favor* y *canta tienes que cantar la canción de los lobos*.

Joe aulló mientras corría.

Nos unimos.

Era una canción de lobo.

Una canción de cuervo.

Una canción de amor.

Una canción del corazón.

Una canción salvaje.

Una canción de hermanos.

En los árboles en los límites del claro, los lobos aullaron como respuesta. Sus canciones se mezclaron con las nuestras, el suelo debajo de nosotros tembló y la luna sobre nuestras cabezas vibró con intensidad.

Llegamos al límite del claro.

Allí, sentado en frente de una puerta pequeña, había un hombre.

Sus manos estaban sobre sus rodillas, estaba desnudo y su piel no tenía ni una marca.

Giró la cabeza y sonrió cuando nos vio.

–Allí están –dijo Ox–. Mis amores. Mi manada. Los estaba buscando. Estaba perdido. Pero miren lo que encontré.

Se rio cuando Joe se estampó contra él y lo derribó. La risa se desvaneció cuando vio que Joe estaba llorando.

—Ey, ey, Joe. Está bien. Lo prometo. —Lo abrazó con fuerza y frotó su espalda con sus manos—. Estoy aquí.

Nos reunimos a su alrededor, cada uno esperó su turno para tocar una parte de él como si no pudiéramos creer que fuera real. Ox cerró los ojos e inhaló profundamente.

—Escuchen —dijo.

—Escuchen bien —dijo.

—Nuestra manada está guiándonos a casa con su aullido —dijo.

La puerta frente a nosotros era azul. La pintura estaba saltada, el marco agrietado, pero lucía fuerte, madera vieja.

La oscuridad infinita del interior de la puerta se desvaneció.

Y allí adentro había un chico.

Un chico grande.

Un chico callado.

Un chico solitario que pensó que recibiría mierda toda la vida.

Ese chico dijo:

—¿Para qué es eso?

Un hombre apareció. Se parecía a Ox.

—¿Cuándo llegaste a casa? —dijo.

—Hace un rato.

—Es más tarde de lo que pensaba. —Sacudió la cabeza—. Mira, Ox…Sé que no eres el muchacho más listo del mundo.

—Lo sé, señor.

—Más tonto que un buey —dijo y lo *odié*, odié a este hombre que nunca había conocido, lo odie por todo lo que era, pero también lo quise un poco por haber jugado un rol en darnos al hombre que estaba sentado en frente de la puerta. Sin ese hombre, no tendríamos a Ox.

»La gente hará que tu vida sea una mierda —dijo.

—Soy más grande que la mayoría —replicó el chico y los lobos en los árboles cantaron más fuerte.

—Momentos —dijo nuestro Ox—. Estas pequeñas cosas que nos moldearon. Observen.

—La gente no te comprenderá.

—¿Eh?

—No te entenderán.

—No necesito que lo hagan. —Oh, esa fue una mentira. Era lo que él más quería en el mundo.

—Debo irme.

—¿A dónde? —preguntó el chico.

—Lejos. Mira…

—¿Lo sabe mamá?

El hombre rio y fue un sonido terrible.

—Claro… Tal vez. Sabía que sucedería, probablemente lo sabe desde hace tiempo.

—¿Cuándo regresarás?

El hombre retrocedió y lucía como si estuviera desmoronándose.

—Ox, la gente será mala. Solo ignóralos y mantén tu cabeza baja.

—La gente no es mala, no siempre.

—No me verás por un tiempo. Tal vez por mucho…

—¿Qué hay del taller? —preguntó el chico mientras Gordo emitía un sonido de dolor y Ox lo callaba con gentileza.

—A Gordo no le importará.

—Oh.

—No me arrepiento de haberte tenido. Pero me arrepiento de todo lo demás.

El chico lucía inseguro, asustado.

—¿Esto se trata de...?

No sabía de qué se trataba.

—Me arrepiento de estar aquí —dijo el padre de Ox—. No puedo tolerarlo.

—Bueno, eso está bien —replicó el niño—. Podemos solucionarlo.

—No hay solución, Ox.

Pero el chico no escuchó porque era solo eso: un chico.

—¿Cargaste tu teléfono? —preguntó—. No olvides cargarlo para que pueda llamarte. Hay cosas de Algebra que aun no entiendo. La señora Howse me dijo que podía pedirte ayuda.

El rostro del hombre se contorsionó.

—Maldita sea, ¿acaso no lo entiendes?

El chico en la puerta hizo una mueca.

—No.

—Ox, no habrá ayuda para Algebra, ni llamadas por teléfono. No hagas que me arrepienta de ti también.

—Oh...

—Ahora tienes que ser un hombre, por eso intento explicarte todo esto. La mierda te va a llegar, solo deberás sacudírtela y seguir adelante.

—Puedo ser un hombre —dijo el chico.

—Lo sé —respondió.

El chico sonrió.

—Debo irme.

—¿Cuándo vas a regresar?

Pero él nunca regresaría.

Tomó su maleta y se marchó.

El chico observó la puerta por un largo rato.

—Era mi padre —dijo Ox—, pero no me conocía. No sabía quién era.

Qué era. Y no lo culpo por ello. No era como yo, no era como mi madre. Éramos más fuertes que él. Nunca huimos porque sabíamos que, si lo hacíamos, siempre miraríamos sobre nuestro hombro y nos preguntaríamos *¿Qué tal si...?*

Ox se puso de pie lentamente. Nos desestimó mientras intentamos retenerlo. Avanzó hacia la puerta y observó al chico del otro lado.

Joe le suplicó que se detuviera, pero Ox se estiró y tocó el marco de la puerta. Ondeó como la superficie de un río.

Y luego retrocedió. La puerta se llenó de luz, cálida y dulce.

Ella estaba allí, parada del otro lado de la puerta.

Ox le sonrió, una lágrima cayó por su mejilla.

—¿Maggie? —susurró mi mamá.

—Antes de ustedes, antes de todos ustedes —dijo Ox—, solo la tenía a ella. Tuve mucha suerte, ¿no creen? —Nunca desvió la mirada de la mujer en frente de él—. Ella creía en mí. Me dijo que era especial. Que algún día las personas sabrían cuán especial era. No sabía a qué se refería, no entonces. Ahora sí. Y es por ella. Ella fue mi inicio.

Miró hacia nosotros sobre su hombro.

—Y ustedes son mi final.

Desde la puerta, Maggie Calloway dijo:

—Uno que te mereces.

Ox giró hacia ella.

—Hijo mío. Estoy tan pero tan orgullosa de ti. Mira todo en lo que te has convertido.

—Intenté salvarte con todas mis fuerzas —dijo Ox.

—Lo sé —replicó Maggie—. Pero era un círculo. Uróboros. Siempre iba a suceder. Nada de lo que hicieras, lo hubiera cambiado.

—¿Y ahora? —preguntó Ox.

—Y ahora el círculo se rompió. Aún no, Ox. Todavía no es hora. Algún día volveré a verte, algún día estaremos juntos. Pero hoy no. Y no por mucho mucho tiempo. Todavía tienes que ver y hacer muchas cosas. Estaré esperándote, sin importar cuánto tardes. Escucha, Ox. ¿Puedes hacer eso por mí?

—Te amo —dijo Ox.

Ella alzó su mano y la apoyó contra la barrera de la puerta. La madera ondeó y Ox presionó su mano contra la de ella. Su madre sonrió y luego inclinó la cabeza hacia atrás y aulló.

Sonó como una loba.

Y luego desapareció.

Una por una, las puertas a nuestro alrededor desaparecieron.

Ox bajó su mano lentamente. Irguió los hombros.

Inhaló profundamente y exhaló.

—¿Thomas? —dijo—. Sé que estás ahí.

Kelly jadeó, Joe tembló, Mark dio un paso tembloroso hacia adelante, mamá cubrió su boca con una mano y Gordo cerró los ojos.

Lo vi primero.

Apareció entre los árboles. Un lobo blanco con una mancha negra en su pecho y en su espalda.

—¿Papá? —dije.

Cada paso que el lobo daba era lento y deliberado. En el instante que sus patas tocaban el suelo, el césped florecía en la tierra. El territorio vibraba por el peso de su rey.

Se detuvo delante de nosotros, ojos rojos.

Y en mi cabeza, lo oí.

Dijo *allí están los veo los veo a todos mi corazón está lleno mi corazón está cantando ManadaAmorEsposaHijosHijasHermanosHermanas canto canto por ustedes porque los amo los amo los amo.*

Dijo *OxHijoAlfa lo supe lo supe incluso entonces incluso cuando eras un niño lo supe por la inmensidad de tu corazón*

Dijo *CarterHijoAmor eres mi amor mi primer mi niño me enseñaste a ser valiente*

Dijo *KellyHijoAmor mi niño mi dulce niño mira en lo que te has convertido me enseñaste a ser fuerte*

Dijo *JoeHijoAmor eres valiente y genuino y tú tú tú me enseñaste altruismo*

Dijo *MarkHermanoAmor todo lo que soy es porque tú me mostraste como ser un hombre*

Dijo *GordoHermanoAmor te quiero tú tú tú me hiciste humilde*

Dijo *LizzieEsposaAmor una promesa es una promesa y te amaré por siempre*

Dijo *escuchen y presten atención y es hora de avanzar es hora de seguir adelante este este este es un regalo de nuestro territorio por todo lo que hemos soportado este momento ahora por esto lucharon por esto sangraron hicieron esto porque se tienen los unos a los otros porque se aman porque saben que la manada no es nada sin confianza y esperanza y sin las personas que nos completen*

Dijo *soy padre porque ustedes me hicieron padre*

Dijo *soy esposo porque necesitaba luz en mi alma*

Dijo *hermano porque no podía caminar solo*

Dijo *soy alfa por ustedes por todos ustedes mis lobos mis humanos mi brujo mi ManadaManadaManada*

Dijo *nos encontraremos después de que hayan terminado después de que apoyen su cabeza por última vez y hasta entonces hasta que volvamos a estar juntos deben vivir por ustedes mismos y por los demás vivir por todo lo que hay en los corazones de los lobos vivan amen vivan y amen y esto es lo que tenemos aquí y ahora en este momento véanme véanme y recuerden siempre estaré con ustedes*

El lobo desapareció.

En su lugar había un hombre. Un hombre increíble. Un hombre hermoso. Y cuando sonrió, lo sentí hasta en los huesos. Dijo:

—Persíganme, los quiero, persíganme.

Y entonces él corrió, el lobo blanco emanó de su piel.

Hicimos lo único que pudimos.

Corrimos detrás de él.

A través de los árboles. Debajo de la luna llena. Éramos lobos y humanos y *corrimos*.

Mi padre corrió delante de nosotros. Cuando miró hacia atrás, sus ojos eran rojos y mi madre cantó para él, mis hermanos cantaron para él y aullé, aullé, aullé para que supiera todo lo que había en mi cabeza y en mi corazón. Era una canción de amor y el territorio vibraba debajo de nuestras patas. Otros lobos corrieron con nosotros, lobos que se sentían familiares y mordisqueaban nuestro talones y aullaban con fuerza. Abel Bennett se escurría entre los árboles, corría al lado de Mark y acariciaba su costado. Pude notar estallidos de luz centellante emanar de él cuando dijo, *HijoMarkAmor y gracias por todo lo que eres y más rápido más rápido más rápido.*

Corrimos porque éramos amados.

Corrimos porque éramos familia.

Corrimos porque éramos manada.

Éramos manada.

Pero este momento no podía durar para siempre.

Finalmente, mi padre desaceleró.

Finalmente los lobos se desvanecieron entre los árboles, aunque todavía podíamos oír sus canciones. El lobo blanco giró para mirarnos.

El rojo había abandonado sus ojos.

Susurró *quédense quédense deben quedarse aquí es donde nos despedimos*

aquí es donde digo adiós las puertas las puertas están cerradas y pueden
descansar descansar sabiendo que nunca estuve más orgulloso de ustedes

Joe se transformó de vuelta.

—¿Papá? —dijo.

El lobo inclinó la cabeza.

Joe dio un paso hacia él.

—Yo…

Nuestro padre se inclinó hacia adelante y apoyó su hocico contra la
frente de Joe.

—*Oh* —dijo Joe.

Verde, como alivio.

Azul, como tristeza.

Y blanco. El blanco era pura luz de paz.

Abrí los ojos.

Giré la cabeza.

Joe sostenía la mano de Ox.

Sus ojos brillaron de rojo.

Las garras de Ox presionaban contra su piel.

—Ahora. —Oí decir a Aileen—. Debes hacerlo ahora.

—Te amo —dijo Joe.

Y perforó su propio corazón.

Su cabeza cayó hacia atrás mientras la sangre comenzaba a caer por
su pecho.

Ox se arqueó en el suelo, la rosa que atravesaba su estómago estaba
totalmente florecida.

Los pétalos comenzaron a caer.

Ox abrió la boca y exhibió los colmillos. Gritó.

El color en los ojos de Joe vaciló.

Rojo.

Azul.

Rojo.

Azul.

Naranja.

Naranja.

Naranja.

Un solo pétalo quedaba en la rosa.

Joe apartó la mano de Ox de su pecho. Las heridas comenzaron a sanar.

Ox dejó de moverse.

—Por favor. Por favor, no me dejes —susurró Joe.

—Regresa —dijo nuestra madre.

—Te necesitamos —dijo Gordo.

—Alfa —dijo Tanner.

—Eres nuestro Alfa —dijo Chris.

—Nuestro amigo —dijo Mark.

—Nuestro hermano —dijo Kelly.

—Nuestra luz —dijo Robbie.

—Nuestra esperanza —dijo Jessie.

—Nuestro pasado —dijo Dominique.

—Nuestro futuro —dijo Bambi.

—Nuestro hogar —dijo Rico.

—Nuestro amor —dije.

—Nuestro salvador —dijo Gavin.

Ox respiró.

Inhaló. Exhaló. Inhaló. Exhaló.

El último pétalo cayó. Aterrizó en las ruinas del estómago de Ox cubierto de sangre. Y luego el hueco irregular comenzó a cerrarse.

Hueso, músculos y órganos se regeneraron. La piel se expandió.

El tallo de la rosa volvió a hundirse lentamente en la tierra.

El cuervo sobrevoló sobre nosotros.

La herida sanó completamente.

Los latidos de su corazón se ralentizaron.

—Te amé desde el momento en que te conocí —dijo Joe—. Estaba perdido en la oscuridad y fuiste el sol que al fin volvía a salir. Encontré mi camino de regreso gracias a ti. Ahora tienes que hacer lo mismo por mí. Regresa. *Regresa a mí.*

Por un momento, no sucedió nada.

Gavin se aferró a mis manos.

Y luego Oxnard Matheson inhaló profundamente.

Las ataduras de la manada vibraron salvajemente.

Abrió los ojos.

Rojos. Eran rojos.

Parpadeó una vez. Dos veces.

Giró la cabeza para mirarnos amontonados a su alrededor. Nuestro Alfa sonrió y dijo:

—Se terminó.

HOGAR

—Will lo merece —dijo mi madre.

La miré.

—¿En serio?

Asintió y tocó mi mano.

—Era uno de nosotros. Un lobo.

Construí la pira funeraria yo mismo. Los demás querían ayudar, pero les dije que no. Gavin se quedó conmigo, me observó con una mirada conocedora. Apoyó su espalda contra un árbol y su respiración salió de su boca y su nariz y formó una nube blanca.

Will no tenía familia. Era el último de su apellido.

Pero eso no importaba. Nos tenía a nosotros.

Me tenía a mí.

Una vez terminé la pira, estaba sudando, me dolía la espalda al igual que mi corazón. Gavin vino a mí.

—Will. Buen hombre —dijo.

Limpié mis ojos.

—Lo era.

Señaló la pira con la cabeza.

—Esto es para personas importantes.

—Sí.

—Reyes y reinas. Alfas. Shannon. Ella también tuvo una.

—Sí.

—Will no era lobo —dijo—. No era rey. No era reina. No era Alfa. Pero importante igual.

Gavin me envolvió con sus brazos cuando empecé a temblar. Me dije que era por el frío.

—¿Es suficiente? —pregunté casi sin voz.

—Creo que sí —susurró Gavin—. Lo enviará a la luna. Correrá con lobos. —Rio por lo bajo—. Cambia-formas. Eso decía siempre.

Cargué a Will, estaba envuelto en una manta blanca. Las nubes eran grises y la nieve se avecinaba. Guie a la procesión a través del bosque hacia el claro. Mi manada estaba detrás de mí. La gente de Green Creek nos siguió con las cabezas inclinadas.

Lo acosté en la pira con tanta gentileza como pude y tuve cuidado con su cabeza.

Me paré delante de él durante un largo tiempo intentando encontrar las palabras. Se sentía demasiado grande. Demasiado importante.

Finalmente dije:

—Era mi amigo. Y era manada. Se entregó para proteger a quienes amaba y nunca lo olvidaré.

Me incliné hacia abajo y besé su mejilla a través de la sábana.

Joe encendió el fuego. Yo no pude hacerlo.

La madera estaba un poco húmeda, pero se encendió.

Retrocedí. La pira ardió. Will ardió.

Y mientras el fuego se elevaba hacia el cielo, comenzó a nevar. Me dije a mí mismo que era una señal.

Alcé la cabeza hacia el cielo.

Aullé.

Los demás se unieron. Mientras nuestras voces se elevaban, el humo se entrelazó con la nieve y nos despedimos de nuestro amigo.

Robert Livingstone no recibió el mismo honor.

No lo merecía.

Y sin embargo…

—Era nuestro padre —dijo Gordo.

Se veía tan exhausto como todos los demás, pero parecía más tranquilo por algún motivo, incluso más que cuando Mark y él volvieron a encontrarse. Estaba desencadenado. Libre.

—Sin importar qué otras cosas hizo, no puedo ignorar eso.

Miró a la única otra persona cuya palabra importaba en el asunto.

Gavin miró sus manos.

—No puedo olvidar. O perdonar.

—Lo sé —replicó Gordo. Estrujó el hombro de su hermano.

»Y no sé si debas hacerlo. Yo podría… —sacudió la cabeza—. Podría haber sido como él. Seguir el mismo camino.

Gavin irguió su cabeza, sus ojos brillaron de naranja.

—No lo eres. No eres malo. No como él. Gordo bueno. —Y luego añadió—: Casi siempre.

Gordo resopló.

—Gracias. Creo. —Suspiró—. ¿Qué quieres hacer?

Al final, fue sencillo. En la profundidad del bosque encontraron uno de los árboles más viejos de nuestro territorio. Cavaron el hoyo ellos mismos. No fue igual que con Will, no hubo bellas palabras, ni canciones. Fue tierra y sudor. Nadie lloró, y mientras Livingstone era enterrado, todos los demás nos mantuvimos a cierta distancia y observamos a Gavin y Gordo parados sobre el cuerpo de su padre.

Gavin se inclinó hacia adelante, tomó un puñado de tierra del suelo. Lo sostuvo sobre la tumba abierta y lo dejó caer sobre el cuerpo de su padre. Besó a Gordo en la mejilla, pero no se marchó. Esperó.

Gordo se quedó allí durante un largo rato.

—Lo intentaste —dijo—. Realmente lo intentaste, ¿no? Pero fallaste.

Su pecho se tensó. Mark dio un paso hacia adelante, pero mamá lo detuvo sacudiendo la cabeza.

—Fallaste —repitió Gordo con la voz áspera.

Dejamos ir a los hermanos. Caminaron entre los árboles, uno al lado del otro.

Rico, Chris y Tanner taparon la sepultura.

Después, mucho después, cuando los eventos de ese invierno no fueron más que recuerdos, regresé.

Me detuve en frente de ese árbol y miré fijo el lugar de descanso de Livingstone.

En la tierra, habían florecido rosas salvajes. Los pétalos eran gruesos y las enredaderas duras.

Las espinas eran filosas.

Caswell estaba en caos.

Sintieron el momento en que su Alfa los dejó. Creyeron que había muerto.

Estaban confundidos, asustados. No podía culparlos.

Miraron a Joe.

—Muéstranos —rogaron—. Muéstranos.

Lo hizo. Sus ojos eran naranjas.

—Siempre se supuso que sería yo —dijo—. Desde que nací me dijeron que iba a ser esta persona, esta figura. Este Alfa. Lamento si creen que les fallé. Lamento si no lo comprenden. No espero que lo hagan, pero nunca están solos. Nunca *estarán* solos. Este linaje de reyes y reinas, lobos y hombres, nunca fue todo o nada. Habrá otros, lo prometo. Estoy aquí para ustedes. Todos lo estamos.

—¡No tenemos un Alfa! —gritó un hombre en la multitud—. ¿Qué se supone que haremos ahora?

Joe asintió.

—Es un nuevo futuro, uno en el que pueden decidir ustedes mismos. Durante mi tiempo como Alfa de todos, aprendí más que en todos mis años de vida. Encontrarán a alguien para tomar mi lugar. Alguien que los ame tanto como yo. Mi padre me dijo una vez que un Alfa no se mide por el poder que posee, sino por la fuerza de la manada detrás de él. Y ustedes son fuertes. Lo sé ahora más que nunca.

El taller reabrió en primavera.

Todos nos reunimos en la calle principal, el aroma a ladrillos nuevos y pintura era fuerte y punzante. Todos los edificios que habían sido dañados durante la pelea con Livingstone y sus lobos ya habían sido reparados, pero el taller llevó más tiempo.

Encontré a Gavin en nuestra habitación en frente del espejo frunciéndole el ceño a su reflejo. Su cabello estaba un poco más largo y estaba comenzando a recuperar peso y a perder la expresión demacrada en su rostro. Pero el ceño fruncido era familiar. Esperaba que siempre lo fuera.

—Allí estás —dije—. Tenemos que irnos. No podemos llegar tarde.

—Lo sé —murmuró—. Casi estoy listo.

Me paré detrás de él y acomodé mis manos en sus caderas, acomodé mi mentón en su hombro. Inclinó su cabeza hacia atrás y suspiró. Contuve un gruñido ante la imagen de mi marca en su piel.

—¿Qué sucede? —le pregunté y lo observé en el espejo.

Se quedó callado por un momento y luego:

—Importante. Hoy se siente importante.

Las palabras le resultaban más fáciles. Seguía siendo un cretino y directo, pero cada vez más palabras salían de él. No podía esperar a ver lo que sería de él.

Encogí los hombros.

—Porque lo es. Es tu primer día de trabajo. Empleo remunerado y todo eso. Soy empleado público, así que mi salario apesta. Tendrás que mantenerme y tengo que advertirte que tengo gustos caros.

Puso los ojos en blanco.

—Tu ropa no dice lo mismo.

Qué imbécil. Por supuesto que sería mío.

—Realmente tienes que dejar de oír a Rico, soy un hombre humilde.

—Mentira. Eres un hombre estúpido.

—Estúpido Carter —bromeé.

—Exacto, estúpido Carter.

Esperé y le di tiempo para que dijera qué necesitaba hacer. No solía ser una persona paciente, pero estaba aprendiendo con él.

—Gordo me quiere allí —dijo.

—Sí.

—Y los chicos también.

—Es verdad.

—Tengo… tengo miedo. De que no sea real. De seguir en la cueva con él. De que siga quitándome vida y me haga ver las cosas que quiero ver en mi corazón secreto solo para mantenerme dócil.

Esto era un regalo. Uno oscuro, seguro, pero un regalo de todos modos. Raramente hablaba de lo que le sucedió cuando estuvo con Livingstone ese año que se marcharon. No quería insistir demasiado, pero pensaba que tenía que hablarlo.

—¿Así era? ¿Cómo un sueño?

Asintió.

—Borroso. Los bordes eran borrosos. Estabas allí. Fantasma. Me atormentabas. Deseaba que fueras real. Siempre.

—Lo soy —le dije con voz ronca—. Lo juro. Escucha, Gavin, escucha.

Dio la vuelta, llevé sus manos a mi pecho y las apoyé sobre mi corazón.

Estaba maravillado conmigo. Lo que más quería en el mundo era merecerlo.

—Pum, pum, pum —dije.

Y ah, cómo sonrió.

–Pum, pum, pum.

Me besó.

Se sintió verde.

Se rio cuando pellizqué su cadera desnuda.

–¿Estás bien?

–Mejor –replicó.

Se puso su camisa de trabajo sobre sus hombros y luchó con los botones. Alejó mis manos cuando quise ayudar. Finalmente lo logró.

–¿Cómo me veo?

Cinco letras estaban bordadas en negro sobre su pecho.

Gavin.

Vi el reflejo de su espalda en el espejo. Mis ojos se ensancharon al ver el nombre.

–¿Eso fue…?

–Idea de Gordo –dijo–. Ella no sabe.

Se refería a mi madre.

–¿Por qué?

–Porque es quiénes somos.

Cuando llegamos al taller, se había formado una multitud, las calles estaban repletas. El aire estaba cargado de emoción y las personas se rían mientras paseaban. Un listón se extendía delante de las puertas del taller. De alguna manera, alguien había encontrado un par de tijeras cómicamente enormes y como alcalde de Green Creek, se esperaba que diera un discurso los reunificación y prosperidad y bla, bla, bla. No me importaba nada de eso. Solo tenía ojos para mi madre.

Pareció sorprenderse cuando Gordo la tomó de la mano y la llevó hacia la puerta del taller. Las personas alentaron, su manada fue la más ruidosa de todos y se ruborizó mientras hundía la cabeza.

—¿Qué es esto? –preguntó.

—Te quiero –dijo Gordo.

—Lo sé. –Tocó su mejilla–. Yo también te quiero.

Gordo inhaló profundamente.

—¿Confías en mí?

—Siempre.

La guio hacia el cartel sobre el edificio. Estaba cubierto con una tela, una soga larga caía hacia el suelo. Le dijo que ella debería ser quien revelara el cartel.

Mamá lo miró por un largo momento antes de asentir. Haló de la soga tan fuerte como pudo. La tela se deslizó por el nuevo cartel y aleteó hasta caer al suelo.

Green Creek quedó en silencio mientras esperábamos.

La reina subió la mirada hacia el cartel.

El taller había cambiado de nombre.

El cartel decía: LOS BENNETT.

Mamá contuvo la respiración y cubrió su boca con las manos mientras sus ojos se humedecían.

Gordo lucía extrañamente nervioso.

—Durante mucho tiempo –dijo–, estuve enojado, perdido, confundido. No comprendía. Pero soy lo que soy por ustedes. Todo lo que tengo, todo lo que puedo llamar mío es por los lobos. Luchamos. Sangramos. Nos enfurecimos y, al final, encontramos el camino de regreso. No soy un gran hombre. Cometo errores. He herido a más personas de las que puedo recordar. Pero esto es lo que quiero. No es mucho, lo sé. Y si quieres que lo cambie, lo…

Lo que sea que pensaba decir, se perdió cuando mi madre se abalanzó hacia él. Gordo la atrapó ensanchando los ojos. Mamá lloraba y reía y aunque había una pizca de azul que creo que nunca desaparecerá, su felicidad era brillante y vigorosa.

—Gordo, ¿no lo ves? —dijo— Es todo. Es *todo*.

Gordo se relajó, su rostro pareció aliviarse.

—¿En serio?

—Sí, hombre tonto. Maravilloso hombre tonto. Cuánto te quiero.

Volvió a reír y sonó como campanas.

Observé a los chicos del taller acercarse a ella, todos se daban vuelta para que pudieran ver nuestro nombre en la espalda de sus camisas de trabajo. Exclamó cada vez que lo vio, sobre todo en Gavin. Él le sonrió con los ojos entrecerrados como solía hacerlo.

Gordo gruñó cuando le entregué las tijeras.

—Esto es tonto.

—Es probable, pero dales lo que quieren.

Lo hizo. La multitud celebró cuando cortó el listón.

Los Bennett estaban listo para trabajar.

Al principio del verano, caminé con mis hermanos por el bosque.

Éramos solo nosotros tres. Gavin se había marchado con mamá más temprano esa mañana, se negaron a decirme a dónde iban. No importaba lo que hiciera, él mantenía la boca cerrada y me fulminaba con la mirada cada vez que preguntaba.

Mamá se comportaba igual, me decía que lo sabría cuando llegara el momento.

—Te preocupas demasiado —me dijo—. Confía en mí. Confía en *él*.

Confiaba.

Así que los dejé ir.

Kelly y Joe me encontraron. Kelly me dijo que me veía desanimado. Le dije que se callara. Joe se rio de mí y lo tacleé. Logró escaparse y lo perseguí entre los árboles. Finalmente lo atrapé y Kelly se acercó por detrás de nosotros. Soltó un grito cuando lo encerré con una llave y demandé respeto por ser el mayor.

—¡No *funciona* así! —me gruñó.

Maldito mentiroso. Por supuesto que sí.

Pero lo solté.

Me gruñó.

Lo ignoré.

—Es diferente —dijo Kelly.

Lo miramos.

Estaba presionando su cabeza contra el tronco de un viejo olmo.

—¿Qué cosa? —preguntó Joe.

—El territorio. ¿Lo sienten?

Fuimos hacia él. Los dos apoyamos las manos en el árbol. Lo sentí… más liviano, de alguna manera. Más grande. *Más*. Retiré la mano y mis hermanos giraron hacia mí.

—Lo sabe —dije al fin—. Qué hicimos. Todo lo que dimos.

—¿Es suficiente? —preguntó Kelly.

—Eso espero. —Y luego—: ¿Creen que sigue aquí?

Sabían a quién me refería.

—No creo que se marchen de verdad —dijo Joe en voz baja—. No por completo.

Nos adentramos en el bosque.

Joe nos contó sobre una Alfa, una mujer que era amable y justa. Su nombre era Sophie y, según Ox, eso significaba sabiduría. La habíamos conocido a ella y a su manada años atrás en el Parque Nacional Glacier cuando perseguíamos al monstruo que nos había atacado. Joe y Ox fueron a ella, le contaron todo lo que había sucedido. Ya sabía algunas cosas y escuchó a Joe y su propuesta.

Cuando terminó Sophie preguntó:

—¿Estás seguro?

Joe asintió.

—No es sencillo, no te mentiré. Pero vale la pena. No tienes que decir que sí. No tienes que hacerlo. Solo piénsalo, háblalo con tu manada. Tenemos tiempo.

Miró a Ox que hablaba con otros lobos.

—No eres igual que la vez que viniste aquí. Eras un niño, estabas tan enojado.

—Es verdad —concordó Joe—. No sabía qué estaba haciendo y acababa de perder mucho de lo que amaba.

—¿Qué cambió?

—Encontré mi camino a casa.

Sophie asintió.

—¿Lo extrañas? ¿Ser el Alfa de todos? ¿O solo ser Alfa?

Joe se tomó su tiempo para responder.

—No. No lo extraño.

Sophie parecía sorprendida.

—Dices la verdad.

—Sé de dónde vengo —le dijo—. Sé lo que mi nombre significa. Cargué su peso toda mi vida, pero tomé mi elección. Y volvería a hacerlo si fuera necesario.

—Él es muy afortunado —dijo Sophie en voz baja—. Oxnard. De tener a alguien como tú.

—Yo soy el afortunado –replicó Joe.

Sophie se quedó callada por un largo rato antes de hablar.

—No soy como tú. No creo en reyes y reinas. Solo porque alguien tenga un nombre con historia no tienen derecho automático para liderar. Si hiciera esto, si accediera, las cosas serían diferentes. Todos tendrían una voz.

—Lo sé –dijo Joe–. Por eso te lo estoy pidiendo a ti y no a otra persona. Es hora de un cambio.

Le dijo que lo pensaría. Joe le creyó.

—¿Lo hará? –preguntó Kelly mientras caminaban entre los árboles.

—Creo que sí –dijo Joe–. Ayuda que no tenga que renunciar a su territorio y que Aileen y Patrice ya prometieron ayudar a quien sea que tome mi lugar. Aileen conoce a su padre hace tiempo. Los lobos de Glacier no tienen un brujo y ahora potencialmente podrían tener dos. Pero si no es ella, habrá otros. Alguien liderará la manada.

—¿Qué hay de Ox? –preguntó Kelly.

Joe sacudió la cabeza.

—Él… no es algo que quiera. No creo que haya querido nunca. Está feliz en su lugar siendo nuestro Alfa. Sophie tenía razón. Ya no se puede depender de un nombre. El tiempo de los reyes y las reinas se terminó.

—¿Y tú? –pregunté.

Joe sonrió.

—También estoy feliz. Es… supongo que es como el territorio. Me siento más liviano. Más en paz.

Su sonrisa se desvaneció.

—No sé qué pensaría papá de todo esto.

Apoyé mi brazo alrededor de sus hombros y lo acerqué a mí.

—Diría que está orgulloso de ti por tomar esta decisión, por haber hecho lo que hiciste. Lo sé.

Joe rio sin gracia.

—¿Eso crees?

—Lo sé. Cicatrices y todo.

—Gracias, Carter. —Apoyó su cabeza en mi hombro—. Aunque admitiré que me molesta un poco ya no poder decirles qué hacer.

Kelly resopló.

—Como si alguna vez te escucháramos, Alfa o no.

Encontramos un lugar en donde el sol se filtraba entre las hojas. Nos acostamos en el suelo, el césped nos hacía cosquillas en la piel. Kelly apoyó su cabeza en mi estómago y Joe acomodó su rostro en mi cuello e inhaló. Observé las nubes sobre nosotros. Una libélula voló sobre nosotros, sus alas translúcidas resplandecieron bajo la luz del sol.

Nos quedamos callados por un tiempo, cada uno perdido en sus pensamientos.

Era un buen lugar.

—Siempre estaremos juntos —dijo Kelly después de un rato.

Apoyé mi mano en su cabello.

—Sí. Estaremos juntos. Sin importar lo que suceda.

—¿Lo prometes?

—Lo prometo.

Mi corazón se mantuvo estable.

Joe comenzó a roncar un momento después, su respiración era cálida contra mi cuello.

No había ningún otro lugar en el que quisiera estar.

Gavin y mamá ya estaban en casa para cuando regresamos. Kelly decidió ir a almorzar al pueblo con Robbie antes de ir a trabajar. Joe fue con él, dijo que le prometió a Ox que le llevaría comida. Los observé mientras se subían a la camioneta y levantaron polvo mientras conducían por la calle de tierra, sus luces traseras resplandecieron brevemente antes de desaparecer.

Entré a la casa. Gavin y mamá estaban en la cocina, cantaban juntos una canción de la radio. Mamá estaba bailando, Gavin estaba sentado sobre la encimera, su cabeza rebotaba con la música.

Giraron hacia mí cuando me recosté contra el marco de la puerta. Mamá se estiró y bajó el volumen.

Arqueé una ceja.

—¿Entonces?

—¿Entonces qué? —preguntó mamá como si no supiera.

Puse los ojos en blanco.

—¿Me dirán qué demonios estuvieron haciendo que era tan secreto que no pudieron contarme?

—No si sigues hablando con ese tono.

—Sí —dijo Gavin—. Cambia el tono.

—Por el amor de Dios —murmuré.

Mamá me señaló con la cabeza.

—¿Quieres mostrarle? Podrías hacerlo, si no se pone insufrible. Ya sabes cómo es.

—Lo sé —dijo Gavin. Mordisqueó su labio inferior—. ¿Crees… que está bien?

—Sé que lo está —dijo mamá con calidez—. Él también pensará lo mismo. Ahora, si me disculpan, me siento creativa. Estoy trabajando en una nueva pintura. Estaba bloqueada, pero creo que encontré la manera de superarlo.

Me besó en la mejilla antes de desaparecer por las escaleras.

Giré a Gavin. Sus manos formaban puños sobre su regazo. Empezaba a preocuparme. Caminé a él lentamente. Separó sus piernas y me dejó espacio para que me pare entre ellas. Presioné mi frente contra la suya.

—No tienes que contarme si no quieres.

—Como si no fueras a insistir —murmuró.

—No lo haré si me lo pides.

—Es…

—¿Importante?

Asintió.

—¿Grande?

Volvió a asentir.

—Fue… mi idea. Y le pregunté a mamá antes y dijo que estaba bien.

Contuve mi reacción cuando dijo "mamá". Había empezado a hacerlo hacía unas pocas semanas y la sonrisa que mi mamá esbozó cuando lo dijo por primera vez fue arrebatadora.

—Si ella dijo que estaba bien, entonces está bien.

—Yo también lo creo. —Suspiró—. No quería… quería que fuera una sorpresa.

Sus ojos se ensancharon.

—Si no te gusta, puedo volver a cambiarlo y…

—Gavin.

Me frunció el ceño.

—Solo dímelo.

—Decir no —murmuró—. Mostrar.

Levantó sus caderas de la mesa y metió la mano en su bolsillo para sacar su billetera. Tenía la imagen de un lobo. Jessie se la había regalado y la adoraba por algún motivo extraño. La abrió y extrajo una tarjeta plástica de uno de los compartimientos. Dejó la billetera en la encimera y apoyó la tarjeta contra su pecho.

—Es grande —susurró—. Es importante. Y es mío porque tú me lo diste. Una vez te pregunté qué querías. ¿Recuerdas lo que me dijiste?

Mi piel vibró.

—Dije que quería sentir que estaba despierto.

Asintió.

—Así me siento ahora. Estoy despierto por ti. Y un nombre es un nombre es un nombre. Ahora lo tengo. Sé quién soy.

—¿Y quién eres?

Giró la tarjeta de plástico. Era una licencia de conducir, algo pequeño en perspectiva.

Estaba frunciendo el ceño en la fotografía. Por supuesto.

Pero eso no era lo importante.

Lo único que importaba era el nombre en letras negras.

Gavin Walsh Bennett.

Lo miré maravillado.

—Esto… —dije.

—Esto —repitió.

Lo besé con todo lo que tenía. Gruñó sorprendido, pero luego se rio, rio, rio contra mi boca y lo asimilé, lo hice parte de mí. Era frenético, era *real* y era *mío*. Lo levanté de la encimera. Envolvió sus piernas alrededor de mi cintura, la licencia de conducir cayó al suelo. Lo cargué por las escaleras, aunque se quejó, pero sabía que no lo hacía en serio.

Entonces se lo mostré, en esa tarde calurosa de verano, el sol capturaba las pequeñas partículas de polvo en nuestra habitación.

Le mostré lo que él significaba para mí.

Le mostré cuánto lo amaba. Cada pieza. Cada parte.

Dije su nombre una y otra vez como una plegaria.

Mientras mi cuerpo temblaba y se sacudía, susurró en mi oído que esto era real, que estábamos despiertos y Carter, Carter, ¿puedes sentirlo? ¿Puedes oírlo?

Podía.

El tamborileo de un corazón en paz.

Pum.

Pum.

Pum.

Un domingo de otoño, nos reunimos como siempre. Era tradición. Jessie estaba en la cocina con mamá, delante del fregadero, pelando patatas. Dominique estaba inclinada al lado de ella, se estiró para tocar la nueva cicatriz en el hombro de Jessie como si no pudiera creer que fuera real.

Mamá estaba junto al horno y le decía a Joe que llevara los cubiertos a la mesa. Él replicó que solo porque ya no era Alfa, no significaba que ella podía decirle qué hacer. Mamá le dio un golpe en la cabeza y Joe comenzó a reunir los cubiertos en el acto.

La ventana sobre el fregadero estaba abierta. Justo afuera, Chris y Tanner estaban armando la mesa en el patio trasero. Estaban discutiendo, pero cuando creían que nadie los miraba, se sonrían en silencio.

Bambi estaba sentada en la mesa, Joshua sobre su regazo intentaba meterse en la boca todo lo que podía encontrar. Rico lo alentaba, aunque Bambi lo fulminaba con la mirada.

Robbie y Kelly estaban frente a la parrilla pretendiendo que sabían lo que estaban haciendo. Robbie empujó sus gafas sobre su nariz y lució aliviado cuando Gordo y Mark se pararon entre ellos y les dijeron en términos claros que Robbie no tenía permitido estar cerca del fuego en ningún momento.

Joe estaba sentado en el porche con Gavin, lo escuchaba hablar de cómo había aprendido a desarmar el motor de una motocicleta y volverlo a armar por su cuenta.

—¿En dónde está Ox? —pregunté.

Mamá señaló hacia el frente de la casa.

—¿Por qué no vas a buscarlo? Ya casi es hora.

Luego se inclinó sobre Jessie hacia la ventana abierta.

—¡Gordo! Asegúrate de que Robbie no toque el combustible, me gustan sus cejas como están.

Robbie alzó las manos al aire derrotado.

Caminé hacia la puerta del frente. Estaba completamente abierta. Las hojas de los árboles eran doradas y rojas. Pleno otoño. El aire estaba un poco fresco, pronto volveríamos al invierno. La luna estaba regordeta y completa, colgaba suspendida en un cielo oscuro. Esta noche correríamos como manada.

Encontré a Ox de pie frente a la casa azul con las manos entrelazadas detrás de él. Giró la cabeza levemente mientras me acercaba con una pequeña sonrisa en el rostro.

—Ey —dije.

—Ey.

—La cena casi está lista.

Asintió, pero no respondió. Me paré a su lado, nuestros hombros se rozaron. Las ataduras entre nosotros sonaron como una cuerda. Se sintió cálido y dulce.

Aves cantaron en los árboles.

Una manada de ciervos se movió a la distancia. Quería perseguirlos. Cazarlos. Habría tiempo para eso después.

—Estaba pensando —dijo Ox.

—¿En qué?

Encogió los hombros.

—En todo. Y en nada supongo.

—Jesús Hombre Lobo como siempre.

Soltó una risa suave.

—Algo así. ¿Puedo decirte en qué estoy pensando?

—Sí, hombre. Por supuesto.

—Pienso en nuestra vida.

—¿Qué tiene?

—Es hermosa. Arde. Es deslumbrante. Duele. Y suelo preguntarme cuál es el punto de todo. ¿Sabes qué decidí?

Sacudí la cabeza lentamente.

—Esto —dijo y tomó mi mano—. Tú, yo, la manada. Este lugar. La gente de Green Creek. Creo que ese es el punto. Amamos porque podemos. Vivimos porque luchamos demasiado duro como para detenernos. Y aquí estamos. Tú y yo. Juntos. En un momento, entraremos y veremos a los demás. Reiremos, comeremos, contaremos historias de nuestros días, cosas sin importancia que solo significan algo para nosotros. Ese es el punto, creo.

Asentí incapaz de hablar por el nudo en mi garganta.

Miró la casa azul.

—Una vez, mi mamá se sentó en la mesa de la cocina, con papeles extendidos delante de ella. Eran para el divorcio y no lo supe entonces. La vi firmar una y otra vez, y cuando terminó, alzó la mirada y recuerdo lo brillante que estaba. Como si se hubiera transformado. Dijo:

"eso es todo" y fue tan profundo, aunque no comprendí cuánto. No entonces. Ahora sí. Tres palabras. Eso es todo. Después bailamos. Fue un buen día.

—Eso es todo. —Estrujé su mano.

—Exactamente. —Sonrió—. Sabía que lo comprenderías.

Lo miré.

—¿Y si alguien más viene?

—Entonces lo enfrentaremos como siempre. Juntos. Vamos, nos están esperando. Es tradición.

Lo seguí hacia la casa.

Antes de que atravesara la puerta, los vellos de mi nuca se erizaron.

Di la vuelta en mi lugar.

Por un momento creí ver a un lobo blanco entre los árboles.

Pero antes de que pudiera gritar su nombre, había desaparecido.

—Eso es todo —susurré.

Comimos hasta que nuestros estómagos se llenaron.

Nos reímos hasta tener lágrimas en los ojos.

Pero lo más importante, vivimos. Y ese era el punto.

Era la manera en la que Gavin sostenía mi mano por debajo de la mesa mientras hablaba con su hermano del trabajo en el taller.

Era la manera en la que Mark esbozaba su sonrisa secreta y su mirada nunca se alejaba de Gordo.

Era la manera en la que Rico decía que Joshua sería un excelente lobo cuando fuera mayor y cómo Bambi dijo en términos concretos que *no* tenía que presionar a su hijo para *nada*.

Era la manera en la que Chris y Tanner no sorprendieron a nadie cuando anunciaron que se mudarían juntos.

Era la manera en la que Jessie agitaba sus brazos salvajemente mientras nos contaba una historia sobre sus malvados alumnos adolescentes y golpeó accidentalmente a Dominique con la mano.

Era la manera en la que Robbie y Kelly conversaban en susurros que todos pretendíamos que no podíamos oír.

Era la manera en la que Joe gruñía cuando conté la historia de la morsa de patatas fritas porque esas mierdas *nunca* son aburridas.

Era la manera en la que Gavin y mamá ya estaban haciendo planes para el menú de Acción de Gracias, aunque faltaba más de un mes.

Y era la manera en la que Ox se sentaba y asimilaba su alrededor con su mierda de Alfa Zen. Estaba callado, nos observaba uno por uno. No habló, pero no tenía que hacerlo. Todos podíamos escucharlo de todos modos.

Mientras el cielo se oscurecía, la luna brillaba en el cielo estrellado, se levantó de la mesa.

Todos nos callamos y lo miramos.

—Gracias —dijo—. Por todo. Por dejarme estar aquí con ustedes. No preferiría estar en ningún otro lugar.

—¿Qué hacemos ahora? —preguntó Joe.

Ox cerró los ojos.

—¿Ahora? Corremos. Vamos, veamos qué encontramos. Tengo un buen presentimiento.

Giró y se quitó la camiseta sobre su cabeza. Pelo negro cubrió su espalda y sus hombros, músculos y huesos comenzaron a crepitar.

Los demás lo siguieron, Jessie y Bambi los acompañaron.

Gavin y yo fuimos los últimos.

Lo miré mientras nuestros lobos empezaban a aullar.

−¿Listo?

Me besó en la mejilla con un fuerte ruido.

−Listo.

Y yo

soy

lobo

soy lobo

bosque puedo oler el

bosque y somos tú y yo

corriendo GavinCompañeroAmor corre conmigo

corre

caza

siente la luna

siente su llamado

es nuestro todo esto es nuestro

porque somos

somos la maldita manada bennett

y nuestra canción

nuestra canción

siempre

será

oída

PARA EL FUTURO
DE JOE

Hola, Ox...

Hoy es un buen día, tan bueno como cualquier otro para poner mis pensamientos en palabras. Pero antes de decir lo que necesito decir sobre mi hijo Joe, tengo que contarte una historia. Por favor, disculpa a un padre por sus pensamientos dispersos. Esto me está resultando más difícil de lo que esperaba.

Te escribí una carta antes.

Oh, bueno, no a ti específicamente. Estaba destinada a la idea de ti, a la persona a quien Joe eligiera amar, con quien eligiera pasar su vida. Hice lo mismo para Carter y Kelly, aunque las de ellos serán menos específicas ya que no sé qué les deparará el futuro. La carta que escribí originalmente para quién fuera que ocupara tu lugar ahora parece... insuficiente. Y eso simplemente no servirá.

Estoy escribiendo esta segunda carta porque ahora te conozco.

Hoy tienes dieciocho años. Pronto, Carter y tú terminarán la secundaria y comenzarán la próxima etapa de su vida. Y pronto viajaré a Caswell para guardar esta carta con las otras que escribí para los futuros compañeros de Carter y Kelly hasta que llegue el día, muy lejano a hoy, en que sea tiempo de que lean mis palabras. Parece tan seguro como cualquier otro lugar y es extrañamente adecuado considerando todo lo que Joe será un día.

Me preocupo por eso.

Me preocupa no haber sido el mejor padre que pude ser para él.

Las expectativas son pesadas y complicadas.

Como sabes, Joe será Alfa. Recuerdo cómo fue eso para mí, que mi padre me dijera cuando era pequeño en quien me convertiría y lo que eso significaría para mí. Para mi familia. Para todos los lobos. Si bien sé que las cosas son así, no puedo evitar pensar que me gustaría quitarle esa carga si pudiera. La característica de un buen padre es que siempre quieren lo mejor para sus hijos y ponen sus necesidades sobre las de todos los demás. ¿Estoy haciendo lo correcto? Lucho con ese pensamiento constantemente. Lizzie dice que los sobreestimo. Puede que tenga razón. Suele tenerla.

De todos modos...

Hay días en los que me pregunto si esta vida, este propósito, es algo que Joe quiere verdaderamente. Él dice que sí, pero creo que es porque soy su padre y quiere enorgullecerme.

¿Sabe que estaría orgulloso de él sin importar lo que suceda? Espero que sí. Se lo diré todas las veces que pueda, al igual que a mis otros hijos.

Esto es lo que sé de Joe:

Nació y yo estaba aterrorizado. No sabía cómo era posible que encontrara más lugar en mi corazón para él. Creí que tendría que perder espacios destinados a Carter y a Kelly, especialmente cuando nos dimos cuenta de que Joe era distinto a sus hermanos. No había tenido que preocuparme antes, al menos, no por eso. Para mi sorpresa y alegría, había espacio más que suficiente para él. Se hizo un lugar dentro de mí, acomodado prolijamente entre mi esposa, mi hermano y Carter y Kelly.

No lloró cuando lo sostuve por primera vez.

(Lizzie dirá que yo estaba frenético; podría resoplar y decirte que no lo estaba, pero eso sería una mentira).

Me miró con esos ojos grandes.

Y me perdí en él.

Como sabes, nos lo arrebataron.

Me culpé por eso. Estaba enceguecido por la creencia de que podía ver lo bueno en la gente con la que elegía rodearme. Personas en las que confiaba. Y ese no fue ni mi primer ni mi último error.

No puedo empezar a describir el terror que sentimos esas semanas. Sería necesario un hombre mucho mejor que yo para poder transformar todos esos sentimientos en palabras, así que diré lo mínimo y necesario. El hombre que se atrevió a tocar a mi hijo no merece mucho más.

Joe regresó a nosotros y era un caparazón de lo que solía ser.

Intenté todo: rogar, llorar, gritar, abrazarlo, amarlo, susurrar pequeñeces en su oído. Nada funcionó.

Como último intento, renuncié a todo por lo que había trabajado.

Fue la decisión más fácil que tomé en mi vida.

Regresamos a Green Creek, el hogar que amaba y atesoraba. Esperaba que el territorio ayudara a Joe a sanar. Debería haber sabido que no sería suficiente. No necesitó serlo porque sucedió el evento más increíble de todos.

Llegaste a nuestro mundo.

Sabes qué sucedió después, no hay necesidad de repetir. Tengo mucho para decirte y las horas se estiran.

Joe tomó su decisión. Debería haberlo detenido, pero no pude y, por eso, lo lamento. No sabías qué significaba su obsequio del lobo de piedra y, ¿cómo podrías saberlo? Hasta donde sabías, éramos una familia normal y había algo terriblemente maravilloso en eso. No actuamos como deberíamos haberlo hecho contigo. De hecho, podría argumentarse que nos aprovechamos de ti. No sé si eso me hace mejor que el hombre que hirió a mi hijo en primer lugar. Lo lamento.

Joe es amable. Su empatía por todas las cosas es abrumadora. Una vez, cuando tenía cuatro años encontró a un ave herida en el bosque que rodeaba a Caswell. Vino a mí llorando, me preguntaba por qué el ave no podía volar y estar con sus amigos. Le dije que, a veces, las cosas eran así; que si bien el mundo era hermoso, había que aprender lecciones difíciles. Era probable que el ave no sobreviviera. Intenté quitárselo, lo

678

había acomodado en una caja de zapatos, pero no me dejaba. Dijo que él lo ayudaría a sanar, que cuidaría de él hasta que pudiera regresar al cielo.

Y lo hizo. Hizo justamente eso.

Por semanas, lo cuidó diligentemente: lo alimentó, le dio agua. Su madre lo ayudó a preparar un pequeño nido de ramas e hilo. Me preparé para el día en que el ave muriera, listo para impartirle a mi hijo la cruel, pero necesaria lección de la muerte y todo lo que implica.

El ave sanó.

Recuperó fuerzas y un día soleado, Joe lo llevó afuera. Apoyó la caja en el suelo y le dijo que era libre, que podía ir a casa.

Y eso hizo. Se marchó volando.

Joe la observó hasta que desapareció entre los árboles. Luego giró hacia mí y dijo "¿Ves, papi? ¿Ves? Solo toma tiempo".

Qué importante momento fue. Qué lección de humildad.

Solo toma tiempo. Nunca olvidé la lección que me enseñó mi hijo. "Hay más cosas en el cielo y en la tierra, Horatio, que las que sueñas en su filosofía".

Joe es sarcástico a causa de sus hermanos. Si Dios existe, él o ella debe tener un filoso sentido del humor por haberme dado hijos tan bocones. Son fastidiosos y a veces hacen que quiera arrancarme el cabello, pero luego me miran con los mismos ojos de su madre y sé que son nuestra creación más importante.

Él es rápido e inteligente, más de lo que reconozco.

Será un buen Alfa.

Y desearía que pudiera ser cualquier otra cosa.

Suelo preguntarme quién lo verá por lo que es en realidad. Quién podrá ver su verdadero corazón más allá del título, más allá de la corona.

Nunca hubiera esperado que sea alguien como tú.

Te conozco, Oxnard Matheson.

Te conozco.

Pero hay veces en las que me sigo preguntando quién eres. ¿Cómo te convertiste en el hombre que vi esta mañana? ¿Cómo prevaleciste todos los obstáculos que aparecieron en tu camino? No seré tan egocéntrico como para pensar que nosotros jugamos un rol importante en eso. No, ese honor le corresponde a tu madre. Ella, al igual que tú, que Joe, superó todo lo que voló en su dirección y logró llegar al otro lado. Es más, lo hizo porque sabía que tú contabas con ella. Espero que sepas eso. Una vez que termines esta carta, si hoy todavía no lo has hecho, dile que la amas. Nunca sabemos cuándo será la última vez que podremos decir esas cosas.

Sin importar lo que decidas, sé que serás parte de la vida de Joe y él estará agradecido por ello. Eres independiente y el mundo es un lugar salvaje y maravilloso. Solo espero que recuerdes que sin importar a dónde te lleven tus viajes, estaremos aquí esperándote cuando decidas regresar.

¿Quién eres?

¿Cómo eres de esa manera?

No hay magia en tu sangre, no hay lobo debajo de tu piel.

Y, sin embargo, te veo y pienso solo en una cosa: Alfa.

¿Es la inmensidad de tu corazón? ¿La fortaleza de tu

humanidad? No lo sé, pero no creo que importe, a pesar de que es un misterio que me gustaría resolver. Más allá de eso, me atraviesa un deseo sencillo, pero poderoso: me gustaría que me llames padre si pudieras. Porque eres mi hijo, de la misma manera que lo es Carter. Que lo es Kelly. Que lo es Joe. Sería un gran privilegio. Lo comprenderé si no es algo que puedas hacer. Es pedirte mucho. Pero quiero que sepas que este deseo no es condicional a la decisión que tomes, sea con Joe o con quien elijas. Siempre estaré allí, listo y esperando.

Por eso debo decir esto último:

Sueño con un futuro en donde todo sea alegría y nada nos lastime. La vida no funciona de esa manera; si solo conociéramos la felicidad, perderíamos el aprecio por los momentos tranquilos cuya profundidad puede pasarse por alto. Ah, pero sin embargo sueño con ese día.

No sé qué nos deparará el futuro. Desconozco muchas cosas. Hay personas que tomarían todo lo que construí. Lo han intentado antes y casi tuvieron éxito. He visto destrucción con muchas formas. Sostuve a mi padre mientras daba su último suspiro, mis garras en su corazón para aceptar un don que no estaba listo para recibir. Miré a los ojos a una bestia mientras me prometía su lealtad. Estuve junto a un brujo de mente y corazón retorcidos mientras marcaba la piel de su hijo. Y fue a ese mismo hijo a quien le fallé cuando le arrebaté todo lo que tenía, preocupado de que fuera más parecido a su padre de lo que pensaba. La destrucción tiene muchas formas. Nos ataca cuando menos lo esperamos de una dirección que nunca consideramos posible.

Tienes que cumplir un rol, aunque espero estar equivocado, e intentaré demorarlo todo el tiempo que pueda. No mereces sufrir por los errores de otros. Ninguno de ustedes. He pensado (más de una vez) mantenerte alejado de esto. Alejarte, enviarte lejos. ¿En qué me convierte eso? No lo sé. ¿Qué significa que no pueda encontrar la fuerza para hacerlo? Tampoco sé la respuesta. ¿Condenado? Eso podría ser correcto. Condenado sin importar lo que haga.

Haré lo que pueda para prepararte para lo que pueda suceder. Te daré todo de mí porque eso es lo que debe hacer un padre. Me oíste decir que un Alfa pone las necesidades de la manada sobre todas las demás. Tú eres mi manada, Ox. Lo has sido desde el principio.

Antes estaba equivocado cuando dije que no había magia en tu sangre.

Estaba equivocado cuando dije que no había lobo debajo de tu piel.

Eres magia. Eres lobo. Más de lo que creía posible.

Joe lo vio antes que los demás. La luz que arde dentro de ti brilla con intensidad y no puedo evitar querer disfrutarla. Un día, espero que veas lo que nosotros ya vemos. Eres luz, hijo mío, mi maravilloso muchacho. Y estoy tan feliz de conocerte.

Espero que cuando finalmente leas esta carta, esté esperando, nervioso, escuchar tus pensamientos. Me pregunto si creerás que solo soy un viejo tonto escribiendo bellas palabras. Tal vez te reirás de mí, aunque no sería cruel. Tal vez no estarás listo para ver lo que veo. Y eso está bien. Tenemos tiempo.

O tal vez vendrás a mí un día soleado como hoy y me mirarás silenciosamente como sueles hacer. Tomarás mi mano con la tuya y me llamarás padre. Ah, qué hermoso día sería.

Se está haciendo tarde. El sol se está poniendo. La puerta de mi oficina está abierta y puedo oír a Lizzie cantando en la cocina. Mark está en el porche, bebe una taza de té especiado. Carter y Kelly están en el jardín trasero y se están riendo, riendo, riendo.

Y justo ahora, miro por la ventana y te veo con Joe avanzando por la calle de tierra hacia la casa al final del camino. Estás sonriendo, y Joe te mira como si fueras la luna.

No puedo pensar en un momento más perfecto.

Es momento de terminar mis pensamientos dispersos.

Terminaré diciendo esto: no sé qué nos aguarda el futuro, qué sacrificios debemos hacer, pero creo con toda mi alma y corazón que mi sueño de felicidad es posible, siempre y cuando seamos lo suficientemente valientes para intentar alcanzarlo.

Te amo más que a nada.

Y siempre lo haré.

Eternamente tuyo,

Thomas Bennett

CARTA DEL AUTOR

Los finales son difíciles.

Lo sé. Yo también he tenido mis buenas dosis: en lo personal, en lo profesional, con las series que tuve la fortuna de poder escribir. Al finalizar un libro, me divido en dos: por un lado, estoy orgulloso de haber terminado. Por otro, me desconcierta la idea de dejar a esos personajes atrás.

Y este sentimiento es aún más intenso al terminar de escribir *una saga* de libros que siguen a los mismos personajes. Es, a su manera, un duelo. Porque he pasado una cantidad significativa de tiempo con esa gente –gente que no es del todo *real*– y la mera idea de no saber qué ocurrirá con ellos a continuación a veces se siente como una pérdida. ¿Son felices? ¿Saben aún lo que es la paz y el amor? ¿Qué los habrá hecho reír hoy? ¿Qué los hizo sonreír?

Llevaba años con la manada Bennett cuando llegó su final. Y aunque tú estás leyendo este libro en el 2022 o en otro futuro, en la realidad yo terminé de escribir *Brothersong: La canción de los hermanos* en 2018. He tenido cuatro años para lidiar con la despedida y he hecho las paces con ella.

Pero ¿qué podría decirte a ti, querido lector, que aún tienes fresco el dolor? ¿Cuando, irremediablemente, acabas de dar vuelta la última página del último libro de la manada Bennett?

No sé qué podría decir para que te sientas mejor (fuera de "escribiré otro libro de la saga", porque eso no ocurrirá). Por momentos, ni siquiera sé qué decirme a mí mismo. Porque *incluso* cuando ya he hecho las paces con el final, a veces mientras doy una caminata por el bosque con mi perro, me encuentro pensando "Esta sección del bosque se ve igual a aquella en donde Joe y Kelly encontraron a Carter", o "Este sendero de tierra podría llevar a las casas del final del camino". O cuando alguna estupidez se me cruza por la mente: "¿Qué pensaría Gordo si Robbie le dijera algo así? Seguramente murmuraría algo como *hombres lobos de mierda*".

No es un secreto que nunca busqué escribir sobre hombres lobos. En los primeros bocetos de Joe y Ox no había nada de sobrenatural en ellos. Simplemente iban a ser dos chicos creciendo cercanos, y el libro iba a seguir su relación a través de las décadas porque, de alguna manera, siempre iban a encontrar el camino de regreso el uno al otro.

Entonces (o al menos eso dice la leyenda), mi cerebro tuvo una idea. Una ridícula. Una que yo no esperaba: "Okey, ¿y qué pasaría si fueran hombres lobos? ¿Y si todos los demás también lo fueran? ¿Y si después hubiera explosiones y tristeza?".

No sé por qué tuve esa idea. No sé por qué la escuché. No sé por qué cambié la trayectoria entera del libro gracias a ella. No sé el porqué, pero aquí estamos. Cuatro libros después. Frente al final.

Una vez que decidí, en mi infinita sabiduría, hacer que esta fuera una historia sobre hombres lobos, supe que tendría que ser una saga. Es decir, ahí estaban Gordo y Mark y sus… temitas. Estaba Robbie y, ¿quién era él *realmente*? Y ¿qué había de Kelly? ¿De Carter?

En cuanto decidí pasar más tiempo sumergido en este mundo, supe que dejaría el libro de Carter para el final. La razón es simple: lo amo demasiado. Incluso cuando soy extremadamente protector con todos estos personajes (aunque, ustedes son testigos, no lo suficiente como para evitar que salgan *lastimados*), siempre hubo algo especial con Carter, que me hizo sentir *más* protector hacia él. Lo que es justo, para ser honesto. Él es el mayor de tres hermanos. Yo soy el mayor de tres hermanos. Él protegió a sus hermanos menores. Yo protegí a los míos. Luego de la muerte de su padre, Carter intentó volverse el hombre de la casa. Luego de la muerte del mío, yo lo intenté también.

No soy Carter. Carter no es yo. Pero *lo comprendo* mejor que cualquiera de los demás personajes, salvo por Ox. Sé qué es lo que lo mueve, qué es lo que lo enoja. Sé que a veces puede ser estúpido (o siempre, si le preguntan a Gavin) y que es valiente todo el tiempo. Sé que comete errores. Sé que amó a su padre, incluso cuando Thomas Bennett podría haber sido un mejor ejemplo a seguir. Pero nadie es perfecto, ¿verdad? Tal y como nosotros, y como Thomas, Carter tiene sus defectos. Hace su mejor intento, pero a veces la caga.

Y ese, creo, es el punto: aunque todos estos personajes son sobrenaturales, son maravillosamente, terriblemente, *humanos*. Sé que no son reales, pero para mí se sienten como si lo fueran. Gavin, en mi opinión, personifica la humanidad. Se cree un monstruo, y quizá lo es por un tiempo, pero a medida que la historia progresa vemos más y más de su humanidad infinita, hasta que se hace imposible ignorarla. Alguien como Carter *solo* podría tener a alguien como Gavin. No son iguales, sino que llenan los espacios vacíos del otro hasta completarlo, hasta volverse un todo.

¿No es un pensamiento hermoso?

Aún así, debemos dejarlos. Debemos decir adiós. Ah, allí estarán esperándonos si alguna vez decidimos volver a visitar sus aventuras, pero nuestro tiempo con la manada Bennett se ha acabado irremediablemente. ¡Y qué gran momento hemos pasado!

A ti, querido lector, un mundo de agradecimiento. A ti, que has abrazado a estos tontos encantadores como si fueran parte de ti. Que has amado con ellos, llorado y te has enfurecido ante las injusticias junto a ellos. A ti que los has visto unirse para convertirse en una familia, en una *manada* y, aunque no faltaron tragedias, los has visto alzarse firmes y pelear por aquello que más importa: tenerse los unos a los otros. Gracias por acompañarme en este viaje. Lo significa todo para mí.

Una última cosa: aunque esta saga se haya terminado, las canciones de los lobos prevalecerán por siempre.

Y nada puede cambiar eso.

manadamanadamanada,
TJ Klune
8 de febrero de 2022

¡QUEREMOS SABER QUÉ TE PARECIÓ LA NOVELA!

Nos puedes escribir a **vrya@vreditoras.com**
con el título de este libro en el asunto.

Encuéntranos en

f facebook.com/vreditorasya

🐦 twitter.com/vreditorasya

📷 instagram.com/vreditorasya

COMPARTE
tu experiencia con
este libro con el hashtag

#lacancióndeloshermanos
🐦 📷 f